HEYNE ‹

AF216924

CARMEN BELLMONTE

Zeiten der Sehnsucht

DIE MALLORCA-SAGA

BAND 2

WILHELM HEYNE VERLAG
MÜNCHEN

Penguin Random House Verlagsgruppe FSC® N001967

Originalausgabe 08/2022
Copyright © 2022 dieser Ausgabe
by Wilhelm Heyne Verlag, München,
in der Penguin Random House Verlagsgruppe GmbH,
Neumarkter Str. 28, 81673 München
Redaktion: Ingola Lammers
Printed in Germany
Umschlaggestaltung: Nele Schütz Design unter Verwendung von
Shutterstock.com (Somy Volodymyr, Maija Luomala,
Anastassia Vassiljeva, irin-k, Zoonar GmbH) und
Adobestock (Eléonore H)
Satz: Satzwerk Huber, Germering
Druck und Bindung: GGP Media GmbH, Pößneck
ISBN: 978-3-453-42537-8

www.heyne.de

1

Kuba, Herbst 1927

Das Meer glitzerte in der Herbstsonne, und die Silhouette der alten Festung Castillo de los Tres Reyes del Morro wirkte wie gemalt vor dem azurblauen Herbsthimmel. Antonia bereitete der Spaziergang Mühe, und dennoch genoss sie die milde Luft. Sie schob den Kinderwagen mit Rodrigo an der alten Küstenstraße entlang. Der im Norden Havannas gelegene Malecón bezauberte sie immer wieder. Wie prachtvoll die Gebäude in den unterschiedlichen Pastellfarben waren. Alles leuchtete auf dieser Insel farbenfroh. Vor allem die Kleidung der kubanischen Frauen. Einen prunkvolleren Straßenzug als den Malecón kannte Antonia nicht.

Der Gedanke an ihre erste Verabredung mit Federico zauberte ein Lächeln in ihr Gesicht. Die Kutschfahrt auf dieser Prachtstraße zu dem edlen Restaurant mit den erlesensten Speisen, die sie je gekostet hatte.

Die Zeiten änderten sich.

Sie war mit Federicos viertem Kind schwanger und sorgte sich um die Zukunft.

Der Blick auf die Uhr mahnte sie, sich auf den Weg nach Hause zu begeben. Federico gehörte die Zigarrenfabrik, in der sie auch ihren separaten Wohnbereich hatten, und er wollte ihnen beim Mittagessen Gesellschaft leisten.

Antonia spazierte durch die verwinkelten, kleinen Gassen nach Hause. Die meisten Häuser verfügten über mit kunstvollen Fresken verzierte Balkone. Auch die Rundbögen in der unteren Etage spendeten in den heißen Sommermonaten angenehmen Schatten.

So gerne sie auf Kuba lebte, so sehr vermisste sie ihre Familie auf der anderen Seite der Welt. Ihre Mutter kannte keines ihrer Enkelkinder, und ihre Kinder wiederum niemanden aus ihrer Familie. Mallorca lag weit entfernt. Mehr als regelmäßiger Briefverkehr blieb nicht. Ob es irgendwann die Möglichkeit gäbe, mit ihnen über ein Telefon zu sprechen? Ein verwegener Gedanke, aber ein schöner. Bis vor einigen Jahren hätte sie sich auch nicht vorstellen können, Musik aus einem Radiogerät zu hören.

Rodrigo greinte. »Du hast also auch Hunger?« Sie strich ihm über die pausbäckige Wange. »Wir sind gleich zu Hause.«

Die Fabrik lag in unmittelbarer Nähe zum Hauptbahnhof. Federico hatte beim Kauf des Gebäudes sehr weise entschieden. So mussten die Tabakblätter nach der Ernte nicht erst umständlich durch halb Havanna transportiert werden. Ein paar Ochsenkarren fuhren die Ladung die wenigen Häuser weiter in die Fabrik, was Kosten und Zeit sparte. Die guten Zeiten waren vorbei, seitdem der American Trust jedes Tabakfeld an sich riss, das er bekommen konnte. Allen anderen Fabrikanten legten sie Steine in den Weg. Antonia konnte kaum noch zählen, wie viele Angebote dieser schmierige García ihnen bereits für eine Übernahme unterbreitet hatte.

Schon am Eingang wehte ihr der würzige Tabakduft entgegen. Antonia nahm ihren Sohn aus dem Kinderwagen und ließ das Gefährt vor der Zugangstür zu ihrem Wohntrakt stehen. »Wir sind wieder zu Hause!«

Schon hörte sie das Getrappel von Kinderfüßen. Als ihr David und Valentina entgegenrannten, füllte sich ihr Herz mit Liebe. David und Valentina klammerten sich jeweils an einen ihrer Oberschenkel. Zwei Kinder an den Beinen, eines auf dem Arm und ein weiteres in ihrem Bauch machten Antonia bewegungsunfähig. Doch das Gefühl des Glücks, das sie empfand, erfüllte ihre Seele.

»Nun lasst eure Mutter doch los.« Luisa stand lächelnd in der Eingangshalle. »Das Essen ist bereit. Kommt, wascht eure Hände und setzt euch. Ich werde es gleich bringen.«

Antonia legte Rodrigo auf das kleine Sofa in ihrem Zimmer und wusch sich die Hände in ihrer Waschschüssel. Valentina und David standen neben ihr und verspritzten reichlich Wasser.

Die Tropfen auf dem Fußboden mussten von alleine trocknen. Bücken konnte Antonia sich nicht mehr, und ein Tuch auf den Boden werfen, um die Pfützchen aufzuwischen, würde zwar trockene Fliesen bringen, doch wie sollte sie mit ihrem dicken Bauch das Trockentuch wieder aufheben?

Sie nahm Rodrigo auf den Arm, und gemeinsam gingen sie ins Esszimmer, wo Federico am Fenster stand. Seine hochgewachsene Silhouette wirkte wegen der Lichtverhältnisse wie ein Scherenschnitt vor dem sonnendurchfluteten Fenster. Seine kraftvolle Statur ließ ihn jung und dynamisch wirken, wenn sich auch in sein volles Haar die ersten grauen Strähnen einschlichen. Mit den Händen in den Hosentaschen wirkte er nachdenklich. Vielleicht irrte sich Antonia aber auch. »Du bist schon da?«

»Ja.« Federico küsste erst die Kinder und dann Antonia. »Kommt Fernanda später?«

»Ja, warum?«

»Nur so.« Er setzte sich an die Stirnseite. Irgendetwas stimmte hier nicht. Federico verheimlichte etwas vor ihr. Für den Moment ließ sie ihn gewähren.

Luisa servierte den aufgeschnittenen Rinderbraten, dazu Kochbananen und buntes Gemüse. »Vielen Dank, Luisa, das sieht köstlich aus.«

Ihre Haushälterin lächelte und verließ geräuschlos den Raum.

Normalerweise störte Antonia ein schweigsames Essen nicht, doch dieses Mal fühlte sich die Stille bedrückend an. Selbst die Kinder gaben keinen Mucks von sich, aßen artig und verschütteten nichts.

Sie hatten fast fertig gegessen, als Antonia es nicht mehr aushielt. »Was ist los?«

»Der Trust hat mir ein neues Angebot vorgelegt.« Federico spießte ein Stück Fleisch auf. »Und ich werde es annehmen.« Ohne innezuhalten, schob er sich die Gabel in den Mund.

Antonia starrte Federico fassungslos an. »Das wirst du nicht tun«, rief sie, und der Löffel, den sie ihrem Sohn Rodrigo in den Mund hatte schieben wollen, schwebte in der Luft wie ein verharrender Kolibri vor einer Blüte.

David, ihr Fünfjähriger, spitzte die Ohren und hörte auf zu essen. Auch die vierjährige Valentina verzog das Gesicht und schien im Begriff zu sein, wegen Antonias lauter Stimme zu weinen. »Kinder, es ist alles in Ordnung«, versuchte sie die beiden zu beruhigen. »Mamá hat sich nur etwas erschrocken. Esst weiter.« Sie schob den Löffel zwischen Rodrigos geöffnete Lippen, bevor er anfing zu quengeln.

Antonia warf ihrem Mann einen Blick zu, der besagte, dass dieses Thema für sie nur aufgeschoben, aber keinesfalls vergessen war.

Fernanda hatte ihren Besuch nach dem Mittagessen angekündigt. Sie brachte ihren dreijährigen Sohn vorbei, damit die Kinder miteinander spielen konnten. Seit Fernanda mit Enrique verheiratet war, traf sich Antonia mit Federicos Schwester nur noch dreimal die Woche, oder sie verabredeten sich zu einem langen Spaziergang am Malecón. Gemeinsam konnten sie die Kinder beaufsichtigen. Allein traute Antonia sich das in ihrem Zustand nicht mehr zu. Die Autos ängstigten Antonia. Sie könnte den beiden Wirbelwinden nicht hinterherlaufen. Federico hatte nur am Sonntag für solche Unternehmungen Zeit.

Und nun wollte der Mann, der ohne Fehl und Tadel war, einen folgenschweren Fehler begehen. Eine Entscheidung treffen, die für sie beide seit Jahren nicht in Betracht kam.

Natürlich bot der Zusammenschluss der ausländischen Tabakfabrikanten viele Vorteile, doch wenn Antonia eines gelernt hatte in ihrem Leben, dann, dass diese Vorteile es niemals wert waren, sich in eine Abhängigkeit zu begeben.

»Oh, ihr seid noch am Essen?« Fernanda trug ihren Sohn auf dem Arm und sah sie entschuldigend an. »Bin ich zu früh?«

»Nein«, sagte Antonia milde, da sie ihre Kinder nicht noch einmal erschrecken wollte. In ihrem Haus gab es keine lauten

Worte. Federico und sie führten eine traumhafte Ehe, eine liebevolle Beziehung, und dazu gehörte auch, dass keiner der beiden jemals die Stimme erhob. Bis gerade eben. »Könntest du nachher auf die Kinder aufpassen? Ich habe etwas mit Federico zu besprechen.«

»Alles in Ordnung?« Fernanda blickte Antonia forschend an. Als Antonia schwieg, nickte ihre Freundin. »Natürlich passe ich auf. Wir gehen in den Patio-Garten, nicht wahr, ihr Süßen?«

David und Valentina rutschten unruhig auf ihren Stühlen. »Dann geht mal los«, entschuldigte Antonia sie vom Tisch und zwinkerte ihnen aufmunternd zu. Fernanda stellte ihren Sohn auf den Boden, hob Rodrigo von Antonias Schoß und folgte den Rabauken, die bereits durch die Tür verschwunden waren.

Als Antonia mit ihrem Mann allein war, legte sie das Besteck beiseite. Der Appetit war ihr vergangen. »Du hast aber noch nicht unterschrieben?«

Federico schüttelte den Kopf. »Solche Entscheidungen treffen wir immer gemeinsam. Das habe ich dir versprochen, und daran halte ich mich. Aber was sollen wir machen? Die Umsätze gehen zurück. Der American Trust regelt fast das komplette Exportgeschäft. Zudem exportiert García den Tabak und lässt die Zigarren im eigenen Land fertigen. Wie man hört, sogar maschinell. Als ob das noch etwas mit den typischen *Habanas* zu tun hätte, die wir hier in hochwertiger Qualität herstellen.«

»Aus genau diesem Grund dürfen wir nicht nachgeben. Was denkst du, warum sie jährlich unsere *Cleopatra* anfragen und mit immer noch besseren Angeboten locken? Zudem drängen uns die Amerikaner aus dem Markt. Sie haben fast ein Freudenfest gefeiert, als die Briten wegen des Kriegs ihre Ware in Europa nicht mehr loswurden. Die Wirtschaftslage ist unsicher. Das lässt sich nicht leugnen. Aber geht es uns deshalb schlecht?«

Federico starrte auf den Tisch.

»Verheimlichst du mir etwas?«

»Nein, natürlich nicht«, wandte Federico schnell ein. »Aber wenn sich die Lage noch weiter verschlechtert, könnte es sein, dass wir Luisa entlassen müssen.«

Antonia schnaubte auf. »Dann putze und koche ich eben selbst. Die Firma ist in Ordnung?« Sie betrachtete den Tisch: feine Damastdecke, polierte Kristallgläser, aus Ebenholz gefertigte Stühle. Von der Decke hing ein gewaltiger Lüster. Als Tochter eines mallorquinischen Weinbauern war sie solchen Luxus nicht gewohnt; sie brauchte ihn auch nicht.

»Die Firma ja, aber es bleibt kaum Gewinn«, führte Federico weiter aus. »Ich habe versprochen, mich immer gut um dich zu kümmern.«

»Das tust du doch!« Antonia sah in Federicos gequältes Gesicht. Er grämte sich offensichtlich, weil er sie eventuell nicht weiter so verwöhnen konnte. Aber sie war harte Arbeit gewöhnt. Problemlos konnte sie ihren eigenen Haushalt bewältigen. Er wäre weniger perfekt als bei Luisa, doch das war auch unnötig. Es gab Wichtigeres als auf Hochglanz poliertes Besteck.

»Cariño, du bist schwanger«, wandte Federico ein. »Wie soll das mit vier Kindern gehen?«

Jetzt lachte Antonia laut auf. »Ich habe schon als Zwölfjährige auf meine kleinen Geschwister aufgepasst, gekocht und auf dem Feld geholfen. Wenn das dein einziges Argument ist, um in den Trust einzusteigen, bin ich dagegen. Der Trust ist so groß und einflussreich, wenn du dich ihm auslieferst, gewinnst du oder verlierst du mit ihm. Du gibst alles aus der Hand. Wohin dein Tabak geht, zu welchem Preis du verkaufen musst, und die Fabrik kannst du gleich schließen, weil sie dir die teure Handfertigung untersagen werden.«

Federico stand auf, ging zu ihr und kniete vor ihr auf dem blank polierten Parkettboden. Dann umfasste er ihre Hände. »Ich habe die wundervollste Frau auf Erden. Und es würde dir wirklich nichts ausmachen, wenn wir privat kürzertreten?«

Sie sah ihm in die verzweifelten Augen. »Nicht im Geringsten.«

Die Verzweiflung fiel von ihm ab wie ein loser Faden. Hoffnung und Erleichterung durchfluteten ihn.

»Du hättest das wirklich getan?«, fragte Antonia.

»Ja.« Federico erhob sich und umarmte sie. »Ich weiß nicht, ob sich die Lage weiter verschlechtert. Im schlimmsten Fall muss ich Arbeiter entlassen.«

Antonia wusste, wie schwer ihm diese Entscheidung fallen würde. »Verkaufst du so viel weniger Zigarren?«

»Die Importeure versuchen, den Preis zu drücken, doch dem verwehre ich mich. Deshalb greifen sie zu den günstigeren Angeboten, die ihnen der American Trust unterbreitet. Einige wissen die Qualität unserer *Cleopatra* zu schätzen, aber die Wirtschaftslage verschlechtert sich auch in den Staaten. Es fallen immer mehr Kunden weg. Selbst die Hotels nehmen uns weniger ab. Die Vertreter verkaufen weniger als die Hälfte.«

Antonia überlegte.

Der Gedanke lag nahe, wenn es auch ein verzweifelter Versuch war, die Fabrik zu retten. Sie stand auf, strich sich über den riesigen Bauch und blickte Federico an. »Warum verkaufen wir dann nicht günstiger? Mehr würde der Trust für dich auch nicht tun. Warum also den Preis nicht für einige Zeit senken, bis es wieder besser läuft? Du könntest die Kosten über die Menge decken. Wenn die Zigarren im Lager liegen, bringen sie nichts ein. Rede mit deinen Arbeitern. Frage sie, ob sie einverstanden sind, etwas weniger zu verdienen, um die Fabrik vor der Schließung zu retten. Und vergiss nicht zu erwähnen, dass es auch in unserem Haushalt Einsparungen geben wird. Luisa wird es verstehen, und ihr Mann auch. Wenn wir nicht handeln, stehen sie über kurz oder lang beide ohne Arbeit da.«

Federico legte den Kopf in den Nacken und schloss die Augen. »Was für ein Wahnsinn.«

»Denk darüber nach. Um mehr bitte ich dich nicht.« Antonia stellte die Teller zusammen. Das Besteck hielt sie in der Hand.

Federico sah sie erneut verzweifelt an. »Ich gehe zurück in die Fabrik.«

»Federico. Ich brauche keine Hilfe im Haus. Die Kinder sind gesund, und das ist das Wichtigste.« Antonia dachte an den Brief ihrer Schwester. Sie kannte ihn zwischenzeitlich auswendig. Das Orakel vor einigen Jahren nagte immer noch an ihren Nerven wie eine Maus an einem reifen Käsestück. Einem Impuls folgend war sie ihrer Freundin Magdalena zu deren Familie nachgereist, als sie diese nicht erreichen konnte, und hatte sie krank vorgefunden. Zusammen mit Magdalenas Schwester Angelica und einem Arzt hatten sie die schwer an Grippe erkrankte Familie gesund gepflegt. Angelica, eine Priesterin der Santería, hatte ihr in einem Orakel eine Prophezeiung übermittelt.

Sie besagte, Antonia würde schwere Verluste ertragen müssen, bevor sie eine Versöhnung innerhalb der Familie herbeiführen würde. Das ließ sie regelmäßig innehalten und dankbar sein für das, was sie besaß. Gesunde Kinder und einen liebevollen Ehemann.

Die Tür schloss sich hinter Federico, und Antonia blieb allein zurück. Ihre Gedanken schweiften zu ihrer Familie nach Mallorca.

Seitdem Antonia wieder schwanger war, trug sie den Brief ihrer Schwester immer bei sich. Er sollte sie zur Vorsicht mahnen und ihr vor Augen halten, welches Glück ihr beschieden war.

Seit dem Erhalt von Carlas Brief waren über drei Jahre vergangen, und dennoch hatte er nichts von seiner Tragik verloren. Sie legte das Besteck auf einem Teller ab. Dann zog sie den Brief aus ihrem Blusenärmel, faltete ihn auseinander und las ihn erneut. Das Papier war zwischenzeitlich vergilbt und abgegriffen.

Geliebte Schwester,
eine Tragödie ist über uns hereingebrochen. Antonia, unser
Sonnenschein, ist tot. Ich wachte morgens auf und ging an
ihr Bettchen, da war sie bereits kalt. Es ist so schrecklich,
und ich gräme mich, weil wir nichts bemerkt haben, während
wir schliefen. Der Arzt meinte, wir hätten nichts tun können,
denn der plötzliche Kindstod kommt ohne Vorwarnung. Doch

ist mir das kein Trost. Sie fing gerade an, sich überall hochzuziehen. Bald hätte sie ihre ersten Schritte gemacht, und es war eine Freude zu sehen, wie sie mit einem Lächeln im Gesicht jeden Tag begrüßte.

Francisco leidet ebenso wie ich, und jeder Tag ist ein Kampf gegen die Trauer, denn gerade jetzt hat er in der Werkstatt so viel Arbeit, aber er will mich nicht allein lassen. Ich bin ihm zurzeit keine große Hilfe, und so bleibt die Buchhaltung liegen. Es fällt mir schwer, mit Hoffnung in die Zukunft zu blicken. Wie kann Gott so grausam sein und ein so junges Leben auslöschen? Die Kirche ist mir kein Ort des Trostes mehr.

Manchmal denke ich, es wäre besser gewesen, wenn die Spanische Grippe mich zu sich genommen hätte. Ich weiß, das sind Gedanken, die sich nicht geziemen, zumal Du und Dein Mann alles unternommen habt, mir beim Überstehen dieser Krankheit zu helfen – ich bitte um Verzeihung für diesen Gedanken. An manchen Tagen spricht die Hoffnungslosigkeit aus mir.

Da bereits die Geburt nicht einfach war, hatten mir die Ärzte schon damals die Hoffnung auf weitere Kinder genommen, und so fühle ich mich Francisco gegenüber schuldig, weil er sich immer eine große Familie gewünscht hat. Zwar ist unsere Liebe trotz der schweren Prüfung ungebrochen, doch ob ich ihm noch die Zukunft bieten kann, die er sich vorstellt, weiß ich nicht. Und das alles, wo das Leben es sonst so gut mit uns meint. Wir haben so viele Aufträge, dass wir sogar Mutter unterstützen können und zwei Arbeiter für sie eingestellt haben, die ihr die schwere Feldarbeit abnehmen. Sie liebt es, wenn die Aprikosenernte eingebracht wird und sie die Preise mit den Händlern aushandeln kann. Auch die Mandeln sind sehr begehrt und machen auch weniger Arbeit.

Obwohl es mir schwerfällt, so möchte ich doch nicht versäumen zu fragen, wie sich David und Valentina entwickeln. Ist Federico ihnen ein guter Vater, oder ist er, wie die meisten Männer, immer nur mit der Arbeit beschäftigt? Ich sehe ja schon in unserem kleinen Betrieb, wie wenig Zeit Francisco bleibt und wie erschöpft er abends ist. Wie muss das erst sein, wenn man eine ganze Fabrik mit so vielen Arbeitern leiten muss?

Liebste Schwester, ich lege Dir ein Foto des Gedenksteins bei, zur Erinnerung, und hoffe, dass Dir so ein Leid erspart bleibt,

Deine Dich liebende Carla

Als der Brief eintraf, hatte sie Rodrigo unter ihrem Herzen getragen. Das war kurz nach dieser Angst einflößenden Weissagung gewesen. Die Worte ihrer Schwester bewegten Antonia in der Schwangerschaft noch mehr. Sie hatte drei gesunde Kinder, das vierte war unterwegs, was sollte sie sich um eine Unterstützung im Haushalt sorgen? Es war sehr viel wichtiger, eine gesunde Familie zu haben, die in schweren Zeiten zusammenhielt, als einen nicht mehr vorhandenen Wohlstand und den gesellschaftlichen Ruf verzweifelt aufrechtzuerhalten. Ihr war es egal, ob sie künftig noch zu Dinnerpartys der Oberschicht eingeladen wurde oder nicht. Sie selbst würde keine mehr geben, und ohne eine Hilfe, die sich um die Kinder kümmerte, hätte sie auch gar keine Möglichkeit, hinzugehen. Im Grunde waren es sowieso die stets gleich langweiligen Gespräche. Auf die konnte sie verzichten. Zudem hatte sie sich nie wirklich zugehörig gefühlt. Sie war die Tochter eines Weinbauern. Das war sie immer gewesen, und das blieb sie. Genau deshalb liebte Federico sie. Er stammte aus ähnlich bürgerlichen Verhältnissen. Natürlich waren die gepflegten Beziehungen wichtig für die Fabrik. Aber er könnte diese Treffen auch anders arrangieren. Immerhin hatten sie ihren Männerklub, in dem ohnehin die meisten Geschäfte abgewickelt wurden. Bald würde auch das Asturianische Zentrum eingeweiht werden, das vor mehreren Jahren bis auf die Grundmauern abgebrannt war. Die Kosten hatten die asturianischen Auswanderer getragen, um Neuankömmlingen auf Kuba eine gute Startmöglichkeit in ihr neues Leben zu ermöglichen. So wie zuvor auch ihnen. Das Zentrum war die erste Anlaufstelle für Asturier. Der Zusammenhalt beeindruckte Antonia immer wieder aufs Neue.

Sie brauchte kein Vermögen, um glücklich zu sein. In drei Wochen würde die Familie um ein weiteres Mitglied anwachsen. Nur das zählte. So, wie es strampelte, musste es ein Junge werden. Davon war zumindest Federico überzeugt. Antonia selbst glaubte ein Mädchen in sich zu tragen.

Ob Federico es über sich gebracht hatte, schon an diesem Nachmittag mit seinen Arbeitern zu sprechen?

Sie verbrachte die Nachmittagsstunden mit Fernanda, die wie gewohnt über den neuesten Klatsch und Tratsch Bescheid wusste. Antonia amüsierte sich gewöhnlicherweise darüber, doch diesmal konnte sie sich nicht auf die Geschichten konzentrieren. Sie sehnte den Abend herbei.

Bevor Fernanda sie verließ, hielt Antonia sie am Arm zurück. »Ich muss dich etwas fragen.«

»Schön. Ich dachte schon, du würdest nie mit mir darüber sprechen, was dich bedrückt.«

Antonia erzählte kurz, wie es um die Firma stand. Dann sah sie ihre Freundin an. »Würdest du dich um die Kinder kümmern, bis ich mich von der Geburt erholt habe?«

»Aber natürlich!«, rief Fernanda aus. »Welche Frage! Du weißt doch, ich bin immer für dich da.«

Antonia fiel ihrer Freundin in die Arme. Sie küsste deren Sohn und dann Fernanda. »Vielen Dank.«

Bei Einbruch der Dunkelheit legte Antonia die Kinder schlafen. Danach gönnte sie sich eine Tasse Tee und hielt am Fenster Ausschau nach Federico. Hoffentlich blieben ihm seine Arbeiter treu. Trotz der Lohnkürzungen überwog Antonias Zuversicht. Oft hörte sie die Klagen der kubanischen Zigarrendreher, sie hätten keine Arbeit, weil der Tabak nicht mehr im Land verarbeitet wurde, und als Erntehelfer gab es nur für wenige Wochen Arbeit.

Die Stimmung im Land kippte.

Langsam, aber spürbar.

Federico überquerte mit müdem Schritt den Hof, der die Fabrik vom Wohngebäude trennte. Er schien eine große Last auf seinen Schultern zu tragen. Antonia eilte, so schnell es ihr dicker Leib vermochte, zur Haustür. »Und? Hast du mit ihnen gesprochen?«

Federico bejahte.

»Ach, was bin ich dir eine schlechte Frau«, beeilte sich Antonia einzuwerfen und küsste ihn. »Möchtest du einen Rum und etwas zu essen?«

»Ein Rum wäre schön.« Federico lächelte. »Das Essen dann vielleicht später?« Er stellte seine Aktentasche im Flur ab und folgte ihr ins Wohnzimmer, wo er sich erschöpft in seinen Lieblingssessel fallen ließ.

Antonia reichte ihm den Drink.

Er trank einen kräftigen Schluck. Dann sah er auf. »Die meisten Arbeiter stehen hinter uns. Etwa zehn Prozent haben gedroht, zu gehen. Ich habe es ihnen freigestellt. Es gibt so viele arbeitslose Zigarrendreher, dass wir die freien Stellen sicherlich besetzen können.«

»Das ist ja großartig«, freute sich Antonia. »Wunderbare Nachrichten. Du wirst sehen, es wird alles gut. Ein paar harte Jahre, und dann geht es wieder aufwärts.«

»Die kommende Ernte wird den Ausschlag bringen. Aber die Blätter machen einen hervorragenden Eindruck.« Federico drehte das Glas in Händen, bevor er es erneut an die Lippen hob und austrank. »Es war ein schwerer Gang.«

Antonia setzte sich zu ihm auf die Armlehne und strich durch sein volles Haar. »Nun hast du ihn hinter dir und kannst García absagen. Soll er den guten Tabak in seinen Maschinen ruinieren. Qualität setzt sich immer durch.« Sie dachte an die qualitativ minderwertigen Weinernten auf Mallorca, um die Mengennachfragen aus dem Ausland zu bedienen. So sehr ihre Familie sich damals dagegengestemmt hatte, so war ihnen letztendlich nichts anderes übrig geblieben, als auf Aprikosen und Mandeln umzustellen. Antonia wusste, dass die Entscheidung seinerzeit mangelnden Rücklagen geschuldet war. Um die Zigarrenqualität zu erhalten, mussten sie möglichst viele Einsparungen vornehmen, um Zeit zu gewinnen, bis sich die Situation wieder besserte.

»Ich hoffe, du hast recht.« Federico reichte ihr das Glas. »Kann ich noch einen haben?«

Antonia lächelte.

Ihr Mann war kein Trinker, doch selbst sie hätte in dieser Situation gerne ein Glas getrunken, obwohl sie den Rum nicht mochte und Wein bevorzugte. Ein zweites Glas konnte sie ihm nicht verdenken.

Diesen Drink genoss er sichtlich langsamer. »Es wird sich schnell herumsprechen. Die Arbeiter werden zu mir kommen und nach freien Stellen fragen, und sie werden den Job annehmen, weil sie kaum eine Alternative haben.«

»Warum wollen die anderen gehen?«

»Ihr Stolz steht ihnen im Weg. Genauso wie mir, als ich, um dich nicht zu belasten, in den Trust einsteigen wollte.« Federico schloss die Augen.

»Jetzt mache ich dir aber endlich das Essen warm. Du musst bei Kräften bleiben. Da Luisa erst in zwei Wochen aufhören wird, komme ich morgen mit in die Fabrik und unterstütze dich bei den Arbeitergesprächen. Es kann nicht schaden, wenn die Arbeiter sehen, dass sogar deine hochschwangere Frau in der Firma mithilft. Die meisten kennen mich ja noch als Vorleserin. Die enge Verbindung schafft Vertrauen.«

»Du hast recht. Aber du solltest dich schonen. Du wirkst so zerbrechlich.«

»Mit diesem Bauch?« Antonia lachte. »Ich sehe aus wie eine Kuh!«

Federico lachte an diesem Tag zum ersten Mal. »Du weißt, wie du mich aufmunterst. Aber sag so was nicht. Du bist wunderschön, obwohl du dir kaum noch die Schuhe anziehen kannst. Aber dafür hast du ja mich.«

Antonia wärmte den Braten auf. Auch beim Essen würde sie sehen, wo sie sparen konnte. Fleisch war teuer. Gemüse günstig. Also würden die fleischlosen Tage zunehmen, doch das schadete niemandem.

Antonia betrat die Küche. Das Frühstück stand bereits auf dem Tisch. All die Jahre hatte sie sich nicht überwinden können, das Frühstück wie eine feine Dame im Speisezimmer einzunehmen. Die Kinder ruinierten mit ihrem Kakao die Tischdecke, Federico verließ das Haus zu einer anderen Uhrzeit als Antonia, wenn sie in der Fabrik aushalf. Sie sah keinen Sinn darin, allein im Speisezimmer zu sitzen.

Anfangs hatte sich ihr Mann gegen ein Frühstück in der Küche gewehrt und weiterhin darauf bestanden, im Esszimmer einzudecken, doch schon bald schloss er sich Antonias Gewohnheit an.

An diesem Morgen ließ sie die Kinder schlafen. Ihre langjährige Haushälterin verdiente ein anständiges Gespräch. »Buenos días, Antonia«, begrüßte Luisa sie. Ihr Blick wirkte unruhig. Sicherlich hatte sie bereits von den Lohnkürzungen gehört.

»Buenos días, Luisa.« Antonia goss sich eine Tasse Kaffee ein und setzte sich. Luisa hantierte mit der Pfanne, in der sie die letzten Eierkuchen buk. »Setz dich bitte zu mir.«

»Ich muss gehen, richtig?«

»Ja.« Antonia lächelte gequält. »Uns bleibt leider keine Wahl. Mehr als einen Tag in der Woche kann ich dich künftig nicht beschäftigen. Das kann ich dir noch anbieten. Mehr geht nicht.«

Luisa nahm sich ebenfalls eine Tasse Kaffee. »Die Zeiten sind hart. Alles ist im Wandel.«

»Sobald es aufwärtsgeht, stelle ich dich wieder Vollzeit ein. Aber ...«

»Ich verstehe schon.« Luisa presste die Lippen zusammen, bevor sie sich ein Lächeln abrang. »So kann ich meiner Mutter zur Hand gehen. Sie kommt nicht mehr so gut zurecht.«

Antonia wusste das. In den letzten beiden Jahren, in denen sie Luisas Mutter noch beschäftigt hatte, waren viele Sachen zu Bruch gegangen, bis sie von selbst gekündigt hatte. Antonia hatte nie darüber geklagt. Was war schon ein kaputter Teller? Die Frau hatte zeit ihres Lebens hart gearbeitet, oft mehr Stunden als vereinbart. Wie hätte sie dieser Frau kündigen sollen? Unmöglich. »Geht es ihr gut?«

»Dem Alter entsprechend, würde ich sagen. An manchen Tagen ist sie verwirrt, aber an den meisten noch klar.« Luisa lächelte. »So kann ich mehr Zeit mit ihr verbringen. Wer weiß, wie lange ich sie noch habe.«

Antonia schwieg. Ob sie ihre Mutter wiedersehen würde? Es waren viele Jahre vergangen. Mit vier Kindern war eine Reise nach Mallorca nahezu unmöglich. Fast beneidete sie Luisa dafür, ihre Mutter so nah bei sich zu haben. Aber sie wollte nicht undankbar sein.

»Wie lange kann ich noch bleiben?«

Antonia sah auf. »Zwei Wochen?«

»Danke. Das ist mehr, als ich erwartet habe.« Luisa stand auf. »Soll ich die Kinder wecken und mit ihnen frühstücken?«

Antonia wollte in die Firma, um ihrem Mann beizustehen. Federico saß sicherlich schon in seinem Büro. »Das wäre wunderbar. Ich werde Federico in der Fabrik helfen.«

Antonia erinnerte sich gut an ihre erste Begegnung. Luisa hatte sie angesehen, als sei sie ein aufdringliches Insekt. Antonia war für Federico nicht gut genug gewesen. Weder für die Upperclass noch für das Personal. Erst als sie wegen des verheerenden Brands des Asturischen Zentrums ausgezogen war, um den Menschen Platz zu machen, die ein Dach über dem Kopf benötigten, hatte sie sich den Respekt des Personals verschafft. Das war noch vor der Hochzeit mit Federico gewesen. Seither war Luisa eine loyale Angestellte. Antonia war ihr und ihrer Mutter dankbar für die jahrelange Unterstützung.

Es fiel ihr schwer, sie gehen zu lassen. Hoffentlich wäre es nur für eine kurze Zeit. »Danke für alles.« Sie stand auf, trank ihre Tasse leer und stellte sie in die Spüle.

Antonia überquerte den Innenhof. Der Duft der Tabakblätter stieg ihr in die Nase. Die Arbeitshallen waren gut besetzt, nur wenige Plätze leer. Sie ging zu Federicos Büro. »Buenos días, Cariño.« Sie zeigte mit dem Daumen hinaus zu den Fertigungshallen. »Wie viele sind nicht gekommen?«

»Achtzehn.«

Das waren weniger als befürchtet. In einer Stunde hätten sie die Arbeiter ausbezahlt. Der Vorarbeiter schickte einen nach dem anderen ins Büro. Antonia half Federico mit den Abrechnungen und zahlte die vereinbarten Summen aus, die sich ihr Mann quittieren ließ. Fünfzehn Mitarbeiter baten darum, doch bleiben zu dürfen. Federico akzeptierte diese Bitte, ohne die Männer zu maßregeln. Sie schienen in der ersten Enttäuschung eine vorschnelle Entscheidung getroffen zu haben. Ohne zu zögern gingen sie anschließend zurück an ihren Arbeitsplatz.

Nach der Auszahlung des Lohns stand vor dem Hauptportal der Manufaktur bereits eine Menschentraube. Antonia war überrascht, aber auch erfreut. Die Menschen wollten trotz des niedrigeren Lohns bei ihnen arbeiten.

Drei Zigarrendreher mussten sie ersetzen. Da weit mehr vor der Tür standen, konnte Federico sich die besten aussuchen.

Durch die Gespräche hatten sie erfahren, dass auch die Arbeiter, die für den Trust tätig waren, heftige Lohneinschnitte hinnehmen mussten. Zudem erhielten sie ihren Lohn in den letzten Wochen oft unpünktlich, was die Arbeiter unruhig werden ließ.

Davon hatten weder Federico noch Antonia bisher etwas gehört. García hatte das Unternehmen als gesund und finanzkräftig dargestellt. Machten sie auf Kosten ihrer Mitarbeiter Gewinne? Antonia konnte es sich nicht anders erklären. Wenn der Trust weiterhin so handelte, würde es bald zu einer Rebellion kommen. Lange würden die Arbeiter dieses Vorgehen nicht hinnehmen. So schlecht die Lage auch war, zu sehr durfte man die Mitarbeiter nicht ausnutzen. Die Cubanos waren ein stolzes Volk, sie würden sich von den Amerikanern nicht alles gefallen lassen.

Antonia traute es dieser Vereinigung durchaus zu, sich auf Kosten der Arbeiter zu bereichern, und sie war glücklich darüber, dem Trust erneut getrotzt zu haben.

2

Mallorca, Frühsommer 1928

Carla Delgado Ramis öffnete die Holzläden und die Fenster, um die wärmende Frühlingssonne in ihr Haus zu lassen. Von nebenan hörte sie das gleichmäßige Klopfen der Steinmetze im Betrieb ihres Mannes. Aufgrund der vollen Auftragsbücher beschäftigten sie einen neuen Lehrling.

Ihr Blick fiel auf den Zitronenbaum im kleinen Garten, der noch immer in voller Blüte stand und seinen verschwenderischen Duft ins Haus trug. Trotz der Blütenpracht hingen noch reife Zitronen an seinen Ästen. Ausreichend, um zwei Zitronenkuchen zu backen. Samuel würde sich freuen. Mit solchen kleinen Gesten vermochte Carla ihm ihre Dankbarkeit auszudrücken.

Wo wären sie ohne ihn?

Samuel hatte Francisco lange vor ihrer Hochzeit eine Ausbildung zum Steinmetz in seinem Betrieb in Binissalem ermöglicht; nach der Hochzeit ihnen sogar das Haupthaus für kleines Geld vermietet und war selbst in eine separate Wohnung in den ersten Stock gezogen, damit ihre Kinder im Patio spielen konnten.

Als kinderloser Witwer brauchte er nicht viel. Sagte er. Carla wusste aber, dass Samuel in Francisco den Sohn sah, den er niemals gehabt hatte.

Auch sie würden nie eigene Kinder haben, die im Patio spielen würden. Carla schluckte trocken. Zeit, sich mit Kuchenbacken abzulenken. Sie durfte der Traurigkeit keinen Raum geben. Die Nachricht des Arztes war damals eindeutig gewesen. Sie konnte keine Kinder mehr bekommen. Die Geburt von Antonia war ein Wunder gewesen. Ein kurzes Wunder. Jetzt mit über dreißig musste sie weiter nach vorne schauen.

Carla sah wieder hinaus in den Garten. Schmetterlinge und Bienen schwirrten umher. Das überbordende Leben des Frühlings, wie ein Erwachen aus dem Schlaf und immer ein Zeichen der Hoffnung. So wie sie hofften, ein Kind adoptieren zu dürfen. Es wäre bestimmt nur eine Frage der Zeit. Der Gedanke an ein Kind füllte ihr Herz mit Wärme.

Carla pflückte die Zitronen vom Baum. Sie würden sogar für drei Kuchen ausreichen. Einen davon bekäme ihre Mutter. Sie richtete ihren geflochtenen Zopf und drehte ihn am Hinterkopf zu einer Schnecke.

Mit dem Korb in der Hand schlenderte sie die kleine Dorfstraße in Binissalem entlang zum Markt. Vor der großen Kirche auf dem freien Platz herrschte reges Treiben, und Carla stellte sich zuerst an den Eierstand. Vor ihr unterhielten sich zwei Frauen angeregt über Schuhmode. Das Gespräch erinnerte sie an die Zeit, als sie in der Schuhfabrik neue Designs entworfen hatte.

Unter die Wehmut beim Gedanken an die kreative Arbeit mischte sich die Wut auf ihren damaligen Chef. Als sie nicht auf Isidoros Avancen eingegangen war, hatte sie ihre Anstellung verloren.

Agua pasada – Schnee von gestern, schalt sie sich, als sie an die Reihe kam und ihre Nachbarin Sofía sie ansah. Meist kaufte Carla die Eier bei ihr zu Hause. Doch heute wollte sie nicht warten, bis sie vom Markt zurückkehrte. »Ein Dutzend?«

»Drei Dutzend, heute ist großer Backtag.«

Sofía legte die Eier in Carlas Korb, kassierte, und Carla ging weiter, ihre Besorgungen erledigen. An jedem Stand erfuhr sie ein wenig vom neuesten Dorfklatsch, der Carla zwar amüsierte, dem sie jedoch keine Bedeutung beimaß. Schließlich erinnerte sie sich deutlich an das Getuschel, als sie den mittellosen Francisco dem reichen Isidoro vorgezogen hatte.

Die Sonne brannte mittlerweile vom Himmel, und Carla trat mit ihren Einkäufen den Rückweg an. Kurz bevor sie zu ihrem Zuhause einbog, öffnete sich der Blick zu den Bergen der Tramuntana. Klar umrissen zeigten sich die Bergspitzen, und kleine Wölkchen hingen wie getupft am Himmel.

Carla schloss die Haustür auf und stellte den Korb auf den Küchentisch, bevor sie Holz in den Backofen schob und mit geübten Handgriffen den Teig zubereitete.

Wenig später zog der Duft von frisch gebackenem Kuchen durch das Haus. Samuel legte sie den Kuchen als Überraschung vor die Tür im ersten Stock.

Francisco wollte in Palma mittagessen, da er eine Lieferung zu erledigen hatte. Carlas Magen knurrte. Sie schnitt sich eine Scheibe Brot vom Laib, träufelte Olivenöl darauf und belegte sie mit ein paar Tomatenscheiben.

Nach dem Essen wusch sie rasch ab, packte anschließend den Zitronenkuchen für ihre Mutter in einen Korb, klemmte ihn auf den Gepäckträger des Fahrrads und fuhr nach Sencelles.

Sobald sie an ihrem ehemaligen Weinfeld vorbeifuhr, dachte sie an die Zeit, als ihre Familie mit dem Weinbau ihr Auskommen gehabt hatte. Erinnerungen an ihre glückliche Kindheit. An eine Zeit, in der sie jeden Morgen neben ihrer Schwester Antonia aufgewacht war. Eine Zeit, als Vater noch lebte und Leo nicht die Schuld an Vaters Tod trug.

Carla trat fester in die Pedale, um die Grübeleien, was in der Vergangenheit besser hätte laufen müssen, aus ihrem Kopf zu vertreiben. Der Kirchturm aus hellem Kalkstein überragte das Dorf und leuchtete am stahlblauen Himmel.

Carla stellte ihr Fahrrad am Haus ihrer Mutter ab, in dem sie mit ihrer besten Freundin Lidia wohnte. Bevor sie klopfen konnte, öffnete Lidia die Tür, und Carla hüpfte überrascht einen Schritt zurück. »Du hast ja deine Haare abgeschnitten.«

Lidia fuhr sich mit der rechten Hand in den Nacken. »Ja, schick, nicht? Die Friseurin musste nicht mal ondulieren, meine leichten Locken springen bei dieser Länge von ganz allein. Und praktisch ist es, man schwitzt nicht. Solltest du vielleicht auch versuchen.«

»Auf gar keinen Fall.« Francisco würde in Ohnmacht fallen, ließe sich Carla ihr langes Haar abschneiden.

»Na ja, muss ja nicht heute sein.« Lidia gab Carla zwei Wangenküsse und deutete auf den Fahrradkorb. »Hast du uns etwas mitgebracht?«

Carla lachte. »Gib zu, du hast mich bereits vom Fenster aus anradeln sehen und hinter der Tür gelauert, um mich zu erschrecken.«

»Erwischt.« Lidia grinste. »Komm rein, deine Mutter trinkt gerade den Nachmittagskaffee im Patio.«

»Da komme ich ja genau richtig. Der Kuchen im Fahrradkorb ist für euch.« Carla hob ihn heraus und lüftete kurz das Tuch darüber. »Zitronenkuchen.«

»Na, dann nichts wie rein mit dir.« Lidia nahm ihr den Kuchen ab und ließ ihr den Vortritt.

Carla ging durch die großzügige Küche, vorbei am offenen Kamin in den Patio. Ihre Mutter saß mit dem Rücken zu ihr im Schatten der Olivenbäume und schien vollkommen in Gedanken versunken.

Carla umarmte sie von hinten. »Bon día, Mamá.«

Ihre Mutter drehte sich zu ihr. »Das ist ja eine schöne Überraschung!«

»Ich bringe euch Kuchen.« Carla musterte ihre Mutter, die sich die in die Jahre gekommene schwarze Strickjacke enger um die Schultern zog. Sie setzte sich zu ihr. Obwohl Mutter lächelte, schien sie etwas zu bedrücken.

Bevor Carla nachfragen konnte, kam Lidia in den Patio und stellte den Zitronenkuchen und Teller auf den Tisch.

»María, magst du noch einen Kaffee?«

Mutter betrachtete den Kuchen. »Gerne.«

Beim Kaffeetrinken erfuhr Carla den neuesten Dorfklatsch. Der Pfarrer wollte sich bald zur Ruhe setzen, der Stier des Landwirts am Dorfende hatte den Zaun niedergerissen und sich zu den Milchkühen gesellt, und das halbe Dorf half, um die Kühe vom Stier fernzuhalten.

Carla schob lachend den leeren Teller von sich. Lidia hatte die Gabe, solche Geschichten anschaulich zu erzählen. »Wie läuft es auf der Plantage? Ein Teil der Aprikosen müsste doch schon im Lager zum Trocknen sein. Braucht ihr meine Hilfe?«

Lidia stand auf und stellte das Geschirr ineinander. »Wir sind mittendrin im Ernten und Trocknen. Ich vermisse die Zeit, als wir noch Aprikosenmarmelade verkaufen konnten. Mit Trockenfrüchten verdient man nicht halb so viel. Aber die Mandelernte ist vielversprechend.«

Mutter räusperte sich. »Ja, und das Ernterisiko mit der Trocknung liegt wieder bei uns.«

»Gibt es Probleme?« Carla horchte auf.

Lidia trat hinter Mutter und legte ihr die Hand auf die Schulter. »Nein. Deine Mutter bedauert vielmehr, dass sich die Leute keine extravagante Marmelade mehr leisten können. Außerdem machte es großen Spaß, uns Rezepte auszudenken und mit Gewürzen zu experimentieren.«

»Nun kochen wir nur noch für uns ein.« Obwohl Mutter zustimmte, ließ Carla das Gefühl nicht los, ihr läge noch etwas auf der Seele. Aber sie wusste auch, wie wenig Sinn es hatte, ihre Mutter zu drängen. Sie würde reden, wenn sie den Zeitpunkt für gekommen hielt.

Die Rückfahrt führte Carla wieder an den Feldern vorbei. Diesmal stieg sie ab. Wehmütig sah sie zu der übrig gebliebenen Rebenreihe, die das Grundstück zu einer Seite begrenzte. Eine letzte Erinnerung, die herauszureißen auch ihr Vater nicht übers Herz gebracht hatte. Sie überließen die Stöcke des Cabernet Sauvignons, Mantonegros und Prensal Blancs sich selbst, schnitt sie nur einmal vor dem Winter zurück. Tatsächlich war ein großer Teil der Aprikosen geerntet. Die anderen Bäume hingen voll reifer Früchte, deren süßer Duft ihr in die Nase wehte. Die Mandelbäume bogen sich förmlich unter den Bündeln an reifenden Mandeln. Die Felder konnten ihre Mutter also nicht beschäftigen. Aber was war es dann?

Gedankenverloren knetete Carla den Brotlaib. Der Traum von ihrem verstorbenen Mädchen in der vergangenen Nacht verfolgte sie wie ein langer Schatten, der ihr Gemüt verdunkelte.

»Bon día.«

»Hmm, dir auch einen guten Morgen«, brummte Carla und hielt Francisco die Wange für einen Kuss hin.

»Was ist los?«

Carla schob das Brot in den Ofen. »Ach, ich bin nur in Gedanken. Hättest du gedacht, dass es so kompliziert ist, ein Kind zu adoptieren?« Sie sah zu Francisco und wischte sich die mehligen Hände an der Schürze ab.

Mit der Kanne ging sie zum Tisch, schenkte ihrem Mann den Frühstückskaffee ein und setzte sich zu ihm.

»Dabei können wir einem Kind hier alle Liebe und Fürsorge geben, die ihm im Waisenhaus fehlt.«

Francisco trank einen Schluck. »Hab Geduld.«

Carla sah auf ihre Hände. »Meinst du, es wäre vielleicht einen Versuch wert, auch in Inca anzufragen? Um uns nicht nur auf Palma zu verlassen?« Obwohl ihr Zusammentreffen mit Isidoro vor dem Waisenhaus zwei Jahre zurücklag, plagte Carla weiterhin das Schuldgefühl, durch ihren Ausbruch ihm gegenüber sich eine Adoption verbaut zu haben.

»Ay, Corazón.« Francisco fasste über den Tisch nach ihrer Hand. »Isidoro hätte als Unterstützer des Waisenhauses sowieso davon erfahren. Er hat dir nicht verziehen, mich geheiratet zu haben. Hoffentlich erfährt seine Frau nie, dass sie nur die zweite Wahl für ihn ist.«

Darüber hatte Carla schon oft nachgedacht. Ebenso, ob Isidoro noch immer Gefühle für sie hegte. Sie entzog Francisco ihre Hand und stand auf. »Wir werden es nie erfahren. Und jetzt«, sie ging zu ihm und gab ihm einen Kuss, »musst du rüber in die Werkstatt. Die Steine behauen sich nicht von alleine.«

»Ja, schinde nur deinen armen Mann.« Francisco blickte sie mit einer Leidensmiene an und rieb sich den Rücken.

Carla lachte. »Tu nicht so. Du stehst in der Blüte deines Lebens. Also, an die Arbeit.«

Er warf ihr eine Kusshand zu und verließ die Küche. Carla sah ihm nach. Unter dem Hemd zeichnete sich sein muskulöser Rücken ab. Nie klagte er über die anstrengende Arbeit, wenn er besonders kompakte Steine bearbeitete. Selbst Samuel bremste und mahnte ihn, sich nicht zu überfordern. Auf der anderen Seite war es genau Franciscos Zielstrebigkeit, die Carla so an ihm liebte.

Sie räumte die Aprikosenmarmelade in die Abstellkammer und zählte die restlichen Gläser. Viele waren nicht mehr übrig. Die mit Gewürzen verfeinerten Marmeladen ihrer Mutter schmeckten fantastisch. Nicht nur auf Mallorca, auch auf dem Festland und in den USA verkauften sie die Marmeladen- und Mandelspezialitäten auf den gleichen Wegen wie die Trockenfrüchte. Doch seitdem das Geld knapper wurde, gingen die Aufträge zurück, bis sie schließlich gar keine Abnehmer mehr fanden. Auf solche Genüsse verzichtete man zuerst. Zu schade, wie bald nach dem kurzen wirtschaftlichen Erfolg Mutter und Lidia die Produktion wieder hatten aufgeben müssen. Carla verstand nicht viel von wirtschaftlichen Zusammenhängen, sie sah nur, wie wenig nun gekauft wurde.

Die Zeiten wurden härter. Das Geld knapper. Jeder sparte, wo er konnte, um sich Notreserven anzulegen.

Carla schaltete das Radio ein. Pilar Arcos' Lied *Tango de la muerte* ließ sie zu den bekannten Takten hin- und herwiegen. Sehnsüchtig überlegte sie, wann sie mit Francisco zuletzt in einem Tanzlokal in Palma gewesen war. Es musste schon Monate zurückliegen. Auch sie hielten das Geld zusammen. Bald feierten sie wieder die jährlichen Dorffeste, dann würde sie das kostenlose Vergnügen auskosten, bis ihre Füße schmerzten.

Bevor sie sich um Samuels Buchhaltung kümmerte, wollte sie die Zahlen ihrer eigenen Felder durchgehen. Sie holte die Kladde aus der Kommode und notierte die Kilopreise, die sie für die Aprikosen und Mandeln erzielen wollte.

Carla orientierte sich bei ihren Wunschpreisen an denen des Jahres, in dem sie das letzte Mal ausschließlich getrocknete Aprikosen verkauft hatten.

Die Amerikaner zahlten damals etwas mehr als die spanischen Zwischenhändler, doch wer wusste schon, wie es dieses Jahr aussah. Carla hatte sich gegen ihre Mutter durchgesetzt, die nur noch an die Amerikaner verkaufen wollte. So hatten sie den Verkauf aufgeteilt, und es blieben ihr in der jetzigen Krise neben den Amerikanern noch die Mallorquiner und die Festlandhändler als Abnehmer.

Carla drehte das Radio lauter, als der Nachrichtensprecher die aktuellen Meldungen verkündete. »Tatsächlich ist es einer

Frau gelungen, den Atlantik zu überqueren.« Diese Flugzeuge waren Carla nicht geheuer. Aber sie faszinierten sie. »Amelia Earhart ist als erste weibliche Passagierin nach einem Nonstop-Flug in England gelandet. Der Flug von den Vereinigten Staaten nach Europa hat einen Tag gedauert. Bei der Landung sagte Amelia über den Kapitän: *Stultz ist die ganze Strecke alleine geflogen – zwangsläufig. Ich war nur Gepäck, wie ein Sack Kartoffeln.«* Diese Beschreibung ließ Carla auflachen. Die Frau hatte Humor.

Und sie besaß Mut.

Wie konnte sich ein so schweres Gerät überhaupt in die Luft erheben? Mit Wehmut dachte sie an Antonia. So viele Jahre hatte sie ihre Schwester nicht gesehen. Ob sie jemals das Geld aufbringen könnte, zu ihr zu reisen? Immer wenn Carla glaubte, es liefe gut, ließ eine Krise ihre Ersparnisse schrumpfen.

Mit einem Seufzer räumte Carla die Kladde weg. Sie hoffte, ihre kalkulierten Zahlen mit der diesjährigen Ernte erzielen zu können.

Es klopfte.

Vor der Tür stand ihre Mutter.

»Ich hatte dich heute gar nicht erwartet.«

»Ich habe eine Freundin in Binissalem besucht, und sie wurde weggerufen, weil irgendetwas mit ihren Enkelkindern ist.«

Die Erwähnung von Enkelkindern schnitt Carla kurz ins Herz. Auch ihre Mutter wünschte sich welche.

»Wie geht denn die Adoption voran?«

Carla seufzte. »Die Mühlen mahlen langsam. Aber jetzt komm rein. Die Hitze hier draußen ist ja nicht auszuhalten.«

Sie nahmen in der Küche Platz, und Carla füllte zwei Gläser mit Wasser. »Du bist aber nicht hier, weil deine Freundin zu ihren Enkeln musste. Dich bedrückt doch was. Was ist los?«

Mutter starrte auf das Wasserglas.

»Raus damit. Was liegt dir auf dem Herzen?«

»Ach, ich sollte das alleine regeln, ihr tut so viel für mich, habt selbst genügend mit dem Steinmetzbetrieb zu tun, aber ...«

Warum stotterte ihre Mutter so herum? Hoffentlich war sie nicht krank. Carla bedachte sie mit einem nachdenklichen Blick. »Sag, was ist los?«

»Domingo ist das Problem.«

»Die Hilfskraft?« Domingo arbeitete bisher sehr zuverlässig auf den Feldern. »Ist er faul? Kommt er zu spät?«

Mutter trank einen Schluck. »Zuerst hat er gut mit José zusammengearbeitet, aber in der letzten Zeit verhält er sich seltsam.«

Carla beugte sich vor. »Inwiefern?«

»Er sabotiert die Ernte.« Mutter stand auf, ging zum Fenster und sah hinaus.

»Wie kommst du darauf?«

»Er reibt Kupferstaub an die Stämme der Mandelbäume und ins Wasser.«

»Er tut was?« Er bekam regelmäßig seinen Lohn, und die Bezahlung lag in der üblichen Höhe für seine Arbeit. Warum versuchte Domingo, die Bäume zu schädigen? »Komm, den stellen wir sofort zur Rede.« Carla sah ihre Mutter auffordernd an.

»Das ist noch nicht alles. Die Aprikosen.« Mutter schien alle Energie verloren zu haben.

»Was macht er mit den Aprikosen?« Selbst als Vater gestorben war, hatte sie nicht so müde gewirkt. Diesen Gang würde sie besser alleine gehen.

»Pilzbefall.« Mutter holte tief Luft. »Heute Morgen hat er Wasser auf die Trocknungsbretter gegossen.«

»Ist er verrückt geworden? Hast du ihn nicht zur Rede gestellt?«

»Doch. Natürlich. Er behauptet, er hätte Ameisen weggespült. Ich habe aber gar keine gesehen. Er macht das nicht zum ersten Mal. Die zugeführte Feuchtigkeit erklärt den plötzlichen Pilzbefall.«

»Wie schlimm ist es?«

Die tiefe Sorge spiegelte sich auf Mutters Gesicht wider. »Über die Hälfte ist unverkäuflich.«

»Du hättest ihn sofort rauswerfen sollen!«

Ihre Mutter setzte sich und sackte auf dem Stuhl in sich zusammen. »Ich wollte das nicht ohne Rücksprache mit euch tun. Domingo ist immerhin der frühere Nachbar von deinem Mann.«

»Das spielt doch keine Rolle.« Carla stand auf. Nichts hielt sie länger hier. Sie würde diesen Kerl sofort entlassen.

»Warte. Da ist noch etwas.«

»Was?« Auffordernd sah sie zu ihrer Mutter. Das Zögern passte nicht zu der tatkräftigen Frau, die sie kannte. Etwas setzte ihrer Mutter zu. Und das war nicht ihr Alter. Die Falten in ihrem Gesicht stammten nicht erst von heute, sie hatten sich in den letzten Jahren jedoch tiefer gegraben. Verlor ihre Mutter den Biss?

»Ich habe Leo mit Domingo in einer Bar in Inca gesehen. Bevor Leo ging, hat er Domingo einen Umschlag zugesteckt.«

»Einen Umschlag?« Hitze kroch Carlas Hals hinauf, und eine Welle der Wut schnürte ihr fast die Luft ab. Hatte ihr Bruder nicht schon mehr als genug angerichtet?

»Leo bezahlt Domingo, um uns zu schaden«, brach es aus Mutter heraus. »Ich bin mir sicher.«

»Domingo muss unsere Plantage sofort verlassen.« Carla zeigte auf das Brot im Ofen. »Hol es raus, sobald es fertig ist.«

Für einen Wimpernschlag glaubte Carla, ihre Mutter würde protestieren, sich an ihre alte Stärke erinnern und sie begleiten wollen, doch sie nickte nur müde.

Auf dem Weg zum Feld beschloss Carla, Domingo auf keinen Fall mit ihrem Wissen zu konfrontieren.

Welchen Teufel trug Leo im Leib, um so etwas zu tun? Er hatte Vaters Tod zu verantworten und damit selbst das familiäre Band zerschnitten.

Warum kümmerte er sich nicht um seine eigene Familie? Im Dorf wurde geredet, Alba sei mit dem zweiten Kind schwanger. Leo saß in Palma im Haus von Albas Eltern im gemachten Nest. Was wollte er noch? Glaubte er, einen Erbanspruch auf ihr fruchtbares Grundstück zu haben? Vielleicht sollte sie mit Alba über die Angelegenheit sprechen.

Innerlich brodelnd erreichte Carla die Plantage. »Wo ist Domingo?«, fragte sie José, der Unkraut aus dem Boden zupfte. Sie zwang sich zu einem sachlichen Ton.

»Oh, Carla, schön, dich zu sehen.« Er stand auf, wischte die erdigen Hände an der Hose ab und reichte ihr die rechte Hand zur Begrüßung.

Sie erwiderte den Händedruck und sah in sein Gesicht, das im Schatten seines ausgefransten Hutes trotz der Falten des Alters eine kraftvolle Wärme ausstrahlte. »Mutter sagte zu mir etwas von Ameisen im Ernteschuppen. Stimmt das?«

»Ameisen? Nein, wie kommst du darauf?«

»Domingo hat es Mutter gegenüber erwähnt«, wich Carla aus.

»Keine Ameisen. Aber es gibt ein anderes Problem im Lager. Ich habe keine Ahnung, woher der Pilz kommt, doch ich werde alles tun, damit sich der Verlust in Grenzen hält.« José hatte also keine Schädlinge bemerkt. Die gute Seele sorgte sich vielmehr um die Ernte. Besser, er erfuhr nichts von Domingos heimlichen Schandtaten, für die er sich von Leo bezahlen ließ. Sie traute dem alten Mann zu, Domingo ein blaues Auge zu verpassen.

»Danke José, ich weiß das sehr zu schätzen. Es wird viel Arbeit auf dich zukommen.« Carla setzte eine bedauernde Miene auf. »Leider muss ich Domingo entlassen. Nachdem wir die halbe Ernte verlieren, kann ich ihn nicht mehr bezahlen.«

Auf Josés Gesicht spiegelte sich augenblicklich Sorge. »Das tut mir leid. Die Hälfte der Aprikosen ist noch am Baum, und da werde ich aufpassen, dass der Pilz nicht sein Unwesen treibt, wenn wir sie zum Trocknen bringen. Also ...« José starrte auf seine Schuhspitzen. »Oder wirst du mich auch entlassen müssen?«

»Wie sollten wir nur ohne dich hier zurechtkommen?« Auf José konnte sie nicht verzichten. Er arbeitete gut und zuverlässig, obwohl er mit den Jahren an Schnelligkeit eingebüßt hatte. Aber sie wurden alle nicht jünger. »Wo ist Domingo?«

»Er holt gerade den Karren, damit wir das Unkraut zusammenrechen und aufladen können. Ach, schau«, er deutete das Feld entlang, »da kommt er.«

Carla drehte sich um und sah Domingo am anderen Ende des Grundstücks. »Danke, José.« Mit festen Schritten ging sie auf Domingo zu.

Er schloss das Gatter und blickte sie an. Unter seinem Hut kräuselten sich die Locken. Sie umrahmten sein Gesicht mit den großen dunklen Augen. Ein wahres Engelsgesicht. Doch sein Antlitz täuschte.

Carla streckte den Rücken durch. »Domingo, ich muss dich entlassen. Der Pilz kostet uns die halbe Ernte.«

»Das kannst du nicht machen.« Sein Gesichtsausdruck wirkte trotzig. »Es ist nicht meine Schuld.«

Am liebsten hätte Carla ihm widersprochen. Aber sie wollte ihn nicht wissen lassen, dass sie die Wahrheit kannte.

»Es tut mir leid. Ich kann die Aprikosen im Lager nicht verkaufen und folglich dich auch nicht bezahlen.« Die Ausrede für den Rauswurf klang plausibel. »Ich werde selbst mitarbeiten müssen.« Carla hoffte, er würde den Grund akzeptieren und öffnete das Gatter wieder. »Vielleicht klappt es nächstes Jahr wieder. Deinen Lohn wird dir Francisco geben.«

»Was fällt dir Weibsstück überhaupt ein?« Domingo verzog verächtlich die Mundwinkel. »Du hast gar nicht das Recht, mir zu kündigen. Das kann nur dein Mann! Außerdem habe ich meinen Wochenlohn bereits und denke nicht daran, auch nur eine Pesete zurückzuzahlen.«

Carlas Wut steigerte sich. »Du wirst hier nicht mehr arbeiten. Nicht, nachdem du so mit mir sprichst. Beklage dich bei meinem Mann, und du wirst sehen, was er dazu zu sagen hat.« Carla hegte keinen Zweifel an Franciscos Reaktion, doch dass er den Wochenlohn bereits im Voraus gezahlt hatte, ärgerte sie. Kurz überkam sie Unsicherheit ob ihrer Entscheidung. Aber es war ihr Land und nicht das ihres Mannes, also konnte sie bestimmen. Auch zum Wohle ihrer Mutter.

»Und nun geh.« Carla funkelte Domingo wütend an, schnappte sich den Karren und marschierte ohne ein weiteres Wort an den Aprikosenbäumen entlang. Ein wenig Zeit blieb noch, bevor die andere Hälfte der Früchte geerntet werden müsste. An diesem Tag würde sie José helfen, das Unkraut zu beseitigen, und schon morgen wollte sie nach einem Ersatz für Domingo suchen. Erst als sie bei José angekommen war, drehte sie sich um.

Domingo war verschwunden.

Carla bückte sich und warf die ersten Unkrautbündel auf den Karren. »Du musst das nicht alles allein bewältigen, José.«

Meter für Meter beugte sie sich zum Boden, um das Unkraut aus der trockenen Erde zu ziehen. Wie schaffte José diese Arbeit in seinem Alter? Ihr selbst schmerzte jeder einzelne Knochen. Dabei arbeitete sie erst drei Stunden auf dem Feld. Sie warf das letzte Unkraut auf den Wagen. Mit einem Seufzer drückte sie den Rücken durch und ließ die Schultern kreisen. Es brachte nur wenig Erleichterung. Carla war verweichlicht, diese Arbeit nicht mehr gewohnt.

José nahm aus einer Klappe unter dem Karren zwei Gläser und einen Krug Wasser und goss ihnen beiden ein. Sie leerte es in einem Zug. »Danke, José.« Sie gab ihm das Glas zurück. »Ich gehe jetzt nach Hause und bespreche mich mit Francisco. Am besten, wir vernichten die Aprikosen im Lager und waschen alles mit Essig ab, damit auch die letzte Pilzspore verschwindet.«

»Soll ich das übernehmen? Das mache ich gerne.« José lächelte sie an und entblößte seine nicht mehr vollständige Zahnreihe.

Carla zog ein Tuch aus ihrer Rocktasche und wischte sich den Schweiß vom Hals. »Ich gebe dir Bescheid. Wie lange bleibt uns, bis wir abgeerntet haben müssen?«

José schob den Hut in den Nacken und trat nah an einen voll hängenden Baum heran. Mit dem Zeigefinger strich er vorsichtig über die Haut einer Aprikose. »Eine Woche haben wir sicher noch Zeit. In den nächsten Tagen reiße ich den Rest des Unkrauts heraus.« José hob sein Kinn, es sah aus, als spräche er zu sich selbst. »Das packe ich schon.«

»Danke, José. Wir suchen eine Lösung, ja? Allein schaffst du das nicht.« Auf dem Heimweg hoffte Carla, Domingo wäre nicht gleich zu Francisco gerannt. Als sie in die Straße zur Werkstatt einbog, zerschlug sich ihre Hoffnung. Domingo verließ gerade den Werkstatthof. Carla duckte sich in einen Hauseingang, um ihm nicht noch einmal zu begegnen, und schämte sich für ihr Verhalten.

Als Domingo aus ihrem Sichtfeld verschwunden war, betrat Carla den Hof und öffnete die Tür zur Werkstatt. »Francisco?«

Ihr Mann kam hinter einem großen Steinblock hervor. Wie Puder lag der Steinstaub auf seinen Haaren, überzog sein Gesicht und die Schultern. »Ich dachte, du machst die Buchhaltung, stattdessen wirfst du Domingo raus?« Er wischte sich den Staub mit dem Handrücken vom Mund. »Meinst du nicht, wir sollten solche Dinge vorher besprechen?«

Den Vorwurf wollte sie so nicht auf sich sitzen lassen. »Ach ja? Und seit wann bekommen die Feldarbeiter ihren

Wochenlohn im Voraus? Findest du nicht, auch das hättest du mit mir besprechen sollen? Immerhin ist es mein Land und das Unternehmen meiner Mutter.«

Das gleichmäßige Hämmern eines Mitarbeiters war mittlerweile verstummt. Wahrscheinlich lauschte er ihrem Gespräch.

»Nicht hier.« Francisco deutete zur Treppe. »Das klären wir im Büro.«

Was dachte sich ihr Mann eigentlich? Sie war doch nicht sein Laufbursche, den er abkanzeln konnte. »Dann geh vor.«

Kurz starrte er sie an, bevor er sich schweigend umdrehte und die Treppe hinaufging.

Sie wollte keinen Streit, doch in diesem Fall war sie im Recht.

An der Bürotür blieb er stehen und hielt sie ihr auf. »Bitte sei nicht so.« Er bedachte sie mit einem warmen Blick.

Schweigend nahm Carla Platz.

Francisco zog einen Stuhl neben ihren und setzte sich ebenfalls. »Also, was ist geschehen? Warum hast du Domingo ohne Rücksprache gekündigt?«

»Du hättest genauso gehandelt, glaub mir.« Carla zwang sich dazu, die Geschehnisse sachlich zu erzählen.

Francisco erhob sich von seinem Stuhl und lief unruhig im Büro auf und ab. Carla endete und sah ihn an. »Und? Hättest du ihn behalten?«

Er wirkte zerknirscht. »Natürlich nicht, Corazón.« Er setzte sich wieder zu ihr. »Ich habe nur die Bitte, dass wir uns künftig besser absprechen.«

»Dann übernehme ich auch die Auszahlung des Wochenlohns.« Carla wollte nicht weiter einlenken.

»Einverstanden. Wir sind schließlich beide daran interessiert, dass das Geschäft deiner Mutter läuft.« Er strich mit dem Daumen über ihren Handrücken. »Ich kenne einen Bauern, der Arbeit sucht. Den werde ich gleich morgen fragen.«

»Es reicht, wenn er in einer Woche anfangen kann. Ich werde bis dahin helfen, falls sich Domingo auf dem Feld herumtreibt und spioniert. Gemeinsam mit José vernichte ich die verdorbene Ernte, und wir waschen das Lager mit Essig aus.«

»Bist du dir sicher?« Francisco sah sie fragend an. »Du musst diese anstrengende Arbeit nicht übernehmen.«

»Ich will kein Risiko eingehen. Mutter und ich werden die Ernte untersuchen. Vielleicht ist ja noch nicht alles verdorben.«

»Gut. Wenn du das möchtest.«

»Ja, das möchte ich.« Carla hörte sich sicherer an, als sie war. Aber sie hatte Domingo entlassen, also musste sie das auch zu Ende bringen. »Doch was machen wir, wenn Leo keine Ruhe gibt?«

»Das wird er. Nachdem ich mit ihm gesprochen habe.«

»Wann kommst du zum Essen rüber?« Carla wartete an der Tür auf Franciscos Antwort.

»In einer guten Stunde.«

»In Ordnung.« Carla ging in ihre Wohnung, holte den Topf mit der Gemüsesuppe vom Vortag aus der Kammer und stellte ihn auf den Herd. Das Brot lag eingewickelt in einem Tuch auf dem Tisch. Ihre Mutter hatte es aus dem Ofen geholt, bevor sie gegangen war. Carla würde ihr am nächsten Tag von dem Rauswurf berichten.

Um auf andere Gedanken zu kommen, räumte Carla den Geschirrschrank aus und setzte einen Wasserkessel auf den

Herd, um heißes Spülwasser zu haben. Eine sinnlose Tätigkeit, doch es lenkte sie ab. Häufig bekämpfte sie die innere Unruhe, die sie leider immer wieder mal erfasste, mit Haushaltstätigkeiten.

Der Kessel pfiff, und Carla goss das heiße Wasser in die Steinspüle, bevor sie etwas kaltes dazugab. Die ersten Tassen gingen ihr leicht von der Hand, und sie stellte sie zum Abtropfen daneben. Als sie die Teller aus dem Schrank nahm, spürte sie die altbekannte Taubheit in den Fingern, und ein Teller fiel auf den Rand des Spülsteins. Eine Ecke brach ab, und beim Blick auf das zerbrochene Geschirr verlor sie den letzten Rest ihrer mühevoll aufrecht erhaltenen Fassung. Fluchend warf sie den Spüllappen gegen die Wand. »Verdammte Finger! Wie soll ich nur die Ernte einbringen?« Am liebsten hätte sie ihre tauben Hände gegen den Stein geschlagen, nur um sie wieder zu spüren. Die Taubheit kam ohne Ankündigung. Immer. Oftmals vergingen Monate, in denen sie keine Beschwerden hatte. Carla wusste, sie war ungerecht. Hatten nicht alle sie unterstützt, damit sie damals die Spanische Grippe und die Hirnhautentzündung überlebte? Selbst Antonia und ihr Mann Federico hatten Geld aus dem fernen Kuba geschickt und einen Facharzt vom Festland organisiert, um ihr die bestmögliche Versorgung zu ermöglichen.

Carla blickte zur Anrichte und auf das Familienfoto von Antonia. Die kleine Isabel war das Nesthäkchen, und sie gönnte ihrer Schwester das Familienglück, was ihr selbst verwehrt geblieben war, von Herzen. Carla ging zu dem Foto, das neben dem ihrer Schwester stand. Mit dem Finger der gesunden Hand streichelte sie darüber. Was hatte sie sich gegen die Tradition gewehrt, ein Familienbild mit ihrer toten Tochter im Arm zu machen. Mit ihrem Liebling, dem Gott nur wenige Monate auf der Erde geschenkt hatte, bevor er das Mädchen eines Nachts zu sich geholt hatte. Mittlerweile war sie froh, dieses Foto zu haben, denn die Erinnerung an viele freudige Momente hatte sich über die Trauer gelegt.

Carla stellte es zurück neben das Tauffoto ihrer Nichte Xisca. Franciscos Schwester Blanca und ihr Mann Julián hatten nicht lange überlegt und Carla gebeten, Taufpatin ihrer Erstgeborenen zu werden. Bald stand der erste Geburtstag ihres Patenkindes an.

Carlas Wut auf ihre Hände verflog wie ein Vogel, der sich nach einer kurzen Pause wieder in den Himmel erhob.

An der Spüle betrachtete sie den Teller mit der abgebrochenen Ecke. Es gab Schlimmeres. Sie warf ihn in den Blecheimer neben dem Herd.

Vorsichtig spülte sie das restliche Geschirr, damit nicht noch ein Teil Schaden nahm. Dabei löste sich die Taubheit in den Fingern, und ihre Gedanken wanderten wieder zu ihrem Patenkind.

Sie sah zur Wanduhr.

Noch blieb Zeit, bis Francisco zum Essen käme.

Carla holte den neu gekauften Stoff hervor und übertrug das Schnittmuster mit Kreide. Mit der Schere schnitt sie an der Markierung entlang. Das Material war kuschelig weich. Sie hielt ihn sich verträumt an die Wange.

Beim Nähen vergaß sie die Zeit. Erschrocken fuhr sie hoch, als Francisco die Küche betrat, und stach sich in den Finger. Fast wie früher, als sie noch Schuhe aus hartem Leder nähen musste. Automatisch steckte sie sich die Fingerkuppe in den Mund.

»Du hast mit dem Essen gewartet? Entschuldige, dass ich so spät komme. Toni kam vorbei und hat einen Stein bestellt. Seine Mutter ist gestorben.«

»Oh, das tut mir leid«, nuschelte sie, zog den Finger aus dem Mund und betrachtete ihn. Er blutete nicht mehr.

Francisco trat zu ihr. »Was tust du hier?«

»Ich nähe ein Geburtstagsgeschenk für Xisca.«

Er sah sie überrascht an. »Wir wollten doch zusammen etwas für ihren ersten Geburtstag kaufen.«

»In dem Alter sind es ja eher Geschenke für die Eltern, und für Puppen ist sie noch zu klein. Also habe ich diesen weichen braunen Stoff gekauft und ein Schnittmuster für einen Teddybären.« Sie hielt ihm den Stoff hin. Allmählich nahmen die Stoffschnitte die Form eines Bären an. Zum Schluss wollte sie ihn mit alten Lappen ausstopfen. »Was hältst du davon?«

»Du nähst ihr etwas?« Francisco strahlte sie an. »Du hasst nähen!«

»In dem Fall nicht. Ich bin schließlich ihre Patentante.« Natürlich wusste Francisco von ihrem Spruch, nie wieder eine Nadel in die Hand zu nehmen, doch ging es hier um etwas ganz anderes.

»Lass mich mal fühlen.«

Carla reichte ihm den Teddystoff.

Francisco strich mit der Handinnenseite über die Fasern. »O ja, der ist flauschig.«

»Schau.« Carla nahm ihm den Stoff ab und legte zwei dunkle Knöpfe darauf. »Das werden die Augen.«

»Xisca wird ihn lieben.« Francisco ging an den Herd. »Wollen wir nun essen? Ich habe einen Bärenhunger.« Zeitgleich prustete ihr Mann los.

»Bärenhunger also, ja?« Carla lachte und legte ihre Arbeit beiseite.

Francisco füllte zwei Teller mit dem Gemüseeintopf, brachte sie an den Tisch und setzte sich zu ihr.

Carla zog den Teller näher heran. »Hat Blanca gesagt, wann wir am Wochenende kommen sollen?«

»Ja, sie erwartet uns gegen vier Uhr, wenn sie aus Manacor zurück sind.«

»Sie wollen es also wirklich versuchen?«

»Ja, wenn das Ritual hilft und der Nabelbruch verschwindet, wäre es für die Kleine ein Segen.«

»Kennst du jemanden, bei dem es funktioniert hat?« Carla stand solchen mysteriösen Legenden skeptisch gegenüber.

»Du hast nicht wirklich eine Ahnung, was sie da machen, oder?« Francisco lachte. »Bei mir hat es geholfen.«

»Bei dir?« Carla stippte ein Stück Brot in den Eintopf. »Wie willst du dich daran erinnern können?«

»Mutter hat es mir später oft erzählt. Ich war neun Monate alt, und nichts hat geholfen.« Francisco lächelte und bediente sich ebenfalls am frischen Brot. »Noch vor dem Morgengrauen zu Sant Joan sind sie mit der Kutsche nach Manacor gefahren, um rechtzeitig zum Sonnenaufgang dort zu sein. Es gab sogar eine richtige Warteschlange. Mutter hat einen Zettel mit einer Nummer erhalten. Als wir dran waren, hat die Großmutter der Suredas einen Zweig der Korbweide abgeschnitten und den Saft aus dem Zweigende auf meinem Nabelbruch verrieben.«

Carla sah ihn überrascht an.

Amüsiert über ihren Gesichtsausdruck, erzählte er weiter. »Anschließend wurde um das Zweigende Hanf geschlungen und mit feuchter Erde verschlossen. Zum Abschluss wurde noch der Zettel mit der Nummer befestigt und meiner Mutter zurückgegeben. Nach einem Monat zu Sant Jaume spross tatsächlich aus dem Zweig ein neuer Trieb. Man sagt, dass dann die Heilung gelungen sei.« Francisco hob grinsend sein Hemd. »Wie du erkennen kannst, sieht mein Nabel vollkommen normal aus.«

»Vielleicht wäre er aber auch so verheilt.« Carla aß einen Löffel Suppe. »Geschadet hat das Ritual dennoch nicht.«

Francisco lachte laut auf. »Du Ungläubige. Wer heilt, hat recht, oder?«

»Stimmt. Wenn es dir geholfen hat, dann hilft es vielleicht auch Xisca. Einen Versuch ist es wert.« Carla brach sich ein weiteres Stück Brot ab. Sie hielt nichts von solchen Ritualen, lenkte ihrem Mann gegenüber jedoch ein.

»Blanca will übrigens eine Torte backen.« Francisco zwinkerte ihr zu. »Dabei kann meine Schwester gar nicht backen.«

»Soll ich ihr meine Hilfe anbieten?« Carla wischte mit dem Brot den Teller aus.

»O nein, Corazón, das würde sie dir übel nehmen.« Er schüttelte den Kopf. »Zur Not kann sie ja meine Mutter um Hilfe bitten.«

»Mit deren Backkünsten steht es aber auch nicht zum Besten.« Carla freute sich auf den Kindergeburtstag. Schon vom ersten Augenblick an hatte sie sich in dieses kleine und zauberhafte Wesen verliebt. So sehr, dass sie sogar für Xisca wieder zu nähen begonnen hatte.

3

Leo wuchtete die letzte Kiste auf den Karren. Auf dem Schiff hinter ihm herrschte reges Treiben, und die Arbeiter holten die Taue ein. Schon in wenigen Minuten würde er zu seinem nächsten Schmuggeleinsatz im Schutz der Dunkelheit aufbrechen. Eine heftige Brise wehte ihm feuchte Salzluft ins Gesicht.

Am Ostdeck nahe der Seehandelsbörse sah er die ersten Fischerboote anlanden, und in die Meeresluft mischte sich der Geruch nach Fisch.

Er ging zum Lager, schob die schwere Holztür hinter sich zu. Am Waschbecken wusch er sich das erhitzte Gesicht. Wie er diese nächtlichen Einsätze verabscheute. Doch Tomeu kannte kein Erbarmen und bestand weiterhin auf den für ihn lukrativen Schmuggel. Er lag vermutlich in seinem breiten Bett und träumte süß in seiner luxuriösen Bettwäsche, während Leo für ihn die harte Arbeit vor Ort übernehmen musste. Leo fuhr sich durch sein vom Salz verkrustetes Haar. Es blieb beim Ab- und Aufladen der Kisten auf dem Schiff nicht aus, dass das Meersalz nicht nur seinen Haaren, sondern auch seinen Händen zusetzte. Aus einem Regal nahm er die Fettcreme, die wenigstens die Schrunden an den Fingern etwas geschmeidiger machte.

Er schlenderte durch das langsam erwachende Palma am Hafen entlang. Kreischende Möwenschwärme flogen um die Fischerboote, die ihren Fang ausluden. Majestätisch ragte vor ihm die Kathedrale auf, deren Kalksandstein in der aufgehenden Sonne zu leuchten begann. Das Sonnenlicht tauchte das Meer in eine milchfarbene Oberfläche, die sich in jeder Minute klarer und bläulicher zeigte.

Nur wenige Menschen befanden sich bisher auf der breiten Prachtstraße Paseo del Borne, deren Anfang und Ende die Löwen des Borne markierten. Leo fragte sich immer wieder, wieso die Leute sie so nannten, wo es sich vielmehr um Sphinxen handelte, denn die Löwenkörper aus Santanyi-Sandstein gingen in Frauenbüsten und -gesichter über. Gesäumt wurde die breite Straße von schattenspendenden Platanen und herrschaftlichen mehrstöckigen Häusern. Die meisten von ihnen zierten französische Balkone, um die bodentiefen Fenster zu öffnen und von deren Austritt den Blick über die Prachtstraße zu genießen.

Die ersten Läden öffneten, und vor dem Café del Borne herrschte bereits reger Betrieb. Die dort verkauften Backwaren konnte man frisch mitnehmen. Leo sog den zuckrigen Duft von gesüßtem Schmalzgebäck ein, und er beschloss, Alba mit einer Ensaïmada zum Frühstück zu überraschen.

»Mit Puderzucker?«, erkundigte sich der Bäcker.

»Gerne.« Leo beobachtete, wie er großzügig die Schmalzschnecke bestäubte und sie in eine achteckige Pappschachtel legte. Er schlang eine Kordel darum und band eine Schleife obenauf, an der man das Paket tragen konnte.

Leo verließ die breite Prachtstraße am nördlichen Ende und bog rechts in die Straße ein, die den Borne mit der

Rambla verband. Imposant ragte vor ihm das *Gran Hotel* auf. Das modernistische Gebäude beeindruckte durch die üppigen Stuckverzierungen in der Steinfassade sowie die glasierten Keramikfliesen und kunstfertigen Schmiedearbeiten um die Erker. Die unter dem Schutz des Daches befindlichen Kapitelle zierten Wappen, die von wundervoll gearbeiteten Blumenmotiven in blau-weißen Fliesen umrankt waren. Jedes noch so winzige Detail zeigte die Wertigkeit des Hotels und verwies den kleinen Mann auf seinen Platz.

Schon beim ersten Blick auf das Gebäude hatte Leo gewusst, dass er sich in diesem edlen Ambiente nur in Ausnahmefällen einen Kaffee leisten könnte. Die Fassade erinnerte ihn an einen Palast.

Er warf einen letzten Blick auf das Gebäude, passierte es und bog in die kleine Gasse ein, die zur Plaza Mayor führte.

Die weniger reich verzierten Häuser rechts und links ließen noch keine Morgensonne zu ihm in die Gasse scheinen, wohingegen der große Hauptplatz bereits im Sonnenlicht strahlte.

Kurz darauf stand er in der Calle del Sindicato vor dem Portal seines Zuhauses. Obwohl er dort nun schon einige Jahre mit Alba wohnte, hatte er sich noch immer nicht an die Größe des Hauses gewöhnt. Seine Schwiegereltern lebten im oberen Stockwerk in einer Wohnung und er selbst mit Alba im ersten Stock. Die anderen Wohnungen hatten Albas Eltern vermietet. Zu Beginn hatte es ihn gestört, in Albas Elternhaus zu ziehen. Doch ein eigenes Heim blieb vorerst ein Traum. Außerdem konnte er seiner Frau den Luxus, den das Wohnhaus bot, woanders auf gar keinen Fall bieten.

Leos verwinkeltes Elternhaus hätte samt des kleinen Patios dreimal in das stattliche Gebäude gepasst.

Irgendwann würde er wieder auf dem Dorf leben, auf seinem Weingut, mit Alba und seinen Kindern, die ihm auf dem Weinfeld halfen. Er wünschte sich für seine Kinder eine ebenso glückliche Kindheit, wie er sie damals verbracht hatte. Das rechtfertigte auch Leos Maßnahmen, an das ihm zustehende Erbe zu gelangen. Manchmal malte er sich aus, wie seine Bodega aussehen würde, dabei brachte ihm die pure Vorstellung den Duft der reifen Trauben zur Lesezeit in die Nase. Ja, er wusste, wofür er mit unlauteren Mitteln kämpfte, und wofür er sich im Hafen abrackerte.

In seiner Wohnung huschte am Fenster ein fast schon tanzender Schatten vorbei. Leo hatte die Zeit vertrödelt. Alba schien allem Anschein nach bereits auf den Beinen zu sein. Er öffnete das Tor, ging durch den Patio und sperrte die Haustür auf. Zwei Stufen auf einmal nehmend, hastete er die Treppe hinauf und betrat seine Wohnung.

Alba strahlte ihn an. Ihr langes, helles Haar ergoss sich in Wellen über ihre Schultern, und der vorne zugeschnürte Morgenmantel ließ ihr Dekolleté aufblitzen. »Oh«, sie deutete auf die Schachtel in seiner Hand, »was Süßes von meinem Süßen.«

Leo breitete die Arme aus, und sie schmiegte sich kurz an ihn.

»Du riechst nach Meer und Arbeit. Komm, lass uns zusammen frühstücken.« Sie gab ihm einen Kuss und ging voraus in die Küche. »Ich habe gerade Kaffee aufgebrüht.« Sie nahm die Blechkanne vom Herd und stellte sie am Esstisch auf einen Korkuntersetzer.

»Wo ist denn unser Sonnenschein?« Leo sah durch die offene Tür in das kleine Wohnzimmer.

»Gerado schläft noch.«

Leo öffnete die Kordel der Gebäckverpackung, hob den Deckel und stellte die Schachtel auf den Tisch. Anschließend nahm er Teller aus dem Holzbord, das über der Spüle hing, und deckte ein.

Alba kam mit zwei Tassen dazu und goss Kaffee ein.

Seine Frau sah nicht weniger zum Anbeißen aus als die vor ihm liegende Ensaïmada. Alba schlug ihre schlanken Beine übereinander, und der leicht geöffnete Morgenmantel entfachte seine Fantasie.

Genießerisch fuhr Albas Zunge über den mit Puderzucker bestäubten Mund, nachdem sie ein Stück von der Ensaïmada abgebissen hatte. Leo leckte sich ebenfalls über die Lippen. Vielleicht blieb noch etwas Zeit für Zweisamkeit. Er stand auf, um sich im Bad zu waschen, doch die Tür im schmalen Flur nebenan schwang auf, und Gerado tapste auf sie zu.

Leo beugte sich zu seinem Sohn. »Na, kleiner Mann?« Er hob ihn hoch, ging zum Tisch und nahm ihn auf seinen Schoß. »Ausgeschlafen?«

Gerado patschte nach dem Schmalzgebäck.

Alba trennte ihm ein Stück ab und reichte es ihm. »Ich ziehe mich mal an, sonst komme ich zu spät.«

Leo streichelte seinem Sohn über den Rücken. »Deine Mami muss zur Arbeit. Was für ein Jammer.«

Der Zweijährige strahlte ihn an. »Malen.«

»Ja, deine Mami ist eine Künstlerin.« Seine Frau bot in der Galerie mittlerweile nicht nur eigene Gemälde zum Verkauf an, sondern hatte auch Fremdkünstler unter Vertrag genommen. Lediglich die Einnahmen ließen bisher zu wünschen übrig.

»Marmelade.«

»Ja, sollst du haben.« Leo setzte seinen Sohn auf den Boden und holte aus der Abstellkammer ein Glas mit Aprikosenmarmelade. Er öffnete den Deckel, steckte einen Löffel hinein und reichte es Gerado unter den Tisch. »Aber nicht der Mami verraten.« Spielerisch legte er einen Zeigefinger auf seine Lippen und setzte sich wieder an den Tisch.

Alba trat aus dem Schlafzimmer und drehte sich vor dem Spiegel an der Eingangstür. »Besonders modisch ist das Kleid nicht mehr.«

Leo liebte Alba wie am ersten Tag, doch in all den Jahren legte seine Frau trotz unzähliger Versprechungen ihre verschwenderische Ader nicht ab. Immer wieder versuchte er, sie auszubremsen. »Ich verstehe zwar nichts von Mode, aber du siehst fantastisch in dem Kleid aus. Das dunkle Blau steht dir.« Vor einigen Wochen hatte ihm sein Schwiegervater anerkennend auf die Schulter geklopft und ihm gesagt, wie stolz er auf Leo sei, seiner einzigen Tochter eine kostspielige Galerie zu ermöglichen. Andrés erzählte auch, dass Mutter wie Tochter dazu neigten, das Geld mit vollen Händen auszugeben.

Leos Arbeit brachte zwar Geld ein, aber nicht so viel, dass Alba ständig Geld für Kleider ausgeben konnte. Sonst fehlte es an anderer Stelle. Leo betrachtete seine Frau. Sie sah elegant aus. Vielleicht hielt sie ein weiteres Kompliment auf. »Wenn du deine Schönheit noch mit der neuesten Mode unterstreichst, ruhen die Blicke nur auf dir und nicht auf deinen Bildern.«

»Du Schmeichler.« Alba drückte ihm einen Kuss auf die Wange. »Aber du hast recht, die Gemälde sollen beeindrucken, nicht die Künstlerin. Wo ist eigentlich unser Sohn?«

Leo bückte sich und sah unter den Tisch. Statt des Löffels hatte Gerado seine Finger ins Marmeladenglas gesteckt.

Alba ging in die Knie. Amüsiert blickte sie von Gerado zu Leo. »Hat der Papá dir wieder was zu naschen gegeben. Wie du aussiehst.« Sie nahm ihm die Marmelade weg und wischte ihm den Mund ab. »Ich bringe Gerado zu meinen Eltern, dann kannst du dich von der Nachtschicht ausruhen. Heute kommt das Schiff mit dem Galeristen aus New York.« Alba setzte sich auf Leos Schoß. »Ich bin schon mächtig aufgeregt. Was, wenn er meine Arbeiten nicht mag?«

Leo liebte Albas Bilder, aber von Kunst verstand er nichts. Er konnte sich nicht erklären, was ein Amerikaner mit ihren Gemälden wollte. Es waren nur hübsche Bilder. Dennoch versuchte er ihr Mut zuzusprechen. »Er würde nicht kommen, wenn ihn deine Arbeiten nicht interessieren würden, oder?«

»Es geht ja um mehr. Er hat angedeutet, durch einen langfristigen Vertrag meiner Galerie finanziell unter die Arme zu greifen, und ...«

»Wozu brauchst du mehr Geld?« Leo schob Alba von sich und zwang sie, aufzustehen. Er war kein vermögender Mann, doch Alba lebte, als wäre er reich. »Habe ich nicht für dich bei meinem Chef einen Kredit aufgenommen? Aber dir reicht es nie. Würdest du weniger für Hüte und Schuhe ausgeben, wärst du nicht auf fremde Hilfe angewiesen.« Nun ließ er seinen Zorn an Alba aus, die nichts dafür konnte, dass die Situation an seinem männlichen Stolz kratzte.

Erst die Galerie, dann neue Kleider, wie sollte er das alles finanzieren? Noch mehr Nachtarbeit am Hafen? »Das Kleid, das du jetzt trägst, ist ein Jahr alt. So aus der Mode kann es nicht sein.« Leo erhob sich. Am liebsten würde er seine Frau schütteln, damit sie zur Vernunft kam.

»Was kann ich dafür, wenn du nicht mehr Kredit bekommst?« Alba schaffte es, wie keine andere, ihm in leichtem Tonfall seine Unzulänglichkeiten vorzuhalten.

Aus diesem Grund hatte er ihr bisher erfolgreich verschwiegen, dass das Kreditangebot sogar von seinem Chef Tomeu ausgegangen war. Alba glaubte noch immer, das Darlehen wäre auf Leos Initiative hin gewährt worden. Und das sollte so bleiben.

Ihre Vorwürfe verletzten sein Ego. »Ich kann auch anders. Vergiss das nicht.« Leo ging zur Schlafzimmertür und umfasste den Griff. »Wie viele Männer erlauben ihren Frauen, ein eigenes Geschäft zu führen? Ohne meine Einwilligung müsstest du die Galerie schließen. Denk mal darüber nach!« Die Tür krachte hinter ihm ins Schloss. Weit mehr als über Albas Worte ärgerte er sich über seine eigene Unzulänglichkeit.

Leo wischte sich den Schweiß aus dem Nacken. So sehr ihn freute, wie die Zeitungen mit Lobeshymnen über Albas Galerie und die ausstellenden Künstler berichteten, so sehr setzten ihm die mangelnden Verkäufe zu.

Die Bilder waren schlicht zu teuer für die mallorquinische Kundschaft. Doch günstiger konnte Alba nicht verkaufen, sonst würde sie bei den Vorschüssen an die Fremdkünstler Verluste erleiden. Die Gemälde, die sich verkauften, waren Albas eigene, und die kosteten weniger als die der Fremdkünstler.

Leo setzte sich müde aufs Bett. Ihre gemeinsame Zukunft lag nicht in bemalten Leinwänden, sondern im Weinbau. Deshalb hatte er auch die Hälfte des Kredits ohne Albas Wissen in Weinstöcke investiert und auf dem von Tomeu überschriebenen Grundstück angepflanzt. Es würde, so nah am Meer, all seine Fähigkeit erfordern, trotzdem ertragreiche Reben von guter Qualität zu ziehen. Das wusste Leo. Doch ein anderes Stück Land besaß er nicht.

Noch nicht.

Wenn Carla und seine Mutter dank Domingos Maßnahmen aufgeben müssten, könnte er sie sicherlich überreden, ihm das Grundstück in Sencelles günstig zu überlassen. Es hatte sein Gewissen nur kurz belastet, unrechte Mittel anzuwenden, um seinen Besitz wiederzuerlangen. Er war der einzige männliche Nachkomme. Nur der männliche Nachkomme hatte Anspruch auf das Grundstück. Und wenn die Frauen seiner Familie das nicht einsehen wollten, musste er eben nachhelfen.

Auch Tomeu wusste nichts von dem Weinfeld. Die Galerie machte selbst mit der Hälfte des Kredits etwas her. Außerdem bekräftigten die namhaften Künstler, die Alba an Land gezogen hatte, Tomeus Ruf als Kunstmäzen. Um nichts anderes ging es Leos Chef.

Die Kunstgalerie von Tomeus Geschäftskonkurrenten hatte schließen müssen, was Tomeu in die Karten spielte, um sein Ansehen als Kunstkenner zu festigen. Sollte sein Chef irgendwann erneut die Galerie besuchen, würde er keinen Verdacht schöpfen, solange Leo die Raten pünktlich bezahlte.

Leo gönnte seiner Frau ihre Malerei. Aber er konnte nicht zulassen, dass die Galerie sein ganzes Geld verschlang. Der amerikanische Galerist würde vielleicht das eine oder andere Bild kaufen, doch ob das ausreichte, um Albas Kleiderwünsche zu bezahlen?

Dabei liebte Leo es, mit Alba anzugeben. Sie hatte ein perfektes Gespür für Mode. Jedes Stück unterstrich ihre Schönheit. Wenn sie an seinem Arm durch Palma flanierte, fielen ihm sehr wohl die anerkennenden Blicke der Männer auf. Er war stolz darauf, eine selbstständige und hübsche Frau an seiner Seite zu haben. Doch diese Frau zu finanzieren kostete ihn all seine Kraft.

4

Alba klopfte ein Stockwerk höher an die Wohnungstür ihrer Eltern. Als sich die Tür öffnete, drückte sich Gerado durch den Spalt. »Oma Fina!« Er umfasste die Beine von ihr.

»Ah, da ist ja mein liebstes Enkelkind.«

Alba lachte. »Du meinst, dein einziges.«

»Hast du noch Zeit, reinzukommen? Ich habe gerade einen Kaffee fertig.«

»Eigentlich ... Ach, warum auch nicht?«

Alba folgte ihrer Mutter in die Küche. Gerado stürmte in eine Ecke zu einer herumliegenden Holzeisenbahn.

»Setz dich ins Wohnzimmer, ich komme gleich.«

Alba ging durch die breite, mit Glaseinsätzen verzierte Flügeltür und setzte sich in einen ausladenden Ledersessel. Die Wohnung ihrer Eltern war doppelt so groß wie ihre eigene, weshalb allein das Wohnzimmer schon einem Palast glich. Doch sie wollte sich nicht beschweren, denn sie zahlten fast keine Miete, und ihre Eltern hatten ihr zur Hochzeit die Wohnungseinrichtung gekauft. Sie hätte einen reichen Mann heiraten können, aber sie liebte Leo, also musste sie mit weniger Luxus auskommen. Auch wenn das immer wieder zu Streit führte. Alba fühlte sich ungerecht behandelt, wenn Leo ihr einen Wunsch abschlug, und Leo sich von ihr nicht geachtet, was wie eben in Streit endete, den sie am Ende beide bereuten.

Seit Alba denken konnte, verdiente ihr Vater gut mit dem Trockenfrüchtehandel. Bestimmt hielt Vater sich in der Firma auf. Es war ein Segen, im selben Haus wie ihre Eltern zu wohnen. Sobald sie einen Aufpasser für Gerado brauchte, musste sie nur die Treppe nach oben zu ihrer Mutter gehen, und schon blieb ihr Zeit, ihrer Arbeit in der Galerie nachzukommen.

An diesem Tag sollte es sich auszahlen.

Zumindest hoffte sie das.

Alba hatte in der *Gaceta del Arte* gelesen, dass der New Yorker Galerist Ben Taylor sich auf Europareise befand, um Bilder europäischer Künstler zu kaufen. Alba hatte ihm geschrieben und ihn kurzerhand eingeladen, sie und ihre Galerie auf Mallorca zu besuchen. Ben Taylor hatte tatsächlich zugesagt! Dabei hatte sie die Zeitung gekauft, um zu sehen, ob eine Werbeanzeige für ihre Galerie darin sinnvoll wäre.

Ihre Mutter brachte auf einem silbernen Tablett zwei mit Blumen bemalte Porzellantassen und stellte es auf dem mit Intarsien verzierten Holztisch aus Ebenholz ab.

Gerado tapste hinterher und zog sich auf das Sofa hoch. Mit dem Holzspielzeug in der Hand fuhr er die Sofalehne entlang. »Tuuut«, juchzte er.

»Papá ist in der Firma?«

Mutter schüttelte den Kopf.

»Ist er wieder in einer dieser Sitzungen?«

»Ja. Manchmal denke ich, er sollte sich mehr auf unser Geschäft konzentrieren, als all die Zeit in die Politik zu investieren.«

Alba erschrak. Nie kritisierte ihre Mutter ihren Vater. Seit ihr Vater sich politisch engagierte und sich auch in der Gewerkschaft einbrachte, sah Alba ihn kaum noch, wenn sie zu ihrer Mutter hochging.

»Nun schau nicht so.« Mutter trank einen Schluck. »Du weißt doch selbst, wie es läuft. Sobald die Angestellten die nachlassende Kontrolle bemerken, bringen sie weniger Arbeitsleistung. Der Firma geht es gut, aber das sollte dein Vater nicht zulassen.«

Die Worte erleichterten Alba. »Das wird er nicht, Mamá.«

Die Standuhr schlug.

»Huch, ich muss los.« Alba stand auf, gab erst Gerado und dann ihrer Mutter einen Kuss. »Danke fürs Aufpassen, und wünsch mir Glück!«

Auf der Straße rückte Alba ihren Hut zurecht und spazierte an der Seehandelsbörse entlang zum Hafen. Die Sonnenstrahlen schienen auf dem Meer über die sich kräuselnden Wellen zu tanzen.

Zwei Wochen lang hatte sich Ben in Barcelona verschiedene Galerien angesehen. Alba hoffte auf eine ruhige Überfahrt für ihren Gönner. Nicht auszudenken, wenn er seekrank ankäme. Das wäre seiner Stimmung mit Sicherheit nicht zuträglich.

Der Wind zupfte an Albas Hut, und sie hielt ihn mit einer Hand fest, während sie sich der Gangway des Schiffes näherte.

In seinem Brief hatte sich der Galerist als hochgewachsenen Mann mit blonden Locken beschrieben. Ein Mann dieser Beschreibung sah sich suchend um. Alba ging auf ihn zu. »Sie müssen Ben sein, richtig?«

»Dann sind Sie Alba.« Lächelnd reichte er ihr die Hand. »Ich freue mich, die Künstlerin persönlich kennenzulernen.« Alba spürte die Röte in ihr Gesicht aufsteigen. Es gefiel ihr, wie er sie Künstlerin nannte. Sein fast akzentfreies Spanisch überraschte sie. »Wo haben Sie so gut Spanisch gelernt?«

»Meine Großmutter stammt aus Südamerika und hat schon früh mit mir ihre Muttersprache gepflegt.« Er griff nach seinem Koffer. »Nun bin ich aber auf Ihre Bilder gespannt.«

Gemeinsam bestiegen sie eine der wartenden Kutschen, und Alba nannte das Ziel in der Calle Lulio und bat den Kutscher, den Umweg über die Prachtstraßen Borne und die Rambla zu nehmen. Ihr Gast sollte ein wenig von Palma sehen. »Wie war die Überfahrt? Und Barcelona! Ich war noch nie dort, obwohl es nur eine kurze Seereise entfernt liegt.«

Während der Fahrt staunte Ben, als sie mit dem Meer im Rücken an der Kathedrale vorbei in die Innenstadt fuhren. »Die Reise war sehr angenehm. Danke der Nachfrage.« Ben sah sich begeistert um. »Palma kann in manchen Belangen Barcelona das Wasser reichen«, rief er aus, als die Kutsche sich dem Paseo del Borne näherte. »Was für eine Pracht an den Fassaden.« Er deutete auf ein besonders üppig mit Ornamenten verziertes Haus. Die von Platanen gesäumte Straße bildete das gesellschaftliche Zentrum von Palma. Jeden Sonntag flanierten heiratswillige junge Frauen die Straße hoch und runter und sahen sich nach geeigneten Ehemännern um. Natürlich alles in gesitteter Überwachung der Eltern. Alba hatte diesem Brauch nie etwas abgewinnen können. Ihre Freundinnen auch nicht. Nach einem kurzen Weg über die Straße hatten sie sich lieber in einer angrenzenden Bar einen Kaffee gegönnt.

Alba freute sich, dass Ben Palma bisher gefiel, und sie zeigte auf die hohe und reichhaltig verzierte Straßenlaterne mit ihren fünf großen Lampenbällen.

»Ja, das ist ebenfalls Kunst, wenn Funktion und fast schon verspieltes Design mit Ornamenten aufeinandertreffen.« Ben lächelte ihr zu, bevor er sich für die kleinen verglasten Austrittbalkone an den Fassaden der Häuser begeisterte.

Am Ende des Borne bog die Kutsche rechts in die Verbindungsstraße zur Rambla ab. Ben geriet ins Plaudern und berichtete von einem Künstler, dessen gesamtes Werk er gekauft hatte.

Albas Verunsicherung wuchs, denn wenn er schon viel eingekauft hatte, würde er dann überhaupt noch an ihren Bildern interessiert sein?

Je näher sie der Galerie kamen, umso unruhiger wurde Alba. Wenn ihm die Gemälde nun doch nicht gefielen?

Es hing viel von Bens Einschätzung ab. Außerdem würde sie Leo gerne beweisen, sehr wohl etwas zum Unterhalt der Familie beitragen zu können.

Die Kutsche hielt, und Alba bezahlte den Kutscher. Ben stieg aus und nahm seinen Koffer von der hinteren Pritsche. Galant half er ihr das ausgeklappte Treppchen hinunter.

»Danke. Ich bin gespannt, wie Ihnen meine Galerie gefällt.« Der Schlüsselbund klirrte, so sehr zitterten ihre Finger, als sie die Tür aufschloss.

»Willkommen.« Sie bat Ben hinein. Das Sonnenlicht, das durch die bodentiefen Fenster schien, ließ den Raum größer wirken und die Farben der Gemälde strahlen. Alba klopfte das Herz in der Brust, als wäre sie gerannt. Dabei stellte Ben bloß seinen Koffer ab und schlenderte von Bild zu Bild.

Noch am Vortag hatte Alba alle Gemälde der Fremdkünstler in den Lagerraum gebracht und nur ihre eigenen an die Wände gehängt.

Wieso sagte er nichts? Alba beobachtete ihn und zwang sich zur Ruhe. Die Zeit schien unendlich langsam zu vergehen.

Als Ben nach seiner Runde vor dem letzten Bild stand, drehte er sich zu ihr um. »Wirklich außergewöhnlich. Sie greifen die Genauigkeit des Lichts auf wie Hopper, aber durch die kräftigen Farben ...«, er rieb sich am Kinn, »ist es Ihnen gelungen, einen eigenen Stil zu schaffen. Die New Yorker werden begeistert sein.«

Alba unterdrückte einen Freudenschrei. Vor Aufregung vergaß sie fast, zu atmen. Hatte sie richtig gehört? Er verglich sie mit Hopper?

Ben trat auf sie zu. »Sie sind ganz blass. Ist Ihnen nicht wohl?«

Alba holte tief Luft. »Ich ... ich bin nur glücklich über Ihre überaus positive Einschätzung meiner Arbeit.«

»Haben Sie ernsthaft an sich gezweifelt?« Ben nahm seinen Koffer. »Bei Ihrem Können war das völlig unnötig. Was halten Sie davon, wenn wir bei einem Abendessen die Details besprechen? Davor würde ich mich gerne etwas frisch machen, wenn Sie erlauben.«

Endlich ließ das Pulsieren in Albas Schläfen nach. »Natürlich. In welchem Hotel sind Sie abgestiegen?«

»Im *Gran Hotel*. Ich habe es gesehen, als wir mit der Kutsche daran vorbeigefahren sind. Ich denke, das dortige Restaurant ist ein angenehmer Ort für unsere Besprechung. Was halten Sie von neun Uhr?«

Alba reichte ihm die Hand. »Ich werde pünktlich sein.«

Er wollte mit ihr die Details besprechen. Das bedeutete, er würde einige ihrer Arbeiten kaufen. Ungläubig sah sie ihm nach, wie er mit einem letzten Blick auf die Bilder die Galerie verließ.

Ihre Werke gefielen ihm. Sie gefielen ihm wirklich. Unfassbar, er verglich ihren Stil mit Hopper, der gerade seinen Durchbruch erlebte! Vollkommen überwältigt stützte sie sich an der Wand ab.

Was Leo dazu sagen würde?

Bens Begeisterung ließ sie voller Zuversicht die Galerie abschließen, obwohl sie nicht genau wusste, wie groß ihr Erfolg am Ende wäre.

Noch blieb ihr Zeit, mit ihrer Freundin einen Kaffee zu trinken. Marisol hatte darauf bestanden, sich um fünf Uhr im Salon des Restaurants *Alhambra* zu verabreden, damit Alba ihr ausführlich von dem Besuch des Galeristen berichten könnte, sollte sie es zeitlich schaffen.

Alba ging die von Säulen flankierten Stufen hinauf. Rechter Hand lag der Zugang zum Hotelrestaurant und dahinter der Salonbereich. Ein Kellner in Livree begrüßte sie, und Alba spähte an ihm vorbei. Marisol saß an einem Tisch an der großen Fensterfront, und ehe Alba etwas sagen konnte, hatte Marisol sie entdeckt und sprang winkend auf. »Alba, hier bin ich.« Typisch für ihre Freundin. Sie gab nichts auf Etikette. »Wie schön, dass du hier bist. Ich sterbe vor Neugier!«

Der Kellner schaute pikiert zu Marisol, und auch die anderen Gäste sahen irritiert zu ihr.

»Danke.« Alba lächelte den Kellner an. »Bringen Sie uns bitte zwei Brandy.« Den konnte sie nach diesem Gespräch gut vertragen.

Marisols Locken kitzelten Albas Wange während der stürmischen Umarmung.

»Nun setz dich und erzähl. Wie ist es gelaufen?« Marisol zwinkerte ihr zu. »Wie sieht er aus?«

Lachend nahm Alba Platz. »Er wäre bestimmt nicht dein Typ. Viel zu kunstinteressiert. Außerdem findest du nie den Richtigen. Sobald ein Kandidat Interesse zeigt, sortierst du ihn aus.«

Marisol sah sie mit einem theatralischen Augenaufschlag an. »Es gibt so viele tolle Männer. Ich kann mich nicht entscheiden.«

»Gab es nicht den neuen Lehrer in eurem Kollegium?«

»Ich fange doch nichts an der Schule an. Niemals.«

Marisol würde sich nie festlegen, das Spiel mit den Männern bei jedem Tanzabend bereitete ihr viel zu großen Spaß.

Der Kellner servierte die Brandys.

»Also, nun sag schon.«

Alba erhob ihr Glas. »Er will heute Abend Details mit mir besprechen.«

»Ich wusste es.« Marisol stieß mit ihr an. »Meine Freundin ist eine Künstlerin! Bald kennt sie die ganze Welt!«

Am Nebentisch hüstelte eine Dame.

»Meine Güte.« Marisol neigte sich Alba entgegen. »Manche sind hier so steif, als hätten sie einen Stock verschluckt.«

Alba verkniff sich ein Grinsen, weil die Frau noch immer zu ihnen sah.

»Wenn du Zeit zum Malen brauchst«, Marisol nickte ihr auffordernd zu, »nehme ich Gerado jederzeit gerne.«

Alba bedankte sich für das Angebot, das sie bereits einige Male in Anspruch genommen hatte.

Nach einer weiteren vergnüglichen Stunde, in der Marisol von ihren Tanzbegleitern der letzten Wochen erzählte, musste sich Alba von ihrer Freundin verabschieden. Die Standuhr zeigte kurz vor sieben. Leo käme in einer Stunde von seiner Nachmittagsschicht.

Marisol umarmte sie fest, verdrückte ein Freudentränchen und überhäufte sie mit Wangenküssen.

Beschwingt vom Brandy und in freudiger Erwartung, spazierte Alba nach Hause. Es blieb Zeit genug, Gerado bei ihrer Mutter abzuholen, sich feinzumachen, Leo die atemberaubenden Neuigkeiten zu berichten und anschließend zu ihrer Verabredung zu gehen.

Albas Mutter klatschte bei ihren Erzählungen begeistert in die Hände. »Das ist großartig! Ich habe immer gewusst, dein Talent wird dich weit bringen. Dein Mann sollte dich mehr unterstützen.«

»Mamá, Leo tut, was er kann. Ohne ihn würde es die Galerie gar nicht geben.« So sehr ihre Mutter Leo mochte, so klagte sie doch hin und wieder, wie gut Albas Leben hätte sein können, hätte sie einen anderen Mann geheiratet. »Und nun gehe ich nach unten. Ich muss mich umziehen.«

Gerado saß zu Albas Füßen und kämpfte gegen die Müdigkeit an, als sie sich vor dem Spiegel um sich selbst drehte. »Und? Wie sieht die Mamá aus?«

Insgeheim gab sie Leo recht. Auch dieses Kleid entsprach noch immer der aktuellen Mode und wirkte wie neu.

Sie legte Gerado schlafen, und für Leo stellte sie frisches Brot, Tomaten und die würzige Sobrasadawurst auf den Tisch. Wo blieb er nur? Alba brannte darauf, ihm alles zu erzählen.

Endlich hörte sie Schritte auf der Treppe.

Es klopfte.

Hatte Leo den Schlüssel vergessen?

Der Schlüsselbund lag jedoch nicht auf der Kommode.

Alba legte in dieser Sekunde keinen Wert auf einen nachbarschaftlichen Plausch und sah stumm zur Tür.

Es klopfte erneut.

Kräftiger.

Da war aber jemand hartnäckig.

Sie sah zur Uhr. Halb neun. Viel Zeit konnte sie nicht erübrigen, wenn sie pünktlich im Hotel sein wollte.

Alba ging an die Tür, öffnete und blickte in das Gesicht ihres Schwagers. Was machte Francisco hier? Noch nie hatte er sie besucht.

»Hallo, Alba, ist Leo da?«

»Für Höflichkeit ist keine Zeit, was?« Alba hasste schlechtes Benehmen und zahlte es ihm mit gleicher Münze zurück. »Was willst du?«

»Das ist eine Sache zwischen Leo und mir.« Francisco schaute suchend an ihr vorbei in die Wohnung.

Alba streckte ihren Arm aus und blockierte so den Eingang. »Glaubst du, er hätte es nötig, sich vor dir zu verbergen?«

»Zuzutrauen ist es ihm schon, sich hinter dem Rock seiner Frau zu verstecken.« Francisco funkelte sie an. »Er soll sich zeigen. Dieser hinterhältige Hasenfuß.«

Was sollte diese niederträchtige Unterstellung? »Er ist nicht hier.« Leo konnte man Sturheit vorwerfen, doch feige?

Diese Beleidigung musste sie sich in ihrem Heim nicht bieten lassen. Alba trat einen Schritt zurück. »Wenn du bloß streiten willst, kannst du nach Hause gehen.« Wütend warf sie die Tür ins Schloss.

»Das wird ihm nicht helfen. Im Gegenteil.«

Was fiel diesem Kerl eigentlich ein? Hier einfach vor der Wohnung aufzutauchen und Leo zu beschimpfen. Sie hörte Schritte. Francisco gab auf. Immerhin etwas.

Wo blieb Leo nur? Konnte sie Gerado ohne Aufsicht in seinem Kinderbettchen schlafen lassen? Das wäre die einfachste Möglichkeit. Sollte ihr Sohn aufwachen und sich ängstigen, würde er zu seiner Oma hochgehen. Außerdem würde Leo bald zu Hause sein.

Alba nahm einen Briefbogen und schrieb Leo eine kurze Notiz: *Cariño, ich muss los, den Galeristen im* Gran Hotel *treffen. Er ist begeistert und will die Details mit mir besprechen. Gerado schläft. Ich küsse dich, deine Alba.*

Leo wusste, wie viel ihr der heutige Tag bedeutete. Sein Zuspätkommen verletzte sie. An diesem besonderen Tag hätte sie ihn gebraucht. Ihn und seinen Zuspruch.

Mit vor Aufregung klopfendem Herzen eilte sie durch Palmas Gassen zum imposanten *Gran Hotel*. Sie mahnte sich selbst zur Ruhe, bevor sie das Restaurant des Hotels betrat.

Alba sah sich um. Elegante, in kräftigem Rot gepolsterte Stühle standen an den Tischen, die mit seidig schimmernden Damasttischdecken, edlem Geschirr und Kristallgläsern gedeckt waren. Das luxuriöse Ambiente verschlug ihr die Sprache. Ausladende Kronleuchter hingen von der Decke und konkurrierten mit den opulenten Kerzenarrangements auf den Tischen.

Ein Kellner trat auf sie zu. »Sind Sie Gast im Hotel?«

»Nein, ich bin verabredet mit ... Ah, da ist er ja.«

Ben hatte sie offensichtlich entdeckt und schritt auf sie zu. »Die Dame ist mein Gast«, sagte er zum Kellner und reichte

Alba die Hand. »Guten Abend. Ich freue mich sehr über Ihr Kommen.«

Ben ging voran, und Alba folgte ihm zum Tisch.

»Bitte.« Ben deutete auf einen Stuhl und rückte ihn Alba zurecht. Ein vollendeter Gentleman. Seine Manieren beeindruckten Alba. Er bewegte sich souverän in dieser Welt der Reichen und Schönen. Wie gerne wäre sie in so einem Restaurant häufiger zu Gast. Ihre Eltern hatten Alba mehrmals nahegelegt, einen vermögenden Mann zu ehelichen.

Alba bemerkte auch den Rückgang der Besuche in teuren Restaurants. Doch auf Albas besorgte Nachfrage, ob es finanzielle Probleme gäbe, hatte ihre Mutter verneint, ihr Geld sei lediglich gebunden, und sie müssten sich kurzfristig einschränken.

Ob ihre Eltern, wenn der Handel mit Trockenfrüchten noch schwieriger wurde, das benötigte Kapital freibekämen? Alba hoffte es. Vor allem, wenn sich ihr Vater weiter stark politisch engagierte. Denn Geld brachte politisches Engagement nur selten ein.

Alba konzentrierte sich wieder auf Ben, den Mann, der ihre Zukunft beeinflussen könnte. Am Tisch fiel es ihr schwer, sich nicht anmerken zu lassen, dass sie noch nie dieses Restaurant besucht hatte. Ben musste das nicht wissen.

»Ich habe bereits einen Rotwein gewählt. Ich hoffe, das ist Ihnen recht?«

»Natürlich.«

Der Kellner reichte ihnen die Speisekarte. »Darf ich auf unsere Tagesempfehlung hinweisen? Lammschulter mit Ofengemüse oder Cap Roig mit Gambas vom Grill und Salat.«

Ben sah Alba fragend an. »Cap was?«

»Fisch. Der Rote Drachenkopf ist überaus hässlich, aber sehr wohlschmeckend.« Alba dankte im Geiste ihren Eltern, die sie einige Male zu einem Bootsausflug mit einem befreundeten Fischer mitgenommen hatten. Er erzählte leidenschaftlich gerne von den Fischen, die er fing und anschließend zubereitete.

»Als Vorspeise empfehle ich Ihnen die Entenleberpastete und zum Nachttisch eine Crema Catalana«, fuhr der Kellner fort.

Alba schielte auf die Speisekarte. Es überraschte sie nicht, auf ihrer Karte keine Preise zu entdecken. Sie hatte von der neuen Mode gehört, Frauen in gehobenen Restaurants die Speisekarte ohne Preise zu reichen.

Zwar lud Ben sie ein, doch sie wollte diese Geste nicht ausnutzen. »Für mich gerne den Cap Roig«, bestellte Alba nur eine Hauptspeise, bevor sie die Speisekarte schloss.

Ben zwinkerte ihr zu. »Dem schließe ich mich an. Da Fisch eine leichte Speise ist, nehmen wir vorweg die Entenleberpastete.« Er sah sie bittend an. »Bitte leisten Sie mir dabei Gesellschaft.«

»Gerne.«

»Und zum Dessert die Crema Catalana. Vielen Dank.«

»Sehr wohl. Ausgezeichnete Wahl.« Der Kellner schenkte Alba Rotwein ins Glas und füllte die Wassergläser, bevor er die Speisekarten nahm und ging.

Ben hob sein Glas. »Ich hoffe, Sie sind mit meiner Wahl einverstanden.«

»Ja, vielen Dank.« Alba hob ebenfalls ihr Glas.

»Auf einen schönen Abend.« Ben stieß mit ihr an.

Das Kerzenlicht ließ den Rotwein in den Gläsern in einem dunklen Kirschrot aufleuchten.

Alba nippte.

Der Wein schmeckte unerwartet weich und beruhigte ihre Nerven. Jeden Augenblick hoffte sie auf ein Angebot von Ben, doch er plauderte über das Hotel und die eindrucksvolle Fassade, die schönen Zimmer, das geschulte Personal. Höflich geduldete sich Alba. Ihm schien ihre Anspannung nicht aufzufallen.

Der Kellner servierte die Entenleberpastete.

Obwohl Alba zuerst dachte, vor Aufregung keinen Bissen hinunterzubekommen, kam der Appetit beim Essen. Die Pastete schmeichelte ihrem Gaumen. Alba genoss dieses seltene Geschmackserlebnis. Mit der Serviette tupfte sie sich den Mund ab.

»Ich muss sagen, in Barcelona ist die Entenleberpastete bei Weitem nicht so ausgezeichnet wie hier.« Ben legte sein Besteck auf den leeren Teller.

»Sie kommen sicher viel herum, richtig?« Alba beneidete Ben ein wenig um seine Reisen: fremde Städte, beeindruckende Architektur, spannende Menschen. Es musste großartig sein, immer Neues zu entdecken.

»Ja, aber das Reisen ist anstrengend. Allerdings ist es aufregend, die unterschiedlichen Künstler und deren Stile kennenzulernen.«

Der Kellner servierte die Teller ab.

»Wissen Sie«, Ben beugte sich vor, »es sind nicht nur die Maler, die sich unterscheiden. Die Farben in jedem Land scheinen unterschiedlich. Bevor ich nach Spanien gekommen bin, war ich in Frankreich, Italien und England.«

»Wie aufregend!« Alba reiste in Gedanken mit, als er von den eher verhaltenen Farbkompositionen der englischen

Maler erzählte, die im auffälligen Gegensatz zu dem farbgewaltigen Stil Frankreichs standen.

»Es gibt Künstler, die in sanfteren Farben das Licht der Provence in ihren Bildern einfangen. Sie überhöhen die Realität der Landschaft, und man verliert sich beinahe darin«, schwärmte Ben.

Alba bedauerte fast, dass der Fisch serviert wurde und Ben seine Erzählung beendete. Sie aßen schweigend.

»Hat Ihnen der Cap Roig geschmeckt?«, fragte Alba, als Ben sein Besteck ablegte.

»Ausgezeichnet. Ich danke Ihnen für diese Erfahrung, wobei mich interessieren würde, wie der Fisch aussieht, wenn er nicht als Filet auf dem Teller liegt.«

»Kein Problem.« Alba entnahm ihrer Handtasche einen kleinen Zeichenblock und einen Bleistift und zeichnete mit wenigen Strichen den Roten Drachenkopf. Sicher traf sie ihn nicht ganz naturgetreu, aber die Stacheln vergaß sie nicht und den eher missmutig verzogenen Mund. Sie schob Ben die Zeichnung zu.

»Der sieht wirklich gruselig aus. Da frage ich mich, wer jemals auf die Idee kam, diesen Fisch zu kosten.«

Alba zuckte mit den Schultern. »Mit dieser Information kann ich leider nicht dienen.« Die Zeichnung vor ihm müsste ihn doch langsam wieder an den Grund ihres Treffens erinnern. So unterhaltsam es war, mit ihm zu plaudern, wollte sie nun Gewissheit über ihre eigenen Bilder, sonst würde sie noch mit ihrem unruhigen Hintern das Polster des Stuhls durchscheuern.

Ben erhob sein Weinglas. »Lassen Sie uns auf unser Vorhaben anstoßen.«

»Schön, dass Sie es als unser gemeinsames Vorhaben bezeichnen. Darf ich fragen, wie Sie sich unsere Zusammenarbeit vorstellen?«

Ben trank einen Schluck Wein, bevor er das Glas abstellte. »Sie sagten heute, Sie hätten noch vierzig Gemälde im Lager?«

Alba bejahte. Vor Aufregung war ihre Kehle ganz trocken.

»Genügen Ihnen zehn Bilder für Ihre Galerie?«

Nur mit Mühe unterdrückte sie den Impuls, vor Freude laut zu jubeln. »Das heißt ... Also, Sie möchten alle meine Bilder bis auf zehn?« Sie schloss den Mund, weil ihre Stimme fast piepste, so eng schien ihre Kehle zusammengeschnürt.

Ben strahlte sie an, zog einen Umschlag aus seinem Jackett und legte ihn auf den Tisch. »Mein Anwalt war so freundlich, bereits einen Vertrag aufzusetzen.« Er schob ihr das Dokument hin. »Alles, was ich auf dieser Reise mitnehmen kann, bezahle ich sofort. Zusätzlich dachte ich an einen Vorschuss auf die nächsten zwanzig Bilder, sofern Sie mein Angebot annehmen. Lesen Sie sich alles in Ruhe durch.«

Alba las. Das Angebot war mehr als großzügig. »Danke, danke vielmals, aber mein Mann ...«

»Stopp!« Ben hob seine rechte Hand. »Ich weiß, was Sie sagen wollen. Für mich hat diese Vereinbarung Gültigkeit, sobald Sie unterschrieben haben. Ich brauche dafür nicht die Zustimmung Ihres Ehemannes. Ihre Unterschrift genügt.«

Ben nahm sie als Geschäftspartnerin ernst. Er akzeptierte ihre Entscheidung. Nicht wie der Vermieter der Galerie. Alba hatte erst nach Leos Unterschrift die Genehmigung für die Eröffnung erhalten.

Bevor Alba noch etwas sagen konnte, servierte der Kellner die Crema Catalana.

Ben klopfte mit dem Löffel auf die Zuckerkruste. »Ich liebe dieses Geräusch.« Er tauchte ihn tief in die Creme.

»Hmm.«

Genießerisch drehte Ben den Löffel im Mund. »Eine Offenbarung, die Sie sich nicht entgehen lassen sollten.«

Immer noch überwältigt vom angebotenen Vertrag, widmete sich Alba ihrem Nachtisch, obwohl sie viel zu nervös war, um zu essen. Am liebsten hätte sie augenblicklich jede Zeile des Vertrags gelesen.

Das Restaurant leerte sich merklich.

»Ich denke, wir sollten das Personal hier nicht zu lange arbeiten lassen.« Ben rief nach dem Kellner und orderte die Rechnung. »Wenn es Ihnen recht ist, komme ich morgen um zwei Uhr mittags in Ihre Galerie. Reicht Ihnen die Zeit für die Vertragsprüfung aus?«

»Natürlich.« Alba nickte wie eine dieser mechanischen Aufziehpuppen, die vor dem Fest der Heiligen Drei Könige als Werbemaßnahme in den Schaufenstern der teuren Läden standen und unaufhörlich auf und ab wackelten.

Ben lachte auf. »Wunderbar. Ich habe bereits vor meiner Abreise aus Barcelona Geld hier auf eine Bank transferiert.«

Nun fühlte sich Alba doch überfordert. »Aber ... Also, ich meine ... Wie konnten Sie wissen, dass ...«

»In meinem Beruf hat man Erfolg durch Wagnis und Intuition. Die von Ihnen verfasste Einladung hat mich überzeugt, hier eine begabte Künstlerin anzutreffen.«

Darauf wusste Alba aus Verlegenheit nichts mehr zu entgegnen. Dabei war sie sonst nicht auf den Mund gefallen. Ben musste sie für ein verhuschtes Heimchen halten. Diesen Eindruck hoffte sie bald widerlegen zu können.

Der Kellner brachte die Rechnung, und nachdem Ben bezahlt hatte, erhob er sich, ging um den Tisch und reichte Alba seinen Arm. »Darf ich Sie hinausgeleiten?«

Gerne nahm Alba die charmante Geste an. Ihr stieg ob des Weins und der Nähe zu diesem Mann die Hitze in die Wangen. Glücklicherweise gab es im Restaurant nur eine dezente Beleuchtung. Es wäre ihr peinlich, sollte er ihre Röte bemerken. Sie hakte sich bei ihm ein, und sie gingen zur Tür.

Auf der Straße atmete sie die frische Luft ein. Mit jedem Atemzug kehrte ihre Selbstsicherheit zurück.

Ben gab einem der wartenden Kutscher ein Zeichen. Er reichte Alba die Hand. »Danke für den wundervollen Abend.«

Alba neigte sich zu ihm und gab ihm jeweils einen Kuss auf die linke und rechte Wange. »So macht man das hier in Spanien. Hat man Ihnen das nicht in Barcelona beigebracht?« Sie zwinkerte ihm zu und bestieg die Kutsche.

»Dort hatte ich nur mit Männern zu tun.« Ben verzog schelmisch den Mund, bevor er sich an den Kutscher wandte, der die Tür hinter Alba schloss. »Die Dame wird Ihnen sagen, wohin der Weg führt.« Er drückte ihm einige Geldscheine in die Hand und winkte ihr zu.

»Herzlichen Dank für die Einladung.«

»Mit dem größten Vergnügen!«

Alba winkte zurück, und die Kutsche setzte sich in Bewegung. Was Leo zu diesen Neuigkeiten sagen würde?

Das Klappern der Hufe hallte durch die leeren Straßen. Fast schon gespenstische Ruhe empfing Alba, als die Kutsche vor dem Haus hielt. Sie wünschte dem Kutscher eine gute Nacht und betrat den Innenhof. Kurz vor der Haustür nahm sie ein Geräusch wahr.

»Ist da jemand?«

Erneut hörte sie etwas. War das ein Stöhnen? »Wer ist da?« Die Lampe über der Tür erhellte nur einen kleinen Bereich. Sie kniff die Augen zusammen, um überhaupt etwas erkennen zu können. »Zeig dich!«

»Alba. Hilf mir.«

Trotz des fast fremden Klangs erkannte sie Leos Stimme. Was machte er im Hof?

Alba eilte in die finsterste Ecke des Patios. Nur schemenhaft sah sie Leo am Boden liegen. »Meine Güte, was ist denn geschehen?« Albas Hochgefühl vom Treffen mit Ben verschwand in der Schwärze der Nacht.

Leo streckte ihr eine Hand entgegen. Alba half ihm hoch. Nun fiel ein wenig Licht auf ihn. Geronnenes Blut bedeckte die untere Gesichtshälfte. Sie erkannte nicht, ob es aus dem Mund oder der Nase gekommen war.

Nur mit Mühe gelang es ihr, ihn auf die Beine zu stellen. Er roch nach Schnaps. Angewidert wandte sie ihr Gesicht ab. »Du bist betrunken. Und hast dich geprügelt.«

»Mich trifft keine Schuld.« Leos Sprache klang verwaschen.

»Stütz dich auf meiner Schulter ab, dann schaffst du es bis zur Tür.« Leos Gewicht drückte sie fast in die Knie. »Sei um Gottes willen leise. Wenn dich meine Eltern sehen ...«

»Es tut mir leid.«

Das sollte es auch. In einem solchen Zustand nach Hause zu kommen! Leo wusste, wie viel Wert ihre Eltern auf Etikette legten.

Betrunken heimzutorkeln war schon schändlich. Sich aber noch zu prügeln, unverzeihlich. Das könnte Alba ihnen nicht schönreden.

Leo stützte sich auf das Treppengeländer. »Jetzt geht es ohne Hilfe.« Leise stöhnend zog er sich die Treppenstufen nach oben.

Alba stand bereits an der geöffneten Wohnungstür. Nach der letzten Stufe drückte sich Leo an der Wand ab, torkelte in die Küche und ließ sich auf einen Stuhl fallen.

Im Licht erkannte Alba ihn fast nicht wieder. Sein Gesicht war geschwollen. Es verfärbte sich zum Teil schon, und Blutkrusten hingen am Kinn.

Sie holte feuchte Tücher, betupfte die Krusten, um sie aufzuweichen. Allem Anschein nach war die Nase gebrochen. »Was ist denn passiert?«

Francisco war wütend gewesen, aber sie hielt ihn nicht für einen Mann, der sich prügelte.

Leo sah sie durch die geschwollenen Augen an. »Ich ...« Er atmete mehrmals ein und aus. »Ein hinterhältiger Überfall.« Dann blickte er zu Boden. »Meine Geldbörse hat er nicht bekommen.«

Ein Überfall im Innenhof? Sein Atem roch nach Brandy. Alba zweifelte an seiner Aussage. Vielleicht hätte sie ihm geglaubt, wenn nicht Francisco vor ihrer Tür gestanden hätte.

Behutsam tupfte sie ihm die Blutreste aus dem Gesicht. Die Nase musste er vom Arzt richten lassen.

»Du hast dich mit Francisco geprügelt.«

»Wie kommst du denn darauf?«

Alba stand auf, ging zur Spüle und wusch das Tuch aus. »Er hat nach dir gesucht. Deshalb.«

Leo grunzte.

An diesem Abend würde sie die Wahrheit nicht erfahren.

Alba sah nach Gerado. Der Anblick ihres schlafenden Sohnes beruhigte sie jedes Mal aufs Neue. Sollte Leo doch für sich behalten, warum er sich mit seinem Schwager geprügelt hatte. Seitdem er um sein Erbe betrogen worden war, sprach er nicht mehr mit seiner Familie. Vielleicht hatte Leo mit einer Klage gedroht. Es war seine Angelegenheit. Überrascht über ihre plötzliche Nachsicht ging sie zurück zu ihrem Mann. Das erfolgreiche Gespräch eliminierte das kleine Wölkchen Zorn, das sich für eine Sekunde aufgebaut hatte.

»Schläft Gerado?«

»Ja.« Nachdem Leo so übel zugerichtet war, verzichtete sie auf eine Standpauke. Diesen Tag wollte sie sich nicht von Leo verderben lassen.

»Wie lief dein Treffen mit diesem Amerikaner?«

»Großartig. Absolut fantastisch! Er hat mir einen Vertrag angeboten.«

Leos verschwollenes Gesicht verzerrte sich zu einer Fratze, als er versuchte, zu lächeln. »Ich werde ihn gleich morgen überprüfen und unterschreiben, wenn er gut ist.«

»Du gehst zum Arzt.« Alba stand mit einem ganz neuen Selbstbewusstsein auf. Sie brauchte seine Einwilligung nicht. »Meine Unterschrift reicht ihm.« Sie goss ein Glas Wasser aus dem Krug ein. »Hier, du riechst nach Schnaps.«

»Was ist das nur für eine Welt, in der die Frauen neuerdings allein Verträge unterzeichnen dürfen?«

»Eine, in der du dich künftig zurechtfinden musst.« Alba hatte nicht vor, sich ihre Geschäfte aus der Hand nehmen zu lassen. Und sie würde ihrem Mann keine weiteren Details erzählen, solange er Geheimnisse vor ihr hatte.

5

Leo krallte die Fingernägel beider Hände in die Oberschenkel, während der Arzt seine Nase packte und mit einem knirschenden Geräusch richtete. Das schmerzte deutlich mehr als Franciscos Faustschlag. Hätte er geahnt, welch ein Dummkopf Domingo war, hätte Leo nachts selbst die Ernte manipuliert, um an sein Grundstück zu kommen. Verdammt, es stand ihm als einzigem Sohn zu!

»Das wird noch einige Tage schmerzen. Den Bluterguss wird man allerdings länger sehen.« Der Arzt stand auf und wusch sich die Hände am Waschbecken. »Brauchen Sie ein Schmerzmittel?«

Leo wollte den Kopf schütteln, doch sofort fuhr ihm ein stechender Schmerz bis in die Schädeldecke und trieb ihm Tränen in die Augen. »Nein, danke.«

»Fassen Sie sich möglichst nicht an die Nase, und es kann sein, dass Sie wegen der Schwellung die nächsten Tage nur durch den Mund atmen können.«

Leo stand auf. »Aber ich kann arbeiten?«

Der Arzt sah ihn nachdenklich an. »Am Hafen?«

»Es muss gehen.« Leo gab es nicht gern zu, doch er konnte nicht einen Tag fehlen. Er durfte die lukrativen Nebeneinkünfte nicht aufs Spiel setzen.

»Versuchen Sie, leichtere Arbeiten zu übernehmen und den Kopf nicht zu weit nach unten halten. Aber das wird Ihnen der Schmerz schon signalisieren.«

»Danke. Was bin ich Ihnen schuldig?«

»Meine Sprechstundenhilfe rechnet vorne mit Ihnen ab. Gute Besserung.« Er setzte sich wieder hinter seinen Schreibtisch.

»Adiós«, verabschiedete sich Leo.

Die Sprechstundenhilfe nannte ihm einen erstaunlich günstigen Preis. So blieb ihm noch Geld für ein Frühstück, bevor er zu Alba in die Galerie ginge. Vor der Mittagsschicht graute ihm.

Auf der Straße herrschte reges morgendliches Treiben. In einem Café bestellte er sich ein Frühstück und dachte über Alba und diesen Amerikaner nach. Hatte er viele Bilder gekauft? Vermutlich nicht. Sonst hätte sie es ihm sicherlich stolz berichtet. So viel würde sie pro Gemälde nicht bekommen. Mit ein wenig Glück reichte es für ein paar Kleider. Er gönnte es ihr. Sollte sie das Geld behalten. Nach dem vergangenen Abend wollte Leo bei Alba wieder etwas gutmachen.

Deshalb würde er ihr beim Verpacken der Bilder helfen. Er legte ein paar Peseten auf den Tisch und machte sich auf den Weg zur Galerie.

Die Ladenglocke bimmelte hell, als Leo die Tür öffnete. »Alba?«

Mit gerötetem Gesicht kam sie aus dem Lagerraum. »Gut, dass du kommst. Ich kann deine Hilfe gebrauchen.«

»Das haben wir schnell erledigt.«

Alba hörte ihm gar nicht zu. »Stell dir vor, der Vertrag ist unterschrieben. Ben hat das Geld bereits angewiesen.« Sie umarmte ihn stürmisch. »Bis auf zehn Bilder hat er alle gekauft!«

Leo sah sich um. In der Galerie hingen etwa vierzig Gemälde. Wie viele im Lager aufbewahrt an die Wände gelehnt standen, vermochte er nicht einzuschätzen.

Ihre Lebensfreude war ansteckend, und offensichtlich trug sie ihm den letzten Abend nicht nach. »Ich freue mich so sehr für dich.« Er hielt sie umschlungen, spürte ihren Herzschlag an seiner Brust. Er drückte sein Becken gegen ihres.

»He!« Alba löste sich lachend aus seinen Armen. »Ich habe zu arbeiten. Und du bist lädiert.«

Leo gab ihr einen Klaps auf den Po. »Du bist ein freches Eheweib.« Er unterdrückte das Lachen, denn schon das pure Grinsen bescherte ihm Schmerzen im Gesicht. Wenn er nicht aufpasste, platzte die Wunde an der Lippe wieder auf.

Alba ging zurück zum Lagerraum. »Wir fangen im Lager an.«

Leo folgte ihr. Was für ein Chaos, hoffentlich behielt Alba den Überblick.

»Sind das alle Bilder?«

»Nein, die verpackten stehen im Atelierraum. Morgen sollen sie abgeholt werden.«

Leo besah sich die schlanken Holzkisten, in die die gerahmten Gemälde gesteckt werden sollten. »Wie viele passen in so eine Kiste? Und wo hast du die eigentlich her?«

Alba schob sich eine Haarsträhne aus dem Gesicht. »Die Transportkisten hat Ben bringen lassen, und in eine passen vier Bilder. Siehst du die unterschiedlichen Größen?«

»Ja?«

»Es ist fast wie ein Puzzle.« Alba drehte sich um sich selbst. »Irgendwie habe ich den Überblick verloren.«

Leo sah sich im Raum um. Kein Wunder! »Wir sortieren alle Bilder nach Größe, zählen durch und verteilen sie auf die Kisten. Hast du das bei den fertigen Kisten so gemacht?«

Alba kaute auf ihrer Unterlippe. »Glaube schon.«

»Gut. Zur Not packen wir noch einmal um.«

Alba küsste ihn auf die Stirn. »Normalerweise bin ich nicht so planlos. Das muss die Aufregung sein.«

»Für irgendetwas muss meine Erfahrung in der Lagerarbeit ja gut sein.«

Nach drei Stunden war es vollbracht.

Leo seufzte. »Und jetzt gehe ich weitere Kisten am Hafen schleppen.«

»Mein armer Liebling.« Alba lachte auf. »Wenn Ben weiterhin solche Mengen ordert, kannst du die Hafenarbeit bald an den Nagel hängen.« Sie sah sich in der fast leeren Galerie um. »Mit all dem Platz kann ich nun die Ausstellung der Fremdkünstler planen. So kommt weiteres Geld in unsere Kasse.«

»Ich lasse mich doch nicht von meiner Frau aushalten!« So weit käme es noch. Etwas mehr Zeit für sein Weinfeld wäre allerdings ideal. Zwar hatte es im letzten Jahr den ersten Ertrag gegeben, aber die Qualität der Trauben auf dem Küstengrundstück war zu schlecht gewesen, um überhaupt an Wein denken zu können.

Irgendwann musste er Alba davon erzählen. Es lag ihm schwer auf der Seele, dass er Alba verschwiegen hatte, von Tomeus Darlehen Geld für den Kauf der Reben abgezweigt zu haben. Zudem hatte er sich regelmäßig heimlich auf das Grundstück gestohlen, wenn sie ihn bei der Hafenarbeit wähnte.

»Komm mal her, meine erfolgreiche Frau.« Leo breitete seine Arme aus.

»Ich dachte, du musst los?«

»Für eine Umarmung mit meiner zauberhaften Frau finde ich immer Zeit.«

Alba lehnte sich an ihn, und er schloss seine Arme um sie.

»Irgendwas bedrückt dich. Ist es wegen gestern?«

Hatte sie den sechsten Sinn? Wie sollte er jetzt damit rausrücken?

»Nun red schon.« Alba nahm etwas Abstand von ihm und sah ihn auffordernd an.

Leo zögerte und brachte es nicht über sich, vom Weinfeld zu erzählen. Es war der falsche Zeitpunkt. Er zog sie wieder an sich und küsste sie in den Nacken. »Ich wollte dir nur sagen, wie stolz ich auf dich bin.«

Alba löste sich erneut von ihm. Mit festem Blick sah sie ihn an. »Bedrückt dich, dass ich bald mehr verdiene als du?«

War das so? Leo hätte den Vertrag lesen sollen, um die genauen Summen zu sehen. »Schon.« Er war dankbar für die Ausrede. Alba hatte ihm mit ihrer Aussage die Entscheidung abgenommen. »Das kann einem Mann schon zu schaffen machen.«

Alba lachte. »Du bist und bleibst immer mein starker Held. Der Mann, den ich liebe. Ohne dich wäre ich heute verloren gewesen.« Sie tippte ihm mit dem Zeigefinger an die Stirn. »Denk nicht so viel darüber nach. Und jetzt geh mit deinen kräftigen Armen Kisten schleppen.«

»Jawohl.«

Seine Frau war zauberhaft, aber sie konnte zur Furie werden, wenn etwas nicht nach ihrem Kopf ging. Alba würde die Wahrheit über das Darlehen nicht gut aufnehmen.

Er nahm sie noch einmal in seine Arme, strich durch ihr wundervolles Haar und verließ die Galerie.

Mittlerweile herrschte reges Treiben auf den Straßen, und auf dem Paseo del Borne musste er den Menschen ausweichen.

Hatten die alle nichts zu tun? Viele der Frauen trugen eine Frisur nach der neuesten Mode – nackenlang.

Was für ein Jammer.

Albas dunkelblondes langes Haar zog die Blicke aller auf sich. Er fragte sich, wo sie die herhatte. Ein Teil von Albas Vorfahren stammte aus Catalunya, und da gab es häufiger helleres Haar, doch Josefina hatte kastanienbraunes Haar. Ihm fiel das belauschte Gespräch zwischen Albas Mutter und deren Schwester Raquel ein.

Ob Andrés wirklich nicht Albas leiblicher Vater war?

Wenigstens ließ sich Raquel kaum noch blicken. Sie schien mit ihrem Gasthof außerhalb von Palma vollauf beschäftigt zu sein.

Auf Josefinas Drängen hatte Andrés ihrer Schwester ein Darlehen gegeben, sonst stünde sie wahrscheinlich jede Woche vor der Tür seiner Schwiegereltern. Josefina sah den Kredit vermutlich als eine Art Schweigegeld an Raquel an. Außerdem hielt der Gasthof sie von Palma fern.

Sollte Leo nachforschen? Doch wohin würde das führen? Alba liebte ihre Eltern, und er wollte keinesfalls derjenige sein, der das Verhältnis zerstörte.

Seufzend bog er zur Lagerhalle ein. Davor stand das protzige Automobil von Tomeu. Der Chef selbst gab sich die Ehre?

Der Chauffeur in Livree lehnte an dem cremefarbenen H6 Hispano Suiza, und die Kühlerfigur, der fliegende Storch, glänzte im Sonnenlicht. Der Chauffeur nickte ihm grüßend zu.

Leo betrat die Lagerhalle, Tomeu stand vor einem Regal und zählte die Kisten.

Fehlte etwas?

Leo überlegte, ob die Eintragung in das Kontrollheft der letzten offiziellen Lieferung fehlerhaft sein könnte.

»Ah, Leo! Komm mal her.« Fast schon gönnerhaft winkte ihn Tomeu zu sich.

Tomeu trug einen maßgeschneiderten Anzug aus teurem Tuch, passende Krawatte und Weste, alles Grau in Grau und fast schon silbern schimmernd, dazu ein rotes Einstecktuch. Er wirkte wie ein Bankier, seriös, gebildet und reich. Und zwischen den Regalen so fehl am Platz wie sein Wagen vor der schäbigen Lagerhalle. Den ehemaligen Viehzüchter sah man ihm wirklich nicht mehr an.

»Buenos días.«

Tomeu klopfte ihm zur Begrüßung auf die Schulter. »Ich überlege, das Lager umzugestalten, um mehr Platz zu schaffen. Was meinst du?«

Leo sah nach oben. Das Regal reichte bis unter die Decke. »Höher geht nicht mehr.«

»Aber enger stellen funktioniert.« Ohne auf Leos Bestätigung zu warten, redete sein Chef weiter. »Wenn wir die Reihen dichter zueinanderschieben, könnten wir ein Drittel mehr unterbringen.«

»Soll ich den Schreiner beauftragen?«

Tomeu nahm seinen Hut ab und fächelte sich Luft zu. Sein Haar lichtete sich an den Seiten. Durch das rasche Absetzen des Huts standen ihm dünne Strähnen vom Kopf ab. Nun schwand ein wenig der Eindruck des Geschäftsmanns von Welt. »Du bist mein Mann.« Tomeu setzte den Hut wieder auf. »Wie läuft es in der Galerie? Was macht mein Investment?«

»Sehr gut. Alba plant eine Vernissage. Sie hat einige Künstler vom Festland und aus Frankreich gewinnen können.«

Leo sah Tomeu seine Zufriedenheit förmlich an. Immer auf der Suche nach Anerkennung, nicht nur finanzieller Erfolg, auch ein Ruf als großzügiger Kunstmäzen kam ihm entgegen. Damit versprach sich sein Chef neue Kontakte, die ihm Zugang in die höchsten Kreise ermöglichen sollte.

»Schick mir die Einladung. Ich möchte einige Geschäftspartner mit zur Vernissage bringen.« Tomeu warf noch einen Blick in die Lagerhalle.

»Natürlich, Tomeu. Alba wird sich über zusätzliche Kundschaft freuen.«

Sein Chef wandte sich zum Gehen. »Der Schreiner soll in spätestens zwei Wochen fertig sein. Ich verlasse mich auf dich!«

6

Kuba, Frühjahr 1929

Antonia schlug die Zeitung zu. Die panamerikanische Konferenz hatte nicht nur die neuen Zollgesetze hervorgebracht, was Federico gehofft hatte, sondern auch zur Gründung der Frauenkommission CIM geführt, die umgehend ein sehr bedeutendes Gesetz durchsetzen konnte. Eine Frau behielt nun ihre Nationalität, wenn sie einen Mann aus einem anderen Land heiratete. Das Gesetz bedeutete unglaublich viel. Bis zu diesem Zeitpunkt war man als Frau seinem Ehepartner ausgeliefert. Trennte er sich, besaß die Frau keine Staatsangehörigkeit mehr. Sie durfte ohne gültigen Länderpass nicht zurück in ihre alte Heimat einreisen.

Niemals hätte sich Antonia der Gefahr ausgesetzt, einen Cubano oder einen Amerikaner zu heiraten. Ebenfalls setzte die Kommission zur Ehrung der Mütter den bezahlten Mutterschutz ein, und obwohl vierzig Tage vor und nach der Geburt nur eine kurze Frist bedeuteten, so war es doch eine kleine Absicherung.

Antonia war gespannt, wie lange das Wahlrecht auf sich warten ließ. Immer noch glaubten die meisten Männer, Frauen könnten sich aufgrund ihrer beschränkten Kapazitäten nicht mit Politik beschäftigen. Federico bildete da eine Ausnahme. Er besprach alles Geschäftliche mit ihr, nahm ihre Meinung ernst und entschied nie etwas ohne ihre Zustimmung.

Fernandas Mann sah seine Frau als hübsche Unterhaltung, und Fernanda ließ ihn in dem Glauben, weil sie es geschickt verstand, ihren Willen so durchzusetzen, dass ihr Mann Enrique glaubte, es wäre seine Idee gewesen. Julio wäre stolz auf seine Tochter. Leider war Fernandas Vater noch vor der Hochzeit verstorben. Mit ihm hatten Fernanda und Federico nicht nur ihren Vater, sondern Antonia auch ihren engsten Vertrauten und Förderer verloren.

»Du bist noch gar nicht umgezogen?«

Antonia schrak aus ihren Gedanken auf. Federico stand in der Küche und sah sie verwundert an. »Die Kinder habe ich schon zu Fernanda gebracht. Dann habe ich über dem Zeitunglesen die Zeit vergessen.« Isabel, ihre Jüngste, hatte fürchterlich geweint. Das tat sie immer, wenn Antonia sie bei Fernandas Kinderfrau abgab, doch die beruhigte sie regelmäßig. Das Weinen ließ schnell nach, wenn man sie beschäftigte. Ihre Tochter lachte viel und gerne.

Federico trat auf sie zu, küsste sie auf den Haaransatz und reichte ihr die Hand. »Dann werden wir uns wohl beide beeilen müssen, um fertig zu werden.«

Die halbe Geschäftswelt war zur Einweihung des Capitols eingeladen. Eine Verschwendung. Der Prachtbau hatte über zwanzig Millionen Dollar verschlungen, während die Landbevölkerung nicht wusste, wie sie das Essen auf den Tisch bringen sollte. Eine Situation, die Antonia mehr als gut kannte. Umso irrwitziger schien es ihr, die Einweihung dieses in ihren Augen unnötigen Prestige-Baus zu feiern. Federico zuliebe begleitete sie ihn, obwohl sie die Kinder als Ausrede hätte vorschieben können. Sich dort aber nicht sehen zu lassen, bedeutete auch, einflussreiche Leute vor den Kopf zu stoßen, und das konnten sie sich nicht leisten. Fernanda würde mit ihrem Mann Enrique ebenfalls kommen. Die Kinder wurden von ihren Hausangestellten beaufsichtigt. Enrique gehörte zu den reichsten Männern auf Kuba, was Fernanda zuvor nicht gewusst hatte, als sie mit ihm zu flirten begonnen hatte. Sie kannte jedoch seinen Ruf als Don Juan. Entsprechend lange hatte sie ihn zappeln lassen und ihn so für sich gewonnen.

Die beiden würden Federico und Antonia in einer knappen halben Stunde abholen. Sie reichte Federico die Hand, ließ sich hochziehen, und eiligen Schritts gingen sie ins gemeinsame Schlafzimmer. Wenigstens hatte Antonia das smaragdgrüne Kleid bereits aufgebügelt und aufs Bett gelegt. Mit geübten Griffen frisierte sie sich. Die Hochsteckfrisur gelang ihr auf Anhieb. Da sie sich täglich schminkte, legte sie nur ein bisschen Puder nach, betonte die Augen etwas kräftiger, schlüpfte in ihr Kleid und die Schuhe.

Fast zeitgleich mit Federico war sie fertig. »Wie machst du das bloß?«

Antonia lächelte. Sie warf einen prüfenden Blick in den Spiegel. Ja, sie war ausgehbereit. Nur Lippenstift und ein Spritzer Parfum fehlten. »Jahrelange Übung. Wie du mit deinen Manschettenknöpfen.«

Federico sah fantastisch aus in seinem dunklen Frack. Obwohl er bereits über vierundvierzig Jahre alt war: Er hielt seine Figur, das Haar war immer noch voll.

Nur sie selbst hatte nach Isabells Geburt ein wenig Gewicht behalten: Das taillierte Kleid saß um die Rippen sehr eng. Knapp war es schon vor ihrer vierten Schwangerschaft gewesen. Aber neue Abendgarderobe konnten sie sich nicht leisten. Das leichte Bäuchlein verschwand unbemerkt unter dem weit ausgestellten Rock.

Es musste eben gehen. Niemals hätte sie Federico um neue Garderobe gebeten. Nicht in diesen schwierigen Zeiten. Sie brauchte sich nur aufrecht hinsetzen. Solange sie stand, fiel es nicht auf. Im Gegenteil. Das eng anliegende Oberteil wirkte wie eine zweite Haut.

Das Klopfen an der Tür kam keine Minute zu früh. Federico eilte die Treppenstufen hinab. Antonia griff nach ihrer Handtasche, steckte den Lippenstift und die Puderdose ein und folgte ihrem Mann.

Fernandas Kleid war ähnlich eng geschnitten, hatte einen zartgelben Ton, der ihrer Haut schmeichelte. Enrique trug ebenfalls einen schwarzen Frack. »Dann wollen wir mal. Auf gute Geschäfte!« Enrique schien bester Stimmung.

Federico klopfte ihm auf die Schulter.

Die beiden Männer mochten sich, trotz aller Unterschiede. Aber Enrique behandelte Federicos Schwester liebevoll, er trug sie auf Händen, und das war alles, was Federico interessierte.

Antonia sah das Cabrio und fürchtete um ihre Frisur. Fernanda sah ihr ihre Gedanken an. »Er fährt nur Schritttempo. Er hat es mir versprochen.«

Erleichtert hakte sie sich bei ihrer Freundin ein. »Das will ich für uns hoffen.«

Die beiden Freundinnen stiegen hinten ein. »Endlich gehen wir mal wieder zusammen aus.«

Antonia nickte, obwohl sie solche Veranstaltungen nicht mochte. Die letzte war schon Jahre her. Das war in den ersten Monaten ihrer Schwangerschaft mit Rodrigo gewesen. Seither hatte es sich nicht mehr ergeben. Sie freute sich nun doch auf den Abend. Vielleicht würden sie im Anschluss an diese Einweihung in einem der Klubs tanzen gehen. Wie lange hatte sie schon nicht mehr mit Federico einen Abend durchgetanzt?

Der burgunderfarbene Wagen parkte am Straßenrand. Antonia hatte die Entstehung des Gebäudes verfolgt, nun war es nach vier Jahren Bauzeit vollendet. Vor dem Capitol lag eine Parkanlage. Das lang gezogene Gebäude besaß auf Straßenniveau Rundbogenfenster. Mittig ging eine prächtige Treppe nach oben und führte durch meterhohe Säulen in den Innenbereich. Die komplette Front bestand aus soliden Rundsäulen, die das Dach stützten, und zurückgesetzt lagen die Konferenzräume. Auch die gewaltige Kuppel wurde von Säulen gesäumt. Es schien eine detailgetreue Version des Capitols in Washington zu sein. Zumindest wirkte es auf Antonia so. Der Bau zeigte die extreme Verehrung der Vereinigten Staaten durch ihren Präsidenten Gerardo Machado. Er unterstützte die Besitzer der Zuckerplantagen ebenso wie die Tabakfabriken. Aus diesem Grund waren sie zur Einweihungsfeier eingeladen. Enrique repräsentierte die Firma seines Vaters und Federico seine eigene Fabrik. Die Stützen der kubanischen Wirtschaft würden anwesend sein. Und mit den Herren die Damen, die Antonia die letzten Jahre nicht vermisst hatte, obwohl sie zwischenzeitlich von ihnen akzeptiert worden war. Zumindest so lange, bis sie ihr Hauspersonal entlassen hatten.

In der Eingangshalle stand eine allegorische Frauenstatue. Sie sollte die Republik Kuba verkörpern. Die Statue ragte siebzehn Meter auf und musste Tonnen wiegen. Im Boden der Halle war der Stern von Kuba in Gold eingelassen. Antonia hatte darüber gelesen. Der in der Mitte gefasste vierundzwanzigkarätige Diamant markierte den Kilometer null des Straßennetzes. Auch mit dem Ausbau der zweispurigen Straße nach Santiago de Cuba schuf sich Gerardo ein eigenes Denkmal.

Ein livrierter Mann wies ihnen den Weg. Antonia verschlug es vor Staunen die Sprache, als sie den lang gestreckten Gang mit goldenen Deckenfresken erblickte. Mit in den Nacken gelegtem Kopf ging sie weiter und rutschte prompt mit ihren Pumps auf dem polierten Marmorboden aus. Gerade noch fing Federico sie auf, bot ihr seinen Arm an, um weiterzugehen. Sie erreichten die Konferenzsäle. Diese trugen bedeutende Namen, und die mächtigen Eingangstore schmückten Reliefs aus Bronze. Im Raum mit dem Namen Simón Bolívar befanden sich unzählige Stehtische. Kleine Grüppchen standen beisammen, plauderten, und Kellner servierten Champagner.

»Hast du jemals ein so außergewöhnliches Gebäude betreten?«, wandte sie sich an Fernanda.

»Nein, und ich denke, das werde ich auch nie wieder, außer ich bekomme eine Einladung ins Weiße Haus.« Sie nahm zwei Gläser Champagner entgegen, reichte ihr eines, und der Kellner hielt Federico und Enrique ebenfalls das Tablett hin.

»Auf einen wundervollen Abend!« Enrique erhob sein Glas, und sie prosteten sich zu.

»Diese Stimme erkenne ich unter Hunderten.«

»Joaquín!« Aufrichtige Freude schwang in Enriques Stimme mit. »Du bist wieder hier? Warum bist du nicht vorbeigekommen?«

»Ich wollte ja, aber noch habe ich keine Zeit gefunden.«

»Das ist Joaquín Bacardí Fernández, wir haben zusammen in Harvard studiert. Dann ist der Kerl leider nach Dänemark gegangen.«

Enrique stellte sie gegenseitig vor.

»Habt ihr anschließend schon Pläne?«

Antonia hatte natürlich von der Familie Bacardí gehört, doch bisher niemanden davon kennengelernt. Wie sie selbst stammte die Familie aus dem katalanischen Sprachraum. Nun war sie gespannt, ob der Mann sich die Bodenständigkeit der Katalanen bewahrt hatte. »Sprechen Sie noch Català? Ich bin aus Mallorca.«

»Eine Landsmännin! Wie schön! Leider spreche ich die Sprache nicht mehr.« Joaquín strahlte über das ganze Gesicht. »Ihr müsst nachher mit zu uns kommen. Auf ein oder zwei Cocktails. Es gibt Livemusik. Und jede Menge Amerikaner.« Er sah zu Federico. »Wir könnten über Ihre bekannte *Cleopatra* sprechen. Unsere Besucher lieben gute Zigarren.«

Federico lächelte. »Dann sollten Sie meine Zigarren verkosten.«

»Ich kenne den Geschmack. Die *Cleopatra* ist eine der wenigen, die noch von Hand gedreht werden.« Er sah zu Enrique. »Tut mir leid, mein Freund, aber seine Zigarren schmecken besser als die vom Trust.«

Enrique hob die Hand. »Das war die Entscheidung meines Bruders. Als ich aus Harvard kam, war der Vertrag bereits unterschrieben.«

Bei Joaquíns Worten schlug Antonia das Herz hart gegen den Brustkorb. Der Abend begann vielversprechender als sie vermutet hätte.

Die Bacardís waren inselweit bekannt. Sie vertrieben ihren Rum weltweit, sogar über Umwege in die USA. Ein Mitglied dieser Familie zum Freund zu haben ermöglichte vieles. Es stand außer Frage, wohin sie nach der Einweihung des Capitols gehen würden. Die gemeinsame Herkunft verband, und wenn sich Antonia richtig erinnerte, hatte die Familie erst vor wenigen Monaten eine Fabrik in Barcelona eröffnet.

Ein Minister kündigte die Ankunft des Präsidenten an. Einige Minuten später verstummte das Stimmengemurmel, und Gerardo Machado erklomm ein für diesen Anlass erbautes Podium.

Sein graues Haar schimmerte silbern im Licht der Kristallleuchter, mit seiner schwarz geränderten Brille sah er aus wie ein Intellektueller. So gab er sich auch gerne. Seine Eltern waren von den Kanaren eingewandert, und Machado arbeitete zuvor als Metzger, lebte in bescheidenen Verhältnissen, bis er im Unabhängigkeitskrieg gegen die spanische Kolonialmacht kämpfte, was ihm später zum Vorteil gereichte und er einen bedeutenderen Posten erhielt. Er wusste, was sich die unteren Gesellschaftsschichten wünschten, und versprach es ihnen: Schulen, Aufrichtigkeit und den Ausbau des Straßennetzes. Allerdings hatte er sich in den vergangenen Jahren vor allem damit beschäftigt, sich selbst ein Denkmal zu setzen mit diesem Prachtbau, den er nun einweihte. Die Rede rauschte an Antonia vorbei, ihre Gedanken schweiften zu Magdalenas Familie auf dem Land. Dort waren keine Schulen gebaut worden, bis auf den Bau der Schnellstraße hatte er seine Versprechen gebrochen. An die Aufrichtigkeit seiner Worte glaubte niemand mehr.

Wenn man den Gerüchten vertraute, hatte General Electric Machados Wahlkampf komplett bezahlt. Als ehemaliger Filialleiter der Firma war er der perfekte Mann an Kubas Spitze und die Marionette der Amerikaner. Antonia und Federico sahen es mit gemischten Gefühlen. Einerseits benötigten sie den amerikanischen Markt zum Verkauf der Zigarren, andererseits traf der Präsident seine Entscheidungen zum Wohle der Amerikaner. Sein eigenes Volk, das seinen vollmundigen Versprechungen geglaubt hatte, beachtete er nicht. Dazu kamen die Gerüchte, Machado würde mithilfe des Gesetzes *Ley Fuga* Menschen exekutieren, die sich seinem Machtgefüge nicht unterwarfen. Mehrere Schriftsteller waren ins Exil geflohen. Es war gefährlich, sich in Machados Gesellschaft aufzuhalten, besser, man mied ihn.

Während er mit sonorer Stimme sprach, kroch Antonia eine Gänsehaut über den Rücken. Ihr Innerstes glaubte die Vorwürfe hinter vorgehaltener Hand, da mochte sich Machado noch so eloquent ausdrücken. Antonia wusste, jeder Peso, den dieser Bau gekostet hatte, war von der Bevölkerung bezahlt worden. Er hatte Schulen versprochen und das Capitol gebaut, um den Vereinigten Staaten zu zeigen, wie sehr er sich ihnen zugewandt fühlte.

Applaus brandete auf, die Rede schien zu Ende. Um der Höflichkeit zu entsprechen, klatschte Antonia, wie alle Anwesenden in diesem prachtvollen Raum.

Machado sonnte sich in der Bewunderung, die ihm gezollt wurde. Mit hocherhobenem Kopf stolzierte er zwischen den Stehtischen, plauderte, flirtete offen, um am nächsten Tisch das Vorgehen zu wiederholen.

Antonia hoffte, Machado würde an ihnen vorübergehen.

Vergeblich.

»Na, wenn ich hier nicht die Herren beisammen habe, die mir einen vergnüglichen Feierabend bescheren.« Machado zog eine Zigarre aus seiner Anzugtasche, wo er ebenfalls ein purpurnes Einstecktuch stecken hatte. »Ihre *Cleopatra* sind die besten Zigarren, die Kuba zu bieten hat. Sie sollten endlich dem Trust beitreten.«

Federico nickte. »Ihr Kompliment ehrt mich, Señor Presidente.«

Amüsiert registrierte Antonia, wie Federico die Aufforderung, über den Trust zu verkaufen, überging. Zudem mischte sich Joaquín Bacardí Fernández ins Gespräch. »Sie trinken ein gepflegtes Hatuey-Bier zum Feierabend? Dann werde ich Ihnen ein Fass vorbeibringen lassen.«

»Sie führen nicht mehr die Geschäfte der Rumbrennerei?« Irritiert sah der Präsident Joaquín Bacardí an, der sichtlich amüsiert grinste.

»Nein, ich habe letzten Herbst die Brauerei übernommen, nachdem ich in Dänemark unter die Bierbrauer gegangen bin.« Joaquín Bacardí lächelte immer noch. »Aber ich kann Ihnen auch gerne ein Fass unseres besten Carta Negra übersenden, wenn Sie Rum bevorzugen. Doch unsere neue Biermarke wird bald Marktführer werden, die sollten Sie kennenlernen.« Joaquín Bacardí winkte ab. »Ich lasse Ihnen einfach beides zukommen.«

»Und da zu Rum und Bier eine Zigarre hervorragend schmeckt, übersende ich Ihnen eine Kiste unserer *Cleopatra*«, ergänzte Federico.

Präsident Machado schob seine Brille die Nasenwurzel nach oben. »Sie wollen mich bestechen?«

»Wo denken Sie hin?«, warf Bacardí ein. »Nennen wir es ein Einweihungsgeschenk.« Dabei war Machados Bestechlichkeit hinreichend bekannt.

Antonia kam nicht umhin, diesem Mann ihren Respekt zu zollen. Er wusste mit dem Präsidenten umzugehen. Schon lange war Antonia klar, wie bestechlich die Politiker auf Kuba und vermutlich auch anderswo waren. Aber wie sagte Federico gerne: Kleine Geschenke erhalten die Freundschaft.

Und in diesem Fall war das Geschenk mehr als gut angelegt. Vielleicht würde er jetzt Ruhe mit dem Trust geben.

»Wenn Sie mich nun entschuldigen ...« Machado ging einen Tisch weiter.

Fernanda blickte zu Enrique.

»Was? Er hat von Federicos Zigarren geschwärmt. Hätte ich ihm eine unserer Kisten aufdrängen sollen?«

Antonia lachte.

Da hatte Fernandas Mann nicht unrecht.

»Lasst uns gehen«, schlug Joaquín Barcardí vor. »Ich habe Durst auf einen ordentlichen Daiquiri.«

Kaum hatte Antonia das Capitol verlassen, fühlte sie sich leichter, unbeschwerter. »Es ist schade, dass Sie kein Català mehr sprechen.« Augenblicklich lachte sie. »Es fiele mir vermutlich selbst schwer, nach so vielen Jahren wieder in meiner Muttersprache zu reden.«

»Ich stelle Sie meinem Bruder José vor. Er hat die Destillerie in Barcelona aufgebaut, er wird Ihre Sprache sprechen.«

Gemeinsam gingen sie zum Parkplatz. Als Antonia einstieg, flüsterte sie Federico ins Ohr. »Beim Präsidenten bekomme ich Gänsehaut vor Angst.«

»Lass uns nicht jetzt darüber sprechen, einverstanden?« Federico kippte den Beifahrersitz zurück und blickte sie bittend an.

Ihr Mann hatte recht, es war der falsche Zeitpunkt. Fernanda sah völlig entspannt aus, wie sie lächelnd neben ihr auf dem Rücksitz saß. »Das wird ein schöner Abend! Und du triffst auf Leute aus deiner Heimat.«

»Nicht direkt. Uns trennt noch das Mittelmeer.« Antonia freute sich auf Joaquíns Bruder. Zeitgleich fürchtete sie, viele Worte nicht mehr zu kennen. »Vermutlich blamiere ich mich vor seinem Bruder.«

»Das wirst du nicht.« Fernanda tätschelte ihr das Knie. »Als wir uns kennengelernt haben, hast du sogar immer auf Katalanisch geflucht, wenn was schiefging.«

Das stimmte, aber es lag viele Jahre zurück. Eigentlich ein ganzes Leben. Trotz ihrer Bedenken freute sie sich darauf, eine Unterhaltung in ihrer Muttersprache zu führen.

Das Edificio Bacardí befand sich in der Avenida de las Misiones, nur vier Straßen vom Capitol entfernt. Antonia entdeckte die teuersten amerikanischen Autos auf dem Parkplatz. Wer hier seinen Cocktail genoss, verfügte über ein dickes Bankkonto.

Joaquín Bacardí erwartete sie vor dem Eingang. Über dem Hauptportal prangte das Wahrzeichen der Firma, eine in Messing gegossene Fledermaus mit ausgebreiteten Flügeln. Von Magdalena wusste sie, dass die Fledermaus auf Kuba ein Glückstier war, wie auf Mallorca der Kolibrischwärmer. Niemand würde es wagen, eine Fledermaus aus einem Schuppen oder einer Fabrik zu verscheuchen. Auch in ihrer Tabakfabrik gab es welche.

Die Eingangshalle funkelte kaum weniger eindrucksvoll als die des Capitols. Mehrfarbige Marmorintarsien zierten den Boden und wirkten wie von Quadraten eingesäumte Sonnen. Die hohen Eingänge besaßen ebenfalls bunte Einfassungen. Staunend sah sich Antonia um. »Wie wundervoll!«

»Danke. Ich finde es etwas protzig«, gab Joaquín zu bedenken, »aber die Amerikaner lieben es. Wir sammeln sie ja bereits am Flughafen ein und bringen sie für ihren ersten Drink in den obersten Stock, um einen Blick auf die Stadt zu erhaschen.«

»Recht viel Aufwand, oder?« Enrique sah sich aufmerksam um. »Die Büros sind unten?«

»In den ersten beiden Etagen.« Joaquín Bacardí ging voraus zu einem Fahrstuhl. Antonia hatte von diesen Gefährten gehört, aber benutzt hatte sie noch keinen. Es sah aus wie ein schmiedeeiserner Käfig. »Mehr als vier Personen trägt er nicht. Tut mir leid.«

»Ich kann die Treppe nehmen«, schlug Antonia vor, der dieses Konstrukt nicht geheuer war. Fernanda schien keine Ängste zu haben. Vielleicht war sie aber auch schon in solchen Aufzügen gefahren.

»Das kommt nicht infrage. Bitte warten Sie eine Sekunde.« Hinter Fernanda und Enrique betrat er die Kabine, schob die kunstvoll geschmiedete Tür zu und drückte einen Knopf.

Mit einem knarzenden Geräusch setzte sich der Aufzug in Bewegung. Bald sah sie nur noch die Beine. »Bist du schon in so einem Ding gefahren?«

Federico lächelte. »Ja, sogar mehrfach. Sie sind sicher. Keine Angst.«

»Habe ich nicht«, log Antonia, um sich keine Blöße zu geben. »Aber es hätte mir nichts ausgemacht, nach oben zu gehen.«

Federico lachte und zog sie an sich. »Es ist auch nichts anderes als ein Flaschenzug.«

»Und ich bin ein Sack voller Tabakblätter.« Antonia stimmte in sein Lachen ein. Feige war sie nie gewesen, nur vorsichtig, wie mit ihrer ersten Autofahrt oder der ersten Straßenbahnfahrt.

»Ein besonders hübscher zwar, aber ja, wenn du den Vergleich ziehen willst, ist es nichts anderes vom Prinzip her.«

Die Kabine kam ratternd nach unten. Joaquín Bacardí öffnete die Tür und bat sie herein.

Antonias Magen flatterte nervös. Einen Cocktail konnte sie anschließend gut vertragen.

Die Geschwindigkeit, mit der die Kabine in die Höhe sauste, verunsicherte Antonia, bis diese anhielt, und Antonia erleichtert ausatmete. Auch hier zeigte sich der Art-déco-Bau mit streng geometrisch angeordneten Ornamenten und Mustern in unterschiedlichem Marmor. Die Deckenfriese schimmerten in blauen und braunen Farbmustern und gaben dem Gebäude etwas Verspieltes. Die Cocktailbar lag im Zwischengeschoss mit einer ausladenden Terrasse, die man über eine dreiflügelige Tür erreichte. Den Durchgang flankierten wie zwei Wächter schwere und golden schimmernde Laternen. Dieser Prunk demonstrierte den Reichtum und auch die Macht, die diese Familie seit Jahrzehnten innehatte. Auf der Terrasse befand sich eine lang gezogene Cocktailbar mit mehreren Angestellten.

Antonia hörte die unterschiedlichen Akzente der Amerikaner, und es zeigte sich klar, dass sich hier die High Society der USA traf. Einen besseren Ort für einen Cocktail hätte es kaum geben können.

Fernanda und Enrique plauderten an der Bar bereits mit einem Pärchen. Joaquín Bacardí begleitete Federico und Antonia zu der Gruppe. Mit einer lässigen Handbewegung bestellte er die Getränke.

Da die anderen in ihr Gespräch vertieft waren und Federico mit Joaquín Bacardí sprach, sah Antonia auf das Dach der oberen Etage, das man von der Cocktailbar wunderbar bestaunen konnte. Eine weitere Ebene war von einem reich verzierten Geländer umgeben, und über dieser Etage befand sich ein Türmchen mit Fenstern und Balkonen, ganz oben ein Spitzdach und eine Kugel. Antonia kniff die Augen zusammen. Auf der Kugel stand die Statue einer Fledermaus mit ausgebreiteten Flügeln. Der darüber scheinende Vollmond zeichnete die Silhouette gespenstisch ab. Es wirkte, als würde die Fledermaus jeden Augenblick davonfliegen.

Das Wahrzeichen der Bacardís.

Dieses Gebäude würde niemals jemand anderem gehören oder einen anderen Namen tragen, davon war Antonia überzeugt.

Joaquín reichte ihr einen Drink. »Lasst uns anstoßen und diesen herrlichen Abend genießen.« Er hielt sein Getränk in die Mitte. Fernanda und die anderen drehten sich zu ihnen und hoben ihre Gläser ebenfalls zur Mitte. »Salud!«

»Salud!«, prosteten sie einander zu.

»Lassen wir die Förmlichkeiten«, erklärte Joaquín und wandte sich damit an Antonia und Federico. »Ich bin Joaquín.«

»Sehr gerne.«

Antonia nippte an ihrem Daiquiri. Frisch und leicht, obwohl man die Rum-Note schmeckte. »Was ist in diesem Cocktail?«

Joaquín grinste verschmitzt. »Wir haben das Rezept aus dem *El Foridita*. Es ist etwas anders als die gewöhnlichen Daiquiris.«

Antonia kannte die Bar. Sie befand sich unweit der besten Hotels in einem unscheinbaren Eckhaus mit einem ebenso unscheinbaren Eingang. Constantino Ribalaigua Vert, ebenfalls Katalane, betrieb die beliebte Bar, die für die besten Cocktails der Insel bekannt war. Antonia hatte Federico ein einziges Mal zu einem geschäftlichen Treffen dorthin begleitet. Seit sie Kinder hatten, blieb ihr wenig Zeit, um auszugehen. Ein langer Holztresen dominierte den Raum, der Tresenbereich war mit feuerrot gestrichenem Holz ausgekleidet, unzählige Flaschen reihten sich aneinander, und der Barkeeper mixte mit einer Leidenschaft, die geradezu ansteckend war. Dazu gab es eine Salsaband und zahlreiche Tischchen, an die man sich für eine kurze Tanzpause setzte, um einen Cocktail zu trinken. Es wunderte Antonia nicht, dass sich die Katalanen ebenso unterstützten wie die Asturier. Nur besaßen die Katalanen kein so imposantes Zentrum, außer nun vielleicht das Edificio Bacardí.

»Was ist an diesem Daiquiri anders?« Antonia nippte erneut, schmeckte es aber nicht heraus.

»Wir nehmen keinen Zuckersirup, sondern Maraschinolikör, etwas mehr Rum und zum Limettensaft noch Grapefruit, das macht ihn fruchtiger.« In Joaquíns Stimme schwang sichtlicher Stolz mit, fast so, als hätte er den Cocktail erfunden. »Constantino hat nach seiner Ankunft bei meinem Vater gearbeitet, ist aber schnell Kellner in dieser Bar geworden, bevor er sie dann übernommen hat und zu dem gemacht hat, was sie heute ist. Er bekommt unseren Rum zu Sonderkonditionen, dafür hat er uns sein Rezept verraten.«

Federico lachte. »So macht man Geschäfte.« Er hob sein Glas und prostete in die Runde.

»Ah, hier kommt mein Bruder.« Joaquín winkte ihn zu sich. »Pep, darf ich dir meine neuen Freunde vorstellen?« Er präsentierte jeden Einzelnen mit Namen. »Und Federicos charmante Frau Antonia. Sie würde gerne mal wieder Català sprechen.«

»Oh, eine Landsmännin«, sagte er auf Katalanisch. »Molt bé!« Er wandte sich Antonia zu. »Ich bin José. Aber alle nennen mich Pep. Woher kommen Sie?«

José Barcardí führte Antonia zu einem Tisch. Mit einer galanten Handbewegung bat er sie, Platz zu nehmen. »Darf ich Ihnen noch einen Cocktail bringen?«

Eine Ablehnung erschien Antonia unhöflich, deshalb nahm sie sein Angebot an. Das war also der berühmte Pep Bacardí. Von ihm hatte sie vor einigen Jahren in der Zeitung gelesen. Er hatte die hübsche, aber konservative Martha Durand der Oberschicht geheiratet, die sich wenige Wochen nach der Hochzeit dermaßen über sein ausschweifendes Leben beschwerte, dass sie die Scheidung erwirkte. Während der Flitterwochen, die sie in Havanna verbrachten, seien sie durch die Bars getingelt, und José habe dem Rum zu sehr zugesprochen und ungeniert mit anderen Frauen geflirtet. Der Skandal hatte über die Stadtgrenzen von Santiago de Cuba hinaus die Menschen amüsiert. Und nun bestellte dieser Mann Antonia einen Cocktail. José, oder auf Katalanisch kurz Pep, sah in seinem maßgeschneiderten Smoking und dem mit·

Pomade in Form gebrachtem, schwarzem Haar sehr attraktiv aus. Antonia blickte zu Federico, der sich angeregt mit Joaquín unterhielt.

»Was hat Sie nach Kuba verschlagen?« Pep setzte sich zu ihr an den Bistrotisch und sah sie aufmerksam mit seinen braunen Augen an. »Ich nehme an, Sie kamen vor Ihrer Ehe mit Federico Guerrera an.«

Auch er kannte ihren Mann, obwohl sie seit Jahren nicht länger der Oberschicht angehörten, dazu waren sie nicht mehr reich genug.

»Der Weinanbau«, gab Antonia offen zu. »Ich bin mit meinem verstorbenen Mann nach Kuba gekommen.«

»Wein?« Pep lächelte und schüttelte den Kopf. »Gewagt, aber nicht unmöglich.«

»Ich komme aus einer Winzerfamilie.« Für einen Wimpernschlag dachte sie an ihre Familie auf Mallorca. Keiner von ihnen baute mehr Wein an, und dennoch fühlte sie sich immer noch dem Wein verbunden.

Ein Kellner servierte die Cocktails.

»Mallorquinischer Wein ist nicht gerade für seinen guten Geschmack bekannt.« Er hob sein Glas und prostete ihr zu. »Die kalifornischen sind inzwischen besser als die französischen, was man natürlich nicht laut sagen darf, wenn ein Franzose anwesend ist.« Er lachte herzhaft. Antonia erkannte seinen Charme, war aber dafür nicht empfänglich.

»Unser Wein war hervorragend.«

»Erfrischend«, kommentierte Pep. Er lehnte sich zurück, verschränkte die Arme und taxierte sie.

Antonia blieb äußerlich ruhig. Sie hatte sich nicht zurückhalten können, den Wein ihres ehemaligen Gutes zu verteidigen.

»Eine Frau, die offen ihre Meinung sagt, während ihr Mann versucht, mit meinem Bruder ins Geschäft zu kommen.«

Auf die Provokation ging Antonia nicht ein. »Nicht nur der Wein auf Mallorca gehörte zu den besten, auch unsere Zigarren zählen zu den beliebtesten Kubas. Selbst der Präsident zieht unsere *Cleopatra* allen anderen Sorten vor.« Antonia griff nach ihrem Cocktailglas, hob es an und prostete Pep zu, ohne den Augenkontakt zu unterbrechen. »Ihr Bruder scheint das zu wissen. Ihnen scheint das Vergnügen bisher entgangen zu sein.«

Pep Bacardí hob sein Glas und trank es in einem Zug leer. »Mein Bruder leitet die Brauerei in Santiago de Cuba. Ich leite die Destillerie in Havanna. Wussten Sie das?«

Natürlich wusste Antonia, welche Position er innehatte. Statt etwas zu sagen, wartete sie, bis Pep weitersprach.

»Ich kenne Ihre Zigarren, und wären Sie heute nicht hierhergekommen, wäre ich nächste Woche zu Ihnen gekommen.« Sein Lächeln war herzlich, es erreichte auch seine Augen. »Aber Ihre Zigarren sind nicht halb so außergewöhnlich wie Sie, meine liebe Antonia.« Er machte dem Kellner ein Zeichen und bestellte zwei weitere Daiquiri.

Antonia fürchtete, einen weiteren Cocktail nicht zu vertragen. Sie würde ihn stehenlassen.

»Ihr Mann hat ausgesprochenes Glück.«

Antonia verkniff sich einen Kommentar über seine kurze Ehe, die eventuell länger gehalten hätte, wenn er etwas häufiger zu Hause bei seiner hübschen Frau geblieben wäre, statt die Salons der Stadt zu besuchen. »Bei der Bestellung Ihrer Zigarren kann ich Ihnen behilflich sein. Kommen Sie doch in unsere Fabrik, Federico wird Ihnen die Herstellung gerne zeigen, dann können Sie Ihren exklusiven Gästen aus Amerika noch einige zusätzliche Informationen zur Entstehung der besten Zigarre Kubas geben.«

»Sobald es meine Zeit zulässt, nehme ich die Einladung mit Freude an. Bis dahin lasse ich die Bestellung von einem Kurier abholen.«

»Sehr gerne.«

Die Cocktails brachte dieses Mal nicht ein Kellner, sondern Joaquín. Federico begleitete ihn. »Für unseren Salon in Santiago de Cuba werde ich Zigarren bestellen. Du solltest dich anschließen.« Joaquín stellte die beiden Gläser ab. Federico hatte seines mitgebracht.

»Bitte, bedienen Sie sich«, bat Antonia. »Ich bin noch bestens versorgt.«

Pep zwinkerte ihr zu. Er hatte den Wink verstanden. »Ja, Brüderchen, ich habe mich bereits für eine größere Bestellung entschieden. Für unsere Gäste nur das Beste.«

Joaquín hob sein Glas an. »Dann trinken wir auf unsere neue Geschäftsbeziehung. Möge sie zu aller Zufriedenheit ausfallen.«

Darauf stieß Antonia gerne an, auch Federico wirkte zufrieden. Wenn die Bestellungen tatsächlich eingingen, wären sie bald in der Lage, Luisa wieder einzustellen. Hoffentlich hielten die Brüder Wort.

7

Kuba, Herbst 1929

Antonia wischte sich den Schweiß von der Stirn, nachdem sie die Qualität der Tabakblätter kontrolliert hatte. Die kleine Isabel trug sie in einem Tuch auf dem Rücken.

Die diesjährige Ernte war so weit eingebracht, und die Helfer fädelten die Tabakblätter zum Trocknen auf. Die Größe und Reife der Blätter war vielversprechend und würde ihre endgültige Qualität erst in zwei bis drei Jahren zeigen.

Glücklicherweise gingen David und Valentina bereits zur Schule und verbrachten die Nachmittage bei Fernanda, die während der Ernte auch auf Rodrigo aufpasste. So konnte Antonia bei der Ernte helfen. Die Aufträge der Bacardís spülten Geld in die leere Kasse, doch das zahlten sie umgehend an die Erntehelfer, um schnellstmöglich den Tabak einzubringen.

In zwei Tagen hätten sie auch die letzten Blätter mit Fäden zu Bündeln zusammengenäht und auf den Holzstangen aufgehängt. Danach würden sie die Dächer aus Palmblättern kontrollieren. Man musste sorgsam mit der Luftfeuchte in den Trocknungshäusern umgehen, damit der Gasaustausch stattfinden konnte, der für eine gute Qualität notwendig war. Zu viel Feuchtigkeit würde die Blätter ruinieren.

Ihre Vorarbeiter würden sich anschließend darum kümmern, die Tabakblätter mehrmals täglich zu kontrollieren und umzuhängen. Das war der normale Ablauf.

Die Ernte des Vorjahrs schien von hervorragender Qualität. Die Fermentierung ging in die zweite Stufe über. Die Fremdstoffe waren bereits ausgeschwitzt, und die Tabakblätter lagerten in Ballen in den Fermentationshäusern am Rande der Felder.

Am wichtigsten war der zweite Fermentierungsschritt. Schadstoffe, wie zu viel Nikotin, Ammoniak oder Teer, schwitzten so aus, bis die Blätter in Palmwedel eingewickelt und gelagert wurden, um ihr wahres Aroma zu entfalten. Hier musste man genau auf den richtigen Zeitpunkt für die Verarbeitung achten.

Federico hatte beschlossen, die Ernte von vor drei Jahren zu verarbeiten. Entgegen der Empfehlung seiner Fachleute wollte er für dieses Erntejahr auch den zweiten Fermentierungsschritt in die Halle der Fabrik verlegen. Der Herbst brachte oft Stürme. Eine verlorene Ernte wäre der Untergang der Firma.

Federico betreute die Abläufe sehr genau, konnte sich jedoch auf seine Vorarbeiter in den Trocknungshäusern verlassen. War die Ernte gut, erhielten sie einen Bonus. Das sorgte dafür, dass sie sich zuverlässig um die teuren Blätter kümmerten.

Während Federico damit beschäftigt war, die zu verarbeitenden Tabakblätter in die Fabrik zu befördern, überwachte Antonia die Einbringung der jüngsten Ernte. Sie hatte bis auf Isabel weder ihre Kinder noch ihren Mann in der letzten Woche gesehen und freute sich darauf, am kommenden Tag nach Hause zu ihrer Familie zu fahren.

Fernanda war ihr erneut eine große Hilfe. Nur Isabel wollte sie ihr nicht auch noch aufbürden. Das kleine Würmchen trug sie deshalb in ein Rückentuch gewickelt bei sich. Sie mochte Fernandas Hilfsbereitschaft nicht überstrapazieren.

Antonia hängte die letzten Blätter an die Stange und ging nach draußen, um etwas Wasser zu trinken. Dort traf sie auf ihren Vorarbeiter Claudio.

»Ich hoffe, Federico behält recht. Wenn er die Ernte zu früh verarbeitet, werden die Zigarren nicht gut.« Er wedelte sich mit dem Hut Luft zu.

»Mein Mann weiß, was er tut«, kommentierte Antonia den Einwand mit fester Stimme. Dabei war sie sich nicht wirklich sicher. Fünf erfahrene Tabakpflanzer hatten ihm abgeraten und empfohlen, die Blätter weitere drei Monate reifen zu lassen. Doch Federico hatte sich widersetzt, und nun befanden sie sich samt der Tabakblätter der zweiten Fermentierungsstufe auf dem Weg in die Fabrik.

Ob es sich um die richtige Entscheidung handelte, nur weil er wegen der Aufträge der Bacardís keine Blätter mehr in der Fabrik zur Verarbeitung gehabt hatte?

Antonia wusste es nicht. Ebenso wenig vermochte sie einzuschätzen, ob in der Halle die Fermentierung so gelingen würde, wie bei der herkömmlichen Methode.

Sie kannte sich mit Tabakpflanzen und wie sie am besten reiften nicht gut genug aus. Sie war in der Welt des Weins aufgewachsen. Seit sie mit Federico verheiratet war, hatte sie eine Menge über den Anbau gelernt, aber um sich auszukennen, hätte sie noch mehr Zeit auf den Feldern verbringen müssen. Da nutzten ihre Jahre als Vorleserin in der Fabrik nicht viel.

Antonia überprüfte die Tabakfelder. Die Vorarbeiter wussten, was zu tun war, und erledigten alles zu ihrer Zufriedenheit.

Zeit, nach Hause zu gehen. Antonia vermisste ihre Kinder. Ihren Mann. Und ihr Bett. Die Pritsche auf den Feldern war nichts weiter als ein Notbehelf. Zu den Erntezeiten bemerkte Antonia regelmäßig, wie gut es ihr ging. Sie war in ähnlichen Verhältnissen aufgewachsen. Harte Arbeit auf dem Acker, wenig Geld, saisonabhängiges Kochen, oder eben nur Brot mit Olivenöl und Tomaten. Obwohl sie ihre Haushälterin Luisa und deren Hilfe vermisste, wusste sie doch, wie privilegiert sie lebte. Der Angst, die Fabrik irgendwann schließen zu müssen, begegnete sie mit der gleichen Sturheit und dem Mut wie damals, als sie in ihrer Not die wenigen Besitztümer gepackt und sich auf eine Reise ins Ungewisse gemacht hatte.

Zusammen würden sie es schaffen, davon war Antonia überzeugt wie nie. Federico sorgte sich, vor allem, weil er seine Familie nicht wie bisher verwöhnen konnte. Diese Angst konnte sie ihrem Mann nicht nehmen. Er fühlte sich für die momentane Situation verantwortlich, obwohl die Marktveränderungen nicht in seiner Macht standen.

Antonia selbst trug die Schuld an ihrer jetzigen Not. Sie litten wegen ihrer Sturheit, nicht in den Trust einzutreten. Manchmal zweifelte sie, ob die Entscheidung richtig gewesen war. So wie nach dieser Woche. Harte Arbeit, und doch würde es nur mit Not reichen, bis sie die nächste Ernte verarbeiten konnten. Der Trust ruinierte die Tabakpreise. Ohne die Aufträge der Familie Bacardí stünden sie noch schlechter da.

Gemächlichen Schritts schlenderte sie zurück zur Baracke, die als kleines Büro diente und in der Antonia vergangene Woche geschlafen hatte. Sie setzte sich an den wackligen Holztisch. Die durch die groben Holzlatten scheinende Sonne ließ den Staub in der Luft tanzen. Isabel saß auf ihrem Schoß, während der erste Arbeiter den Raum betrat, um seinen letzten Erntelohn abzuholen. Nach der Bezahlung würde er, wie neunzig Prozent der Arbeiter, auf andere Felder weiterziehen, in der Hoffnung, dort in der noch andauernden Erntezeit eine erneute Anstellung zu finden.

Arbeiter um Arbeiter entlohnte sie und verabschiedete sie damit, im nächsten Jahr wieder willkommen zu sein. Der Vorarbeiter betrat die Hütte zuletzt. Ihm zahlte Antonia einen Bonus aus. »Claudio, du hast wie jedes Jahr gute Arbeit geleistet und dir deinen Bonus verdient.«

»Vielen Dank, Doña Antonia.« Das Leuchten in seinen Augen zeigte seine Begeisterung.

Sie hatte ihre Entscheidung damals nie bereut. Gegen die üblichen Gepflogenheiten hatte sie Claudio nach der Schlägerei mit einem Konkurrenten, der auf dem Feld mit Claudios Frau geflirtet hatte, nicht entlassen, wie es normalerweise gehandhabt wurde. Sie hatte ihn anderweitig bestraft, und er hatte aus dieser Lektion gelernt. Nie wieder kam es auf den Feldern, die er beaufsichtigte, zu einer Schlägerei. »Wie geht es deiner Frau?«

»Sie ist nach der Geburt wohlauf und wird sich über den Bonus freuen.« Claudio klopfte auf seine Hosentasche, in der er die Pesos verstaut hatte.

»Das freut mich, grüße sie von mir.«

»Danke, Doña Antonia.« Er ging zur Tür. »Soll ich Sie zum Bahnhof fahren?«

»Das wäre großartig. Danke, Claudio.« Antonia packte die wenigen Dinge in die Tasche, die sie mitgenommen hatte. Hauptsächlich Windeln für Isabel und ein Schlafgewand für sich selbst. Die Lebensmittel hatte sie aufgebraucht. »Es kann losgehen.«

Claudio besaß ein altes Auto. Es quietschte und ratterte, brachte sie aber zuverlässig zum Bahnhof. Der Zug fuhr gerade ein, und Antonias Herz klopfte vor Freude.

Sie verabschiedete sich, stieg in den Waggon und ließ sich müde auf eine Bank sinken. Ihr Körper schmerzte von der schweren Arbeit, ihr Magen knurrte vor Hunger, und sie sehnte sich nach einem heißen Bad. Isabel schlief auf ihrem Schoß und nutzte Antonias Brust als natürliches Kopfkissen.

Immer wieder döste Antonia während der Fahrt ein. Mit jedem Kilometer, den sie sich ihrem Zuhause näherte, spürte sie, wie die bleierne Müdigkeit sie auf der Bank niederdrückte. Als der Zug unter lauter Signalhupe in den Bahnhof von Havanna einfuhr, lag die Stadt in dunkler Nacht. Lediglich die spärliche Straßenbeleuchtung und vereinzelt erleuchtete Fenster erhellten Antonia den Weg. Sie fühlte sich sicher auf der Straße, zudem musste sie nicht weit bis zu ihrem Haus gehen.

Schmutzig und erschöpft schloss sie die Haustür auf. Die Lichter brannten in der gesamten Wohnebene. Antonia lauschte. Ein Luftzug riss ihr die Tür aus der Hand. Der laute Knall, als sie zufiel, ließ sie zusammenzucken.

Augenblicklich trat Federico aus der Bibliothek, ihm folgte Joaquín Bacardí. Antonia war sich ihrer nicht standesgemäßen

Aufmachung bewusst. Ein abgetragenes und verschmutztes Arbeitskleid, ein nicht weniger schmutziges Kind auf dem Arm und eine alte Tasche, aus der die letzte Windel von Isabel einen üblen Geruch verbreitete. Erst wollte sie beschämt zu Boden sehen, doch dann reckte sie ihr Kinn. »Guten Abend, die Herren. Bitte macht euch keine Umstände. Ich werde mich zurückziehen.«

Federico eilte auf sie zu, schloss sie in die Arme und drückte beide an sich. »Was habe ich euch vermisst.« Er küsste Antonia und anschließend die immer noch schlafende Isabel. »Joaquín, wir werden morgen weitersprechen. Meine Frau hat ein Bad verdient und einen Mann, der sich um sie kümmert.«

Joaquín ging zurück in die Bibliothek, um seinen Hut zu holen. Er behielt ihn in der Hand. »Ich sagte schon bei unserem Kennenlernen, du bist eine außergewöhnliche Frau.« Er tippte sich an die Stirn. »Du hast Glück, mein Freund. Aber wie ich sehe, weißt du das. Morgen um zehn Uhr?«

Federico löste sich von Antonia. »Perfekt.« Er brachte Joaquín zur Tür, und Antonia wünschte ihm einen guten Abend.

»Du siehst müde aus.« Federico sah sie besorgt an. »Geht es dir gut?«

»Ja, wir nehmen nun ein Bad.«

»Tu das. Ich bereite dir etwas zu essen vor.« Federico ging in Richtung Küche.

Antonia sah ihm nach. Es war das erste Mal, dass ihr Mann ihr ein Essen zubereiten wollte. Selbst wenn er ihr nur Brot, Käse und eine Tomate brachte, dazu ein Glas Wein, so war es weit mehr, als sie von einem Mann erwarten konnte. Obwohl Joaquín glaubte, sie sei eine außergewöhnliche Frau, so hatte sie auch einen außergewöhnlichen Mann geheiratet.

Antonia ließ Wasser in die Badewanne. Ihre und Isabels Kleidung schob sie mit dem Fuß achtlos in eine Ecke. Darum würde sie sich am nächsten Morgen kümmern. Mit einem leisen Seufzen glitt sie in die Wanne. Isabel quietschte vor Vergnügen, als Antonia sie mit zu sich in die Badewanne nahm und warmes Wasser über ihren kleinen Körper schöpfte.

Zwei Wochen später sah Antonia aus dem Fenster in der Küche. Die vergangenen Tage hatte sie in der Fabrik geholfen und die Lagerung der Tabakernte überwacht, während Federico versuchte, in den Hotels neue Aufträge zu bekommen. Die Ernte schien ausgezeichnet, und auch die Vorarbeiter arbeiteten bei der Kontrolle der frisch geernteten Blätter zuverlässig.

Seit drei Tagen gab es für Antonia nicht viel zu tun. Raymundo zum Vorarbeiter in der Fabrik zu machen hatte sich als perfekte Lösung herausgestellt. Er agierte so, als handelte es sich um seinen eigenen Betrieb. Der Lohn ernährte seine gesamte Familie, und Magdalena konnte ihre Geldsendungen einstellen. Sie kam mit ihrem kleinen Einkommen selbst gerade so über die Runden.

Die Kinder spielten auf dem Küchenboden, während Antonia besorgt den Himmel beobachtete. Es braute sich etwas zusammen. Etwas Gewaltiges. Dunkle Wolken ballten sich drohend am Horizont, und Antonia betete, dieses Unwetter würde nur Havanna heimsuchen und die Felder verschonen. Es wäre nicht das erste Mal, dass ein Unwetter die

Palmblattdächer der Trocknungsgebäude zerstören und der Regen die jüngste Tabakernte beschädigen würde.

Für die diesjährige Ernte wäre das weniger tragisch. Die Blätter würden trocknen, doch sie müssten Arbeiter einstellen, und die wollten bezahlt werden.

Sie dankte Federico für seine Sturheit, die Tabakblätter von vor drei Jahren sowie die Folgeernte schon in die Fabrik gebracht zu haben. Denn bei einem Sturm wären beide verloren. Die Blätter erneut zu trocknen war ab einem gewissen Trocknungszustand nicht mehr möglich. Sie verloren dann ihr Aroma.

Federico riss die Haustür auf und stürmte in die Küche: »Ich weiß nicht, was ich hoffen soll.«

»Was meinst du?« Antonia sah ihn überrascht an.

»Wenn der Sturm die Ernten zerstört, steigt der Tabakpreis ins Unermessliche.«

Antonia verstand augenblicklich. Da er sich mit dem frühen Transport der verschiedenen Jahresernten in die Fabrik gegen die Experten durchgesetzt hatte, könnten sie weiter produzieren. »Dennoch würden wir vermutlich ein Erntejahr verlieren.«

»Kann sein oder auch nicht. Aber der Tabakpreis wird explodieren!« Federico küsste seine vier Kinder auf die Stirn und blieb vor Antonia stehen. »Der Trust würde leer ausgehen. Verstehst du, was ich meine?«

Antonia stimmte zu. »Keine Tabakpflanzen für die Maschinen in den Staaten.« Dennoch wäre der Schaden in der Provinz Pinar del Río immens.

»Ich habe schon heute eine Anzeige schalten lassen, dass wir Tagelöhner für unsere Plantagen suchen. Der Sturm tobt bereits seit den frühen Morgenstunden im Tal von Viñales. Wir brauchen jede Hilfe, die wir bekommen können.«

»Soll ich morgen mitkommen?«

»Wenn Fernanda die Kinder nimmt«, antwortete Federico. »Jede zusätzliche Hand hilft.«

Der Wind rüttelte an den Fensterläden, und Blitze erhellten den schwarzen Himmel. Kurz darauf setzte der Regen ein. Der Sturm wütete zwei Stunden, bevor er weiterzog. Noch in der Nacht brachten sie die Kinder zu Fernanda.

Anschließend gingen sie in die Fabrik, wo Federico den Tresor leerte, damit er die Tagelöhner vor Ort bezahlen konnte. Keine fünfzehn Minuten später bestiegen sie ihren Wagen und fuhren los. Die Fahrt würde sechs Stunden dauern, und obwohl Antonia diese motorisierten Gefährte für so lange Strecken verabscheute, musste sie sich eingestehen, dass sie manchmal hilfreich waren. Der nächste Zug würde erst in drei Stunden fahren.

Die erste Plantage bot ein trauriges Bild. Die Palmblattdächer waren von den Holzhütten gerissen worden. Sie lagen überall auf dem Feld verstreut. Immerhin hatten die fest montierten Stangen gehalten. Die frisch geernteten Tabakblätter hingen nass an ihnen herunter, aber sie würden zu retten sein.

»Wie sieht es im Fermentierungshaus aus?«

Federico kratzte sich am Kopf. »Vermutlich genauso. Wie gut, dass sie leer geräumt sind. Die Arbeiter müssen sich nur um den Aufbau der Dächer kümmern.«

»Hoffentlich, sonst ist der Schaden noch größer. Die Blätter müssen umgehend getrocknet werden.« Claudio tauchte hinter ihnen auf. »Sie haben doch Arbeiter bestellt?«

»Schon gestern stand meine Suchanzeige in der Abendzeitung. Zudem wird es sich herumsprechen.« Federico sah auf seine Uhr. »Die ersten Arbeiter werden bald eintreffen.«

»Gut. Ich werde mich hier um alles kümmern. Lassen Sie mir das Geld für die Bezahlung da?«

»Meine Frau wird das erledigen«, sagte Federico. »Dann kannst du die Arbeiten überwachen. Ich fahre jetzt auf die andere Plantage.«

Und die Tagelöhner kamen.

Schneller als ein Feuer hatte sich die Nachricht ausgebreitet, dass auf den Tabakfeldern von Federico Guerrera Geld zu verdienen war.

Die Zahlungsmoral des American Trust schien sich offenbar noch weiter verschlechtert zu haben, weshalb viele Tagelöhner es vorzogen, ihre Dienste nicht dort anzubieten.

Wie Antonia von den Arbeitern erfuhr, warteten sie schon seit zwei Wochen auf ihre Bezahlung. Hungrige Mägen, harte Arbeit und das Warten auf Lohn waren keine gute Mischung für hohe Arbeitsmoral.

Antonia erschien es wie ein Geschenk des Himmels. Bei so vielen Händen sollte es möglich sein, den größten Teil der Ernte zu retten und die Trockenhäuser zügig herzurichten.

Auf jeder Plantage arbeiteten mindestens fünfzig Männer. Unermüdlich legten sie die nassen Blätter in die Sonne, wendeten sie regelmäßig, während andere die Trockenhäuser instandsetzten. Frische Palmwedel zu besorgen stellte dank der Palmenhaine kein Problem dar. Es gab Spezialisten, die barfuß und nur mit einer Machete bestückt, den Stamm hochkletterten und die bereits trockenen Wedel abhackten. Ein riskantes Unterfangen. So leicht die Blätter sich im sanften Wind wiegten und raschelten, so schwer wogen sie, wenn man sie tragen wollte. Es gab nicht wenige, die diese Gefahr unterschätzten und sich an einem herabkrachenden Palmblatt verletzten. Es faszinierte Antonia immer wieder, mit welcher Geschicklichkeit der Kletterer die richtigen Blätter abschlug, ohne mit in die Tiefe gerissen zu werden.

Um die Trocknungshäuser wuselten die Arbeiter wie ein fleißiger Ameisenhaufen hin und her, drehten und wendeten die zusammengebundenen Tabakbündel, während andere mit flinken Fingern aus den abgeschlagenen Palmwedeln ein Dach auf die Trocknungshäuser banden. Jeder Handgriff saß. Da Antonia die Arbeiter abends entlohnte, kamen sie pünktlich am kommenden Morgen wieder. Viele schliefen direkt auf dem Feld, andere brachten den Lohn zu ihren Familien, damit die hungrigen Bäuche gefüllt werden konnten.

Wie viel von der Ernte gerettet werden konnte, würde die Zeit entscheiden.

Die Sonne trocknete die Blätter, und nach drei langen und arbeitsreichen Tagen hingen sie erneut unter den reparierten Dächern und in einem Feuchtigkeitsklima, das ihr Aroma zum Vorschein bringen sollte. Ob die Qualität durch den Regen gelitten hatte, würde sich erst in einem Jahr zeigen.

Als Antonia die letzten Arbeiter bezahlte, fuhr Federico vor.

Er stieg aus und plauderte mit Claudio, um das weitere Vorgehen zu besprechen.

Antonia packte ihre Tasche. »Nun heißt es abwarten.«

»Es wird gelingen. Ich weiß es.«

Das war auch ihre Hoffnung.

Gähnend stieg sie auf der Beifahrerseite ein.

Federico startete den Motor. »Wie geht es dir?«

»Ich werde vierundzwanzig Stunden schlafen, sobald wir zu Hause sind.«

»Das hast du dir verdient.« Er legte seine Hand auf ihren Schenkel und drückte ihn.

Sein Lächeln beruhigte Antonia. Er war zuversichtlich, also sollte sie sich ebenfalls nicht sorgen. Die vergangenen Tage hatten bewiesen, wie richtig Federicos Entscheidung gewesen war. »Ich bin stolz auf dich.«

Überrascht sah er sie an. »Danke. Ich habe aber viel mehr Grund, stolz auf dich zu sein. Oder kannst du dir die Frauen der anderen Fabrikbesitzer auf dem Feld arbeitend vorstellen?«

Antonia lachte. »Nein, das kann ich tatsächlich nicht.« So sehr sie es versuchte, sie vermochte sich keine der Frauen auf dem Feld vorzustellen. Allein der Gedanke daran schien absurd. Die Damen der feinen Gesellschaft würden niemals einen Finger krumm machen. Es wäre schon eine Schmach, das Essen selbst kochen zu müssen. Wie oft hatten diese Frauen auf Antonia herabgesehen? Regelmäßig hatte sie sich mit Luisas Mutter Magdalena über diese aufgeblasenen Matronen amüsiert.

Antonia schlief ein und erwachte erst, als Federico den Motor abstellte. Verschlafen blickte sie auf. »Wir sind zu Hause?«

»Ja, ruh dich aus. Ich will noch in die Fabrik. Die Zigarren müssen fertig werden, und dieses Mal kann ich meinen Arbeitern eine Sonderzahlung zusichern.« Er reichte ihr die Zeitung.

Er hatte sie wohl erstanden, während Antonia geschlafen hatte.

Antonia nahm sie und las die Titelseite: »DER AMERICAN TRUST LÄSST SEINE ZULIEFERER IM STICH«.

Antonia überflog den Artikel. Der Preis für Tabakpflanzen hatte sich innerhalb von zwei Tagen verdreifacht. Der Trust stellte offenbar kein Geld zur Rettung der Ernten zur Verfügung. Der großmäulige García hatte sich aus Angst vor den kubanischen Tabakbaronen heimlich in die Staaten abgesetzt. Das Firmengebäude lag verlassen da. Der Preis für kubanische Zigarren in hochwertiger Qualität würde in diesem Jahr ins Unermessliche steigen, das prophezeiten die Experten. Antonia ließ die Zeitung sinken.

»Wir sind ein unschlagbares Team«, erklärte Federico feierlich, zog Antonia zu sich auf seinen Schoß und küsste sie. »Gemeinsam schaffen wir alles.«

»Mir würde es schon genügen, wenn du mich in mein Bett bringst«, sagte sie gähnend und rutschte zurück auf ihren Platz.

»Zuerst muss ich ins Büro. Ich wette, wir haben mehr Bestellungen erhalten, als wir abarbeiten können.« Federico half Antonia aus dem Wagen. Trotz ihrer Müdigkeit überwog die Neugier, und sie begleitete Federico ins Fabrikbüro.

Raymundo zeigte auf einige Telegramme. »Wenn das alles Bestellungen sind, und das vermute ich, kann die Fabrik nichts mehr ins Wanken bringen.« Er hatte die Telegramme und Briefe auf einen Stapel sortiert.

Federico nahm einen Umschlag. »Die Bacardís zahlen jeden Preis, wenn sie die halbe Ernte der *Cleopatra* bekommen.«

Antonia griff nach einem Telegramm. »Die Bestellung einer Hotelkette aus den Staaten. Sie bitten um ein Angebot für achttausend Zigarren.«

Raymundo pfiff durch die Zähne. »Dann werde ich den Leuten mal Dampf unter dem Hintern machen.«

Federico nickte. »Und sag ihnen, wir können wieder die normalen Löhne zahlen.«

Raymundo ließ sich auf einen Stuhl am Besprechungstisch fallen. »Und das einen Tag nach dem Schwarzen Donnerstag. Wer hätte das gedacht?«

Federico sah Raymundo verwirrt an. Antonia wusste auch nicht, was ihr Vorarbeiter meinte.

»Schwarzer Donnerstag? Wovon sprichst du?«

»In Amerika gab es gestern den größten Börsencrash der Geschichte. Die europäische Börse soll am heutigen Freitag in den Abgrund gerissen worden sein. Alle fürchten um ihre Arbeit, und bei den Guerreras gibt es eine Lohnerhöhung. Das sind Nachrichten, da muss ich mich erst mal setzen.«

Raymundo sah von Federico zu Antonia. »Sie haben vom Börsencrash gar nichts mitbekommen?«

»Nein.« Federico griff nach der Zeitung vom Vortag, die ebenfalls auf seinem Schreibtisch lag. »Wir haben nur gearbeitet, um die Ernte zu retten.«

»Der Trust ist am Ende. Alle Anleger wollten ihre Aktien verkaufen, auch die anderer Firmen, keiner traute der Börse mehr und jeder versuchte, sein Geld zu sichern.«

Federico las die Nachricht über den Börseneinbruch. Er hatte sich schon seit Wochen angekündigt, doch mit einer solchen Heftigkeit hatte niemand gerechnet. Er ließ die Zeitung sinken. »Nun bleibt die Frage, was sind die vorliegenden Bestellungen noch wert?«

Antonias Müdigkeit war wie weggeblasen. Angst war ein guter Motor, um den Körper am Laufen zu halten. »Das sollten wir auf der Stelle herausfinden.« Dann wandte sie sich an Raymundo. »Vorerst kein Wort zu der geplanten Lohnerhöhung. Die werden wir uns nur leisten können, wenn die Bestellungen bestehen bleiben.«

Raymundo blickte ernst. »Verstanden.«

Antonia und Federico sortierten die Aufträge. Antonia rief alle inselansässigen Auftraggeber an, um sich die Bestätigung einzuholen. Bis auf zwei Hotelketten hielten die Leute die Bestellungen aufrecht. Vor allem die Großbestellung der Bacardís stellte die größte Absicherung dar, um den Preis hochhalten zu können. Wer reich war, blieb es meist, auch nach einem solchen Crash. Die Leidtragenden fanden sich in der Mittelschicht: Geschäftsleute mit übersichtlichem Vermögen, die ihr Geld an der Börse mehren wollten. Wie die Börse funktionierte, verstand Antonia nicht, das Spiel mit den Zahlen verwirrte sie. Zu viele Variablen vermochte sie nicht abzuschätzen. Aber wie sich an den Bestellungen zeigte, hatte es die großen Auftraggeber finanziell nicht schlimm getroffen.

Selbst wenn die Aufträge aus den Vereinigten Staaten wegbrachen, würden sie einen Rekordumsatz fahren. Ob Bestellungen storniert wurden, erfuhren sie, sobald Federico Antwort auf seine telegrafischen Rückfragen erhalten würde. Erst dann konnten sie beurteilen, ob ihre Zukunft für die kommenden Jahre gesichert war.

8

Mallorca, Oktober 1929

Leo rieb seine rissigen Hände mit Hautcreme ein. Die Arbeit am Hafen sabotierte jeden Versuch auf gepflegte Finger. Hoffentlich hinterließ er beim anstehenden Familienessen keine Fettflecken auf den edlen Kristallgläsern.

»Beeil dich.« Alba stand an der Tür. »Mutter wartet nicht gerne.«

Leo zog die Krawatte fest. Er hatte angenommen, mehr Zeit zu haben, um sich frisch zu machen, während Alba in der Wohnung ihrer Eltern Gerado gefüttert und schlafen gelegt hatte.

»Gib mir eine Minute.« Er öffnete die Schublade der Kommode und zog ein weiches Tuch heraus. »Ich will kurz meine Schuhe polieren.«

»Wenn du den Schuhputzer spielst«, neckisch schob Alba ihm ihren rechten Fuß hin, »dann kannst du dich auch bei mir nützlich machen.«

Leo polierte Albas Schuhe und legte das Tuch beiseite. »Bei dem dicken Bauch könnte ich mich auch nicht mehr bücken.« Liebevoll strich er über Albas kugelrunde Wölbung.

»Von wegen. Du hast nicht den Hauch einer Vorstellung, wie schwierig es ist, den Alltag mit so einer Last zu bewältigen.«

Leo schloss sie lächelnd in seine Arme. »Ach, Corazón, ich wollte dich nicht kränken.«

Alba hauchte ihm einen Kuss in den Nacken. »Ich weiß.«

»Kommt Raquel auch?« Leo nahm den Wohnungsschlüssel und hielt ihr die Tür auf.

»Zum Glück nicht. Seit mein Vater ihr vor drei Jahren das Geld für den Gasthof geliehen hat, kommt sie nur noch selten. Und ganz ehrlich: Das ist auch besser so. Wie sie immer um Vater herumscharwenzelt, als würde meine Mutter gar nicht existieren. Ich verstehe bis heute nicht, warum sie ihr dieses Verhalten durchgehen lässt.«

Leo schwieg und schloss die Tür hinter ihnen. Er hatte da eine ganz bestimmte Ahnung. Andrés glaubte, Albas Vater zu sein. Weder er noch Alba ahnten etwas davon, dass Alba das Ergebnis einer Vergewaltigung war. Bisher hatte Leo keinen Weg gefunden, mehr über den wahren Vater zu erfahren. Seine Schwiegermutter konnte er unmöglich fragen. Und Raquel? Die benutzte das Geheimnis als Druckmittel und würde schweigen. Erneut fragte er sich, ob er es überhaupt wissen wollte und wie er mit der Wahrheit umgehen würde. Nichts lag ihm ferner, als Alba unglücklich zu machen. Vielleicht wäre es besser, Josefina würde ihr Geheimnis mit ins Grab nehmen.

Schon im Treppenhaus roch es verlockend nach Braten und Soße. Augenblicklich regte sich knurrend sein Magen.

»Bald kann ich noch nicht einmal die Treppe hochgehen, ohne wie ein alter Esel zu schnaufen.« Alba klopfte an die Wohnungstür.

Josefina öffnete. »Da seid ihr ja! Endlich isst mal wieder die ganze Familie zusammen.« Seine Schwiegermutter strahlte, als sie ihn an der Tür umarmte. Obwohl sie im selben Haus wohnten, hatten sie sich die letzten Tage nicht getroffen.

»Kommt ins Esszimmer. Gerado schläft. Ich habe eben nach ihm gesehen. Wir können in Ruhe essen.«

»Danke, Mamá.« Alba ging voraus in den Comedor.

»Andrés brummelt schon die ganze Zeit. Man könnte glauben, er stünde kurz vor dem Verhungern.«

Leo folgte Alba ins Esszimmer. Sein Schwiegervater saß mit der Zeitung in der Hand am festlich gedeckten Tisch. Damasttischdecke, Kristallgläser und edles Porzellan funkelten um die Wette.

»Mamá, du hast dich selbst übertroffen. Das ist eine Festtafel und sieht besser aus als im *Gran Hotel*.« Alba nahm ihrem Vater die Zeitung aus der Hand, legte sie auf einen Sessel und drückte ihm einen Kuss auf die Stirn. »Und ich hatte versprochen, dir zu helfen.«

Josefina winkte ab. »Du hast dich um Gerado gekümmert.«

Andrés erhob sich und klopfte Leo zur Begrüßung auf die Schulter. »Na, endlich! Seit Stunden muss ich diesen verlockenden Duft ertragen.« Er schenkte Wein in die Gläser. »Setzt euch, damit Josefina auftragen kann.«

Josefina verschwand in Richtung Küche. Sie servierte eine Schüssel mit gebratenen Kartoffelschnitzen, und auf einer Porzellanplatte lag in Scheiben geschnittener Lammbraten mit Ofengemüse.

Es duftete köstlich. Leo konnte seinen Schwiegervater verstehen. Auch sein Magen knurrte leise.

»Bedient euch.« Josefina brachte die Soße, nahm ihre Serviette und setzte sich.

Das ließ sich Andrés nicht zweimal sagen. Er griff beherzt zu, bevor er das Vorlegebesteck an Leo gab.

»Wenn du mir deinen Teller reichst, gebe ich dir gerne auf.« Leo hielt Alba die offene Hand hin.

Josefina sah ihren Mann tadelnd an. »Siehst du: So verhält sich ein liebevoller Ehemann.« Sie zwinkerte Leo zu.

»Wie lange sind wir verheiratet?« Andrés spießte die Gabel in ein Stück Fleisch.

»Offenbar zu lange.«

Ihr Mann sah auf. »Du weißt doch nach all den Jahren, wie ungeduldig ich werde, wenn ich Hunger habe.«

Leo gab Alba auf ihren Teller Kartoffeln, Gemüse und eine Bratenscheibe. »Josefina, reich mir deinen. Dann übernehme ich das.«

»Ach was.« Sie schüttelte lachend den Kopf. »Ich wollte ihn nur necken. Nimm dir zuerst.«

Leo füllte seinen Teller. Das weiche Fleisch zerging auf der Zunge. Kurz darauf genehmigte er sich eine weitere Scheibe Lamm. »Josefina, es ist köstlich. Kannst du Alba das Rezept geben?«

»Und meine letzten Geheimnisse ausplaudern?«

Leo hielt in der Bewegung inne. Seine Schwiegermutter verstand es, Geheimnisse zu bewahren. Daran hegte er keinen Zweifel.

»Ist was?« Alba griff nach seiner Hand.

Das Gespür seiner Frau für seine Befindlichkeiten überraschte ihn immer wieder. Dabei glaubte Leo seine Emotionen geschickt verbergen zu können. »Alles in Ordnung. Nur ein wenig Magendrücken. Ich habe zu schnell gegessen, weil es so wunderbar schmeckt.«

»Ein Brandy hilft.« Andrés stand auf und holte die Gläser aus der mit Holzschnitzereien verzierten Vitrine.

»Und der Nachtisch?« Josefina stellte die leeren Teller ineinander. »Den könnt ihr nicht ausfallen lassen.«

Andrés öffnete die Brandyflasche. »Dann gibt es eben einen Verdauungsschluck vor und einen nach dem Dessert.«

Josefina presste die Lippen zusammen, als wollte sie etwas sagen, bevor sie aufstand und das Geschirr in die Küche trug. Im Türrahmen blieb sie stehen. »Ja, trinken und dich hinter der Zeitung vergraben, das kannst du am besten.«

Josefina schien gekränkt. Leo warf Alba einen fragenden Blick zu. Seine Frau zuckte mit den Schultern.

»Hier.« Andrés reichte ihm ein Brandyglas. »Salud!«

Leo ergriff das Glas und prostete seinem Schwiegervater ebenfalls zu.

»Auf meinen nächsten Enkel! Lange kann es nicht mehr dauern.« Er warf einen stolzen Blick auf Alba. »Ihr macht mich zum zweiten Mal zum Großvater. Wie ich mich darauf freue.«

»Du verbringst kaum Zeit mit deinem ersten Enkel.« Alba sah ihn mit schief gelegtem Kopf an. »Du investierst zu viel in die Politik. Stunden, die dir in der Firma fehlen. Und für die Familie. Ich hoffe, die Opfer lohnen sich.«

Steckte der Betrieb in Schwierigkeiten? Leo hielt die Luft an. Warum wusste er davon nichts?

»Seit wann interessiert dich unser Geschäft?« Andrés zog die Augenbrauen zusammen. »Ich kann dich aber beruhigen. Der Firma geht es den wirtschaftlichen Umständen entsprechend gut. Ich mache das doch für euch. Für eine besssere Zukunft!«

»Natürlich, Vater. Rede dir das nur weiterhin ein.« Alba schürzte schmollend die Lippen.

»Du wirst sehen, eines Tages werden deine Kinder von meinem Engagement in der Gewerkschaft profitieren. Wir setzen uns für alle Arbeiter und Angestellten ein.«

Alba zog hörbar die Luft ein. »Du gehst also davon aus, dass deine Enkel es nicht weit bringen. Eine Führungsposition kommt nicht infrage?« Über Albas Nase bildete sich eine steile Falte.

Der Gesichtsausdruck von Andrés verfinsterte sich.

Unter dem Tisch drückte Leo ihre Hand. »Dein Vater meint das bestimmt allgemein. Niemand weiß, welchen Beruf unsere Kinder einmal wählen. Vielleicht treten sie in deine künstlerischen Fußstapfen, oder sie werden Bankdirektor.«

»Danke, Leo«, Andrés trank seinen Brandy leer, »aber ich kann mich durchaus selbst verteidigen und …«

»Lass gut sein, Vater.« Alba stand auf. »Ich gehe lieber Mamá helfen. Und dann sehe ich nach unserem Sohn.«

»Das müssen die Hormone sein«, murmelte Andrés.

Leo sah Alba hinterher. Vielleicht besser, wenn er mit seinem Schwiegervater allein sprach. Falls Andrés ein politisches Amt anstrebte, müsste sich Leo bei seinen nächtlichen Tätigkeiten für Tomeu noch mehr in Acht nehmen.

»Wie sieht denn eure Arbeit konkret aus?« Besser, er begann mit einer harmlosen Frage. Sollte Andrés jedoch das Amt des Bürgermeisters von Palma anstreben, musste Leo seine Nebentätigkeit einstellen. Ein Schmuggler zum Schwiegersohn wäre untragbar.

Doch er brauchte das zusätzliche Geld, wollte er irgendwann erfolgreicher Winzer sein.

»Wir orientieren uns an den Vereinigten Staaten und den dortigen Gewerkschaften.« Andrés lehnte sich zurück. »Kein Arbeiter sollte unter den vereinbarten Löhnen bezahlt werden. Hier sind die Betriebe noch klein. Die Fabriken haben nur wenige Mitarbeiter. Wir müssen Überzeugungsarbeit leisten, um sie für uns zu gewinnen. Das ist in Barcelona oder Madrid anders.«

Leo brummte zustimmend. Auf dem spanischen Festland gab es große Unternehmen mit vielen Angestellten. »Verstehe. Aber du musst deinen Leuten ebenfalls mehr zahlen, richtig?«

Andrés' Augen leuchteten auf. Leos Interesse schien ihm zu schmeicheln. »Ja, dafür arbeiten geschulte Mitarbeiter effektiver. Sollten sie für höheren Lohn woanders hingehen, müsste ich neue Kräfte einarbeiten. Das kostet ebenfalls Geld. Noch immer kein Interesse, bei mir einzusteigen?«

Das lief in eine völlig falsche Richtung. Leo interessierte sich nicht für Trockenfrüchte. Unter der Kontrolle seines Schwiegervaters und ohne lukrative Nebeneinkünfte käme er nie zu einem rentablen Weingut. »Danke für das Angebot, deine Firma läuft, und deine Mitarbeiter sind eingearbeitet. Ich habe eine Stellung und möchte dir nicht zur Last fallen.«

Andrés nickte anerkennend. »Ich weiß zu schätzen, dass du dich nicht ins gemachte Nest setzen willst.«

Er musste das Gespräch unbedingt wieder in die richtige Richtung lenken. Er schwenkte sein Glas. »Und um deinen Einfluss zu stärken, wirst du ein politisches Amt anstreben, korrekt?«

Andrés sah zur Küchentür. »Das ist ein Reizthema. Ich habe es natürlich vor. Es ist zeitaufwendig. Josefina möchte es nicht, weil sie um die Firma fürchtet.«

Könnte er ihn davon abbringen? »Vielleicht hat sie recht, und du solltest dich auf die Gewerkschaftsarbeit konzentrieren und die politischen Ambitionen zurückstellen, um die Firma nicht zu gefährden.«

»Was spricht dagegen?« Andrés schob unwillig sein Kinn vor.

»Wogegen?« Josefina stand mit einem Tablett an der Küchentür.

Andrés warf ihm einen warnenden Blick zu.

»Gegen einen weiteren Brandy.« Leo deutete auf das Tablett. »Was gibt es Leckeres?«

»Peras al vino tinto.« Josefina verteilte die Nachtischteller mit den Rotweinbirnen. »Und es ging wirklich nur um einen weiteren Brandy?«

Wo blieb Alba? »Unter anderem.« Auf keinen Fall wollte Leo einen Streit zwischen Josefina und Andrés heraufbeschwören. »Wir haben auch darüber geredet, ob ich in eurer Firma einsteigen soll und …«

»Eine hervorragende Idee, mi Corazón.« Alba stand lächelnd mit Gerado an der Hand in der Tür zum Flur.

Das lief nicht gut. Gar nicht gut. Leo redete sich um Kopf und Kragen.

»Wann könntest du bei Papá anfangen?« Alba setzte sich an den Tisch und hob Gerado auf den Schoß ihres Vaters.

»Lass uns das nach dem Essen besprechen.« Leo nahm die silberne Kuchengabel in die Hand. »Das sieht lecker aus.« Er musste Zeit gewinnen.

Andrés zwinkerte ihm zu. Sie waren zu Komplizen wider Willen geworden.

Während sie schweigend aßen, brabbelte Gerado unablässig vor sich hin, und Alba hatte ihre Mühe, ihn davon abzuhalten, in die Rotweinsoße zu patschen und die Damastdecke zu ruinieren.

Josefina legte ihre Gabel zur Seite. »Bald sitzen zwei Kinder am Tisch.« Sie bedachte Alba mit einem liebevollen Blick. »Manchmal habe ich das Gefühl, die Jahre vergehen viel zu schnell, und man hat keine Gelegenheit, besondere Ereignisse zu genießen.«

»Ja, das stimmt.« Alba erlöste ihren Vater und setzte Gerado auf den Boden. Umgehend stand er auf und wackelte auf krummen Beinchen zum Sofa. Die Fransen des Zierkissens übten eine magische Anziehungskraft auf ihn aus. Er zupfte daran und quietschte vor Vergnügen. »Deshalb ist es an der Zeit, dass der zweifache Vater eine bessere Arbeit annimmt. Findest du nicht?« Sie sah zwischen Andrés und Leo hin und her.

Leo versuchte, die Nerven zu behalten. Er wollte nicht streiten. Aber in die Firma einsteigen und unter ständiger Kontrolle sein? »Ich habe eine gute Arbeit.« Er suchte Albas Blick. »Alba, es läuft doch wunderbar. Du möchtest in deiner Galerie Bilder verkaufen und malen. Du weißt, das finde ich gut. Aber das funktioniert nur, weil ich durch die Nachtschichten einen Teil des Tages auf die Kinder aufpassen kann. Es ist so perfekt für uns.«

»Ich bin als Oma ja auch noch da«, mischte sich Josefina ein. »Das ist kein Grund, nicht bei uns anzufangen. Andrés, sag doch mal was.«

»Leo und ich haben das bereits geklärt. Er wird nicht in die Firma eintreten.«

»Ist das so? Das Unternehmen gehört uns beiden. Und du richtest es gerade zugrunde!«

»Dem Betrieb geht es gut. Nun lass das Thema ruhen.« Andrés sah seine Frau ernst an. So kannte Leo seinen Schwiegervater gar nicht.

Gerado rutschte vom Sofa, tapste auf Leo zu und drückte sich in den Spalt zwischen seinem und Albas Stuhl. Der Kleine verzog die Mundwinkel. Er schien die Spannung zu spüren, denn seine Unterlippe zuckte verdächtig.

»Es ist entschieden. Ich will dieses wunderbare Essen nicht mit einem Streit beenden.« Leo stand auf. »Bevor Gerado zu weinen anfängt, gehe ich mit ihm hinunter in den Hof.« Er wuschelte seinem Sohn über den Kopf. »Papá spielt mit dir Ball.«

»Ja, ja!«

Alba funkelte ihn an. »Ich bleibe. Das Thema ist für mich noch nicht vom Tisch.«

Ein Gespräch unter vier Augen würde sie schon zur Vernunft bringen. Der Esstisch der Schwiegereltern war jedoch der falsche Ort, um das zu besprechen.

»Danke euch für die Einladung.« Leo hob grüßend die Hand. »Bis später.« Als er Alba einen Kuss geben wollte, drehte sie den Kopf weg.

Mit Gerado an der Hand verließ Leo die Wohnung. Alba war manchmal stur. Er gab seiner Frau in vielen Punkten nach, in diesem würde er es nicht tun.

Beim Frühstück am nächsten Morgen hatten sie in einem stillen Einverständnis das leidige Thema um Leos Firmeneinstieg ausgeklammert. Leo war sich bewusst, dass er Albas Nachsicht nicht überstrapazieren sollte. Aber er brauchte noch ein wenig Zeit. Zeit, die illegalen Nachschichten bei Tomeu einzustellen und abzuwägen, ob es Konsequenzen wegen des Kredits für die Galerie gäbe.

Während der gesamten Tagesschicht dachte er darüber nach, wie er die Schichten beenden konnte. Als wollte das Schicksal ihm zeigen, was Tomeu sagen würde, teilte sein Chef ihn für eine weitere Nachtschicht ein. Wie sollte er Alba schonend beibringen, in dieser Nacht schon wieder losziehen zu müssen?

Im Treppenhaus duftete es nach dem Bohneneintopf, den er so gerne aß. Alba schien versöhnlich gestimmt. Vielleicht versuchte seine kluge Frau ihn durch gute Küche und ein schönes Heim umzustimmen. Er war geneigt, ihr nachzugeben. Vor allem an diesem Tag. Tomeu ordnete an, und Leo blieb keine Wahl. Wollte er seine Tagschichten behalten, musste er auch die Nachtschichten übernehmen. Noch. An solchen Tagen wünschte er, er hätte sich nie von Tomeu überreden lassen.

Leo verabscheute diese Abhängigkeit aus tiefstem Herzen. Eine Lüge führte zur nächsten, damit Alba nichts von den illegalen Waren erfuhr, die er für Tomeu entlud oder belud.

Alba hatte Prinzipien. Ob sie ahnte, was sich hinter den Sonderschichten verbarg? Er wagte nicht, offen mit ihr darüber zu reden. Alba würde ihm die Hölle heißmachen, ihm vorwerfen, verantwortungslos zu handeln. Erneut darauf dringen, bei Andrés einzusteigen. Und er hätte dem nichts entgegenzusetzen.

Als Leo die Tür öffnete, deckte sie gerade den Tisch. Sie stieß dabei mit ihrem dicken Bauch an die Tischkante. »Hola, Cariño.«

»Du siehst müde aus«, begrüßte sie ihn. »Du weißt, es gäbe da eine andere Arbeit und ...«

»Und du wirst mit jedem Tag hübscher«, wechselte er das Thema. Er nahm sie in den Arm, spürte ihre weichen Lippen an seinen, genoss die Wärme ihres Körpers. Nichts erfüllte ihn mehr. »Ich denke darüber nach. Versprochen.« Er ließ eine lose Haarsträhne durch seine Finger gleiten.

»Gut. Mehr verlange ich nicht.« Alba löste sich von ihm.

»Wir reden später in Ruhe, einverstanden?«

Auf dieses Friedensangebot ging er gerne ein.

Gerado lief auf ihn zu, schwenkte ein Papier in der Hand. »Papá, schau, was ich gemalt habe!« Mit erwartungsvollen Augen streckte er es ihm entgegen.

Leo betrachtete die Zeichnung. »Schön, wirklich schön. Aber hilf mir, was soll es sein?«

Gerado zog die Nase kraus. »Das sieht man doch. Ein Haus am Meer, und davor stehen Mamá, du und ich.«

Selbst mit Mühe erkannte er nicht viel davon. Leo strich seinem Sohn über den Kopf. »Du hast recht, jetzt sehe ich es auch. Aber nun leg das Bild zur Seite. Wir essen, ja?«

Mit vorgeschobener Unterlippe legte Gerado sein Gemälde auf den Tisch und erklomm seinen Stuhl.

Während des Essens erzählte Alba, wie viel es noch in der Galerie für die halbjährliche Verschiffung nach New York einzupacken gab. Leo versprach, am nächsten Tag zu helfen. Der Vertrag mit dem amerikanischen Galeristen gestaltete sich für Alba nach wie vor sehr lukrativ.

Sobald das zweite Kind kam, brauchte Alba seine Unterstützung, um weiterhin malen und die Bilder nach Amerika schicken zu können.

Doch wie sollte das gehen? Er musste sich etwas einfallen lassen. Die verbleibende Zeit nutzen, um einen sinnvollen Plan zu entwerfen.

Alba schob den leeren Teller von sich und strich über ihren Bauch. »Sie strampelt kräftig. Bestimmt ist es bald so weit.«

»Woher willst du wissen, dass es ein Mädchen wird?« Leo stapelte die Teller ineinander, stand auf und räumte ab. Als er das Geschirr in die Spüle stellte, bemerkte er, was er tat. Sein schlechtes Gewissen veranlasste ihn zu Frauenarbeit.

Er warf einen Blick zum Esstisch.

Alba streichelte mit beiden Händen ihre Kugel. »Eine Frau weiß das.«

Wie sollte er Alba von der anstehenden Nachtschicht erzählen? Sie würde sich von ihm im Stich gelassen fühlen. Seine Finger verharrten im Spülwasser.

»Was ist los?« Alba stand auf, trat zu ihm und umarmte ihn von hinten. »Du bist der einzige Mann auf der ganzen Insel, der für seine Frau den Abwasch erledigt.«

Ihre Dankbarkeit verschlimmerte seine Situation. Er musste es ihr sagen. Sich nachts davonstehlen, während Alba schlief, kam nicht infrage. Ihre Umarmung gab ihm einen winzigen Aufschub. »Wenn es ein Mädchen wird, wie soll es heißen?«

»Lilia.«

»Na, die Antwort kam schnell.« Leo drehte sich vom Spülbecken weg und küsste sie. »Der Name gefällt mir.«

Alba drückte sich an ihn. »Dann wird es so sein.«

Einen weiteren Aufschub gab es nicht. Er räusperte sich. »Ich muss noch einmal weg. Es ist Nachtschicht angesagt.«

Alba stemmte die Hände in die Hüften. »Muss das wirklich sein?«

»Ich wünschte, es wäre anders. Es tut mir leid.«

»Ben kauft weiterhin meine Bilder.« Alba straffte die Schultern. »Mit dem Geld zahlen wir deinem Chef den Kredit zurück.« Sie sah ihn eindringlich an. »Und du unterstützt mich in der Galerie. Die Arbeit ist zu viel für mich.«

Abhängig von seiner Frau? Niemals. Da schien selbst die Arbeit für Andrés verlockender.

Allein der Gedanke verletzte sein Ehrgefühl. Leo sah sich als modernen Mann. Schließlich erlaubte er seiner Frau, ein Geschäft zu betreiben. Doch eines blieb, wie es immer war: Der Mann ernährte die Familie.

Außerdem konnte sich das Blatt wenden. Die Amerikaner schienen finanziell auf einen Abgrund zuzurasen. Offenbar hatte Alba die Nachrichten der letzten Tage nicht gelesen. Was geschah, wenn Bens Käuferschaft wegbräche? Dann würde er auch keine neuen Bilder mehr bei Alba bestellen. Die wenigen Verkäufe, die Alba vor Ort in ihrer Galerie tätigte, beschränkten sich auf die Werke von Fremdkünstlern mit kleiner Gewinnspanne.

Leo brauchte sein eigenes Einkommen. Nur damit konnte er heimlich seinen Weinberg finanzieren.

Ein weiteres Geständnis, für das Leo der Mut fehlte. Wenn Alba die tatsächliche Kredithöhe kennen würde, könnte sie in diesem Vertrauensbruch einen Trennungsgrund sehen. Beim Gedanken, Alba zu verlieren, verkrampfte sich sein Magen.

Bisher erreichten die Weinstöcke auf dem kargen Küstenboden nicht die Qualität, um Wein daraus zu keltern. Aber er stand erst am Anfang. Die jungen Pflanzen benötigten Zeit, um sich zu entwickeln. Dann würde er seinen Wein nach

Alba benennen und sie ihm seine Heimlichkeit verzeihen. Er brauchte lediglich noch Zeit.

Leo setzte seine Hoffnung auf das kommende Jahr. Ein Winzer aus Binissalem bot ihm an, den Wein in seiner Bodega gegen eine kleine Gewinnbeteiligung auszubauen. Sobald er einmal als Winzer durchstartete, könnte er die andere Hälfte des Kredits zurückzahlen. Am Ende wäre sie stolz auf ihn.

»Was hast du gegen Arbeit in der Galerie? Es kommen immer mehr Touristen auf die Insel. Einige kaufen Gemälde, um sich zu Hause an Mallorca zu erinnern. Da kann ich deine Unterstützung brauchen.« Alba nahm am Tisch Platz. »Was meinst du?«

»Ich sträube mich nicht dagegen, dir zu helfen«, Leo strich ihr über den Rücken, »aber besser, man setzt auf zwei Pferde.« Da kam ihm ein Gedanke, wie er Alba den Weinanbau näherbringen konnte. »Du hast jedoch in einem Punkt recht. Es kommen mehr Touristen. Und die sind einem guten Tropfen Inselwein bestimmt nicht abgeneigt. Wir sollten das im Auge behalten. Ich sage dir, im Wein liegt die Zukunft!«

»Du und der Wein. Diese Leidenschaft werde ich wohl nie verstehen.«

Leo setzte sich ihr gegenüber. »Das ist wie deine Malerei. Könntest du dir vorstellen, ohne sie zu leben?«

Alba riss die Augen auf. »Niemals!«

»Siehst du, und so geht es mir mit dem Wein.«

»Und mit diesen Nachtschichten glaubst du, genug Geld für deinen Winzertraum zu verdienen?«

So langsam ging das Gespräch in die richtige Richtung.

»Wieso löschen die ihre Ladungen nachts?« In Albas Stimme lag ein merkwürdiger Unterton. »Leo, ich bin nicht dumm. Ich weiß, welchen Ruf Tomeu hat. Es muss etwas dran sein. Er führt ein Leben im Luxus, das erreicht man nicht mit ehrlichen Geschäften. Hinter vorgehaltener Hand nennt man ihn den Maestro del Contrabando.«

Sein kurzer Hoffnungsschimmer verglimmte schneller als eine Sternschnuppe am nächtlichen Himmel. Leo hatte eine zu kluge Frau geheiratet. Er hätte wissen müssen, sie nicht so leicht hinters Licht führen zu können. »Tomeu ein Schmugglerkönig?« Er legte all seine Überzeugungskraft in diesen Disput. »Das ist Unfug. Er ist Geschäftsmann. Mit eigenen Schiffen und internationalem Handel. Die Leute sind neidisch und reden dummes Zeug.«

»Ach ja?« Alba beugte sich ihm entgegen. »Tatsache ist, dass er bei diesen *Geschäften* seinen eigenen Kopf nicht hinhält. Du hast Verantwortung für unsere Familie und ...« Sie seufzte. »Leo, ich brauche dich hier.«

Leo griff über den Tisch nach ihren Händen, umschloss sie mit seinen. »Lass uns nicht streiten.«

Eines hatte er jedoch verstanden. Für Alba gab es drei Alternativen: Leo sollte sie in ihrem Geschäft unterstützen, bei seinem Schwiegervater arbeiten oder ausschließlich Tagschichten bei Tomeu übernehmen. In dieser Reihenfolge.

Und das waren genau die drei Möglichkeiten, die für ihn nicht in Betracht kamen. Auf keinen Fall wollte Leo in der Galerie stehen und mit grazil aufgesetztem Gesichtsausdruck den Damen der feinen Gesellschaft und Touristen Albas Bilder verkaufen. Da könnte er gleich als Gockel verkleidet, den Paseo del Borne auf und ab spazieren. Hätte er Interesse am Handel mit Trockenfrüchten gehabt, wäre seine Familie nun nicht entzweit.

Nur mit den Tagesschichten käme er auf keinen grünen Zweig. Wenn Leo nicht bald eine vernünftige Lösung einfiel, könnte er vergessen, Alba je milde zu stimmen.

Alba räusperte sich. »Vielleicht sollte ich mit Tomeu reden, damit er dich von den Nachtschichten entbindet.«

In ihrer Betonung lag mehr als eine Ahnung. Er musste ihren Verdacht entkräften. »Alba, es ist eine simple Nachtentladung. Wegen angekündigter rauer See will der Kapitän schnell weiter Richtung Afrika.«

Alba legte die Stirn in Falten – der pure Zweifel an seinen Worten. »Die Galerie wirft genug ab. Wir schränken uns ein und werden mit deinem normalen Lohn ohne Nachtarbeit zurechtkommen.« Sie stand auf, holte einen Lappen und wischte den Tisch ab.

»Lass mich das bitte machen.« Leo nahm ihr das Tuch ab.

Alba setzte sich wieder, fixierte ihn mit strengem Blick. »Ich meine das ernst. Wenn unsere Tochter da ist, schläft sie im Stubenwagen in der Galerie, Gerado kann bei gutem Wetter im Patio spielen oder in den Kindergarten gehen. Vielleicht animiert so ein süßer Säugling die Kunden, ein Bild mehr zu kaufen.«

Fast zerriss es ihn innerlich, weil Alba sich nach Kräften bemühte, eine Lösung zu finden, während er sie dreist belog.

Sie zog seine Hand zu ihrem Bauch. »Fühl mal, wie sie strampelt. So kraftvoll.«

Fast musste Leo zurückzucken, so stark traf ihn ein Tritt gegen die Handfläche. Seine ungeborene Tochter, sofern Albas Vermutung zutraf, eroberte schon jetzt sein Herz. Es schmerzte beinahe vor Liebe.

In diesem Augenblick fiel seine Entscheidung. Er wollte nichts mehr, als für seine Familie da zu sein. Kein Geld der Welt war es wert, das aufs Spiel zu setzen. Das Weinprojekt konnte warten, Albas Liebe und die Kinder nicht. Diese Nacht würde er das letzte Mal für Tomeu den Kopf hinhalten.

Welche Optionen blieben seinem Chef, als ihn in den Tagesschichten weiterzubeschäftigen? Tomeu steckte selbst viel zu tief drin. Sollte es nötig werden, würde Leo ihn mit seinem Wissen erpressen. Eine Störung der Geschäfte konnte sich sein Arbeitgeber nicht erlauben.

Die Rückzahlung des Kredits wollte Leo neu verhandeln. Im schlimmsten Fall hätten sie weniger Geld zur Verfügung. Alles wäre besser, als sich weiterhin der Gefahr einer Gefängnisstrafe auszusetzen, während Tomeu seinen Hintern in weiche Polster bettete.

Liebevoll drückte Leo Alba einen Kuss auf die Stirn. »Ich spreche mit Tomeu. Diese letzte Nachtschicht wird schnell vorübergehen, alle weiteren Nächte bin ich an deiner Seite. Ich verspreche es dir.«

»Gut. Dann geh. Sollte er dich rauswerfen, finden wir eine andere Lösung.« Alba küsste ihn zum Abschied.

Schweren Herzens verließ er seine kleine Familie an diesem Abend. Leo betete auf dem Weg zum Hafen, das Kind würde noch einen Tag warten und nicht schon in dieser Nacht auf die Welt drängen.

Er spürte die Verantwortung für Alba, Gerado und das Ungeborene wie nie zuvor. Mit jedem Schritt, den er sich den Schiffen näherte, wuchs Leos Beklemmung, erwischt zu werden. Damit wäre nun Schluss, beruhigte er sich. Die salzige Luft füllte seine Lungen.

Zwei kleine Gaslampen am Steg warfen schummriges Licht auf die Rampe in den Schiffsbauch. Möglichst leise schleppte er Kiste für Kiste zu den bereitstehenden Pritschenkarren. Die Fahrer warteten wie üblich in sicherer Entfernung. Käme eine Polizeipatrouille, konnte ihnen niemand etwas unterstellen. Sie standen herum und rauchten. Fast beneidete Leo die Männer. Wie ein ängstliches Tier lauschte er bei jedem noch so kleinen Geräusch, verharrte und wog ab, ob er das Weite suchen musste.

Die Dunkelheit erschwerte das Verladen. War ein Karren voll, kam der Fahrer und machte sich davon. Das waren die gefährlichsten Arbeiten. Der nächtliche Lärm zog Neugierige an. Auch Polizisten. Leo redete sich gut zu. Es war das letzte Mal.

Drei Stunden später setzte er sich auf eine Steinbank und trank einige Schlucke Wasser. Er spürte jeden Knochen im Leib. Seine Nackenmuskeln fühlten sich steinhart an. Nur noch eine Fuhre, dann hatte er es geschafft ... endgültig.

Seufzend stand er wieder auf, dehnte die schmerzenden Muskeln und ging zurück zum Schiff. Mit einer Kiste auf der Schulter balancierte er über den schmalen Holzsteg.

Trotz des zarten Knarrens der provisorischen Brücke hörte er ein Geräusch. Er verharrte mitten in der Bewegung.

Schritte?

Angestrengt lauschte er in die Dunkelheit. Was sollte er tun? Zurück in den Laderaum des Schiffes? Dann säße er in der Falle.

Die Kiste ins Hafenbecken werfen? Das Geräusch wäre zu laut, um sich unbemerkt davonstehlen zu können.

Sich auf dem Schiff im Maschinenraum verstecken? Er machte einen Schritt zurück. Zu spät. Ein heller Lichtkegel tanzte auf ihn zu. Voller Panik schnappte er nach Luft. Nur weg! Er stellte die Kiste ab und sprang mit einem Satz auf die Mole.

Der Schein einer Taschenlampe leuchtete ihm ins Gesicht. Leo rannte. Erreichte die Kutsche, der Fahrer war spurlos verschwunden.

»Halt! Stehen bleiben!«

Den Teufel würde er tun. In einer schmalen Gasse presste er sich in einen Hauseingang. Die Schritte seiner Verfolger kamen näher. Ihm jagte man hinterher wie einem Dieb, während Tomeu in weichen Laken schlummerte.

Leo lugte aus seinem Versteck. Der Lampenschein der Polizisten irrte über das Pflaster. Jeden Winkel leuchteten sie aus. Er musste hier weg.

Gebrüll erklang von der anderen Seite. Sie hatten ihn eingekreist. Er saß in der Falle. Keine Chance auf Flucht.

Zwei Uniformierte standen mit Waffen vor ihm. Instinktiv hob Leo die Arme.

»An die Wand und Hände auf den Rücken!«

Leo gehorchte. Er hatte verloren. Alles. In dieser letzten Nacht. Alba würde ihn hassen. Ihn vielleicht sogar verlassen. Er hatte die Ehre ihrer Familie beschmutzt. Das würde sie ihm nie vergeben.

Leos Gedanken sprangen wild durcheinander, während der Polizist ihm die Hände zusammenband. Sie würden ihm den Prozess machen. Er wollte nicht ins Gefängnis. Ob Tomeu ihm einen Anwalt schickte? Oder sollte er auspacken? Seinen Chef anschwärzen, um auf eine geringere Strafe zu hoffen?

Der Polizist zerrte ihn zu einer Kutsche mit offener Pritsche und schob ihn über die kleine Trittleiter hinauf. Leo rollte sich auf dem Pritschenboden zusammen. Sein schlimmster Albtraum erfüllte sich.

Aus Angst, Alba zu verlieren, weil er sie im Stich ließ, musste er trocken würgen. Auf Verständnis konnte er kaum hoffen. Da nutzte ihm auch sein Versprechen nichts, die Nachtschichten aufzugeben. Es war das eine Mal zu viel gewesen.

Sein Traum vom Wein platzte wie die Blasen, die er sich bei der Arbeit regelmäßig holte.

Ausgeträumt.

Er hatte verloren.

Alles verloren.

Tränen der Wut über seine eigene Unfähigkeit füllten seine Augen.

Der Kutscher hielt vor dem Gefängnisportal. Die nackte Wand mit den hoch oben wie Schießscharten aussehenden Fenstern wirkte abweisend. Vielleicht lag es aber auch daran, dass Leo wusste, was ihn dahinter erwartete. Eine kalte Zelle, eine Pritsche und schlechtes Essen. Mit etwas Pech ein Messer zwischen den Rippen.

Der Polizist zerrte ihn auf die Füße. »Du stinkst.« Er rümpfte die Nase. »Hoffentlich hast du dir nicht in die Hose geschissen.«

Leo kostete es Überwindung, ihm nicht ins Gesicht zu spucken. Er roch nach Schweiß, nach solchen Nächten immer. Harte Arbeit. Etwas, das dieser Mann offenbar nicht kannte, sonst würde er nicht auf Leo herabsehen. Um sich nicht umgehend Prügel einzufangen, hielt er den Mund. Besser, er überlegte, was er zu seiner Entlastung vorbringen sollte. Ob Alba zu Tomeu gehen würde, um sich rechtlichen Beistand zu holen? Oder ließ sie ihn fallen?

9

Mit Rückenschmerzen wälzte sich Alba in ihrem Bett hin und her. Die Dämmerung warf bizarre Schatten durch das Fenster des Schlafzimmers. Wie lange Finger, die nach ihr griffen und sie wach hielten. Wie lange konnte es dauern, ein Schiff zu entladen?

Das Hämmern an der Tür ließ sie aufschrecken. Ihr Blick huschte zuerst auf die leere Betthälfte neben ihr. »O mein Gott. Bitte lass es ihm gut gehen«, flüsterte sie und schwang die Beine aus dem Bett.

Es klopfte erneut. »Ich komme!«, rief sie, damit das Hämmern an der Tür aufhörte.

So schnell sie es mit ihrem runden Bauch vermochte, warf sie sich den Morgenmantel über, ging an die Tür und öffnete.

»Buenos días. Ich habe ein Eiltelegramm aus New York für Sie.« Der Postbote nahm seine Mütze ab und gab ihr den Umschlag. »Bitte hier quittieren.« Er reichte ihr Block und Stift.

Erleichterung durchflutete sie. Keine Unfallnachricht von Leo. Nur ein Telegramm aus New York. Das musste von Ben sein. Alba unterzeichnete, verabschiedete den Postboten und riss auf dem Weg zum Tisch den Umschlag auf.

Ben tot – Stopp – Es tut mir leid – Stopp – Hat an Börse alles verloren – Stopp – Abschiedsbrief hinterlassen – Stopp – Sie

sollen weitermalen – Stopp – Vorschuss dürfen Sie behalten –
Stopp – Gruß Edward

Tränen strömten über ihr Gesicht, tropften auf den Tisch.
Wie schrecklich! Ben war tot. Zum dritten Mal las Alba die
Zeilen seines Sekretärs, doch es änderte nichts am Inhalt. Der
Mann, den sie so sehr geschätzt hatte, ihr großer Förderer,
lebte nicht mehr.

Ben hatte auf Alba so zufrieden gewirkt, er war völlig in
seinem Beruf aufgegangen, und doch wusste sie nicht, ob er
eine Familie hinterließ. Fast schämte sie sich, in ihren Briefen nie danach gefragt zu haben, aber seine Art, charmant
über die Kunstwelt zu plaudern, hatte keinen Raum für Per-
sönliches gelassen. Ein tiefes Gefühl der Trauer durchströmte
Alba.

Wie schrecklich musste es für Familie und Umfeld sein,
wenn der geliebte Mann, Vater oder Freund sich das Leben
nahm? Und das wegen Geld. Irgendwie ging es doch immer
weiter.

Alba schnäuzte in ein Taschentuch.

Erneut pochte es an der Tür. Hatte der Postbote etwas vergessen? Sie schlurfte an die Tür und öffnete.

»Buenos días.« In militärischer Haltung stand ein Polizist
mit ausdrucksloser Miene vor ihr. »Ihr Mann ist heute Nacht
verhaftet worden. Bitte packen Sie einige persönliche Sachen
für ihn ein.«

Albas Knie wurden weich, sie hielt sich am Türrahmen fest.
»Verhaftet?«

Ein heftiger Schmerz riss ihr durch den Unterleib. Sie sackte vornüber. Fruchtwasser lief ihre Schenkel entlang. »Das
Kind kommt.«

Der Polizist sah sie aus erschrockenen Augen an. »Soll ich nach einem Arzt schicken?«

»Mamá! Mamá!« Albas Mutter stand bereits im Morgenmantel am Treppenabsatz.

Ohne sich um den Polizisten zu kümmern, übernahm ihre Mutter das Kommando. »Wir brauchen hier keinen Doktor.« Josefina rannte die letzten Stufen hinunter, schob den Mann zur Seite. »Die Hebamme kommt bald. Erinnerst du dich?«

Albas Schmerzen verhinderten jeden klaren Gedanken. Die nächste Wehe brach über sie herein. Sie schrie.

Josefina streichelte ihr die Wange. »Zum Glück hast du heute den Termin mit der Hebamme. Die Stunde schaffen wir.«

Mutter hakte sie unter, sah zum Polizisten. »Und was wollen Sie?«

»Leo Delgado Ramis sitzt im Gefängnis. Er braucht Kleidung, Waschzeug.«

Josefina sah ihn ausdruckslos an. »Verstanden. Danke.«

Der Mann warf Alba einen mitleidigen Blick zu, bevor er das Haus verließ.

Alba verdrängte die furchtbaren Nachrichten des Tages. Jetzt galt es, ihre Tochter gesund zur Welt zu bringen.

Vier Stunden später blickte sie in das faltige Gesichtchen ihres kleinen Mädchens. Glucksend lag es in ihrem Arm. Die Geburt war reibungslos verlaufen, die Schmerzen verblassten. Doch echtes Glück wollte sich nicht einstellen. Leo, ihr Mann, fehlte.

Die Hebamme verabschiedete sich bei Albas Mutter, die sie für ihre Leistung entlohnte.

Mutter setzte sich auf die Bettkante und streichelte über den Kopf des Neugeborenen. »Gerado ist oben bei Andrés. Warum hat die Polizei Leo festgenommen? Es muss sich um einen Irrtum handeln.«

Wie sollte Alba ihre Vermutung in Worte fassen? Wie sollte es nur weitergehen? Ben tot, ihre Existenz am Abgrund und sie allein mit einem Kleinkind und einem Neugeborenen. Sie hörte ein fremdes Geräusch aus ihrer Kehle aufsteigen. Sie presste die Lippen zusammen, damit sie nicht bebten. Der Tränensturm ließ sich nicht mehr zurückhalten.

»Lass es raus, das ist oft so bei Frauen kurz nach der Geburt.« Mutter holte ein Tuch, mit dem sie ihr übers Gesicht wischte. »Wenn erst dein Mann wieder zu Hause ist, dann versiegen auch die Tränen.«

»Nein ...« Alba schluchzte. »Er ... er wird nicht kommen.«

»Wie meinst du das?« Mutter ging vor dem Bett auf und ab. »Was redest du? Natürlich kommt er wieder. Ich werde einen Arzt holen. Du bist verwirrt.«

Alba schüttelte den Kopf. »Ich wünschte, es wäre so. Leo soll im Hafen mit Schmuggelware zu tun haben.«

»Die Nachtschichten?« Mutter schlug sich die Hand vor den Mund, starrte sie an. »Bist du dir sicher?«

»Was sollte es sonst sein?« Sie wischte sich die Tränen fort. »Ben ist tot, er hat sich ...«

»Josefina, bist du hier?« Raquel öffnete die Wohnungstür.

»Meine Schwester hat mir gerade noch gefehlt.« Ihre Mutter strich ihr über das Haar. »Ich wimmle sie ab.«

Durch die offene Schlafzimmertür beobachtete Alba, wie sie ihrer Tante Raquel an der Tür in den Weg trat. »Habe ich das richtig gehört?«

»Du hast gelauscht?« Josefina stemmte entrüstet die Hände in die Hüften. »Du solltest dich schämen.«

»Ich?« Raquel schob Albas Mutter grob beiseite und stürmte zu Albas Bett. »Leo ist ein Tunichtgut, der nur auf dein Erbe spekuliert, und jetzt haben sie ihn auch noch verhaftet. Was für eine Schande!«

Bevor Alba etwas entgegnen konnte, zog ihre Mutter Raquel zur Schlafzimmertür. »Deine Nichte hat gerade entbunden.«

»Jetzt muss sie noch ein Balg durchfüttern.«

Alba nahm ihre letzte Energie zusammen. »Du willst meine Tante sein? Es reicht! Endgültig. Dir fehlt jeder Anstand. Du bist es, die hinter dem Geld meiner Eltern her ist. Raus! Bevor ich mich völlig vergesse!«

Ihre Mutter drückte Raquel aus der offenen Tür.

In Albas Arm quäkte die Kleine. Sie schob ihr Hemd hoch und legte den Säugling an die Brust. Gierig trank ihr Mädchen.

Wortfetzen drangen zu ihr ins Zimmer, schwollen an zu Geschrei, bis es plötzlich verstummte. Alba lauschte, versuchte, noch einen Blick auf die beiden zu erhaschen. Breitbeinig stand ihre Mutter vor Raquel. »Geh!«

»Denk dran, wenn ich auspacke, lässt er dich fallen.« Raquel trat einen Schritt zurück.

Albas Mutter warf die Wohnungstür ins Schloss und lehnte sich dagegen.

Womit drohte Tante Raquel? Und wer sollte ihre Mutter fallenlassen?

Darüber würde sie später nachdenken. Für ein weiteres Problem fehlte ihr die Kraft. Die Kleine löste schmatzend ihre Lippen von der Brust. Der Blick auf ihr süßes Mädchen schenkte ihr Zuversicht. Eine Welt, die in Trümmern lag, ließ sich wieder aufbauen. Stück für Stück. Man musste nur von Tag zu Tag denken, dann würde sich alles regeln. Und genau das wollte sie tun.

Alba umfasste die winzige Hand ihrer kleinen Tochter. Vielleicht müsste sie die Wohnung vermieten und mit den Kindern zu ihren Eltern ziehen, bis Leo freikäme. Sie beobachtete, wie ihre Mutter die beschmutzten Laken zusammenpackte.

Sie wäre bestimmt einverstanden, aber Vater? Wie vertrug sich ein Schwiegersohn im Gefängnis mit seinen politischen Ambitionen? Und was würden die Leute sagen? Wäre sie dem Gerede gewachsen?

Alba fröstelte bei den Gedanken an die Zukunft und rief sich ihren Entschluss in Erinnerung. Ein Tag nach dem anderen. Nicht in die Zukunft sehen.

Albas Mutter stützte sich mit beiden Händen am Bettrahmen ab. »Wie soll es nun weitergehen?« Diese Frage stellte sich ihre Mutter selbst. Sie wirkte müde. »Mamá, leg dich hin, und ruh dich aus. Gerado kann bei Papá bleiben, er wird sich schon um seinen Enkel kümmern. Wir reden später.«

Mutter stimmte wider Erwarten zu.

Alba sah ihr nach. Was immer zwischen ihrer Mutter und Raquel vorgefallen war, diese Last drückte sie förmlich zu Boden.

So wie es aussah, brauchten sie beide Zeit, um sich wieder zu sammeln. Etwas Ruhe. Und Schlaf. Wenigstens ein bisschen von allem. Nur eine Stunde, dann würde es ihr bestimmt besser gehen, und sie könnte sich einen Plan zurechtlegen, um Leo beizustehen.

Alba schloss die Augen. Wider Erwarten fiel sie in einen tiefen Schlaf, aus dem sie erst am frühen Abend erwachte. Zu spät, um im Gefängnis vorstellig zu werden. Man würde sie nicht mehr einlassen. Für diese Nacht musste Leo ohne ihre Unterstützung zurechtkommen.

Alba gab Lilia die Brust. Im Anschluss sollte sie selbst etwas essen, um zu Kräften zu kommen. Kraft würde sie bei dem, was vor ihr lag, bitter nötig haben.

»Ah, du bist wach.« Alba hatte ihre Mutter nicht kommen hören. Sie stand mit einem Tablett in der Hand im Türrahmen. »Das ist gut. Ich habe eine Hühnerbrühe und kalten Braten mit Kartoffelschnitzen für dich.«

»Glaubst du, du kannst dich an den Tisch setzen?« Mutter stellte das Essen auf den Esstisch in der Küche und kam zu ihr zurück.

»Das sollte gehen.« Alba setzte sich auf. »Ich muss ein paar Sachen für Leo zusammenpacken. Und er braucht einen Anwalt.« Ihr wurde kurz schwarz vor Augen.

»Das muss bis morgen warten.« Mutter reichte ihr den Arm, um sie zu stützen. »Komm, ich helfe dir.« Mit Schwung drückte sich Alba auf die Beine. Der kurze Weg zum Tisch klappte problemlos. Der Schlaf und die Aussicht auf ein gutes Essen schenkten ihr die notwendige Kraft.

Schweigend aß sie die Suppe. Sie hing ihren Gedanken nach. Ob ihr Familienanwalt Leo helfen konnte? Sie fragte ihre Mutter.

»Ich glaube schon, und wenn nicht er, dann einer seiner Kollegen. In der Kanzlei gibt es mehrere Spezialisten.« Sie reichte Alba den Teller mit dem Braten. »Und du denkst, es ist Schmuggelei?«

»Was sollte es sonst sein?«

Ihre Mutter legte Lilia in das Kinderbettchen. Das Mädchen schlief bereits.

»Ich hätte gute Lust, auf direktem Weg zu Tomeu zu gehen. Es ist seine Pflicht, die Kosten zu übernehmen.«

»Dann tu das, wenn du es für aussichtsreich hältst.« Albas Mutter ließ die Schultern hängen. »Andrés wird enttäuscht sein. Ein politisches Amt kann er nun nicht mehr anstreben.«

»Ich könnte Leo ohrfeigen«, presste Alba hervor, schob sich ein Stück Fleisch in den Mund. »Irgendwie hoffe ich immer noch auf ein Missverständnis.«

Ihre Mutter schwieg. Das sagte alles aus.

Sie beendete ihr Abendbrot. »Kannst du Gerado übernehmen?«

»Natürlich. Der kleine Mann bleibt diese Nacht bei uns oben. Du musst dich ausruhen.«

Normalerweise hätte Alba ihrer Mutter widersprochen, doch nicht an diesem Tag. Sie fühlte sich überfordert. »Danke.«

Ihre Mutter verabschiedete sich, stellte das leere Geschirr auf das Tablett und wünschte Alba einen erholsamen Schlaf.

Die Nacht verlief unruhig. Lilia verlangte nach Albas Brust. Immerhin trank die Kleine mit Appetit. Es ging ihr also gut.

Am frühen Morgen betrachtete Alba ihre schlafende Tochter. Erst einen Tag auf der Welt, konnte sie sich schon jetzt ihr Leben nicht mehr ohne Lilia vorstellen. Wie gerne würde sie den Frieden, den das Bild ausstrahlte, auf sich übertragen. Doch nichts war gerade friedlich.

Glücklicherweise konnte Gerado bei ihren Eltern bleiben. Es reichte schon, Lilia mit ins Gefängnis zu nehmen, um Leo die Sachen zu bringen. Er sollte wenigstens seine Tochter einmal sehen.

Alba packte Leos Wasch- und Rasierzeug und frische Wäsche zusammen in eine Reisetasche. Das musste fürs Erste genügen. Er würde ihr schon sagen, was er sonst noch benötigte. In der Küche füllte Alba ein Glas mit Wasser und setzte sich an den Küchentisch. Sie brauchte einen finanziellen Überblick, bevor sie sich entscheiden konnte, ob sie zu Tomeu wegen der Anwaltskosten ging oder ob sie sich diese Schmach ersparte.

Auf einem Papier notierte sie, was an liquiden Mitteln aus dem Vorschuss von Ben übrig war. Das zweite Blatt füllte sie mit einer Liste der monatlichen Ausgaben. Die Kosten für die Kleine hielten sich in Grenzen. Gerado hingegen befand sich in der Wachstumsphase und aß schneller, als sie kochen konnte.

Die Galeriemiete war der höchste Posten. Doch angesichts der Weltwirtschaftskrise, die in Windeseile ihre alles vernichtenden Wogen über die Welt ergoss, würde der Vermieter auf die Schnelle keinen neuen Mieter finden. Das gab Alba Verhandlungsspielraum, die Monatsmiete zu reduzieren. Sie rechnete aus, wie viel sie im Monat aus ihren Reserven und mit einer kleinen Unterstützung ihrer Eltern zahlen könnte, wenn sie vom Schlimmsten ausging.

Egal, wie oft sie nachrechnete, es würde schwer werden, längere Zeit über die Runden zu kommen. Tränen füllten ihre Augen. Sie hatte die Zahlen für ein Jahr kalkuliert, zwölf Monate ohne Leo an ihrer Seite. Ob die Zeit ausreichte? Wie lange saß man für Schmuggel im Gefängnis?

Tränen tropften auf das Papier. Alba wischte sie fort und riss sich zusammen. Sie brauchte ihre Kraft und Leo einen Anwalt.

Und den durfte Tomeu bezahlen. Hoffentlich gab sich der Anwalt mit einem Vorschuss zufrieden. Den könnte sie gerade noch aufbringen. Doch danach? Da kam ihr ein Kompliment von Tomeu in den Sinn. »Sie sollten Unterricht geben, so gut, wie Sie malen!«

Wäre das eine Alternative, wenn der Bilderverkauf ins Stocken geriete? Könnte sie tatsächlich Kindern reicher Eltern Malunterricht geben?

Alba nahm ein neues Blatt und entwarf eine Anzeige. Das bereits bezahlte Werbeabonnement in der Zeitung für ihre Galerie lief noch drei Monate. Sie müsste nur das geänderte Layout zur Anzeigenabteilung bringen. Und auf Eltern hoffen, die ihren Kindern Zeichenunterricht finanzieren wollten.

Alba vergaß nicht, zu erwähnen, dass sie eine erfolgreiche Künstlerin war, die ihre Gemälde bis nach Amerika verkauft hatte. Das sollte Kunden anlocken.

Albas Plan stand fest. Sie würde die Anzeige auf den Weg bringen und sich erst dann um alles Weitere kümmern.

Es klopfte an der Haustür.

»Komm rein.« Alba umarmte ihre Mutter und folgte ihr in die Küche. »Ich bin gleich unterwegs.« Alba stellte die Tasche in den Flur.

Mutter deutete auf die Notizen. »Was ist das?«

»Eine Aufstellung. Ich muss sehen, wie ich mit allem über die Runden komme.«

Mutters Augen füllten sich mit Tränen.

»Was ist?« Alba sah sie ratlos an. »Sag, ist was mit Vater?«

Sie schluchzte.

»Nun rede doch! Ist was mit Papá?« Am liebsten hätte Alba ihre Mutter geschüttelt. Eine eisige Angst breitete sich mit einem Mal in ihrem Magen aus. »Ist Gerado etwas geschehen?«

»Nein, den beiden geht es gut. Es ist unser Geschäft.«

Alba verstand nicht. Die Zeiten waren hart für alle. Der Trockenfrüchtehandel ging zurück, aber das konnten sie auffangen. Die Firma war solide. Es musste etwas anderes sein. »Mutter, jetzt rede endlich!«

Ihre Mutter wich ihrem Blick aus. »Die Gewerkschaft hat vor einem halben Jahr einen Fonds aufgelegt.«

»Und?«

Fahrig strich sie sich über das ergraute Haar. »Die Ausgaben der Gewerkschaft haben überhandgenommen, da viele Mitglieder ihre Beiträge nicht mehr zahlen können. Die Büromiete, Anwälte und was weiß ich noch alles.«

»Was hat das mit uns zu tun?«

»Viel. Andrés hat unsere Ersparnisse in den Fonds gesteckt, um ihn zu retten, und er hat eine Hypothek auf das Haus aufgenommen, da unser Geld in Immobilien steckt. Das Kapital im Fonds sollte sich durch Aktieninvestitionen vermehren, aber ...« Mutter schluchzte erneut.

Nun verstand Alba. Die Erkenntnis nahm ihr die Luft. Die Aktien weltweit stürzten ins Bodenlose. Sie waren kaum das Papier wert, auf dem sie gedruckt waren.

Ihre Eltern waren pleite. Sie konnte von ihnen keine Unterstützung erwarten. Alba stand auf, stellte sich hinter den Stuhl ihrer Mutter und strich ihr über den Rücken. »Wie schlimm ist es?«

»Wir werden dir nicht beistehen können. Nicht im Moment.« Mutter sah sie aus tränenverschleierten Augen an. »Es tut mir leid.«

Nach einigen Sekunden der Stille traute sich Alba, zu fragen: »Könnt ihr das Haus behalten? Soll ich die Wohnung räumen, damit ihr vermieten könnt?«

Mutter hob widersprechend die Hand. »Bist du verrückt? Das ist dein Zuhause.«

Alba holte ihr ein Glas Wasser und nahm neben ihr Platz. »Was ist mit deiner Schwester?«

»Raquel?« Mutter trank einen Schluck. »Was soll mit ihr sein?«

»Verlangt das Geld zurück, das Vater ihr für den Gasthof geliehen hat. Wenn sie nicht zahlen kann, muss sie eben verkaufen.«

»Das ... das ist unmöglich.« Mutter schüttelte den Kopf, presste die Lippen aufeinander.

Alba kam der Satz in den Sinn, den Raquel zu ihrer Mutter gesagt hatte: *Denk dran, wenn ich auspacke, lässt er dich fallen.* Den Punkt würde sie bei Gelegenheit ansprechen.

Jedoch später. Sie musste aufbrechen, wenn sie alles am Vormittag erledigen wollte. »Ich gehe jetzt los.« Sie schob Lilia in das Tragetuch.

»Einen Tag nach der Geburt? Du übernimmst dich.«

Alba fühlte sich kräftig genug, um das zu tun, was unausweichlich vor ihr lag. »Mir geht es gut. Früher haben die Frauen ihre Kinder während der Feldarbeit bekommen. Im Anschluss haben sie die Säuglinge unter einen Baum gelegt und weitergearbeitet. Da werde ich ja wohl ein paar kleinere Wege schaffen.«

Alba ging an die Garderobe, zog den Mantel an, nahm Leos Tasche und verließ das Haus. Ein eisiger Wind pfiff ihr auf der Straße ins Gesicht. Eilig verschloss sie auch noch den letzten Mantelknopf, damit Lilia im Tragetuch unter dem Mantel warm geborgen war.

Die Anzeige hatte sie auf dem Weg zum Gefängnis aufgegeben, vor dem sie nun stand. Der helle Sandsteinbau wirkte trotz des blauen Himmels bedrückend. Vielleicht, weil man erahnen konnte, was hinter diesen Mauern vor sich ging.

Vor dem Portal verharrte Alba und blickte nach oben. Die nackte Steinfassade in den unteren beiden Geschossen wirkte abweisend. Im zweiten Stock, der wie ein Bauklötzchen auf dem ersten thronte, lagen dicht an dicht kleine vergitterte Fenster. Die Zellen mussten winzig sein. Aus einer Tür neben dem Portal strömte warme Luft, die aufdringlich nach Kohl roch, wahrscheinlich die Gefängnisküche.

Alba sammelte allen Mut zusammen. Beherzt klopfte sie mit dem schweren Türklopfer an die Holztür. Es dauerte nicht lange, und ihr öffnete ein untersetzter Mann in Uniform, der sie neugierig musterte. »Ich komme wegen Leo Delgado Ramis.« Sie hielt die Tasche hoch. »Seine Sachen.«

»Was halten Sie unter dem Mantel verborgen?« Er zeigte mit seinen Wurstfingern auf die Beule, die ihre Tochter darunter abzeichnete.

Alba öffnete die Knöpfe. »Meine Neugeborene.«

Der Mann legte die Stirn in Falten. »Das ist kein Ort für einen Säugling, auch nicht für eine ansehnliche Frau.«

Alba zog scharf die Luft ein. Verkniff sich jedoch einen passenden Kommentar, um diesen dreisten Fettwanst in seine Schranken zu weisen. »Kann ich zu ihm?«

»Ja. Folgen Sie mir.« Er ließ sie passieren, verriegelte die Tür und ging voraus. Ein Geruch nach ungewaschenen Leibern lag in der Luft. Alba würgte es, je näher sie dem Zellentrakt kamen.

Unsicher drückte sie sich an die Wand, fast so, als fürchtete sie, diese ausgemergelten Männer könnten sie begrapschen. Dabei ging sie in ausreichendem Abstand an den Gittertüren vorbei.

Einige Männer standen an den Türen, warfen ihr gierige Blicke zu, einer zischte sogar etwas Anzügliches. Nun wusste Alba, was der Wachmann gemeint hatte. Sie schauderte und fragte sich, ob sie es nochmals über sich bringen würde, hierherzukommen.

»Dort.« Er zeigte zu einer Zelle. Leo saß mit zwei weiteren Männern auf der hölzernen Pritsche und starrte auf seine Schuhe. »Delgado!«, bellte der Wärter. »Deine Frau ist da.«

Leo blickte hoch. Wie in Zeitlupe erhob er sich, ohne seinen Blick von Alba abzuwenden. Sie näherte sich der vergitterten Tür.

Für einige Sekunden sahen sie sich schweigend in die Augen.

»Es tut mir leid«, flüsterte Leo. »Kommst du so spät, um mich zu bestrafen?« Er ließ den Kopf hängen. »Das habe ich wohl verdient.«

Alba öffnete den Mantel. »Sieh, ich habe dir deine Tochter mitgebracht.«

Leo riss den Kopf hoch.

Sein Blick wurde weich. Liebevoll. Er umfasste einen Gitterstab, lehnte seine Wange dagegen. »Danke, dafür werde ich durchhalten. Für dich und die Kinder.«

»Haben sie dich wegen Schmuggelei verhaftet?« Alba sah ihrem Mann fest in die Augen. »Sag die Wahrheit.«

Leo seufzte, schwieg.

»Also ja.« Alba stellte die Tasche vor der Tür ab. »Ich kümmere mich um einen Anwalt. Dein Chef darf dich jetzt nicht im Stich lassen. Es ist seine Schuld. Er muss für deine Verteidigung bezahlen.«

Leo straffte die Schultern. »Du gehst auf keinen Fall zu ihm.« Er vermied, Tomeus Namen auszusprechen. »Versprich mir das.«

Albas Versuchung war groß, Leo dieses Versprechen zu geben, damit er sich besser fühlte. »Das kann ich nicht. Ich muss jetzt gehen.«

Leo streckte die Hand nach ihr aus. Alba beugte sich vor, legte ihre Handfläche an seine Wange. »Wir werden das überstehen. Zusammen.« Ohne Leos Antwort abzuwarten, drehte sie sich um und eilte in Richtung Ausgang. Vorbei an den verwahrlosten Gestalten, die in den anderen Zellen ihre Strafen absaßen. Nach draußen, weg von diesem schrecklichen Ort.

Auf dem kleinen Platz vor dem Gefängnis ging sie zu einer Bank. Bevor sie den Anwalt ihres Vaters aufsuchte, musste sie sich sammeln. Alba starrte die im Sonnenlicht schimmernden Sandsteine an. Wenn sie geglaubt hatte, das Gefängnis sähe von außen schon trostlos aus, erkannte sie nun die Wahrheit: An diesem Ort war Gott nicht zu finden. Sie musste Leo dort herausholen. Schnell.

Nach wenigen Minuten befand sie sich vor den Türen der Kanzlei. Der Anwalt hatte Vater einige Male zu Hause aufgesucht, um Verträge zu besprechen. Hoffentlich kannte er sich auch mit anderen Angelegenheiten aus.

Alba betätigte den Türklopfer.

Kurz darauf öffnete ihr eine junge Frau. Mit ihrem roten Wollkostüm und den ondulierten Haaren hätte sie ebenso in einem Modemagazin posieren können. »Buenos días.«

»Auch Ihnen einen guten Tag. Ich bin Alba Colom Pons, die Tochter von Andrés Colom.«

»Ah, ja. Ich kenne Ihren Vater. Haben Sie einen Termin?«

Alba schüttelte den Kopf. »Es ist dringend. Mein Mann ist verhaftet worden.«

»Ach, du meine Güte.« Die Sekretärin schenkte ihr einen mitleidvollen Blick. »Kommen Sie herein.«

Alba folgte ihr in das Wartezimmer, auf dessen Boden ein edler Teppich mit orientalischem Muster lag. Mit den ordentlich gekämmten Fransen hätte er in jeder Teppichausstellung Beachtung gefunden. In einer Ecke gruppierten sich drei flaschengrüne Polstersessel vor einem flachen Holztisch mit geschwungenen Beinen. Es wirkte wie das Wohnzimmer in einem Herrenhaus.

Ob sich Alba bei der edlen Ausstattung den Anwalt leisten könnte? Es blieb ihr vermutlich keine Wahl, als mit Tomeu zu sprechen.

Unschlüssig stand sie vor dem Tisch, Lilia unter dem Mantel verborgen.

Die Sekretärin klopfte an eine Tür auf der anderen Seite des Raums. Ohne auf eine Antwort zu warten, trat sie ein, nur um Alba eine Sekunde später die Bürotür aufzuhalten. »Bitte, Señor Munar hat Zeit für Sie.«

Umrahmt von aufwendiger Holzvertäfelung an den Wänden stand ein dominanter Schreibtisch, der eines Bankdirektors würdig war. Dahinter saß Oscar Munar.

»Alba, lange nicht gesehen.« Er sah sie durch seine edle Hornbrille an. Die Brille harmonierte farblich perfekt mit seinem braunen Anzug. Munar erhob sich und gab ihr die Hand. »Bitte, setzen Sie sich.« Er deutete auf den gepolsterten Lehnstuhl vor dem Schreibtisch und nahm wieder in seinem großen Ledersessel Platz.

Alba knöpfte den Mantel auf, bevor sie sich setzte.

Irritiert sah er zum Säugling.

»Ich kann sie noch nicht bei meiner Mutter lassen.« Alba fühlte sich unwohl in dieser pompösen Umgebung. Der Kontrast zum Gefängnis hätte ihr die Not, in der sie sich befand, kaum deutlicher aufzeigen können.

»Ihr Mann ist verhaftet worden? Ist das korrekt?«

Die Sekretärin hatte ihn umgehend eingeweiht. Es gab keine Schonfrist.

»Richtig. Wegen Schmuggelei.«

Oscar Munar zog ein Blatt aus einer Holzablage heraus, nahm einen Stift und sah sie auffordernd an. »Was ist passiert?«

»Ich ... genau weiß ich es nicht. Mein Mann Leo ist Lagerarbeiter am Hafen. Oft hat er nachts gearbeitet.« Alba presste die Lippen aufeinander. »Kennen Sie sich im Strafrecht aus?«

Oscar Munar lachte. »Sie sind eine sehr direkte Frau, das erlebe ich selten. Keine Sorge, ich verstehe es genau richtig. Sie wollen keine Einzelheiten erzählen, solange Sie nicht entschieden haben, mir das Mandat zu übertragen.« Er beugte sich ihr entgegen. »Die Angelegenheit Ihres Mannes ist bei mir in guten Händen. Ich habe drei Spezialgebiete: Firmenvertragsrecht, Immobilien und Strafrecht. Beruhigt Sie das?«

»Ja.« Hatte sie eine Wahl? Sie kannte keinen anderen Anwalt.

»Also, bitte erzählen Sie.«

»Ich vermute schon länger, dass die Nachtschichten illegale Waren betreffen. Vorletzte Nacht ist Leo verhaftet worden.«

Oscar Munar notierte sich Stichpunkte auf dem Papier. »Schmuggel also. Sie haben Ihren Mann noch nicht gesprochen, nehme ich an.«

»Doch, ganz kurz. Aber nicht allein, deshalb konnten wir kein offenes Gespräch führen.« Alba rutschte unruhig auf dem Stuhl hin und her. Lilia schlief, was ein wahrer Segen war.

»Wissen Sie, ob Ihr Mann auf eigene Rechnung geschmuggelt hat?« Munar rückte seine Hornbrille zurecht.

»Niemals!«

»Sie meinen also, er wäre gezwungen worden von seinem Arbeitgeber?«

Mit dem Zeigefinger malte Alba Muster auf den Schreibtisch. »Ich ... ich denke, ja, so könnte man es ausdrücken.«

»Er hat es Ihnen verschwiegen. Das kann ich verstehen. Ich nehme an, er hat nicht nur Nachtschichten absolviert?«

»Selbstverständlich hat er auch tagsüber gearbeitet.« Alba presste ihre Lippen zusammen.

»Alba, ich bin weder Ihr Ankläger noch Ihr Feind. Aber ich muss alle Details erfragen. Verstehen Sie?« Er tippte mit dem Stift auf das Blatt. »Sind auch weitere Männer verhaftet worden?«

Alba stiegen Tränen auf. »Ich weiß nichts.« Sie wischte sich mit dem Zeigefinger unter den Augen entlang. »Ich wollte nur wieder aus dieser schrecklichen Umgebung fort.«

»Verständlich. Sie müssen nicht weinen. Das finde ich heraus. Für wen arbeitet Ihr Mann?«

»Tomeu Servera.«

»Oh!«

Diese Reaktion verhieß nichts Gutes. Ihre Hände wurden feucht. Sie beobachtete, wie Oscar Munar weitere Notizen auf dem Papier ergänzte. Sollte sie erwähnen, dass sie Tomeu bitten wollte, die Anwaltskosten zu tragen? Verzagt sackte sie in sich zusammen.

»Lassen Sie den Kopf nicht hängen. Das ist ein Fall nach meinem Geschmack, und es wird mir eine Freude sein, Ihren Mann zu vertreten. Obwohl der Arbeitgeber Ihres Mannes viel Geld und eine eigene Armada von Anwälten hinter sich hat, wird er jedes Aufsehen vermeiden wollen. Verstehen Sie? Ich werde mit ihm sprechen.«

Erleichterung durchflutete Alba. Dieses Gespräch würde ihr Anwalt für sie übernehmen. »Auch wegen der Kosten?«

»Erst dachte ich, wir könnten den Arbeitgeber in die Verantwortung nehmen, doch bei Tomeu Servera wird das nicht leicht. Seit Jahren hat er die Obrigkeit durch«, er legte eine kurze Pause ein, »nennen wir es Spenden im Griff. Unser Ziel ist es, eine Bewährungsstrafe zu erwirken. Außerdem werde ich Servera zwingen, meine Anwaltskosten zu begleichen und eine Entschädigung an Sie.«

Das klang langwierig. »Wie ... wie lange dauert das?«

»Das kann ich Ihnen erst sagen, sobald ich Akteneinsicht habe.« Oscar Munar stand auf, ging um den Tisch und legte ihr väterlich die Hand auf die Schulter. »Keine Sorge, der Arbeitgeber Ihres Mannes wird sich nicht drücken, meine Kosten zu übernehmen. Sind Sie in der Lage, einen Vorschuss zu zahlen? Den bekommen Sie selbstverständlich später zurück.«

Alba erhob sich. »Ja, natürlich.«

»Wunderbar. Nun lächeln Sie mal. Sobald ich die Polizeiakte eingesehen habe, kann ich sagen, wie schnell wir Ihren Mann wieder bei seiner hübschen Frau wissen.« Er zwinkerte ihr aufmunternd zu.

Die Zuversicht des Anwalts übertrug sich auf Alba, und ihr gelang ein Lächeln. Sie reichte ihm die Hand. »Danke, für alles.«

»Gerne. Meine Sekretärin gibt Ihnen ein Vollmachtsformular, das Sie bitte unterschreiben. Sie rechnet auch den Vorschuss mit Ihnen ab.«

Alba stand auf und ging zur Tür.

»Grüßen Sie Ihren Vater. Ich hoffe, es geht ihm gut?«

»Danke, ja. Ich werde ihm die Grüße ausrichten.«

Nachdem Alba die Formalitäten mit der Sekretärin geklärt hatte, atmete sie tief durch. Nun konnte sie endlich zurück in ihre Wohnung gehen. Sie fühlte sich schwach, geradezu elend.

Wie in Trance wankte Alba nach Hause, stolperte beinahe auf dem letzten Treppenabsatz. Gerade noch rechtzeitig fing sie sich. Ihre ganze Kraft war aufgebraucht. Sie fühlte sich ausgelaugt. An ihrer Brust erklang das hungrige Schreien ihrer Tochter Lilia.

10

»Die Tageszeitung schon am frühen Morgen zu lesen sollte ich mir bei den schlechten Nachrichten abgewöhnen.« Carla faltete die Zeitung zusammen.

»Du machst dir zu viele Gedanken.« Francisco biss in das frisch gebackene Brot. »Wir haben alles, was nötig ist.«

»Ja, noch haben wir das.«

Francisco lächelte nachsichtig. »Samuel ist mit meiner Arbeit zufrieden. Deine Mutter erzielt mit den Aprikosen und Mandeln einen positiven Ertrag. Es gibt keinen Grund, sich zu sorgen.«

Jeden Morgen fand sich eine andere Hiobsbotschaft in der Zeitung. Carla konnte das nicht einfach ignorieren. »Diese Wirtschaftskrise wird auch uns noch treffen.« Sie schob Brotkrümel über die Tischkante und gab sie auf den Teller. Seit Tagen beunruhigten sie die Nachrichten. Sogar nachts wälzte sie sich im Bett hin und her.

Zurzeit ging es ihnen gut. Doch wenn die Amerikaner Mutter und Lidia die Trockenfrüchte nicht mehr abkauften, wie es zuvor bei den teuren Marmeladen geschehen war, blieb ihnen keine andere Wahl, als die Plantage zu schließen. Die beiden Arbeiter könnten sie sich dann nicht länger leisten. Die Preise, die sie auf Mallorcas Märkten für Mandeln und Aprikosen erzielten, rechneten sich nur für Familienbetriebe.

Um sich abzulenken, stand sie auf und räumte ihren Teller in die Spüle. »Das ändert nichts daran, dass ich mir trotzdem Sorgen mache. Auch um Antonia.«

Francisco sah von seinem Frühstück auf. »Komm, setz dich wieder zu mir, und trink noch einen Kaffee.« Er blickte sie flehend an. »Deiner Schwester und ihrer Familie geht es gut. Für uns ist Amerika weit weg. Das muss uns nicht beunruhigen.« Er biss in sein Brot. »Gegessen wird immer. Sie werden unsere Aprikosen weiterhin kaufen.«

Carla drehte sich zu ihm um. »Hast du es nicht gelesen? Die Menschen dort stürzen sich vor Verzweiflung von den Dächern, weil sie alles verloren haben und nicht wissen, wie sie ihre Familien durchbringen. Wovon sollen sie da unsere Aprikosen kaufen?« Carla setzte sich und schenkte sich Kaffee nach. »Und Antonia? Glaubst du wirklich, sie würde mir schreiben, wenn sie in Not gerät?« Carla schüttelte den Kopf. »Kuba liegt unmittelbar vor Amerika, und soweit ich weiß, wickelt Federico einen großen Teil seiner Geschäfte mit den Amerikanern ab. Was soll aus deren Kindern werden? Gleich nachher schreibe ich ihr einen Brief.«

»Tu das. Deine Schwester und ihr Mann haben bisher immer umsichtig gewirtschaftet. Warum sollte es jetzt anders sein?«

Allein das Vorhaben, Antonia zu schreiben, beruhigte Carla und gab ihr einen Funken Zuversicht. Francisco hatte recht, Kuba war nicht Amerika.

»Du machst dir zu viele Gedanken. Im letzten Brief schrieb Antonia, wie gut es bei ihnen läuft.« Francisco griff über den

Tisch und nahm ihre Hand. »Du bist immer zu sehr um andere besorgt und denkst zu wenig an dich.«

Carla genoss die warmen Finger Franciscos auf ihrer Haut, die Zuversicht, die in seiner Berührung steckte. Er wusste, wie er sie aufmuntern und ihr Mut zusprechen konnte. »Du meinst, ich sorge mich zu wenig um dich und deine Arbeit?«

»Manchmal, aber ich meinte schon, was ich sagte. Gönn dir mal wieder etwas Gutes. Geh mit meiner Schwester aus. Sie würde sich bestimmt freuen, aus dem Trott herauszukommen.«

Carla seufzte. Sie wollte dieses Gespräch nicht führen, sich erneut von ihm anhören, dass sie zu wenig Rücksicht auf sich selbst nahm. »Ich kann eben nicht aus meiner Haut«, erstickte Carla die aufkommende Diskussion.

»Du wolltest doch heute deine Mutter und Lidia besuchen, richtig? Dann sprich mit ihnen über deine Sorgen, wenn du mit mir darüber nicht sprechen magst.« Francisco stand auf. »Blanca wohnt nur um die Ecke, du könnest anschließend Xisca sehen.« Er gab ihr einen Kuss. »Ich muss jetzt in die Werkstatt.«

Carla sah ihm nach. Rücksicht auf sich nehmen? Arbeit lenkte sie ab. Erstickte die Schwärze, die in ihrem Kopf lauerte, um sich in einem unbedachten Moment auf ihre Seele zu legen. Carla dachte an ihre dunklen Stunden, als sie die Tage und Nächte nur mit der Opiumtinktur überstanden hatte. Manchmal wünschte sie sich diese Stumpfheit zurück, die die Droge mit sich brachte. Energisch schüttelte sie über ihre eigenen Gedanken den Kopf. Nein, auf keinen Fall wollte sie wieder diese Abhängigkeit erleben. Beinahe hätte sie deshalb Francisco verloren. Ein Gespräch mit Lidia sollte ihr helfen. Sie hatte ihr damals bei ihrem Entzug beigestanden.

Und warum eigentlich nicht was mit Blanca unternehmen?

Eine halbe Stunde später radelte Carla die schmale Straße entlang. Der kalte Wind brannte auf ihren Wangen. Je näher sie Sencelles kam, desto wärmer wurde ihr. Beim letzten kleinen Anstieg schwitzte sie fast. Sie lehnte das Rad an die Hausmauer und klopfte an die Tür.

»Carla, schön, dass du vorbeikommst.« Ihre Mutter stand in der Tür und umarmte sie fest. »Lidia ist in der Küche. Komm, iss ein Stück Coca de Albericoque.«

Wie immer lockte ihre Mutter sie mit Leckereien wie Aprikosenkuchen, und meistens hob es Carlas Stimmung. Der Geschmack erinnerte sie an ihre Kindheit, als die Familie noch beisammen war. Carla folgte ihr ins Haus. Der Kamin in der Küche loderte behaglich, und Lidia saß vor dem Feuer. »Es ist immer wieder schön, dich zu sehen.«

Carla begrüßte sie mit zwei Wangenküssen.

»Ich habe gebacken.«

Der Duft des frischen Kuchens hing noch verlockend in der Luft.

»Ach, du hast gebacken?« Ihre Mutter stemmte die Hände in die Hüften.

»Einen Versuch war es wert.« Lidia lachte herzhaft. »Du kennst das ja«, wandte Lidia sich an Carla. »Immerhin durfte ich deiner Mutter zuarbeiten.«

Carla stimmte in das Lachen ein und setzte sich mit dem Rücken zum Kamin, um sich aufzuwärmen. Typisch ihre Mutter, sie ließ sich ungern ins Handwerk pfuschen.

Schweigend genoss Carla den saftigen Blechkuchen, während die beiden den neuesten Dorfklatsch berichteten. Wer mit wem im Streit lag, wer sich wieder versöhnt hatte. Welche

Kinder Unfug angestellt hatten. Carla wurde während des Gesprächs bewusst, wie recht Francisco hatte. Ihr Mann hatte seine Kollegen, ging mit ihnen manchmal nach der Arbeit in eine Bar, sie konnte das nicht. Außer einem kurzen Schwatz auf dem Markt hatte sie bis auf ihre Nachbarin Sofía kaum Bezugspersonen oder gar Freunde in Binissalem. Ihre einzigen Freunde lebten hier: Franciscos Schwester Blanca und deren Mann Julián.

»Was grübelst du?« Mutter stellte die Teller ineinander.

Ertappt sah Carla auf. »Ich denke über Freundschaft nach.«

Lidia lachte. »Meinst du uns? Es ist nicht immer so harmonisch, wie es vielleicht aussieht.«

Mutter zwinkerte Lidia zu. »Ach, nein? Du meinst, wie beim Kuchenbacken? Du kriegst das allein doch gar nicht hin.«

Drohend hob Lidia die Kuchengabel. »Du weißt, ich kann dich auch piksen.«

»Mamá, würde es dir etwas ausmachen, mich mit Lidia allein zu lassen?« Seit ihrer Opiumsucht zählte die Freundin ihrer Mutter zu ihren engsten Ratgebern. Lidia kannte die Situation selbst, und es fiel Carla leichter, mit einer Person über ihre Gemütsschwankungen zu sprechen, die wusste, wie finster ihre Emotionen sie manchmal wie eine Nebelwand umhüllten.

Ihre Mutter stand auf. »Ich habe es geahnt, es geht nicht nur um Freundschaft. Kind, ich bin deine Mutter«, sie kam zu ihr und strich ihr über die Schulter, »ich kann in deinem Gesicht lesen. Konnte ich schon immer.« Mutter streckte sich und gähnte. »Meine alten Knochen freuen sich auf ein Mittagsschläfchen.«

Carla wusste, dass es sich um eine Ausrede handelte, um sie allein zu lassen und sah ihr dankbar nach, als sie die Küche verließ.

»Sie ist die Beste. Also meistens.« Lidia drehte ihre Kaffeetasse auf dem Tisch. »Was bedrückt dich?«

»Das alte Lied. Es summt wieder in meinem Kopf.« Carla seufzte. »Francisco wirft mir vor, mich zu sehr um andere zu kümmern. Aber das lenkt mich ab.«

Lidia stützte ihr Kinn auf die rechte Hand. »Wovon genau?«

»Ich kann es schlecht greifen.« Carla überlegte. »Die Nachrichten, die Zukunft ... Da ist so eine diffuse Angst, die ich nicht fassen kann.«

»Gut, lass es uns analysieren. Wann überkommt dich diese Angst? Ist es zu einer bestimmten Tageszeit?«

Carla stand auf und goss sich ein Glas Wasser ein. »Meist nach dem Aufstehen oder vor dem Einschlafen.«

Lidia wog bedächtig den Kopf. »Entweder bist du also noch nicht richtig wach oder bereits müde.« Sie erhob sich, ging in der Küche auf und ab.

»Du erinnerst dich an unsere sportlichen Übungen und die langen Spaziergänge, als du bei mir den Entzug gemacht hast?«

Natürlich erinnerte sich Carla. Wie könnte sie das jemals vergessen? Fast hätte sie alles, was ihr lieb und teuer war, an ihre Sucht verloren. »Ja.«

»Hast du das beibehalten?«

Carla verneinte.

»Dann solltest du das wiederaufnehmen. Bring deinen Körper morgens in Schwung, indem du bei offenem Fenster Gymnastik machst. Und bevor du ins Bett gehst, unternimm einen kleinen Spaziergang.« Sie ging an den Küchenschrank und holte eine Blechbüchse hervor. »Trink abends einen Tee aus Johanniskraut. Das hilft dir, schneller in einen tiefen Schlaf zu finden.« Sie reichte Carla die Dose. »Mir macht auch Angst, was in der Welt geschieht. Doch müssen wir zusehen, unsere eigene kleine Welt in Ordnung zu halten.«

»Danke.« Carla fühlte sich augenblicklich ruhiger. Es war die richtige Entscheidung gewesen, sich Hilfe zu suchen, wenn sie die auch ungern annahm.

Lidia sah Carla fragend an. »Wie geht es mit der Adoption voran?«

Carla versuchte, ihre Traurigkeit zu unterdrücken. »Es gibt bisher keinen wirklichen Fortschritt.«

»Das wird auch in deine Missstimmung hineinspielen. Achte auf dich. Die Adoption wird gelingen. Bis dahin musst du auf dich achtgeben. Du willst deinem Kind doch eine gesunde und glückliche Mutter sein. Vielleicht ist die Zeit noch nicht reif, weil du es noch nicht bist.«

Carla biss sich auf die Unterlippe. Lidia glaubte mehr an das Schicksal als an Gott. Möglicherweise war es tatsächlich so, und alles würde sich zur passenden Zeit fügen. Sie stand auf, spürte in der Tat wieder etwas Zuversicht, ein kleines Glücksgefühl, das ihr das Herz leichter machte. »Danke, Lidia. Für alles.« Sie umarmte Lidia und steckte die Teedose in ihre Tasche. »Ich werde deinen Rat befolgen. Grüß Mutter noch von mir. Ich komme bald wieder vorbei.«

Draußen vor dem Tor sah Carla in den Himmel. Wolken ballten sich über den Bergen zusammen. Sie knöpfte den Mantel bis oben zu und nahm ihr Fahrrad.

Normalerweise wäre Carla schnell nach Hause gefahren, um nicht nass zu werden. Nun lächelte sie. Ihre aufgehellte Stimmung wollte sie mit Blanca teilen. Sie hatte ihre Freundin schon viel zu lange nicht mehr besucht.

Für den kurzen Weg lohnte es kaum, das Rad zu besteigen. Zudem wollte sie ein paar Schritte gehen. Sich noch etwas Zeit für sich nehmen. Carla schob das Fahrrad zur nächsten Kreuzung, vorbei an einer kleinen Bar, aus der fröhliches Gelächter drang.

Neugierig sah sie durch ein Fenster. Ein junger Mann saß an der Theke und hielt eine Ente in Händen, die ihren Schnabel genüsslich in sein Bierglas tauchte. Anschließend reckte sie ihren Hals nach oben und klappte den Schnabel auf und zu. Sie schien dabei zu schnattern. Das wiederholte sich mehrmals, und die Ente hatte offensichtlich Spaß und glasige Augen vom Bierrausch.

Kopfschüttelnd wandte sich Carla ab und bog in die schmale Gasse hinter der Bar ein. Von Weitem sah sie Blanca mit dem Kinderwagen aus dem Haus kommen. Julián arbeitete vermutlich noch in der Schreinerei drei Straßen weiter. Hoffentlich kam Carla nicht ungelegen.

Blanca rief laut ihren Namen und nahm ihr alle Zweifel, so kräftig wie sie ihr zuwinkte.

Carla schob ihr Rad auf sie zu, lehnte es an die nächste steinerne Hauswand. »Da habe ich wohl Glück, euch noch anzutreffen.«

»Was freue ich mich, dich zu sehen.« Blanca schloss sie fest in die Arme. »Manchmal glaube ich, mein Leben besteht nur noch aus Kind füttern, windeln, Haus putzen und für den Mann kochen.«

Carla löste sich aus der Umarmung. »Da geht es dir ähnlich wie mir. Ich bestehe auch bloß aus Haushalt und Büroarbeit. Manchmal noch etwas Feldarbeit. Ich dachte, es wäre dir vielleicht nicht recht, wenn ich einfach unangemeldet vorbeikomme.«

»Im Gegenteil. Mir fehlen unsere Treffen. Wir sollten das nicht noch mehr einschlafen lassen, ja?« Blanca sah sie flehend an und grinste schief. »Ich sehne mich danach, mit einem erwachsenen Menschen zu reden. Ich meine ...«, sie zog der schlafenden Xisca das Mützchen tiefer über die Stirn, »Xisca ist ein Sonnenschein, aber die anderen Mütter im Dorf kennen auch immer nur das Thema Kinder. Wenn Julián abends von der Schreinerei nach Hause kommt, ist er meist müde und nicht mehr sehr gesprächig, verstehst du?«

Carla sah die Lebenslust in Blancas Augen blitzen. Das wollte sie bei sich auch wieder erleben. Sie musste aktiver werden. Da lag Lidia ganz richtig. Vermutlich hatte sie sich zu sehr auf die Adoption konzentriert und dabei vergessen, wie viel Positives das Leben zu bieten hatte. Sie wollte sich das jeden Morgen beim Frühsport selbst vorbeten. Jeder Tag verdiente es, zu einem schönen Tag gemacht zu werden. Auch wenn der Himmel sich verfinsterte.

»Dann trotzen wir mal den Naturgewalten, solange es nicht aus Kübeln schüttet. Da Xisca schläft, können wir sogar in Ruhe reden.« Carla ging neben Blanca her. »Bevor ich es vergesse: Kommt ihr morgen Abend zu uns? Ich koche.«

»Gerne. Und am nächsten Wochenende lassen wir die Männer zu Hause und unternehmen etwas. Was hältst du davon? Ich war ewig nicht mehr im Kino.« Blanca sah sie sehnsüchtig an.

»Abgemacht. Egal, welcher Film läuft.«

Carla genoss die Zeit mit ihrer besten Freundin. Daran konnte auch der auffrischende Wind nichts ändern.

Gut gelaunt machte sie sich später auf den Heimweg. Zu diesem Abendessen erwartete Carla ihren Mann mit einem zufriedenen Gefühl. Vielleicht sollten sie sich eine Flasche Wein gönnen. Carla sah in den Vorratsschrank. Freudig zog sie eine Rotweinflasche hervor, entkorkte sie und wollte sie gerade auf den Tisch stellen, als Francisco die Küche betrat.

»Was ist denn hier los? Erwarten wir Gäste?«

»Erst morgen, deine Schwester kommt mit Mann und Kind. Aber deshalb können wir es uns doch trotzdem mal gutgehen lassen, oder?«

Francisco sah sie überrascht an, war jedoch klug genug, auf eine Nachfrage zu verzichten. »Dann erfreue ich mich an meiner gut gelaunten Frau und an der Aussicht auf einen vielversprechenden Abend.«

Noch vor dem gemeinsamen Frühstück mit Francisco absolvierte Carla ihre Turnübungen am offenen Fenster und genoss den frischen Herbstduft nach feuchter Erde.

Im Anschluss kümmerte sie sich um den Haushalt. Leise Radiomusik begleitete sie bei ihren Arbeiten. Carla ertappte sich dabei, wie sie öfter bei Liedern mitsummte.

Der Spontanbesuch bei Blanca hatte ihr gutgetan. Blanca hatte Tränen gelacht, als sie ihr von der biertrinkenden Ente berichtet hatte. Xisca hatte die ganze Zeit im Kinderwagen mit dem Teddy gespielt, den Carla genäht hatte. Die Kleine schleppte ihn überall mit. Blanca erzählte, dass Xisca jedes

Mal weinte, sobald sie ihn ihr wegnahm, um ihn zu waschen. Es ging aber nicht anders, weil die Kleine ständig am Ohr des Bären kaute.

Gegen Nachmittag legte Carla ein Kaninchen in den Bräter und gab Gemüse und Zwiebeln dazu. Sie freute sich auf den gemeinsamen Abend.

Carla wischte sich die Hände an der Schürze ab. Zur Vorspeise buk sie mit Sobrasada und Feigen gefüllte Teigtaschen. Die Paprikawurst stammte von einer Hausschlachtung, bei der Francisco geholfen hatte. Sie holte die Empanadas aus dem Ofen, damit sie abkühlen konnten, und schob den Bräter hinein. Nun fehlten nur noch die Kartoffeln.

Blanca hatte darauf bestanden, zum Nachtisch einen Kuchen mitzubringen, was Carla bei den Backkünsten ihrer Freundin für ein gewagtes Unterfangen hielt.

Carla schälte die Kartoffeln über der Tageszeitung. Bald bedeckten die Schalen die schlechten Nachrichten aus der Welt. Sie legte gerade das Schälmesser zur Seite, als es klopfte.

Vor der Tür stand der Briefträger. »Eine Zustellung, bitte unterschreiben Sie hier.« Er hielt Carla einen Stift und ein Papier entgegen.

Sie unterzeichnete. Neugierig drehte Carla den Brief, blickte auf den Absender: Amt für Adoption.

»Danke«, presste sie hervor und verabschiedete den Postboten.

Der Umschlag brannte förmlich in ihren Händen, sie legte ihn auf den Küchentisch und starrte ihn minutenlang an. Noch arbeitete ihr Mann in der Werkstatt. Ob sie zu ihm gehen sollte? Den Gedanken verwarf sie, als ihr einfiel, dass Francisco am Morgen erzählt hatte, er wolle heute mit

Samuel ein Steinportal an den Stadtrand nach Palma liefern. Bestimmt waren die Männer noch unterwegs.

Um ihre Unruhe zu bezähmen, setzte sie die Kartoffeln auf und stellte daneben den Wasserkessel. Der Johanniskrauttee, den Lidia ihr gegeben hatte, sollte helfen, ihr etwas innere Ruhe zu schenken. Kurz darauf kochte das Wasser, sie übergoss das Kraut und sah auf die Wanduhr. Zehn Minuten musste er nun ziehen.

Mit den Fingerspitzen fuhr sie die Kante des Briefumschlags entlang. Er konnte alles enthalten: ihr größtes Glück oder einen Tiefschlag.

Carla musste sich ablenken. Sie ging zum Fenster, öffnete es, streckte den Rücken durch, hob die Hände über den Kopf und sog tief die frische Luft in ihre Lunge. Beim Ausatmen senkte sie die Arme und beugte den Oberkörper. Das wiederholte sie so lange, bis der Tee fertig gezogen hatte.

Ihr Körper fühlte sich erfrischt, ihr Geist jedoch nicht. Carla schloss das Fenster, schenkte sich eine Tasse ein und setzte sich an den Tisch. In kleinen Schlucken trank sie und fixierte weiterhin den Umschlag.

Das heiße Gebräu wärmte ihren Körper, doch das innere Pulsieren im Takt der tickenden Küchenuhr kam nicht zur Ruhe. Carla hielt es nicht mehr länger aus, nahm das Schälmesser und öffnete mit einem Ratsch den Umschlag.

Die Worte verschwammen vor ihren Augen. Mit dem lapidaren Satz, es täte ihnen leid, zerschlugen sie Carlas letzte Hoffnung auf eine eigene Familie. Was tat ihnen leid? Etwa, ein Kind in einem Heim zu behalten, obwohl hier ein liebevolles Zuhause auf es wartete? Wie konnten die Heimleiter nur so grausam sein?

Carla griff sich an die Brust, hatte das Gefühl, ihr pochendes Herz hätte nicht ausreichend Platz unter ihren Rippen.

Mit Wucht schleuderte sie die leere Teetasse an die Wand. »Warum? Warum werde ich so gestraft?«

»Was ist los?« Unerwartet stand Francisco neben ihr.

»Das ist los!« Sie deutete auf den Brief.

Hastig überflog ihr Mann die wenigen Zeilen. Er legte das Papier zurück auf den Tisch. »Komm mal her.« Er hielt seine Arme ausgebreitet.

Carla presste sich gegen ihn. »Warum nur wollen sie uns kein Kind geben?« Ein tiefes Schluchzen entrang ihrer Kehle.

»Die Heimbetreiber brauchen keine Begründung. Sie lehnen ab und fertig.«

»Ob Isidoro dahintersteckt, weil ich damals ...«

»Glaub das nicht«, unterbrach Francisco, »Isidoro hätte als Förderer des Waisenhauses sowieso von unseren Bemühungen erfahren. Sollte er diese Macht besitzen, können wir daran nichts ändern.«

Seine Worte schenkten ihr keinen Trost. Carla blickte ihn an. Auch in seinen Augen schimmerten Tränen.

»Wir haben viel, vergiss das nicht.« Francisco streichelte mit dem Zeigefinger ihre Wange. »Wir haben uns, unsere Liebe. Das ist mehr, als anderen vergönnt ist.«

»Reicht dir das?« Die alte Angst kroch ihr die Wirbelsäule hinauf, weil sie ihm nicht die Familie schenken konnte, die er sich ebenfalls über alles wünschte.

»Carla«, er fasste sie an den Schultern, »ich liebe dich mehr als mein Leben. Natürlich hätte ich mir ein Kind gewünscht, doch wir sollten akzeptieren, was wir nicht ändern können.« Francisco bückte sich und sammelte die Reste der Tasse auf.

»Und ich bitte dich, das Thema abzuschließen.« Klappernd fielen die Scherben in den Blecheimer neben der Spüle.

Abschließen? Könnte sie das? Ließ diese Nachricht Francisco so kalt?

»Es ist zu unserem Schutz, mi Corazón.« Er küsste ihre Stirn. »Wir müssen einen Schlussstrich ziehen. Lass uns das Glück genießen, das wir haben.«

Carla lehnte sich an ihn. Spürte seinen starken Herzschlag, fast so, als würde es für sie beide schlagen.

»Und jetzt«, er schob sie von sich, »freuen wir uns auf unsere Gäste. Ich gehe mich waschen, damit ich nachher präsentabel bin.« Schnuppernd blieb er an der Küchentür stehen. »Es duftet übrigens köstlich.«

Carla sah ihm nach, als er die Küche verließ. Francisco war stark genug für sie beide, und sie musste ihm recht geben. Es kostete unnötige Kraft, sich in Grübeleien über Dinge zu verlieren, die nicht in ihrer Macht lagen.

Die Freude, an diesem Abend ihre Familie begrüßen zu können und ihre Nichte zu sehen, heiterte Carla etwas auf.

Die gekochten Kartoffeln legte sie in eine Auflaufform, träufelte Olivenöl darüber, legte zwei Rosmarinzweige dazu und schob sie neben den Bräter in den Backofen.

Sie deckte den Tisch und zog das Kinderstühlchen, das Julián für Xisca gebaut hatte, heran.

»Das sieht ja festlich aus.« Francisco betrat lächelnd die Küche.

»Machst du bitte den Wein auf?« Carla deutete auf die Flasche auf dem Tisch.

Francisco sah zum Kamin. »Aber erst hole ich Feuerholz von draußen, damit es warm bleibt.«

Kurz darauf knisterte das frische Holz, und der flackernde Feuerschein verströmte Behaglichkeit. Francisco stellte die geöffnete Weinflasche auf den Tisch. »Bei dem Duft habe ich jetzt schon Hunger.« Er sah zur Uhr. »Hoffentlich kommen sie bald.«

Es klopfte.

Carla eilte an die Tür.

»Brazo de Gitano. Selbst gemacht.« Blanca hielt ihr grinsend ein Blech entgegen, das mit einem Tuch abgedeckt war.

Carla lachte herzlich. »Erinnerst du dich noch an deinen ersten Versuch vom Frühjahr, diese Cremerolle selbst zu backen?«

Julián betrat den Raum mit Xisca auf dem Arm und stellte das Mädchen auf die krummen Beine. »Erinnere mich nicht daran. Die Küche glich einem Schlachtfeld aus Creme und Teig und das Ergebnis einem Trümmerhaufen.«

Mit ihren Ärmchen hielt Xisca den Teddybären dicht an sich gepresst. Lächelnd sah das Mädchen Carla aus ihren großen Kulleraugen an. »Na, meine Süße? Hast du auch Hunger, wie dein Onkel?«

Xisca blieb ihr eine Antwort schuldig und nagte am Ohr des Teddys.

Francisco nahm Blanca das Blech ab und lupfte das Tuch. »Meine Schwester ist ja lernfähig, wie ich sehen kann.« Er zwinkerte Blanca zu. »Jetzt kommt aber rein in die Wärme.« Er stellte den Kuchen auf die Anrichte.

Carla umarmte Blanca und Julián. »Schön, dass ihr hier seid.«

Während Francisco die Mäntel in den Nebenraum brachte, zog Carla Xisca das Jäckchen aus, drückte ihrer Nichte einen

Kuss auf die Stirn und hob sie samt dem Bären in das Stühlchen. »So, nachdem du schon sitzt, setzt ihr euch bitte ebenfalls. Das Essen ist fertig.«

Francisco goss den Wein ein, und Carla servierte die Vorspeise. Für Xisca hatte sie eine kleine Teigtasche nur mit Feigen ohne Sobrasada gebacken. »Das schmeckt dir hoffentlich, und der Teddy schaut dabei zu.« Sie lehnte den Plüschbären auf dem Tisch an das Wasserglas.

Das Lächeln der Kleinen, wie sie mit beiden Händen die Teigtasche fasste und hineinbiss, erfüllte Carla mit mehr Wärme als das prasselnde Kaminfeuer.

Francisco behielt recht, es gab vieles, wofür sie dankbar sein sollte. Es war eine Freude, ihr Patenkind zu verwöhnen. Und das wollte sie mit aller Kraft tun.

Francisco hob sein Glas. »Auf die Köchin und auf uns. Salud.«

»Salud«, gaben Carla, Blanca und Julián zurück.

»Die Teigtaschen sind wirklich köstlich.« Blanca leckte sich die Lippen.

»Das liegt an der Sobrasada.« Francisco zwinkerte Carla zu. »Ich habe bei der Schlachtung geholfen und ein wachsames Auge auf die Gewürze gehabt.«

»Ja? Welche waren es denn?«, neckte Carla ihn.

»Ähm ...«, stotterte Francisco. »Paprika, Salz, Pfeffer?«

»Das weiß ja jeder.« Julián lachte. »Dazu kommen die Geheimzutaten aus den Familienrezepten. Du bist aufgeflogen.«

Lachen erfüllte die Küche.

Carla räumte ab und stellte die Platten mit Fleisch, Gemüse und Kartoffeln auf den Tisch. Alle griffen herzhaft zu, und Blanca zerdrückte ein Kartoffelstück mit Bratensoße auf

Xiscas Teller. Unter Zuhilfenahme eines Fingers schob sich die Kleine etwas auf den Löffel und steckte ihn in den Mund. Ein zufriedenes Lächeln überzog ihr Gesicht. »Bueno.«

»Es freut mich, dass es dir schmeckt.«

Nach dem Hauptgang lehnte sich Francisco im Stuhl zurück und rieb sich mit der Hand den Bauch. »Meine Güte, bin ich satt. Cariño, du hast dich selbst übertroffen.«

Blanca lächelte. »Oh, ja. Vielen Dank. Jetzt bleibst mal du sitzen, Carla, ich räume ab und bringe die Kuchenteller.«

»Tarta!« Xisca klatschte ihre Hände lachend zusammen.

Carla lachte. »Ja, mein Sonnenschein. Deiner Mamá gelingt der Kuchen mittlerweile sogar.«

»Ich höre hier alles, vergiss das nicht.« Blanca stand mit dem Rücken zum Tisch und holte Kuchenteller aus dem Regal. »Das muss ich mir wohl für den Rest meines Lebens anhören. Dabei lag es an dem aufregenden Tag. Ich glaube, da wäre mir nichts gelungen.«

»Aber Schwesterchen, wenigstens hat sich der Aufwand gelohnt, und Xiscas Nabelbruch ist so gut verheilt, als hätte es ihn nie gegeben.« Francisco deutete auf seinen Bauch. »Wie bei mir.«

»Bei uns hat es auch ohne das Ritual funktioniert.« Julián zwinkerte Carla zu. »Wir hatten den Aberglauben nicht nötig.«

Carla lachte. Sie fühlte sich wohl in der Runde und beschloss, solche Essen häufiger zu veranstalten.

Blanca verteilte die bestückten Kuchenteller.

Carla kostete. »Absolut himmlisch.«

Auch Xisca leckte sich genussvoll die Creme von den Fingern.

Während Carla den Kaffee zubereitete, goss Francisco Brandy ein. »Gibt es bei euch was Neues?«

»Ja«, Julián nahm sein Glas, »es gibt eine Sache, die im Dorf umgeht. Die wollte ich beim Essen nicht ansprechen.«

Carla schenkte Kaffee in die bereitstehenden Tassen. »Na, du machst es ja spannend.«

»Jetzt bin ich aber auch neugierig.« Blanca strich Julián über den Rücken.

Gespannt setzte sich Carla an den Tisch.

»Nun rück schon raus«, bat Francisco.

»Ich weiß nicht, ob es stimmt, aber man erzählt sich, Leo sei verhaftet worden.«

»Was?« Carla fiel der Kaffeelöffel klirrend auf die Untertasse.

Francisco trank einen großen Schluck Brandy. »Ernsthaft?«

»Ja. Wir haben gestern Barhocker nach Palma geliefert. Der Kunde betreibt die Bar am Hafen. Er hat erzählt, dass die Polizei vor zwei Tagen im Morgengrauen einen Hafenarbeiter beim Entladen von Schmuggelware verhaftet hat.«

»Schmuggelware?«, fragte Carla tonlos.

Julián bejahte. »Ich fragte natürlich, ob man ihn kennt. Da fiel Leos Name.«

Ein Sturm tobte in Carla. Zwar hatte ihr Bruder viel Leid in der Familie angerichtet, und Carla trug ihm das noch immer nach. Aber Leo im Gefängnis? Das wäre sehr hart. »O mein Gott, denkt ihr, meine Mutter weiß schon davon? Ich muss gleich morgen zu ihr, bevor sie es von jemand anderem erfährt.«

Alba kam ihr in den Sinn. »Ist Alba nicht hochschwanger?« Leos Frau tat ihr unendlich leid. Wie schlimm, mit zwei

Kindern auf sich allein gestellt zu sein. Carla mochte sich das gar nicht vorstellen.

»Die arme Frau. Nicht nur die Schande, jetzt muss sie auch noch zusehen, wie sie ohne ihn über die Runden kommt.« Blanca zerstach den Kuchen auf ihrem Teller. »Wie lange kommt man wohl für Schmuggelei ins Gefängnis?«

Diese Frage stellte sich Carla ebenfalls. Was würde nun aus Alba und den Kindern werden?

11

Kuba, Jahreswechsel 1929/1930

Es sollte ein Silvesterabend werden, wie ihn Antonia noch nie erlebt hatte. So versprach es die Einladung von Joaquín Bacardí. Antonia hegte daran keinen Zweifel. Sie selbst hätte auf dieses dekadente Fest verzichten können. Sie hätte lieber im Kreise der Familie und engster Freunde gefeiert, doch Joaquíns Einladung konnten sie nicht ablehnen.

Neben der erlauchten kubanischen High Society würden auch viele feierwütige Amerikaner im Hotel *Inglaterra* den Jahreswechsel begehen. Obwohl die Vereinigten Staaten von Amerika auf dem Trockenen saßen, belastete das die oberen Zehntausend wenig. Antonia wusste von ihren Geschäftspartnern, wie viele Amerikaner einen eigenen Alkoholvorrat anlegten; heimlich natürlich. Man bestellte als Messwein deklarierten Wein, übergab ihn aber nicht, wie angegeben, als Spende der Kirche, sondern lagerte die Flaschen in den privaten Kellern. Den Schnaps bezogen sie von Schwarzbrennern. Im Grunde änderte sich wenig, mit Geld wussten diese Leute sich zu helfen. Nur öffentlich durfte man keinen Alkohol trinken. Keine Gartenpartys, keine Silvesterfeiern mit Champagner. Aber wozu gab es Havanna?

Antonia und Federico würden über Nacht im Hotel bleiben, um den Abend bis zur letzten Minute auszukosten und das neue Jahr mit einem ausgiebigen Frühstück gemeinsam zu begehen. So hatte es Joaquín vorgeschlagen, und Federico freute sich sehr, eine Nacht nur als Paar und nicht als Eltern verbringen zu können.

Nachdem die Tabakpreise im Herbst explodiert waren, hatten sie ihre Haushaltshilfe Luisa wieder einstellen können. Das war Federicos erste Überraschung für Antonia gewesen. Als Joaquíns Einladung kam, bestand Federico darauf, Antonia neu einzukleiden. Sie sollte ein schickes Abendkleid und passende Accessoires kaufen. Ihr Widerspruch verhallte ungehört. Dabei könnte sie das Kleid, das sie auf der Einweihungsfeier des Capitols getragen hatte, durchaus auch zum Jahreswechsel anziehen, nachdem es ihr wieder hervorragend passte. Doch Federico hatte nichts gelten lassen.

Und deshalb stand sie nun in einem smaragdgrünen, ärmellosen Abendkleid mit tiefem Rückenausschnitt in ihrem Schlafzimmer und fragte sich, ob diese neueste Mode nicht ein wenig zu freizügig war. Sie hatte im Laden noch ein schwarzes Bolerojäckchen erstanden, falls die Nacht kühl würde. Passende Pumps sowie eine schwarze Clutch besaß sie seit Jahren.

Federico betrat in seinem Smoking das Schlafzimmer. Er pfiff durch die Zähne. »Du wolltest tatsächlich das alte Kleid anziehen? Nicht, dass es mir nicht gefällt, aber in diesem wirst du die schönste Frau des Abends sein. Du wirst die Amerikaner um den Finger wickeln.«

»Ist es nicht zu vulgär?« Unsicher warf sie einen Blick in den Spiegel. Das Jäckchen bedeckte ihre Schultern, und sie musste zugeben, diese Robe stand ihr hervorragend. Der weich fließende Stoff umschmeichelte ihre immer noch schlanke Figur. »Ach was«, gab sie sich selbst die Antwort. »Auch wenn es so wäre, so passe ich in dem Fall gut zu meinem Mann, der schamlos durch die Zähne pfeift.«

Antonia griff lachend nach ihrer Handtasche.

Federico stimmte in ihr Lachen ein. »Du hast recht. Das war nicht sehr fein, aber wir stehen immerhin in unserem Schlafzimmer. Da ist das erlaubt.«

»So, so, ist es das?« Antonia hielt ihrem Mann in vollendeter Eleganz die Hand hin, er neigte leicht den Kopf, bot ihr seinen Arm an, und sie legte ihre Hand darauf. »So ist es schon besser.« Antonia amüsierte sich über die affektierte Geste, die sie provoziert hatte. »Und jetzt lass uns gehen, sonst kommen wir zu spät.«

»Wie die Dame wünscht«, ging er auf das kleine Spiel ein. »Der Wagen wartet bereits vor der Tür.«

Antonia warf einen letzten Blick auf die schlafenden Kinder. Valentina und Isabel teilten sich einen Raum, damit sie im angrenzenden Zimmer spielen konnten. Genauso wie David und Rodrigo. Im Nebenraum stand die große Eisenbahn, die David von Fernanda und Enrique geschenkt bekommen hatte. Irgendwann würden die Kinder ihre eigenen Zimmer wollen, doch solange es noch nicht so weit war, teilten sie sich die Schlafräume.

Luisa würde über Nacht bleiben. Ihr kleines Dienstzimmer lag auf derselben Etage.

Federico wartete am oberen Treppenabsatz auf Antonia.

»Sie schlummern bereits.«

Luisa kam gerade die Treppe nach oben. »Schlafen sie?«

»Ja. Vielen Dank, dass du hierbleibst. Ich weiß, es ist Silvester, ein Fest der Familie.«

Luisa sah Antonia offen an. »Ich bin Ihnen doch dankbar, wieder arbeiten zu können. Es waren harte Monate.«

Luisa lebte bei ihrer betagten Mutter, sie hatte nie geheiratet. Magdalena, ihre Mutter, würde an diesem Abend um einundzwanzig Uhr zu Bett gehen, wie sie es immer tat. Das behauptete zumindest Luisa, und Antonia war geneigt, ihr zu glauben.

Magdalena hatte viele Jahre im Haus der Guerreras gearbeitet und ihre Tätigkeiten nach einem festen Stundenplan erledigt. Warum sollte sie diese Gewohnheit in ihrem eigenen Zuhause nicht beibehalten?

»Wir sind dankbar, dich wieder bei uns zu haben.« Federico lächelte sie an. Antonia wusste, wie gerne er Luisa mochte. Er hatte das Mädchen aufwachsen sehen. Luisa hatte alle Tätigkeiten von ihrer Mutter gelernt, und die Stelle übernommen, als Magdalena sich zur Ruhe setzte. Ihre Arthrose ließ keine schweren Arbeiten zu. Antonias Kinder herumzutragen hatte Magdalenas Kräfte zum Schluss überfordert. Federico bedachte sie mit einer kleinen Rente, was Antonia sehr großzügig von ihm fand.

Die Reisetasche stand neben der Eingangstür. Ihr Mann nahm sie, verstaute sie im Kofferraum und öffnete Antonia die Beifahrertür. Sie stieg ein, achtete darauf, dass der weich fließende Stoff nicht in die Tür eingeklemmt wurde, und hob die Hand, um Federico zu signalisieren, er könne die Tür schließen.

Das *Inglaterra*-Hotel befand sich nur wenige Straßen entfernt, und sie hätte kein Problem gehabt, diese paar Schritte zu gehen, doch das galt als nicht standesgemäß. Am Eingang würde ein livrierter Angestellter den Wagen übernehmen und ihn am Parque Central parken. Da zur Einladung ein gemeinsames Neujahrsfrühstück gehörte, hätten Antonia und Federico ohne die Übernachtungseinladung am Morgen erneut vorfahren müssen.

Federico reihte sich in den Konvoi der ankommenden Gäste ein. An diesem Abend würde Antonia das dreistöckige Gebäude zum ersten Mal betreten. Die neoklassizistische Fassade wirkte wuchtig. Man erzählte sich, auf der obersten Etage befände sich eine große Café-Terrasse mit einer fantastischen Aussicht über die Altstadt. Die Buntglasfenster und die mit Gusseisengeländer versehenen Balkone beeindruckten auf den ersten Blick. Das Café *El Louvre* lag im Erdgeschoss. Dort trafen sich Menschen jeglichen Alters. Antonia wusste um die Geschichte des Cafés, wo sich junge Kreolen gegen die spanische Kolonialmacht gewehrt hatten, als die Spanier ihnen das Tanzen im Café verbieten wollten. Es hatte viele Tote bei diesem Aufstand gegeben.

Warum das Hotel England hieß, obwohl es im typisch hispanischen Kolonialstil erbaut war, blieb Antonia ebenso ein Rätsel wie der Umstand, dass das Café den Namen eines Museums in Paris trug. Vielleicht ein Tribut an die Alte Welt, und um zu zeigen, dass man sie in der Ferne nicht vergessen hatte.

Federico stieg aus, drückte dem Angestellten den Schlüssel sowie ein Trinkgeld in die Hand und bat ihn, das Übernachtungsgepäck auf ihr Zimmer bringen zu lassen. Anschließend half er Antonia aus dem Wagen, wie es sich standesgemäß gehörte. Der Gedanke, wie sie in Hosen auf den Tabakfeldern arbeitete, ließ sie lächeln. Die Unterschiede zwischen diesen Welten hätten größer nicht sein können.

An Federicos Arm betrat sie das Hotel. Das Interieur stand in krassem Gegensatz zur Fassade. Der maurische Stil zeigte sich in den mit arabischen Motiven verzierten Holzdecken und den beeindruckenden geschnitzten Zierbögen, die selbst durch die tief stehende Sonne noch für einen lichtdurchfluteten Raum sorgten. Die für Sevilla so typischen bunten Fliesen zierten mannshoch die Wände im Zusammenspiel mit den kunstvollen valencianischen Mosaikarbeiten in Grün- und Blautönen. Stuckelemente an den Decken in zartem Vanillegelb harmonierten perfekt mit dem dunklen Holz der Deckenintarsien.

Häppchen und Champagner standen auf den mit Mosaikarbeiten versehenen Stehtischen bereit. Leise Hintergrundmusik untermalte die fröhliche Plauderei der bereits anwesenden Gäste. Die Damen trugen farbenfrohe Roben. Die Herren Smoking. Eine edle Runde, und Antonia fühlte sich fehl am Platz.

»Ein prachtvoller Raum«, flüsterte ihr Federico ins Ohr. »Ah, da ist Joaquín.« Federico ging mit Antonia am Arm auf ihren Gastgeber zu, der zwischen den mit weißem Damast gedeckten Tischen stand und ihnen zuwinkte.

»Da seid ihr ja!« Joaquín lachte, winkte einem Kellner und ließ Champagner servieren. »Dort ist euer Tisch.« Er zeigte auf einen runden Tisch, der für zwölf Gäste eingedeckt war: Kristallgläser, feinstes Porzellan und Silberbesteck. In der Mitte thronte ein üppiges Gebinde aus weißen Rosen.

Der Raum erinnerte Antonia an das erste Abendessen mit Federico. Da hatte er sie in eines der besten Restaurants der Stadt eingeladen und ihr noch am selben Abend einen Heiratsantrag gemacht.

»Ihr sitzt bei mir.« Joaquín breitete die Arme aus. »Und? Wie gefällt es euch?« Dabei musterte er Antonia. »Deine Frau sieht wunderschön aus«, wandte er sich an Federico. »Sie kann tragen, was sie will.« Er zwinkerte ihr zu, und Antonia wusste, dass er auf den Abend anspielte, als sie in Arbeitskleidung von der Plantage gekommen war und sie unerwartet aufeinandergetroffen waren. »Nach dem Essen gehen wir hoch auf die Dachterrasse. Ich habe noch eine Überraschung vorbereitet. Aber genießt erst die Cocktailstunde.«

Antonia hörte überall Amerikaner reden. Im Laufe der Jahre hatte sie leidlich Englisch sprechen gelernt. Je nach Region verstand sie es besser oder schlechter. So mancher Zungenschlag blieb ihr aber unverständlich, so sehr sie sich auch bemühte.

Sie hoffte darauf, wenigstens die Gäste an ihrem Tisch zu verstehen, sonst würde es peinlich für sie werden.

»Es war ein gutes Jahr.« Federico hob sein Glas an. »Und das verdanke ich dir.«

Joaquín lächelte. »Mein Freund, deinen Erfolg hast du schon selbst erarbeitet.«

Stolz durchflutete Antonia, als sie die beiden Männer nebeneinander stehen sah. Noch vor wenigen Monaten waren sie Fremde gewesen, nun waren sie nicht nur Geschäftspartner, sondern Freunde geworden. Joaquín Bacardí hatte ihnen viele Türen geöffnet, aber in einem hatte er recht, Federico war allein hindurchgegangen, und er hatte in der Vergangenheit eine Menge an richtigen Entscheidungen getroffen. Oft entgegen der Meinung von Experten.

Selbst die große Depression nach dem weltweiten Börsencrash im vergangenen Oktober hatte ihnen nicht viel anhaben können. Die Zigarrenproduktion lief hervorragend. Die Qualität hob sich deutlich von anderen Zigarren ab, was ihnen weiterhin gute Aufträge bescherte.

Im Gegensatz zum Zuckermarkt. Der war völlig eingebrochen, was den Zuckerrohrbauern schlaflose Nächte bereitete. Ihnen ging es so schlecht wie den Zigarrenfabrikanten, die durch den American Trust große Verluste erlitten hatten.

Antonia fühlte sich gesegnet und reich beschenkt.

Pünktlich um zwanzig Uhr bat José M. Bosch y Lamarque zu Tisch. Bosch gehörte wie Enrique Schueg zur Firmenleitung der Bacardís, und gemeinsam gab die Firma dieses Fest. »Ich möchte Sie gar nicht langweilen. Bitte finden Sie sich an Ihren Plätzen ein, der erste Gang wird bald serviert. Nach dem Essen begeben wir uns auf die Dachterrasse, um den herrlichen Blick über unser Havanna mit einem Champagnercocktail für die Damen und einem Rum für die Herren zu genießen. Die Zigarren stammten aus der Manufaktur von Federico Guerrera. Sie sollten seine *Cleopatra* inzwischen kennen, wenn nicht, dürfen Sie die heutige Gelegenheit nicht verpassen.« Er sah sich suchend um. »Stehen Sie auf, Don Guerrera.«

Antonia gab ihrem Mann einen kleinen Stoß in die Seite. Er stand auf und verharrte kurz, bevor er sich wieder setzte. Nun kannte ihn jeder der hier Anwesenden. Dieser Umstand versprach weitere Umsätze. »Besten Dank«, wandte er sich an Joaquín.

»Wie ich schon sagte, deine Zigarrenkunst überzeugt. Ich bin daran völlig unbeteiligt.«

Antonia betrachtete ihr Gegenüber. So ganz glaubte sie ihm diesen Umstand nicht. Ihre *Cleopatra* besaß eine ausgezeichnete Qualität, dennoch gab es auch andere Zigarren, deren Geschmack überzeugte.

Der erste Gang wurde serviert, was Antonia auf andere Gedanken brachte: eine kubanische Sopa de Pescado.

Als Antonia das erste Mal von einer Fischsuppe hörte, konnte sie sich nicht vorstellen, wie das munden sollte. Sie war eines Besseren belehrt worden.

Der Mann links von ihr schnupperte und zog verwundert die Augenbrauen nach oben. »Fisch in der Suppe?«

Antonia lachte. »Ja, und es schmeckt hervorragend. Kosten Sie, und Sie werden es selbst erleben.«

»Wenn Sie es sagen.« Mit skeptischer Miene nahm er den Suppenlöffel auf, tauchte ihn in die cremig orangefarbene Brühe, und füllte ihn zusammen mit einem Blatt Koriander. Bevor er den Löffel zum Mund führte, warf er Antonia nochmals einen fragenden Blick zu.

Antonia schätzte den Mann in Federicos Alter. Er musste von der Ostküste stammen, sollte sie seinen amerikanischen Akzent während des kurzen Wortwechsels richtig eingeordnet haben.

Das bereits schüttere Haar ergraut, den Wohlstandsbauch in edlem Zwirn, hätte er der Inhaber einer Bierbrauerei sein können. Er schob sich den Löffel in den Mund. An dem freudig überraschten Gesichtsausdruck erkannte Antonia, wie schnell die kreolische Küche einen neuen Liebhaber gefunden hatte.

Er legte das Besteck ab. »Köstlich. Sie hatten vollkommen recht, Señora ...«

»Delgado, Antonia Delgado Ramis.« Sie hielt ihm die Hand hin, er hauchte einen Kuss auf ihren Handrücken und lächelte sie an.

»William Cunningham, aus Chicago.«

Wie Antonia vermutet hatte, kam der Mann von der Ostküste.

»Wir beziehen unseren Rum über die Bacardís. Köstliche Tropfen kann ich nur sagen.«

Antonia stach mit dem Löffel ein Stück von dem Goldbrassenfilet ab, tauchte tiefer in die Suppe, um beide Komponenten auf einmal schmecken zu können.

»Auf Kuba weiß man zu leben.«

»Sie meinen, man weiß auf Kuba zu feiern, richtig?«

William Cunningham lachte. »Sie haben mich durchschaut.« Er aß ebenfalls weiter.

Die Mischung aus Süßkartoffel- und Kürbissuppe zusammen mit dem Fischfond mit Weißwein, Kümmel und Koriander schmeckte vorzüglich. Antonias Freundin Magdalena hatte damals diese Suppe zubereitet und ihr das Rezept gegeben. Seither gab es sie regelmäßig in ihrem Zuhause.

Cunningham sah Antonia an. Offensichtlich wollte er das Gespräch wiederaufnehmen. »Die Prohibitionszeit wird bald vorüber sein.«

»Das will ich schwer hoffen«, tönte es von gegenüber. »Verzeihen Sie, ich wollte mich nicht in Ihre Unterhaltung einmischen. Aber als Weingutbesitzer ist es zur Zeit nicht einfach.«

Antonias Herz schlug schneller. »Sie besitzen ein Weingut?«

»In Kalifornien.«

»Ach, und ich dachte schon, Sie bauen hier Wein an.« Antonia löffelte ihre Suppe leer.

»Mr. Fitzgerald, richtig?«, mischte sich Federico ins Gespräch ein. »Sie müssen wissen, meine Frau kommt aus einer Winzerfamilie, sie hat aus Spanien sogar ein paar Weinstöcke mit auf die Insel gebracht, und sie gibt auch bei den widrigen Umständen den Gedanken an den Weinanbau nicht auf.«

»Oh, wie interessant.« Fitzgerald beendete ebenfalls die Vorspeise und sah wieder auf. »Wissen Sie, wir haben hervorragende Weine und dürfen sie seit vielen Jahren nicht mehr an die Einwohner verkaufen.«

Antonia hatte bisher über diese Problematik nie nachgedacht. »Und was machen Sie mit dem Wein?«

Cunningham lachte. »Wir finden schon einen Weg, nicht wahr, Peter?«

»Wohl wahr. Ich deklariere ihn als Messwein. Zum Teil ist das auch richtig, die großen Mengen gehen an die Kirche, zu einem lausigen Preis, versteht sich. Ein Teil der Lieferung nach Chicago ist dann für Mr. Cunningham bestimmt, bevor er die Weinlieferung bei den Kirchen ausfahren lässt.«

Antonia fragte sich, ob es nicht auffiel, wenn ganze Fässer fehlten. Andererseits, wer überprüfte das? Die Bücher mussten stimmen. Mehr nicht. Ein geschickter Schachzug. Vor allem die Sache mit dem Wein für die Kirchen.

Die erste Hauptspeise wurde serviert. Lobster à la Vizcaína, einer Paprikasoße aus dem Baskenland. Auf Kuba verschmolzen die unterschiedlichen Küchen, genau wie die Menschen: Kreolen, Spanier und Afrikaner. Entsprechend gab es einen bunten Mix aus Speisen, wie das im Anschluss servierte Spanferkel, das Traditionsgericht zu Silvester.

Antonia behielt den Kalifornier im Auge, sie wollte im Verlauf des Abends mit ihm über seinen Wein sprechen. Vielleicht konnte man ihn nach Kuba importieren. Es gab so wenige gute Weine auf der Insel. Die amerikanischen Damen tranken zwar gerne einen Cocktail, waren aber einem Glas Wein ebenso wenig abgeneigt. Diesen Punkt wollte sie mit Federico besprechen. Man könnte den Wein in seinen Geschäften in der Stadt anbieten.

Das wäre ein erster möglicher Schritt ins Weingeschäft. Vielleicht könnten sie auch einige Pflanzen aus Kalifornien importieren, und sie mit ihren mallorquinischen kreuzen. Ein reizvoller Gedanke, während sie mit Appetit das servierte Spanferkel mit Salat verputzte.

Peter Fitzgerald sah interessiert in die Runde. »Wie verlief denn für Sie bisher die Weltausstellung in Barcelona?«

Joaquín lächelte. »Mit unserem Hatuey und unseren Rumsorten haben wir gute Umsätze erzielt und die Marke festigen können.« Er trank einen Schluck Wein. »Aber wir haben unsere Fabrik vor Ort, mussten also nicht anreisen, was es leichter machte.« Er wandte sich an Federico. »Für euch ist es bis jetzt auch ganz gut gelaufen, oder?«

Antonias Mann stimmte ihm zu. »Da wir bei euch mit ausstellen können, hatten wir nur die geringen Lieferkosten, und so hat es sich für uns gelohnt. Unsere Zigarren sind nun auch in Europa bekannt geworden. Die ersten Bestellungen wurden bereits ausgeliefert.«

Die Weltausstellung lief noch bis Mitte Januar. Antonia wäre gerne persönlich hingefahren, natürlich mit einem Abstecher nach Mallorca, um ihre Familie endlich wiederzusehen. In der jetzigen Situation ein unmögliches Unterfangen.

Wie sollte sie reisen? Mit vier Kindern? Ihren Nachwuchs für mehrere Wochen bei Luisa zu lassen, brachte Antonia nicht über sich. Auch konnte Federico nicht für längere Zeit in der Fabrik fehlen, obwohl Raymundo vor Ort gute Arbeit leistete. Diese Verantwortung konnte Federico dem jungen Mann nicht aufbürden. Zu oft mussten schwerwiegende Entscheidungen getroffen werden. Dies einem Mitarbeiter zu übertragen, war schlicht unmöglich.

Bei diesem Gedanken fiel ihr ein, wie lange ihr letztes Treffen mit ihrer Freundin Magdalena zurücklag. Höchste Zeit, das zu ändern. Gleich morgen würde sie sich mit ihr verabreden. Nur weil sie die vergangenen Wochen so viel zu tun gehabt hatte, wollte sie diese Freundschaft keinesfalls weiterhin so sträflich vernachlässigen. Dafür waren ihr Magdalena und deren Familie zu wichtig.

Antonia lenkte ihre Aufmerksamkeit wieder auf die Gespräche am Tisch. Der Hauptgang war abgetragen, und die Kellner brachten den Nachtisch. Eine Komposition aus Guave-Käse-Flan und flambierten Bananen zierte das edle Porzellan. Obwohl Antonia sich bereits satt fühlte, lief ihr beim Duft der warmen Bananen das Wasser im Mund zusammen.

Sie nahm den Löffel und aß mit Genuss, während sie den Erzählungen von Peter Fitzgerald lauschte.

»Einer unserer Weine hat sogar einen Preis gewonnen. Er lag damit vor den französischen Weinen, was den Weingutbesitzern aus Frankreich überhaupt nicht gefiel. Diese Niederlage war für sie ein Affront.« Der attraktive Mann mit dem vollen blonden Haar grinste breit.

Antonia sah ihm die Freude über diese Auszeichnung an.

»Es folgten viele Bestellungen, doch keine aus Frankreich.«
Er zuckte die Schultern. »Die Franzosen lassen außer ihren
eigenen Weinen keine anderen gelten.«

»Das war früher schon so«, wandte Antonia ein. »Aber als
die Reblaus ihre Pflanzen zerstörte, haben sie den mallorquinischen Wein gerne genommen. Nachdem sie wieder eigenen
Wein herstellen konnten, war ihnen unser Inselwein nicht
mehr gut genug.« Antonia verschwieg, wie schlecht manche
Inselweine in ihrer Qualität in Wahrheit gewesen waren. Viele Weinbauern hatten diesen Wein trotzdem verkaufen können, weil es in Europa bei der damals herrschenden Nachfrage kaum Alternativen gegeben hatte. Diese Profitgier hatte
ihr Vater nie verfolgt. Er hatte schon immer Wert auf Qualität gelegt, und dennoch hatten sie die Weinfelder nicht halten können.

»Auf Mallorca wird Qualitätswein hergestellt?« Peter Fitzgerald sah sie interessiert an.

»Früher, ja.« Antonia legte ihren Löffel beiseite, um sich
auf diesen Kalifornier zu konzentrieren. »Wir hatten Wein
von hervorragender Qualität, aber wie Sie schon so treffend
sagten, die Franzosen lieben ihren eigenen und lassen andere Trauben nicht zu. Auch Deutschland produziert selbst. Die
süddeutschen Weine sind sehr gut. Da geriet Mallorca schnell
ins Hintertreffen. Wozu einen teuren Import in Kauf nehmen,
wenn im Land hergestellt wird? Die Deutschen mögen die
leichten Weine, die mallorquinischen sind gehaltvoller, kräftiger und auch erdiger im Geschmack.«

Fitzgeralds Augen leuchteten. »Eine echte Weinkennerin.
Respekt! Wir sollten uns nachher weiterunterhalten. Sie wollen hier Wein anbauen?«

»Ich hatte es vor und dazu einige Stöcke aus Mallorca mitgebracht. Das Schicksal wollte es jedoch anders.« Antonia dachte mit Wehmut an das brachliegende Weinfeld.

Der Kalifornier lachte. »Mal sehen, ob wir dem Schicksal nicht ein wenig auf die Sprünge helfen können.«

Antonia wusste nicht, wie er das meinte, aber sie würde dafür sorgen, es noch an diesem Abend zu erfahren.

William Cunningham hörte schweigend zu und widmete sich den Leckereien, seine Frau tat es ihm gleich. Auch das Paar neben Federico hielt sich bei dem Gespräch zurück. Wurde sie als ehemalige Weinbäuerin immer noch verachtet?

Antonia straffte die Schultern. In diesem Kleid stand sie den Frauen am Tisch in nichts nach. Ehrliche Arbeit hatte noch niemandem geschadet, auch wenn die meisten Damen das anders sahen. Sie gingen lieber hübsch und hungrig ins Bett, als etwas an ihrer Situation zu ändern. Dafür war der Ehemann zuständig. Viele Fabrikanten hatten während des letzten Jahres ihre Fabriken verloren. Das betraf die Zuckerbarone wie die Tabakindustriellen. Dennoch rümpfte die verarmte Oberschicht über die arbeitende Bevölkerung die Nase – bevor sie zurückkehrte in die alte Heimat, weil die Familie auf Kuba keine Lebensgrundlage mehr besaß.

»Ich habe vor meiner Auswanderung hierher mein Leben lang auf den Weinfeldern meiner Eltern gearbeitet. Und ja, ich würde behaupten, ich kenne mich sehr gut mit dem Weinanbau aus.« Antonia suchte in den Gesichtern der am Tisch sitzenden Gäste nach einer Reaktion. Keiner schien sie dafür zu verurteilen. Eine erfrischende Überraschung, wie eine kühle Meeresbrise an einem heißen Tag. Sie hob ihr Weinglas. »Auf guten Wein, wie diesen hier!«

Die anderen erhoben ebenfalls ihre Gläser und prosteten sich zu. Peter Fitzgerald leerte sein Glas, stellte es ab und gab dem Kellner ein Zeichen zum Nachfüllen. »Eine Frau mit Geschmack. Dieser Wein ist von unserem Weingut.«

Die Tischrunde grinste.

»Meine Frau beweist immer einen guten Geschmack, wenn man sich ansieht, wen sie geheiratet hat.« Federico lachte. »Ich hatte großes Glück mit ihrer Wahl.«

»Das würde ich aber auch sagen«, mischte sich Joaquín ein. »Wenn sie eine hier lebende Schwester hätte, würde ich Sie bitten, mich vorzustellen.«

Das Lachen schwoll an wie eine sich aufbauende Welle. Ab diesem Zeitpunkt amüsierten sich alle am Tisch, und man ging zum vertraulichen Du und den Vornamen über.

Federico und Antonia wechselten einen Blick. Sie verstand seine stumme Frage. Er wollte wissen, ob sie ernsthaft an eine Zusammenarbeit mit Fitzgerald dachte. Ihr Mann wusste, wie sehr sie sich wünschte, endlich das Weinfeld bestellen zu können.

Antonia nickte.

Ihr Mann strich ihr zart über den Unterarm. »Dann soll es so sein.«

Die Gesellschaft erhob sich. Es ging auf dreiundzwanzig Uhr zu, und man bat alle Gäste auf die Dachterrasse des Hotels, um den Ausblick über die Stadt bei einem Cocktail zu genießen, bevor pünktlich zum Jahreswechsel Champagner gereicht wurde.

Der Blick über das nächtliche Havanna begeisterte Antonia. Unmittelbar vor ihnen zeichnete sich einer der vier prächtigen Türme, der an einen Gartenpavillon erinnerte, und auf dessen Kuppeldach eine Engelsstatue thronte, wie ein Gemälde vor dem hell scheinenden Vollmond ab.

Das Gran Teatro beeindruckte bereits vom Parque Central aus durch seine edle Fassade und die prächtigen Figuren. Doch von oben verstärkte sich der Eindruck noch. Es schien, als würde der Engel jeden Moment in den Himmel aufsteigen.

Aus dieser Höhe sah man sogar das vom Mond beschienene, silbern glitzernde Meer. Antonia lehnte sich an ihren Mann und seufzte. Er zog sie an sich. In dieser perfekten Harmonie überkam sie die Angst, ihr Glück könnte vergänglich sein. Schnell schob sie den Gedanken beiseite.

»Störe ich?«

Antonia drehte sich um. Vor ihr stand Peter Fitzgerald. »Nein, ich habe nur den wundervollen Ausblick genossen.«

Peter lachte. »Ja, von hier aus kann sogar ich mich in dieser Stadt problemlos orientieren.« Er zeigte auf das Capitol. »Mit solchen Eckpunkten finde ich mich zurecht, doch in den kleinen Gassen verliere ich mich regelmäßig.«

Federico stimmte zu. »Mit der Zeit bergen die Gässchen nicht mehr so viele Geheimnisse.«

»Das glaube ich gerne. Dürfte ich mir euer Land ansehen?«

»Natürlich.« Antonia löste sich aus der schützenden Umarmung ihres Mannes. Sie konnte für sich selbst einstehen. »Aber du darfst mir auch glauben, dass dieses Stück Land bestes Weinland ist. Auf der ganzen Insel gibt es keine bessere Region.«

»Wann können wir losfahren?«

Federico lächelte. »Sobald wir morgen ausgeschlafen haben«, schlug er vor.

»Ich bin bis Mitte Januar hier, so eilig ist es also nicht.«
Peter wies zur Bar. »Was haltet ihr von einem Daiquiri?«

Auf der großzügigen Dachterrasse standen kleine Grüppchen zusammen und plauderten. Ein Geschäftspartner von Federico trat auf sie zu. »Bald ist das Jahr Geschichte.«

»Ach, Carlos, wer weiß, was das neue Jahr bringen wird.« Federico prostete ihm und Antonia zu.

»Wir werden große Probleme bekommen. Machado ist außer Kontrolle. Oder glaubt ihr wirklich, er hat sich als einziger Kandidat zur Präsidentschaft gestellt?« Carlos Quesada trank einen kräftigen Schluck seines Daiquiris. »Der hat vielmehr dafür gesorgt, dass sich kein anderer mehr getraut hat.«

Antonia hatte sich darüber auch schon Gedanken gemacht. Die Verschwendungssucht und die harte Hand, mit der Gerardo Machado das Land regierte, ließen das Volk unruhig werden. Immer wieder erzählte man sich, wie Menschen verschwanden und nicht mehr auftauchten. Zu Beginn hatte Antonia diese Geschichten, von denen ihr Magdalena im vergangenen Oktober berichtet hatte, als Tratsch abgetan. Aber unter den Arbeitern kursierten viele unterschiedliche Gerüchte. Wo Rauch aufstieg, gab es in der Regel auch Feuer.

Federico antwortete mit Bedacht. »Wer kann das schon sagen. So ein Land zu regieren und dabei die Gunst der Amerikaner nicht zu verlieren ist kein leichtes Unterfangen.«

Antonia unterdrückte einen Widerspruch. Federico wollte sich nicht in die Politik einmischen, also blieb er diplomatisch und neutral in seinen Aussagen, obwohl er Machado ebenfalls nicht schätzte. Der Mann war ein Opportunist und ein guter Redner, doch vor allem war der Präsident eine Marionette der Amerikaner.

Machado goutierte immer noch die American Fruit Company, obwohl sie die Zuckerpreise auf Kuba zerstörte und die Arbeiter in einer modernen Sklaverei ausbeutete. Nach dem Massaker der Regierung in Guatemala, die den Arbeiterstreik blutig niedergeschlagen hatte, um die American Fruit Company im Land zu behalten, wagte niemand auf Kuba einen weiteren Versuch, die Arbeitsbedingungen zu verbessern. Im Gegenteil: Machado förderte die Zusammenarbeit und ließ sich dafür fürstlich bezahlen, während die Bevölkerung hungerte.

In Antonias Herz regte sich in solchen Fällen Widerstand. Dennoch verstand sie ihren Mann gut. Er konnte nichts weiter tun, als wenigstens seine Arbeiter anständig zu behandeln und zu entlohnen. Und das tat er.

Joaquín mischte sich in das Gespräch. »Ihr wollt die Damen doch nicht mit Politik langweilen.«

Antonia presste die Lippen aufeinander, damit ihr nicht trotzdem ein unbedachter Spruch herausrutschte.

»Besser, wir versorgen uns mit Champagner!« Der Gastgeber winkte einen Kellner herbei, der ein Tablett mit gefüllten Champagnergläsern in perfekter Eleganz balancierte.

»Bitte«, forderte Joaquín die Anwesenden zum Zugreifen auf. »Es ist gleich zwölf Uhr. Warten wir die Kirchenglocken ab. Und dann sollten alle zum Himmel sehen.«

Antonia sah verwundert zu ihrem Mann. Der zuckte die Schultern. Aus der Ferne erklangen die Glockenschläge zur vollen Stunde. Die Gäste riefen durcheinander. »Feliz Año Nuevo«, wünschten die Spanier. »Happy New Year«, schallte es aus den Kehlen der Amerikaner.

Antonia blendete die anderen aus und konzentrierte sich auf ihren Mann. Sie stießen leicht die Gläser gegeneinander. »Feliz Año Nuevo, Cariño. Du machst mich jeden Tag zum glücklichsten Menschen der Erde.«

Antonia sank in seine Arme. »Und du mich. Feliz Año Nuevo. Te amo.« Ihre Lippen fanden sich in einem Kuss, obwohl das in der Öffentlichkeit als unziemlich galt.

Beiden war es gleichgültig.

Sie gaben nichts auf das Gerede der Menschen. Das hatten sie noch nie getan. Auch dafür liebte Antonia ihren Mann. Kaum lösten sie sich voneinander, schweiften ihre Gedanken zu ihrer Familie nach Mallorca. Wie sie dort wohl ins neue Jahr feierten? Alle zusammen? Auf dem Dorfplatz?

Lautes Knallen zerriss die nächtliche Stille.

Augenblicklich erhellte sich der Himmel. Grüne, weiße und rote Blumen funkelten wie auf einer nachtschwarzen Wiese über ihnen, um Sekunden darauf im Nichts zu verglühen und nur eine rauchweiße Erinnerung ihrer Pracht zu hinterlassen. Antonia hatte noch nie ein Feuerwerk gesehen. Unzählige Raketen erleuchteten den Himmel und tauchten die Dächer des Gran Teatros und des Capitols in smaragdgrüne, blutrote und sonnengelbe Farben. Es war ein faszinierendes Spektakel, das die Barcardís ihren Gästen und den Einwohnern von Havanna boten.

»Atemberaubend«, flüsterte Antonia, und Federico zog sie dichter an sich. Auch in seinen Augen spiegelte sich die Begeisterung über dieses außergewöhnliche Ereignis. An diesen Start ins neue Jahr wollte sie sich auf immer erinnern. Ihm wohnte ein besonderer Zauber inne.

Am Neujahrsmorgen verließen Antonia und Federico das Hotel *Inglaterra* nach einem üppigen Frühstück mit ihren neuen Bekannten. Mit Peter Fitzgerald verblieb sie, in der kommenden Woche zu ihrem Weinfeld zu fahren, damit er Bodenproben nehmen konnte.

Etwas übernächtigt fuhr Federico sie nach Hause. »Ein denkwürdiges Silvester, das muss man zugeben.«

Antonia sah ihren Mann an. »Ich habe noch nie ein Feuerwerk gesehen und dann gleich so prachtvoll.«

»Ich meinte nicht nur das Feuerwerk, sondern auch wie du Fitzgerald dazu bewegt hast, sich dein Feld anzusehen.« Federico stellte den Wagen vor dem Haus ab. »Es wäre wundervoll, wenn er sich für dein Weinfeld interessiert. Stell dir nur die Zusammenarbeit mit jemandem vor, der preisgekrönte Weine produziert.«

Der Gedanke daran ließ Antonias Herz schneller schlagen. Das wäre zu schön. Solange aber nichts beschlossen war, verbot sich Antonia die Freude über diese Bekanntschaft.

Federico öffnete die Haustür.

Stimmengemurmel drang aus der Küche. Offensichtlich war Luisa mit den Kindern beim Frühstück.

Antonia ging hinein. »Feliz Año Nuevo!« Erstaunt entdeckte sie Magdalena an ihrem Küchentisch. Luisa saß ihrer Freundin gegenüber, und von den Kindern fehlte jede Spur. »Was für eine freudige Überraschung! Wo sind denn die Kinder?«

»Sie spielen oben im Zimmer der Jungs.« Luisa stand auf. »Kaffee?«

»Ich hatte schon, danke.«

»Feliz Año Nuevo!« Magdalena gab die Neujahrswünsche zurück. Nicht nur in ihrer Stimme lag Besorgnis. Antonia konnte die Sorge in ihrem Gesicht lesen wie in einem Artikel der Tageszeitung. »Was bedrückt dich?«

Luisa wünschte Federico und Antonia ebenfalls ein glückliches neues Jahr und verabschiedete sich zu den Kindern.

»Es geht um Raymundo. Es tut mir leid, euch an diesem Tag zu überfallen, aber meine Sorge wächst von Tag zu Tag.« Sie trank einen Schluck Kaffee. »Eigentlich sogar stündlich.«

Antonia zog ihre Bolero-Jacke aus und warf sie über die Stuhllehne. »Was ist passiert?«

Federico setzte sich an den Tisch. »Das wüsste ich auch gerne.«

»Er treibt sich zu viel mit den Studenten herum. Die proben den Aufstand, und es ist bekannt, wie Machado gegen alle vorgeht, die nicht für ihn sind.« Magdalena sah so grau im Gesicht aus, als würde sie jede Minute umkippen.

»Eine Sekunde.« Antonia stand auf, ging in die Bibliothek und holte den Rum. Ihre Freundin konnte einen kräftigen Schluck in ihrem Kaffee vertragen.

Zurück in der Küche stellte sie die Flasche auf den Tisch. »Bedien dich.« Sie rückte sich den Stuhl zurecht und setzte sich dazu.

Magdalena nahm die Flasche und drehte den Verschluss auf. »Ich weiß gar nicht, wo ich anfangen soll.« Sie goss sich einen Schuss in die Tasse. »Seit der Wiederwahl von Machado schwelt es in der Bevölkerung. Journalisten, die gegen ihn schreiben, verschwinden spurlos.«

Antonia hörte nicht zum ersten Mal davon. Auch Federico stimmte zu.

»Die Intellektuellen verteilen Flugblätter und stiften damit die Studenten an. Raymundo ist irgendwie in eine solche Gruppe hineingeraten.«

»Er hat aber doch gar nicht studiert«, kommentierte Federico.

»Eben. Weil er es als Schwarzer nicht durfte, also probt er den Aufstand, obwohl er bei euch alles hat. Er fühlt sich solidarisch mit all seinen Freunden aus dem Dorf, die nicht so viel Glück haben.« Magdalena strich sich eine lose Strähne hinter das Ohr. »Gestern ist sein bester Freund verschwunden. Er war auf dem Weg nach Hause, ist dort aber nie angekommen.«

Antonia schlug sich die Hand vor den Mund. »Ihr denkt, er sei verschleppt worden?«

»Verlaufen hat er sich jedenfalls nicht«, kommentierte Magdalena trocken. »Tut mir leid. Euch trifft keine Schuld. Raymundo war ebenfalls auf dem Treffen, von dem sein Freund kam. Nur ist Raymundo ohne Umweg in den Zug nach Havanna gestiegen. Wenn man ihn dort gesehen hat, steht er auf der Liste.«

Federico räusperte sich. »Wir sollen ihm nun den Kopf waschen?«

Antonia sah fragend von Magdalena zu Federico. Vielleicht würde er auf sie hören und sich aus dieser Widerstandsgruppe zurückziehen. Vielleicht aber auch nicht. Raymundo war erwachsen, er traf seine eigenen Entscheidungen.

»Das würde möglicherweise helfen.« Magdalena sackte förmlich in sich zusammen.

Antonia konnte ihre Sorge verstehen. Ihr hatte Gerardo Machado schon bei ihrer ersten Begegnung eine Gänsehaut beschert. Sie glaubte, was man sich von ihm erzählte. Besonders der Fall des Journalisten Armando André ließ kaum einen Zweifel offen, wer für sein Verschwinden damals nach dem Erscheinen des Zeitungsartikels verantwortlich war. Machado hatte es nicht ertragen, vor Jahren von André bloßgestellt worden zu sein. Er hatte Machado nicht nur beschuldigt, eine bankrotte Straßenbaufirma aufgekauft zu haben, sondern auch an diese den Auftrag zum Bau der Carretera Central vergeben zu haben, die Havanna mit Santa Fe verband. Ein Projekt von gigantischem Umfang. Ihr östliches Ende sollte in Baracoa sein. Damit schuf die Schnellstraße eine Verbindung aller Städte von Ost bis West. Der Profit daraus war eine Sache, die Vervielfältigung des Aktienwerts eine andere. Machado wirtschaftete kräftig in die eigene Tasche und galt inzwischen als reichster Mann Kubas. Und das, obwohl er aus sehr bescheidenen Verhältnissen stammte.

Schon Jahre vor seinem Verschwinden schrieb der Inhaber der Zeitung *El Día* gegen den Präsidenten. Machado selbst nahm junge Männer mit in den Palast, um sich zu vergnügen. Das prangerte er an. Ebenso brüskierte André die Tochter des Präsidenten als lesbisch. Diese Schlagzeile sorgte für helle Aufregung. Eine solche Neigung war einer Präsidentenfamilie unwürdig. Weiterhin warf André Machado Heuchelei vor, da er gegen Prostituierte vorging, aber selbst ein ausschweifendes Leben auf Kosten des Landvolks führte. Er hatte nicht ein einziges Wahlversprechen gehalten. Den kubanischen Einwohnern ging es von Jahr zu Jahr schlechter.

Wer vor fünf Jahren den Auftrag für die Ermordung von André gegeben hatte, war ein offenes Geheimnis: Es war eine öffentliche Warnung an die Opposition. Machado warnte nicht nur. Nicht damals und nicht in diesen Tagen, wo der Aufstand der einfachen Bevölkerung weiter anwuchs.

Magdalenas Sorge war mehr als berechtigt. Antonia überlegte, was sie tun könnten. Bloß ein Gespräch zu führen erschien ihr wenig zielführend. »Wir sollten ihn auf die Tabakfelder im Westen schicken, bis sich die Lage beruhigt, und ihn damit aus der akuten Schusslinie nehmen.«

Sie sah ihren Mann an. »Es lässt sich doch sicherlich für einige Wochen Arbeit finden, die ihn von seinen Freunden fernhält. Was denkst du?«

Federico brummte.

Die Erleichterung auf Magdalenas Gesicht verriet Antonia, dass genau das ihrer Freundin vorgeschwebt hatte. Raymundo sollte Havanna verlassen. Und zwar nicht in seinen Heimatort, sondern in entgegengesetzter Richtung.

»Wir könnten ihn auf das Weinfeld schicken.« Federicos Augen leuchteten begeistert auf. »Wir werden wegen der Pflanzung sowieso jemanden in Pinar del Río benötigen. Dazu sind Vorbereitungen erforderlich.«

Antonia lächelte. »Das ist noch besser.«

»Ihr wollt Wein anpflanzen?« Magdalena schien nun etwas beruhigter, sonst hätte sie an dieser Stelle nicht wegen der Pflanzung nachgefragt.

Antonia erzählte ihr von Peter Fitzgerald, der Bodenproben nehmen wollte, um zu sehen, welche Traube sich für das Grundstück eignete. »Und jemand muss die Arbeiten beaufsichtigen. Das wird Raymundo sein.« Sie zeigte zur Tabakfabrik, die der Innenhof mit ihrem Heim verband. Raymundo bewohnte dort zwei Räume. »Federico, holst du ihn? Dann schicken wir ihn gleich auf den Weg.«

Magdalena schenkte sich Rum in ihre leere Kaffeetasse ein. »Danke.« Strahlend blickte sie Antonia an. »Du bist eine wundervolle Freundin.« Sie deutete auf Federico. »Und du hast einen Mann mit einem goldenen Herzen.«

Federico stand bereits und winkte ab. »Raymundo ist ein guter Kerl. Ich will ihn nicht verlieren.« Er verließ die Küche.

»Aus dem Grund tut das dein Mann nicht, und ich weiß das. Er mag ihn. Und er weiß, wie sehr du Raymundo magst.« Magdalena griff über den Tisch nach Antonias Hand. »Ich danke dir vielmals.« Sie leerte die Tasse mit dem Rum in einem Zug. »Und jetzt sollte ich gehen, sonst wittert Raymundo, woher der Wind weht.«

»Nein. Bleib.« Antonia kam eine andere Idee. »Du bist hergekommen, um uns und deinem Neffen ein gutes neues Jahr zu wünschen. Wir haben dir von unseren Plänen auf dem Weinfeld berichtet.« Antonia stand auf und setzte eine frische Kanne Kaffee auf. Nun konnte sie doch eine Tasse vertragen. »Ich werde betonen, dass der Erfolg mit dem Kalifornier davon abhängt, wie gut die Hütte und das Feld aussehen. Er wird seine Aufgabe dort als Vertrauensbeweis werten.« Zumindest hoffte Antonia das, denn Raymundo war klug. Und loyal. Das galt jedoch nicht nur gegenüber den Guerreras, sondern auch gegenüber seinen Freunden.

Drei Monate später reiste Antonia auf ihr Weinfeld. Raymundo bereitete das Feld zur Pflanzung vor, und ihre Freundin Magdalena beruhigte sich mit jeder Woche, die ins Land zog. Ihr Neffe schien auf keiner schwarzen Liste zu stehen, zumindest suchte man ihn nicht aktiv. Raymundos Freund Emilio stieg zum Kopf einer Widerstandsgruppe auf, die in Gibara gegen die Regierung in Havanna kämpfte. Die Universität schloss auf unbestimmte Zeit ihre Pforten, nachdem die dortigen Studenten, unter ihnen Raymundos Freund Emilio, in Havanna Sabotageakte und einige kleinere Bombenanschläge verübt hatten.

So sehr Antonia den Widerstand gegen diesen Diktator verstehen konnte, so sehr hielt sie sich diesbezüglich zurück. Die Oberschicht kam noch gut mit Machado zurecht, der mit eiserner Hand und diktatorisch seinen Willen durchsetzte. Wer nicht für ihn war, war gegen ihn, und wer gegen ihn demonstrierte, musste mit Folterungen rechnen. Oftmals stand in der Zeitung, wie Gefangene auf ihrer Flucht erschossen wurden. Man brauchte kein Genie sein, um die Zusammenhänge zu erkennen. *El Partido de la Porra*, die von Machado ins Leben gerufene Todesschwadron, ging sogar eisern gegen Frauen und Kinder vor, die nichts weiter taten, als für eine gerechte Bezahlung auf den Zuckerrohrfeldern zu demonstrieren. Die Quittung erfolgte in Form von Schnitten mit Tabakmessern, Rasierklingen oder mit Krallenhandschuhen, je nach Verfügbarkeit. Gerne auch sichtbar, um die Aufständischen zu brandmarken.

Raymundo rebellierte zeitweise auf dem Feld. Er wollte aktiv mithelfen, Machado zu stürzen.

Antonia fuhr auch an diesem Morgen nach Pinar del Río, um nachzusehen, ob Raymundo seinen Aufgaben nachkam, oder ob er sie an jemand anderen übertragen hatte, um im Untergrund zu arbeiten.

Nachdem Fitzgerald die Bodenproben geprüft hatte, entschied er sich aus zwei Gründen gegen eine Bepflanzung. Die Grundstücksgröße war für ihn zu gering und daher wenig lukrativ für die Einfuhr in die USA. Außerdem glaubte er, auf dieser Erde keinen preisverdächtigen Wein anbauen zu können.

Raymundo erkannte schnell den Plan hinter der Entsendung nach Pinar del Río, als Federico und Antonia dennoch auf eigene Rechnung Pflanzen aus Kalifornien liefern ließen.

Seither schwankte Raymundo zwischen Patriotismus und Loyalität seinem Arbeitgeber gegenüber. Antonia redete ihm alle paar Wochen ins Gewissen. Seitdem Machado den Ausnahmezustand ausgerufen hatte und er mit seinen Militärtruppen das Land terrorisierte, arbeitete es in Antonia, und sollten sich die Massaker wiederholen, gingen ihr Raymundo gegenüber bald die Argumente aus.

Der Zuckerpreis kollabierte, die Landbevölkerung hungerte, und der Präsident missachtete die lauten Rufe seines Volks, dass er seit Anbeginn seiner Regierungsphase mit Worthülsen und leeren Versprechungen das Land in den Abgrund trieb, um den Amerikanern zu gefallen.

Antonia näherte sich der Plantage. Ein Mann aus dem Ort fuhr sie gegen Bezahlung zu ihrem Weinfeld. Je näher sie ihrem Besitz kam, desto heftiger schlug ihr Herz. Die feuchten Hände zeigten ihr das Ausmaß ihrer inneren Unruhe.

Auf dem Feld vor ihrem Haus arbeiteten fünf Männer, Raymundo befand sich nicht darunter. Eine Faust umklammerte ihren Magen. Antonia bezahlte den Fahrer, stieg aus und schritt auf das kleine Holzhaus zu, das vor vielen Jahren ihr Heim hätte werden sollen. Hinter dem Gebäude standen ihre

Weinstöcke aus Mallorca. Ihr ganzer Stolz, mit dem sie nun die Stöcke aus Kalifornien kreuzte. Mehr als diese Pflanzen war ihr aus ihrer Heimat nicht geblieben.

Erleichterung durchflutete sie, als sie Raymundo um die Ecke des Hauses kommen sah. Er trug einige Latten auf der Schulter und legte sie an den Treppenstufen ab.

»Antonia!« Ehrliche Freude über ihren Besuch zeigte sich auf Raymundos Gesicht. »Was für eine Überraschung! Warum hast du nichts gesagt? Ich hätte dich doch abgeholt.«

Nun schämte sie sich ein wenig für ihre Vorsicht und den Überraschungsbesuch, um zu kontrollieren, ob Raymundo sich persönlich um das kleine Weingut kümmerte. »Ich dachte, du hättest genug zu tun.«

Raymundo sah sie forschend an. »Mir kannst du nichts vormachen. Du wolltest sehen, ob ich nicht hier gerade eine Revolution anzettele.«

»Vielleicht auch das«, gab Antonia lächelnd zu. »Wie kommt ihr voran?«

Die Tageszeitung lag unberührt auf der Veranda. Am Haus waren einige Holzlatten ausgetauscht worden, auch auf dem Dach erkannte sie Erneuerungen. Raymundo arbeitete gut. Sie zeigte auf die Zeitung. »Du hast sie noch nicht gelesen?«

Raymundo verneinte. »Bisher hatte ich keine Zeit, warum?«

»Der Generalstreik ist blutig niedergeschlagen worden. Die Gewerkschaften sind am Boden.« Antonia setzte sich auf eine Treppenstufe und deutete neben sich. »Ich wollte sehen, wie du mit dieser Nachricht umgehst.«

»Ihr habt mich in die Verbannung geschickt.« Er klopfte sich die staubigen Hände an seiner Hose ab und setzte sich neben sie. »Obwohl ich zugesichert habe, vorsichtig zu bleiben.«

»Das haben andere vor dir versucht. Nun sind sie tot. Damit ist niemandem geholfen.« Antonia sah, wie sich Raymundo auf die Unterlippe biss. »Bleib bitte vernünftig, ja?«

»Hier draußen habe ich ja keine Wahl. Aber sieh dich genau im Ort um.« Raymundo zeigte über die Weinfelder. »Wenn ihr hier nicht den Wein anbauen und einige Arbeiter beschäftigen würdet, wäre die Not im Dorf noch größer. Wie überall auf der Insel. Ob nun verhungert oder erschossen – was spielt es für eine Rolle, wie wir sterben?«

Die Verbitterung in seinen Worten schmerzte Antonia. Sie kannte größte Not, das ja, doch echten Hunger hatte sie nie leiden müssen. War die Lage im Land so schlecht? »Eure Familie hat aber genug zu essen, oder nicht?«

»Das ist kein Grund, die Hände in den Schoß zu legen.«

Antonia verstand Raymundo. Als junger Mann hatte er Ziele, Ideale. »Es nützt niemandem, wenn du stirbst und deine Familie nicht weiter unterstützen kannst.«

Er ließ den Kopf sinken, als könnte er die Antwort an seinen Schuhbändern ablesen. »Ihr meint es gut, das weiß ich, aber ich kann nicht aus Bequemlichkeit meine Freunde im Stich lassen.«

Den Punkt verstand Antonia noch besser. Sie hätte auch Mühe. Selbst in ihr regte sich Widerstand. Widerstand gegen die Ungerechtigkeit, die der Präsident im eigenen Land zuließ, während er ein ausschweifendes Leben im Capitol führte und sein Volk hungern ließ.

Es brodelte mittlerweile ebenfalls bei den oberen Zehntausend. Machado handelte überstürzt, richtete Massaker an, bei denen auch hin und wieder ein hochgeborener Sprössling ums Leben kam. Ob weiblich oder männlich spielte keine Rolle, wenn die Todesschwadron den Abzug betätigte.

Diese Umstände ängstigten alle Bewohner, ob man nun abends hungrig oder satt zu Bett ging. Ab einem gewissen Alter schrumpfte der elterliche Einfluss auf den Nachwuchs, bis er letztlich endete. Die Frauen wollten das Wahlrecht, die Männer eine gerechte Bezahlung, die Intellektuellen die freie Meinungsäußerung. Nichts davon lag im Interesse des Präsidenten. Also einten sich die Gruppen und spalteten das Land noch weiter.

Warum die Amerikaner nicht längst eingriffen, entzog sich Antonias Kenntnis. Sie kannte die genauen Verstrickungen nicht. Solange sie noch ihr Auskommen hatten, und das hatten sie, konnte sie Federicos Zurückhaltung in politischen Belangen verstehen. Man biss nicht die Hand, die einen fütterte.

»Was hast du vor?«

Raymundo sah weiterhin auf seine Schuhe. »Ich werde uns jetzt einen Kaffee machen, dir deine Pflanzungen zeigen und weiter am Haus arbeiten. Die vergangenen Jahre haben einige Holzlatten morsch werden lassen.«

Er wollte also nicht darüber sprechen.

»Mach keine Dummheiten, versprochen?«

Ohne etwas zu erwidern, stand er auf und ging ins Haus, um den Kaffee aufzusetzen. Antonias Gedanken schweiften ab zu ihrer Familie auf Mallorca. Wenn sie nicht bald einen Brief bekäme, würde sie ein Telegramm schicken und fragen, ob dort alles in Ordnung wäre. Sie stand in regelmäßigem Briefkontakt mit ihrer Schwester Carla, doch der letzte

Brief war fast ein Jahr alt. So lange hatte sie noch nie auf eine Nachricht gewartet. Wie sehr hatte sie die Wirtschaftskrise getroffen? Würde Carla für sich und ihre Mutter um Hilfe bitten? Antonia hoffte es.

Der Blick auf die Pflanzungen flutete ihr Herz mit Freude. Nach so vielen Jahren erfüllten sich die Träume, die sie für dieses Stück Land gehegt hatte. Der Wein würde wachsen. Durch die Kreuzung mit den Stöcken aus Mallorca würde die Qualität in zwei, spätestens drei Jahren gut genug sein, um die Reben zu keltern. Bis dahin würden sie die Trauben verkaufen, um die laufenden Kosten zu decken.

Die akkurat angelegten Rebenreihen fügten sich perfekt in die grünen Hügel der Region ein. Alles wirkte frisch und saftig, obwohl die Wintermonate wenig Regen brachten. Einzig die hoch aufragenden Palmen gaben dem Weinanbau einen exotischen Anstrich. Auch die üppigen Bananenstauden, die links des Wohnhauses wuchsen, zeugten vom anderen Klima. Trotzdem glaubte Antonia an ihr Vorhaben. Mochte der Wein vielleicht keine Preise gewinnen, so wäre er dennoch ein Tropfen, den man genießen könnte. Auch das wollte sie Carla schreiben. Denn die Nachricht, dass Antonia endlich den Weinanbau in Angriff genommen hatte, würde bei ihrer Familie große Freude auslösen.

»Hier.« Raymundo hielt ihr einen Becher Kaffee hin. »Die Weinfelder sehen gut aus«, sagte er, als hätte er ihre Gedanken erraten.

»Ja, der Anblick macht mich glücklich.«

»Obwohl es vermutlich Jahre dauern wird, bis die Qualität stimmt.« Er setzte sich zu ihr auf die Treppenstufe. »Wirst du einen Spezialisten kommen lassen?«

Darüber hatte Antonia auch schon nachgedacht. Und sich dagegen entschieden. Der Wein lag ihr im Blut. Warum jemanden beauftragen, wenn sie es selbst tun konnte? »Würdest du mich unterstützen? Ich könnte dir alles beibringen.«

Raymundo starrte in seine Kaffeetasse.

Antonia ließ ihm Zeit, er sollte in Ruhe eine Entscheidung treffen können. »Ich sehe mir mal die Stöcke an.« Sie trank ihre Tasse leer, stellte sie auf den Treppenabsatz und stand auf.

Ohne auf Raymundo zu warten, ging sie auf die hoch aufragenden Berge von Viñales zu. Sie wirkten wie achtlos hingeworfene, moosbewachsene Backenzähne aus dem Lückengebiss eines Riesen. Die dichte Bepflanzung ließ die grünen Berge beinahe aufleuchten. Diese Region besaß einen ganz eigenen Zauber. Als befände sie sich in einer anderen Zeit und einem anderen Land. Friedlich, sanft, fruchtbar. Nichts erinnerte an die Aufstände, die Armut und die Härte, die in Havanna zunehmend um sich griff.

Vielleicht sollte sie mit den Kindern hierher ziehen, bis es politisch wieder ruhiger in der Hauptstadt wurde. Ein Punkt, den sie mit Federico besprechen wollte.

Antonia untersuchte die neu gepflanzten Weinstöcke. Sie wirkten kräftig und gesund und weckten in ihr Sehnsucht nach ihrer alten Heimat.

Für eine Stunde ließ sich Antonia durch ihre Weinfelder treiben. Sie grüßte und plauderte mit den Arbeitern, zeigte einem, wie er die Weinreben schneller am Draht befestigen konnte, damit sie schön in die Breite wuchsen, und genoss diese Tätigkeit in vollen Zügen. Als die Sonne den Zenit überschritt, ging sie zurück zum Wohnhaus.

Raymundo wechselte am Dach eine Holzlatte. »Und? Zufrieden?«

»Ja.« Antonia beschattete die Augen mit der Hand. »Ihr leistet gute Arbeit. Kannst du mich zum Bahnhof fahren?«

»Natürlich.« Er trieb noch drei Nägel ins Holz, bevor er die Leiter hinabstieg. »Nun zu deiner anderen Frage. Die Antwort ist Ja. Ich würde mich gerne hier dauerhaft um die Weinfelder kümmern. Federico ist einverstanden?«

Mit ihrem Mann hatte sie über diesen Punkt noch nicht gesprochen, aber um Raymundo von Havanna fernzuhalten, würde er zustimmen. Daran hegte sie keine Zweifel. »Natürlich ist er das, wenn er dich in der Fabrik auch vermissen wird.«

»Gut.« Er holte den Autoschlüssel aus der Küche. »Dann ist es entschieden.«

Antonia stieg in den Wagen. Die milde Luft wehte ihr um die Nase, und der würzige Duft der angrenzenden Tabakfelder umhüllte sie. Der Blick über die märchenhaft wirkenden Berge ließ in ihr den Entschluss reifen, mehr Zeit auf ihrem Weinfeld zu verbringen. Vor allem dann, wenn die Kinder Ferien hatten. Isabel ging als Einzige noch nicht zur Schule. Mit ihr könnte sie auch unter der Woche herfahren, wenn es notwendig wäre.

Am Bahnhof stieg sie aus. »Danke, Raymundo. Für alles.«

Er lächelte sie an. »Ich mache nur meine Arbeit.«

»Und die machst du gut.«

»Sie bereitet mir Freude, obwohl mir das Stadtleben fehlt.« Er tippte mit dem Finger an seinen verbeulten Hut. »Ab und zu werde ich nach Havanna kommen.«

Antonia blickte ihn ernst an. »Aber ohne Dummheiten zu machen. Federico hat zwar Einfluss, doch der endet auch ab einer bestimmten Stelle, das weißt du.«

»Mach dir um mich keine Sorgen.«

Antonia verabschiedete sich. Ihr dämmerte, dass sich Raymundo nicht so leicht von Havanna fernhalten ließ, wie sie gehofft hatte.

Der Zug fuhr ein. Die dunklen Rauchschwaden erstickten den würzigen Duft der Tabakpflanzen. Antonia stieg die Stufen hoch und wählte einen Platz am Fenster, um während der Fahrt den Blick auf die üppige Natur zu genießen.

Es dämmerte bereits, als der Zug Havanna erreichte. Da es auf dem Feld keine Probleme gab und sie Raymundo in Sicherheit wusste, ging sie beschwingt nach Hause. Sie freute sich auf das Abendessen im Kreise der ganzen Familie.

Federico schien noch in der Fabrik zu sein. Antonia warf einen Blick in die leere Bibliothek und blieb an einem Briefumschlag, der an der Rumkaraffe lehnte, hängen. Sie griff nach dem Umschlag und erkannte augenblicklich die Handschrift ihrer Schwester. Endlich. Ungeduldig schlitzte sie den Brief mit dem Finger auf, zog die beiden handgeschriebenen Blätter heraus und begann zu lesen:

Liebste Antonia,

die Nachrichten aus der ganzen Welt sind bestürzend und beängstigend. Ich hoffe inständig, diese Wirtschaftskrise trifft Euch ebenfalls nicht zu sehr. Noch hat Francisco Aufträge, und auch Mutter und Lidia, die zwar die exquisite Marmeladenproduktion aufgeben mussten, verkaufen zumindest die getrockneten Aprikosen und die Mandeln zu einem einigermaßen vernünftigen Preis.

Leider sind auch die Nachrichten in meiner kleinen Welt vernichtend: Unser Adoptionsantrag wurde abgelehnt. Francisco versucht, seine Enttäuschung vor mir zu verbergen, indem er mir gut zuspricht. Er hat ja recht, dass wir uns nun eben mehr um unser Patenkind Xisca kümmern sollen. Die Kleine ist ein wahrer Sonnenschein, trägt immer ein Lächeln auf den Lippen.

Das Mädchen zu verwöhnen und Franciscos ungebrochene Liebe schenken mir die notwendige Zuversicht. Obwohl ich ein eigenes Kind schmerzlich vermisse.

Nun klage ich doch, was nicht in meiner Absicht lag. Sag, wie geht es Dir und den Kindern? Hält Dich die Schar heftig auf Trab? Geht Rodrigo schon zur Schule? Wie geht es Federico? Ist er Dir noch immer ein aufmerksamer Ehemann? Ich möchte Dich nicht drängen, würde mich aber sehr über einige Fotos freuen, auch über eine Beschreibung, wie Ihr jetzt wohnt – so unmittelbar in einem Flügel der Zigarrenfabrik. Unser Heim liegt ja ebenso neben der Werkstatt. An manchen Tagen zieht der Steinstaub bis in meine Küche.

Die ungeheuerlichste Neuigkeit habe ich mir für den Schluss aufbewahrt: Leo ist verhaftet worden.

Ihr Bruder saß im Gefängnis? Obwohl sie keinen Kontakt mit ihm pflegte, schockierte sie die Nachricht. Was war nur geschehen? Ihre Familie lebte auf dem Dorf, das Gerede mochte sich Antonia kaum vorstellen. Gerade Mutter würde sehr stark darunter zu leiden haben.

Eilig las sie weiter.

Leo wurde am Hafen erwischt, als er Schmuggelware verladen hat. Dein Mitleid hält sich sicher ebenso wie meines in Grenzen, doch seine Frau Alba tut mir leid, denn in der Nacht von Leos Verhaftung hat sie ihr zweites Kind geboren. Es muss furchtbar für sie sein, und ich überlege, ihr einen Besuch abzustatten. Schließlich trägt sie keine Schuld an Leos schändlichem Verhalten unserer Familie gegenüber.

Francisco ist froh, in Binissalem zu arbeiten und nicht in Sencelles, denn es wird natürlich viel über Leo geklatscht, wie Mutter mir berichtet hat. Sie und Lidia beäugt man mit einer gewissen Vorsicht, als würden die beiden alten Damen Trockenfrüchte übers Mittelmeer schmuggeln.

Ganz selten spüren wir die Auswirkungen sogar bis Binissalem. Stell Dir vor, als ich kürzlich für die Buchhaltung hinüber in die Werkstatt gehen wollte, stand ein Kunde aus Biniali im Hof. Er musterte mich und fragte, ob ich die Schwester dieses Schmugglers sei. Sein Ton mir gegenüber klang aggressiv. Wäre Francisco nicht dazugekommen, weiß ich nicht, wie die Situation ausgegangen wäre.

Als der Kunde mir noch unverschämt unterstellte, ich hätte die Werkstatt mit dem Schmugglergeld meines Bruders bezahlt, hat Francisco ihn vom Hof gejagt.

Er hat den Vorfall umgehend Samuel berichtet und auch erklärt, er käme für möglichen Verlust auf, doch davon wollte Samuel nichts wissen.

Das ist echte Freundschaft. Mein Francisco erwies sich erneut als wahrer Ritter und mein Held.

Nun bist Du über die Neuigkeiten hier informiert. Sonst geht hier alles seinen gewohnten Gang. Ich wünsche mir, dass

dieser Brief Dich und Deine Lieben bei bester Gesundheit er-
reicht,

in Liebe, Deine Carla

Antonia ließ den Brief sinken. Immerhin schienen alle bei guter Gesundheit zu sein, was sie erleichterte. Endlich hatte sie Nachricht aus Mallorca. Wenngleich nicht die beste. Ihr Bruder saß wegen Schmuggelei im Gefängnis. Bei Mördern und Totschlägern. Kein Ort für einen Menschen, der einen Fehler begangen hatte. Leo musste aus großer Not heraus gehandelt haben. Er wollte seine Familie versorgen und hatte den falschen Weg gewählt. Seine Frau Alba saß nun mit zwei kleinen Kindern ohne Ernährer zu Hause. Die Wirtschaftskrise hatte sicherlich auch dazu geführt, dass sie ihre Galerie hatte schließen müssen. Wer kaufte denn noch Bilder? Warum sonst hätte Leo sich auf solche Geschäfte eingelassen? Aber vielleicht irrte sie sich, und Alba kam zurecht. Sie schien eine willensstarke Frau zu sein, sonst hätte sie es nicht so weit gebracht. Einen eigenen Laden aufzubauen bedurfte eines guten Spürsinns.

Wie lange ihr Bruder im Gefängnis bleiben musste, hatte Carla versäumt zu erwähnen. Schmuggelei. Etwas, das sie aus den Vereinigten Staaten seit der Prohibition gut kannte.

Doch auf Mallorca? Leo schien sich seit Antonias Abreise sehr verändert zu haben. Als Junge zeigte er zwar seine eigensinnige Seite, und er neigte zu gemeinen Streichen, aber wirklich boshaft kannte sie ihn nicht. Den Brand hatte er aus Verzweiflung gelegt, ohne an die Konsequenzen zu denken.

Was war nur mit ihm geschehen?

Die Tür schwang auf. »Ach, hier bist du. Ich habe dich schon gesucht.« Federico trat auf sie zu, küsste sie aufs Haar und setzte sich ihr gegenüber. »Du wirkst besorgt.« Sein Blick fiel auf den Brief. »Schlechte Nachrichten?«

»Mein Bruder sitzt wegen Schmuggels im Gefängnis.« Antonia sank noch ein Stück mehr in sich zusammen. Sie fühlte heiße Scham in sich aufsteigen. Wenn es ihr schon so ging, wie musste sich ihre Mutter fühlen?

Kurz und knapp erzählte sie, was in dem Brief stand. Im Anschluss berichtete sie über ihren Tag im Tal von Viñales, von Raymundos Zustimmung, künftig auf dem Weinfeld zu bleiben, und von ihren Plänen, vermehrt dort sein zu wollen. »Ist das für dich in Ordnung?«

Federico goss sich einen Rum ein. Es schien, als müsste er überlegen. »Die Kinder sollten in der Tat naturverbundener aufwachsen. Ehrliche Arbeit schadet ihnen auch nicht. Wir verwöhnen sie zu sehr.« Er setzte sich ihr wieder gegenüber.

Antonia mochte die Bibliothek. Sie war ihr Rückzugsort, ein Ort, der nur ihnen beiden gehörte und an dem sie alles Wichtige besprachen. »Es wäre nur in den Ferien und zur Erntezeit. Oder wenn eben etwas zu tun ist. Ich werde dich weiterhin unterstützen.«

»Das weiß ich doch. Sobald der Wein gut ist, bieten wir nur noch deinen an und geben den Import von Fitzgeralds Weinen auf.« Er schlug die Beine übereinander. »Ich denke, wir sollten dort ein schönes Haus bauen. Dann kann Raymundo das Landhäuschen beziehen, und ihr würdet euch nicht behindern. Mir schwebt da etwas Einfaches vor, das aber dennoch mehr Komfort bietet als das jetzige Häuschen.«

Antonia stand auf und setzte sich auf die Armlehne des großen Ohrensessels. »Du verwöhnst uns zu sehr. Ich wäre auch mit der einfachen Hütte zufrieden.«

»Raymundo muss aber irgendwo wohnen. Und so hast du ihn besser im Blick. Ich werde gleich nächste Woche die Arbeiten für den Bau eines Wohnhauses in Auftrag geben. Du solltest dir überlegen, wo du die Bodega erbauen lassen willst.«

»Bis wir die benötigen, vergehen noch zwei oder drei Jahre.« Antonia liebte ihren Mann für seine Weitsicht, aber eine Kelterei mit angeschlossenem Weinkeller war noch nicht nötig. Erst mussten Trauben in der richtigen Qualität heranwachsen, um sich über diese Ausgaben Gedanken zu machen.

»Wenn mich mein Leben eines gelehrt hat, dann, wie schnell die Zeit vergeht.« Er nahm die Zigarrenkiste vom Servierwagen, knipste die Spitze einer *Cleopatra* ab, und Antonia reichte ihm den Anzünder.

Federico rauchte selten. Nur an ganz zufriedenen Tagen. Aus diesem Grund hatte er wohl beschlossen, sich schon jetzt um die in einigen Jahren notwendigen Bauten zu kümmern. Antonia sollte es recht sein. Für die Kinder wäre es sicherlich herrlich, in dieser sattgrünen Umgebung durch die Weinfelder zu toben. Ihr zumindest hatte das in ihrer Kindheit sehr viel Freude bereitet. Erneut dachte sie an Mallorca. An die Zeit, als sie noch alle zusammen gewesen waren. Es schien ihr ein ganzes Leben zwischen damals und heute zu liegen. Kein schlechtes Leben, das nicht, aber eines, das sich völlig von dem unterschied, was sie sich damals erträumt hatte. Antonia vermisste ihre Familie. Briefe brachten da nur eine kurze Linderung. Viel lieber wäre sie ein echter Teil ihres Lebens.

12

Mallorca, Sommer 1931

»Du willst die beiden wirklich mitnehmen, um Leo im Gefängnis abzuholen?« Albas Mutter hielt Lilia auf dem Arm. »Ich passe gerne auf die Racker auf.« Sie lächelte Gerado aufmunternd zu, der auf dem Boden saß und malte.

»Nein, sie kommen mit.« Alba stand vor dem Spiegel und zupfte vergeblich an einer Haarsträhne, die an ihren schweißnassen Fingern kleben blieb.

Betrübt setzte sich ihre Mutter an den Tisch und hielt Lilia auf dem Schoß. »Ob das so gut ist?«

»Das werde ich am besten wissen.« Alba überfiel augenblicklich ein schlechtes Gewissen. Aus Angst, vor dem, was nun auf sie wartete, wurde sie ungerecht. Wie hätte sie die letzten eineinhalb Jahre nur ohne ihre Eltern überstanden? Sie war ihnen zutiefst dankbar. Sie hatten ihr den notwendigen Halt gegeben, um nicht völlig zu verzweifeln. Hinzu waren Tage gekommen, an denen Albas Stimmung so grau und dunkel gewesen war, dass selbst die heiße Suppe ihrer Mutter keine Wärme in ihr Leben gebracht hatte. Erst seit ihre Mutter kränkelte, fand Alba wieder zu ihrer alten Kraft.

Vaters Fehlinvestition in den Fonds der Gewerkschaft hatte zwar geschmerzt, doch er hatte nicht den Abstieg in die absolute Armut bedeutet. Nach wie vor sparten sie an allen Ecken und Enden, aber Alba erlangte nach und nach ein wenig Einblick in die Familienfinanzen, den ihre Eltern zuvor vor ihr verborgen hatten. Sie besaßen Immobilien, die mangels solventer Mietinteressenten jedoch keinen Ertrag brachten. Ihr Vater hatte im vergangenen Herbst ein Gebäude verkaufen wollen, doch der Käufer verschwand spurlos, nachdem er nur eine kleine Summe zur Reservierung angezahlt hatte. Das Kapital ihrer Eltern steckte fest, und Kaufinteressenten gab es nicht.

Bilder verkaufte Alba selten, aber immerhin nahm sie ein wenig Geld mit Malkursen ein. Einige Mallorquiner besaßen noch immer ausreichend Vermögen, um ihren Kindern eine künstlerische Erziehung angedeihen zu lassen. Da half ihre Reputation, ihre Bilder durch einen Galeristen in New York vertrieben zu haben.

Alba dachte an Ben. Er hatte keine Familie hinterlassen, wie sie von seinem Sekretär Edward in Briefen erfahren hatte. Seine Gründe, sich das Leben zu nehmen, kannte sie nicht. In Albas dunkelsten Stunden vermochte sie jedoch nachzuvollziehen, was einen Menschen dazu bewegen konnte, freiwillig aus dem Leben zu scheiden. Die Pein wäre vorüber, die Schmach und die Sorgen. Aber sie musste stark sein, für ihre beiden Kinder.

»Gib es zu, du hast Angst.« Mutter riss sie aus ihren Gedanken und legte damit den Finger in die Wunde. Natürlich hatte sie Angst.

»Hättest du keine an meiner Stelle?« Seufzend setzte sich Alba zu ihr. Ihre Mutter hatte sie durchschaut. Alba scheute sich, Leo allein gegenüberzutreten.

»Nein. Aber ich hätte meinen Mann auch im Gefängnis besucht.«

Alba gab Mutter recht mit ihrem Vorwurf, doch sie hatte es nach ihrem ersten Besuch nicht über sich gebracht, ihn so zu sehen. Sie wollte Leo in der Zeit, in der sie auf ihn warten musste, so in Erinnerung behalten, wie er war. Ein starker und begehrenswerter Mann. Und nicht zusehen müssen, wie dieser Mann mit jedem Besuch mehr zu einer der dürren Gestalten wurde, die sie beim ersten Besuch dort gesehen hatte.

Alba hatte nicht mit einer so langen Gefängnisstrafe gerechnet. Zwar hatte ihr Anwalt sich mit Tomeu über die Zahlung der Kosten verständigt, aber das Gericht hatte eine Entlassung auf Bewährung immer wieder hinausgezögert, um doch noch weitere Informationen zu Tomeus Geschäften von Leo zu erhalten. Doch Leos Wissen beschränkte sich auf die Schmuggellieferungen, bei denen er mitgeholfen hatte, und so wurde er für die Ermittlungsbehörden unwichtig.

Alba wünschte Tomeu die Pest an den Hals.

»Ich will keinen Streit mit dir.« Mutter sah sie auffordernd an. »Aber benutze die Kinder nicht als Schutzschild. Es wird für sie schwer genug werden.«

Alba wusste nicht, welche Gefühle auf sie einstürmten, wenn sie Leo nach so langer Zeit am Gefängnistor wieder gegenüberstünde, und hoffte, durch die Anwesenheit der Kinder ihre Emotionen zurückhalten zu können. »Das werde ich nicht, aber ich nehme sie mit.«

Mit gemischten Gefühlen ging Alba zum städtischen Gefängnis. Vor den Gefängnistoren verharrte sie wartend in der Sonne. »Ich habe Durst«, quengelte Gerado und zog an Albas Hand.

»Ein paar Minuten musst du dich noch gedulden.« Sie bemühte sich um eine verständnisvolle Stimme, obwohl die ganze Situation an jeder Nervenfaser zerrte. »Freust du dich denn gar nicht, deinen Vater zu sehen?«

Lilia saß ruhig in ihrem Wagen und blickte in den Himmel. Alba befüchtete, Lilia könnte sich von ihrer Hand losreißen, und hatte sie deshalb im Kinderwagen festgeschnallt. Es reichte, dass Gerado sich kaum zähmen ließ.

Mit fahrigen Fingern zupfte Alba an ihrem Kleid. Sie atmete tief durch und richtete ihren Blick nach vorne. Wie würde es sein, wieder ein Leben an Leos Seite zu führen? Trotz aller Schwierigkeiten in der Vergangenheit stolperte ihr Herz beim Gedanken an ihn.

Das Portal öffnete sich. Fast zögerlich trat Leo hinaus. Die grelle Mittagssonne schien ihn zu blenden. Er blinzelte und kniff die Augen zusammen.

Sein Anblick gab ihr einen Stich. Ein kahler Herbstbaum strotzte mehr vor Leben als ihr Mann.

»Ist das Papá?« Gerado drückte sich an ihr Bein.

»Ja, Schatz. Schau, seine Augen, sie sehen aus wie deine.«

Leo ließ seine Tasche fallen, breitete die Arme aus. »Gerado, komm zu mir, was habe ich dich vermisst.«

Der Junge machte keine Bewegung, bis Alba ihn anstupste. »Geh, begrüß deinen Vater.«

Mit zögerlichen Schritten ging Gerado auf ihn zu. Leo hob seinen Sohn hoch. Alba sah, wie sich Gerado versteifte und vor Leo zurückwich.

Der schien es nicht zu bemerken. »Meine Güte, was bist du schwer geworden.« Leo stellte ihn wieder auf den Boden, und Gerado rannte zum Kinderwagen.

Alles würde seine Zeit brauchen, beruhigte sie sich selbst, spürte dabei jedoch die gleiche Fremdheit wie ihr Sohn, während sie auf Leo zuging. Ihr Mann zögerte keine Sekunde und schloss sie in seine Arme.

Die Tränen liefen ihr die Wangen hinab, tropften ihr vom Kinn, spülten ihre Zurückhaltung weg. Seinen Herzschlag zu spüren, seine Arme auf ihrem Rücken ... Wie hatte sie das vermisst.

»Es tut mir unendlich leid.« Er schob sie von sich und sah ihr tief in die Augen, bevor sein Blick auf den Kinderwagen fiel.

Alba hob Lilia aus dem Wagen und zog sie auf die Füße. »Sie läuft schon, und manchmal muss ich ihr förmlich hinterherrennen.«

Lilia reckte ihren Kopf und strahlte Leo an. »Nann«, nuschelte sie und deutete auf ihn.

»Das ist dein Vater, Lilia. Dein Vater, der jetzt endlich wieder bei uns ist.« Sie wischte sich die Tränen von den Wangen.

Leo strich Lilia über den Kopf. »Sie hat deine Haare. Wunderschön.«

Hoffnung strömte durch Albas Körper, verteilte ihre Wärme und hüllte sie ein wie in eine warme Decke. Alles würde sich zum Guten wenden. »Jetzt gehen wir nach Hause und essen den Kuchen, den ich gebacken habe.« Sie setzte Lilia zurück in den Kinderwagen.

Auch Gerado entschlüpfte ein Lächeln. »Kuchen, Kuchen, endlich wieder was Süßes.«

Alba sah in Leos Augen und spürte seine Unsicherheit. »Komm!« Sie fasste nach seiner Hand. »Es ist viel passiert, nicht nur in der Welt, auch hier. Glaub mir ... Kuchen ist mittlerweile wirklich Luxus.«

»Wir haben eine Menge zu besprechen.« Leo drückte ihre Hand.

Erleichtert sah Alba zu Gerado, der den Kinderwagen vor sich herschob und dabei unbefangen vor sich hin trällerte.

Endlich war ihre Familie wieder vereint. Nun würde es leichter werden. Eng umschlungen gingen sie Gerado hinterher. Alba verwunderte es, wie zielsicher ihr Sohn den Weg nach Hause fand. Nur einmal stockte er, bevor er doch die richtige Abzweigung nahm.

Leo öffnete das Tor zum Innenhof, damit Gerado leichter mit dem Kinderwagen in den Hof kam. Zärtlich hob er seine Tochter aus dem Wagen und trug sie ins Haus.

»Hilf mir, den Tisch zu decken«, wandte Alba sich auf der Treppe an Gerado. »Du weißt doch, es gibt Kuchen. Zeig deinem Vater, was du schon alles kannst.«

»Kuchen!« Ihr Sohn stürmte in die Wohnung. Sie wusste, wie sie ihren Sohn motivieren konnte.

Eifrig nahm der Junge Alba die Kuchenteller ab, die sie aus der Anrichte holte, während sich Leo mit Lilia auf dem Arm hinsetzte.

Schmal sah er aus. Alba blickte von Leo zu Gerado. Der Junge stellte die Teller auf den Tisch. Selbst die Gabeln legte er auf die richtige Seite des Tellers. »Gut gemacht«, lobte sie ihn.

Leo wirkte wie ein Fremdkörper in der Wohnung. Das würde sich bald wieder ändern. Zumindest hoffte sie das. Sie holte die mit Pudding und Sahne gefüllte Biskuitrolle und verteilte die Stücke.

Alba spürte Leos Blick auf sich ruhen, während Lilia auf seinem Schoß saß und mit ihren Fingern an seinem Bart zupfte.

»Warum hast du mich nicht besucht?«, platzte die alles überschattende Frage aus Leo heraus.

Alba verharrte in der Bewegung. Vor dieser Frage hatte sie sich in den vergangenen Tagen gefürchtet.

Sie setzte sich an den Tisch. »Ich erkläre es dir später.« Wenigstens hatte Lilia keine Berührungsängste. Sie schmiegte sich an Leos Brust, als wäre es das Normalste der Welt. Die letzten Nächte hatte Alba vor Angst kaum Schlaf gefunden. Nun hoffte sie auf eine kurze Schonfrist. »Wir sollten unser erstes Zusammensein als Familie genießen.«

»Du hast recht, so etwas bespricht man nicht beim Essen.« Leo stach ein Stück ab und schob es sich in den Mund. Genießerisch schloss er die Augen. Sie freute sich, ihm das Nachhausekommen versüßt zu haben. Er schnitt sich ein zweites Stück ab. »Alba, das ist die beste Cremerolle, die ich je gegessen habe.«

Nach dem Essen im Gefängnis überraschte sie das Kompliment nicht sonderlich, obwohl sie nicht die beste Köchin war. Ihm musste es natürlich so vorkommen.

»Darf ich raus zum Spielen?«, fragte Gerado mit einem skeptischen Blick auf seinen Vater. Auf seinem Teller blieb nicht ein Krümel übrig.

Alba strich ihm verständnisvoll über den Kopf. »Geh, aber nicht den Innenhof verlassen, verstanden?« Der Junge brauchte Zeit, um sich wieder an seinen Vater zu gewöhnen.

Gerado rannte los.

Leo sah ihm nach. »Er hat Angst vor mir.«

»Das wird sich geben.« Alba zeigte auf die Rolle, um das Thema zu wechseln. »Möchtest du noch ein Stück, Leo?«

»Lieb von dir, aber lass uns den Rest aufheben.«

Alba brachte den Kuchen in die Küche. Bald konnte sie Leo nicht mehr ausweichen. Der Augenblick stand unmittelbar bevor.

Sie kam zurück ins Esszimmer. »Für dich Prinzessin«, Alba nahm Lilia sanft aus Leos Armen, »wird es Zeit für den Mittagsschlaf.« Fast tat es Alba leid, das Mädchen aus den Armen ihres Vaters zu nehmen, aber es brauchte seinen Schlaf. Sonst würde sie am späten Nachmittag ungenießbar sein. Das wollte sie vermeiden. Alba legte ihre Tochter ins Bett, strich ihr über die Stirn, und die Kleine glückste zufrieden. Leise zog Alba die Tür hinter sich zu.

Nun dämmerte die Stunde der Wahrheit.

Alba stellte Brandy und zwei Gläser auf den Tisch. Leo würde ihn nötig haben. Sie ebenfalls. Alba hatte ihn kurz vor Leos Verhaftung gekauft und bisher nicht angerührt.

»Brandy?« Leos Augen leuchteten. »Danke.« Leo öffnete die Flasche und schenkte ihnen ein.

Er schob Alba ein Glas über den Tisch. »Nun beantworte mir bitte meine Frage. Warum hast du mich nie besucht? Der Anwalt wusste darauf keine Antwort. Ich hatte meine Zweifel, ob du mich überhaupt abholen würdest.«

»Natürlich. Ich liebe dich doch.« Alba knibbelte am Flaschenetikett. »Aber ich konnte es nicht.« Sie betrachtete Leos bleiche Haut, sein hageres und bärtiges Gesicht. »Es tat mir zu weh ...« Sie räusperte sich. »Dich so zu sehen. So schwach.«

»Das ist die Antwort?« Leo leerte sein Glas in einem Zug und schenkte sich nach. »Ich habe dich so vermisst.«

Leo hatte sie im Stich gelassen. Trotz aller Freude, ihn wieder bei sich zu haben, nagte der nicht vergessene Vorwurf an Leo in ihrem Inneren. Hätte er sich nie auf diesen Schmuggel eingelassen, wäre ihr und den Kindern all die Not erspart geblieben.

Alba nippte wortlos an ihrem Brandy. Die scharfe Flüssigkeit brannte ihre Kehle hinab.

Die Rechnung für Leos Risikos hatte sie allein bezahlt. Leo hatte vieles im Gefängnis aushalten müssen. Das gestand sie sich ein. Er hatte Geburt und Taufe verpasst, Geburtstage, Weihnachten und vieles mehr. Aber sie hatte nur mit Mühe ihre Familie ernähren können. Etwas, das Leos Aufgabe gewesen wäre.

Ihm das vorzuwerfen wäre falsch. Er würde Wochen brauchen, bis neue Zuversicht in seine Gesichtszüge träte.

Leo sah sie aus flehenden Augen an. »Du kannst unmöglich glauben, dass wir, ohne darüber zu sprechen, wieder unser gemeinsames Leben aufnehmen können, oder?«

»Natürlich nicht.« Ob er Schuld empfand? »Ich brauchte meine Kraft, um für die Kinder und mich zu sorgen.« Sie stand auf, keine Minute hielt es sie länger auf ihrem Stuhl. Die Enttäuschung der vergangenen Monate brach sich Bahn. »Glaubst du, ich habe während der Weltwirtschaftskrise noch viele Bilder verkauft? Dann wollte Tomeu sich vor deinen Anwaltskosten drücken. Obwohl er um meine Situation wusste.« Alba setzte sich wieder und nippte am Brandy. »Die Flasche habe ich aufbewahrt für den Tag deiner Entlassung.« Ihre Wut verflog. »Oder für die Nachricht, dass der wahre Schuldige hinter Gittern sitzt.«

Leo drehte sein Glas auf dem Tisch.

Alba konnte in seinem Gesicht nicht ablesen, was er dachte.

»Mein Anwalt glaubt, es dauert nicht mehr lange, bis sie Tomeu anklagen und verurteilen.«

»Er ist ein Kollaborateur. Nur auf seinen Vorteil bedacht, und es ist nur gerecht, wenn er dafür geradestehen muss. Man munkelt, er hätte die Gegner unserer Regierung unterstützt, um im Gegenzug seinen Schmuggel zu einem Monopolhandel ausbauen zu können.« Alba zog die Augenbrauen zusammen. »Warum mischt er sich noch in die Politik ein? War ihm die bisherige Einmischung in alles andere nicht schon genug?«

»Hat er dir gedroht?« Leo sah sie besorgt an.

Alba strich sich die Haare aus dem Gesicht. »Als er selbst zunehmend in die Bredouille geriet, wollte er sein Geld von mir zurück.« Alba lachte bitter auf. »Der Mistkerl hat auch noch dreist das Doppelte verlangt und behauptet, er hätte dir diese Summe gegeben.« Erschöpft trank sie das Glas leer. »Die hat er nicht bekommen. Von mir nicht. Sobald er verurteilt ist, sind wir ihn los, und er kann sein Kreditbuch im Gefängnis weiterführen.«

»Was ist mit dir?« Zitterte er, oder bildete sie sich das nur ein? Hatte sie ihn mit der Wahrheit überfordert?

»Ich, also ... Es gibt da noch etwas.« Leo stand auf, ging vor dem Tisch hin und her.

»Nun rede endlich.« Alba wusste nicht, ob sie eine weitere Hiobsbotschaft verkraften könnte.

»Ich habe eine Dummheit begangen.«

»Noch eine?« Ihre Stimme überschlug sich.

»Keine weitere Straftat, aber einen Betrug ... einen Betrug an dir.«

Alba wollte etwas sagen, doch ihr Mund formte keine Worte. »Du hast mich betrogen? Wann? Mit wem?« Waren das die Nachtschichten gewesen? Hatte er sich mal um Schmuggelware gekümmert, mal um eine andere Frau?

Sie wartete, schwieg.

Leo setzte sich zurück an den Tisch. »Ich habe einen Teil des Geldes aus den Nachtschichten ausgegeben.«

»Was?« Alba konnte Leo nicht mehr folgen. Sie saß einem ihr fremden Mann gegenüber.

»Verachte mich nicht.«

»Verschwinde aus meinem Haus!« Über Alba stürzte ihre kleine Welt zusammen. Wie hatte sie nur so blind sein können?

»Ich habe dich belogen.« Leo hob den Kopf, griff nach der Flasche und goss sich einen weiteren Brandy ein. »Ich habe es für dich ... für uns getan.«

»Hast du im Gefängnis den Verstand verloren?« Alba sprang von ihrem Stuhl auf. »Du hurst herum! Belügst und betrügst mich? Und das soll für uns gewesen sein?«

Leo sah sie entsetzt an. »Du verstehst mich völlig falsch. Hör mir zu.« Er stand auf, ging auf Alba zu, doch sie wehrte seinen Annäherungsversuch ab. »Alba, ich habe von dem Geld Weinstöcke für das Küstengrundstück gekauft. Ich wollte dich damit überraschen und den ersten Wein nach dir benennen.«

Alba blieb starr stehen. Sie traute ihren Ohren nicht. »Was hast du?«

»Ich habe dich belogen, das ja, aber ich habe dich nie mit einer anderen Frau betrogen. Das musst du mir glauben.« Leos Blick spiegelte nackte Verzweiflung.

Erleichterung durchflutete sie.

»Du sagst gar nichts.«

Alba ging nun vor dem Tisch auf und ab, um sich zu beruhigen. Beide hatten Fehler gemacht. Er mit dem Weinfeld, sie mit der Weigerung, ihn zu besuchen.

Jetzt waren sie quitt. Ihr schlechtes Gewissen löste sich in Luft auf. Nur eines lehrte sie dieses Geständnis: Die Finanzen würde sie keinesfalls mehr ihrem Mann überlassen. »Tu das nie wieder!«

»Bestimmt nicht. Versprochen.« Leo entspannte sich sichtlich. »Wahrscheinlich sind die Rebstöcke in der Zeit ohne Wasserzufuhr eingegangen.« Leo trank das Glas in einem Zug leer. »Es hätte ein guter Wein werden können.«

Ihr Mann war ein Träumer! Selbst jetzt noch! Was für ihn zählte, war sein Wein, seine Pläne. Hatte er dabei für einen Augenblick an sie und die Kinder gedacht? Was sie in den vergangenen Monaten durchgemacht hatten? »Bitte, verlass das Haus. Sieh dir die Stadt an, die frische Luft wird dir guttun. Das Abendessen stelle ich dir auf den Tisch.«

»Es tut mir leid.« Leo stand auf, schloss leise die Tür und ließ sie allein.

Irgendwann würde Alba ihm verzeihen, das ja, aber sie würde ihm nicht mehr vertrauen können.

Alba fiel es schwer, sich Leo wieder anzunähern. Da unterschied sie sich von Gerado. Er hatte sich deutlich schneller an seinen Vater im Haus gewöhnt, als Alba sich an die Anwesenheit ihres ihr fremd gewordenen Ehemanns.

Leo suchte Anstellung, fand jedoch keine. Außerdem ließ er sich gehen, was ihr Bedürfnis nach Nähe weiter verringerte. Mit jedem vergehenden Tag schwand ihre Nachsicht.

Leo kümmerte sich ausschließlich um sein Weinfeld. Die Reben waren verwahrlost, aber lebendig. Das konnte Alba nicht akzeptieren. An diesem Morgen platzte ihr der Kragen.

»Verdammt, du fragst jetzt meinen Vater nach einer Anstellung. Hast du verstanden?« Alba räumte die Frühstücksteller ab.

Leo wollte sie in die Arme schließen.

Alba drehte sich weg. »Du wirst dir heute noch diesen unsäglichen Bart abrasieren, und dann gehen wir gemeinsam hoch zu meinen Eltern.« Sie hasste es aus tiefstem Herzen, ihrem Mann Vorschriften zu machen, ihn seiner Selbstständigkeit zu berauben, doch eine andere Möglichkeit sah sie nicht. »Erinnerst du dich, was du mal gesagt hast? Du möchtest nicht von deiner Frau abhängig sein? Aber genau das bist du. Ein weiterer Esser, der nichts nach Hause bringt.«

Schweigend verschwand Leo im Bad.

Im Schlafzimmer sah Alba nach Lilia, die friedlich schlummerte. Die Nachbarin aus dem Nebenhaus brachte früh am Morgen Gerado und die eigene Tochter in den Kindergarten.

Als Leo aus dem Bad kam, erkannte sie ihn kaum wieder. Leo lächelte ihr unsicher zu. Die Wangen eingefallen, um die Augen lagen dunkle Schatten. Selbst sein Anzug schlackerte an den Schultern, als wäre Leo geschrumpft.

»Danke.« Alba drückte ihm einen Kuss auf die Stirn, unsicher, ob aus Mitleid oder Liebe. »Lass uns gehen.«

Ihre Mutter schloss Alba an der Wohnungstür fest in die Arme und bat beide hinein.

Alba ging voran in den Salon, wo ihr Vater am Tisch saß und in der Zeitung blätterte. Er legte sie beiseite und sah erst zu ihr, dann zu Leo. Sein Blick verfinsterte sich, bevor er ein Lächeln aufsetzte. Alba wusste, wie sehr er es Leo nachtrug, seinen Traum vom Bürgermeisteramt begraben zu müssen, als Leo verhaftet worden war.

Er deutete auf das Sofa gegenüber seines Sessels. »Setzt euch.«

»Danke.« Leo nahm Platz und reichte Alba die Hand, um ihrem Vater zu demonstrieren, wie eng ihre Bande waren. Dabei waren sie so filigran wie ein Spinnennetz.

»Möchtet ihr einen Kaffee?« Mutter stand in der Tür.

Alba vibrierte innerlich, eine weitere Tasse Kaffee würde es nur noch verstärken. »Nein, danke. Leo möchte Papá etwas fragen.«

Ihre Mutter setzte sich auf die Sesselkante zu Albas Vater.

»Nun?« Ihr Vater fixierte Leo.

Leo drückte den Rücken durch, in dem schlackernden Anzug ein hilfloses Unterfangen, stolz und selbstbewusst zu wirken. »Zuerst möchte ich mich bei euch allen entschuldigen. Ich habe Schande über die Familie gebracht. Gerne würde ich für dich in der Firma arbeiten«, wandte er sich nun an Albas Vater. »Obwohl ich zur Familie gehöre, kann ich verstehen, wenn es für dich untragbar wäre, einem Verurteilten eine Anstellung in eurem Betrieb zu geben. Als Geschäftsmann musst du Schaden von der Firma abwenden.«

Nach der Auseinandersetzung hätte sie nicht damit gerechnet, dass Leo so diplomatisch und ruhig um Verständnis bei ihren Eltern bat. Seine Worte berührten Alba. Vielleicht hatten sie beide doch noch eine Chance.

Ihr Vater reckte das Kinn vor. »Deine Einstellung ist lobenswert, obwohl ich dein Vergehen aufs Schärfste verurteile. Aber es scheint, die Zeit im Gefängnis hat dir eine innere Einsicht gegeben, die du zuvor nicht besessen hast.« Er sah zu Albas Mutter, die ihm Zustimmung signalisierte. »Wir nehmen deine Entschuldigung an.«

»Danke.«

»Was eine Anstellung angeht«, ihr Vater musterte Leo von oben bis unten, »es gäbe im Lager Arbeit, aber schaffst du das körperlich?«

»Ich bin stark genug. Ich werde dich nicht enttäuschen. Du hast mein Wort.«

Albas Mutter lächelte.

»Eine Sache noch ...« Ihr Vater stand auf, und Alba hielt die Luft an.

»Du wirst nie wieder etwas tun, was den Ruf unserer Familie beschmutzt. Verstanden?«

»Ja, Andrés, das habe ich verstanden.« Leo erhob sich ebenfalls und reichte ihm die Hand. »Danke für alles, auch für eure Sorge um Alba und die Kinder.«

Stolz erfüllte Alba, ihr Mann bewies Diplomatie und Weitsicht. Sie waren auf einem guten Weg. Gemeinsam.

»Morgen um sieben Uhr meldest du dich im Lager.« Damit beendete Albas Vater das Gespräch für den Augenblick.

Tag für Tag arbeitete Leo im Lager. Nach einem Monat hatte er fast zu seiner früheren körperlichen Form zurückgefunden. Die Arbeit stählte seine Muskeln, stärkte sein Selbstbewusstsein. Er verwandelte sich langsam wieder in den Mann, in den sich Alba verliebt hatte.

Selten murrte er an manchen Abenden über die langweilige Arbeit, doch morgens verströmte er oft gute Laune und interessierte sich für Albas Belange.

Leo leerte seine Kaffeetasse. »Was habt ihr heute Schönes vor? Wolltest du nicht mit deiner Mutter etwas unternehmen?«

Der Sommer hatte die Insel fest im Griff. Temperaturen von fast vierzig Grad ertrug man nur in der Wohnung bei geschlossenen Läden. »Mutter möchte einen Ausflug nach Cala Mayor an den Strand machen. Wir wollen mit der Bahn fahren und die Kinder mitnehmen.« Sie sah ihn an. Würde er es gutheißen, wenn sie ohne ihn einen schönen Tag am Meer verbrachte?

»Das ist bei der Hitze eine wunderbare Idee. Den Kindern wird es Spaß machen.« Leo schenkte sich Kaffee nach.

»Möchtest du mitkommen? Es ist schließlich Wochenende. Dir würde eine frische Meeresbrise ebenfalls guttun.«

»Mi Corazón, ich will euch Frauen nicht stören und gehe zum Weinfeld. Wir holen das bald ohne deine Mutter nach, einverstanden?«

Albas Vermutung bestätigte sich. Sie widerstand der Versuchung, aufzubegehren. Jedoch kümmerte sich Leo nur an den Wochenenden um das Feld. Was sollte sie ihm vorwerfen? Seinen Fleiß? Leos Begeisterung über den guten Zustand der Rebstöcke besserte seine Laune sowie seinen Tatendrang erheblich.

»In Ordnung.« Sie stand auf und ging um den Tisch, um das Frühstücksgeschirr abzuräumen. »Dann sehen wir uns erst wieder zum Abendessen.«

Leo zog sie zu sich. »Beim nächsten Ausflug komme ich mit.«

Sie lehnte sich an ihn, spürte seine Wärme. »Das wäre schön.«

Ihre Lippen fanden sich zu einem langen Kuss und weckten in Alba die Sehnsucht nach mehr, als es klopfte.

Gerado rannte aus seinem Zimmer und riss die Tür auf. »Abuela!«

Albas Mutter stand mit einem großen Sonnenhut im Eingangsbereich und hielt zwei kleinere Hüte in der Hand. »Schau mal, was ich gefunden habe. Die hast du als Kind getragen.« Ihre Mutter strahlte sie an. »Hola, Leo. Begleitest du uns?«

»Nein«, er erhob sich, »ich gehe aufs Feld. Die Arbeit ruft. Beim nächsten Mal gerne.« Er nahm seinen Hut, strich Alba liebevoll über die Wange und ging. »Ich wünsche euch viel Spaß.«

»Den werden wir haben.« Albas Mutter sah ihm nach. »Schade, ich denke, es hätte deinem Mann gutgetan. Er ist wie Andrés. Die Arbeit geht immer vor.«

»Und wir fahren mit der Bahn?« Gerado zog Lilia im Schlepptau aus dem Kinderzimmer. »Mamá hat es versprochen!«

»Ja, das wird aufregend.« Alba setzte ihm eines der Hütchen auf. »Lasst uns also gehen.«

Sie nahm die gepackte Tasche, und gemeinsam spazierten sie zur Haltestation. An der Plaza de la Reina bestiegen sie die Tram und setzten sich im zweiten Wagen nebeneinander auf die Holzbänke. Unter der Woche fuhren viele Arbeiter zum Hafen, doch am Sonntag machten sich nur wenige Ausflügler auf den Weg.

Alba hielt Lilia auf dem Schoß, die mit einem verzückten Gesichtsausdruck aus dem Fenster sah, während Gerado kaum zu bändigen war. Unablässig stand er auf, tänzelte singend durch den Gang und schwenkte seinen Hut. »Ich bin ein Junge mit Sombrero, aber ich bin kein Torero.« Alba ließ ihn gewähren, da im Wagen fast keine Passagiere saßen.

Die Fahrt führte mit einem leichten Anstieg in das Viertel El Terreno, das zwischen den mehrstöckigen Häusern einen Blick auf das Meer freigab. Obwohl die Architektur eher schlicht gestaltet war, juckte es Alba in den Fingern, ein paar Zeichnungen zu erstellen, um den Kontrast zwischen dem Meer und den Gebäuden einzufangen. An den Fassaden fehlten die vorgesetzten französischen Balkone, die manchem Haus in Palmas Prachtstraßen fast schon ein Gesicht verpassten. Nur an einigen der Gebäude fanden sich Stuckarbeiten unter den Dachtraufen, doch gerade das Fehlen architektonischer Raffinesse erweckte einen puristischen Eindruck. Leider hatte sie ihren Skizzenblock zu Hause gelassen.

Kurz nach dem Leuchtturm von Porto Pi erreichten sie die Endstation. Mutter nahm Gerado an die Hand, und Alba behielt beim Aussteigen Lilia auf dem Arm.

Linkerhand lag die erst kürzlich fertiggestellte Finca Marivent. Das auf der Klippe sitzende Herrenhaus aus Sandstein saß wie ein Adler in seinem hoch gelegenen Felsennest. Alba betrachtete das Gebäude. Der Name war gut gewählt: Meer und Wind. Dem Wind bei jedem Sturm ausgesetzt, die Wellen des Meeres als musikalischer Begleiter. Der Auftraggeber malte ebenfalls, wie Alba wusste. Der in Ägypten geborene Grieche war dazu ein leidenschaftlicher Kunstsammler. Sie hatte ein Bild von ihm in der Zeitung gesehen, und sollte der Mann in der sandigen Bucht von Cala Mayor auftauchen, würde sie sich ein Herz fassen und ihn ansprechen.

Sie erreichten die Treppe, die zum Strand hinabführte. Gerado zog sich die Schuhe von den Füßen und wollte sich von Albas Mutter losreißen. »Warte!« Albas Mutter hielt ihn zurück und zog das Hutband fest, damit es nicht verrutschte.

Lachend sah Alba ihrem Sohn nach, wie er zum Wasser rannte und staunend seine Füße von den leichten Wellen umspülen ließ. Alba setzte Lilia im Schatten ab. Das Mädchen wühlte keine Sekunde später mit den Fingern im warmen Sand. Ihre Mutter nahm aus ihrem Flechtkorb eine Decke und breitete sie im Schatten einer Kiefer aus.

Schweigend setzten sie sich nebeneinander. Alba behielt Gerado im Blick. Mittlerweile durchnässte das Wasser den unteren Rand seiner kurzen Hose. »Nicht weiter reingehen!«

»Du solltest ihn zum Schwimmunterricht anmelden.« Ihre Mutter nahm einen Fächer und fächelte sich Luft unters Kinn. »Diese Strandbesuche werden immer beliebter. Wer hätte das vor ein paar Jahren gedacht?« Ihre Lippen umspielte ein Lächeln.

Alba betrachtete die ans Ufer rollenden Wellen. »Niemand. Deshalb hast du mir das Schwimmen nicht beigebracht.«

»Keiner von uns kann schwimmen.«

Alba seufzte. Am Strand und im Wasser tummelten sich zahlreiche ausländische Touristen. Deutsche und englische Sprachfetzen drangen zu ihr herüber. Sie verstand zwar kein Wort, doch konnten die meisten Erwachsenen und auch die Kinder schwimmen. Furchtlos stürzten sie sich in die Fluten. Sie hatten offensichtlich Spaß. »Vielleicht sollte ich das mit Gerado zusammen machen. Schaden wird es auf keinen Fall.« Sie blickte über den Strand.

»Ich verstehe ja nicht so ganz, was die Ausländer auf die Insel lockt. Vielleicht haben sie kalte Sommer. Mir wäre es etwas kühler lieber.« Mutter folgte Albas Blick über den Strand.

»Glaubst du, diese Leute wollen nur ein Hotel am Meer?« Alba ging gerade ein verwegener Gedanke durch den Kopf. »Könnte man nicht eines der Häuser, die euch gehören, in ein

Stadthotel umbauen? Palma hat doch viel zu bieten, und der Strand ist schnell zu erreichen.«

»Du hast vielleicht Ideen.« Ihre Mutter lachte. »So groß wie das *Gran Hotel* sind unsere Häuser nicht. Das Hotel hier«, sie deutete auf das einzige mehrstöckige Gebäude, das etwas zurückgesetzt vom Strand stand, »ist noch viel größer.« Sie schüttelte den Kopf. »So ein Umbau kostet Geld, man braucht Personal, einen Koch, die Gäste wollen essen, und dann sprechen sie nicht mal unsere Sprache.«

»Personal kann man einstellen und eine Fremdsprache lernen.« Alba erwärmte sich zusehends für diese geschäftliche Möglichkeit.

Albas Mutter kniff die Augen zusammen und beobachtete ihren Enkelsohn.

Gerado rannte auf seine Abuela zu.

»So wie das Schwimmen.«

Gerados kurze Hose klebte inzwischen pitschnass an seinen Beinen. »Schwimmen, ja! Das will ich auch.«

Lilia nahm ihre sandigen Finger, steckte sie sich in den Mund und verzog das Gesichtchen.

»Das werden wir lernen. Versprochen.« Alba sah in das freudige Gesicht ihres Sohnes und beobachtete die Touristen. Konnten sich diese Besucher das exklusive *Gran Hotel* leisten? Wäre es nicht besser, ein günstigeres Haus in guter Lage zu eröffnen?

Der Gedanke an ein eigenes Hotel in Palma begleitete Alba nicht nur auf dem Nachhauseweg, sondern auch die kommenden Tage. Die Überlegung, mit Tourismus Geld verdienen zu können, beschäftigte sie ohne Unterlass. Aufmerksam las sie die Anzeigen in den Zeitungen. Sie brauchte keine großen Sprachkenntnisse, um die Werbung in der englischen und deutschsprachigen Presse zu verstehen, schließlich war das Wort *Hotel* international. Sogar eine deutsche Pension in Sóller für Vegetarier wurde beworben. Selbst auf der Vernissage, bei der sie zwei Bilder verkauft hatte, waren ausländische Hotelgäste anwesend gewesen. Leider hatte sie versäumt nachzuforschen, ob diese aus geschäftlichen Gründen oder zur Sommerfrische auf der Insel weilten.

Leo befand sich noch auf der Arbeit, die Kinder oben bei Mutter und Vater, der über den Firmenbilanzen grübelte. Alba nahm ein Blatt Papier und listete auf, was ihrer Meinung nach für einen Hotelbetrieb erforderlich war. Bei den Personalkosten konnte sie nur schätzen.

In die Zahlen vertieft, saß sie am Tisch, als sie einen durchdringenden Schrei von oben vernahm.

Alba fiel der Stift aus der Hand. Sie hastete aus der Wohnung und stürmte die Treppe hinauf. Ohne anzuklopfen, riss sie die Wohnungstür ihrer Eltern auf und rannte hinein. »Was ist los? Ist was mit den Kindern?«

Schluchzend hielt ihre Mutter den leblosen Körper ihres Vaters in den Armen. Sie saß auf dem Fußboden, der Stuhl lag umgekippt neben ihr.

»Er ist ... er ist umgefallen.« Mutter hob ihren entsetzten Blick. »Er atmet nicht mehr.«

Alba griff nach dem Handgelenk ihres Vaters. Kein Puls. Sie ließ sich neben ihre Mutter auf den Boden plumpsen. »Das gibt es doch gar nicht.«

Gerados Kichern klang zu ihr herüber.

»Wo sind die Kinder?« Den Anblick ihres toten Großvaters musste sie ihnen ersparen. Sie stemmte sich wieder hoch.

Ihre Mutter deutete zur geschlossenen Flurtür. »Sie wollten im Schlafzimmer mit meinen Schmuckkästchen spielen.«

»Ich rufe den Arzt.« Alba verließ den Comedor. Leise öffnete sie die Tür zum Schlafzimmer ihrer Eltern. Lilia glitzerte, als hätte sie ein Juweliergeschäft geplündert, während Gerado zusätzliche Halsketten aus Modeschmuck um ihren Hals drapierte. »Ihr bleibt hier, verstanden? Und seid brav.«

»Ja, Mamá.« Gerado spielte weiter, ohne sie zu beachten.

Alba nahm das Telefon im Flur und ließ sich mit ihrem Hausarzt verbinden. In knappen Worten berichtete sie, was geschehen war. Er versprach, umgehend zu kommen.

Im Esszimmer saß ihre Mutter immer noch auf dem Boden, wiegte den Körper ihres Vaters hin und her, als würde sie ein kleines Kind trösten wollen.

»Doktor Ferrer kommt gleich.« Alba streichelte ihr sanft über den Rücken, ließ ihre eigene Trauer nicht zu, übernahm die Führung. »Du brauchst einen Totenschein, sonst können wir Papá nicht beisetzen. Außerdem wird der Arzt wissen, was zu tun ist.«

Der Blick ihrer Mutter klarte etwas auf.

»Lass ihn uns flach hinlegen, ja?« Alba half ihr, den Körper ihres Vaters auf dem Teppich auszustrecken. Sie faltete ihm die Hände. Unter seinen Kopf schob sie ein Zierkissen, das sie von einem Sessel aus dem Salón holte.

So sah er schlafend aus, sollten die Kinder ihre Anweisung missachten.

Obwohl der Schmerz in ihr wütete, musste sie ihrer Mutter nun eine Stütze sein. Alba schluckte ihre Tränen hinunter.

Das Klingeln an der Tür kündigte den Arzt an. Er untersuchte ihren Vater eingehend. »Es sieht nach einem Herzinfarkt aus. Mein aufrichtiges Beileid.« Er schüttelte beiden die Hand. »Den Bestatter habe ich bereits informiert. Er wird gleich kommen.«

»Gracias, vielen Dank.« Alba sah, wie ihre Mutter schwankte. Sie war kreidebleich.

Der Arzt führte sie hinüber ins Wohnzimmer. Widerstandslos ließ sie sich auf das Sofa setzen, wo er ihr eine Beruhigungsspritze setzte und sie bat, sich hinzulegen. »Sie wird gleich ein wenig schlafen. Die Zeit wird es dann richten.«

Das hoffte Alba. Der plötzliche Tod ihres Vaters riss sie aus ihrer Routine. Wie sollte es nun weitergehen? Was aus der Firma werden? Leo traute sie eine Übernahme nicht zu, und sie selbst hatte keine Ahnung vom Handel. Die Gedanken zuckten wie Blitze in einer Gewitternacht durch ihren Kopf.

Der Arzt stellte den Totenschein aus, und sie sprach mit dem Bestatter.

Alba blieb nichts anderes übrig, als die Entscheidungen allein zu treffen. Am Abend wusste sie nicht mehr, wie sie das alles geschafft hatte, denn ihre Erinnerung war von einem Nebel aus Trauer überlagert. Die Kinder holte sie aus dem Schlafzimmer, wo sie glücklicherweise keinen Unsinn angestellt hatten. Lilia schlief im elterlichen Ehebett, Gerado spielte mit ihrer Puppe.

Leo übernahm das Ruder, als er von der Arbeit kam. Er tröstete sie und brachte anschließend die Kinder zu ihrer Freundin Marisol. Eine Übernachtung bei Marisol stellte für Gerado und Lilia immer ein Abenteuer dar. Das war schon früher so gewesen, wenn Alba Hilfe gebraucht hatte. Marisol erzählte ihnen Abenteuergeschichten und ging vollkommen in der Ersatzmutterrolle auf. Dadurch bekam Alba einen kleinen Aufschub, um sich um ihre Mutter zu kümmern.

Die kommenden Tage verbrachte Alba wie durch einen Nebelschleier. Lilia begriff noch nicht, was der Tod bedeutete, Gerado verstand sehr wohl, dass sein Großvater nicht mehr da war. Es tröstete ihn wenig, wenn sie sagte, er würde von einer Wolke auf sie heruntersehen und auf sie achtgeben, und je lustiger sie waren, desto lauter würde sein Opa auf seiner Wolke lachen, und wären sie traurig, dann würde auch der Himmel weinen.

Auf dem Weg zur Totenmesse in der Kirche von Santa Eulàlia stützte Alba ihre zerbrechlich wirkende Mutter. Kirchen waren ein Ort, an dem für Alba Glück und Trauer eng beieinanderlagen: die Freude über ihre Hochzeit mit Leo in dieser Kirche und nun die Trauer um ihren Vater, dem sie mit einer Messe gedachten.

Viele Honoratioren der Stadt und der Gewerkschaften saßen bereits in den Kirchenbänken, als Alba mit ihrer Mutter und Leo das Portal durchschritt. Die Kinder waren noch zu klein, um sie mitzunehmen. Alba dankte still Marisol, die auf sie aufpasste und damit den Gottesdienst versäumte.

Einige Gesichter erkannte Alba von ihrem Besuch zwei Tage zuvor. Sie waren traditionell bei der Totenwache in der Wohnung ihrer Eltern vorbeigekommen, die der Bestattung im engen Kreis am Vortag vorausgegangen war.

Von Vaters Geschäftspartnern kannte sie nur wenige. Die Trauerfeier erlebte Alba wie in Trance, die tröstenden Worte des Pfarrers erreichten sie nicht. Am Morgen hatte der Arzt

Mutter erneut eine Beruhigungsspritze gegeben, und Alba wusste nicht, was in ihr vorging, spürte nur die kalte Hand in ihrer.

Die Reihe der Kondolierenden schien unendlich, und Albas Mutter sackte immer mehr neben ihr zusammen.

Alba stieß Leo in die Seite. »Bring Mamá nach Hause, sie schafft das hier nicht. Ich bleibe hier.«

»In Ordnung. Wenn ich dich auch ungern allein lasse.« Leo hakte ihre Mutter unter und führte sie durch die Reihen des Kirchenschiffs.

Alba nahm weiter eine Hand nach der anderen, rang sich ein Lächeln ab. Mitfühlende Worte, die keinen Trost spendeten. Noch nicht. Die Schlange der Kondolierenden kam ihr unendlich vor. Irgendwann stand der letzte Besucher vor ihr. Alba hatte diesen Mann noch nie gesehen.

»Sie und Ihre Mutter haben mein vollstes Mitgefühl. Ein tragischer Verlust.« Sie ergriff die dargereichte Hand. Der Mann schien in Vaters Alter zu sein. »Ich bin ... war ein enger Geschäftspartner Ihres Vaters. Wenn Sie Unterstützung brauchen in diesen schweren Zeiten, auch finanzieller Art, wenden Sie sich ruhig an mich. Ich habe immer erfolgreich Geschäfte mit Ihrem Vater getätigt.« Aus seiner Jackentasche zog er eine Visitenkarte und reichte sie Alba.

»Danke. Das ist sehr freundlich. Nun entschuldigen Sie mich, ich muss nach meiner Mutter sehen.« Alba wandte sich ab.

»Natürlich«, hörte sie den vornehm gekleideten Mann noch sagen.

Gedankenverloren steckte sie die Visitenkarte ein und ging nach Hause.

Die darauffolgenden Tage grübelten Alba und Leo, wie es mit der Firma weitergehen sollte. »Du möchtest sie doch nicht übernehmen, oder irre ich mich?«

Leo überlegte kurz. »Ich bin dafür ungeeignet, ich verstehe nichts davon. Ihr solltet sie an die Gewerkschaft verkaufen. Dieser Manolo schlug vor, daraus eine Art Kooperative für die Bauern zu machen. Das hätte Andrés gefallen.«

In Albas Augen schien das die einzig vernünftige Lösung, sie selbst fand die Idee gut, und sie würde ihrem Vater ein kleines Denkmal setzen. »Lass uns das mit Mamá besprechen. Wir müssen endlich eine Entscheidung treffen.«

Hoffentlich stimmte ihre Mutter diesem Plan zu. Alba ging mit Leo die Treppenstufen nach oben zur Wohnung. Wie gewohnt klopfte sie dreimal an, bevor sie die Tür öffnete. »Mamá? Hast du Zeit?«

»Warum sollte ich keine haben?«

Die Stimme kam aus der Küche. Mutter stand am Herd, im Begriff, Kaffee aufzusetzen. »Möchtet ihr auch?«

»Gerne.«

Sie setzten sich an den kleinen Küchentisch. »Mamá, wir haben wegen Papás Firma eine Entscheidung getroffen. Die Gewerkschaft soll sie kaufen. Es wird den Bauern helfen. Wir denken beide, Papá würde die Idee gefallen.«

Alba sah nur den Rücken ihrer Mutter, während sie weiter mit dem Kaffeeaufbrühen beschäftigt war.

»Schön, dann sind wir einer Meinung.« Ihre Mutter drehte sich um. »Ich habe bereits bei der Bank veranlasst, dass ein Teil des Verkaufserlöses auf dein Konto kommt.«

»Bitte? Warum?« Alba wusste nicht, was sie davon halten sollte.

»Es war mir klar, dass wir verkaufen. Blieb nur die Frage, an wen. Mir war die Gewerkschaft ebenfalls der liebste Geschäftspartner, wenn ich auch nichts davon verstehe. Sie haben ein gutes Angebot gemacht, und du sollst einen Teil des Erlöses bekommen.«

Albas Überraschung hätte nicht größer sein können. Sie hatte ihre Mutter unterschätzt. Hatte Alba geglaubt, sie sei in tiefer Trauer versunken, wenn sie sie schweigend in ihrem Sessel hatte sitzen sehen, hatte sie sich stattdessen Gedanken über die Zukunft gemacht.

»Ich danke euch für die Unterstützung in der letzten Zeit.« Sie nahm die Kanne vom Herd. »Deine Hotelidee gefällt mir. Ich möchte, dass du es für die Eröffnung eines Hotels verwendest, und ich hoffe, eines unserer Häuser eignet sich dafür. Damit hast du neben der Galerie ein weiteres Standbein. Leo findet dort sicherlich auch ein Betätigungsfeld. In so einem Hotel gibt es ja einiges zu tun.«

»Ach, Mamá.« Dankbarkeit und Liebe zu ihr trieben Alba Tränen der Rührung in die Augen. »Danke. Ein Hotel wäre wirklich mein Traum.«

»Kein Grund, zu weinen. Die Zeit der Trauer ist vorbei. Es müssen Entscheidungen getroffen werden. Das sind wir den Arbeitern schuldig.« Sie goss den Kaffee in die Tassen. »Andrés wäre enttäuscht, wenn ich mich nicht ordentlich um seinen Nachlass kümmern würde.«

»Josefina, das ist überaus großzügig von dir.« Leo stand auf, ging um den Tisch und drückte ihr einen Kuss auf die Wange. »Und ob ihr es glaubt, oder nicht, ich habe schon eine Idee, wie ich mich einbringen kann.« Leo setzte sich wieder zu Alba.

Misstrauisch rückte Alba ein Stück von ihm ab. Wie konnte er so schnell einen Plan haben?

»Jetzt schau nicht so überrascht.« Leo sah sie gekränkt an. »Ich weiß schließlich ebenfalls von deinem Wunsch, ins Hotelgeschäft einzusteigen. Also habe ich überlegt, wie wir das am besten zusammen schaffen.«

»Oh.« Mehr kam Alba nicht über die Lippen. Mit der Unterstützung ihres Mannes hatte sie nicht gerechnet. Bislang hatte er nur für sein Weinfeld gelebt.

»Ich sehe mich nicht hinter einer Rezeption stehen, aber jedes gute Hotel braucht einen erlesen bestückten Weinkeller und ...«, er lächelte Alba zu, »das ließe sich hervorragend mit einem Weinhandel kombinieren.«

Mutter sah von Leo zu Alba. »Das ist eine großartige Idee, findest du nicht?«

Obwohl sich Alba überfahren fühlte, musste sie Leo zustimmen. »Doch, du hast recht.« So könnte er einen Teil seiner Leidenschaft ausleben. Das würde ihrer Ehe guttun, dem Hotel dienlich sein, und gemeinsam würden sie ein Projekt vorantreiben.

Ihr eigenes Hotel!

Alba konnte es noch gar nicht glauben. Vor ihrem inneren Auge sah sie sich schon die Gästezimmer einrichten. Natürlich würden ihre Gemälde die Wände der Zimmer zieren. Mit etwas Glück könnte sie so das eine oder andere Bild verkaufen. Diesen Gedanken behielt sie vorerst für sich. Vor ihnen lag eine vielversprechende Zukunft. Seit Langem keimte Hoffnung in ihr: Hoffnung auf ein glückliches Leben mit Leo.

13

Mallorca, Herbst 1931

Vom Meer zog eine frische Herbstbrise herauf und trug die feine Gischt über die Klippe. Leo schmeckte das Salz auf seinen Lippen. Er trat näher an den Klippenrand. Eine einzige große Kiefer trotzte hier seit Jahrzehnten dem Salz und dem Wind. So oft er das Grundstück wegen seiner schlechten Lage für den Weinbau verflucht hatte, so sehr liebte er diesen Baum. Er spürte eine tiefe Verbundenheit zu ihm, denn beide kämpften allein gegen die Naturgewalten. Leo betrachtete mit Stolz die erneut zum Leben erwachten Reben. Prall fühlten sich die Beeren an, wenn er sanft mit Zeigefinger und Daumen eine Frucht drückte. Obwohl die Ausbeute mager war, zeigte sie dennoch die Kraft, die noch in den Rebstöcken wohnte. Die vernachlässigten Stöcke brachten tatsächlich einen Ertrag.

Ein kleines Wunder! Leo hatte es geschafft – er allein. Die Rückzahlung des Kredits würde Tomeu nicht fordern. Der kämpfte mit ganz anderen Problemen. Leos ehemaliger Chef versuchte einem jahrelangen Gefängnisaufenthalt zu entgehen. Von dieser Seite erwartete Leo in naher Zukunft kein Ungemach.

Tomeus Probleme spielten Leo in die Karten. So müsste Alba nie erfahren, woher das Geld für den Rebenkauf stammte. Seine Frau glaubte, er hätte die Reben vom Verdienst seiner illegalen Nachtschichten gekauft.

Nur schwer riss sich Leo von seinem Weinfeld los. Mit geschwellter Brust stolzierte er durch die Reihen, prüfte den Fruchtstand, schnitt die Reben und Blätter, wo es notwendig war.

Auf dem Rückweg nach Palma träumte er davon, der beste Weinhändler der Insel zu werden. Alle Hoteliers und Restaurantbetreiber würden seine fachkundige Meinung einholen und seinen Empfehlungen zum Weinkauf folgen.

»Endlich kommst du.« Alba stand erwartungsvoll im Flur. »Die Kinder sind bei Mamá, und wir können los.« Sie schwenkte einen Zollstock. »Ich brenne darauf, im Haus alles zu vermessen.« Alba strahlte so viel Energie aus und blühte bei ihren Hotelplänen genauso auf wie damals, als sie ihre Galerie geplant hatte.

Leo zog sie an sich. »Wie schnell du deine Pläne vorantreibst, ist bewundernswert.«

»Jeder Tag ist kostbar. Also los, lass uns unser Vorhaben in die Realität umsetzen.« Sie löste sich von ihm und eilte die Treppenstufen hinab.

»Warte. Ich hole die Gaslampe.« Leo entnahm sie der Abstellkammer. »Wir haben nur noch wenige Stunden Tageslicht.«

»Großartige Idee. Daran hatte ich gar nicht gedacht.« Sie hielt ihm einen Korb hin, in dem Zollstock, Block und Stifte lagen.

Wenige Minuten später standen sie Arm in Arm vor dem vernachlässigten Gebäude. Der Leerstand hatte dem Haus geschadet. Der cremefarbene Fassadenputz wirkte schmutzig, das Braun der gestrichenen Fensterläden blätterte ab, und einige Läden hingen sogar schief in den Angeln. Da hatten die letzten Herbststürme ganze Arbeit geleistet.

Leo legte den Kopf in den Nacken und sah die Fassade hinauf. An manchen Stellen bröckelte der Putz, und unter der Dachtraufe zog sich ein langer Riss. Wenn der bis ins Mauerwerk reichte, standen sie bereits vor dem ersten großen Problem. Es könnte die Statik beeinflussen.

Alba schloss auf. Die Eingangstür quietschte, sie hing fest. Leo drückte die verklemmte Tür auf und gab Alba den Eingang zum Erdgeschoss frei. Ein muffiger Geruch schlug ihnen entgegen. Die Feuchtigkeit im Mauerwerk könnte ein weiteres Problem darstellen. Das würde sich nach kräftigem Lüften zeigen.

»Ich lasse Licht herein.« Leo öffnete im Erdgeschoss zwei Klappläden, damit Alba nicht im Dunkeln auf ihn warten musste. »Keine Bange, das wird schon«, munterte er Alba auf, die ihn verunsichert ansah. Offenbar hatte sie nicht mit einem solchen Zustand gerechnet.

Leo ging die Treppe hoch bis ins oberste Geschoss. Hier oben gab es nur kleine Fenster, die keine Klappläden hatten. Das durch die Öffnungen scheinende Sonnenlicht ließ den Staub flirrend in den Räumen tanzen.

Genauestens begutachtete Leo den bröseligen Zementboden: Gab es Anzeichen von eindringendem Regenwasser? Wenn das Dach schadhaft wäre, würde es teuer werden.

Alles trocken.

Wenige Stockflecken in den Ecken, doch die würden sich schnell beheben lassen. Leo beugte sich aus dem Fenster, um den Riss zu kontrollieren, den er von außen gesehen hatte. Behutsam tastete er mit dem Finger am Putz entlang. Die Beschädigung blieb oberflächlich. Auch das stellte kein Problem dar.

Die Holzdeckenbalken wirkten ebenfalls intakt. Er kniete sich hin, begutachtete den am Boden liegenden Holzstaub. Einige Balken schienen von Holzwürmern befallen zu sein. Das musste sich ein Bauunternehmer ansehen.

Stockwerk für Stockwerk öffnete er die Läden und Fenster. Der Zimmerzustand war besser als erwartet.

Bisher war das Gebäude in sechs Wohnungen aufgeteilt, zwei in jedem Geschoss. Pro Wohneinheit gab es ein Badezimmer. Deutlich zu wenig für eine Hotelnutzung der oberen Preisklasse, wie es Alba vorschwebte. Dafür müssten einige Wände eingerissen, neue erstellt werden. Vor allem brauchte jedes Gästezimmer ein privates Bad.

Nachdenklich schlenderte Leo durch die Zimmer. Das Geld aus dem Fabrikverkauf würde für einen Umbau nicht ausreichen.

Die gesamte Elektrik musste auf den aktuellen Stand gebracht werden. Die Möblierung der Gästezimmer, die Ausstattung eines edlen Speisesaals, ein Raucherraum für Herren, eine Bodega und vieles mehr war notwendig.

Leo entdeckte seine Frau im Erdgeschoss auf dem Boden sitzend. Mit dem Rücken an die Wand gelehnt, skizzierte sie die Räume.

»Oben habe ich alles geöffnet. Das Dach ist dicht, aber ein paar Balken müssen wahrscheinlich getauscht werden.«

»Wenigstens eine gute Nachricht.« Alba sah ihn an. »Ob wir das finanzieren können?«

Er bemerkte den Zweifel in ihren Augen. Seine kluge Frau hegte die gleichen Bedenken wie er.

Leo nahm die Gaslampe aus dem Korb. »Lass uns den Keller begutachten. Er ist schließlich das Fundament von allem.«

Alba legte den Block beiseite und reichte ihm die Hand. »Das Fundament deines Weinlagers.«

»Das auch.« Er half ihr auf die Beine. »Bevor es aber dazu kommt, müssen wir sehen, ob das Mauerwerk in Ordnung ist.«

Die Tür zum Kellerabgang klemmte. Leo musste mehrmals kräftig dagegen treten, bis sie aufsprang. Er entzündete die Gaslampe und leuchtete die steile Steintreppe hinab. Der modrige Geruch eines unbelüfteten und feuchten Kellers raubte ihm beinahe den Atem.

»Ihh! Da ist ja alles voller Spinnweben.«

Leo lachte über den Ausruf seiner Frau. Die Spinnen stellten das kleinste Problem dar. »Ich gehe voran und wische sie fort. Keine Angst.«

Stufe für Stufe ging Leo nach unten, leuchtete mit der Lampe über sich und entfernte mit der linken Hand die Spinnweben.

Nur zögerlich folgte Alba.

Im Kellergewölbe befanden sich zwei kleinere und ein größerer Raum. Leo stellte die Lampe auf den Boden und schritt die Wandlänge ab. »Es ist gerade breit genug, um auf beiden Seiten Weinregale zu stellen.« Er sah das gut bestückte Weinlager schon vor sich. »Für eine ausreichende Belüftung muss natürlich gesorgt werden, um die Feuchtigkeit aus den Mauern zu bekommen. Was denkst du?«

Alba lehnte mit skeptischem Blick im Türrahmen. »Wenn wir hier fertig sind, können wir uns den ganzen Wein nicht mehr leisten. Außerdem verfügen wir nach dem Umbau über weit weniger Zimmer. Da rechnet sich ein eigenes Restaurant überhaupt nicht.« Sie schüttelte den Kopf.

Insgeheim stimmte Leo ihr zu. Sie sprach aus, was er selbst schon gedacht hatte, als er die oberen Stockwerke begutachtet hatte.

Leo blickte in das enttäuschte Gesicht seiner Frau. Er ging zu ihr und schloss sie tröstend in seine Arme. »Ein Jammer.«

Alba schmiegte sich in seine Arme. »Es wird nicht funktionieren. Der Traum ist ausgeträumt.«

Leo gab ihr einen Kuss aufs Haar und hielt sie fest umschlungen. »Dann müssen wir eben kreativ sein.«

»Kreativ?«

»Das Nachbarhaus geht bis zur Straßenecke. Wie wäre es, wenn wir versuchen, es dem jetzigen Eigentümer für einen guten Preis abzukaufen?«

»Ach, Leo. Du bist ein Träumer.«

»Aber warum denn? Wenn deine Mutter eines ihrer anderen Häuser verkauft, könnte es klappen.« Leo begeisterte sich immer mehr für seine Idee. »Der Juwelier aus dem Erdgeschoss hat seit vielen Monaten geschlossen. Der Rest stand schon vorher leer.«

»Leo, meine Eltern versuchten im letzten Jahr bereits, eine der Immobilien zu verkaufen. Es gibt kaum Käufer.«

Leo überlegte. »Dann nehmen wir eben einen Kredit von der Bank.« Das wäre eventuell schwierig. »Oder noch besser, wir suchen jemanden, der sich beteiligt. Mit einem passenden Konzept sollte sich doch ein Investor finden lassen.«

»Ich weiß nicht.«

»Wo ist denn meine streitbare Frau geblieben?« Leo sah ihr fest in die Augen. »Komm mal mit.« Er schob sie nach draußen und deutete auf das verlassene Nachbareckhaus. Beide Gebäude besaßen die Wohnebenen auf gleicher Höhe. »Siehst du, die sind baugleich.« Er zog sie mit sich an die Ecke der Carrer del Almudaina. Von der Straßenecke konnte man bis auf die Plaza Cort sehen. »Wenn du einen Plan von dem einen gezeichnet hast, kannst du das andere gespiegelt übernehmen. Außer im Erdgeschoss, da befinden sich dann die Rezeption, die Bar, das Restaurant ... Stell dir die Pracht vor, wenn das Restaurant hier über die komplette Ecke geht? Von den Tischen sieht man auf die Straße. Die Küche und die Vorratsräume könnten wir im hinteren Bereich unterbringen. Es ist perfekt!« Mit jedem Satz sah Leo das Hotel in strahlendem Glanz vor sich. »Beide Gebäude zusammen haben die passende Größe für ein Luxushotel. Und wie du sagst, keiner kauft zur Zeit Immobilien, also werden wir es günstig erwerben können.«

Alba zögerte. »Selbst wenn, dann müssten wir den Umbau für zwei Häuser stemmen. Welche Bank soll ...« Alba schwieg.

Leo sah an ihrem Gesichtsausdruck, wie ihr ein Gedanke gekommen war.

»Vielleicht gibt es doch eine Lösung.« Alba drückte ihm einen Kuss auf den Mund. »Auf Vaters Beerdigung hat mir ein Geschäftsfreund seine Karte gegeben und Hilfe angeboten. Wenn ihn das Konzept überzeugt, finanziert er möglicherweise einen Teil.«

Von Hoffnung beflügelt, verriegelten sie die Haustür, die Fenster ließen sie offen, damit das Gebäude atmen konnte.

Die kommenden zwei Wochen arbeiteten sie an den Plänen. Der Familiennotar fand den Eigentümer des Nebenhauses heraus, und der wollte tatsächlich zu einem vernünftigen Preis verkaufen.

Ausgestattet mit einer präzisen Kalkulation des Umbaus und bildhaften Skizzen zu Aufteilung und Möblierung, konnte das Projekt nun präsentiert werden.

Leo brachte Gerado am Morgen in den Kindergarten und Lilia zu Marisol. Josefina verbrachte den Tag bei einer Freundin im Südosten.

»Ich bin so aufgeregt.« Alba stand mit ihrem Hut in der Hand in der Tür.

»Sei nicht so nervös. Wir sind überpünktlich.«

Alba setzte sich den Hut auf. »Das sagst du so leicht. Ich habe mindestens fünfmal die Unterlagen durchgeblättert, ob wirklich alles vollständig ist.«

Leo streichelte Albas Wange. »Wir schaffen das. Hab Vertrauen.«

Eine Viertelstunde vor der vereinbarten Zeit standen sie vor ihrem zukünftigen Hotel.

Alba öffnete die Fenster in ihrem Gebäude, während Leo das Gleiche im Nachbareckhaus erledigte. Der Eigentümer hatte ihnen für diesen Tag den Schlüssel überlassen, so konnten sie jederzeit das Haus betreten.

Leo hoffte, Pedro Romero Sánchez, der ehemalige Geschäftspartner von Andrés, besäße ausreichend Fantasie, um das Potenzial der beiden Gebäude trotz des Zustands und des Staubs zu erkennen.

Unruhig wanderte Leo auf der Straße auf und ab. Er hielt Ausschau nach dem Mann.

Auch Alba erschien im Bogen des großen Eingangstors. »Ich fühle mich schrecklich.« Sie nahm ihren Hut ab und fächelte sich Luft zu. »Was machen wir, wenn es ihm nicht gefällt?«

Ein hochgewachsener Mann trat auf sie zu. Eine hagere Gestalt in einem edel wirkenden Anzug. Offensichtlich ein Mann mit Geld. Hose und Jacke schienen ebenso auf Maß gefertigt zu sein wie die Schuhe.

Leo neigte sich zu Alba. »Ist er das?«

»Ja, das ist Pedro.« Sie setzte ihren Hut wieder auf. »Buenos días, Señor Romero Sánchez. Welche Freude.« Sie reichte ihm die Hand. »Darf ich Ihnen meinen Mann Leo Delgado Ramis vorstellen?«

»Mucho gusto.« Er gab Leo die Hand. »Die Lage ist ganz ausgezeichnet. Das kann ich jetzt schon sagen.«

Wache Augen musterten Leo. Sie erinnerten ihn an die runden Knopfaugen von einer Maus. Der Gedanke beruhigte Leo. Vor einer Maus musste er sich nicht fürchten. »Encantado«, erwiderte er den Gruß.

»Das sind also die beiden Objekte?« Er sah die Fassade nach oben. »Ich bin gespannt. Dann zeigen Sie mir bitte die Häuser.«

»Gerne.« Alba ging voraus.

»Für die Besprechung der Zahlen können wir das Büro meines Architekten nutzen. Das liegt an der Plaza de Santa Eulalia, also direkt um die Ecke.«

Alba sah unsicher zu Leo, der den Mann nicht einordnen konnte. Er wirkte freundlich, und dennoch legte er eine Bestimmtheit an den Tag, die Leo zur Vorsicht mahnte.

Mit einer Leichtigkeit beschrieb Alba, wie sie sich die Aufteilung und Einrichtung der Gästezimmer vorstellte, erklärte in leuchtenden Farben die Ausstattung der Gemeinschaftsräume sowie des Restaurantbereichs. Selbst Leo konnte sich die Räume im Anschluss bildlich vorstellen und hätte am liebsten im Restaurant sein Mittagessen eingenommen.

Als sie wieder im Erdgeschoss standen, bückte sich Leo nach der Gaslampe, die er neben den Eingang gestellt hatte. »Nachdem meine Frau Ihnen das Haus vorgestellt hat, schlage ich vor, ich zeige Ihnen den Keller, bevor wir das Nachbarhaus besichtigen.«

Romero stimmte zu. »Gehen Sie voran.« Er nahm seinen Hut ab und folgte Leo die Treppe hinab. Alba blieb im Erdgeschoss zurück.

Unten angekommen, erläuterte Leo seinen Plan für das Weinlager. »Man könnte den Keller nach Bedarf auch weiter ausdehnen, wenn die beiden Häuser zusammengelegt werden. Mit der richtigen Belüftung herrschen hier ideale Lagerbedingungen. Kühl und mit perfekter Luftfeuchtigkeit.«

Romero sah ihn aus seinen Mausaugen an. »Ich nehme an, auch hierfür haben Sie alle relevanten Zahlen zusammengestellt?«

»Selbstverständlich.« Leo fühlte sich fast wie früher in der Schule, wenn der Lehrer gefragt hatte, ob er seine Hausaufgaben gemacht habe.

»Gut, gut.« Romero wandte sich zur Treppe. »Dann besichtigen wir jetzt das Nachbarhaus?«

»Sehr gerne. Es ist eine gespiegelte Version dieses Hauses. Nur, dass es noch den Vorteil eines Eckhauses bietet.«

Die Besichtigung ging entsprechend schneller voran. Bereits eine Stunde später folgte Leo mit Alba am Arm Romero Sánchez über den Rathausplatz zum Büro des Architekten.

Schon die feudale Treppe mit Marmorstufen im Eingangs-bereich und das aufwendig verzierte Metallgeländer ließen den Preis des Architekten erahnen. Solange Romero bezahl-te, sollte es Leo gleichgültig sein.

Nach einem kurzen Anklopfen trat Romero in ein Büro im ersten Stock. Ein Mann, den Leo auf Mitte dreißig schätzte, saß an einem prachtvollen Schreibtisch aus Mahagoniholz. Er trug sein schwarzes, leicht gewelltes Haar gemäß der neu-esten Mode mit Pomade nach hinten gekämmt. Eine dunkle Weste zu weißem Hemd, aber kein Jackett.

»Pedro, willkommen!« Er drückte Romero die Hand. »Sie müssen Señora Colom Pons und Señor Delgado Ramis sein. Ich freue mich, Sie kennenzulernen.«

Alba schüttelte dem Mann lächelnd die Hand. Leo schlug kurz und kräftig in die dargebotene Hand ein. »Die Freude ist ganz unsererseits.«

»Freut mich. Ich bin Matías Alberti Rotger.« Er wies auf eine Tür zu seiner Linken. »Bitte«, forderte der Architekt sie auf, den Raum zu betreten. »Ich bin schon sehr gespannt auf dieses Projekt.«

Obwohl Leo Alberti überaus sympathisch fand, beschli-chen ihn erste Zweifel, denn der Mann ging anscheinend davon aus, den Auftrag zu erhalten.

In der Mitte des lichtdurchfluteten Raums thronte ein rie-siger dunkler Holztisch, auf dem bereits ausgerollte Pläne lagen. Vor diesem Tisch blieb der Architekt stehen. Er roll-te die Zeichnungen aus. Leo schielte darauf. Das war Albas Haus! »Wie kommen Sie an die Grundrisse?«

Alba wechselte einen unsicheren Blick mit ihm. Sie hatte die Pläne ebenfalls richtig interpretiert.

Alberti lächelte zufrieden. »Ja, Pedro hat mir vorher die Adressen der Häuser gegeben, und manchmal hat man im Stadtarchiv Glück. So konnte ich schon eine erste Planung vornehmen.« Er deutete auf die Papiere.

»Ich habe eigene Pläne gezeichnet.« Albas Stimme klang reserviert.

»Aber, Señora, es ist nur ein erster Entwurf, natürlich werden Sie eigene Ideen und Vorstellungen haben.«

Diesen Satz vernahm Leo mit großer Erleichterung. Der Architekt wurde ihm von Minute zu Minute sympathischer, während Romero eine undurchdringliche Miene zur Schau trug.

Die kommenden Stunden versanken sie über den Plänen und Zeichnungen. Ein zuversichtliches Lächeln überzog Albas Gesicht. Der Architekt leistete wirklich hervorragende Arbeit, weil er seine Ideen so präsentierte, dass selbst Leo das fertige Hotel vor sich sehen konnte.

Mit einem sehnsüchtigen Blick auf die Zeichnung des Weinkellers schob er den Plan zur Tischmitte zurück. »Señor Alberti, Sie haben eine wahrhaft beeindruckende Arbeit geleistet. Haben Sie schon die dazugehörigen Umbaukosten kalkuliert?«

Alba ließ den Architekten nicht aus den Augen. Alberti stand auf und holte einen Ordner vom Schreibtisch. Er öffnete ihn und blätterte zur letzten Seite. »Bei der Einrichtung musste ich Durchschnittswerte nehmen, um sie für die Kalkulation zu berücksichtigen.« Er lächelte. »Gehört zwar nicht zu meinen Aufgaben, doch da Pedro eine ungefähre Gesamtsumme wünschte, habe ich es in die Berechnung einfließen lassen. Ich gehe von siebenundzwanzig Doppelzimmern und fünf Suiten aus.«

Romero zog den Ordner zu sich. »Hast du auch die Einnahmen der ersten fünf Jahre budgetiert? Im Eröffnungsjahr ist eine gute Belegung fast ausgeschlossen. Das wird sich langsam jährlich steigern.«

»Bedauere. Ich bin Architekt«, sagte Alberti mit einem Stirnrunzeln und hielt den Ordner fest. »Ich kann diese Rechnung einem Betriebswirtschaftskollegen übertragen. Um die Kosten übersichtlich zu halten, wird das Projekt nicht ganz so edel wie das *Gran Hotel*.« Er wandte sich an Leo und Alba. »Haben Sie ungefähre Belegungszahlen errechnet?«

»Ja.« Leo sah zu Romero. »Wir rechnen im ersten Jahr nach der Eröffnung mit einer Belegung von dreißig Prozent. In den darauffolgenden Jahren erwarten wir eine Steigerung von je zwanzig Prozent.«

»Das erscheint uns realistisch«, bestätigte Alba, die wohl Romeros kritischen Blick ebenfalls bemerkte.

Alberti reichte Leo den Ordner. »Dann hoffen wir mal, meine Kostenaufstellung passt zu den kalkulierten Einnahmen.«

Leos Blick suchte die Zahl am Ende der Kalkulation. Er unterdrückte bei dieser gewaltigen Summe seine wahren Gefühle. Wenn er den Kauf des Eckhauses dazurechnete und die Betriebskosten, würden sie bei der angenommenen Belegung der ersten Jahre ausschließlich Verluste einfahren und sich in die Abhängigkeit von Romero begeben.

Alba blickte Leo Hilfe suchend an. Er signalisierte ihr, ruhig zu bleiben. Alba atmete leise aus und schwieg.

Romero räusperte sich. »Bitte zeigen Sie mir die Aufstellung.«

»Bitte.« Leo schob den geöffneten Aktenordner über den Tisch.

Umständlich zog Romero sein Brillenetui aus der Jackentasche, nahm die Brille heraus, putzte sie erst, bevor er sie aufsetzte. Mit seinem Zeigefinger fuhr er die Zeilen entlang und stoppte am Ende der Seite. »Hm«, brummte er. »Das gefällt mir nicht.«

Leo hatte es geahnt. »Wir danken Ihnen für Ihre Zeit Señor Romero, und auch Ihnen Señor Alberti für Ihre Mühe. Es sind wunderbare Zeichnungen, doch das alles übersteigt unsere Möglichkeiten.«

Alba stand ebenfalls auf und nahm ihren Hut vom Tisch. »Ich schließe mich den Worten meines Mannes an und danke Ihnen.« Sie schob ihren Stuhl zurück, und Leo erkannte, dass Alba um ihre Fassung rang.

Auch der Architekt wirkte traurig über den Ausgang des Gesprächs. Es schien Leo, als bedauerte er nicht nur ein entgangenes Geschäft. Vielmehr erkannte Leo in dessen Augen die Enttäuschung, seine Pläne niemals umsetzen zu können.

»Warten Sie.« Romero nahm die Brille ab. »Geben Sie immer so schnell auf?«

»Nein, aber wir können nicht so groß planen.« Alba stützte beide Hände auf dem Tisch ab und beugte sich vor. »Diese Summe werde ich ... Können wir auf keinen Fall als Kredit aufnehmen. Das würde uns ruinieren.«

Leos Herz füllte sich mit Stolz. Seine Frau sagte erhobenen Hauptes ihre Meinung, und die deckte sich mit Leos.

Romeros Lippen umspielte ein Lächeln. »Wer redet denn von einem Kredit? Es gibt eine viel einfachere Lösung: Ich werde Ihr Teilhaber.«

Leo zuckte innerlich zusammen. »Wie stellen Sie sich das vor?« Wären Alba und er damit abhängig in allen Entscheidungen und trotzdem Schuldner Romeros?

Während Leo nach passenden Worten suchte, um Romero nicht zu verprellen, kam ihm Alba zuvor. »Verzeihen Sie. Bitte unterbreiten Sie uns Ihren genauen Vorschlag, und geben Sie uns zwei Tage, das zu überdenken.«

»Meine Frau hat recht. Bitte lassen Sie von Ihrem Anwalt einen Vertragsentwurf aufsetzen, um eine Entscheidung treffen zu können.«

»Kein Problem. Sie werden ihn morgen erhalten«, stimmte Romero dem Vorschlag zu.

»Vielen Dank.« Leo reichte Alba den Arm, lächelte beiden Männern freundlich zu und verließ mit ihr nach einer Verabschiedung das Büro.

Auf der Straße entwich Leo ein Seufzer. »Die Kosten sind enorm. Wir müssen einen anderen Weg finden.«

»Allerdings. Ein Teilhaber, der uns in alles reinredet, ist nicht das, was ich mir vorgestellt habe.« Alba ging die Carrer Victoria entlang und warf einen sehnsüchtigen Blick auf ihr Traumhotel.

»Warten wir ab, was Romeros Anwalt präsentiert.« Leo folgte seiner Frau. »Vorher müssen wir keine Überlegungen anstellen.«

Alba stimmte ihm zu.

Den Abend über sponnen sie Pläne, schoben Ideen hin und her, bis sie letztlich erschöpft ins Bett sanken.

Kaum aus den Federn, tigerte Leo in der Wohnung auf und ab, während Alba Gerado in den Kindergarten brachte. Lilia spielte mit der Tochter einer Nachbarin.

Leos Unruhe endete erst, als am späten Vormittag ein Bote den Vertragsentwurf abgab. Gemeinsam studierten sie den Entwurf. Alba schien unsicher. Wieder und wieder prüfte sie die Zahlen. »Wir sollten Mutter mit in die Entscheidung einbeziehen. Es ist ihr Geld.«

»In Ordnung. Gehen wir zu ihr hoch.«

Josefina saß am Esstisch und schälte Kartoffeln. »Ist der Kreditvertrag da?« Sie schob die Schüssel zur Seite und wischte die Hände an der Schürze ab. »Dann lasst mal hören.«

»Wir wollten dich in die Entscheidung mit einbeziehen.« Alba legte den Vertrag auf den Tisch. »Lies ihn in Ruhe durch, ich hole uns etwas zu trinken.« Alba füllte einen Krug mit Wasser, Leo holte drei Gläser aus dem Küchenschrank. »Der Vertrag ist nicht von einer Bank, sonst gäbe es nichts zu besprechen.« Alba setzte sich ihrer Mutter gegenüber. »Wir haben einen Investor gefunden, der als stiller Teilhaber agieren will.«

»Reicht das Geld aus dem Fabrikverkauf nicht für den Umbau?«

Alba füllte das Wasser in die Gläser. »Das schon. Aber um ein erfolgreiches Unternehmen daraus zu machen, müssen wir auch das Nebenhaus kaufen.«

»Sonst lohnen sich die Personalkosten nicht«, ergänzte Leo. »Und es würde kein Restaurant geben.«

»Nun«, Josefina rückte ihre Brille zurecht, »dann wird es jetzt spannend.«

Leo beobachtete, wie seine Schwiegermutter die ersten Zeilen las. Kreidebleich schob sie den Vertrag von sich.

»Das ...«

Er verstand diese Reaktion nicht. »Was ist los?«

Stocksteif saß seine Schwiegermutter auf dem Stuhl, starrte auf das Papier vor ihr und brachte kein weiteres Wort über die Lippen.

»Josefina? Ist dir nicht wohl?«

Seine Schwiegermutter zitterte am ganzen Körper. Sie starrte auf den Vertrag, als säße eine dicke Spinne darauf.

»Mamá, soll ich einen Arzt rufen?« Alba erhob sich.

»Bleib!«

Alba verharrte in der Bewegung. »Was ist nur los?«

Auf Leo wirkte die Szene wie ein Theaterstück, das er nicht verstand.

»Mamá, nun rede doch mit uns.« Alba sah zu ihm, zuckte hilflos die Schultern.

Josefina drückte sich aus dem Stuhl auf die Beine. Der Stuhl fiel polternd nach hinten. Ihre Miene wirkte wie eine steinerne Maske – fahl und ausdruckslos.

»Wie kann es dieser Cabrón nur wagen?«, spie Josefina die Worte förmlich aus. Wut und Hass verzerrten ihre sonst so sanften Gesichtszüge.

Alba riss ihre Augen auf.

Über Josefinas Lippen kam niemals ein solches Schimpfwort. Mit wild flackerndem Blick fixierte Josefina ihre Tochter, bevor sie sich auf dem Tisch abstützte, um nicht das Gleichgewicht zu verlieren.

Leo hob den Stuhl auf und schob ihn seiner Schwiegermutter unter den Hintern. Augenblicklich ließ sie sich kraftlos darauf fallen. »Nun holt sie mich ein. Ich habe es schon immer geahnt … Irgendwann drängt die Wahrheit ans Licht.«

In Albas Gesicht stand Verwirrung. »Wovon sprichst du?«

Leo verharrte wie ein Statist in der Küche.

»Romero. Mit diesem Abschaum macht man keine Geschäfte. Ich verbiete dir«, sie blickte Alba fest an, »ihn jemals wiederzusehen. Hast du mich verstanden?«

Eine dumpfe Ahnung manifestierte sich in Leo. Josefinas Ausbruch erklärte alles. Sein Puls pochte hart gegen seine Schläfen. Nun wurde nicht nur ein gut gehütetes Geheimnis gelüftet, es würde auch ihre ganzen Träume wie ein Tornado mit sich reißen.

»Mamá! Was soll das alles hier?« Alba stand hilflos und irritiert vor ihrer Mutter. »Was ist mit Romero? Kennst du ihn?«

»Ob ich ihn kenne? O ja. Er kam mir näher, als mir lieb war.«

»Wie meinst du das?«

Leo hörte die Angst in Albas Stimme. Sein Herz raste. Romero war der Mann, der Josefina vor vielen Jahren vergewaltigt hatte.

Josefina straffte ihre Schultern. »Romero ist dein Vater.«

14

Mallorca, Januar 1933

Die Berge der Tramuntana wirkten wie gemalt. Klar setzten sich die Bergkämme gegen den stahlblauen Winterhimmel ab. Der Duft nach Mandelblüten lag in der Luft. Xisca rannte den Weg zwischen den Feldern entlang, versuchte, die vom Baum gewehten Blütenblätter zu fangen. Sobald ein Windstoß heftig in das rosafarbene Blütenmeer fuhr, wirkte es fast, als würde es schneien.

Diese Zeit des Jahres genoss Carla sehr. Die Ernten waren eingebracht, alles schien in einen sanften Winterschlaf zu verfallen. Ruhe legte sich über die Insel, bis das Frühjahr anbrach und die Feldarbeit erneut den Lebensrhythmus auf dem Land bestimmte.

Xisca klatschte in die Hände, um ein paar Blätter einzufangen. Vergeblich.

Bald würde sie zur Schule gehen und in vier Monaten ihren sechsten Geburtstag feiern. Die Zeit verging viel zu schnell. Carla genoss es, wenn die Kleine über Nacht bei ihr blieb. Da las sie ihr Gute-Nacht-Geschichten vor, und manchmal fühlte sie sich dem Mädchen so nah, dass es schmerzte, sie am darauffolgenden Tag Blanca wieder mitzugeben. Ihre Freundin wusste, wie sehr Carla sich ein Kind gewünscht hatte, und gab vor, froh zu sein; eine so liebevolle Kinderbetreuung zu haben. Vielleicht war es auch so. Es gestaltete sich schwierig, zusammen mit einem Wirbelwind auf dem Rad einkaufen zu fahren. Im Gegensatz zu Blanca und Julián besaßen sie nun ein gebrauchtes Auto. Francisco hatte ein gutes Angebot ohne Rücksprache mit ihr angenommen. Carla hätte eines dieser Transportfahrzeuge für den Betrieb besser gefunden, aber bisher leistete der Pferdekarren gute Dienste.

Am kommenden Morgen wollten sie einen Ausflug an die Ostküste unternehmen. Carla war noch nie so weit gefahren. Wozu auch? Es gab dort nichts für sie zu tun.

Samuel hatte Francisco zu dem Tagesausflug verleitet, als er ihm einen Zeitungsartikel gezeigt hatte, in dem stand, wie verrückt einige Deutsche und Engländer danach waren, im Osten Land zu erwerben, um dort ihre Sommerfrische zu verbringen.

Sommerfrische? Das Wort kannte Carla nicht. Seit ihrem Entschluss, den Ausflug zu unternehmen, kribbelte eine ungewohnte Aufregung durch ihren Körper. Vielleicht lag es daran, noch nie eine so weite Strecke gefahren zu sein.

Blanca kümmerte sich um ihre kranke Schwiegermutter. Die hütete mit einer schweren Erkältung das Bett, und der Schwiegervater kränkelte auch schon. An einem grippalen Infekt schienen dieses Jahr mehr Leute zu erkranken als in den vergangenen Wintern. Hoffentlich handelte es sich nicht um eine Grippe und die Älteren erholten sich schnell wieder.

Carla empfand es ein wenig dekadent, ohne bestimmten Grund an die Ostküste zu fahren. Francisco sagte zwar, er wolle noch einen mit Samuel befreundeten Steinmetz treffen, doch das schien ihr nur ein Vorwand zu sein.

»Xisca«, rief sie nach ihrer Nichte. »Lass uns nach Hause gehen. Das Abendessen macht sich nicht von allein!«

Xisca rannte auf sie zu. Die dunklen Zöpfe flogen ihr wild um den Kopf. In ihrem Haar hatten sich einige Mandelblüten verfangen. Sie lachte. Wenn Carla jetzt eine Kamera besäße, wäre dies einer der Momente gewesen, den sie für immer hätte festhalten wollen.

Carla reichte ihr die Hand, die sie vertrauensvoll ergriff. Die Arme vor und zurück schwingend begaben sie sich auf den Heimweg. »Was machen wir heute zum Abendessen?«

»Brot mit Tomaten?«

Carla sollte es recht sein, das ließ sich schnell vorbereiten. Der Teig für das Brot stand bereit, er musste nur noch in den Ofen geschoben werden. »Einverstanden.«

»Tante Carla?«

»Ja?«

»Müssen wir morgen mit dem Auto fahren?« Das kleine Gesichtchen verzog sich nachdenklich. »Es ist so laut.«

»Ach, und ich dachte schon, du hättest Angst vor der Fahrt.«

Xisca riss die nussbraunen Augen auf. »Angst? Ich?« Sie lachte, als hätte sie noch nie etwas Absurderes gehört.

»Gut, dann kannst du mich ja während der Fahrt ablenken und meine Hand halten.« Carla gab vor, ängstlich zu sein, damit sich die Kleine nicht genierte.

»Abgemacht. Ich passe auf dich auf. Versprochen!«

Das Auto stand auf dem Hof. Francisco war demnach wieder zurück aus Palma. Seitdem sie dieses Gefährt hatten, ließ er keine Gelegenheit aus, den Wagen zu fahren, um Praxis zu gewinnen.

»Du kannst im Garten spielen«, bot sie Xisca an. »Ich rufe dich dann, wenn das Essen so weit ist.«

Kaum hatte sie ausgesprochen, riss sich Xisca von ihrer Hand los und rannte durch die Küche hinaus.

Lächelnd schob Carla den Brotteig in den Ofen, deckte den Tisch und stellte anschließend eine Karaffe Wasser und drei Gläser dazu.

Aus dem Fenster beobachtete sie die Kleine. Ganz vertieft zog sie Unkraut aus der Erde um die Zitronenbäume.

Der Duft des frischen Brots erfüllte die Küche. Carla sah nach dem Laib und holte ihn heraus. Die Kruste war kross und die Farbe perfekt. Nun musste es nur noch etwas auskühlen.

Carla ging hinaus in den Garten. »Wie du wieder aussiehst.« Sie verkniff sich ein Lächeln.

Xisca streckte ihre Hände vor. »Die kann man doch waschen.«

»Schon, aber erklär mir mal, warum du erst Wasser an die Bäume gießt, um dann das Unkraut rauszuziehen? Kein Wunder sind deine Hände bis unter die Fingernägel dunkelbraun.«

Das Mädchen schob ihre Unterlippe vor. Carla liebte den Gesichtsausdruck ihrer Patentochter, wenn sie konzentriert nachdachte.

»Papá hat das mal bei uns im Patio so gemacht. Da, wo es immer so schön lila blüht.«

»Du meinst, er hat die Erde unter der Bougainvillea befeuchtet, damit er da die schlechten Pflanzen leichter rausziehen kann?«

»Sí!«

Carla strich der Kleinen über die zerzausten Haare. »Du bist wirklich schlau.«

»Ich weiß.«

Carla lachte. An Selbstbewusstsein mangelte es ihrer Nichte nicht. »Ich glaube, wir waren heute fleißig genug. Was meinst du?«

Xisca lief ein Kinderlied trällernd voraus zum Waschzuber, tauchte ihre Hände hinein und wusch sie gründlich.

Francisco erwartete sie bereits in der Küche. »Schau, was ich dir mitgebracht habe.« Er hielt ihr einen Briefumschlag hin.

Schon an der exotischen Briefmarke erkannte sie den Absender. »Endlich wieder ein Brief von Antonia!« Carla riss ihm den Umschlag aus der Hand. »Lass uns den gleich lesen, ja?« Sie klopfte ihm den Steinstaub von den Schultern.

Er gab ihr einen Kuss und ging zum Waschbecken. »Wenn ich die Hände sauber habe und ein Stück Brot im Bauch. Mein Magen knurrt so laut, dass ich dich kaum verstehen kann«, scherzte er.

Xisca kicherte. »Wie mein Brummbär.« Ihr Teddy lag bereits neben ihrem Teller. »Der hat auch immer Hunger.«

Ja, so wie sie alle. Es gab zu essen, das schon, doch nur selten brachte Carla Fleisch auf den Tisch. Die Geschäfte liefen gut, aber die Zahlungsmoral ließ mehr als zu wünschen übrig. Die Regierungskoalition stand vor dem Aus, und die Kluft zwischen Arbeitern und Bürgerklasse wuchs stetig.

Carla verteilte Brot, Tomaten und Oliven auf die Teller, und Francisco holte Öl und Salz vom Regal.

»Das sieht appetitlich aus.« Er träufelte Öl auf das Brot. »Wir haben es doch immer noch gut.«

Xisca wartete gar nicht erst ab, sondern biss in eine Tomate. Der Saft lief ihr das Kinn hinab, und sie wischte es mit dem Handrücken sauber.

Carla ließ sie gewähren. Sie selbst musste sich jedoch während des Essens bemühen, nicht zu schlingen, so sehr fieberte sie nach dem Inhalt des Briefs. Aber es war zu einem Ritual geworden, sich Zeit für Antonias Nachrichten aus der Ferne zu nehmen.

Unbewusst tippte sie mit den Füßen abwechselnd auf den Boden. Sie kam sich vor wie eine Nähmaschine, doch irgendwo musste ihre Anspannung ja hin.

Francisco bückte sich und sah unter den Tisch. »Nun mach den Brief schon auf, und lies, bevor du noch die Fliesen durchscheuerst.« Er zwinkerte ihr zu. »Ich esse einfach weiter, wenn es dir recht ist.«

»Mich stört es auch nicht«, bestätigte Xisca mit einem gespielt gütigen Gesichtsausdruck, der Carla in lautes Lachen ausbrechen ließ.

»So, so, dich stört es also nicht, wenn ich den Brief deiner Tia lese. Das ist sehr freundlich.« Carla öffnete den Umschlag, zog das Blatt heraus und las vor.

Liebste Schwester,

bei uns geht alles seinen geregelten Gang. Ich habe ja schon lange damit geliebäugelt, endlich etwas aus unseren wenigen Weinstöcken zu machen. Was soll ich sagen? Ich habe erfolgreich damit begonnen! Für eine Ernte, um Wein herzustellen, sind die Trauben noch nicht gut genug, aber nachdem sie wachsen und gedeihen, wollte ich euch davon berichten.

Erleichterung breitete sich in Carla aus. Ihrer Schwester ging es gut! Sie baute sogar Wein an! Sie nahm den Umschlag in die Hand und sah auf das Datum: fünfter November 1932.

Ich hoffe sehr, in einigen Jahren einen guten Crianza zu keltern. Irgendwie kann ich meine Wurzeln nicht ganz vergessen.

»Das liegt wohl in der Familie«, kommentierte Francisco amüsiert.

David ist eifrig bei der Arbeit, obwohl er oft die Beeren vom Stock isst. Er hat sein neues Lieblingsobst entdeckt. Vielleicht hat er aber auch einfach unsere Gene mitbekommen. Der Weinbau liegt uns ja seit Generationen im Blut.

»Was sind Generationen?« Xisca biss in ihr Brot, kaute und blickte Carla aufmerksam an.

»Deine Oma ist eine Generation, deine Eltern und wir«, sie zeigte auf Francisco und sich, »wir sind auch eine. Du bist wieder eine Generation. Und wenn du mal Kinder bekommst, dann ist das wieder eine andere Generation. Also deine Großeltern, deine Eltern und du, das sind drei unterschiedliche Generationen.«

Xisca unterbrach ihr Kauen. »Verstanden. Kannst weiter vorlesen.«

Carla grinste. Tat aber wie ihr geheißen.

Im Grunde hat mich ein Kalifornier darauf gebracht. Außerdem ist es in Havanna inzwischen unruhig. Nun verbringe ich viel Zeit mit den Kindern in Pinar del Río, besonders während der Schulferien. Das ist auch besser so. Seit Havanna zum Vergnügungsort der Amerikaner geworden ist, geht es manchmal zu wie im Tollhaus. Die Kinder können kaum nach draußen, um zu spielen, da der Verkehr noch stärker zugenommen hat. Aber die Politik ist ein anderes Thema. Ich wollte eben mit den Kindern mehr in die Natur, und da haben wir beides verknüpft.

Valentina und vor allem Isabel genießen die Zeit im Freien und helfen mit Freude bei der Pflege der Reben. Wir haben Fotos anfertigen lassen, damit ihr seht, wie sehr die Kinder gewachsen sind.

Carla zog die Fotos aus dem Umschlag und legte sie vor sich auf den Tisch. Was für eine Kinderschar. »Schau, das sind die Kinder meiner Schwester. Sie wohnen auch auf einer Insel, wie ich dir schon erklärt habe.«

»Oh, die ist ja so groß wie ich.« Xisca zeigte mit dem Finger auf Isabel.

»Ja, das ist sie. Du wirst sie kennenlernen, wenn du groß bist.«

Francisco stand auf, trat hinter Carla und sah sich die Fotos an. »Meine Güte, sind die gewachsen.«

Carla fuhr mit den Fingerspitzen darüber und wandte sich wieder dem Brief zu.

Vor allem David spielt sich schon auf, als wäre er der Mann im Haus, allerdings nur, wenn Federico nicht dabei ist. Er ist ein richtiger kleiner Herr geworden.

Die Tabakkrise haben wir gut überstanden. Natürlich hatten wir Einbußen, aber das war auch nicht anders zu erwarten. Dennoch fehlt es uns an nichts. Im Gegenteil: Federico hat den dritten Tabakwarenladen in Havanna eröffnet. In den Läden verkaufen wir bereits Weine aus Kalifornien. Peter Fitzgerald ist zu einem guten Freund geworden.

Federico exportiert nicht mehr, was vieles erleichtert. Die Amerikaner sind ganz verrückt nach seiner Cleopatra-Zigarre, zahlen gute Preise und kaufen meist einige Kisten hier vor Ort, die sie mit in die Staaten nehmen. Den passenden Wein werde ich bald selbst noch liefern.

Carla lächelte. »Sie klingt so positiv, so optimistisch.« Dann seufzte sie. »Ach, gerade jetzt vermisse ich sie sehr.«

»Hast du nicht eben gesagt, sie würde kommen, wenn ich groß bin? Da fehlt doch nicht mehr viel!« Xisca schob sich das letzte Stück der aufgeschnittenen Tomate in den Mund.

»Stimmt. Das habe ich gesagt. Die Reise ist aber sehr weit. Wir werden wohl noch etwas warten müssen.« Carla suchte die Stelle im Brief und fuhr fort.

Und du solltest mal die Konzerte und Theaterstücke erleben! Es ist unglaublich. Ich bin mir sicher, es würde dir viel Vergnügen bereiten. Es werden zahlreiche russische Stücke gespielt, die mir sehr gefallen. Die Tanztheater finde ich noch gewöhnungsbedürftig. So etwas hat es früher nicht gegeben.

Aber du kennst mich ja. Ich liebe es zu tanzen, und ich habe mit Federico vereinbart, dass wir bald diese neuen Tänze lernen wollen. Die Musik gefällt mir gut, doch was ist Musik ohne Tanz?

David sieht das natürlich anders in seinen jungen Jahren. Der glaubt allen Ernstes, wir wären zu alt dafür. Kann man jemals zu alt zum Tanzen sein?

Xisca sprang vom Stuhl auf. »Ich tanze auch gerne!« Und schon drehte sie sich um die eigene Achse.

Carla las weiter vor.

Ach, was wäre es schön, wenn ihr uns mal besuchen kommen könntet. Aber ich weiß ja, wie viel ihr zu tun habt, und die Reise wäre lang und beschwerlich. Dennoch fehlt ihr mir sehr!

Ich hoffe, Leo reitet sich und euch nicht in weitere Schwierigkeiten. Es tut mir weh, zu sehen, wie stark er sich offenbar verändert hat, und ich frage mich, ob ich etwas hätte tun können, wenn ich geblieben wäre.

Nun verlangt Isabel nach meiner Aufmerksamkeit. Ich schicke euch liebste Grüße, auch von Federico und den Kindern.

Bleibt gesund, und schreibt bald wieder.

Eure Antonia

»Komm, tanz mit!« Xisca streckte ihre Hände aus, und Carla blieb nichts anderes übrig, als sie zu ergreifen und sich von der Energie, die dieses Mädchen versprühte, mit davontragen zu lassen.

Anschließend kostete es sie einige Mühe, den Wirbelwind ins Bett zu bringen. Zwei Geschichten musste sie ihr vorlesen, bevor Xisca endlich einschlief.

Ein schöner Tag neigte sich dem Ende zu, und Carla freute sich auf ihren Ausflug am kommenden Morgen. Sie löschte das Licht, ging ins Schlafzimmer und hörte Francisco bereits leise schnarchen. Sie gähnte herzhaft. Xisca besaß mehr Energie als sie beide zusammen.

Kaum berührte Carlas Kopf das Kissen, schlief sie ein.

Etwas kitzelte Carlas Nase, sie wischte sich im Halbschlaf darüber, um die vermeintliche Fliege zu verscheuchen. Ein Kichern holte sie endgültig aus dem Land der Träume. Sie schlug die Augen auf. Xisca stand vor ihr, einen Wollfaden zwischen den Fingern, den sie offensichtlich über ihre Nase hatte gleiten lassen. »Na, endlich wachst du auf.« Sie verbarg nun die Hand mit dem Faden hinter ihrem Rücken. »Tante, du bist eine Schlafmütze.«

»Das bin ich schon immer gewesen.« Carla schnappte sich ihre Patentochter und zog sie zu sich ins Bett. »Du wirst sicherlich nie zu spät zur Schule kommen.«

Xisca riss die Augen auf. »Du warst zu spät?«

Carla setzte sich das Mädchen auf den Bauch. »Und ich habe jede Menge Ärger bekommen. Das wird dir nicht passieren.«

»Nein, Mamá würde mir den Hosenboden stramm ziehen.« Xisca tippte ihr nun auf die Nase. »Wir machen einen

Ausflug, also steh auf. Onkel Francisco hat schon das Frühstück gemacht.«

Verlockender Duft nach frisch gebrühtem Kaffee zog in ihr Schlafzimmer. »Ich kann nicht aufstehen.« Sie kitzelte Xisca, die quietschend aus dem Bett hüpfte. »Nun geht es.« Carla schlug die Decke zurück, schwang die Beine heraus und stand auf. »Ich bin in zehn Minuten fertig.«

»Bueno.« Xisca hopste fröhlich aus dem Zimmer.

Carla beeilte sich mit ihrer Morgentoilette. Sonst ließ sie sich meist Zeit, manche würden sagen, sie trödelte, dabei kam sie morgens schlichtweg langsamer in Schwung als andere Menschen. Das war schon immer so gewesen. Nur Xisca schaffte es, mit dieser Gewohnheit zu brechen.

Carla betrat die Küche, und Francisco goss den Kaffee in die Tassen. Das Brot vom Vortag lag aufgeschnitten auf ihrem Teller, die Aprikosenmarmelade stand daneben. »Buenos días, mis Corazones.«

»Na, das ging heute ja flott.« Francisco zwinkerte Xisca zu. »Wenn das mal nicht an einer gewissen jungen Dame liegt.«

Xisca biss grinsend in ihr Marmeladenbrot.

Der Tag begann so, wie Carla sich den Beginn aller Tage wünschte: fröhlich, mit einem Kinderlachen am Tisch. Es war eine geraubte Zeit, die sie sehr genoss.

Um sich die Ausgabe für einen Restaurantbesuch zu sparen, packte Carla einen Picknickkorb. Der karmesinrote Loryc stand abfahrbereit im Hof. Das zehn Jahre alte Modell hatte trotzdem noch stolze eintausendzweihundert Peseten gekostet. Ein Schnäppchen sagte ihr Mann, der den Neupreis von fünftausend Peseten kannte. Der mallorquinische Hersteller hatte zwar seine Fahrzeugproduktion eingestellt, doch Francisco sah darin kein Problem. An diesen Wagen sei nicht viel, was kaputtgehen könne, hatte er betont. Carla hatte davon keine Ahnung, sie wusste nur, dass sie sich für eine Ausfahrt im Januar warm einpacken mussten, da das Auto lediglich eine Frontscheibe besaß. An den Seiten würde es ordentlich hineinziehen.

Carla verließ mit Jacken, Schals und dem Picknickkorb das Haus.

Francisco öffnete das Klappverdeck.

»Wenn du willst, dass wir dich begleiten, klappst du es wieder hoch. Es ist zu kalt.« Sie konnte auf gar keinen Fall eine Erkältung riskieren, weder für sich noch für Xisca. Blanca würde ihr Vorwürfe machen und das zu Recht.

»Der Wind wird sowieso zur Seite hereinkommen. So scheint uns wenigstens die Sonne an.« Francisco stemmte die Hände in die Hüften. »Wie siehst du das?«

Xisca schürzte die Lippen. »Offen fahren.«

Als die beiden Carla flehend ansahen, gab sie sich geschlagen. »Unter einer Bedingung.«

»Die wäre?«

»Du wirst langsam fahren, und wenn es trotz der Jacken zu kalt wird, machst du das Dach zu.« Carla verteilte die Kleidung, wickelte den Schal nicht nur um Xiscas Hals, sondern um ihren ganzen Kopf, um die Ohren zu schützen. Sich selbst packte sie ebenfalls gut ein. Francisco legte sich den Schal widerwillig um, aber er tat es Carla zuliebe.

Xisca saß auf der durchgängigen Bank in der Mitte.

Die Fahrt ging los. Im halsbrecherischen Tempo von fast fünfzig Stundenkilometern bretterte Francisco über die Feldwege in Richtung Osten. Sobald ihnen ein Fahrzeug entgegenkam, drosselte er die Geschwindigkeit, und Xisca schob sich an Francisco vorbei, um kräftig auf den Blasebalg der Hupe zu drücken. Die hörte sich an wie ein röhrender Esel im Stimmbruch. Xisca quietschte jedes Mal vor Vergnügen.

Die Gegend im Osten unterschied sich gänzlich von der Region Binissalem, hinter der die hohen Berge der Tramuntana thronten. Hier gab es sanfte Hügel, das Land war karger, weniger grün, obwohl es über den Winter oft kräftig geregnet hatte. Steinmauern begrenzten die Straße, dahinter grasten Schafe, ab und an erblickten sie einen dösenden Esel. Sie fuhren vorbei an weiträumigen Mandelplantagen. Die Felder standen in voller Blüte, und vor ihnen breitete sich ein Meer aus rosa und weißen Mandelblüten aus. Carla hatte noch nie etwas Schöneres gesehen. Vereinzelt kamen sie an Fincas vorbei, aber auch an imposant wirkenden Casas Señoriales, die wie ein Stadthaus in Palma über mehrere Stockwerke verfügten. In diesen Herrenhäusern lebten die Besitzer mit ihrer Familie im ersten und zweiten Stock, das Vieh teilweise im Erdgeschoss, die Feldarbeiter in den Nebengebäuden, und unter dem Dach wurden Getreide und andere Feldfrüchte sortiert und gelagert. Manche dieser Betriebe wirkten fast wie ein winziges Dorf und verfügten über so viel Land, dass man die Grenzen mit bloßem Auge nicht sehen konnte.

Die Sonne wärmte sie, und Carla genoss die Fahrt mehr, als sie jemals geglaubt hätte. Die Fahrtzeit verging schnell, und je näher sie Cala Ratjada kamen, desto häufiger sah sie in der Ferne das Meer funkeln.

Carla kannte das Meer vor Palma, aber einen Stadtstrand hatte sie nie besucht. Sie hatten zwar manchmal davon gesprochen, irgendwann mal mit dem Zug von Santa María über Felanitx nach Santanyi zu fahren, um dort an der Bucht ein Picknick zu machen. Die viele Arbeit hatte es jedoch unter der Woche nicht zugelassen. An den Sonntagen aßen sie entweder bei ihrer Mutter und Lidia oder bei den Eltern von Francisco. Das war auf der Insel Tradition. An den Feiertagen luden sie zu sich nach Hause ein. Obwohl sie während der Woche der Alltag auf Trab hielt, musste sich Carla eingestehen, sich doch ein wenig zu langweilen. Vielleicht sollte sie wieder mit dem Nähen beginnen. Manchmal nähte sie ein Kleid für Xisca. Aber sonst? Mutter und Lidia brauchten nur selten ihre Hilfe für die Plantage, die immerhin noch leidlich etwas abwarf. Die Buchhaltung erledigte Carla nebenher, und ansonsten gab es für sie nicht viel zu tun. Sich ausschließlich um Francisco zu kümmern, gefiel ihr zwar, füllte sie aber nicht aus.

Seit Antonias Brief geisterte ihr der Weinanbau wieder im Kopf herum. Die Weinreben machten etwas weniger Arbeit als die jetzige Plantage. Außerdem ging das tägliche Wenden der Aprikosen in die Knochen, und ihre Mutter wurde nicht jünger.

Den Punkt würde sie bei Gelegenheit mit Francisco besprechen. Doch nicht heute. Diesen Ausflug wollte sie genießen. Sie war schon gespannt, was an den Stränden im Osten so besonders sein sollte, wenn sogar Ausländer hier Grundstücke kauften.

Sie erreichten die ersten Häuser des Orts. Die Wohnhäuser sahen aus wie in Binissalem oder Sencelles, was sie etwas enttäuschte. Die Straße säumten einstöckige Gebäude, die wenigen Fenster mit grünen Klappläden verschlossen, an einer Eingangstür lehnte ein Brett, das bei Starkregen das

Hineinfließen des Wassers von der Straße vermeiden sollte. Im hinteren Teil vermutete Carla einen größeren Patio, wo die Familie zusammenkam, wenn das Wetter einlud, draußen zu sein. Sie entdeckte einen Eisenwarenladen, einen Bäcker, einen Fleischer. Francisco steuerte den Loryc in Richtung Hafen.

Xisca sah schweigend und mit weit geöffneten Augen aus dem Wagen. Carla faszinierte die schroffe Felsküste. Unterhalb lag ein Strand mit hellem Sand. Man konnte das Meer riechen und hören. Möwen kreisten am Himmel auf der Suche nach frischer Beute, sollte einer der Fischer nicht auf seinen morgendlichen Fang achtgeben. Einige Menschen umkreisten die Stände. »Das sind vermutlich Restaurantbesitzer«, kommentierte Francisco und parkte das Auto am Straßenrand.

Carla stieg aus und half Xisca aus dem Wagen. »Du wartest, nicht davonlaufen.«

Xisca schob ihre Unterlippe nach vorne. Sie hüpfte vor Aufregung wie ein Gummiball auf und ab.

Carla holte den Picknickkorb aus dem Wagen. »Dann los. Aber nicht rennen!«

Francisco nahm ihr den Korb ab. »Es ist schön hier.«

Da hatte ihr Mann recht. Die leise an das Ufer rollenden Wellen glitzerten in der Sonne. Die Farbe des Wassers schimmerte türkis gesprenkelt mit dunkleren Flecken. »Warum sind wir noch nie am Strand gewesen?« Sie sprach die Worte leise aus. »Ich bin fünfunddreißig Jahre alt und kenne nichts.«

»Du kennst mich«, widersprach Francisco.

Am Sandstrand hielt Xisca nichts mehr. Das Mädchen stürmte auf die Wellen zu. Wenn das Wasser auf sie zukam, wich sie zurück, als ob sie Fangen spielen würde.

Carla sah zu den Fischern hinüber. Auf die Boote. Einige davon dümpelten weit draußen, begleitet von den kreischenden Möwen. Bei diesem Anblick begriff sie, was ihren Bruder so fasziniert hatte. Diese ganz andere Ruhe, die das Meer ausstrahlte. Die unglaubliche Weite, wenn die Wasserlinie am Horizont mit dem Himmel verschmolz, der salzige Geruch. Es war das erste Mal seit vielen Jahren, dass sie an Diego dachte, den die See während eines Sturms verschluckt hatte wie der Frosch eine Fliege. So sehr sie das Meer vom sicheren Land aus ins Herz schloss, so jagte es ihr auch eine rasende Angst ein. »Xisca! Bleib vom Wasser fern!«

Francisco sah sie fragend an. »Es ist doch vollkommen flach hier. Außerdem ist sie vorsichtig.«

»Wir haben Winter, das Wasser muss eiskalt sein, und sie kann nicht schwimmen. Keiner von uns kann es. Das müssen wir ändern, sollten wir öfter ans Meer fahren.« Carla fragte sich, warum sie nie darüber nachgedacht hatte. Vermutlich, weil es bisher keinen Anlass gegeben hatte.

»Es gibt ein Schwimmbad in Inca, und auch bei uns in Binissalem soll eins gebaut werden. Ich werde mich erkundigen, wo man es lernen kann, wenn du dich dann sicherer fühlst.« Francisco stellte den Korb in den Sand und breitete die Decke aus. Anschließend schlüpfte er aus den Schuhen und krempelte seine Hose hoch.

Carla rief Xisca zu sich, um ihr ebenfalls die Schuhe und Strümpfe auszuziehen, dann könnte sie mit den Füßen ins Wasser. »Aber nur bis hierhin.« Sie zeigte auf unterhalb des Knies. »Weiter ist verboten.«

Und schon rannte ihre Nichte auf die Brandung zu. An der nördlichen Seite des Strands gab es ein Pinienwäldchen.

Oberhalb der Felsküste entdeckte Carla einige Geschäfte und Cafés. »Sehen wir uns nachher den Ort an?«

»In zwei Stunden ist das Treffen mit Tristan. Dem Bekannten von Samuel. Im *Café Central*.« Er zeigte zu den Gebäuden, die Carla eben aus der Ferne betrachtet hatte. »Es muss dort liegen.«

»Sehr schön.« Carla setzte sich auf die Decke, lehnte sich zurück und stützte sich auf die Ellbogen, um Xisca weiterhin im Auge behalten zu können.

»Du bist müde. Ruh dich aus, ich kümmere mich um unsere Nichte.« Francisco küsste sie auf die Stirn und schlenderte zu Xisca hinüber.

Carla schloss die Augen und genoss die Wintersonne auf ihrem Gesicht. Sie legte sich hin und dachte erneut darüber nach, ob sie nicht wie Antonia nun auch wieder zum Wein wechseln sollten. Über diesem Gedanken döste sie ein.

»Hunger!«

Carla schreckte hoch. Xisca ließ sich zu ihr auf die Decke fallen, Francisco rannte hinter dem Mädchen her. »Oh, hat sie dich nun aufgeweckt?«

»Macht nichts, schlafen kann ich zu Hause, und Hunger habe ich auch.« Sie nahm das Tuch vom Korb. »Dann wollen wir mal sehen, was sich da versteckt hält.«

Carla entnahm dem Weidenkorb Trockenfrüchte, eine Tortilla mit Sobrasada und einen Aprikosenkuchen. Dazu stellte sie eine Flasche Rotwein, Gläser und eine verschließbare Karaffe mit Wasser.

Carla fand es sehr gemütlich, am Strand zu picknicken. Das sollten sie öfter tun. Nach dem Essen verstaute sie die wenigen Reste im Korb. »Sehen wir uns nun den Ort an?«

Francisco stand auf. »Ja, und dann treffen wir kurz den Freund von Samuel.«

»Einverstanden.« Carla erhob sich ebenfalls. Xisca war noch schneller auf den Beinen. Sie legten die Decke zusammen und schlenderten zu den Häusern, die wie hingestreut über der Klippe aufragten.

In einem Café saßen ein paar deutsche Männer. In ihren dunklen Anzügen sahen sie aus, als würden sie nach ihrer Pause zu ihrer Arbeit in einer Bank zurückkehren. Die fremden Worte verstand Carla nicht. Die Sprache klang hart in ihren Ohren. Ein weiterer Mann trat hinzu, streckte den rechten Arm mit ausgestreckter Hand in den Himmel. »Heil Hitler.«

Die anderen erwiderten den Gruß. Carla fühlte sich augenblicklich unwohl. Sie zog Xisca mit sich und eilte vorbei. »Was war denn das?«

Francisco drehte sich noch kurz zu der Männergruppe um. »Anscheinend grüßt man sich in Deutschland so. Dieser Hitler scheint sehr verehrt zu werden.«

»Mir macht das Geschrei eher Angst.«

Francisco lachte. »Das braucht es nicht. Das liegt nur daran, weil wir die Sprache nicht verstehen.«

Sie kamen an weiteren Häusern vorbei. Vor einem saßen zehn junge Mallorquinerinnen. Sie flochten getrocknete Palmwedelstreifen und arbeiteten an Schuhen. Nicht an ledernen, so wie Carla früher. Es waren welche mit einer Sohle aus dem Palmenmaterial und mit buntem Stoff obenauf. Sie sahen bequem aus. Carla blickte auf das Reklameschild: *Las cuatro Estrellas.*

Wie der Name schon sagte, zeigte das Logo vier Sterne.

Carla wandte sich an eine junge Frau. »Was sind das für Sandalen?«

»Espadrilles. Ideal für den Sommer. Kraschutzki verkauft sie schneller, als wir sie herstellen können.«

Die anderen Frauen lachten. »Allerdings. Er zahlt gut.«

»Ein feiner Kerl. Seine Familie hält sich von den Nazis fern.« Eine kräftige Mallorquinerin in den Fünfzigern wies mit dem Kinn die Straße hinunter.

Carla verstand, auf wen sich die Frau bezog.

Leise fügte sie noch hinzu: »Man sagt, Kraschutzki sei wegen Landesverrats vor den Nazis geflohen. Die da unten wissen aber nichts davon.«

Die Frau wies auf die anderen deutschen Männer, die diesen merkwürdigen Gruß pflegten. Sie war nun zum ersten Mal in Kontakt mit Nazis gekommen. Carla konnte sich auf ihr Bauchgefühl verlassen. Sie hatte die Gefahr gespürt, die von den Männern im Café ausging. Es gab tatsächlich Nazideutsche auf Mallorca.

»Was kosten die Schuhe?«, wechselte Carla nun das Thema.

Eine der Frauen zeigte auf ein Schild. Sieben Peseten. Wenn man zwei Paar kaufte, bekam man das zweite für fünf Peseten. »Danke. Das nächste Mal.«

Sie verabschiedeten sich und gingen weiter.

»Hättest du solche Schuhe haben wollen?« Francisco sah Carla aufmerksam an.

»Nein. Obwohl sie schön sind. Aber ich brauche sie nicht.«

»Schenkst du mir welche zum Geburtstag?« Xisca schienen die Espadrilles ebenfalls zu gefallen.

»Du hast erst in vier Monaten Geburtstag.«

Xisca schob ihre Unterlippe nach vorn. »Dann kommen wir dann eben wieder her.«

»Versprochen.« Francisco zwinkerte Carla zu, die wusste, bis dahin hätte Xisca die Schuhe längst vergessen.

Tristan stellte sich als Großneffe von Samuel heraus – eine so weitläufige Verwandtschaft, dass man sie kaum noch nachverfolgen konnte. Er war ein hübscher Mann in den Dreißigern, glatzköpfig, mit einem langen, sauber gestutzten Bart, der ihn als Jude auswies. Weder für Carla noch für Francisco spielte der Glaube eines Menschen eine Rolle, solange er sich den Mitmenschen gegenüber anständig verhielt. Das tat Tristan. Er bewirtete sie großzügig, bevor sie den Rückweg antraten, mit einer Skulptur von siebzig Zentimetern Größe für Samuel im Gepäck. Sie hatten vereinbart, dass Samuel die Statue in einem Haus für Kunst in Palma zum Verkauf anbieten würde.

Carla besah sich die elegant gehauene Figur. Hübsch anzusehen war sie, doch wer würde sich so etwas in die heimische Stube stellen?

Die Rückfahrt genoss sie ebenso sehr wie die Hinfahrt. »Cariño, lass uns solche Ausfahrten öfter machen, ja? Ich kenne so wenig von Mallorca. Es wird Zeit, dass sich das ändert.«

»Die Autofahrt hat dir also gefallen?« Er strahlte sie begeistert an.

Carla konnte nach diesem Tag seine Begeisterung für den Loryc verstehen. Es war weit angenehmer, so zu reisen, als in einer Pferdekutsche.

Francisco fuhr am Nachbarhaus der Werkstatt vorbei. Es hatte die letzten Monate leergestanden. Nun stapelten sich Reisekoffer, Kisten, Truhen und Mobiliar vor der Tür. Offenbar bekamen sie neue Nachbarn.

»Ich werde mal meine Hilfe anbieten.« Francisco parkte den Loryc. »Kümmere du dich um Xisca.«

»Von wegen. Ich bin auch neugierig, wer da neben uns einzieht.«

Bevor Carla aussteigen konnte, rannte Xisca schon aus dem Wagen zu der Steinmauer, die die beiden Grundstücke abgrenzte. »Hola!«

»Hallo.«

Die Stimme klang nach einem kleinen Mädchen.

Xisca kletterte über die Begrenzung, und bevor Carla widersprechen konnte, stand sie schon in Nachbars Garten. Obwohl das Nachbarsmädchen kein Spanisch sprach, verständigten sich die beiden Mädchen mit Händen und Füßen, und innerhalb weniger Sekunden liefen sie zusammen zu einem großen Obstbaum, an dem eine Schaukel hing. »Aber nicht zu hoch!«, mahnte Carla.

Francisco überquerte den Hof. Carla folgte ihm. Vor dem Haus trafen sie auf einen Mann in Franciscos Alter. »Bienvenido.«

»No español.« Der Mann hob hilflos die Arme. »Wir sind Deutsche. Aus Hamburg.« Er reichte Francisco die Hand. »Elias Morgenstern.«

Francisco ergriff sie. »Francisco Nadal Bonet.« Er zeigte auf Carla. »Und meine Frau Carla Delgado Ramis.«

Franciscos Hilfsangebot, die Kisten nach drinnen zu tragen, verstand der neue Nachbar auch ohne große Worte. Carlas Mann schnappte sich entschlossen eine Reisetruhe und packte an.

»Danke.« Elias Morgenstern ging mit einer Kiste voraus. Francisco folgte ihm.

Carla wollte ebenfalls zupacken, als sie Blanca auf dem Rad auf sich zufahren sah. Blass, dick eingepackt, ihre rote Nase leuchtete ihr entgegen. Carla eilte auf ihre Freundin zu. »Hat es dich nun doch noch erwischt?«

Blanca hob abwehrend die Hand. »Bleib weg. Ich wollte dich nur bitten, Xisca für ein paar Tage zu behalten. Julián liegt mit Fieber flach, und ich kann mich auch kaum auf den Beinen halten.«

»Du liebe Güte. Kann ich etwas für euch tun?« Carla blieb auf sicherem Abstand. Sie wollte sich nicht anstecken, aber trotzdem helfen. »Soll Francisco dich mit dem Wagen zurückfahren?«

»Es geht schon, danke. Ich habe noch Suppe übrig. Juliáns Eltern fühlen sich besser. Sie kommen nun ohne Hilfe zurecht. Ich will nur ins Bett und schlafen.« Blanca nieste und wurde von einem Hustenanfall geschüttelt. »Julián heizt gerade das Haus ein. Mir ist so kalt.«

»Dann leg dich ins Bett. Um Xisca kümmere ich mich gerne. Sie ist momentan bei dem neuen Nachbarsmädchen. Morgen bringe ich euch frische Hühnerbrühe.« Ein Suppenhuhn würde sie auch zu dieser Uhrzeit noch irgendwo bei einem Bauern auftreiben.

»Danke. Du hast was gut bei mir.«

»Blödsinn. Werdet schnell gesund, verstanden?«

Blanca wandte sich zum Gehen. »Machen wir. Danke.« Schwerfällig trat sie in die Pedale und fuhr die Straße hinunter. Francisco hätte sie doch besser fahren sollen. Der Weg war nicht weit, aber so angeschlagen kräftezehrend.

Carla schnappte sich eine kleinere Reisekiste und trug sie ins Nachbarhaus. Im Flur traf sie auf eine hübsche dunkelhaarige Frau, die sie überrascht ansah, lächelte und ihr die Kiste abnahm. »Gracias«, bedankte sie sich, ging ins Esszimmer und stellte sie ab. Carla blieb unschlüssig im Flur stehen.

Die schlanke Frau trat auf sie zu. »Miriam Morgenstern.«

»Carla Delgado Ramis. Encantada.«

Lächelnd ging Miriam Morgenstern an ihr vorbei nach draußen. Carla folgte ihr. Gemeinsam trugen sie eine größere Reisetruhe ins Innere.

Schweigend arbeiteten sie. Francisco und Elias Morgenstern sprachen zwar miteinander, aber verstehen konnten sie sich gegenseitig nicht. Unterstützt durch Handzeichen, kamen sie dennoch zurecht.

Als schließlich alle Umzugsgüter im Haus waren, kochte Miriam Morgenstern eine Kanne Kaffee und zeigte auf den Garten hinaus. Ein Tisch und vier recht wackelig aussehende Stühle standen auf dem ungepflegten Grundstück. Offensichtlich handelte es sich dabei um die Hinterlassenschaften der Garcías, die vor über sechs Monaten aus diesem Haus ausgezogen waren.

Xisca spielte noch immer mit dem Nachbarsmädchen. Die beiden schienen sich trotz der Sprachschwierigkeiten gut zu verstehen.

Carla hörte jemanden die Treppe hinunterpoltern. Ein Junge stürmte auf die Terrasse, in den Händen hielt er einen Fußball. Ohne sich vorzustellen, rannte er an ihnen vorüber und kickte den Ball in den Garten.

Miriam Morgenstern sagte etwas und nannte ihn Noa. Der Junge, den Carla auf zehn Jahre schätzte, drehte sich um, trat auf die Gruppe zu. »Entschuldigung. Guten Tag.«

Auch wenn Carla nicht verstand, was er sagte, war ihr klar, dass Miriam Morgenstern ihn ermahnt hatte, sich höflich zu benehmen. »Buenas tardes.«

Schon stürmte er seinem Ball hinterher.

»Ich würde sagen, ich bereite Abendbrot zu«, schlug Carla vor. Mit Handbewegungen versuchte sie sich mitzuteilen. Mit Erfolg. Die Morgensterns sahen sie dankbar an.

Francisco blieb. Er wollte helfen, die Kisten, die in den ersten Stock gehörten, nach oben zu tragen.

Carla überlegte, was sie anbieten konnte. Vom restlichen Brotlaib konnte sie die Scheiben rösten. Kartoffeln, Sobrasada und Eier fanden sich noch im Vorratsraum. Neben Brot mit Olivenöl und Tomaten würde sie zwei Tortillas servieren, damit bekäme sie alle satt. Kein Festmahl, aber ausreichend.

Das Suppenhuhn musste warten. Sie wollte es am kommenden Morgen besorgen und dann kochen. Vor dem Mittag würden Blanca und Julián die Brühe nicht benötigen.

Sie rief Francisco und bat ihn, die Nachbarn mit herüberzubitten.

Obwohl sie sich nicht unterhalten konnten, verbrachten sie einen schönen Abend. Die Morgensterns hatten bereits eine Sprachlehrerin gefunden, die ihnen jeden Tag die spanische Sprache beibringen wollte. So viel verstand Carla, und sie hoffte, vielleicht ein wenig Deutsch zu lernen.

Xisca trennte sich nur ungern von ihrer neuen Spielgefährtin Tamara. Die Nachbarn verabschiedeten sich, als die Schlafenszeit für die Mädchen nahte.

»Ich mag Tamara. Sie ist nett.« Xisca kuschelte sich in die Decke. Gähnend blinzelte sie Carla an. »Lies mir bitte etwas vor.«

Carla holte das Bilderbuch. Xisca liebte die Geschichte über Pedro Melenas. Seit sie die Geschichte von dem Jungen kannte, der sein Haar verstrubbeln ließ, sich nicht kämmte und sich nie die Nägel schnitt, und ihn deshalb niemand mochte, gab es keine Widerworte gegen das Zähneputzen mehr. Auch nicht, wenn es beim Haarekämmen etwas ziepte. An diesem Abend kam Carla nur wenige Zeilen weit. Der aufregende Tag forderte seinen Tribut. Xisca schlief augenblicklich ein.

Carla legte das Buch beiseite und ging zu Francisco, der den Tisch abgeräumt hatte und am Kamin saß, wo er die Zeitung las.

»Xisca bleibt noch ein paar Tage bei uns.« Sie setzte sich zu ihm. »Blanca und Julián hat es nun auch erwischt.« Die Wärme ließ sie ebenfalls schläfrig werden. »Ich bringe ihnen morgen eine Suppe vorbei.«

Francisco legte die Zeitung zusammen. »Richte ihnen gute Besserung aus. Hoffentlich kommen sie bald wieder auf die Beine.«

Das hoffte Carla auch. »Lass uns schlafen gehen.«

Nach einer erholsamen Nacht stand Carla auf, um das Frühstück zu bereiten. Nachdem alles fertig war, schwang sie sich auf das Fahrrad und fuhr auf den Markt von Consell, um das Huhn zu kaufen. Sie erstand dort auch das Gemüse, das sie benötigte. Damit würde sie nicht nur eine Mahlzeit für ihre erkrankten Freunde kochen, sondern gleich eine weitere für sie selbst.

Als Carla zu Hause ankam, spielte Xisca mit Tamara im Nachbarsgarten, und Francisco arbeitete in der Werkstatt. Da die Mädchen völlig in ihr Spiel vertieft waren, ging sie in die

Küche und begann damit, die Suppe zu kochen. Nebenbei erledigte sie den Abwasch. Ihre Gedanken schweiften erneut um ihr Feld, und ob sie nun Wein anbauen sollte oder doch weiterhin die Trockenfrüchte, wobei sie dann wohl wieder einen Arbeiter einstellen mussten. Ihrer Mutter wollte sie die harte Feldarbeit nicht mehr zumuten.

Der verführerische Duft nach Hühnersuppe erfüllte den Raum. Carla schöpfte eine gute Portion in einen anderen Topf. Die Möhren, der Sellerie und das Hühnerfleisch würden ihren Freunden sicherlich guttun.

Carla sah nach Xisca, die immer noch ins Spiel vertieft war. Um rasch Francisco Bescheid zu geben, ging sie in die Werkstatt. »Ich bin in spätestens eineinhalb Stunden zurück. Xisca ist drüben bei den Morgensterns.«

»Gut, ich sehe ab und zu nach ihr.« Francisco küsste sie zum Abschied. »Richte schöne Grüße aus, ja?«

»Mach ich.« Carla holte den vorbereiteten Suppentopf, stellte ihn in einen Korb und schnallte ihn auf dem Gepäckträger fest.

Die frische Luft tat Carla gut, die Bewegung auch. Seit sie die täglichen Übungen machte, startete sie weit positiver in den Tag. Die Phasen der Traurigkeit tauchten immer seltener auf. Noch trugen die Mandelbäume Blüten und vermittelten trotz der Kühle die Vorahnung des herannahenden Frühlings. Die Luft roch frisch, die Sonne strahlte vom stahlblauen Himmel, und Carla ertappte sich dabei, wie sie ein Kinderlied summte.

Im Stadthaus in Sencelles regte sich nichts, als Carla ihr Rad abstellte. Das wunderte sie nicht. Blanca und Julián lagen bestimmt im Bett, um sich zu erholen. Sie würde ihnen eine Kanne Tee aufsetzen, die Suppe auf den Herd stellen und den Kamin einheizen, damit das Haus schön warm blieb.

Carla klopfte an die Tür. Keine Reaktion. Beherzt öffnete sie die Tür, schloss sie hinter sich und ging in die Küche. Entweder hatten die beiden noch gar nicht gefrühstückt, oder Blanca hatte bereits den Abwasch gemacht.

Der Wasserkocher stand auf der Herdplatte. Sie füllte ihn mit Wasser, feuerte den Herd an und wunderte sich, weil es nicht so recht brennen wollte. Mit dem Schüreisen stocherte sie im Ofen. Selbst mit dem Blasebalg begann das Feuer nicht zu lodern.

Der Kamin war kalt. Die Luft roch muffig. Carla öffnete die Tür zum Patio.

Aus der Kiste neben dem offenen Kamin nahm sie einige Holzscheite. Mit einem Zündholz entfachte sie das Feuer, es loderte zögerlich, aber es brannte. War das Holz feucht geworden?

Carla sah nach dem Herdfeuer. Viel tat sich nicht, doch wenigstens erhitzte sich das Wasser langsam. Irgendwie schien der Abzug nicht richtig zu funktionieren.

Ein leichter Kopfschmerz drückte hinter ihrer Stirn. Vielleicht bekam sie auch eine Erkältung. Das hätte ihr gerade noch gefehlt. Das Wasser kochte endlich. Sie gab die Teeblätter in die Kanne und goss auf. Die Kanne in der einen Hand, zwei Tassen in der anderen ging sie nach oben. Die Zimmertür zum Schlafzimmer stand offen. »Blanca? Julián? Ich bin es, ich bring euch frischen Tee.«

Beide schliefen tief und fest. Carla stellte die Kanne und die Tassen auf den Nachttisch. Auch hier roch es etwas muffig, nach verbrauchter Luft. Weil die beiden gut zugedeckt waren, öffnete Carla das Fenster. Ihr Kopfschmerz verstärkte sich.

Sie trat an das Bett und erschrak. Auf beiden Gesichtern entdeckte sie rote und blaue Flecken. Litten sie nicht unter einer Grippe, sondern an einer anderen Krankheit?

Carla legte ihre Hand auf Blancas Stirn, um ihre Temperatur zu messen.

Die Stirn war kalt. Sehr kalt.

Carla berührte das Gesicht ihrer Schwägerin. Auch das war sehr kühl. »Blanca?« Panik ergriff sie. »Blanca?« Carla rüttelte grob an ihrer Schulter. Fast schon hysterisch rief sie erneut ihren Namen. Als sie nicht aufwachte, suchte sie nach Blancas Puls am Handgelenk.

Nichts.

Sie hielt den Finger unter Blancas Nase.

Kein Atem.

»Julián?« Sie beugte sich zu ihm hinüber.

Seine Stirn fühlte sich ebenfalls kühl an.

Kein Puls und kein Atem.

Das durfte nicht sein.

Carla rannte die Treppe hinab, hinaus auf die Straße und schrie so laut nach einem Arzt, bis sich ihre Stimme überschlug.

Ein Nachbar, den Carla nicht kannte, schickte seine Frau los und lief auf Carla zu. »Was ist geschehen?«

Carla starrte ihn an, unfähig zu sprechen. Sie zeigte nach oben in den ersten Stock. »Sie atmen nicht mehr.«

Der Mann rannte die Stufen hinauf.

Carla folgte ihm.

Er kontrollierte die Atmung, begann dann mit einer Herzdruckmassage und Beatmung bei Julián.

»Na los, machen Sie schon!«

Carla machte bei Blanca nach, was der Fremde sagte, obwohl sie nicht wusste, ob das, was sie tat, richtig war.

Sie kümmerten sich um die beiden, bis der Arzt kam. Zuerst untersuchte er Blanca. Er fühlte ihre Temperatur und schüttelte den Kopf. »Da ist nichts mehr zu machen.«

Mit wenig Hoffnung im Blick ging er zu Juliáns Bettseite, schob den Mann zur Seite und kam nur Sekunden später zum gleichen Ergebnis. »Die Haut sieht nach einer Kohlenmonoxidvergiftung aus.« Er wandte sich an Carla. »Wie lange sind Sie schon hier?«

»Vielleicht dreißig Minuten.«

Der Arzt stand auf und sah Carla in die Augen. »Haben Sie Kopfschmerzen? Ist Ihnen schwindelig?«

»Ja. Es drückt in meinem Kopf. Aber nicht schlimm.«

»Verlassen Sie das Haus. Sofort.«

Carla verstand nicht.

Er schob sie vor sich her, die Treppe hinunter. »Und Sie gehen ebenfalls. Helfen Sie mir, das Kaminfeuer und den Herd zu löschen.«

Carla stand vor dem Haus.

Sie fror.

Erst nach und nach begriff sie, was sie soeben erlebt hatte: Blanca und Julián waren tot. Carla zog es den Boden unter den Füßen weg. Ihre Beine knickten ein, als wären sie aus Gummi. Hart schlug sie auf dem Boden auf, stützte sich auf den Händen ab, und ein schier unmenschlicher Ton entrang sich ihrer Kehle.

Plötzlich stand der Arzt neben ihr, er zog eine Spritze auf. »Es geht Ihnen gleich besser.«

Er rollte den Ärmel ihrer Bluse nach oben, und spritzte ihr ein Medikament in die Armvene. »Wo wohnen Sie?«

Carla nannte ihre Adresse.

»Kann Ihr Mann Sie abholen?«

»Ja.«

Der Arzt wandte sich an den Nachbarn. »Können Sie ihn holen? Ich kümmere mich um sie.«

Der Mann machte sich umgehend auf den Weg. Seine Frau brachte aus dem Haus eine Decke, in die sich Carla hüllte. »Sie dürfen nicht tot sein.«

Der Arzt sah sie mitfühlend an. »Es tut mir leid. Vermutlich ein Defekt an der Abluftklappe des Kamins. Die genauen Umstände werden von der Polizei untersucht.«

Carla wiegte sich schweigend hin und her.

»Wohnt sonst noch jemand hier?«

»Xisca. Die Tochter.«

»Wo ist Xisca?«

Eine plötzliche Blässe überzog das Gesicht des Arztes.

»Bei mir. Blanca und Julián haben eine Erkältung. Xisca sollte sich nicht anstecken.«

»Was für ein Glück.«

Im selben Moment kam Carla zu Bewusstsein, wie viel Glück das Mädchen gehabt hatte. Blancas Weitsicht hatte der Kleinen das Leben gerettet. Aber wie sollte sie Xisca den Tod ihrer Eltern beibringen?

Franciscos Loryc fuhr vor. »Stimmt es, was er sagt?«

Der Nachbar stieg ebenfalls aus dem Wagen, zog sein Fahrrad hinter der Sitzbank hervor.

»Bedauere. Ich konnte nichts mehr für die beiden tun. Die genauen Umstände muss die Polizei klären.«

Francisco hob Carla auf seine Arme. »Können Sie hierbleiben und sich um alles kümmern? Ich möchte meine Frau nach Hause bringen.«

»Natürlich. Ich gebe den Beamten Ihre Adresse.«

Francisco dankte dem Mann. »Sie sind Doktor ...?«

»Miguel Pons.«

»Nochmals danke, Doktor Pons.« Dann wandte er sich an den Nachbarn. »Auch Ihnen danke ich von Herzen.«

Carla weinte stille Tränen an Franciscos Brust.

»Alles Gute«, wünschte Doktor Pons. »Sollte Ihre Frau weiterhin Beschwerden haben, muss sie ein Arzt untersuchen. Sie hat eine leichte Kohlenmonoxidvergiftung. Frische Luft hilft.«

Carla ließ sich von ihrem Mann auf den Beifahrersitz setzen, die Decke lag immer noch um ihre Schulter.

Francisco startete den Wagen und fuhr los. Mehrfach verschaltete er sich. Der Motor jaulte jedes Mal laut auf. Carla legte ihre Hand auf seine. »Was soll nun werden?«

»Ich muss es Juliáns und meinen Eltern sagen.«

Und sie würde es Xisca erklären. Nur wie? Und wann?

Erst musste sie selbst ihre Fassung wiedererlangen. Die Spritze wirkte. Auch der Kopfschmerz war verschwunden.

Carla saß den Nachmittag über reglos im Garten. Die frische Luft vertrieb die Auswirkungen der leichten Vergiftung. Viel toxischer fühlte es sich in ihrem Herzen an. Blanca und Julián tot. Es kostete sie alle Kraft, diese Tatsache zu akzeptieren.

Wie ferngesteuert kümmerte sie sich ums Abendessen. Xisca fragte nach ihrer Mutter und wann sie wieder nach

Hause durfte. »Vorerst nicht, Liebling.« Mehr vermochte Carla nicht zu sagen. Zu frisch klaffte die riesige Wunde, die der Tod in ihre Brust gerissen hatte.

Nach dem Essen schickte sie Xisca ins Bett. An diesem Abend las sie ihr die Geschichte vor von Roberto, el Volador, der während eines Wirbelsturms zum Spielen hinausging und davonflog. Xisca quietschte vor Vergnügen und bettelte, bis Carla es ihr noch einmal vorlas. An diesem Abend hätte Carla alles für ihre Nichte getan, um zu vermeiden, ihr die traurige Wahrheit zu erzählen.

Denn das brachte sie keinesfalls heute über sich, und vielleicht auch nicht am darauffolgenden Abend. Aber irgendwann musste sie es ihr sagen. Carla graute vor diesem Tag.

15

Kuba, 1935

Antonia saß auf ihrer Veranda. Die Sonne versank in orangeroten Farben zwischen zwei der gewaltig aufragenden Backenzahnberge. Die letzten Jahre hatte Antonia viel Zeit auf ihren Weinfeldern verbracht und die Hauptstadt gemieden. Zudem war sie politikmüde geworden.

Machado war 1933 ins Exil geflohen, was zwar die Diktatur beendet hatte, aber keineswegs für politische Stabilität im Land sorgte. Nachdem sich die Präsidenten nur einige Monate im Amt halten konnten, verzichtete Antonia darauf, sich die Namen zu merken und den politischen Hintergrund zu erforschen. Sechs Staatsoberhäupter in weniger als drei Jahren schafften keine Stabilität im Land.

Das Platt Amendment ermöglichte es den Amerikanern, vorläufige Präsidenten zu ernennen und auch abzusetzen. Präsident Franklin D. Roosevelt hob diesen jahrzehntealten Vertrag auf und hielt nur das Recht auf einen amerikanischen Marinestützpunkt aufrecht. Guantánamo Bay wollten die Amerikaner nicht aufgeben. Da es niemanden gab, der es ihnen verbieten konnte, blieb dieser Vertragspunkt bestehen, obwohl Antonia nicht so recht verstand, warum die Amerikaner unbedingt einen Militärstützpunkt auf der Insel benötigten. Der spanisch-amerikanische Krieg war vorüber, Kuba lebte in einer freien Demokratie, wenn man von Machado absah.

Federico und sie hielten sich aus der Politik heraus, wenngleich die Bacardís sich sehr wohl einmischten. Federico verkaufte immer noch gut über deren Geschäftszweige, und auch seine eigenen Läden in Havanna liefen zufriedenstellend. Sobald sich die Gespräche um Politik drehten, bezog er keine Stellung. Natürlich wünschten sich Antonia und Federico einen fähigen Präsidenten, doch es gab niemanden, der diesen Posten ausfüllen konnte, also gab es auch nichts zu besprechen. Es handelte sich in ihren Augen um vergeudete Energie. Die brauchten sie beide für ihre Felder.

Seitdem Antonia sich vermehrt um ihr Weinfeld kümmerte, stand ihr Raymundo als Vorarbeiter zur Seite und fehlte in der Tabakfabrik, weshalb Federico dort im Einsatz war. Es gab zwar einen neuen Fabrikvorarbeiter, der ihn unterstützte, dennoch ging die Arbeit nie aus.

Antonia sah den Rauch aus der Kate am anderen Ende des Weinfelds aufsteigen: Raymundo heizte den Kamin an. Durch die Holzlatten zog es nach Sonnenuntergang empfindlich durch die Ritzen. Sie dankte ihrem Mann für dessen Starrsinn, ihr ein moderneres Haus zu bauen. Ein kleines Landgutshaus, unten die Räume, in denen das Leben stattfand, oben die Schlafzimmer.

Die Kinder spielten im Wohnzimmer und genossen die Ferienzeit.

Antonia hörte sie lachen. Es war zu ihrem Ritual geworden, sich nach getaner Arbeit ein Glas Wein einzugießen, den Geschmack ihres eigenen Weins zu kosten, ihn zu bewerten und dem Sonnenuntergang zuzusehen. Der kräftige Crianza reifte zwei Jahre in den großen Fässern, und nun schon sechs Monate in kleineren kalifornischen Eichenfässern. Die Zusammenarbeit mit Peter Fitzgerald gestaltete sich unkompliziert und ertragreich. Seine Weine verkauften sich gut in Federicos Läden.

Sie freute sich schon, ihre Ernte in ihren Geschäften stehen zu sehen. Antonia nahm einen herzhaften Schluck, ließ den Cabernet Sauvignon auf ihrer Zunge sein Bouquet entfalten, spülte ihn im Mund hin und her, bevor sie ihn schluckte. Weich, vollmundig, ein wenig Frucht und eine leichte Fassnote. Es war Zeit, den Wein auf die Flasche zu bringen, ehe der Geschmack nach Eichenfass sich zu sehr intensiverte. Am kommenden Morgen würde sie alles Notwendige mit Raymundo besprechen.

Noch schimmerte es purpurn hinter den Hügeln. Die zuvor wild kreischenden Vögel verstummten. Ruhe kehrte auf ihren Feldern ein. Sobald die Dunkelheit ihren Schleier über das Land legte, kümmerte sie sich um das Abendessen. Valentina half ihr gerne dabei. Mit ihren zwölf Jahren kommandierte sie an manchen Tagen ihre jüngeren Geschwister herum, was Antonia zum Lachen brachte. Vor allem Rodrigo las seiner Schwester jeden Wunsch von den Augen ab. Sie wollte einen Becher Wasser, Rodrigo holte ihn ihr.

Nur wenn David etwas zu ihr sagte, hörte sie ihm aufmerksam zu. David gefiel der Weinanbau, ebenso wie Valentina, wobei ihre Begeisterung für die Arbeit auf dem Feld in diesem Jahr nachzulassen schien.

Die aufragenden Bergspitzen wirkten aufgrund der letzten feurigen Röte wie ein Scherenschnitt. Antonia leerte ihr Glas. Zeit, das Abendessen vorzubereiten.

Aus Fleischresten bereitete Antonia eine Brühe zu, gab einige Stücke der vorgekochten Platanos dazu, um die von ihr gewohnten Kartoffeln zu ersetzen, und verzog das Gesicht, als sich im Wohnzimmer offensichtlich ein Streit zwischen ihren Töchtern anbahnte. »Valentina!« In den vergangenen Wochen gerieten die beiden Mädchen wegen Kleinigkeiten aneinander.

»Was?«, maulte ihre älteste Tochter.

»Deck bitte den Tisch, wir essen gleich.« Antonia hoffte, den drohenden Streit unterbinden zu können.

Widerspruchslos erledigte sie die ihr aufgetragene Aufgabe. Das Klappern der Teller und des Bestecks zeigte jedoch ihre Stimmung. Es kam immer häufiger vor, dass sie etwas ablehnte, was ihr früher große Freude bereitet hatte. Wie das Puppenspiel mit ihrer jüngeren Schwester. Valentina fühlte sich mit ihren zwölf Jahren zu erwachsen dafür. Da half es auch nicht, dass Antonia selbst mit ihrer Tochter spielte, sobald es ihre freie Zeit zuließ. Überhaupt schien Valentina ihre kleine Schwester als Last zu empfinden.

»Ich habe Hunger«, verkündete David, als er die Küche betrat. »Soll ich schon Brot aufschneiden?«

Wenn Federico nicht im Haus war, fühlte David sich als Mann im Haus, der Antonia nach seinen Möglichkeiten unterstützte. Stolz stieg in ihr auf. Ihr Junge sperrte sich nicht dagegen, auch Frauenarbeit zu verrichten. »Sehr gerne. Du kannst es gleich ins Esszimmer bringen.«

Antonia zog den Topf vom Herd, ließ das Feuer darin jedoch weiterbrennen, um der nächtlichen Kühle im Haus etwas entgegenzusetzen.

Sie gab die Schöpfkelle in den Topf, stellte ihn auf ein Holzbrett und ging damit ins Esszimmer. Auf eine Terrine verzichtete sie, wenn sie keinen Besuch zum Essen hatte.

Aus der Ferne vernahm Antonia ein leises Motorengeräusch. Es kam näher. Überrascht sah sie zur Wanduhr. Fast zwanzig Uhr. Wer mochte zu so später Stunde noch kommen?

Rodrigo hörte das herannahende Fahrzeug ebenfalls und rannte zur Haustür. »Ein Auto!«

Seine Begeisterung für diese Vehikel hatte sich nicht gelegt. Noch immer redete er davon, eines Tages Rennfahrer zu werden.

Antonia band sich die Schürze ab, legte sie über den Stuhl und folgte ihrem Sohn zur Haustür. Dann erkannte sie das Motorengeräusch. »Kinder, euer Vater kommt!«

»Papá!«, quietschte Isabel, dass es Antonia in den Ohren schmerzte.

Valentina schlenderte gelangweilt heran.

David blieb im Türrahmen zum Esszimmer stehen.

Verunsichert stand sie mit den Kindern in der Tür und hoffte, ihr Mann würde keine schlechten Nachrichten bringen. Das hoffte sie immer, wenn Federico überraschend auf den Weinfeldern auftauchte. Meist sorgte sie sich grundlos. Dennoch klopfte ihr das Herz hart in ihrer Brust.

Isabel stürmte die drei hölzernen Treppenstufen hinab. Das Auto stand bereits, also ließ Antonia sie gewähren. In der Dunkelheit erlaubte sie ihr nicht, einem Fahrzeug entgegenzulaufen, zu groß war die Gefahr eines Unfalls. Federico öffnete den Wagen und stieg aus. Mit ausgebreiteten Armen fing er Isabel auf, hob sie hoch und wirbelte sie herum. »Ich habe eine Überraschung!«

Erleichterung durchflutete Antonias Herz.

»Eine Überraschung?« Valentinas Stimme überschlug sich.

Federico trat auf das Haus zu. »Ja. Jetzt lasst mich aber erst mal eure Mutter begrüßen.«

Er stellte Isabel auf die Füße, küsste Antonia und flüsterte ihr ins Ohr: »Es tut mir leid. Joaquín ist schuld.«

Antonia sah ihn verwirrt an.

»Morgen kommt Nieve an.«

Valentina zog eine Schnute. »Nieve? Wer soll das sein?«

»Ein Pony. Joaquín schenkt es euch.«

Isabels Augen leuchteten. »Ein Pony? Ein echtes Pony?« Sie hüpfte von einem Bein auf das andere.

»Musste das zu dieser Uhrzeit sein?« Antonia wusste, die Aufregung würde ihre Töchter wachhalten.

»Wenn sie einen Abend später ins Bett kommen, geht die Welt nicht gleich unter.« Federico genoss sichtlich, der Held des Tages für ihre Töchter zu sein.

»Das Essen steht auf dem Tisch.« Antonia ging voraus in das Esszimmer. Sie nahm ein weiteres Gedeck aus dem Schrank und deckte für Federico ein, bevor sie in alle Teller den Eintopf schöpfte.

»Ist es ein liebes Pony?« Isabel rutschte auf dem Stuhl umher. Sie schien nervös zu sein, weil sie noch nie auf einem Pony gesessen hatte.

»Das werden wir herausfinden müssen.« Federico aß einen Löffel Eintopf, biss anschließend ins frisch gebackene Brot, und seine Augen strahlten.

Antonia liebte ihn. Er tat alles für die Familie und für sie. Das stellte er immer wieder unter Beweis. Sie hatte mit ihrem Mann großes Glück. Deshalb vergab sie ihm auch diese nicht abgesprochenen Überraschungen. Raymundo würde sich bestimmt zuverlässig um das Pony kümmern, wenn sie in Havanna wohnten.

»Ihr müsst gut zu dem Pony sein, dann ist es auch gut zu euch.« Federico blickte von Valentina zu Isabel. »So ein Tier muss euch vertrauen, und das müsst ihr euch erarbeiten. Das kommt nicht von selbst. Verstanden?«

Isabel sah ihren Vater andächtig an. »Verstanden.«

»Ich bin zu groß für ein Pony«, maulte Valentina. »Vor vier Jahren, als ich noch klein war, da hätte mir ein Pony gefallen. Aber heute?«

»So groß bist du noch nicht«, widersprach Federico. »Doch es ist deine Entscheidung, ob du auf dem Pony reiten willst.«

Hochmütig sah Valentina zur Seite. Um nichts sagen zu müssen, schob sie sich einen Löffel Eintopf in den Mund.

Antonia betrachtete ihre große Tochter. Mit ihren zwölf Jahren kam sie sich sehr erwachsen vor. Das zeigte sich ebenfalls auf dem Feld. Hatte ihr die Arbeit mit den Weinreben bisher viel Freude bereitet, klagte sie seit einigen Monaten über das langweilige Leben auf dem Land.

»Was macht der Wein?«, erkundigte sich Federico.

»Er muss auf die Flasche. Das wollte ich morgen mit Raymundo besprechen.« Antonia holte die Weinkaraffe. »Hier, koste selbst.«

Federico lachte. »Du bist die Expertin.«

»Schmecken muss er dir dennoch.« Sie goss ein Glas ein und reichte es ihm.

Er nippte daran.

Gespannt beobachtete sie jede Gesichtsregung im Gesicht ihres Mannes. Sein Urteil war ihr wichtig. Ob er sich mit Wein auskannte oder auch nicht. Das spielte keine Rolle. Sie wünschte sich seine Anerkennung.

Federico leckte sich über die Lippen.

»Und?«

»Ich finde ihn gut.«

»Das habe ich Mamá auch schon gesagt«, mischte sich David ein. »Er hat Körper, Frucht, und man schmeckt einen Hauch von dem Eichenfass.«

Federico sah seinen ältesten Sohn an. »Du kommst nach deiner Mutter.«

Der Stolz auf seinem Gesicht entging Antonia nicht. »Wir sollten eine große Präsentation in Havanna vorbereiten.«

»Super! Dann komme ich endlich weg von hier«, rutschte es Valentina heraus.

Isabel riss die Augen auf. »Und was wird aus meinem Pony?«

»Das läuft dir nicht weg«, versuchte Federico, sie zu beruhigen.

»Darf ich dann mit dir im Auto zurückfahren?« Zum ersten Mal gab auch Rodrigo einen Satz von sich. Der Junge war schweigsam. Machte Antonias Meinung nach zu viel mit sich selbst aus.

Federico suchte Antonias Blick. Zu sechst passten sie nicht in den Wagen. »Wenn dein Vater damit einverstanden ist.«

»Ein kurzes Stück lasse ich dich fahren.«

»Echt?« Rodrigo strahlte seinen Vater an. »Darf ich morgen schon?«

»Das werden wir sehen. Jetzt esst fertig.« Antonia genoss die Tage, an denen die ganze Familie am Tisch gemeinsam aß.

Zwei Stunden später lagen die Kinder in den Betten, und Antonia saß zusammen mit Federico in ihren Schaukelstühlen bei einem Glas Wein. »Du findest ihn wirklich gut?«

»Natürlich. Und das sage ich nicht, weil der Wein von meiner Frau stammt. Das sage ich, weil ihn eine hervorragende Winzerin gekeltert hat.« Federico nahm bestätigend einen Schluck und zwinkerte ihr zu. »Ich mag ihn lieber als den Wein von Fitzgerald.«

Antonia grinste. »Das liegt jetzt aber daran, weil ich deine Frau bin. Fitzgeralds Weine sind ausgewogener, spritziger, leichter.«

»Wie lange dauert es, bis der Wein abgefüllt ist?«

»Drei Wochen würde ich sagen.«

»Gut. Wir planen die Präsentation für Ende September. Ich organisiere alles in Havanna, dann kannst du dich hier um alles kümmern.« Federico schaukelte vor und zurück. »Ich mag diesen Flecken Erde.«

»Ich auch.«

»Er erinnert so sehr an dich. Der Ort strahlt Frieden aus. Wie du.«

Antonia stand aus ihrem Schaukelstuhl auf, setzte sich auf die Lehne von Federicos Stuhl und küsste ihn. »Lass uns auch zu Bett gehen.«

Am nächsten Morgen erwachte Antonia vom Motorengeräusch eines Fahrzeugs. Die ersten Sonnenstrahlen drängten in ihr Schlafzimmer und warfen leuchtende Punkte auf den Holzfußboden.

Antonia stand auf, zog ihren Morgenmantel an und ging in Richtung des Eingangs. Ein Wagen mit Anhänger hielt vor ihrer Veranda. Sie öffnete die Tür. Durch die Seitenplane des Hängers hörte sie das nervöse Hufscharren des Ponys.

Postwendend ging sie zurück ins Schlafzimmer, um Federico zu wecken. Er hatte das Pony erlaubt, also sollte auch er sich vor dem Frühstück darum kümmern. Wo er es unterbringen wollte, bis eine Koppel abgezäunt wäre, musste er sehen. Zwischen den Weinstöcken konnte es jedenfalls nicht frei herumlaufen und die Stöcke zusammenfressen.

Federico streckte sich, als Antonia das Schlafzimmer betrat. »Das Pony ist da. Und wenn es an die Rebstöcke geht, ist es schneller weg, als du aufgestanden bist.«

»Wird es nicht.« Er schwang die Beine aus dem Bett. »Erst mal Guten Morgen.«

Antonia verdrehte die Augen. »Kümmere dich, ja?«

Ihr Mann zog sich an, strich sich die Haare aus dem Gesicht und lächelte. »Immer noch ein kleiner Morgenmuffel.«

»Das ist nicht wahr«, widersprach sie und gab Federico doch insgeheim ein wenig recht. Zumindest, wenn der Tag mit Hektik anfing. Das trübte ihre sonst so gute Morgenstimmung. Sie mochte den Morgen, sofern er eben ruhig begann: Frühstück zubereiten, Kaffee trinken und den Tag begrüßen. Da stand sie lieber etwas früher auf, als in Hast zu verfallen.

Wie an diesem Morgen. Noch ohne Morgentoilette in Betriebsamkeit ausbrechen zu müssen mochte sie nicht.

Federico verließ das Schlafzimmer. Sie machte das Bett, öffnete das Fenster und ging ins Badezimmer, um sich für den Tag herzurichten. Danach bereitete sie das Frühstück vor.

Aus dem Zimmer der Mädchen kam ein Poltern. Isabel schien die Ankunft des Ponys nicht verborgen geblieben zu sein. Schon hörte sie ihre Tochter die Treppenstufen hinunterrennen. Antonia sah aus der Küche, wie Isabel in ihrem Nachthemd auf der Veranda stand und gespannt die Hände vor der Brust zu kleinen Fäusten ballte.

Der Fahrer öffnete die Klappe des Hängers. Wenig später schob sich ein braun-weiß geschecktes Hinterteil aus dem Transporter die Rampe hinunter. Isabel hüpfte vor Freude auf und ab. »Nieve.«

Warum das Pony den Namen Schnee trug, blieb Antonia ein Rätsel, sie hätte es eher Manchado genannt, wegen der Flecken.

Antonia riss sich von dem Anblick los und deckte den Tisch, bevor die hungrige Meute die Küche stürmte. Fernanda hatte ihr eine Mango-Vanille-Marmelade geschenkt, die ihr die Frühstückszubereitung erleichterte. Das Glasfässchen und Butter auf den Tisch, dazu das Brot vom Vortag und eine Kanne Kaffee. Dieser neuartige Aufstrich begeisterte die komplette Familie, wobei Federico noch nicht in den Genuss dieser süßen Marmelade gekommen war. Sie würde ihre Freundin darum bitten, ihr zu verraten, wo sie diese Leckerei herhatte.

David und Rodrigo trotteten verschlafen die Treppe herunter. Isabel rannte barfuß draußen herum. Valentina schien keine Lust zu haben, aus dem Bett zu kommen, zumindest war von ihr nichts zu sehen. Womöglich hatte sie die Gene ihrer Tante Carla mit in die Wiege gelegt bekommen.

»Bedient euch«, forderte sie ihre Jungs auf und ging die Treppenstufe nach oben, um Valentina zu wecken.

»Buenos días, aufstehen«, weckte Antonia ihre Tochter, die nur widerwillig die Augen aufschlug. Sie setzte sich zu Valentina, um sie zu küssen. Fast schon bockig, drehte sie sich weg. »Willst du nicht auch das Pony sehen?«

»Nein.«

»Aufstehen wirst du nun aber, es gibt auf dem Feld noch viel zu tun.«

»O Mann, echt, ich bin doch nicht eure Sklavin.« Trotzdem setzte sie sich auf.

Antonia verschlug es beinahe die Sprache. Sie selbst hatte mit zwölf Jahren bereits Verantwortung für ihre jüngeren Geschwister übernommen, teilweise den Haushalt geführt, und ihre Tochter beklagte sich, weil sie am Vormittag ein wenig auf dem Feld helfen sollte? Das wollte sie ihr nicht durchgehen lassen. »Keiner behandelt dich wie einen Sklaven. Weißt du überhaupt, wie man mit denen umgegangen ist?«

»Viel schlimmer als hier kann es kaum sein.« Valentina stand auf, drückte sich an Antonia vorbei und schlurfte ins Badezimmer. Nicht ohne die Tür hinter sich zuzuknallen, um ihren Protest zu unterstreichen.

Antonia blieb sitzen. Ganz offensichtlich hatten sie ihre Tochter zu sehr verwöhnt. Das Mädchen glaubte, es könnte den lieben langen Tag nur tun und lassen, was es wollte. Ein Weinberg lebte vom Familienzusammenhalt, von gemeinsamer Arbeit. Natürlich verlangte sie nicht von ihren Kindern, den ganzen Tag mit anzupacken. Das war nicht nötig, sie konnten sich Erntehelfer leisten. Aber auf keinen Fall durften sie sich zurücklehnen und die Arbeit andere erledigen lassen.

Nur, was konnte sie tun? Antonia stand auf, ging die Treppe hinab und hing ihren Gedanken nach. Valentina fühlte sich wie eine Sklavin. Gut, dass das Raymundo nicht gehört hatte, dessen Großeltern tatsächlich noch Sklaven gewesen waren. Dieser Satz hätte ihn zutiefst verletzt. In diesem Augenblick kam ihr eine Idee. Gleich nach dem Frühstück würde sie mit Raymundo sprechen. Und mit Federico, der sich dann um drei Kinder kümmern musste. Sie hoffte, es würde sich mit seiner Arbeit in der Zigarrenfabrik vereinbaren lassen. Sonst musste sie eben jemanden finden, der sich für ein paar Tage der Kinder annehmen konnte. Eine Frau aus dem Dorf würde das sicherlich gerne gegen Bezahlung übernehmen. Es war Zeit, Valentina ihren Hochmut auszutreiben.

Federico schmunzelte über Isabels Begeisterung über das scheckige Pony. Sie hampelte am Frühstückstisch herum, und es wunderte niemanden, dass sie ihre Tasse mit heißer Milch umstieß. Valentina verzog missbilligend den Mund, die Brüder lachten, und Antonia holte ein Wischtuch, um die Bescherung zu beseitigen.

»Ich habe nach Raymundo schicken lassen, um mit ihm die Einzäunung zu besprechen.« Federico trank seinen Kaffee aus und nahm die Kanne, um sich nachzugießen. »Wann kommt ihr zurück nach Havanna? Die Ferien sind in einer guten Woche zu Ende. Zur Abfüllung des Weins wird eure Hilfe nicht benötigt, oder irre ich mich da?«

»Du irrst nicht, und ich wäre dir dankbar, wenn du die Kinder bis auf Valentina mit nach Havanna nehmen könntest.«

»Mit dem Auto?«, wollte Rodrigo ungeduldig wissen.

»Ja, mit dem Auto.«

»Ich will bei meinem Pony bleiben!« Isabel sprang vom Stuhl auf, lief auf Antonia zu und klammerte sich an ihren Arm. »Biiiitte.«

Antonia lächelte nachsichtig. »Allein kannst du nicht bleiben, aber ich verspreche dir, wir kommen an den Wochenenden und den Ferien wieder, und dann hast du ganz viel Zeit für Nieve. Bis dahin hat sie sich hier auch eingewöhnt.«

Tränen traten in die Augen ihrer Jüngsten. Tapfer biss sie sich auf die Unterlippe und setzte sich wieder an den Tisch. Der Anblick schnitt Antonia ins Herz. Aber es ging nicht anders.

»Warum fahren wir nicht zurück?« Valentinas Neugier war offenbar nun doch geweckt.

»Wir machen einen Ausflug«, sagte Antonia ausweichend. »Erst muss ich mit deinem Vater sprechen. Allein.«

Federico sah sie fragend über den Tisch an. Ihr Mann würde es erfahren, wenn Raymundo wegen des Zauns käme und sie mit ihm sprach. Damit musste sie ihre Pläne nur einmal erzählen.

Raymundo klopfte an die Tür. Antonia stand auf. »Ihr räumt ab. Vater und ich haben mit Raymundo einiges zu besprechen, dann packt ihr eure Sachen und macht euch reisefertig.«

Federicos Verwunderung spürte Antonia mit jedem Schritt, den sie nach draußen gingen. Sie zog die Tür hinter sich zu. »Lasst uns in die Lagerhalle gehen.«

»Was ist denn geschehen?« Federico konnte seine Neugierde offenbar nicht mehr zurückhalten.

Antonia warf einen Blick zurück zum Wohnhaus. »Valentina führt sich auf wie eine Prinzessin. Wir haben sie zu sehr verwöhnt.« Sie blickte Raymundo entschuldigend an. »Das Mädchen ist der Meinung, wie eine Sklavin schuften zu müssen.« Sie legte Raymundo die Hand auf die Schulter. »Deshalb dachte ich, es wäre gut, wenn ich mit ihr in euer Dorf fahre, damit sie sieht, in welchem Luxus sie lebt.«

Raymundo presste die Lippen zusammen. Es dauerte eine Minute, bis er eine weitere Reaktion zeigte. »Das ist eine gute Idee. Ich habe Valentina in letzter Zeit nur klagen gehört. Die Feldarbeit sei hart, es sei zu heiß, aber es stand mir nicht zu, etwas zu sagen.«

Antonia seufzte. »Du solltest es in so einem Fall mir erzählen. Ich will nicht, dass meine Kinder sich nicht gut benehmen.«

Raymundo sah zu Boden.

»Ist Magdalena dort? Oder ist sie bereits zurück in Havanna?« Zeitgleich ihre Freundin zu besuchen würde die Reise noch angenehmer machen.

»Sie wollte in drei Tagen wieder zu ihrer Arbeitsstelle fahren.« Raymundo kratzte sich am Kinn. »Ob es aber dabei geblieben ist, kann ich nicht sagen. Wir reden nicht sehr oft.«

»Ist das denn wirklich notwendig?« Federico sah sie zweifelnd an.

»Ja. Sie soll sehen, wie der Großteil der Cubanos lebt.« Antonia wollte sich nicht umstimmen lassen. Federico war bei der Erziehung ihrer Töchter zu mild. Er verwöhnte die Mädchen, wann immer er konnte. Daran war nichts verkehrt. Nur die Richtung, in die sich Valentina entwickelte, die gefiel ihr nicht. Es war Zeit, etwas dagegen zu unternehmen, solange sie als Mutter noch Einfluss auf ihre Tochter besaß.

»Gut, dann fahre ich mit den Kindern nach Havanna und du nach La Laguna zu Raymundos Familie.«

»Danke, dass du mich gewähren lässt. Du wirst sehen, es wird unserer Tochter helfen, wieder dankbarer für all das hier zu sein.« Sie hob die Hände und wies auf die weitläufigen Weinfelder. »Ich möchte sie so erziehen, wie ich erzogen wurde. Ehrliche Arbeit gehört zum Leben, auch dann, wenn man es sich erlauben könnte, die Hände in den Schoß zu legen.«

Federico wandte sich an Raymundo. »Was habe ich für eine kluge Frau.«

»Wie groß muss die Weide für das Pony sein?« Raymundo wechselte das Thema. Das tat er gerne, wenn ihm eine Angelegenheit peinlich war. »Und soll sie links vom Wohnhaus beginnen?«

»Die Details könnt ihr gleich ohne mich besprechen, aber eine Sache noch, Raymundo. Der Crianza muss auf die Flasche. Brauchst du dabei Unterstützung?«

»Kein Problem, darum kümmere ich mich.«

»Danke.« Antonia war glücklich, ihn mit solchen Aufgaben betrauen zu können. Das erleichterte ihr vieles. »Ich lass euch mal die Details für das Pony besprechen und helfe den Kindern beim Packen. Wir nehmen den Zwölf-Uhr-Zug. Sei bitte pünktlich.« Antonia wusste, wie schnell ihr Mann dazu neigte, die Zeit zu vergessen, wenn er ein Projekt besprach, und sei es nur die Abgrenzung einer Weide für das Pony. Raymundo brauchte kaum Anweisung, auch nicht, was die Pflege der Weinfelder betraf. Diese Arbeiten gingen ihm leicht von der Hand. Antonia wurde hier nicht mehr gebraucht.

Zwei Stunden später waren Antonia und Valentina reisefertig. Das Mädchen wusste immer noch nicht, wohin sie fahren würden. »Nun sag schon, Mamá.«

»Wir machen eine Reise. Das sollte dir als Antwort ausreichen. Du bist jetzt alt genug, etwas von Kuba zu sehen. Findest du nicht?« Antonia wollte ihre Tochter im Ungewissen lassen.

»Zeigst du mir Santiago de Cuba? Fahren wir zu den Bacardís?« Valentina sah sie hoffnungsvoll an.

Sollte ihre Tochter ruhig annehmen, sie würden von einem luxuriösen Heim zum nächsten reisen. Das Erwachen käme noch früh genug.

Federico fuhr den Wagen vor und verstaute das Gepäck.

Valentina schlich zu ihrem Vater, flüsterte ihm ins Ohr. Federico lachte. »Deine Mutter würde mich umbringen, wenn ich ihr die Überraschung verderbe.«

»Ihr seid gemein!«

Antonia wechselte einen amüsierten Blick mit ihrem Mann. Seit geraumer Zeit versuchten die Kinder, sie gegeneinander auszuspielen, mit seltenem Erfolg.

Die kurze Fahrt zum Bahnhof verbrachten sie schweigend. Antonia hatte wie gewohnt einen Sack Trauben eingepackt. Magdalenas Familie würde sich sehr freuen. Sie erinnerte sich noch gut, wie Raymundo fast schon gierig das damals für ihn unbekannte Obst in sich hineingestopft hatte, bis von der Rispe nichts mehr übrig geblieben war.

Die erste Zeit im Zug schwieg Valentina, die Lippen etwas bockig geschürzt. Doch irgendwann überwog die Freude, die Landschaft aus dem Zug zu betrachten, nachdem sie in Havanna umgestiegen waren. Ab hier kannte Valentina die Umgebung nicht mehr, entsprechend neugierig spähte sie aus dem Fenster. »Willst du mir nicht endlich unser Ziel verraten?«

»La Laguna. Das liegt noch weit vor Santiago de Cuba.« Nun konnte sie es ihrer Tochter sagen.

»Warum fahren wir dorthin?«, fragte sie, ohne den Blick aus dem Fenster abzuwenden.

»Es war schon immer mein Plan, dass wir beide einen Frauenausflug machen und Magdalena besuchen, sobald du alt genug bist, und nun bist du es.« Antonia hoffte, ihre Tochter würde ihr diese Ausrede abnehmen.

»Ja, stimmt. Ich bin schon fast so groß wie du.« Valentina drückte sichtlich stolz den Rücken durch. »Aber ich dachte, wir würden zu den Bacardís fahren. Elena hat gesagt, Santiago soll soooo spannend sein.«

Antonia lächelte in sich hinein und fühlte sich in ihrem Vorhaben bestätigt. Es schien höchste Zeit, dem Mädchen mal die echte Welt zu zeigen. »Nach Santiago fahren wir ein anderes Mal. Versprochen.«

»Danke, Mamá.« Valentina klebte weiterhin am Fenster und sah hinaus.

Antonia machte das Geschaukel müde, sie schloss die Augen und nickte wenig später ein.

Am Bahnhof von Cienfuegos stiegen sie aus. Wie sie zum Busbahnhof kam, wusste Antonia aus ihren vorangegangenen Besuchen. Valentina hielt sich dicht an Antonias Seite. Die fremde Stadt schien das Mädchen einzuschüchtern. So erwachsen war ihre Tochter eben doch noch nicht. Valentina hakte sich bei Antonia unter, während sie mit großen Augen durch die unbekannten Straßen gingen. Am Busterminal erstand Antonia zwei Tickets nach La Laguna. »Von hier aus fahren wir etwa eine Stunde. Wir werden am Meer sein. So etwas Schönes hast du noch nie gesehen. Das verspreche ich dir.«

»Ans Meer? Ich habe keine Badesachen dabei.«

»Rachel wird sicherlich einen Badeanzug für dich haben. Sie müsste jetzt sechzehn sein.« Von ihr selbst hing noch ein alter Badeanzug in einem Schrank von Magdalena. Zumindest hoffte sie das. Sie freute sich schon darauf, in der Lagune schwimmen zu gehen. »Mit etwas Glück treffen wir auf Delfine.«

»Das wäre toll!« Valentinas Stimme überschlug sich, und das kleine Mädchen gewann wieder die Oberhand über das manchmal schon sehr erwachsene Verhalten ihrer Tochter.

Kaum hatten sie die Prachtstraßen von Cienfuegos verlassen, zeigte sich die Armut der ländlichen Gegend. Nur die Fassaden der Häuser zierten bunte Anstriche, für die Seiten oder die Rückwand reichte das Geld für die Farbe nicht. Die kleinen Gärten waren meist wild bewachsen und nicht angelegt. Die Kinder spielten barfuß und in herausgewachsener Kleidung auf der Straße. Valentina verfiel in Schweigen. Sie trug ein rosafarbenes Kleid mit Volants und einer Schleife auf der Rückseite, dazu Lackschuhe.

Antonia hatte sich für ein einfaches Kleid in Dunkelblau entschieden. Es war praktisch für die Reise und passend für ihren Aufenthalt.

Ein kleines Mädchen rannte hinter einem Huhn her. Die Zöpfe des zauberhaften Kindes hüpften lustig auf und ab.

»Gibt es hier gar keine Weißen?« Valentina rutschte auf der Sitzbank hin und her. Sie schien nervös zu sein.

»Nein, hier auf dem Land leben nur wenige Weiße. Davon hatte ich dir erzählt. Die Menschen hier haben kaum Arbeit und wenig Geld. Aber du wirst sehen, sie werden uns willkommen heißen, und wir werden sehr viel Spaß haben.« Antonia betrachtete ihre älteste Tochter. Seit wann fürchtete sie sich vor dunkelhäutigen Menschen? Magdalena flog sie in die Arme, sobald sie zu Besuch kam. Aber Magdalena kannte sie auch, seitdem sie ein Baby war. In Havanna traf Valentina kaum auf schwarze Menschen. Natürlich arbeiteten viele in der Fabrik, doch richtigen Umgang pflegten sie nicht. Die Gäste, die sie zu Hause empfingen, waren durchweg Weiße oder Latinos. Kein Wunder, dass ihre Tochter eine gewisse Scheu hatte, wo sie nun die Exotin darstellte. Auch im Bus waren sie die einzigen weißen Passagiere.

Antonia fiel es nur auf, weil Valentina begann, sich unwohl zu fühlen. Eine solche Wirkung durch die fremde Umgebung hatte Antonia nicht bedacht. »Alles in Ordnung bei dir?«

Valentina sah weiter schweigend aus dem Fenster.

Der Bus hielt.

»Wir sind da.« Antonia stand auf, zog die Reisetasche aus dem Gepäcknetz und gab den Sack mit den Trauben Valentina.

Sie drückte den Sack an ihre Brust. »Hier?« Sie sah sich um. »Hier ist nichts.«

Die bunten und in die Jahre gekommenen Holzhäuser wirkten schäbiger als noch vor einigen Jahren. Die Armut auf dem Land nahm zu, das sah man dem Dorf an. Die Pflastersteine der Straße sackten unterschiedlich ab, was den Pferden einen sicheren Tritt erschwerte. Auch die Holzräder an den Ochsenkarren wurden mehr beansprucht. Doch das meinte Valentina nicht. Es gab bis auf die Kirche kein gemauertes Haus. Ein Umstand, den sie nicht gewohnt war, nachdem sie selbst in einem palastähnlichen Gebäude aufgewachsen war.

»Jetzt komm schon«, forderte Antonia sie auf, ging durch den schmalen Gang zum Ausstieg und wartete, bis Valentina ihr endlich folgte.

Auf der Straße blieb das Mädchen unschlüssig stehen. Es wirkte in seinem rosa Kleid wie eine Primaballerina in einem Kuhstall. »Nun komm schon«, bat Antonia und ging den vertrauten, unbefestigten Weg zu Magdalenas Elternhaus.

Zögerlich folgte ihr Valentina. Antonia fiel es schwer, sich nicht nach ihrer verunsicherten Tochter umzudrehen und unbeirrt mit zielgerichteten Schritten voranzuschreiten. Valentina kannte zwar das kleine Dorf bei ihrem Weinfeld, doch war das im Vergleich zu La Laguna geradezu ein Luxusdorf mit gemauerten Häusern und befestigten Straßen. Auch die Hautfarbe der Bewohner war in Viñales einige Nuancen heller. »Hier ist Raymundo aufgewachsen?«

Antonia blieb nun doch stehen. »Ja, Raymundo, Magdalena und ihre ganze Familie.«

Valentina nickte. »Gut. Du wolltest mir zeigen, wie arm hier alle sind, ich habe es verstanden, und wir können nach Hause fahren.«

Antonia schüttelte den Kopf. »Das werden wir nicht tun. Wir besuchen Magdalena und ihre Familie, und du wirst dich benehmen, verstanden?«

Missmutig folgte Valentina ihr den Feldweg entlang. Mit jedem Schritt, den sich Antonia Magdalenas Elternhaus näherte, stieg ihre Freude. Sie erinnerte sich kaum noch daran, wann sie das letzte Mal in diesem Haus gewesen war. Ob Angelica und deren Kinder anwesend waren? Der Uhrzeit nach müsste es bald Abendessen geben.

Das Haus wies einen neuen hellblauen Anstrich auf, und er ging bis über die Seitenwände hinaus. Das Geld für so viel Farbe stammte sicherlich aus Raymundos Tasche, vielleicht hatte aber auch Magdalena etwas dazu beigesteuert.

Angelicas Mann kam über seine Gelegenheitsarbeiten in der näheren Umgebung nicht hinaus, und davon eine Familie mit zwei Töchtern durchzubringen, stellte keine leichte Aufgabe dar, wobei Odalys mit ihren einundzwanzig Jahren inzwischen vielleicht sogar verheiratet war. Antonia überlegte, ob Magdalena etwas hatte verlauten lassen und sie es vergessen hatte. Möglich wäre es. Höchste Zeit, dass sie über den Klatsch in Magdalenas Familie wieder auf dem Laufenden war. Ihr fehlten die ausgiebigen Kaffeerunden, seitdem sie viel Zeit auf den Weinfeldern verbrachte.

Die gelbe Holztür schwang auf. Antonia erkannte ihre Freundin augenblicklich an ihrem aufgetürmten Haar, das sie mit einem bunt geblümten Haartuch hochgebunden trug. »Magdalena!«

Ihre Freundin sah die Straße entlang und riss dann überrascht die Arme hoch. »Sehe ich richtig? Was macht ihr denn hier?«

»Dich besuchen.« Antonia winkte, ging auf sie zu, stellte die Tasche ab und umarmte Magdalena. »Und meine Große habe ich auch mitgebracht!«

»Wie schön!« Magdalena löste sich von Antonia, sah zu Valentina und pfiff durch die Zähne. »Da werde ich wohl das halbe Dorf zur Ordnung rufen müssen.« Sie betrachtete Valentina. »Du bist eine junge Dame geworden. Darf ich dich noch umarmen?«

Valentina grinste, legte den Sack auf den Boden und breitete die Arme aus. »Natürlich.«

Die beiden herzten und drückten sich, bis Magdalena vorgab, keine Luft mehr zu bekommen. »Kommt rein, ihr seid bestimmt durstig!«

Im Wohnzimmer ließ Antonia ihre Reisetasche fallen. »Hier hat sich kaum etwas verändert.«

Nach wie vor liefen Hühner im Haus herum, gackernd suchten sie das Weite, weil sie im offen gestalteten Wohnraum auf einmal mehr Beinen als üblich ausweichen mussten. Die Küche sah immer noch aus, als stammte sie aus dem vergangenen Jahrhundert. Vermutlich traf das sogar zu.

»Komm schon. Du wirst dich doch vor ein paar Hühnern nicht fürchten, oder?« Magdalena nahm Valentina den Sack ab. »Was haben wir hier? Etwa Trauben?«

Valentina bejahte. »Direkt vom Feld.«

»Zwei Flaschen Wein habe ich auch mitgebracht. Wo steckt die restliche Familie?« Antonia zog die Weinflaschen aus ihrem Gepäck und stellte sie auf den Tisch neben die Weintrauben.

»Rachel ist hinten im Garten, die Schweine füttern.« Magdalena trat hinaus auf die rückwärtige Terrasse. Selbst die beiden Schaukelstühle standen noch darauf. Der ausladende Mangobaum diente unverändert als Schattenspender. »Setzt euch, ich bringe euch zwei Gläser Wasser.«

Antonia ließ sich auf den Stuhl sinken. Der Garten war belebt, sie entdeckte zwei Katzen und einen Hund, der träge neben dem Trog der Schweine lag.

Valentina rümpfte die Nase. »Es stinkt.«

»Nicht mehr als anderswo. Frischere Eier wirst du nirgendwo bekommen.« Sie schaukelte hin und her, ihre Tochter ließ sie nicht aus den Augen.

Das Mädchen setzte sich widerwillig in den zweiten Schaukelstuhl.

Rachel rannte auf Antonia zu. »Hast du wieder Trauben mitgebracht?«

Antonia lachte. »Dir auch einen guten Tag.«

»Entschuldige. Buenos días«, rief sie aus, blieb vor ihr stehen und beugte sich zu ihr für einen Begrüßungskuss auf die Wange. »Wer ist diese ausstaffierte Prinzessin?« Rachel verzog amüsiert das Gesicht. Es war der Jugendlichen offenbar nicht entgangen, wie unwohl sich Valentina fühlte. »Du musst Valentina sein, stimmt's?«

»Richtig.«

»Warum ziehst du dich an, als würdest du auf einen Ball gehen oder deinen fünfzehnten Geburtstag feiern?« Rachel setzte sich auf eine der Treppenstufen, die zum Garten hinabführte und wischte sich die Hände an ihrer leicht durchgewetzten Hose ab.

Valentina schob die Unterlippe vor und schwieg.

»Oh, die Dame ist sich zu fein, um mit mir zu sprechen.« Antonia sah ihre Tochter scharf an.

»Was?«, blaffte sie. »Du hättest mich warnen können, dass wir ...«

Antonias strenger Blick ließ sie augenblicklich schweigen. »Zieh dich um. Rachel wird dir sicherlich zeigen, welches der Zimmer unser Schlafraum sein wird.«

»Klar.« Rachel sprang auf die Beine und ging voran.

Valentina folgte ihr, allerdings nicht, ohne vorher kräftig die Augen zu verdrehen. Antonia bemerkte ihren stummen Protest und wertete es als Zeichen, den richtigen Weg zu gehen. Bevor Valentina nicht freiwillig die Schweine fütterte, würden sie von hier nicht fortgehen.

Magdalena brachte das Wasser. Zeitgleich betrat Angelica das Haus. »Wie schön, ich erkenne dich noch.« Sie kam mit einem schelmischen Grinsen auf die Terrasse, und Antonia drückte sie an sich. Angelicas dunkle Augen funkelten vor Freude. »Wie geht es dir?«

»Sehr gut. Ich habe Valentina mitgebracht. Meine Große.« Sie zeigte in den Innenraum. »Wobei sie neben Rachel immer noch wie ein Kind wirkt. Rachel ist so erwachsen geworden.«

»Ja, das stimmt.« Angelica lachte. »Das liegt am Landleben. Ich habe mit sechzehn schon Emilio geheiratet.«

»Was dich nicht abgehalten hat, deinen Willen durchzusetzen und als Priesterin zu arbeiten.« Antonia bewunderte Angelicas Arbeit als Babaláwa, wenn sie ihre Weissagungen auch fürchtete. Auf gar keinen Fall wollte sie ein weiteres Orakel von ihr gelegt bekommen. Zu schwer wog die damalige Aussage, sie wäre diejenige, die unter großen Verlusten ihre Familie zusammenführen würde.

Schnell schob sie den flüchtigen Gedanken beiseite. Nichts davon würde geschehen.

»Du siehst hervorragend aus! Geht es euch allen gut in Havanna?«

»Danke.« Antonia begann im Stuhl wieder zu schaukeln. »Ich bin viel im Westen auf unseren Weinfeldern in Viñales, Havanna ist ein Tollhaus für Vergnügungssüchtige geworden.«

»Und wir auf dem Land verhungern.« Angelica setzte sich auf die Treppenstufe, auf der zuvor Valentina gesessen hatte. Magdalena nahm im anderen Schaukelstuhl Platz.

»So schlimm?« Antonia würde die kommenden Tage die Vorräte dezent auffüllen. Es war ein stilles Übereinkommen zwischen Magdalena und ihr. Sie würde Antonia sagen, was fehlte, und gemeinsam schmuggelten sie das Notwendige ins Haus. Darunter konnte auch ein Paar Schuhe sein.

Im Ort war Antonia aufgefallen, wie wenige Kinder vernünftiges Schuhwerk trugen, obwohl sich auf den Feldwegen die Steine in ihre Fußsohlen bohrten.

Angelica führte ihr Wasserglas zum Mund, erstarrte und ließ es fallen. Ihr Blick ging an Antonia vorbei, über deren rechte Schulter, was Antonia veranlasste, ihren Kopf zu drehen. Valentina stand hinter ihr, starrte ihrerseits Angelica an, begann zu zittern und wandte sich ab.

Angelica blinzelte mehrmals, bevor sie zu Boden sah.

»Was ist los?« Ein schmerzendes Gefühl breitete sich in Antonias Brust aus.

Angelica schüttelte den Kopf.

»Rede mit mir.«

»Ich habe Angst«, flüsterte Valentina an Antonias Ohr. »Ich will nicht hier sein.«

»Ach, Kindchen«, mischte sich Magdalena ein. »Du erinnerst meine Schwester nur an jemanden.« Doch Antonia bemerkte den warnenden Blick, den Magdalena ihrer Schwester zuwarf.

»Tut mir leid«, schlug Angelica in die gleiche Kerbe, was die Ausrede für Antonia nicht glaubwürdiger machte. Um ihre Tochter nicht zu beunruhigen, beließ sie es für den Augenblick dabei. Doch sie würde herausfinden, was dieser außergewöhnliche und beängstigende Moment zu bedeuten hatte.

Angelica stand auf. »Ich kümmere mich ums Abendessen. Zumindest um die Platanos und das Gemüse. Dann ist alles so weit vorbereitet, wenn Emilio mit den Fischen zurückkommt.«

»Wenn er welche gefangen hat«, scherzte Magdalena.

Das ungute Gefühl blieb, und nur aus diesem Grund schickte Antonia Valentina nicht zu Angelica in die Küche, um ihr zu helfen. Sie selbst musste diesen Schatten, der sich spontan auf ihr Gemüt gelegt hatte, vertreiben. Die tief stehende Sonne, die durch die dichten Mangoblätter bewegte Muster auf das ausgeblichene Holz zeichnete, verstärkte Antonias Unruhe noch mehr.

Die Wolke der Besorgnis begleitete Antonia wie ein treuer Hund. Während der Vorbereitungen für das Abendessen suchte sie verstohlen im Gesicht von Angelica nach einem Hinweis, was sie bei Valentinas Anblick gesehen hatte.

Vergeblich.

Ihre Tochter verstand sich sehr gut mit der älteren Rachel. Die anfängliche Scheu hatte sie abgelegt. In ihrer Arbeitskleidung passte sie viel besser in die Umgebung. Die Mädchen beschlossen, nach dem Abendessen kurz an den Strand zu gehen. Angelicas Mann brachte einen ordentlichen Fischfang mit. Obwohl Emilio den halben Fang verkaufen wollte, weigerte er sich, Geld von Antonia für ihre Portion zu nehmen, dabei hatte sie sich im Grunde selbst eingeladen.

Magdalena würde wissen, wie sich Antonia erkenntlich zeigen konnte. Die mitgebrachten Trauben und der Wein reichten Antonia jedenfalls nicht aus.

Unmittelbar nach der Mahlzeit verschwanden die Mädchen nach draußen.

Antonia öffnete die zweite Weinflasche. Zu viert saßen sie zusammen. Sie sprachen auch über Raymundo, wie geschickt er auf den Weinfeldern agierte. »Hat sich hier alles wieder beruhigt?«

Angelica verneinte. »Im Gegenteil. Die Jungen werden immer aufständischer, und man kann es ihnen nicht verübeln. Es gibt keine Arbeit, kein Geld und somit auch keine

Zukunft.« Sie seufzte. »Wir danken dir von Herzen, was du für Raymundo tust. Ohne euch säße er längst im Gefängnis.«

»Oder er läge unter der Erde.« Emilio nahm Antonia die Flasche ab und goss ein. »Das werden wir euch nie vergessen.«

Peinlich berührt sah sie zu Magdalena, die sie mit einem zustimmenden Lächeln bedachte. »Werden immer noch Menschen verhaftet?«

»Nein, aber von damals ist keiner je wiederaufgetaucht. Niemand weiß, wo sie abgeblieben sind. Nuestros desaparecidos.«

Antonia hatte davon gehört. Viele Menschen waren unter Machado verschwunden. Auf dem Weg nach Hause, zur Arbeit, vom Feld. Und sie tauchten nie wieder auf. Ob sie noch lebten und man sie irgendwo festhielt, entzog sich ihrer Kenntnis. »Schrecklich.«

»Wir brauchen endlich einen vernünftigen Präsidenten, der das Land wieder voranbringt.« Emilio lehnte sich im Stuhl zurück. »Man redet von Fulgencio Batista. Seine kommunistischen Ideen hören sich zu gut an, um wahr zu sein.«

Antonia hielt nichts vom Kommunismus. Doch Kubas jetzige Situation war ebenfalls nicht mehr lange tragbar. Das wusste sie. Es musste sich etwas ändern. Aber was?

Der Abend verlief nicht in der gewohnten Lockerheit. Die unsichere politische Lage, die Armut und dazu noch Angelicas merkwürdiger Ausbruch ließen Antonia angespannt bleiben. Das änderte sich erst, als Valentina wieder im Haus war. Ihre Augen strahlten. »Der Strand ist toll! Gehen wir morgen schwimmen?«

Antonia sagte lächelnd zu. »Wenn Rachel für dich einen Badeanzug hat, dann ja.« Sie wandte sich an Magdalena. »Meiner liegt noch in deiner Schublade?«

»Natürlich. Ich begleite euch gerne. Seit ich hier bin, habe ich es bisher nicht einen Tag an den Strand geschafft. Übermorgen fahre ich schon wieder nach Havanna.« Magdalena gähnte.

Auch Antonia steckte die lange Reise in den Knochen. Der Rotwein ließ sie zusätzlich träger werden. »Vielleicht fahren wir mit dir zurück. Und jetzt gehen wir schlafen. Ich bin müde.«

»Ich habe eure Sachen in Raymundos Kinderzimmer geräumt.« Magdalena stand auf. »Ich fülle euch noch die Waschschüssel.«

»Danke. Das ist nicht nötig. Ich kenne mich ja aus.« Antonia kannte es an diesem Ort nicht anders. Eine Waschschüssel für die Abendtoilette und ein Plumpsklo im Garten. Sie fing einen fragenden Blick ihrer Tochter auf. »Ich zeig dir alles«, kam sie Valentinas Frage zuvor.

»Buenas noches«, verabschiedete sie sich, fasste Valentina bei der Hand, ging in die Küche zur Spüle und bat ihre Tochter, dort zu warten.

Die Waschschüssel stand auf der Kommode im Gang. Antonia nahm sie mit in die Küche. »Pumpe bedienen.«

Valentina tat wortlos wie geheißen. Es kostete sie Mühe, den Hebel kraftvoll nach unten zu drücken, danach nach oben zu ziehen, um damit das Brunnenwasser hochzupumpen.

Behutsam trug Antonia die volle Schüssel zurück ins Schlafzimmer. Valentina folgte ihr. Kaum fiel die Tür ins

Schloss, drückte sich ihre Tochter an sie. »Gibt es hier gar kein Badezimmer?«, flüsterte sie.

»Nein. Das gibt es nicht. Rechts von der hinteren Veranda liegt die Toilette, und wir waschen uns hier.« Antonia sah in das staunende Gesicht ihrer Tochter. »So leben alle auf dem Land.«

»Wir nicht. Unser Haus hat fließendes Wasser, ein Badezimmer mit Klo …«

Antonia hob die Hand, um den Redeschwall zu unterbrechen. »Das ist die Ausnahme. Das Haus, in dem Raymundo lebt, hat auch kein Badezimmer.«

»Wirklich nicht?«

»Nein.« Antonia entkleidete sich und drückte Valentina ein Tuch in die Hand, bevor sie ihres eintauchte und sich wusch. Valentina machte es Antonia nach. Widerstandslos und ohne zu meckern.

Ehe sie das Licht löschte, begleitete sie ihre Tochter noch nach draußen zur Toilette. Etwas ängstlich erledigte Valentina ihre Notdurft. »Auf Mallorca hatten wir auch so ein Klo«, begann Antonia zu erzählen, als ihr spontan eine Erinnerung kam. »Mein Bruder hat immer das letzte Papier benutzt und nicht wieder aufgefüllt. Deine Tante Carla war ein wenig unaufmerksam. Sie hat er öfter mit seinem Streich erwischt. Da war was los.«

Valentina kicherte, als sie ins Bett kroch. »Wenn Rodrigo das wagen würde, wäre er ein toter Junge.«

»Das hat Carla auch immer gesagt, und mein Bruder lebt noch.« Antonia löschte das Licht, legte sich zu ihrer Tochter, zog sie in ihre Arme und küsste sie auf die Stirn.

»Mamá?«

»Ja?«

»Es ist hier gar nicht so übel.« Valentina drehte sich zur Seite, nahm Antonias Hand in ihre und zog Antonias Arm über ihren schmalen Körper. »Hier ist zwar alles alt und hässlich, aber der Strand ist toll!«

Antonia lächelte in die nächtliche Dunkelheit. Manchmal tat ihr Mädchen sehr erwachsen, doch oft zeigte sich noch ihr wahres Alter. Der schöne mit Palmen gesäumte Sandstrand wog alles andere auf. Die Reise tat ihrer Kleinen gut.

Zufrieden schloss sie die Augen, lauschte den Atemzügen ihrer Tochter und schlief selbst ein.

Als Antonia erwachte, fand sie den Platz neben sich leer vor. Valentina schien unbemerkt aufgestanden zu sein.

Nach ihrer Morgentoilette betrat Antonia den Wohnraum. Ein hübsch gedeckter Tisch erwartete sie. Aufgeschnittene Mangos, einige Bananen, eine in Milch eingelegte Stinkfrucht und Brot lockten sie an den Tisch. Der Duft nach Kaffee zog verführerisch durch das Haus.

Rachel hantierte am Herd, sie backte Maisfladen. Zu ihrer Überraschung stand Valentina daneben und beobachtete interessiert jeden Handgriff. »Setz dich, Mamá, die anderen sind auch gleich da.«

Antonia hörte Angelica und Magdalena miteinander reden. Die Frauen kamen aus dem Garten. In ihren Händen hielten sie einige frisch eingesammelte Eier. Emilio trug Brennholz in die Küche. Jeder schien hier beschäftigt, bis auf sie selbst. Sie warf einen Blick auf ihre Armbanduhr. Es war sieben Uhr morgens. Dennoch herrschte ein Trubel, als hätte Antonia verschlafen.

»Buenos días«, grüßte sie in die Runde.

Der Morgengruß kam von allen zurück. Antonia setzte sich, Magdalena nahm neben ihr Platz, nachdem sie die Eier am Herd abgelegt hatte. »Ich freue mich schon auf einen Strandtag. Ich nehme die Angel mit. Vielleicht fange ich mehr Fische als Emilio.«

Der grinste schief. Seine weiße Zahnreihe blitzte auf und bildete einen starken Kontrast zu seiner schwarzen Haut. »Träum weiter.«

Magdalena zwinkerte ihr zu.

Angelica brachte die gebackenen Maisfladen. »Möchte jemand Eier?«

»Obst und der Fladen reichen vollkommen aus«, lehnte Antonia das Angebot ab. Gerade die Mangos liebte sie sehr. Frisch vom Baum schmeckten sie noch besser.

Angelica und die Mädchen setzten sich, Emilio brachte den Kaffee und goss ein. Auch in diesem Haushalt schien die Rollenverteilung zu verschwimmen. Jeder packte mit an. Egal, welche Arbeit anfiel. Ein Umstand, der Antonia sehr gefiel.

Während des Frühstücks erzählte Emilio ein paar Geschichten aus dem Dorf. Als der Name Roberto fiel, blickte Rachel nervös auf ihren Teller, und Valentina unterdrückte ein Kichern. Ganz offensichtlich handelte es sich bei Roberto um Rachels Verehrer, und sie musste Valentina von ihm erzählt haben. Ob Emilio davon wusste, vermochte Antonia nicht einzuschätzen.

Angelica blickte in die Runde. »Ich räume hier auf, geht ihr mal an den Strand. Ich habe noch zu tun.«

Antonia wollte widersprechen, ließ es aber nach einem Blick von Angelica. »Gut, morgen bin dann ich dran.«

»Einverstanden.«

Magdalena erhob sich. »Ich bringe dir deinen Badeanzug.«

»Raymundo hat mir letztes Jahr einen gebrauchten geschenkt, ich kann dir den geben«, sagte Rachel zu Valentina. »Ich nehme einen abgelegten von Odalys und knote oben die Träger zusammen. Dann passt der schon.«

Valentina folgte ihrer neuen Freundin in deren Zimmer. Antonia hörte sie kichern. Vermutlich ging es um diesen Roberto.

Mit einem Handgriff zog Magdalena den Badeanzug aus einer Schublade. Antonia nahm ihn mit ins Schlafzimmer, um sich umzuziehen. Nachdenklich saß sie auf dem Bett. Ob Angelica mit Magdalena gesprochen hatte? Einerseits wollte sie den Vorfall am Vortag wie eine ausgelesene Zeitung behandeln, die nur noch als Einwickelpapier taugte, andererseits nagte die Ungewissheit an ihr.

Wie auch schon in den Jahren zuvor genoss Antonia den kurzen Weg zum Sandstrand. Sobald sie das türkisfarbene Meer durch die sattgrünen Palmen schimmern sah, erfüllte der Anblick sie stets mit dem Gefühl, an diesem Fleck die perfekte Schönheit der Natur zu erleben. So musste sich Christoph Kolumbus gefühlt haben, als er zum ersten Mal diese Insel betreten hatte. Der Zauber der Vollkommenheit Kubas ballte sich in dieser Bucht.

Valentina stürmte voran, riss sich bereits unter dem Laufen die Kleidung vom Körper und warf den Haufen in den Schatten einer Palme am Strand, rannte weiter und stürzte sich in das Karibische Meer. Rachel spazierte lachend hinterher. »Warten kennst du wohl nicht, was?«

»Ich dachte, deine Kleine wäre schwierig«, flüsterte Magdalena ihr zu.

Antonia legte den Kopf schief. »Sie ist hier ein ganz anderes Mädchen.«

Magdalena setzte sich in den Schatten der Palme neben Valentinas Kleiderhaufen. »Es gefällt ihr hier. Obwohl wir arm sind.«

Damit lag sie richtig. Antonia konnte ihre Tochter selbst nicht einschätzen. Es wirkte so, als wüsste das Mädchen noch nicht genau, wer sie eigentlich war. Im Spitzenkleid spielte sie die Prinzessin und hier, in der Arbeitskleidung, den nicht zu bändigenden Wildfang, der gerne bei den anfallenden Arbeiten half. Vielleicht lag die Schuld nicht bei Valentina, sondern bei ihr selbst. Sie musste ihre Tochter noch mehr in die täglichen Aufgaben einbinden, Federico bitten, sie weniger zu verwöhnen. »Es ist auch herrlich hier. Ich kenne keinen schöneren Strand.«

Magdalena blickte sie lächelnd an. »Stimmt, aber wie viele Strände haben wir besucht?«

Lachend setzte sich Antonia zu ihrer Freundin. »Ich kenne nur diesen und den Stadtstrand von Havanna«, gab Antonia zu. »Aber das könnte ich ändern.«

»Vielleicht solltest du das.« Magdalena lehnte sich gegen den Stamm der Palme und schloss die Augen.

Antonia beobachtete ihre Tochter, die mit kräftigen Zügen aufs Meer hinaus schwamm. Rachel tat die ersten Schritte ins Wasser. Antonia erinnerte sich noch gut, wie sie dem Mädchen und anderen aus dem Ort das Schwimmen beigebracht hatte. Anschließend brachten sie es sich gegenseitig bei. Zuerst strampelten die Nichtschwimmer wie Hunde im Wasser, paddelten wild mit den Armen, bis sich einer aus dem Dorf die Zeit nahm, die richtige Technik zu vermitteln.

Gerade für die Fischer bedeutete dieses neue Wissen Sicherheit.

Valentina rief etwas, Antonia konnte sie aufgrund der Entfernung jedoch nicht verstehen. Wilde Gesten ließen Antonia die Augen zusammenkneifen. Dann sah sie es: Delfine. Eine ganze Schule tummelte sich vor der Küste. Die Tiere sprangen aus dem Wasser. Es schien, als spielten sie mit Valentina. Rachel schwamm zu ihnen hinaus.

»Delfine. Sieh nur«, sprach sie Magdalena an.

Die öffnete die Augen. »Wie bei deinem ersten Besuch.«

Antonia erinnerte sich. Sie spürte die gleiche Begeisterung wie damals. Diese edlen und eleganten Tiere erfreuten ihr Herz. »Magdalena?«

»Hm?«

»Was war gestern los?«

Magdalena sah weiter zu den Delfinen hinaus. »Was meinst du?«

»Das weißt du genau. Angelica hatte eine Vision. Und sie hatte mit Valentina zu tun.« Antonia musste es wissen.

»Du glaubst doch nicht daran. Also lass es ruhen.«

Antonia verschränkte die Arme vor der Brust. »Nein, ich will es wissen.«

Für einige Minuten schwiegen sie beide.

»Bist du dir sicher?«

»Ja.« Antonias Stimme hörte sich bestimmt an, obwohl sie eine tiefe Unsicherheit erfasste.

»Angelica ist sich nicht sicher, was sie genau gesehen hat.«

»Du weichst mir aus.«

Magdalena zog die Beine an und umarmte ihre Knie mit den Armen. »Es ist ...«

Antonia gab ihrer Freundin Zeit, die richtigen Worte zu finden.

»Sie hat Valentinas Tod gesehen.«

Eine eiserne Faust presste ihr Herz zusammen.

»Angelica weiß nicht, wie alt Valentina zu diesem Zeitpunkt ist, sie hat ihr Gesicht nicht gesehen. Aber es passiert nicht auf Kuba. Es handelt sich um einen fremden Ort.« Magdalena legte ihre Hand auf Antonias Schulter und drückte sie. »Es ist möglich, dass Valentina steinalt ist zu diesem Zeitpunkt.«

Konnte sie das glauben? Ihr Mädchen tot? Irgendwann ja, aber wenn Valentina als alte Frau starb, warum zeigte sich das bei Angelica als eine Vision?

»Hörst du?«

»Ja. Danke, dass du es mir gesagt hast.«

»Mach dir keine Gedanken. Angelica hat öfters solche Visionen, von vielen Menschen. Wir müssen alle mal diese Welt verlassen.« Magdalenas Stimme klang zuversichtlich.

Und dennoch beruhigte es Antonia nicht. Natürlich würde jeder von ihnen sterben. Das war der Lauf der Dinge. Aber Kinder sollten nicht vor den Eltern gehen. »Und sie hat wirklich keine Ahnung, wann das geschieht?«

»Nein. Das hätte sie mir gesagt.« Magdalena sprang auf die Beine. »Komm, lass uns auch zu den Delfinen schwimmen. Denk nicht mehr über diese Vision nach. Ich habe schon lange aufgehört, mir deshalb den Kopf zu zerbrechen. Wir können nichts beeinflussen. Keiner kann sagen, wann die Götter uns zu sich rufen. Auch nicht, was uns im Leben erwartet.«

Zurück in Havanna waberten Antonia die Worte ihrer Freundin durch den Kopf. Mit klopfendem Herzen stand sie neben Federico in der Hotellobby des *Inglaterra,* um die letzten Vorbereitungen für die Präsentation ihres ersten Weins zu treffen. Die Presse würde anwesend sein, ebenso die gesamte Upperclass, was Antonias Nervosität ins Unermessliche steigerte. Sie strich sich immer wieder fahrig durchs Haar. Federico versuchte wiederholt, sie davon abzubringen, damit sie ihre Hochsteckfrisur nicht noch vor den Pressefotos ruinierte.

»Es ist alles so vorbereitet, wie Sie es beauftragt haben«, erklärte der Hoteldirektor und ging voraus zum Fahrstuhl. Er drückte den Knopf, und das Gefährt setzte sich in Bewegung. »Das Wetter ist herrlich. Eine laue Sommernacht. Perfekt für Ihre Präsentation.«

Darin stimmte Antonia mit dem Hoteldirektor überein. Doch was wäre, wenn ihr Crianza den geladenen Gästen nicht mundete? Wenn sie ihren Wein hart kritisierten? War sie dem gewachsen? Ihr Wein war in den kalifornischen Eichenfässern vom Weingut der Fitzgeralds gereift, um ihrem Rotwein diese leicht holzige Note zu verleihen. Peter Fitzgerald reiste für diesen Anlass mit seiner Familie an. Nur seine Tochter Cate war in den Staaten geblieben. Antonia kannte bisher weder seine Frau Caroline noch deren Söhne Christopher und Aaron. Die Familie müsste gleich eintreffen.

Der Fahrstuhl hielt auf der Ebene der weitläufigen Dachterrasse, auf der sie vor fünf Jahren das neue Jahr begrüßt hatten. Dort hatten sie Peter Fitzgerald kennengelernt. Es war

Antonia aufgrund dieses Umstands als der passende Rahmen erschienen, ihren Dos Corazones hier zu präsentieren. Immerhin hatte ihre Begegnung sie dazu verleitet, sich um die Bepflanzung ihres Grundstücks zu kümmern.

Die Terrasse war mit runden Stehtischen und Barhockern ausgestattet. Weiße Damasttischdecken und edles Kristallglas verliehen dem Rahmen ein festliches Ambiente.

»Die Gläser füllen wir an der Bar. Die Weingläser auf den Tischen werden während des Service abgeräumt.« Der Hoteldirektor reckte den Kopf und spazierte sichtlich stolz zur Bartheke. Dahinter reihten sich die Weinflaschen aneinander. Ein großes Weinfass zierte eine Ecke der Terrasse. Darauf stand dekorativ aufgebaut der erste Crianza ihres Cabernet Sauvignons. Eine dicke Rispe von roten Weintrauben sowie etwas Käse und Jamón Ibérico lockten zur Verkostung.

»Es sieht großartig aus.«

Federico stimmte ihr zu. »In der Tat, sehr geschmackvoll.«

Der Hoteldirektor lächelte zufrieden. »Ich hatte Ihnen ein edles Ambiente versprochen. Die Tapas servieren wir auf einem Tablett.«

Antonia hatte um spanische Häppchen gebeten, um dem Wein etwas entgegenzusetzen. Kleine Brote mit Manchego-Käse und Jamón Ibérico und Schälchen mit Oliven, so, wie sie es aus ihrer alten Heimat kannte. Die Präsentation sollte die Neue und die Alte Welt verbinden, denn es spielten die alten und die neuen Weinstöcke eine wichtige Rolle bei ihrem Crianza. »Danke.« Erleichterung durchflutete sie. Nun durfte nur kein Kellner stolpern, dann würde alles gut gehen.

»Das sieht ja großartig aus«, rief eine wohlbekannte Stimme hinter ihr.

»Peter!« Antonia wandte sich um und lächelte ihren ersten Gast an. »Wie wundervoll!« Sie blickte zu einer hübschen Frau mit blondem Haar, das sie modern kurz geschnitten in einer Art Bob trug. Der kinnlange Haarschnitt unterstrich ihre klaren Gesichtszüge. Die Frau war eine elegante Erscheinung. »Sie müssen Caroline sein!« Sie eilte auf ihre Gäste zu.

Caroline reichte ihr die Hand.

Antonia ignorierte die ausgestreckte Hand, zog die Frau in ihre Arme und küsste sie links und rechts auf die Wange. »Wie sehr habe ich mich auf diesen Augenblick gefreut! Endlich lernen wir uns persönlich kennen. Peter hat so viel von Ihnen erzählt.« Sie sah zu den zwei hochgewachsenen Jungs. »Auch von euch beiden spricht euer Vater voller Stolz.«

Aaron und Christopher reichten ihr die Hand, die Antonia gerne schüttelte. Wenn sie sich richtig erinnerte, mussten die Jungen fünfzehn und siebzehn Jahre alt sein. Sie wirkten sehr erwachsen. Beide hatten das volle blonde Haar ihrer Mutter. Peters Haar musste früher braun gewesen sein, nun dominierte das Grau seine mit Pomade in Form gebrachte Frisur.

Federico klopfte Peter freundschaftlich auf die Schulter und gab Caroline einen formvollendeten Handkuss, der sie auflachen ließ. »Mrs. Fitzgerald, ich freue mich, Sie hier begrüßen zu dürfen.«

»Es freut mich ebenfalls, Ihre Bekanntschaft zu machen. Peter hat mir auch viel von Ihnen erzählt.«

Peter hob die Hand. »Ihr hört jetzt mit dem albernen Siezen auf, verstanden?«

Weitere Gäste betraten die Terrasse: Reporter der *Havanna Post*, der englischsprachigen Tageszeitung. Es folgten die Pressevertreter des *Diario de Cuba*.

Federico übernahm die Begrüßung. Er geleitete die Berichterstatter zu Antonia. »Meine Frau Antonia Delgado, sie ist für diesen edlen Tropfen verantwortlich.«

Antonia begrüßte die Männer mit einem festen Handschlag. »Ich danke Ihnen für Ihr Kommen.«

»Darf ich gleich um ein Foto bitten?« Der Fotograf sah sich um. »Vielleicht neben dem Weinfass dort drüben?«

Die nächsten fünfzehn Minuten posierte Antonia an verschiedenen Orten auf der Terrasse, immer mit einer Flasche Wein in der Hand, die sie in die Kamera hielt. Aus dem Augenwinkel bemerkte sie, wie schnell sich die Terrasse füllte. »Danke, meine Herren, ich muss mich nun um meine Gäste kümmern.«

»Selbstverständlich.«

»Wenn Sie mir zu Ihrem Tisch folgen wollen?« Antonia ging voran. Der etwas abseits stehende Tisch für die Presse bot einen guten Blick über das ganze Geschehen auf der Terrasse.

Antonia eilte zurück zu ihrem Mann. »Ich bin nervös.«

»Musst du nicht sein. Ich bin an deiner Seite, und dein Wein spricht für sich.« Federico hob ihr Kinn an, zwang sie lächelnd, ihn anzusehen. »Du wirst Erfolg haben. Hab Vertrauen in dich und deine Fähigkeiten.«

Seine Worte beruhigten sie ein wenig, wenn auch dieses nervöse Flattern in ihrer Magengrube bestehen blieb. Die Präsentation sollte um zwanzig Uhr beginnen. Weil jedoch zu dieser Zeit immer noch geladene Gäste eintrudelten, wartete Antonia weitere dreißig Minuten ab, bevor sie ein silbernes Messer von der Bar nahm und es mehrfach gegen ein Weinglas tippte.

Federico bat laut um Ruhe. Das Gemurmel verstummte.
»Danke. Ich heiße Sie alle herzlich willkommen, und wir freuen uns, dass Sie so zahlreich unserer Einladung gefolgt sind. Wie Sie alle wissen, ist mein Fachgebiet der Tabakanbau und die Zigarrenfabrikation, für den Weinanbau ist meine Frau Antonia Delgado zuständig. Sie wird Ihnen nun alles zu diesem edlen Tropfen erzählen.«

»Danke, Cariño. Auch ich bedanke mich an dieser Stelle für Ihr Interesse an unserer ersten Weinverkostung.« Sie gab den Kellnern ein Handzeichen, um die Servicerunde zu starten. »Wie die meisten von Ihnen wissen, komme ich aus Mallorca. Meine Familie besaß ein Weingut, und ich verbrachte den Großteil meines jungen Lebens auf dem Weinfeld. Als ich mit meinem damaligen Mann nach Kuba auswanderte, um voller Hoffnung hier Wein anzubauen, kam vieles anders als gedacht. Die mitgebrachten Weinstöcke aus der alten Heimat gediehen aber hervorragend in der fruchtbaren Erde im Tal von Viñales. Wir kreuzten den Cabernet Sauvignon aus Mallorca mit den Stöcken des Cabernet Sauvignon aus Kalifornien. Wie in meiner Brust mein Herz für Kuba schlägt, so schlägt es auch für Mallorca. Meine alte Heimat. Aus diesem Grund nannte ich diesen Wein Dos Corazones.« Sie zeigte auf Peter Fitzgerald. »Peter war mir dabei eine große Inspiration und Hilfe. Danke dafür.« Antonia nahm ein Weinglas in die Hand. Sie neigte es etwas, schwenkte es sanft und ließ die tiefrote Flüssigkeit im Glas atmen. »Das Ergebnis dieser Kreuzung haben Sie nun im Glas. Der Wein lagerte zwei Jahre, bevor er die letzten sechs Monate in einem kalifornischen Eichenfass ruhte, um alle Komponenten in diesem besonderen Crianza zu vereinen: die volle Note der Hänge auf Mallorca im Schutze der Tramuntanaberge, das holzige Aroma der Eiche und die sonnige Frische aus Kalifornien, die einen zarten Hauch nach Schokolade auf der Zunge hinterlässt. Aber nun kosten Sie selbst.« Antonia hob ihr Glas in die Luft. »¡A vuestra salud! Und sollte Ihnen der gereichte Tropfen schmecken, können Sie Ihre Bestellung an der Theke aufgeben. Natürlich ist er auch in den Tabakläden meines Mannes erhältlich. Und nun auf unser aller Wohl!«

Hoch erhobene Weingläser prosteten sich zu. Antonia setzte ihr Glas an die Lippen, benetzte sie jedoch nur, da sie die Luft anhielt. Über den Glasrand beobachtete sie die Reaktionen ihrer Gäste. Erstes zufriedenes Nicken sowie ein zweiter Schluck durch die Kehlen ihrer Gäste ließ ihre Anspannung ein wenig sinken. Sie suchte nach Peter Fitzgeralds Mimik. Er nippte an seinem Glas, nachdem er daran gerochen hatte, ließ die Flüssigkeit sichtbar mehrfach im Mund hin und herrollen, bevor er schluckte und kurz reglos verharrte. Er hob eine Augenbraue, suchte Antonias Blick und zwinkerte ihr zu. Mehr musste Antonia nicht wissen.

Sie schlenderte mit ihrem Weinglas zwischen den Tischen hindurch, plauderte hier und da, auch mit ihr fremden Gästen. Ob das Lob höflich oder ehrlich war, würde sich letztlich bei den aufgegebenen Bestellungen zeigen. Erleichtert erreichte sie den Tisch, an dem die Fitzgeralds zusammen mit Joaquín Bacardí und Federico standen.

»Ein köstlicher Tropfen«, beantwortete Joaquín Antonias nicht gestellte Frage. »Rund und vollmundig. Da werde ich mir einen kleinen Vorrat zulegen. Ich fürchte, deine erste Abfüllung wird bald ausverkauft sein, wenn ich mir die zufriedenen Gesichter der Anwesenden ansehe.« Antonia blickte von Tisch zu Tisch. Die Gläser waren meist schon geleert, und es wurde um Nachschub gebeten. Ein schneller Abverkauf dieses Jahrgangs würde ihr Vorbestellungen für den des kommenden Jahres sichern.

»Ich kann mich nur anschließen. Dieser Wein ist ganz besonders. Er besitzt eine Nuance, die ich noch nirgendwo erschmecken konnte.« Peter trank einen weiteren Schluck. »Das muss die mallorquinische Tramuntana sein. Ein Ort, den ich wohl mal besuchen sollte, wenn diese Erde eine solche Grundnote auf die Stöcke überträgt.«

Carolina lächelte. »Ich verstehe nicht viel davon, aber er schmeckt. Liegt vermutlich an dem schokoladigen Abgang.«

»Könnte interessant sein, diesen Wein mit unserem Merlot oder Pinot Noir zu verschneiden.« Aaron schnupperte an seinem Glas. »Oder wie siehst du das, Christopher?«

»Dieser Wein steht für sich allein«, widersprach Peter seinen Söhnen. »Wenn mir auch die Idee gefällt, in Zukunft etwas zusammen zu machen. Vielleicht sollten wir uns um den Weißwein kümmern.« Er sah Antonia an. »Oder was hast du mit deinen Prensal-Blanc-Weinstöcken vor?«

»Über die habe ich mir bisher keine Gedanken gemacht.« Die Stöcke lebten immer noch, nur war das Feld für beide Traubensorten zu klein.

»Das sollten wir ändern. Ich hatte unrecht, als ich dachte, auf dieser Erde könne kein preisverdächtiger Wein wachsen. Meine Bedenken zur geringen Größe deines Weinguts bleiben allerdings. Behalte deine Richtung bei. Dieser Wein wird eine begehrte Delikatesse. Und das meine ich nicht nur, weil die Flaschen limitiert sind.«

Ein größeres Kompliment konnte Peter Fitzgerald Antonia nicht machen. Sie vertraute auf seine fachmännische Einschätzung.

Federico legte seinen Arm um sie. »Ich bin stolz auf dich. Du hast die Präsentation hervorragend gemeistert.« Er wies zur Bar hinüber. »Wenn ich mir die Schlange dort so ansehe, wird es nicht lange dauern, bis deine erste Abfüllung verkauft ist.«

Sie schmiegte sich in seinen Arm. »Ohne dich hätte ich dieses Vorhaben niemals geschafft.«

Federico zog sie an sich, küsste sie und flüsterte ihr ins Ohr: »Gemeinsam sind wir eben unschlagbar.«

Da konnte sie ihm nur zustimmen. Zusammen würden sie alles meistern.

16

Mallorca, Juli 1936

Die heiße Julisonne brannte auf den Asphalt von Palmas Straßen. Wenigstens spendeten die Platanen etwas Schatten. Carla stellte sich erleichtert unter einen der Bäume an der Rambla. Vereinzelt stachen ihr die Fahnen des Deutschen Reichs ins Auge. Das Hakenkreuz auf den roten Fahnen wehte nicht nur vom Gebäude der deutschen Botschaft. Ebenfalls von Hotels, internationalen Schulen, Galerien und Wohnhäusern. Offenbar gab es mehr deutsche Bewohner, die ihre Gesinnung mit aufgehängter Fahne demonstrierten, als Carla bisher angenommen hatte.

Carla interessierte sich nicht für die Politik. Auf der Insel änderte sich nichts. Gleichgültig, ob rechts, links oder die Demokraten in Madrid das Sagen hatten. Auf Mallorca ging alles seinen gewohnten Gang. Was sich durch den Wahlsieg der Volksfront *Frente Popular* verändert hatte, war höchstens der Umstand, dass seit einigen Monaten Manuel Goded, ein hochrangiger General der Guardia Civil, nach Palma strafversetzt worden war. Er hatte offen die Ideen der Regierung kritisiert, und um zu verhindern, dass er sich den Aufständischen anschloss, hatte man ihn kurzerhand auf die Insel geschickt. Das kurze Aufbäumen der Falangisten war somit nicht mehr als ein leiser und stinkender Furz gewesen, dessen Duft Mallorca nicht erreicht hatte.

Nur Samuel ängstigte die Entwicklung auf dem Festland, in Italien und in Deutschland. Die Diskriminierung der Juden nahm grässliche Züge an. Auf den Balearen spielte der Glaube keine große Rolle. Dennoch hatte Samuel Ende letzten Jahres auf eine Überschreibung seines Steinmetzbetriebs auf Franciscos Namen bestanden. Geändert hatte dies freilich nichts. Lediglich auf dem Papier. Den faschistischen Einfluss durch die Deutschen spürte man bisher nur dezent, und Carla hoffte inständig, es bliebe dabei. Sie und Francisco hatten gerne der Umschreibung zugestimmt, damit sich ihr alter Freund sicherer fühlte.

Xisca stand neben Carla im Schatten. »Wann geht es los?«

»Bleib geduldig.« Carla wies auf die ankommenden Menschen. Am Straßenrand der Rambla reihten sich immer mehr Besucher auf. Ein französisches Bekleidungshaus gab eine Modenschau. Da Xisca so rasch wuchs und sich sehr für Mode interessierte, hatten sie sich mit dem Zug auf den Weg in die Stadt begeben, um zu sehen, welche Muster und Farben angesagt waren, bevor sie Stoff, Spitze und Nähzeug besorgten. Seitdem Xisca offiziell ihre und Franciscos Adoptivtochter war und die deutschen Nachbarn mit der gleichaltrigen Tochter eingezogen waren, schneiderte Carla regelmäßig, obwohl es sie oft große Mühe kostete, weil ihre Finger schnell ermüdeten. Da zeigte ihre vor Jahren überstandene Grippeerkrankung nochmals deutlich ihre hässliche Fratze. Ihre rechte Hand hatte sich nie vollständig erholt. Trotzdem nähte sie gerne. Für Xisca und die Nachbarsfamilie. Aber auch für sich, wenn sie Zeit erübrigen konnte.

Ein Reiter ritt den freigehaltenen Mittelweg entlang. Ihm folgte eine Dame auf einem Schimmel. »Meine verehrten Gäste«, begrüßte die Frau mit fester Stimme und französischem Akzent ihr Publikum. »Herzlichen Dank für Ihr zahlreiches Kommen. Sollte Ihnen etwas besonders gut gefallen, nehmen wir Ihre Bestellungen gerne im Haus mit der Nummer fünfundzwanzig auf, wo sich im unteren Geschoss unser Studio befindet. Und nun genießen Sie die neueste Kollektion unseres Hauses Veronique.«

Ein Fotograf schoss einige Bilder, und der Schimmel äpfelte zeitgleich auf den nicht vorhandenen Laufsteg.

Xisca lachte laut los, was Carla ebenfalls lächeln ließ. Die Fotos für die Presse würden jedenfalls in Erinnerung bleiben. Ein dienstbeflissener Mitarbeiter des Modehauses eilte herbei und sammelte die Pferdeäpfel mit bloßen Händen in einen mitgebrachten Eimer.

»Ihhh.« Xisca verzog das Gesicht.

»Sei bitte leise, und mach dich nicht über den armen Mann lustig.« Carla musste sich selbst beherrschen und freute sich darauf, dieses Ereignis ihrem Mann zu erzählen, wenn Xisca ihr nicht zuvorkäme. Sie zog ihren Zeichenblock aus der Handtasche, um Entwürfe der vorgeführten Stücke zu skizzieren. Früher hatte sie herrliche Schuhe entworfen. Ob ihr auch Skizzen für Kleider gelangen?

Junge Damen stolzierten die Straße entlang, hübsche Schirme schützten sie vor der Sonne. Erst in einigen Jahren würden die Bäume dem breiten Fußgängerbereich angenehmen Schatten spenden. Die schmal anliegenden Röcke endeten oberhalb der Knöchel, die Oberteile bauschten sich ein wenig an den Schultern und schmiegten sich eng an den Körper. Die Farben deckten das komplette Spektrum ab. Von floralen Mustern über knalliges Rot, was Carla niemals tragen würde, bis hin zu gedeckten Blau- und Grautönen. Ein weißes Sommerkleid ließ Carlas Herz höher schlagen. Die Taille schmückte eine breite Schleife, und Carla mühte sich, den Schnitt bestmöglich auf dem Papier einzufangen.

»Ist das schön.« Xiscas Augen leuchteten, als sie zu Carla hochblickte.

»Das finde ich auch.« Allerdings benötigte sie für die Mädchen einen weniger empfindlichen Stoff und einen ausladenderen Rock. Für sich selbst wollte sie ein solch elegantes Modell schneidern. Vielleicht führte Francisco sie in diesem Kleid in eines der neuen Tanzlokale aus.

Auf der gegenüberliegenden Straßenseite entdeckte sie Alba. Carlas erster Impuls war zu grüßen, bis sie ihn unterdrückte und vorgab, ihre Schwägerin nicht gesehen zu haben. Alba hielt ihren Sohn an der Hand. Der Junge in Xiscas Alter verfolgte erstaunlicherweise die Modenschau mit großem Interesse.

Obwohl Xisca ebenfalls neugierig zusah, hatte sie das Mädchen mit einem Eis bestechen müssen, um bei dieser Hitze klaglos mit ihr nach Palma zu fahren. Sie hätte Xisca auch bei Miriam Morgenstern lassen können, doch wollte sie deren Hilfsbereitschaft nicht überstrapazieren. Zumal deren Tochter Tamara an den Nachmittagen Sprachunterricht erhielt.

Für die Näharbeiten machte sie ihren Nachbarn im Gegenzug einen günstigen Preis. Sie verstanden sich gut und sahen sich oft privat. Samuel hatte den Umgang mit den Deutschen erst bemängelt, bis er erfahren hatte, dass die Familie wie er selbst den jüdischen Glauben lebte. Wenn sie auch darauf verzichteten, ihn offen zu leben. Die Zeiten waren schwierig für ihre Glaubensgemeinschaft.

Xisca und Carla klatschten begeistert, als die Inhaberin mit ihren Modellen zusammen die Rambla auf und ab ging, ihren potenziellen Kunden winkte und sie erneut in ihr Geschäft einlud. »Es war schön, oder?«

Xisca bejahte. »Jetzt bekomme ich aber mein Eis. Du hast es mir versprochen.«

»Ja, ich halte mein Versprechen ein.« Carla reichte ihr die Hand, und Xisca ergriff sie. »Doch erst gehen wir Stoff kaufen, sonst hast du klebrige Finger und ruinierst mit Pech einen.«

»Ich bin vorsichtig«, versuchte Xisca, sie zu überreden, doch zuerst das Eis zu kaufen.

»Das bin ich auch.« Carla lachte und bog in die Calle Oms ein. Dort gab es einen Stoffladen, der zudem noch Kurzwaren führte. Ebenfalls lockte der Eisverkäufer gegenüber täglich seine Kundschaft an.

Carla ließ sich einige Webwaren mit Blümchenmuster zeigen, die sich perfekt eigneten, um Kleider für die Mädchen zu schneidern. Für sich selbst wollte sie daraus eine Bluse nähen. Um das weiße Sommerkleid mit der großen Schleife zu kopieren, das sie auf der Modenschau gesehen hatte, erstand sie einen leichten Leinenstoff, der ihren Körper locker umschmeicheln würde. Dazu kaufte sie passende Spitzenbesätze, Knöpfe und Reißverschlüsse. Garn hatte sie noch vorrätig.

Xisca wartete geduldig, bis Carla alles ausgewählt und bezahlt hatte, wollte jedoch, kaum dass sie das Geschäft verließen, zum Eisstand auf der gegenüberliegenden Straßenseite flitzen. Carla konnte sie gerade noch zurückhalten. »Immer erst schauen, verstanden? Hier fahren Autos.«

»Aber jetzt nicht.« Xisca blickte sie mit unschuldigen Augen an.

»Als ob du geguckt hättest! Versprich mir, nie über die Straße zu laufen, ohne vorher zu sehen, ob etwas kommt. Selbst wenn es nur ein Pferdewagen ist.« Carla mochte sich nicht ausmalen, was in der Stadt alles passieren konnte. Auf dem Land gab es weniger Verkehr, und auch dort musste man inzwischen vorsichtig sein.

Xisca ging nun artig neben Carla. »Versprochen.«

»Gut.« Carla blieb vor der Theke des Eiswagens stehen. »Zwei Portionen mit Vanille und Schokolade, bitte.«

Xiscas Augen leuchteten. Diese teure Süßigkeit gab es sehr selten, auf dem Dorf gar nicht, und nach Palma kamen sie nur, wenn es unbedingt notwendig war. Wie an diesem Tag. Außerdem verwöhnte Carla ihre Adoptivtochter gerne.

Sie bezahlte, nahm die Eistüten und reichte Xisca eine, die sich sofort darüber hermachte und glücklich seufzte. »Dafür könnte ich sterben.«

Carla grinste. Sie verstand Xisca gut.

Mit zufriedenen Gesichtern aßen sie ihre Belohnung. Carlas Mund klebte süß vom Zucker. »Fahren wir nach Hause?«

Xisca leckte sich über die Lippen. »Meinst du, Tamara ist mit dem Unterricht fertig?«

»Lass uns das herausfinden. Macht sie Fortschritte?«

»Bevor Tamara Spanisch lernt, beherrsche ich Deutsch. Miriam redet auch Deutsch mit mir.«

»Dann sei fleißig und aufmerksam. Hilf deiner Freundin.« Carla sah den Zug nach Binissalem auf dem Gleis stehen. »Beeil dich! Sonst verpassen wir ihn.«

Auf der Fahrt betrachtete Carla ihre Zeichnungen, während Xisca aus dem Fenster sah. Ob sie daraus ein brauchbares Schnittmuster erstellen konnte? Sie hoffte es. Papier besaß sie ausreichend. An der Bahnstation in Binissalem stiegen sie aus. Der Steinmetzbetrieb lag im nördlichen Teil des Ortes. Schon aus der Ferne vernahm Carla laute Stimmen aus der Werkstatt.

»Geh ins Haus«, bat sie Xisca. »Und nimm die Tasche mit den Einkäufen mit.«

Widerspruchslos gehorchte sie, obwohl auf ihrem Gesicht Neugierde abzulesen war.

Carla erkannte das Timbre von Samuel. Er wirkte aufgebracht. »Deshalb habe ich dir den Betrieb nicht überschrieben.«

»Die Zeiten sind schwer«, hörte Carla Francisco sagen. »Wenn wir den Auftrag nicht ausführen, erledigt ihn ein anderer. Denk doch daran.«

»Mit den Deutschen zusammenarbeiten!« Samuel spie die Worte förmlich aus.

Carla betrat die Werkstatt. »Könntest du bitte aufhören, unsere Nachbarn zu beleidigen?«

Samuel fuhr auf dem Absatz herum. »Es geht nicht um unsere jüdischen Nachbarn, es sind die Deutschen allgemein. Wie könnt ihr überhaupt erwägen, mit denen Geschäfte zu machen, nach dem was ich euch von meinen Verwandten in

Deutschland berichtet habe? Wie Aussätzige behandelt man sie. Ihre Läden beschmieren sie mit Parolen. Deutsche sollen keinen jüdischen Arzt aufsuchen, in keinem Geschäft einkaufen. Sie lassen uns nicht mal mehr ins Schwimmbad.« Samuels Gesicht leuchtete feuerrot, seine wenigen Haare standen ihm wirr vom Kopf ab, als er sich erneut hektisch über die Stirn strich. »Ich habe dir den Betrieb überschrieben, damit uns hier nicht das Gleiche passiert. Es gibt schon zu viele Nazis hier. Oder willst du Hassparolen an den Wänden unserer Werkstatt, nur weil ich Jude bin?«

»Nicht so laut«, flüsterte jemand.

Carla fuhr erschrocken herum. Hinter ihnen stand Elias Morgenstern. Sein starker Akzent erschwerte es, ihn zu verstehen.

»Warum glaubst du, mir den Mund verbieten zu können?«

Carla hatte Samuel noch nie so ungehalten erlebt.

»Weil ich weiß, dass dein Geschrei gefährlich ist.« Die Stimme ihres Nachbarn war nur ein leises Flüstern. »Schließlich sind wir deswegen aus Deutschland geflohen.«

Samuel beruhigte sich augenblicklich. »Es tut mir leid. Ich wollte dich nicht beleidigen.«

»Tust du aber. Unsere Landsleute haben in unsere Pässe ein rotes J gestempelt und uns neue Vornamen gegeben. Bei meiner Frau steht zusätzlich Sarah im Ausweis und bei mir Israel. So machen sie es mit deutschen Juden. Wir werden schlechter behandelt als ihr Vieh.« Elias Morgenstern drückte sich in eine Ecke. »Ich will nicht, dass unsere Herkunft bekannt wird.«

Samuel lachte. »Illusionen! Nichts als Hirngespinste. Die wissen längst, wo ihr wohnt und was ihr tut. Oder habt ihr neue Pässe?«

Elias leckte sich die Lippen. »Nein.«

»Dann haben sie alle Informationen über euch. Da kannst du noch so gut Spanisch lernen.« Samuels Stimme wurde mild. Er reichte Elias die Hand. »Ich entschuldige mich aufrichtig. Wenn ich helfen kann, jederzeit.«

»Danke.« Elias ergriff sie. »Es wäre hilfreich, keine Aufmerksamkeit zu erregen.«

»Verstanden.« Samuel sah zerknirscht in die Runde. »Aber ich bin nicht einverstanden, diesem Nazi in Palma eine Statue anzufertigen. Es ist dreckiges Geld.«

Elias Morgenstern blickte Samuel eindringlich an. »Es ist Geld. Vielleicht auch irgendwann ein brauchbarer Kontakt. Ich würde den Mann nicht leichtfertig vor den Kopf stoßen.«

Francisco hob die Hände. »Meine Worte. Der Auftraggeber weiß nichts von dir. Es hing schon immer lediglich das Schild *Maestro Cantero de Binissalem* über dem Eingang. Kein Name, nur, was den Kunden hier erwartet: ein erstklassiger Steinmetzmeister. Und den findet er vor.« Er ging zu Samuel, um die Distanz zwischen ihnen zu verringern. Francisco legte seine Hand auf die Schulter seines Freundes. »Sei vernünftig. Wenn sich herumspricht, dass wir deutsche Kunden ablehnen, wird es ungewollte Aufmerksamkeit auf uns lenken. Willst du das?«

Samuel verneinte. »Natürlich nicht. Kollaborieren mit denen aber auch nicht.«

»Tust du nicht. Du nutzt nur die Möglichkeit, die sich hier bietet.« Francisco suchte Carlas Blick.

»Ich bin ebenfalls dafür«, sagte Carla. »Alles andere ist gefährlich. Für dich. Und für euch.« Sie sah zu Elias Morgenstern. Carla wusste nichts über die Lebensumstände, die ihre Nachbarn hierher geführt hatten. Bisher hatten sie nie

355

darüber gesprochen. Ein Umstand, den Carla nach diesem Tag ändern wollte. Sollten ihre Nachbarn hier in Gefahr sein, mussten alle vorbereitet sein. Doch was wäre der Ernstfall? So verängstigt, wie Elias vor ihr stand, jagte es ihr einen Schauer über den Rücken. Ohne Grund hatte er sich nicht in dieses Streitgespräch eingemischt. Er sorgte sich um seine Familie.

Samuel knickte ein. »In Ordnung. Aber ich will nichts damit zu tun haben.«

»Musst du auch nicht. Die Arbeit übernehme ich.«

Samuel brummte und verließ die Werkstatt.

»Elias«, sprach Carla ihren Nachbarn leise an. »Du weißt, ich bin nicht neugierig. Aber gibt es etwas, das wir wissen sollten?«

»Nein.« Elias tippte an seinen Hut. »Sollte sich das ändern, erfahrt ihr es rechtzeitig.«

Francisco klopfte Elias auf die Schulter und ließ ihn gehen.

Nachdenklich lehnte sich Carla an den Türrahmen. »Egal, was sich in Deutschland abspielt, es muss schlimm sein.«

»So sieht es aus. Wie gut, dass die Falangisten die Wahl nicht gewonnen haben.« Francisco umarmte Carla und küsste sie auf die Stirn. »Die Regierung wird dafür Sorge tragen, dass wir Arbeiter endlich zu unserem Recht kommen und entsprechend entlohnt werden.«

Carla hoffte, ihr Mann würde sich darin nicht irren. Sie erinnerte sich gut daran, wie ungerecht sie die Lohnzahlungen in der Schuhfabrik empfunden hatte. Die Näherinnen erhielten für ihre harte Arbeit einen geringen Lohn. Das hatte sie aber erst gewusst, als sie für die viel leichtere Tätigkeit, Ziernähte für die Schuhe zu entwerfen, ein höheres Gehalt bekommen hatte, obwohl sie sich nicht mehr mit der Nadel an dem harten Leder die Finger blutig stach. Es war ihr wie ein Traum erschienen, der dann bald ausgeträumt war, nachdem sie Isidoro zurückgewiesen hatte. Sie sah zu Francisco hoch. Keinen einzigen Tag hatte sie ihre Entscheidung bereut. Richtig klar war ihr das geworden, als Isidoro sein wahres Gesicht gezeigt hatte. Seit Jahren sollte sie ihren Frieden mit dem Mann schließen. Aber es war ihr unmöglich. Der Groll gegen diesen Mann überschattete weiterhin wie ein diffuser Schatten ihr Glück. Warum sie gerade jetzt an ihn dachte?

»Lass uns das Abendbrot herrichten«, riss Francisco sie aus ihren ungewöhnlichen Gedanken. »Wie war es in Palma?«

»Gut. Ich muss noch Eier holen für die Tortilla. Bin aber gleich zurück. Deckst du bitte mit Xisca den Tisch?« Carla verließ die Werkstatt, überquerte die Straße und ging zu Sofías Hof, deren Hühner mehr Eier legten als ihre Familie verbrauchte, verkaufte sie welche.

Im Hof stand ein Motorrad mit Beiwagen, in dem ein beiger Mischlingshund saß. Carla erkannte den Hund des Pfarrers. »Hola, guapo, geht's dir gut?« Sie schlenderte auf ihn zu und streichelte ihn hinter den Ohren. Er erhob sich, wedelte mit dem Schwanz und sah sie freudig aufgeregt an. Sie kraulte ihm den Rücken.

»Na, das lässt er sich natürlich gefallen.« Padre Eugenio ging auf sie zu. »Buenas Tardes, Carla.«

»Buenas Tardes, Padre. Wegen des Motorrads werden Sie irgendwann noch Ärger bekommen.« Carla grinste. Als Vorstehern der katholischen Kirche war es Pfarrern strengstens verboten, in so einem Gefährt ihr Leben aufs Spiel zu setzen. Padre Eugenio interessierte das wenig. Ebenso wenig wie andere totalitäre Ansichten der Kirche.

»Nur, wenn mich jemand verrät.« Er zwinkerte ihr verschwörerisch zu. »Eine Leidenschaft muss man sich im Leben erhalten.«

Sofía lachte. »Ihre Leidenschaft sollte der Kirche gelten.«

»Tut sie.« Er hob die Pappschachtel hoch. »Dazu gilt sie noch den Eiern deiner Hühner und meinem Motorrad.«

»Hast du ein Dutzend für mich?« Carla zeigte auf den Eierkarton. »Ich wollte Tortilla zum Abendessen machen.«

»Natürlich.« Sofía legte den Kopf schief und verabschiedete sich von Padre Eugenio.

Der Dorfpfarrer startete seine Höllenmaschine und brauste winkend vom Hof. Carla erwiderte den Gruß. »Wir haben den verrücktesten Pfarrer der Insel, so viel steht fest.«

»Und den besten«, fügte Sofía hinzu. »Allerdings hat er mir merkwürdige Nachrichten aus Palma mitgebracht. Ich hoffe, sie stimmen nicht.«

»Welche denn? Ich war den halben Tag in Palma. Nach der Modenschau habe ich noch Stoff eingekauft. Wie du weißt, nähe ich wieder.«

»Ach, stimmt, es war verkaufsoffener Sonntag. Das hatte ich vergessen.« Sofía ging voraus in die Küche. »Und da war alles normal?«

Carla überlegte. Sie hatte einige Militärfahrzeuge der Guardia Civil gesehen, aber sonst? »Im Grunde schon. Jetzt sag, was soll geschehen sein?«

»General Goded hat Mallorca General Franco unterstellt und das Kriegsrecht ausgerufen. Schon heute Morgen. Im Anschluss ist er nach Barcelona geflogen, wollte offenbar auf dem Festland den Putsch ausweiten. Dort wurde er vor wenigen Stunden verhaftet.«

Carla konnte kaum glauben, was sie hörte. Das Kriegsrecht war ausgerufen? Warum war dann die Modenschau nicht abgesagt worden? Oder änderte das im Grunde gar nichts für sie? Carla bedauerte, sich nie mit Politik beschäftigt zu haben. »Was bedeutet das für uns?«

»Wenn ich das wüsste. Aber gut ist so was nie.«

»Solange sie uns hier in Ruhe lassen, sollen sie Politik betreiben, wie sie möchten. Wobei ich von den Falangisten nicht viel halte.« Die Falangisten sympathisierten mit Italien und Deutschland. Zwei Länder mit zunehmendem Faschismus. Wenn sie an die Aussagen von Samuel dachte, wollte sie mit diesen Faschisten nichts zu tun haben.

Sofía nahm das heiße Wasser vom Herd und brühte den Kaffee auf.

»Denkst du, es ändert hier etwas an unserem Alltag?« Carlas Gedanken überschlugen sich, bis sie sich selbst die Antwort geben konnte. Die Falangisten putschten gegen die Regierung. Manuel Goded übergab Mallorca widerstandslos den Putschisten. »Das gibt Krieg.« Ihre Worte kamen flüsternd. »Das lässt sich die Regierung in Madrid nicht gefallen.«

»Glaubst du? Ich würde mir keine großen Sorgen deshalb machen.« Sofía öffnete die Tür der Speisekammer. »Ein Dutzend Eier hast du gesagt?«

»Ja, bitte.« Carla ließ den Kaffee unberührt auf dem Tisch stehen. »Tut mir leid, ich muss los.«

»Schon gut, wir trinken ein andermal zusammen Kaffee.« Sofía reichte ihr den Karton. »Komm bald wieder vorbei, hörst du?«

»Natürlich.« Carla nahm den Eierkarton und verabschiedete sich. Gedankenverloren ging sie nach Hause. In der Küche lief das Radio. Die Nachrichten. Noch bevor Carla ihrem Mann von den ungewöhnlichen Vorkommnissen berichten konnte, kam es in den Abendnachrichten.

Francisco legte die Finger auf die Lippen. Carla hätte sowieso nichts gesagt, sie wollte selbst hören, welche Auswirkungen es haben könnte.

»Obwohl General Goded verhaftet wurde, kann man davon ausgehen, dass der Fährverkehr zwischen Barcelona und Mallorca auf Geheiß der Regierung vorläufig eingestellt wird. Es kommen harte Zeiten auf uns zu«, sagte der Nachrichtensprecher. »Alle Waren, die wir nicht auf der Insel produzieren, könnten knapp werden. Die Verknappung spüren wir dann in den kommenden Tagen. Ich wünsche Ihnen einen guten Abend und verabschiede mich.« Im Anschluss kam ein spanisches Volkslied. Im Normalfall hätte Carla das Lied mitgesummt und das Abendessen vorbereitet. Heute blieb sie stumm.

»Du hast davon gehört?«, mutmaßte Francisco.

»Sofía hat es mir eben erzählt.« Carla legte die Eier neben den Herd. »Weißt du, was das für uns bedeutet?«

Francisco sah sie nachdenklich an. »Darüber sollten wir nach dem Essen sprechen.«

Xisca saß am Küchentisch. Ihr fragender Blick warnte Carla, nicht weiter über das Thema zu reden. Das Mädchen war zu jung, um solche Gespräche in seiner Anwesenheit zu führen.

»Hilfst du mir, die Kartoffeln zu schälen?«, fragte sie Xisca, um sie abzulenken.

Artig stand sie auf, holte sich ein Messer aus der Schublade und begann mit der Arbeit.

Während des restlichen Abends ging Carla in Gedanken ihre Vorräte durch. Der Kaffee könnte bald ausgehen. Der Zucker auch. Vielleicht noch andere Lebensmittel. Ohne Kaffee konnte man auskommen, doch ohne Zucker? Und wie lange sollte diese Blockierung der Lieferungen gehen? Eine Woche? Zwei? Was kam da auf sie zu?

Die kommenden Tage ließ Carla das Radio konstant laufen, um nichts Wichtiges zu verpassen. Die drohende Blockade des Flugverkehrs würde ihr Leben erschweren, auch was die Post anging. Wenn weder Schiffe noch Flugzeuge Mallorca erreichten, wären sie von der Außenwelt abgeschnitten. Ein Umstand, den Carla bisher nie bedauert hatte. Sie liebte die Ruhe und Abgeschiedenheit in ihrer beschaulichen Welt. Es war dennoch etwas anderes, da es den Schiffsverkehr gegeben hatte, und mit den Jahren waren die Transporte aus der Luft dazugekommen.

Nun informierten die Radionachrichten über ausgesprochene Drohungen aus Madrid. Die Regierung drohte sogar mit einer Bombardierung. Spanier warfen Bomben auf Spanier? Auf Mallorca gab es keinen militärischen Stützpunkt, die Insel wäre Angriffen wehrlos ausgesetzt.

Außerdem wollte Carla diese Auseinandersetzung nicht. Für sie spielte es keine Rolle, wer das Land regierte. Die Bauern hofften, die neu gewählten Republikaner würden helfen, ihre Situation zu verbessern, und die Großgrundbesitzer fürchteten finanzielle Einbußen. Ein Punkt, der nach der Wahl zum kurzen Aufstand auf dem Festland geführt hatte. So wie das Ereignis, das alle verdrängt hatten, denn die Putschisten arbeiteten im Untergrund an einer Machtübernahme, die ihnen auf Mallorca nun kampflos gelungen war.

Dieser Umstand brachte jetzt die Regierung gegen die Inselbevölkerung auf.

Carla hörte zwar die Nachrichten, glaubte aber nicht an einen Kampfeinsatz. Beide Seiten ließen ihre Muskeln spielen. Das führte dazu, dass Carla ohne Zucker bald keinen Kuchen mehr backen konnte.

Am Morgen hatten sie entschieden, sich Vorräte anzulegen, bis der Zinnober in einigen Wochen endete. Mehl, Eier, Kartoffeln. Kaffee und Zucker gab es in ihrer Region schon nicht mehr zu kaufen. Da hatten andere Inselbewohner schneller reagiert. Die Erfahrungen aus dem Ersten Weltkrieg hatten die alten Mallorquiner dazu verleitet, unmittelbar nachdem General Goded das Kriegsrecht ausgerufen hatte, sich großzügig einzudecken. Carla lachte zuerst darüber, doch ein Gespräch mit ihrer Mutter, die ebenfalls umgehend eingekauft hatte, wischte ihr das Lachen aus dem Gesicht. Die Insulaner befanden sich im Aufruhr.

Jede Minute erwartete sie Francisco zurück. Sein deutscher Auftraggeber wollte sich mit ihm über die Büste unterhalten. Den Weg nach Palma sollte er nutzen, die Vorräte aufzustocken. In der Stadt gab es bessere Einkaufsmöglichkeiten als in Binissalem oder Sencelles.

Carla bügelte die Wäsche und lauschte auf jedes Geräusch von der Straße. Xisca spielte mit dem Nachbarsmädchen Tamara in deren Garten. Sie hörte deutsche Wortfetzen. Zu ihrem Erstaunen nicht nur von Tamara. Die Kinder unterhielten sich in einem bunten Mix aus deutschen und spanischen Wörtern.

Endlich vernahm Carla das Motorengeräusch von Franciscos Loryc. Sie stellte das Bügeleisen zurück auf den Herd und eilte nach draußen.

»Und?«, rief sie ihm entgegen.

Mit aschfahlem Gesicht stieg Francisco aus dem Wagen.

»Was ist geschehen?«

Er reichte ihr einen Handzettel. »Die Republikaner haben Palma bombardiert. Die Flugzeuge haben auch diese Blätter abgeworfen.«

Carlas Hände zitterten beim Lesen. Madrid drohte Mallorca, sollten sie sich nicht der Regierung unterwerfen, mit einer weiteren Bombardierung. »Das können die doch nicht machen. Was können wir denn dafür?«

»Dass sie es tun werden, haben sie heute gezeigt. Ich hoffe, General Franco hat ein Einsehen und gibt auf.« Francisco öffnete die Beifahrertür und beugte sich ins Wageninnere. »Fünf Säcke Mehl. Mehr war nicht zu bekommen.«

Carla ging neben ihrem Mann her, der Sack für Sack in die Küche trug. »Gab es Verletzte?«

»Ich weiß es nicht, Cariño. Ich habe nicht nachgesehen, wollte nur fort aus Palma und sehen, ob bei euch alles in Ordnung ist. Sie scheinen nur Palma bombardiert zu haben.« Er zeigte auf den Zettel. »Das wird nicht so bleiben.«

»Glaubst du wirklich, sie bombardieren ihr eigenes Volk? Wir haben nichts getan.« Carla nahm den Besen und fegte ein paar Mehlspuren zusammen.

Francisco seufzte. »Ja, und das war ein Fehler. Goded hat Franco die Insel geschenkt, und keiner hat etwas dagegen unternommen.«

»Es wäre auch ein ungleicher Kampf gewesen. Wir mit Schaufeln und Harke gegen das Militär mit Waffen.« Carla fegte das Mehl vor die Tür und klopfte den Besen aus. »Wir sind Bauern und Handwerker, keine Soldaten.«

Francisco brummte zustimmend. Carla sah ihm dennoch an, wie ihm die Situation zusetzte. Besser, sie ließ ihn in Ruhe, bis er seine Gedanken mit ihr teilen wollte. »Lass uns gleich morgen früh nach Inca fahren. Vielleicht bekommen wir da noch Vorräte. Glaubst du, wir sollten schon Leña kaufen?«

»Im Hochsommer Holzvorräte anlegen? Jetzt übertreibe es mal nicht, Cariño.« Francisco wandte sich ab und verließ die Küche.

Carla dachte an die Worte ihrer Mutter, und daran, wie sehr sie im Kriegswinter gefroren hatte. Carla musste ihren Mann noch vor Tagesende überreden.

Vorher kümmerte sie sich um die Wäsche und schrubbte die Böden im Haus. Etwas Bewegung und Ablenkung tat ihnen beiden gut. Während der Arbeit geisterten ihr die Geschichten von Miriam und Elias Morgenstern durch den Kopf. Was sie von Deutschland erzählten, gefiel ihr nicht. Ihr wäre es lieb, die Falangisten würden die Insel verlassen, damit wieder Ruhe einkehrte. Nur, wie sollte das funktionieren?

Nach einer mehr oder minder schlaflosen Nacht, in der sich Carla von einer Seite zur anderen gewälzt hatte, stand sie mit einem unguten Gefühl auf. Eine diffuse Übelkeit überkam sie. Als hätte sie sich den Magen verdorben. Fühlte sich so Angst an?

Vor Xisca benahm sie sich völlig normal. Das Mädchen musste nichts von den Umbrüchen wissen, zumindest nicht mehr als notwendig. Die Werkstatt blieb an diesem Vormittag geschlossen. Sie hatte Francisco überzeugt, wie wichtig es war, nach dem Frühstück nach Inca zu fahren, um die Zeit zu nutzen, in der Xisca in der Dorfschule lernte.

»Buenos días«, rief Tamara vor der Tür und klopfte.

Xisca hüpfte vom Stuhl. »Voy!« Sie schnappte sich ihre Schultasche und das Pausenbrot und stürmte aus dem Haus. »Adiós!«, rief sie, als sie zeitgleich die Tür ins Schloss knallte.

Carla wünschte sich nur einen kleinen Teil der überbordenden Energie Xiscas. Diese Lebhaftigkeit hatte sie selbst nie besessen. Sie musste sie von ihrer Mutter haben. Blanca fehlte ihr wahnsinnig.

»Sie ist meiner Schwester so ähnlich«, kommentierte Francisco mit einer Traurigkeit in der Stimme, als hätte er ihre Gedanken erraten.

Carla ging zu ihm, nahm ihn in den Arm und drückte ihn an sich. »Ich vermisse sie auch. Sehr.«

»Lass uns gehen, es gibt viel zu tun.« Francisco hielt sich ungern mit Sentimentalitäten auf. Sogar bei der Trauerfeier hatte er nicht geweint, erst zu Hause, als er sich alleine gewähnt hatte. Doch Carla hatte ihn gesehen und sich unbemerkt wieder zurückgezogen, um ihn nicht in Verlegenheit zu bringen.

»Ja. Ich räume nur noch schnell ab.« Carla ließ ihn los, stellte die Teller zusammen und legte das Brot in den Korb. »Den Abwasch erledige ich später.«

Etwas nervös stieg Carla in den Loryc. Der Weg zum Müller, um die Mehlvorräte noch weiter aufzustocken, führte an Isidoros Villa vorbei. Ein Umstand, der sie mit dem Fahrrad immer einen Umweg fahren ließ, wenn sie dort auf den Markt fuhr. Um Francisco nicht zu beunruhigen, erwähnte sie das nie, sobald sie mit ihm unterwegs war. Er sollte nicht wissen, wie wenig sie mit den alten Geschichten abgeschlossen hatte. Am Ortseingang passierten sie die Schuhfabrik.

Bewusst sah Carla nicht hinüber, als sie daran vorbeifuhren. In wenigen Minuten würden sie an dem beeindruckenden Wohnhaus sein, in dem Isidoro und seine Familie wohnten.

Ein ungewohntes Brummen weckte Carlas Aufmerksamkeit. »Hörst du das? Ist was mit dem Auto nicht in Ordnung?«

Francisco legte den Kopf schief. »Das ist nicht vom Loryc.« Er lenkte den Wagen zur Seite und schaltete den Motor aus. Das Geräusch wurde lauter. Es besaß eine große Ähnlichkeit mit einem sich nähernden Bienenschwarm. Carla sah fragend zu ihrem Mann.

Francisco stieg aus. Sie suchte ebenfalls am Himmel nach der Quelle. »Por todos los Santos.«

Carla sprang aus dem Fahrzeug. Flugzeuge. Zwei Stück. Im Tiefflug. Im selben Augenblick sah sie, wie dunkle Umrisse sich von den Flugzeugkörpern lösten und zur Erde fielen.

Bomben.

Francisco riss sie am Arm. »Lauf! Schnell!« Er zog sie mit sich in Richtung Ortsausgang, auf der Suche nach einem Unterschlupf.

Carla verstand. Sie mussten aus der Stadt. Wenigstens befanden sie sich erst am Stadtrand und damit nicht im Zielfeuer, wenn die Republikaner die Innenstadt ins Visier nahmen.

Hand in Hand rannten sie. Carla verlor eine Sandale und lief humpelnd weiter. Die hohe Wand am rückwärtigen Ende der Schuhfabrik schien Franciscos Ziel zu sein, um Deckung zu finden.

Er riss sie in dem Moment zur Erde, als ein ohrenzerfetzender Einschlag zu hören war. Ein zweiter folgte kurz darauf, dann noch einer, und noch einer.

Anschließend hörte sie bis auf das sich entfernende Brummen nichts mehr. Das Motorengeräusch wurde leiser, dafür gellten verzweifelte Schreie durch den Ort. Es schien Verletzte zu geben.

»Lass uns nachsehen, ob wir helfen können.« Francisco stand auf, half Carla auf die Beine und sah sie an. »Bist du in Ordnung?«

Carla bejahte. Bis auf den Schreck ging es ihr gut. Gemeinsam rannten sie zurück zu ihrem Fahrzeug.

Francisco startete den Wagen, fuhr auf die Rauchsäule zu. Dorthin, wo eine Bombe eingeschlagen hatte. Die Qualmwolke war weit sichtbar.

Je näher sie kamen, desto heftiger klopfte ihr Herz. »Es ist Isidoros Villa. Hoffentlich war niemand zu Hause.« Bei diesem Anblick spürte Carla, dass sie ihm längst vergeben hatte.

Der komplette rechte Flügel schien nur noch eine Ansammlung von wild durcheinander gewürfelten Steinen zu sein. Als hätte ein unvorsichtiges Kind ein selbst gebasteltes Holzhaus umgeworfen. An einer Ecke brannte es. Das Feuer würde bald von allein ausgehen. Die Haustür hing in den Angeln. Aus den Nachbarhäusern stürmten die Einwohner. Carla sah in die entsetzten Mienen und wusste, dieser Ausdruck lag auch auf ihrem Gesicht.

Durch die Tür im linken Teil des Hauses taumelte eine Gestalt ins Freie: Isidoros Frau. Sie war über und über mit Staub bedeckt. Hustend stolperte sie weiter, ging schließlich in die Knie. Isidoro folgte ihr. In den Armen trug er ein kreischendes Mädchen.

»Seid ihr in Ordnung?« Francisco eilte Isidoro zu Hilfe.

»Ich schon, aber meine Tochter ...« Behutsam legte er sie im verwüsteten Garten ab. »Ihr Arm hängt merkwürdig. Ein Stein hat sie getroffen.«

Nach Luft ringend kroch Isidoros Frau auf das Mädchen zu. »Mi Vida, alles wird gut. Alles wird gut.« Die Tränen bildeten eine nasse Straße in dem von Schmutz überzogenen Gesicht.

»Warum ist das Kind nicht in der Schule?«, rutschte Carla unbedacht heraus. Sie hätte nicht zu Hause sein sollen. Ebenso wenig Isidoro und seine Frau. Die sollten in der Fabrik arbeiten.

»Eine Erkältung«, murmelte Isidoro. »Ich muss sie ins Krankenhaus bringen.« Er sah sich um. Sein Wagen lag zertrümmert unter einem Berg von Steinen, und er begriff, wie groß ihr Glück gewesen war, lebend aus dieser Villa herausgekommen zu sein. »O mein Gott.«

Francisco reagierte souverän. »Ich fahre deine Frau und deine Tochter zum Arzt.«

Mehr Menschen passten nicht in das Fahrzeug.

Isidoro half ihr auf die Beine. »Schaffst du das?«

»Natürlich.« Das Kleid völlig verschmutzt, zerrissen, die Frisur aufgelöst, und dennoch reckte sie kämpferisch das Kinn.

Als sie sich nach ihrer Tochter bücken wollte, kam ihr Francisco zuvor. »Setz dich in den Wagen. Ich bringe dir deine Tochter.«

Die Frau gehorchte.

Francisco setzte das weinende Mädchen auf den Schoß der Mutter, schloss die Wagentür, stieg ein und fuhr davon.

Erst jetzt realisierte Carla, dass sie mit Isidoro bis auf dessen Nachbarn allein in seinem Garten stand. Da deren

Häuser einige Schäden davongetragen hatten, gingen sie zurück auf ihre Grundstücke. Es gab hier nichts für sie zu tun.

Isidoro lehnte sich an einen Steinhaufen. »Danke.«

Carla hörte einen Hund jaulen. Sie lauschte. Der arme Kerl schien sich noch im Haus zu befinden. »Wo ist der Hund?«

Carlas ehemaliger Chef wischte sich den Staub aus dem Gesicht. »Das ist Tica. Sie hat zwei Junge. Ich hoffe, sie haben es überlebt.« Er drückte sich hoch und verschwand in dem noch bestehenden Teil der Villa. Wenig später trug er eine braune Mischlingshündin auf dem Arm. In Isidoros Hosentasche steckte eines der Jungtiere. Er setzte beide neben Carla ab. »Der andere Welpe ist tot.«

Die Hündin schnupperte an ihrem Nachwuchs, leckte ihn ab und jaulte, als sie bemerkte, dass der Zweite fehlte. Sie rannte zurück zum Haus. Der Anblick schnitt Carla ins Herz. Sie nahm den zurückgelassenen und am ganzen Leib zitternden Welpen auf den Arm, streichelte ihn und drückte ihn an sich. »Ist ja gut. Deine Mamá kommt gleich wieder.«

Isidoro ließ sich neben sie plumpsen. »Es tut mir leid.«

Carla wusste, wovon er sprach und schwieg.

»Ich war verletzt. Und deshalb ungerecht.«

Ruhig sah sie ihn an.

»Ich habe die Adoption verhindert.« Er blickte zu Boden. »Es war unerträglich, dich zu sehen, aber nicht haben zu können. Du solltest ebenso wenig alles haben. Es war falsch. Egoistisch. Ich bedauere es aufrichtig.«

»Ist gut. Ich weiß.« Carla nagte auf der Unterlippe und gestand sich ihre eigene Schuld ein. »Ich bin daran nicht unschuldig. Es war nicht fair, dir zu verheimlichen, dass mein

Herz einem anderen gehört. Es war feige. Dessen bin ich mir heute bewusst.«

Isidoro rang sich ein Lächeln ab. Er reichte ihr die Hand. »Freunde?«

»Freunde.« Carla nahm sie.

»Danke. Ich liebe dich immer noch. Das weißt du.« Isidoro sah sie eindringlich an. »Und deshalb will ich, dass du glücklich bist.«

»Das wünsche ich dir auch, Isidoro.« Der alte Groll verzog sich wie der Staub des zusammengefallenen Hauses.

»Ich weiß nicht, wohin mit den Hunden. Kannst du sie vorerst aufnehmen?« Er zeigte auf die Trümmer. »Bis ich eine Unterkunft gefunden habe.«

Carla überlegte, ob sie eine Entscheidung ohne Rücksprache mit Francisco treffen konnte, und entschied sich dafür. »Natürlich.« Ihr Mann würde es verstehen, es wäre nur für wenige Tage.

Carla versuchte, zusammen mit Isidoro noch brauchbare Sachen zu retten. Doch dies stellte ohne ihren zweiten Schuh ein schweres Unterfangen dar. Die Steine verletzten ihren nackten Fuß, was Carla aufgeben ließ. Ob sie später ihre Sandale wiederfinden würde?

Die Hündin trauerte neben ihrem toten Welpen, den sie im Maul aus den Resten des Hauses herangeschleppt hatte, während der andere im Garten saß und geduldig wartete. Carla spielte mit dem beige-weißen Hündchen, das immer wieder ihre Hand ableckte. Es dauerte bis zur Mittagszeit, bis Francisco mit Isidoros Frau und der Tochter zurückkkam. Das Mädchen weinte nicht mehr. Der Arm war geschient und ruhiggestellt. »Aurelia.« Isidoro ging auf seine Frau zu. »Alles in Ordnung?«

»Ja, es gab es nur wenige Patienten. Die Panik war dennoch groß.« Aurelia wandte sich an Francisco. »Vielen Dank für deine Hilfe.«

»Keine Ursache.« Francisco ging zu Carla. »Lass uns gehen.«

»Ich habe Isidoro zugesagt, dass wir uns um die beiden Hunde kümmern.« Die Hündin lag inzwischen neben ihrem Nachwuchs, der gierig trank. »In dem zerstörten Haus kann niemand zurückbleiben.«

»Papá«, rief die Tochter, und ihre Stimme zitterte. »Tica bleibt hier. Bei mir!«

»Es ist nur für eine Weile. Tica ist dein Hund.« Isidoro küsste das Mädchen auf die Stirn. »Süße, du siehst, wie es hier aussieht. Du willst doch, dass es Tica gut geht, oder?«

Tränen schimmerten in den Augen der Kleinen. Tapfer stimmte sie zu. »Aber sie kommt wieder. Nur die Babys schenken wir anderen Mädchen. So hast du es mir versprochen.«

»Ja, ein Baby ist schon bei einem lieben Mädchen, das nun auf es aufpasst.«

Carla wusste, warum Isidoro seine Tochter anlog. Er wollte ihr den Schmerz ersparen.

Dennoch kullerten einige Tränen über ihre Wange. »Das ist gut.« Sie schob ihre Unterlippe nach vorn. Dann sah sie zu Carla. »Tica gehört mir. Leya könnt ihr behalten. Aber nur, wenn ich sie besuchen darf.«

Carla lächelte. »Natürlich kannst du beide besuchen. Wir nehmen sie nur in Pflege.«

»Das will ich hoffen«, flüsterte Francisco ihr zu. »Lass uns gehen, ja?«

»Tica, komm!«, rief Carla. Tatsächlich folgte sie Carla zum Loryc. Der Welpe tapste hinterher. Es schien fast, als wüsste die Hündin, warum sie nicht bleiben konnte. Ohne zu zögern, sprang sie mit ihrem Nachwuchs im Maul ins Wageninnere. »Braves Mädchen.«

»Danke«, rief Isidoro. »Für alles!«

Francisco hob die Hand zum Gruß, startete den Wagen, und Carla winkte ebenfalls zum Abschied.

Kurz vor der Schuhfabrik drosselte Francisco das Tempo und suchte nach Carlas Schuh. »Irgendwo muss er doch liegen.« Sie entdeckte ihre Sandale am Wegesrand neben einem umgekippten Stein. An dem musste sie hängen geblieben sein, als sie gestolpert war.

Francisco stieg aus, nahm sie von der Straße und reichte sie Carla, die nun von Tränen übermannt wurde.

»Alles in Ordnung?« Besorgt sah er sie an.

»Ja. Es ist nur ... die Erleichterung. Das hätte viel schlimmer ausgehen können.« Carla mochte sich nicht vorstellen, wie traumatisierend es für Isidoros Mädchen gewesen sein musste, als das Haus über ihr zusammengestürzt war. »Ich kann nur nicht glauben, dass unsere eigenen Leute uns bombardieren.«

Große Dankbarkeit überkam Carla in Binissalem. Ihr Dorf war von den Bomben verschont geblieben. Sie bat Francisco, sie zum Rathaus zu fahren, wo sich die örtliche Dorfzentralstelle zum Telefonieren befand. Cati, die Dame vom Amt, hob die Hand, bat Carla zu warten. Unentwegt stöpselte sie Kabel von einer Steckdose in die andere. Carla wartete fast dreißig Minuten, bis Cati sich um sie kümmerte. In der Zeit hätte Carla auch selbst zum Haus ihrer Mutter gehen können. »Ich möchte ein Telefonat nach Sencelles führen.«

Es klingelte mehrfach, bevor jemand im Rathaus abnahm.
»Ist in Sencelles alles in Ordnung?«

»Ja, warum fragen Sie? Was ist passiert?«

»Inca wurde bombardiert. Es ist schrecklich. Ich mache mir Sorgen um meine Mutter.«

»Hier ist es ruhig.«

Carla stiegen die Tränen in die Augen. Die Anspannung, die sie nur hatte reagieren lassen, fiel nun von ihr ab, und all die widersprüchlichen Empfindungen brachen sich Bahn wie ein Sturzbach nach einem kräftigen Regenschauer.

Die Telefonistin sah sie mit flehendem Blick an, die Leitung freizugeben. »Vielen Dank für die Information.« Carla gab Cati ein Zeichen, woraufhin sie die Leitung unterbrach, und umgehend geschäftig weiter umstöpselte.

Francisco stand nicht mehr vor der Tür, er war offenbar durch die Wartezeit bedingt nach Hause gefahren. Carla ging die paar Straßen zu Fuß. Egal, wem sie auf dem Weg begegnete, jeder wirkte niedergeschlagen, irgendwie kleiner. Alle schienen sich um die Zukunft zu sorgen.

Und nicht nur auf Mallorca sorgte man sich. Die Nachricht über die Bombardierung füllte am kommenden Tag alle internationalen Zeitungen, wie Carla eindrucksvoll durch ein Telegramm aus Kuba erfuhr. Hätte sie das geahnt, hätte sie Antonia darüber informiert, wohlauf zu sein. Ihre Schwester fragte, ob sie etwas brauchten. Geld besaßen sie. Doch wenn die Fährverbindung länger unterbrochen bliebe, würden Zucker und Kaffee wirklich ausgehen.

Carla gab bei Cati ein Telegramm auf, um die Nachricht an die Station in Inca weiterzuleiten, damit sie international zugestellt werden konnte. Cati diktierte: »Alle gesund – Stopp – Zucker Kaffee – Stopp – Keine Sorge – Stopp.« Anschließend wandte sie sich an Carla. »Das macht sechs Peseten.«

»Danke.« Carla bezahlte die Summe. Es handelte sich um einen halben Tagesverdienst.

Obwohl Antonia auf Kuba auf einem Zuckerberg saß, brachte es nichts, ihr welchen per Schiffsfracht zu schicken. Die Lieferung würde in Barcelona hängen bleiben.

Wie lange sie auf Honig ausweichen konnte, wusste sie nicht. Denn der würde als Nächstes knapp werden. In Carlas Kopf wiederholte sich eine einzige Frage: Würde die Regierungsspitze aus Madrid weitere Bomben über der Insel abwerfen?

Die Antwort darauf erhielt sie während der ersten Augusthälfte. Über zwei Wochen hinweg warfen Kampfflugzeuge Bomben ab. General Franco ließ sich vom Regierungsdruck nicht beeindrucken. Franco befand sich gar nicht auf Mallorca. Keiner wusste, wo er sich aufhielt, um den Regierungssturz voranzutreiben. Auch auf dem Festland unterwarf er einzelne Regionen. Die Guardia Civil stand ihm treu zur Seite, was es ihm erleichterte, die Kontrolle über die eroberten Landstriche zu erhalten.

Carla wollte nur ihren Frieden zurück. Xisca wirkte ebenso verängstigt wie die Kinder aus der Nachbarschaft. All ihre Ängste teilte sie mit dem Welpen. Carla beobachtete, wie Xisca oft mit dem Hund sprach.

Eines Abends saßen sie beim Abendessen. »Darf ich Leya behalten?« Xisca sah von Francisco zu Carla. Das Flehen aus ihren großen Kulleraugen ließ Carlas Widerstand zusammenschmelzen wie Vanilleeis in der Sonne.

Francisco las in Carlas Gesicht, bevor er das Wort ergriff. »Wirst du dich um sie kümmern?«

Xisca hüpfte vom Stuhl. »Natürlich!« Das Mädchen warf sich in seine Arme. »Gracias. Muchas gracias.«

Carla lächelte. »Wir müssen aber Tica zurückgeben. Sie gehört einem anderen kleinen Mädchen. Das weißt du.«

Xisca bejahte. »Wann?«

»Sobald die Familie ein neues Zuhause gefunden hat.«

»Wir müssen Leya taufen lassen.« Xisca nagte auf ihrer Lippe. »Falls sie wie ihr Bruder stirbt, soll sie in den Himmel kommen. Mamá und Papá spielen dann mit ihr.«

Carla schnürte es den Hals zu.

»Liebling«, begann Francisco. »Tiere tauft man nicht. Aber zu Sant Antoni lassen wir Leya segnen.«

»Wann ist das?«

»Im Januar, mein Schatz.« Carla hatte oft an den Tiersegnungen teilgenommen. Das halbe Dorf ließ sein Vieh segnen. Die meisten aus Tradition, andere, weil sie tatsächlich glaubten, die Ziege bekäme wieder Nachwuchs, obwohl sie bereits am Gnadenbrot kaute. Doch manchmal geschahen kleine Wunder, was den Zauber des Brauchs am Leben hielt.

Xisca zählte die Monate durch. »Das ist viel zu lange. Wer weiß, ob uns nicht die nächste Bombe trifft.«

Der Ton, mit dem das Mädchen dies sagte, ängstigte Carla. Erst hatte das Kind die Eltern verloren, und nun musste es einen Krieg miterleben, der im eigenen Land ausbrach und sie alle in Gefahr brachte.

»Ich werde mit Padre Eugenio sprechen, vielleicht macht er eine Ausnahme. Am Sonntag soll ein Gedenkgottesdienst stattfinden.« Carla hoffte, der Padre würde eine außerplanmäßige

Tiersegnung für Xisca durchführen. »Ich frage ihn morgen, einverstanden?«

»Toll. Danke!« Xisca setzte sich wieder an den Tisch und aß ihr Abendbrot, bevor sie zu Leya und Tica in den Hof ging, um ihnen eine gute Nacht zu wünschen.

»Du willst ernsthaft mit dem Padre reden? Warum sollte er das tun?« Francisco sah sie zweifelnd an.

»Weil besondere Umstände besondere Maßnahmen erfordern. Padre Eugenio sieht vieles lockerer als andere Pfarrer.« Carla räumte ab, erledigte den Abwasch und stellte das Radio an. Die Nachrichten verhießen kein schnelles Ende des Konflikts. Ihnen allen würde eine Segnung außerhalb der Zeit gut bekommen. Hoffnung schenken. Mit diesen Argumenten wollte sie Padre Eugenio überzeugen.

Am nächsten Morgen radelte Carla zur Kirche. Die Fassade der Iglesia de Santa de Robines schimmerte sandsteinfarben im milden Morgenlicht. Die hoch aufragende Spitze des Glockenturms zeichnete sich scharf vom stahlblauen Himmel ab. Die sechs Rundbögen der im Turm eingelassenen Fenster sahen aus wie dunkle Schlunde, die Carla an den Tunnel erinnerten, von dem der Zug nach Sóller samt der Schienen vom Berg verschluckt wurde.

An der hinteren Seite entdeckte sie das Motorrad mit dem Beiwagen. Carla stellte das Rad daneben, ging zum Nebeneingang und betrat das Kirchenschiff. Vor dem Altar kniete sie nieder, bekreuzigte sich, bevor sie sich auf die Suche nach dem Pfarrer begab. »Padre Eugenio?«

Carlas Stimme hallte von den Wänden wider. Kurz darauf hörte sie Schritte. »Oh, Carla, schön, dich zu sehen. Was führt dich zu mir?«

Carla erzählte von Xisca, ihrem Schicksal, dem Hündchen, das sie taufen lassen wollte, und dass es unter diesen Umständen bis Januar zu lange für das Mädchen war, um zu Sant Antoni die Tiersegnung für ihre neue Freundin zu erhalten. »Denken Sie nicht, dass es für viele ein beruhigendes Zeichen darstellt, wenn man die Tiersegnung zu diesen Zeiten vornehmen würde? Nicht, dass die Hühner von Sofía keine Eier mehr legen.«

Padre Eugenio lachte. »Du arbeitest mit allen Tricks.« Er setzte sich auf die Kirchenbank in der ersten Reihe und sah zum Altar. »Ich glaube, der heilige Antonius wird nichts dagegen haben. Er wacht als Schutzpatron immer über seine Herde. Der Umzug der Teufel wird aber ausfallen. Morgen nach der Gedenkmesse auf dem Marktplatz. Ich gebe es im Rathaus und während des heutigen Gottesdienstes bekannt.«

Die Demonis versuchten dieses Mal nicht, den armen Antonius in der Wüste zu verderben, sondern die Teufel ließen ihre Bomben auf unschuldige Bürger fallen, ohne dass diese dem Schuldigen für diese Angriffe etwas entgegensetzen konnten. So wie sich Antonius in der Wüste mit den Tieren anfreundete, um nicht zu verzweifeln, freundete sich Xisca mit dem Welpen an. Die Verbindung bestand durchaus auch in diesen Zeiten.

Carla dankte dem Padre und verließ die Kirche. Auf dem Weg nach Hause erledigte sie einige Besorgungen und informierte jeden, den sie traf, dass im Anschluss der Messe eine Tiersegnung stattfinden würde. Bevor sie das Gemüse in die Küche brachte, ging sie an der Werkstatt vorbei. »Er macht die Segnung«, rief sie ihrem Mann zu. Es kostete sie Überwindung, ihm nicht die Zunge herauszustrecken, um ihren Triumph, es doch geschafft zu haben, noch zu bekräftigen.

Sie begnügte sich mit einem zufriedenen Lächeln. »Schon morgen!«

»Da wird sich Xisca freuen! Wie hast du das nur hinbekommen?« Francisco sah sie mit funkelnden Augen an. »Du bist Xisca eine großartige Mutter, habe ich dir das schon mal gesagt?«

»Nein, hast du nicht.« Carlas Herz pochte kräftig vor Stolz in ihrer Brust. »Mal sehen, ob sie sich freut.«

Auf dem Hof hörte sie Pferdegetrappel. »Erwartest du jemanden?«

Francisco verneinte. »Nein.« Neugierig eilte er auf sie zu. Gemeinsam gingen sie auf den Hof hinaus. Ein Gespann. Beladen mit einigen Weinfässern.

»Carla Delgado Ramis?«, fragte der Kutscher.

»Ja.« Carla stellte den Korb mit dem Gemüse ab und trat auf den Fremden zu. »Sie wollen zu mir?«

»Ich bringe Ihnen eine Lieferung.«

»Eine Lieferung?«

Er reichte ihr einen Begleitbrief. »Liebste Schwester, damit ihr endlich wisst, wie unser Dos Corazones schmeckt. Mach bald das erste Fass auf, versprochen? Ich habe es nummeriert. Deine Antonia.«

Ein merkwürdiger Brief. Warum sollte Antonia ihr Wein liefern? Die Überfahrt kostete ein halbes Vermögen, und Wein gab es im Überfluss.

»Wie ich sehe, haben Sie einen Flaschenzug.« Der Kutscher zeigte auf die an der Werkstattwand angebrachte Verankerung. »Das erleichtert uns das Abladen.«

Francisco las die Nachricht ebenfalls und runzelte die Stirn. »Laden wir ab. In der Werkstatt ist Platz.« Er schob das

Rollbrett unter den Flaschenzug. Damit würde er die Holz-
fässer in den hinteren Teil bringen können. So transportierte
er auch die Steinarbeiten.

Carla nahm die Zügel eines Pferdes und leitete das Gespann
unter den Flaschenzug. Insgesamt betrug die Lieferung zehn
große Fässer. Francisco hatte alle Mühe, die schwere Fracht
abzuladen und neben seinen Steinen aufzureihen. Zwei Stunden später lenkte der Mann die Kutsche vom Hof. »Was hat
sich Antonia nur dabei gedacht?«

Francisco zuckte die Schultern. »Keine Ahnung, aber ich
finde, wir sollten das erste Weinfass öffnen.«

Neugierig sah Carla ihrem Mann zu, wie er den Deckel entfernte. Sie lugte ins Fass. Wein. Sowie eine Flasche, die oben
schwamm. Verschlossen mit Wachs. In ihr eine eingerollte
Nachricht. Carla griff sich die Flaschenpost. »Sieh dir das
an.«

»Was ist das?« Xisca stand plötzlich hinter Carla.

Carla erschrak und ließ die Glasflasche fallen. Sie zerbrach. »Oh, aber ich hätte sie sowieso kaputt schlagen müssen, um an die Rolle zu kommen.« Carla nahm das Papier
in die Hand.

Liebe Carla,

*ich bin sehr glücklich, dass ihr gesund seid. Ich schicke euch
eine Lieferung billigen Wein. Um den Wein geht es aber nicht.
In jedem Weinfass ist ein kleineres Fass versteckt, und um den
Inhalt geht es. Wir sitzen hier auf einem Zuckerberg, und bei
euch herrscht Mangel? Das konnte ich nicht zulassen. Wie*

sollt ihr sonst euren Aprikosenkuchen backen, von dem du mir so vorschwärmst? Oder Marmelade einkochen? Außerdem ermöglicht es euch Tauschgeschäfte, sollte der Hafen von Barcelona noch länger geschlossen bleiben.

Über die Kanaren sind Lieferungen kein Problem, zumal Weinlieferungen nicht unter die Restriktionen fallen sollen. Was wohl stimmt, wenn ihr die Fässer erhalten habt, was ich sehr hoffe. Ich bete, unsere Landsleute kommen bald zur Vernunft.

Aus der Ferne drückt dich deine Schwester Antonia. Grüße und drücke Mamá und die restliche Familie von mir.

»Was steht da?« Xisca wollte nach der Nachricht greifen, doch Carla reichte sie Francisco.

»Deine Tante Antonia hat uns Wein geschickt. Ich habe dir ja schon erzählt, wie gut er schmecken soll. Nun hat sie uns welchen geschenkt.« Carla warf Francisco einen warnenden Blick zu. Xisca war zu jung für ein solches Geheimnis. Sollte der Zucker ausgehen, hatten sie jetzt einen Weg gefunden, wie sie an Nachschub gelangen konnten. Ein Telegramm an Antonia genügte.

»Ich soll dich auch lieb grüßen«, sagte Francisco und schob die Nachricht in die Hosentasche.

Carla würde ihn umgehend im Ofen verbrennen. »Weißt du was? Padre Eugenio wird deine Leya morgen mit anderen Tieren auf dem Marktplatz segnen. Mal sehen, ob er wieder die alte Klobürste für die Segnung nimmt.«

Xisca kicherte. »Das war lustig.« Sie erinnerte sich offensichtlich ebenfalls an die Kuriosität, wie Padre Eugenio im Frühjahr mit einem Eimer Weihwasser und einer Klobürste auf dem Feld die Mandel- und Aprikosenbäume besprenkelt hatte, um sie für eine reiche Ernte zu segnen.

Und schon hatte Xisca den Brief vergessen.

Carla lächelte. Ihre ideenreiche Schwester. Wie war sie nur auf diese verwegene Idee gekommen? Sie vermisste die Gespräche mit Antonia. Selbst Briefe schreiben ging zur Zeit nicht, denn ohne Fährverbindung existierte auch keine Briefpost.

Carla hoffte inständig, dass sich bald alles normalisierte. Doch so richtig daran glauben konnte sie nicht.

17

Mallorca, November 1936

Ein trüber Novembertag neigte sich zu Ende. Die Kälte draußen senkte sich auch auf Albas Gemüt. Obwohl es ein Freudentag sein sollte, weil am Abend die Einjahresfeier ihres Hotels stattfand, überschattete der Tod ihrer Mutter dieses Ereignis. Sie hätte dabei sein sollen. Ohne Mutter gäbe es kein Hotel und keine Feier. Der Bürgerkrieg forderte von jedem seinen Zoll.

Sie bezahlte ihren damit, weder an der Beerdigung ihrer Mutter in Barcelona teilnehmen noch das Grab besuchen zu können. Selbst der Notartermin zu den Erbschaftsangelegenheiten stand weiterhin aus, weil durch den unterbrochenen Postweg die Sterbeurkunde bisher nicht eingetroffen war.

Alba sah seufzend zur Wanduhr. Viel Zeit blieb nicht mehr. Noch immer saß Leo am Tisch und probierte verschiedene Weine. Wenigstens schluckte er ihn nicht hinunter, sondern spuckte in eine Schüssel aus. »Wir müssen langsam los, und du bist noch nicht umgezogen.« Auch ihre Kinder sollten an diesem Abend dabei sein. Ihre Freundin Marisol hatte Gerado und Lilia bereits zum Hotel gebracht.

»Ich bin hier bald fertig, geh vor, ich komme nach.« Er goss sich einen weiteren Rotwein ins Glas. »Es ist ja dein Hotel. Du wolltest diese Einjahresfeier.«

»Ach ja?« Alba funkelte ihn an. »Und ich dachte, es wäre unser gemeinsames Projekt. Würde Mutter noch …« Alba hielt inne, sie wollte nicht mit ihm streiten. Nicht an diesem Tag.

Ihre Mutter fehlte ihr. Keiner von ihnen beiden hatte geahnt, dass der Besuch von Mutters Verwandten auf dem Festland einen Abschied für immer bedeuten würde. Der Bürgerkrieg hatte keine Rückreise mehr zugelassen. Nun war sie tot. Eines Morgens nicht mehr erwacht.

»Ich habe es nicht so gemeint.« Leo stand auf. »Natürlich ist es unser Hotel. Und ich vermisse Josefina ebenfalls.« Er küsste ihre Stirn. »Du weißt, wie gerne ich die Speisekammer im Hotel auffüllen würde. Aber es gibt kaum etwas zu kaufen. Also kümmere ich mich um das, was man bekommen kann. Wein für unser Weinlager. Auch das ist wichtig.«

Alba schnaubte. Leo hatte nicht unrecht. Dennoch wünschte sie sich, er würde denselben Einsatz zeigen, wenn es darum ging, die Vorratsschränke aufzufüllen.

»Das letzte Mal bin ich bis Sa Pobla gefahren, um etwas Gemüse zu bekommen.« Er kehrte zurück zu seiner privaten Weinverkostung. »Je weniger ich auf die aktuellen Hotelgäste treffe, desto besser. Mir kommt die Galle hoch, dabei zuzusehen, wie dich diese Nazideutschen im Hotel hofieren.«

Auf diesen Vorwurf hatte Alba gerade noch gewartet. Leo machte es sich zu einfach. »Du weißt genau, wie sehr ich diese Leute verabscheue, doch sind das die einzigen Gäste, die uns geblieben sind. Ihr Geld bezahlt unsere Hypotheken und füllt unseren Magen.«

Leo setzte sich wieder an den Tisch. »Mit einem privaten Investor wären wir besser dran, aber du wolltest ja unbedingt den Kredit aufnehmen.«

»Hättest du tatsächlich Romero als Teilhaber gewählt?« Alba wurde jedes Mal übel, sobald sie nur an ihn dachte – ihren Erzeuger und der Vergewaltiger ihrer Mutter. Niemals hätte sie es auch nur in Erwägung gezogen, dieses Individuum wieder zu treffen.

Leo räumte die Flaschen in eine Holzkiste. »Ich meine ja nur, dass wir mit einem privaten Investor besser dastehen würden. So müssen wir zum Hotelkredit auch noch die Hypothek für unser Privathaus bedienen.«

Im Stillen gab Alba ihm recht, doch es hatte damals keine andere Möglichkeit gegeben, als das Wohnhaus in hoher Summe zu beleihen.

»Aus dem Grund gibt es die Jahresfeier. Wir müssen unsere Einnahmen steigern, und das funktioniert nur, wenn wir die Deutschen bei Laune halten.« Da Leo den Wein wegräumte, schöpfte sie Hoffnung. »Also gehst du gleich mit?«

»Ich komme nach, versprochen.« Er trug die Verkostungsgläser zur Spüle. »Vielleicht lösen sich mit deinem Erbe alle Probleme. Wir könnten dann ein paar Immobilien verkaufen.«

»Wozu? Die Bank wird uns keinen Druck machen. Das würdest du wissen, wenn du nicht nur an deinen Wein denken würdest.« Nun kam es doch zum Streit. Alba bemühte sich, ihre Stimme nicht zu erheben.

»Warum denkst du, ich hätte ausschließlich Wein im Kopf?« Leo stützte sich am Spülbecken ab.

»Weil dich das täglich umtreibt. Mehr als alles andere. Du interessierst dich nicht mehr für die Galerie. Sonst wäre dir aufgefallen, dass ich seit Monaten kein einziges Bild gemalt habe.«

Leo ließ die Schultern hängen, was Alba etwas versöhnte. »Ich weiß, dass dir das Malen fehlt. Die Zeiten ändern sich auch wieder. Aber momentan müssen wir andere Prioritäten setzen.«

Er wirkte nachdenklich auf Alba.

»Weißt du, ich habe überlegt, Land für Gemüse oder Tierhaltung zu kaufen. Wir könnten Schafe und Schweine aufziehen, dann hättest du Nachschub fürs Hotel.« Nun grinste er sie an. »Wie du siehst, denke ich auch an andere Dinge.«

»Viehzucht?« Alba überraschte dieser Vorschlag. Im Grunde keine schlechte Idee.

»Wer weiß schon, wann wieder Lebensmittel per Schiff vom Festland kommen. Dabei haben wir genug Weideland auf der Insel. Mit eigenem Vieh wären wir unabhängig vom Festland. Wenn es kein Schweinefutter mehr gibt, reicht für Schafe allemal, was das Land hergibt.«

Solche Überlegungen hatte sie Leo nicht zugetraut. Eine Eigenversorgung würde nicht nur die Kosten für das Hotel senken, es wäre sogar eine zusätzliche Einnahmequelle.

»Uns fehlt das Geld, Land zu kaufen. Schon vergessen?«

»Wir könnten mit der Bank sprechen, bis du dein Erbe erhältst.«

Alba wollte nicht noch einen Kredit aufnehmen. »Vielleicht ist dieser Krieg bald vorbei.« Zwar glaubte sie selbst nicht daran, doch es blieb die einzige Hoffnung, die sie momentan durch die Tage brachte. »Ich muss los. Lass uns ein anderes Mal darüber sprechen. Und komm bitte bald.«

In der Diele schlüpfte Alba in den Mantel und schlug auf der Straße den Mantelkragen hoch. Ein fast schon eisiger Wind pfiff um die Häuserecken. Auf ihrem Weg zum Hotel kam sie an einem der wenigen Häuser vorbei, das von einer Bombe der Republikaner getroffen worden war, und dankte dem Schicksal, dass ihr Privathaus und das Hotel verschont geblieben waren.

Alba bog in die Calle Victoria ein. Prachtvoll sah ihr Hotel aus, angestrahlt durch Lampen, die die Fassade zur Geltung brachten. Die schmiedeeisernen Balkongeländer, die die französischen Balkone zierten, fanden regelmäßig die Bewunderung ihrer Gäste. Stunden hatte sie mit Matías an den Entwürfen für die Verschnörkelung des Eisens gesessen und jede Minute in seiner Gegenwart genossen. Alba und der Architekt waren sich einig gewesen, dass die Geländer außergewöhnlich sein mussten, denn sie bestimmten den Gesamteindruck der Fassade. Am Ende hatte ein Schlosser es genau nach ihren Zeichnungen umgesetzt. Kleine Krönchen ruhten auf den Eckstangen, und Rosenblüten verzierten die einzelnen Streben. Lediglich die Nazifahnen, auf die die Deutschen bestanden, störten den friedlichen Eindruck.

Alba sah nach oben. Wenigstens passte das Fahnenrot zum Teppich des Eingangs, wenn ihr dieses Detail auch nur wenig Trost schenkte.

Neben dem breiten, von zwei Steinsäulen flankierten Eingangsportal erkannte sie eine Silhouette.

Matías!

Albas Herzschlag beschleunigte sich. Seit sie ihn das erste Mal zur Besprechung der Umbaupläne in seinem Büro gesehen hatte, löste er verwirrende Gefühle in ihr aus. Seit einem

Jahr war er verwitwet, und Alba deutete sein Verhalten ihr Gegenüber durchaus als Avancen.

»Alba, ich dachte schon, du kämst zu deiner eigenen Feier zu spät.« Matías gab ihr zwei Wangenküsse. »Ich wollte dir eben entgegengehen. Begleitet dich dein Mann gar nicht?«

Er trug ein Aftershave, das sie bereits mehrmals an ihm gerochen hatte und diesen Duft nun mit ihm verband. Sein dreiteiliger Anzug und das weiße Hemd mit dem modischen Kragen betonten seine grazile Figur.

»Er kommt gleich nach.« Das hoffte sie zumindest. »Haben sich die Kinder bisher benommen?«

Er reichte ihr wie selbstverständlich den Arm. »Der Geigenspieler hat kurz den Saal verlassen und seine Geige auf einem Tisch abgelegt. Gerado nahm sie, setzte den Bogen an, spielte einige schiefe Takte, und Lilia wollte dazu singen. Marisol hat Schlimmeres verhindert.«

Alba unterdrückte ein Lachen, denn sie konnte sich die Szene genau vorstellen. Seit mehreren Wochen bekam Gerado Geigenunterricht. Zwar fiel Alba die Ausgabe schwer, doch es war Gerados sehnlichster Wunsch gewesen. Obwohl Leo fand, er solle mit anderen Jungs Fußball spielen, das wäre auch günstiger, erfüllte sie ihrem Sohn seinen Wunsch. Glücklicherweise stellte der Geigenlehrer sein Instrument zur Verfügung, sodass ihr die Ausgabe für eine eigene Geige erspart blieb.

Gemeinsam betraten sie die Eingangshalle. Gegenüber der Tür befand sich das Schmuckstück der Halle, ein breiter Holztresen mit Intarsien an der Front. Auch hier wiederholte sich das Rosenmuster der Balkongeländer.

Schon in der Planungsphase blieb Albas Wunsch, das Hotel nach dem Straßennamen Victoria zu benennen, leider unerfüllt. Der Pächter des *Gran Hotel* besaß ein weiteres Hotel in Palma, das bereits den Namen *Victoria* trug. Also musste sie umdenken, und da sie die edle Schönheit der Rosen liebte, gab sie ihrem Hotel den Namen *Las Rosas.* Um den Namen zu betonen, sorgte sie mit den Rosenapplikationen für ein durchgehendes Design im Hotel.

Vor dem Rezeptionstresen löste sich Alba von Matías. »Geh zurück auf deinen Platz. Ich bin auch gleich dort.«

Mit einem Lächeln reichte er seinen Mantel der Garderobiere, und verschwand rechts von ihr hinter der breiten doppelflügeligen Glastür im Speisesaal.

Alba warf einen prüfenden Blick nach links. Gemütliche Sessel, bezogen mit weinrotem Stoff, dienten als Wartebereich für die Gäste, wobei die Deutschen diesen Bereich gerne nutzten, um die Zeitung zu lesen. Nun lag dieser Teil verwaist, und sie konnte ohne Zuhörer mit dem Concierge sprechen. »Ist alles vorbereitet?« Alba zog ihren Mantel aus und legte ihn auf den Tresen.

Eduardo stand fast stramm. Das Gebaren der Deutschen schien auf ihn abzufärben. »Selbstverständlich.«

»Danke, Eduardo.«

»Doña Alba?«

»Ja?«

»Ein kleines Problem gab es in der Küche. Der Koch hat die meisten Fleischgerichte durch Fisch ersetzen müssen. Fleisch ist in der Menge nicht mehr zu bekommen.«

»Ist schon gut, Hauptsache, es sieht appetitlich und reichhaltig aus.« Sie beruhigte sich damit eher selbst als Eduardo. Bisher hatte sie sich mit der Verknappung bestimmter Dinge arrangieren können, doch lange würde das nicht mehr gut gehen. Schließlich erwarteten ihre Gäste ein vernünftiges Essen. Schon zweimal hatte ihr der deutsche Offizier Hans Schneider, der General Schulze unterstand, Kaffee, Zucker und Öl besorgt. Schneider hatte ihr versichert, es sei im Interesse aller, dass sie bei ihr gut versorgt würden. Zwar hatte er ihr dabei jedes Mal schöne Augen gemacht, blieb jedoch glücklicherweise ein Gentleman. Ob er auch frische Waren besorgen konnte?

Alba nahm sich vor, in den nächsten Tagen mit dem Koch die Lagerbestandsliste zu aktualisieren. Die Seife ging mittlerweile zur Neige, sie zählte ebenfalls zu den Waren, die schwierig zu bekommen waren.

Aufrecht und mit einem Lächeln auf den Lippen betrat sie den Speisesaal. Ein Stimmengewirr aus Deutsch und Italienisch drang ihr entgegen. Alba grüßte die ihr bekannten Gesichter, als wäre es ihr eine große Freude, sie in ihrem Haus zu sehen. Dabei handelte es sich um nichts weiter als ein perfekt inszeniertes Schmierentheater.

Vereinzelt hörte sie spanische Wortfetzen. Auf den runden Tischen, an denen bis zu acht Personen Platz fanden, standen mittig filigrane Kerzenleuchter, deren Kerzenlicht sich auf dem eingedeckten Geschirr spiegelte. Auch hier präsentierte sich das Rosenmuster auf den Damasttischdecken sowie auf den bodenlangen Vorhängen, die seitlich der Fenster akkurat mit Kordeln zusammengeschnürt die Sicht nach draußen ermöglichten. Ihr Personal hatte ausgezeichnete Arbeit geleistet.

Mit festem Schritt durchquerte sie den Saal. Links von Marisol stand Gerado, der in seinem Anzug gar nicht mehr wie ein zehnjähriger Junge wirkte, sondern fast schon wie ein

Jugendlicher. Seine Haltung zeigte, wie stolz er auf seine Kleidung war. Lilia hingegen, die auf der anderen Seite Marisols Hand hielt, sah in ihrem Kleid mit Rosenmotiv noch kindlich aus. Die dunklen Zöpfe schwangen bei jeder Bewegung des Kopfes mit wie bei einer Schaukel.

Alba begrüßte Marisol mit einer Umarmung und drückte anschließend ihren Kindern einen Kuss auf die Stirn. »Mamá wird jetzt gleich reden, also seid bitte artig und vor allem still.« Sie zwinkerte Marisol zu und ging zum Rednerpult.

Der Klavierspieler schlug einige Takte an, woraufhin das Stimmengemurmel im Saal verstummte.

Sie fühlte sich selbstsicher in ihrem grünen, eng anliegenden Kleid, das eine Handbreit über den Knöcheln endete.

Ein Kellner reichte ihr ein Tablett, auf dem ein Glas mit Cava stand. Alba nahm es entgegen und hielt sich daran fest, während sie Luft holte. Ihre kurze Rede hatte sie auswendig gelernt, dennoch fielen ihr die harten deutschen Worte schwer, Italienisch ging ihr leichter von den Lippen. Doch sie war ihrer Sprachlehrerin dankbar, die nie müde wurde, sie immer und immer wieder die deutsche Aussprache üben zu lassen.

»Ein Willkommen allen Anwesenden«, sagte sie auf Spanisch, Deutsch und Italienisch. Jeden Satz ihrer unpolitischen Rede hatte sie in den drei Sprachen vorbereitet. »Ich freue mich, Sie hier zum einjährigen Bestehen des *Las Rosas* begrüßen zu dürfen, und hoffe, Sie fühlen sich wohl. Die Zeiten sind vor allem für diejenigen hart, die fern ihrer Heimat sind. Und trotzdem hoffe ich, Ihnen hier ein Willkommensgefühl und ein vorübergehendes Zuhause geben zu können.« Sie hob ihr Glas. »Lassen Sie uns anstoßen auf Gesundheit und ein langes Leben. Salud!«

Die Anwesenden prosteten ihr zu. Alba sammelte sich, da sie nun improvisieren musste. »Das Buffet ist an diesem Abend mediterran gehalten, um Ihnen die Vorzüge des uns umgebenden Mittelmeers vorzustellen. Unsere heimischen Fische wie Dorade, Seehecht und Drachenkopf werden ergänzt von Gambas aus Sóller, die eine echte Delikatesse darstellen. Dazu reichen wir Gemüse, das ebenfalls von der Insel stammt. So vereint sich auf dem Büfett Mallorca zu Land und zu Wasser. Ich wünsche Ihnen einen angenehmen Abend.«

Die Gäste applaudierten. Alba gab den Musikern ein Zeichen. Der Klavierspieler blickte zum Geiger, die beiden nickten sich zu und begannen mit ihrem Spiel.

Im Augenwinkel sah sie Leo den Saal betreten. Er hatte sich tatsächlich in Schale geworfen und seinen dunkelgrauen Anzug mit Weste angezogen.

Alba ging zu Marisol und den Kindern. »Im Nebenraum habe ich einen Tisch für euch vorbereiten lassen, dort könnt ihr mit Marisol gemeinsam essen.«

Gerado verzog das Gesicht. »Ich will aber dem Geiger zuhören.«

»Den hörst du auch von nebenan.«

»In Ordnung.« Gerado zeigte zum Geiger. »Um besser zu werden, brauche ich eine eigene Geige, das hat mir der Musiker gesagt.«

Nichts täte Alba lieber, als ihrem Sohn den Wunsch zu erfüllen, doch die Ausgabe lag zur Zeit nicht in ihrem Budget. »Das muss noch warten, mein Schatz.«

Marisols Miene erhellte sich. »Mein verstorbener Onkel besaß eine Geige.«

»Kann ich die haben, bitte.« Mit flehendem Blick sah Gerado zu Marisol.

»Ich sehe zu, was ich machen kann.«

Leo hatte offenbar die letzten Worte gehört. »Was möchtest du haben?«

»Die Geige von Marisols Onkel.«

Leo sah zu Alba und hob fragend die Augenbrauen.

»Er möchte eine eigene Geige.«

Lilia zog an Marisols Arm. »Können wir jetzt rübergehen?«

Gerado blieb noch stehen. »Vorhin habe ich kurz auf der Geige da vorne gespielt. Einige der Deutschen haben mir den Kopf getätschelt und mich gelobt.«

An Leos Gesichtsausdruck konnte Alba ablesen, wie sehr es ihm zuwider war, wenn die Deutschen seinen Sohn ansprachen. Selbst ein Lob aus deren Mund ging ihm gegen den Strich.

»Lerne erst mal Fußball spielen.« Leo wuschelte Gerado über den Kopf. »Daran haben auch deine Freunde Spaß, und Sport macht einen Mann aus dir.«

»Das Gespräch vertagen wir besser.« Alba gab Gerado einen Kuss auf die Wange. »Nun geh zu deiner Schwester, und iss etwas.« Ohne Widerworte trottete der Junge davon.

Leo sah Gerado hinterher. »Er braucht wirklich mehr Muskeln. Er geht so schlaksig.«

»Er ist im Wachstum, da stimmen oft die Proportionen nicht. Wird bei dir auch nicht anders gewesen sein.«

»Ich?« Leo atmete tief ein, schob dadurch seinen Brustkorb nach vorne. »Ich war schon immer muskulös.«

»Sicher, du Held.« Alba zwinkerte ihm zu. »Nun sollten wir auch etwas essen.«

Leo sah sich um, sein Blick blieb an einem der Tische hängen. »Matías ist da. Wollen wir uns zu ihm setzen?«

»Ich schau noch schnell nach den Kindern.« Alba benötigte einen kurzen Aufschub. Nicht zum ersten Mal brachte sie der Umstand in Verlegenheit, mit ihrem Ehemann am Tisch des Mannes zu sitzen, der ihr Herz an manchen Tagen aus dem Rhythmus brachte.

Sie öffnete die Tür des Nebenraums einen Spalt. Es brannte kein Licht. Nur ein schwacher Schein erhellte den Raum. Alba sah Marisol, die im Schein der Kerzen gruselige Grimassen schnitt. Gerado und Lilia starrten sie gebannt an.

Alba unterdrückte ein Lachen. Marisol schien in ihrem Element und erzählte eine ihrer Gruselgeschichten. Alba hoffte, keines ihrer Kinder hätte deshalb später Albträume.

Sie ging zurück in den Speisesaal, blieb an dem einen oder anderen Tisch kurz stehen und fragte die Gäste, ob ihnen die Fischauswahl schmeckte. Die anerkennenden Blicke und Kommentare beruhigten Alba, und sie bediente sich ebenfalls am Büfett. Auf dem Weg zu Leo und Matías spürte sie eine Hand auf ihrem Arm.

»Setzen Sie sich doch einen Augenblick zu uns.« Hans Schneider lächelte sie an. »Es wäre uns eine Freude, wenn Sie uns Gesellschaft leisten.« Schneiders Kameraden nickten zustimmend. »Wo wir an diesem Abend schon auf General Schulze verzichten müssen, weil er in unabkömmlichen Gesprächen mit den Italienern feststeckt. Er lässt sich übrigens ausdrücklich entschuldigen und übermittelt seine Glückwünsche zur Einjahresfeier.«

Einer zog einen freien Stuhl vom Nebentisch heran, und die anderen rückten zusammen.

»Übermitteln Sie dem General meinen Dank für seine Glückwünsche.« Alba überlegte, wie sie den Männern ausweichen konnte.

»Bitte erweisen Sie unserem Tisch die Ehre, und schenken Sie uns Ihre Aufmerksamkeit.«

Alba zwang sich zur Freundlichkeit. »Gerne«, log sie. »Einen Augenblick schenke ich Ihnen gerne.« Alba suchte den Blick ihres Mannes, fand ihn und hoffte, er würde verstehen, warum sie seinem Tisch fernblieb. Alba stellte ihren Teller ab und nahm Platz.

Hans Schneider goss ihr aus der Weinflasche ein. »Das Essen war ausgezeichnet Doña Alba, ich darf Sie doch Alba nennen?« Hans Schneider strich mit der Handfläche durch seine kurzen blonden Haare.

»Es freut mich.« Alba prostete allen am Tisch zu und nippte am Glas. Sie nahm eine Gabel Gemüse auf und aß, blickte dabei konzentriert auf den Teller.

»Sie weichen mir doch nicht etwa aus?« Hans Schneider ließ nicht locker.

»Natürlich nicht.« Alba sah kurz zu ihm. »Ich spreche nie beim Essen. Ich höre lieber zu.« Rasch schob sie eine weitere Gabel in den Mund.

»Dann genießen Sie Ihr Essen, ich werde mir mal die Beine vertreten.« Mit einem Ruck schob Hans Schneider seinen Stuhl zurück und schritt energisch durch den Saal.

»Ich glaube, Sie haben ihn verärgert.« Ihr linker Tischnachbar sah sie betreten an.

Am liebsten hätte Alba auf den Teller gespuckt. Was bildeten sich diese Soldaten ein? Sie benahmen sich, als hätten sie die Insel und ihr Hotel erobert.

Was wünschte sie sich die Zeit der ersten Monate ihres Hotels zurück. Edel gekleidete Gäste mit Geschmack und Kultur. Es hatte Tanznachmittage gegeben und Abendveranstaltungen mit Cabaret. Die Gäste hatten ihre Bilder bewundert und das ein oder andere gekauft. Auch der Austausch mit Besuchern aus England, Italien und Skandinavien hatte ihr eigenes Leben bereichert.

Tanz gab es nun nicht mehr im *Las Rosas*. Die Musik der Deutschen sollte gespielt werden. Alba kam sich oft fremdbestimmt vor.

Anders lief es wohl im *Gran Hotel*, wo selbst Mussolini nächtigte. Alba wusste aus Erzählungen, dass die Italiener im Haus von Doña Elena nicht nur die Dienste der Frauen in Anspruch nahmen, sondern die Prostituierten sogar zu Tanzabenden ins Hotel einluden.

Alba schüttelte sich. Dann lieber von Deutschen diktierte Klaviermusik, dazu ein Geigenspieler. Das schadete dem Ruf ihres Hotels deutlich weniger.

»Ich wollte Ihren Kameraden nicht verärgern. Das lag nicht in meiner Absicht. Ich bin es gewohnt, die Männer bei Tisch ihren Gesprächen zu überlassen.« Alba sah ihren Tischnachbarn an. Sie stand lächelnd auf. »Genießen Sie den Abend, und entschuldigen Sie mich.« Sie nickte in die Runde. »Bitte grüßen Sie Hans Schneider herzlich von mir.«

In den nächsten Tagen würde sie sich mit Schneider wieder gut stellen müssen, um mit Kaffee und Zucker ihr Lager auffüllen zu können. Kein leichtes Unterfangen, doch eines, dem sie nicht ausweichen konnte.

Auf dem Tisch von Leo und Matías stand eine leere Flasche Wein.

Leo goss gerade den Rest einer zweiten in die Gläser, während er sich ausführlich über die Geschmacksnuancen erging. »Da bist du ja, mein Herz.« Leo sah sie aus glasigen Augen an. »Du musst unbedingt diesen Wein kosten.«

Matías hob sein Glas, drehte es in den Fingern und schenkte Alba einen Augenaufschlag, der sie über Leos Angetrunkenheit hinwegtröstete. »Alba, dein Mann hat da einen Tropfen aufgetan, der das Paradies auf der Zunge verspricht.«

Alba setzte sich und schenkte sich aus der Karaffe Wasser in ein Glas. »Ich bleibe lieber bei Wasser.«

Unter dem Tisch tätschelte Leo ihren Oberschenkel. »Du bist der leuchtende Stern des Abends.«

»Das ist wahr.« Matías prostete ihr zu. »Du bist die Rose im *Las Rosas*.«

»Das haben auch die Deutschen bemerkt.« Leo lallte inzwischen, was Alba ärgerte. Er sollte sich schämen, sich an diesem Abend zu betrinken. »Was hast du so lange bei denen rumgesessen?«

Bevor Alba etwas entgegnen konnte, verfolgte sie mit Verwunderung, wie auf einmal Hans Schneider ans Rednerpult trat.

»Sorgen wir mal für Stimmung. Lasst uns einen deutschen Schlager anstimmen.« Mit einer einzigen Handbewegung sorgte Hans Schneider dafür, dass all seine Kameraden sich erhoben. »Weit von meiner Heimat Hamburg gibt es nur ein Lied, das mich tröstet. Meine Herren! Auch wenn wir auf ein Schifferklavier verzichten müssen. Stimmen Sie mit an: *Auf der Reeperbahn nachts um halb eins.*«

Der Pianist spielte, und der Gesang der Männer glich eher einem Grölen.

Alba sah an die Wanduhr. Es wäre nicht unhöflich, sich nun zu verabschieden und die Gäste sich selbst und dem Personal zu überlassen. In zwei Stunden würde dieser Abend ohne sie enden. Dafür würden ihre Angestellten sorgen. »Ich bin müde. Und die Kinder müssen ins Bett.«

Leo trank den letzten Schluck aus seinem Glas. »Du hast recht, das hier ist nicht zu ertragen.«

Alba mahnte ihren Mann, leise zu sein, stimmte ihm insgeheim aber zu. Es war unerträglich.

»Wenn ihr geht, verabschiede ich mich ebenfalls. Und dir, Leo, danke ich für den Ausflug in die Geschmackswelten des Weins.«

»Es war mir ein Vergnügen.« Leo bot Alba seinen Arm, und sie hakte sich ein.

Matías ging voraus. Alba verabschiedete sich an Leos Arm mit einem Winken von ihren singenden Gästen und ließ sich von Leo zur Tür führen. Die Deutschen standen noch immer laut singend an ihren Tischen. Die mallorquinischen Gäste suchten ebenfalls das Weite. Alba konnte es ihnen nicht verübeln.

Matías ließ sich an der Garderobe seinen Mantel reichen und verabschiedete sich von Alba und Leo. »Danke für den schönen Abend.«

»Ich danke dir fürs Kommen.« Alba lächelte ihm zu, bevor sie sich abwandte und in den Nebenraum ging, um die Kinder zu holen.

Lilia lag zusammengerollt auf zwei Stühlen und schlief friedlich. Marisol und Gerado spielten ein Würfelspiel. »Zeit, nach Hause zu gehen.«

»Mamá, Marisol hat vielleicht sogar noch Notenblätter.« Ihr Sohn sah sie mit erhitzten Wangen an.

»Gut, du darfst Geige spielen, aber nur, wenn du auch Fußball spielst.«

»De acuerdo«, stimmte Gerado ein.

Alba sah ihren Mann an, der zufrieden lächelte. Wenn er annahm, Gerado zu einem Fußballspieler zu machen, irrte er. Es war nur ein Zugeständnis. So gut kannte sie ihren Sohn.

»Danke, Marisol, für deine Hilfe heute.« Sie umarmte ihre Freundin. »Das mit der Geige ist toll.«

»Nun lasst uns die Mäntel holen und nach Hause gehen.« Leo hob die schlafende Lilia auf seine Arme.

Vor dem Hoteleingang verabschiedeten sie sich von Marisol.

Zu Hause legten sie die Kinder schlafen.

»Wir müssen etwas ändern.« Leo zog im Schlafzimmer die Decke über sich. »Der Wein kam gut an. Du solltest die Zimmerpreise senken, um das Hotel zu füllen, und die Preise im Restaurant anheben.«

Alba blieb vor dem Bett sitzen. »Wie kommst du darauf?«

»Mit der Halbpension wirst du das Hotel in den Ruin treiben. Matías sieht das auch so. Die Lebensmittelpreise steigen.«

Seit wann besprach ihr Mann das mit Matías? In Gedanken ließ sie noch einmal den Abend Revue passieren. Obwohl der Abend ein Erfolg für den Ruf des Hotels darstellte, in der Kasse war er das nicht.

»Es muss sich was ändern, das stimmt.« Sie wandte sich Leo zu. Doch der hörte sie schon nicht mehr. Weinselig schnarchte er leise.

Alba stand auf, ging zum Fenster und sah in die dunkle Straße hinab. Was wohl die Zukunft brachte?

Matías schob sich in ihre Überlegungen. Er suchte immer mehr ihre Nähe, und sie gestand sich ein, wie sehr ihr das gefiel. Mehr als es ihr zustand.

Letzte Woche hatte Matías sie um Malunterricht gebeten. Er wollte Landschaften malen. Als Ausgleich zu den filigranen Entwürfen seiner Architekturkunst.

Bisher hatte sich Alba um eine Antwort gedrückt. Sein Vorschlag, mit ihr zu einem Mirador an der Westküste zu fahren, um dort die Lichtstimmung zwischen Bergküste, Meer und Himmel einzufangen, gefiel ihr. Es würde sie selbst wieder zum Malen verleiten. Die ehemaligen Wachtürme aus der Piratenzeit strahlten etwas Wildromantisches aus. Ging es ihm wirklich nur ums Malen? Oder würde er sie dort in seine Arme schließen? Alba verscheuchte diesen abwegigen Gedanken.

18

Mallorca, Januar 1937

Die Sonne glitzerte über das tief unterhalb der Klippe liegende Meer. Dennoch schmeckte Leo das Salz auf seinen Lippen, das ihm den Weinanbau so erschwerte. Immer wieder wunderte er sich über die ausladende Aleppokiefer, die wie er allein allen Widrigkeiten trotzte. Ob Sturm oder Bürgerkrieg, nichts konnte ihm etwas anhaben. Leo war es sogar gelungen, die Lese des letzten Jahres bei einem Winzer in Binissalem keltern zu lassen.

Das neue Jahr war erst wenige Tage alt, doch es verlangte von ihm bereits weitreichende Entscheidungen. Leo musste abwägen, ob es sich lohnte, seinen Wein in Fässern weiter auszubauen, denn das ließ sich der Winzer bezahlen.

Sicher könnte ein großer Teil des Weins im Keller von Albas Hotel verkauft werden, doch verlangten die Hotelgäste nach wie vor hochwertigeren Wein.

Leo hatte deshalb beschlossen, sich im Frühjahr mit den ersten Testflaschen bei anderen Hotels vorzustellen. Sein Wein hätte dann zwar nur sechs Monate gereift, ein Roble statt eines Crianza, doch für eine Geschmacksprobe für die

Hotelbesitzer sollte es reichen. Er ging davon aus, so einige feste Bestellungen für seinen Crianza zu bekommen. Damit hätte er die Sicherheit, die Kosten für den zweijährigen Weinausbau beim Winzer tragen zu können.

Nach wie vor konnte er Alba nicht überzeugen, einen Investor zu suchen. Sie hielt es für ausgeschlossen, solange sie nicht wusste, was ihr Erbe ausmachen würde, und er war die Diskussionen müde. Immer wieder hatte er ihr vorgerechnet, wie es sich lohnen würde, Fremdweine günstig zu kaufen, sie einzulagern und so ein Geschäft für die Zukunft aufbauen zu können. Man brauchte nur Kellerraum, der, falls der Bürgerkrieg neue Blüten treiben würde, auch geschützt war, sollte es noch einmal Bombenabwürfe geben. Doch Alba sah die Zukunft einzig im Hotelgeschäft. Mit beiden Händen grub Leo ein kleines Loch neben einem Weinstock und prüfte die Feuchtigkeit. Nicht perfekt, aber ausreichend. Der Wind hob seinen Mantelschoß, und Leo wickelte den Schal fester um seinen Hals.

Von unten hörte er die Wellen an die Klippen schlagen.

Um die letzten Krümel der Erde von den Fingern zu lösen, rieb er sie kräftig gegeneinander, bevor er die Handschuhe überstreifte und auf sein Motorrad stieg. Das Gefährt war das einzige Zugeständnis von Alba, damit er schneller zu seinem Weinfeld kam. Oder eben auch rasch zurück ins Hotel.

Auf dem Weg nach Palma ging er im Geiste die Hotels durch, bei denen er wegen einer Weinverkostung anfragen wollte. Am besten begann er am Paseo del Borne. Er stellte sein Motorrad neben der Bar *Bosch* ab, um zum ersten Hotel zu gehen. Als er den Schlüssel abzog, öffnete sich die Tür der Bar, und Alba trat mit Matías heraus.

Selbst wenn er sie nicht gesehen hätte, ihr glockenhelles Lachen würde er überall erkennen. Was tat sie hier? Wollte sie nicht mit dem Küchenchef die Essensaufstellung für die Woche besprechen? In Zeiten, in denen jeden Tag die Waren knapper wurden, nahm das seither fast den ganzen Tag in Anspruch.

Er trat hinter den Stamm einer Pappel.

Leo sah, wie sich Alba und Matías voneinander mit zwei Wangenküssen verabschiedeten. Vielleicht hatte Matías etwas zum Malunterricht klären wollen oder zum geplanten Ausflug an den Mirador, den Alba am Morgen kurz erwähnt hatte. Trotzdem gab es ihm einen kleinen Stich, die beiden zusammen zu sehen. Immerhin zahlte Matías gut für den Unterricht. Besser, Leo kümmerte sich jetzt ebenfalls darum, die Kasse aufzubessern und nicht alles Alba und dem Hotel zu überlassen.

Leo klapperte ein Hotel nach dem anderen ab, und bei Einbruch der Dunkelheit hatte er mehrere Verkostungen in den Restaurants vereinbart. Nun musste noch sein Wein überzeugen, um eine Anzahlung für eine künftige Bestellung zu erhalten.

Sein Rückweg führte Leo an der Kathedrale vorbei. Er sah den Buckligen, von dem man sich so einiges erzählte. Der Bettler schien unermüdlich und sehr erfolgreich. Es handelte sich um einen Deutschen, der sich einen künstlichen Buckel auf den Rücken schnallte, um mehr Mitleid zu erregen. Er galt als mehrsprachig, bettelte aber vornehmlich auf Spanisch und Englisch. Bei den Deutschen auf der Insel schien er mit seinem Kniff nicht gut gelitten zu sein. Leo tippte sich nur an den Hut, als er an ihm vorüberging.

An der Plaza de la Reina entdeckte er Kinder, die Zigarettenkippen aufsammelten. Ein mühseliges Unterfangen, aber lukrativ. Die Burschen lasen die Tabakkrümel heraus, füllten sie in Papiertütchen und verkauften sie unter der Hand als neuen Tabak.

Eigentlich kein uninteressantes Geschäftsfeld, wenn man es organisiert betrieb. Man könnte den Kinder aus allen Stadtteilen den Tabak für eine kleine Summe abkaufen und dann im größeren Stil weiterverkaufen. Wäre damit Geld zu verdienen? Darüber dachte er nach, als er den Paseo del Borne zurück zu seinem Motorrad ging, um ins Hotel zu fahren.

An der Fassade wehten die Nazifahnen im Wind, und er war versucht, deswegen auszuspucken. Doch er hielt sich zurück.

Auf der Suche nach Alba, um ihr von den Weinverkostungen zu berichten, betrat er die Küche.

Der Koch rührte in einem Suppentopf.

»Ist meine Frau nicht hier?«

»Sie spricht mit Hans Schneider im Nebenraum vom Speisesaal. Ich kann den Gästen nicht jeden Tag eine Fischsuppe servieren. Mir gehen langsam die Möglichkeiten aus.«

Es war schwierig, an frisches Gemüse oder gar Fleisch zu kommen. Das schränkte die Speisekarte sehr ein. Leo gab ihm einen Klaps auf die Schulter. »Wir finden eine Lösung.« Sicher war er sich allerdings nicht.

Es widerstrebte ihm, diesen Hans Schneider um Hilfe zu bitten.

Vor der Tür hörte er Alba lachen. Doch es war nicht ihr lebendiges, offenes Lachen, das er so liebte. Es wirkte gekünstelt. Leo trat ein, ohne anzuklopfen.

Alba sah auf. »Hallo Leo, du bist zurück?« In ihrem Blick erkannte er die Erleichterung, nicht mehr allein mit diesem Kerl in einem Raum sein zu müssen. »Du kennst Hans Schneider?«

»Natürlich.« Leo reichte dem Deutschen die Hand. Der stand auf und streckte militärisch kraftvoll den Rücken durch, bevor er ihm die Hand gab.

»Setzen Sie sich doch zu uns. Ich bespreche gerade mit Ihrer bezaubernden Frau, wie wir das Essen abwechslungsreicher gestalten können.«

Leo empfand diese Einmischung als übergriffig. Entweder konnte Schneider Lebensmittel besorgen oder nicht. Was gab es da zu gestalten?

»Für den Wein sind Sie zuständig, richtig?«

Leo bejahte. Auch wenn es diesen Schneider nichts anging.

»Und Sie haben ein eigenes Weinfeld.«

»Korrekt.«

»Wir könnten Ihnen Saatgut besorgen für Salat, Gemüse, Kartoffeln und Viehfutter für Hühner und vielleicht einige Schweine.« Mit einem selbstgefälligen Grinsen lehnte sich Schneider in seinem Stuhl zurück.

»Es ist ein Weinfeld.« Leo spürte Albas Blick auf sich ruhen, doch er konnte nicht kampflos aufgeben. »Schlagen Sie mir ernsthaft vor, meine Weinstöcke aus dem kargen Boden auszureißen, um Saatgut auszustreuen?« Leo bemühte sich um einen höflichen Ton. »Wie ich an Ihrer Rechnung sehe, schmeckt Ihnen unser Inselwein, und mein eigener wird Ihnen auch bald zur Verfügung stehen. Aber wenn Sie das unterbinden wollen, fürchte ich, wird es mit dem Weinausschank bald vorüber sein.«

»Es ist leider ungeeignet, lieber Hans«, mischte sich Alba nun ins Gespräch. »Wie ich Ihnen bereits sagte, handelt es sich um ein Küstengrundstück. Diese sind derart felsig, es würde keine gute Gemüseernte geben.«

»Sind Sie sicher? Ich meine, einer unserer Soldaten ist Sohn eines Schweinezüchters und erfolgreichen Landwirts. Ich denke, er sollte sich das Grundstück einmal ansehen.« Hans holte Notizblock und Stift aus seiner Offiziersjacke. »Wann passt es Ihnen morgen?«

»Es wäre ein großer Verlust, wenn die Schweine über die Klippe ins Meer stürzen.« Alba gab sich alle Mühe, Schneider von seinen Ideen abzubringen.

»Es ist nicht eingezäunt?«

»Nein.« Leo erkannte in der Mimik des Mannes, wie er mit seiner Entscheidung haderte, und setzte nach: »Selbst wenn Ihr Fachmann eine Idee hätte, wie man dort Gemüse anbauen könnte, woran ich offen gestanden zweifle, kommt ohne kostspielige Einzäunung auch eine Viehhaltung kaum infrage.«

Hans Schneider steckte den Notizblock wieder ein. »Sie haben wie immer recht, Doña Alba, und Ihr Mann ebenso. Zaunmaterial gibt es zur Zeit nicht. Holz ist Mangelware und wird zum Heizen benötigt. Metall ...« Er seufzte. »Metall wird anderweitig gebraucht.« Er stand auf. »Ich danke Ihnen für Ihre Hilfsbereitschaft und werde tun, was ich kann, um Ihnen Kaffee, Zucker, Öl zu besorgen. Ich denke, auch Speck für Eintöpfe werde ich organisieren können.«

»Das ist wirklich reizend von Ihnen.« Alba stand lächelnd auf. »Hülsenfrüchte habe ich noch am Lager, und in der kalten Jahreszeit sind Eintöpfe auch für Ihre Männer sicher eine willkommene Mahlzeit.«

Dann wandte er sich an Leo. »Vielleicht können Sie sich mit Ihrer Kenntnis nach einem passenden Grundstück umsehen?«

»Darum kümmere ich mich.«

Kaum hatte Hans Schneider das Zimmer verlassen, konnte Leo nicht mehr an sich halten. »Du bist eine großartige Strategin, weißt du das? Wie du um mein Weinfeld gekämpft hast, war unglaublich.« Niemals hätte er mit diesem Rückhalt seiner Frau gerechnet.

»Es ist dein Traum, wie könnte ich Schneider gestatten, ihn zu zerstören?« Alba rückte die Stühle wieder an ihren Platz. »Außerdem hatte mein kluger Mann selbst schon die Idee für einen landwirtschaftlichen Betrieb.«

»Mi Corazón, ich danke dir.« Sobald er die ersten Bestellungen vorlegen konnte, würde auch Alba die Wirtschaftlichkeit seines Weinfelds sehen.

»So, nun muss ich noch die Buchhaltung erledigen, damit ich morgen Zeit für Matías habe.«

Die Szene an der Bar *Bosch* kam Leo wieder in den Sinn. »Morgen schon?«

»Hörst du mir eigentlich nie zu?« Alba sah ihn belustigt an. »Erst heute beim Frühstück habe ich dir davon erzählt. Wir mussten den Ausflug zum Mirador bei Banyalbufar abstimmen und haben uns kurz in der Bar *Bosch* getroffen. Morgen soll das Wetter besonders klar sein.«

Leo schalt sich selbst einen Trottel. Alba stand voll hinter ihm und liebte ihn. Warum misstraute er ihr? »Mach das, mein Herz. Es wird dir guttun, wieder einen Pinsel in die Hand zu nehmen. Dann werde ich am Nachmittag mit den Kindern etwas unternehmen.«

»Gerado hat erst übermorgen wieder Geigenunterricht. Vielleicht nimmst du ihn mal mit zum Weinfeld.« Alba ging zur Tür. »Lilia ist morgen nach der Schule auf der Geburtstagsfeier einer Freundin. Ich kann sie abends abholen.«

»Ein Männerausflug? Das hört sich gut an. Wir haben so lange nichts mehr allein unternommen.« Es wäre schön, mit seinem Sohn Fußball zu spielen. Wozu hatte Leo den Lederball denn gekauft? Bisher lag er unbenutzt in seinem Werkstattschuppen. Er würde Gerado schon dazu bringen, ein paar Bälle mit seinem Vater zu kicken. Die Aussicht, Gerado auf dem Motorrad mitzunehmen und ihm das Weinfeld zu zeigen, steigerte seine gute Laune.

Am nächsten Morgen ging Leo zur Kathedrale, um die Zigarettenstummel aufsammelnden Kinder genauer in Augenschein zu nehmen. Er lehnte sich an eine Hauswand in der Nähe, um sie zu beobachten.

Ein Pfiff ertönte, und sechs Jungen rannten um eine Hausecke. Leo schätzte deren Alter zwischen acht und zwölf Jahren. Er steckte seine Hände in die Hosentaschen und folgte ihnen. Sie verschwanden hinter einem Holztor. Abwartend lehnte er an der Mauer.

Kurz danach kamen die Jungs wieder heraus und verteilten sich in den Gassen.

Das Tor blieb angelehnt. Leo schlich dorthin und spähte durch den Spalt in einen Patio. Mit dem Fuß stieß er gegen das Holz und schob den Torflügel ein Stück weiter auf. Ein Mann bückte sich über einen kleinen Korb und legte ein Tuch darüber. Leo glaubte zu wissen, wie das hier ablief. Die

Kinder sammelten Tabakkrümel und brachten sie diesem Mann. Es wirkte gut organisiert. Offenbar war ihm jemand mit dieser Idee zuvorgekommen.

»Hey! Was lungerst du hier rum?« Der Mann hob den kleinen Korb hoch und drückte ihn an seine Brust.

»Ich lungere nicht, ich beobachte.«

»Du beobachtest? Verschwinde! Du wohnst hier nicht. Ich kenne alle hier.«

Leo blieb in dem Torbogen stehen. »Wohnst du denn hier?«

»¿Qué te importa?«

»Was es mich angeht?« Leo schob das Holztor weiter auf. »Eigentlich nichts, aber es könnte andere interessieren.«

Der Mann kam näher. Ganz jung schien er nicht mehr. In seinen lockigen Haaren erkannte Leo graue Strähnen. Trotz seiner hageren Gestalt wirkte er muskulös.

»Mich interessiert dein Geschäft.« Leo blickte ihn fest an. »Ich bin Leo.« Er hielt ihm die Hand hin.

Der Mann schlug ein. »Javier.«

»Ich glaube, ich kann dir zu mehr Verdienst verhelfen.« Leo sah das Leuchten in Javiers Augen.

»Na, da bin ich mal gespannt, was der feine Herr mir vorzuschlagen hat.« Javier zeigte auf eine Bar. »Lass uns da reingehen. Du zahlst.«

»Einverstanden.«

Javier bestellte sich nicht nur Wasser und ein Glas Wein, sondern auch zusätzlich ein Bocadillo. Leo ließ ihn gewähren, denn so teuer war das Brötchen nicht.

»Wie viele Jungs arbeiten für dich?«

»Viele. Ich habe in allen Vierteln der Stadt und auch in Manacor und Inca meine Jungs. Sie sammeln für mich die

Zigarettenstummel. Meine Frau und ich bröseln die Tabakreste heraus und bereiten den Tabak auf.« Javier sprach mit leiser Stimme. »Wir trocknen Kartoffelblätter, hacken sie und mischen sie dazu. So verkaufen wir den Tabak in kleinen Tütchen.«

Leo wusste, dass manche in ihrer Not sogar nur die Kartoffelblätter rauchten. Zwar gaben sie kein Nikotin ab, aber als Zigarettenersatz funktionierten sie. Javier verkaufte den Tabak unter der Hand und natürlich günstiger als im normalen Geschäft.

»Das ist alles legal und eine Heidenarbeit. Wie willst du mir also zu mehr Verdienst verhelfen?« Javier biss in sein Brötchen und musterte Leo skeptisch.

»Meine Frau betreibt ein Hotel. Die Gäste rauchen viel. Bisher haben wir die Reste in den Ascheimer geleert. Das könnte sich ändern. Importzigaretten. Also bessere Qualität.«

Javier brummte.

Leo dachte nicht nur an die Zigarettenstummel aus seinem Hotel. Er könnte sich einen Jungen heranziehen, der für ihn die Kippen aus den Ascheimern der Hinterhöfe der anderen Hotels klaubte. »Was wäre für mich drin?«

»Kommt auf die Menge an. Aber da werden wir uns schon einig.« Javier blieb vorsichtig. Leo konnte es ihm nicht verdenken. »Wie stehst du politisch?«

»Ich bin kein politischer Mensch.« Leo wollte seine Meinung zur aktuellen Situation nicht mit einem Fremden teilen.

»Jeder ist in der heutigen Zeit politisch.« Javier neigte den Kopf, beobachtete Leos Reaktion. »Uns geht es allen schlechter, es werden Menschen erschossen ... Dazu musst du doch eine Meinung haben.«

»Ich verabscheue Gewalt gegen das eigene Volk.« Das war unverfänglich genug. »Sind wir jetzt im Geschäft?«

»Natürlich. Bring mir in einer Woche deine Reste. Ich gebe dir dreißig Prozent von dem, was ich damit einnehme.«

»Das ist fair.« Leo zahlte. »Ich muss nun los. In einer Woche hier. Zur gleichen Zeit.«

»Ich werde hier sein.« Javier verließ zusammen mit Leo die Bar und schlenderte zurück in den Patio, in dem er zuvor gesessen hatte.

Fast beschwingt ging Leo nach Hause. Javier hatte kurz durchklingen lassen, dass er mit den Aufständischen gegen Franco sympathisierte und sie durch den Tabakverkauf unterstützte. Schnell hatte Leo das Thema gewechselt. Damit wollte er nichts zu schaffen haben.

Das Gespräch hatte mehr Zeit in Anspruch genommen, als Leo gedacht hätte. Schon im Treppenhaus hörte er Gerado Geige spielen. Vor der Wohnungstür hielt er kurz inne. Obwohl er nicht viel von Musik verstand, erkannte er durchaus, wie sich Gerados Spiel verbesserte.

Insgeheim fühlte Leo Stolz, wenn er das auch nicht zugeben würde, da Geige für ihn etwas Weibisches hatte. Darum sollte sein Sohn Fußball spielen. Das war wichtig, er musste sich unter Gleichaltrigen einen Platz in der Gruppe erkämpfen lernen. Viele Freunde hatte Gerado unter seinen Schulkameraden nicht, das sollte sich ändern.

Leo betrat die Wohnung. »Gerado, lass uns aufbrechen.« Augenblicklich unterbrach der Junge das Stück, bevor es endete. »Vergiss deine Jacke nicht. Wir fahren mit dem Motorrad.«

»Ja, Papá.«

Leo wartete im Hof auf seinen Sohn. »Du musst dich an mir festhalten und die Beine an den Sitz pressen. Verstanden?«

Gerado stieg auf, hielt sich fest, und Leo startete die Maschine. Auf der Fahrt mit dem Motorrad zum Weinfeld presste sich Gerado an Leo. »Du kannst ruhig etwas locker lassen.«

»Aber die Kurven«, gab Gerado zurück. »Ich habe Angst, runterzurutschen.«

»Klemm die Beine ein bisschen stärker an den Sitz, dann merkst du, dass du mehr Halt hast.«

Der Druck von Gerados Armen ließ tatsächlich nach. »Besser?«

»Ja.« Leo glaubte, ein leises Lachen von seinem Sohn zu hören. »Viel besser.«

Gerado schien die Fahrt zu genießen. Das Weinfeld kam in Sicht, Leo bremste und fuhr langsam über den unbefestigten Weg, bevor er am Schuppen anhielt. Er hielt das Motorrad fest, bis Gerado abgestiegen war, dann erst hakte er mit dem Fuß den Parkständer aus.

»Ist das dein Weinfeld?« Gerado sah sich neugierig um.

»Ja, ich zeige dir alles.« Leo ging voran, führte seinen Sohn stolz durch die Reihen und erklärte ihm, was er die kommenden Wochen tun müsste, um den Wein voranzubringen. »Dazu gehört auch das Unkrautzupfen, damit das Kraut den Reben nicht das Wasser wegnimmt.«

»Hier ist ja gar keines.« Gerado ging in die Knie und zupfte einen einsamen Stängel aus der Erde. Plötzlich hielt Gerado inne. Sein Gesicht verlor jegliche Farbe.

»Was ist?« Leo bückte sich zu seinem Sohn. »Ach, das ist doch nur eine Treppennatter. Ganz harmlos.« Routiniert nahm er die Natter hinter dem Kopf. Ihr Schwanzende schlängelte in der Luft. Sein Sohn fürchtete sich vor Schlangen. Hoffentlich legte sich diese Angst, bevor er zum Mann heranreifte. Sonst wäre er das Gespött der Leute. Leo trug sie vom Feld und ließ sie zwischen den Steinen am Grundstücksrand frei. Anschließend schloss er den Schuppen auf und holte den Lederball.

»Fußball?« Gerado sah ihn zweifelnd an. »Da bin ich ganz schlecht.«

»Darum solltest du üben.« Leo legte ihm die Hand auf die Schulter. In Gerado musste doch ein wenig von ihm selbst stecken. Leo kannte seine Angst, sich die Finger zu verletzen. Überhaupt scheute sein Sohn jedes Risiko.

»Damit du in der Schule ein bisschen mit den Jungs mithalten kannst. Hier sind nur du und ich.«

»Na gut.« Gerado zog die Stirn kraus. »Fußball ist besser als Brennball oder Völkerball.«

Gemächlich fing Leo an. Sie kickten sich gegenseitig den Ball zu, bis Gerado das sicher beherrschte. Er lachte, hatte Spaß. Genau so sollte es sein. »Sehr gut, Junge. Jetzt dribble ich mal um dich herum, und du versuchst mir den Ball abzunehmen. Ja?«

»Wie mache ich das?«

»Du tänzelst von rechts nach links, und sobald sich die Möglichkeit ergibt, kickst du den Ball zwischen meinen Beinen weg. Stell dir vor, es gäbe hier noch Mitspieler, die nur darauf warten, dass du ihnen den Ball zuspielst.«

Die ersten Bälle ließ Leo sich abnehmen, um seinen Sohn zu motivieren. »Jetzt läufst du hinter mir her und nimmst ihn mir ab.« Nach einiger Zeit zog Leo das Tempo an, und Gerado hechtete ihm hinterher, streckte immer seinen Fuß aus, um an den Ball zu kommen. Er machte sich richtig gut.

Leo wandte sich ruckartig nach links, um es ihm ein wenig schwerer zu machen. Aus dem Augenwinkel sah er, wie Gerado hinterherrannte, die Augen auf den Ball gerichtet. Gerados Fußspitze verhakte sich an einer aus dem Boden ragenden Wurzel. Leo rannte zu ihm, konnte Gerados Sturz nicht verhindern. Hart schlug er auf den Boden und auf seine rechte Hand. Ein Schmerzensschrei entwich seiner Kehle.

Leo zog ihn in seine Arme.

»Meine Finger.« In den Augen seines Sohnes schimmerten Tränen. Er streckte sie Leo entgegen. »Meine Hand tut so weh.«

»Kannst du sie bewegen?« Hoffentlich war nichts gebrochen. Sonst würde Gerado nie wieder Fußball spielen.

Beherrscht presste Gerado die Lippen zusammen, beugte nacheinander die Finger.

»Tapferer Bursche. Gebrochen ist anscheinend nichts. Es wird trotzdem ein paar Tage wehtun.« Erleichtert wischte Leo Gerado die Tränen von den Wangen. »Das wird schon wieder.«

Gerado zog schniefend die Nase hoch. »Können wir nach Hause fahren?«

»Natürlich. Aber es hat dir Spaß gemacht. Lass uns das bald wiederholen, ja?«

»Ja, Papá. Ich spiele gerne mit dir Fußball. Aber noch lieber spiele ich eben Geige.«

Auf der Rückfahrt fuhr Leo behutsam, damit Gerado sich hinter ihm ein wenig entspannen konnte. Auf dem Innenhof stellte er das Motorrad ab. Gerado ging ins Haus. Leo war stolz auf ihn, wie er mit seiner Verletzung umging. Kein Jammern. Gewohnheitsmäßig sah Leo in den Briefkasten, obwohl er aufgrund der Umstände nicht erwartete, einen Brief vorzufinden.

Er irrte sich.

Ein einzelner Umschlag lag im Kasten. Ein Brief vom Notar an Alba. Na endlich. Hoffentlich konnte Alba nun ihr Erbe antreten.

Er legte den Brief auf den Esstisch und wusch sich die Hände. »Gerado, komm her«, bat er seinen Sohn zu sich. »Du musst dir den Schmutz abwaschen. Dann kann ich mir die Finger genauer ansehen.«

»Wo ist die Seife?« Gerado sah an den Beckenrand und ließ sich Wasser über die Hände laufen.

»Mal sehen.« In der Vorratskammer fand er noch ein Stück. Ob sie sich das einteilen mussten? Das würde er mit Alba besprechen. Leo wickelte das Stück aus und reichte es Gerado.

»Geht schon wieder ganz gut.« Gerado legte das Seifenstück zur Seite und bewegte seine Finger.

Leo sah auch keine Schwellung. Das war Glück im Unglück gewesen. »Geh ins Wohnzimmer, ich bringe dir deine Geige, und dann sehen wir, ob alles funktioniert.« Er reichte ihm den Geigenkasten, ging im Wohnzimmer an die Schublade, in der er seine Creme aufbewahrte, und fettete seine Hände ein. Seit seiner Zeit als Lagerarbeiter neigte seine Haut zum Austrocknen.

»Papá, der Bogen liegt noch im Zimmer.«

»Hole ich dir.« Leo kam mit dem Geigenbogen zurück.

»Nein! Nicht!«

»Was ist?« Mit ausgestrecktem Arm reichte Leo ihm den Bogen. »Tut dir die Hand weh?«

»Du hast die Rosshaare mit deinen Fingern angefasst. Da darf kein Fett dran.«

»Aber du schmierst da doch auch immer was drauf.« Leo reichte ihm den Bogen.

»Das ist kein Fett, sondern Kolophonium.«

Kolophonium? Davon hatte Leo noch nie gehört. »Es tut mir leid. Kann ich dir helfen?«

Gerado zog aus dem Geigenkasten einen kleinen Pappkarton. Vorsichtig öffnete er ihn und nahm einen braunen Klumpen heraus. »Schau. Das ist Harz. Damit reibst du gleichmäßig über die Bogenhaare. Aber nie mit den Fingern die Haare anfassen.«

Sein Elfjähriger ließ den Klumpen über die Haare gleiten, als hätte er nie etwas anderes getan. Anschließend legte er die Geige ans Kinn und tanzte mit dem Bogen über die Saiten. In sich versunken spielte er mit einer Leidenschaft, die Leo gerne auch beim Fußball erkannt hätte.

Gerados Finger schienen durch den Sturz nicht beeinträchtigt zu sein, was Leo erleichterte.

Begleitet von Gerados Spiel ging Leo in die Speisekammer, holte einen halben Laib Brot vom Vortag heraus, schnitt Scheiben herunter und stellte eine Pfanne auf den Herd. Aus dem Korb nahm er kleine Holzscheite, die er in die Brennkammer packte. Ein bisschen Glut vom Morgen war noch darin, und rasch züngelte es hell auf. Auch wenn man sparsam mit dem Öl sein musste, wollte er das Brot ein wenig anrösten. Ein Stück Käse dazu, und fertig war das Abendessen. Alba war sicherlich hungrig, nachdem sie den ganzen Tag unterwegs gewesen war. Er wendete die Brotscheiben, als er den Schlüssel in der Tür hörte.

»Wir sind da!«

Gerado legte den Bogen beiseite. »Mamá! Ich habe Fußball gespielt. Richtig wild. Hingefallen bin ich auch.« Sein Gesicht wurde ernst. »Auf dem Feld war eine riesige Treppennatter.« Gerado breitete beide Arme aus. »Größer, als ich zeigen kann. Die hat mir Angst gemacht.«

Lilia stand zwischen Küche und Wohnzimmer. »Was hast du mit der Schlange gemacht?«

»Ich fasse so ein Tier nicht an. Niemals.« Gerado betrachtete seine Fußspitzen, die Angst stand ihm erneut ins Gesicht geschrieben. »Papá hat sie weggebracht.«

»Du hast dir vor Angst also in die Hosen gemacht.« Lilia streckte Gerado die Zunge raus.

Alba betrat die Küche. »Hört auf damit.« Sie drehte sich zu Leo. »Beim Hinfallen hat er sich aber nicht verletzt?«

Leo verneinte.

Lilia trat auf ihn zu und sah in die Pfanne. »Ich habe schon gegessen. Es gab sogar einen Geburtstagskuchen.« Lachend rieb sie sich über den Bauch. »Ich gehe in mein Zimmer.«

Alba drückte Leo einen Kuss in den Nacken. »Ich habe mit Matías auf dem Rückweg in einem Landgasthof gegessen. Stell dir vor, die hatten eine richtige Sopa Mallorquina, so wie früher, mit allem drin. Am liebsten hätte ich eine Portion für dich einpacken lassen.«

»Eine deftige Kohlsuppe mit Speck, Fleisch und Gemüse und schwimmenden Brotstücken?« Er betrachtete seine gerösteten Scheiben. »Die hätte mir auch geschmeckt. Besser als unser Röstbrot.«

»Sie backen das Brot selbst. Und der Wirt hält im Wald heimlich Schweine, die sie mit den Resten füttern. Matías ist mit dem Besitzer befreundet. Bisher haben sie die Schweine nicht entdeckt, sonst wären sie längst beschlagnahmt worden.«

Alba wirkte ausgelassen wie schon lange nicht mehr. Das Malen an der frischen Luft tat ihr sichtlich gut. Sie sprach ohne Unterlass und ließ ihn an ihrem Abenteuer teilhaben. »Sobald wir es uns leisten können, sollten wir Land kaufen und Gemüse anbauen. Dazu noch Schafe oder Hühner halten. So, wie du es vorgeschlagen hast.«

Vielleicht wäre es möglich. »Der Brief vom Notar ist gekommen. Er liegt auf dem Esstisch.«

»Ich habe Hunger.«

Gerado stand in der Küchentür.

»Dein Papá hat auch schon was vorbereitet.« Sie nahm zwei Teller aus der Anrichte, trug sie zum Esstisch.

Leo legte einen Untersetzer auf den Tisch und stellte die Pfanne mit den gerösteten Brotscheiben darauf ab, bevor er Gerado zwei Scheiben auf den Teller gab. »Hier«, er schob ihm den Käseteller zu, »schneide dir selbst auf.«

Während Gerado sich vom Käse nahm, holte Leo eine Flasche Wein, zwei Gläser und goss Alba und sich ein.

Alba schlitzte mit dem Zeigefinger den Umschlag auf, las und schob das Schreiben anschließend in ihre Rocktasche. »Leider nichts. Ich soll morgen vorbeikommen.«

»Schade.« Leo hatte sich zu früh Hoffnungen gemacht.

»Matías ist wirklich sehr begabt, wir können bald den Unterricht in der Galerie fortsetzen«, lenkte Alba das Gespräch wieder auf das Thema ihres Tages zurück. »Dann kann ich die Stunden der Aushilfe reduzieren. Jede Einsparung hilft uns.«

Leo nippte an seinem Weinglas. »Vielleicht sollten wir die Galerie vorübergehend schließen. Du könntest dir ein Atelier in einem der Nebenräume im Hotel einrichten. Wir sparen Geld, und du kannst öfter malen.«

»Den Farbgeruch will ich im Hotel nicht. Außerdem hätte ich da keine Ruhe.« Alba prostete ihm zu. »Elena ist an vier Vormittagen dort. Alles andere läuft über Termin. Wenn ich an zwei Vormittagen Malunterricht abhalte, brauche ich Elena nur noch zur Hälfte und senke die Ausgaben. Matías hat mich Freunden empfohlen. Durch die Einnahmen trägt sich die Galerie dann selbst.«

Leo fielen keine Gegenargumente ein. Trotzdem gefiel es ihm nicht, wie Alba strahlte, wenn sie von Matías erzählte.

»Und? Wie war es sonst auf dem Weinfeld, mein Großer?«

»Bis auf die Schlange war es schön. Vor allem das Motorradfahren.«

Leo freute sich über Gerados Begeisterung. »Dann sollten wir das bald wiederholen.«

19

Kuba, 1938

Antonia füllte die letzten Reben in den Weidenkorb und setzte sich auf die Erde. Ihr Rücken schmerzte von der harten Arbeit. Dennoch ließ sie es sich nicht nehmen, Hand bei der Lese anzulegen. Es waren ihre Stöcke, ihr kleiner Weinanbau, und da gehörte es sich in ihren Augen, selbst die Reben einzubringen.

»Antonia?«, rief Federico. »Alles in Ordnung?«

»Alles bestens.« Sie griff mit der Hand in die Erde. Die besaß trotz der Trockenheit diesen einzigartig würzigen Duft, den Antonia auch in ihrem Wein schmeckte.

Seit einem Jahr bot sie nicht nur ihren Crianza Dos Corazones an, sondern zusätzlich den Reserva Dos Vidas. Meist war der Wein schon vor der Flaschenabfüllung verkauft.

Antonia liebte diese Arbeit, und sie liebte es, wenn die ganze Familie gemeinsam half. David, ihr Ältester, war mit seinen sechzehn Jahren bereits ein richtiger Mann, der sich lieber dem Tabakanbau widmete, der mehr Ertrag versprach. Er naschte die Beeren immer noch gerne vom Stock, aber für den Weinanbau auf diesem Land konnte er sich nicht erwärmen. David hielt die Ausbeute für zu gering. Er wollte weitere Grundstücke dazukaufen, um sie in größerem Stil zu bewirtschaften. Antonia lehnte das ab. Sie kannte die Erde, und ein Mitbewerber hatte sich auf einem weniger fruchtbaren Stück Land ausprobiert. Das Ergebnis war ein saurer Rotwein, den Antonia aufkaufte, um die Zuckerlieferungen an Carla zu verschleiern. Immer noch schickte sie über die Kanarenroute Zucker und Kaffee nach Mallorca. Die Kommunikation war schwierig, auf den Postweg kaum Verlass. Antonia hörte wenig von ihrer Schwester. Ihre Nachrichten konnte sie in den Weinfässern beim Zucker verstecken, doch Carlas Briefe kamen nur spärlich, oftmals gar nicht an. An manchen Tagen vermisste Antonia ihre Familie fürchterlich. Carlas Stimme würde sich nach all den Jahren bestimmt anders anhören. Ob sie wohl noch die Stimme ihrer Mutter erkennen würde? Vielleicht. Sicher war sie sich nicht.

Valentina war in dem Alter, in dem Antonia ihre Schwester das letzte Mal gesehen hatte. So viele Jahre. So viel war geschehen. Auch an den Geburtstagen in diesem Jahr würden sie sich nicht sehen oder sprechen können. Antonia betrachtete ihre älteste Tochter. Sie half zwar auf dem Weinfeld, doch für das Mädchen war ihr bevorstehendes Fest wichtiger als alles andere auf der Welt. Schon jetzt pochte sie darauf, mit David zusammen zu diesem Cocktail-Wettbewerb in Havanna zu gehen, den die Bacardís ausgeschrieben hatten. Die Söhne der Fitzgeralds besuchten die Veranstaltung ebenfalls, also hatte Antonia ihr die Erlaubnis erteilt. Dem Argument, dass David lediglich eineinhalb Jahre älter als sie war, konnte Antonia wenig entgegensetzen. Nach ihrer Feier zur Quinceañera durfte Valentina offiziell Einladungen annehmen, da spielten die wenigen Wochen bis zu ihrem fünfzehnten Geburtstag nur noch eine untergeordnete Rolle.

Isabel rannte auf sie zu. »Wir sind fertig!« Sie stürzte sich strahlend in Antonias Arme. »Wann machen wir weiter?« Isabels Wangen leuchteten vor Aufregung. Sie war ganz vernarrt in den Weinbau, sogar ihr Pony geriet langsam in den Hintergrund.

Antonia sah in den Himmel. Die Dämmerung brach an. »Ich denke, für heute haben wir genug geleistet. Morgen früh mit dem ersten Hahnenschrei stampfen wir die Trauben. Einverstanden?«

»Aber du musst mich wecken, versprochen?«

»Versprochen«, stimmte Antonia zu. »Und jetzt hilf deiner alten Mutter auf die Beine.«

Isabel kicherte. »Alt? Das sage ich dir, wenn du das nächste Mal mit Papá zum Tanzen ausgehst.«

Antonia lächelte. In zwei Tagen feierte sie ihren fünfundvierzigsten Geburtstag. Alt fühlte sie sich nicht. Ihre kleine Tochter hatte sie durchschaut. »Also gut, dann helfe ich dir hoch und mache dir Beine.« Antonia sprang auf und kitzelte Isabel, bis sie kreischend durch die Weinstöcke zu ihrem Vater eilte.

Antonia nahm den Korb und folgte ihr. David kam ihr entgegen. »Lass mich, Mutter. Du solltest das schwere Tragen überhaupt den Männern überlassen.«

Sie ließ ihren Sohn gewähren. Er kannte es nicht anders. Für die Damen der oberen Gesellschaftsschicht schickte es sich nicht, sich mit Feldarbeit abzumühen. Sticken und Stricken waren die bevorzugten Beschäftigungen. Im Herzen blieb Antonia trotz ihres Wohlstands eine einfache Frau, der

Sticken schon immer ein Graus gewesen war. Außerdem sollten ihre Töchter lernen, dass an ehrlicher Arbeit nichts auszusetzen war. Keiner konnte wissen, was der Krieg noch alles bringen würde. Es war besser, die Kinder auf ein schlichteres Leben vorzubereiten. Bisher hatte der Krieg auf Kuba nur eine Auswirkung: Die Zuckerpreise explodierten, was Antonia jedoch nicht davon abhielt, die Lieferungen nach Mallorca beizubehalten. David und Federico sprachen immer häufiger darüber, die Tabakpflanzung einzustellen und statt dessen Zuckerrohr anzubauen. Ganz Kuba verschrieb sich dem Zuckeranbau für den Export. Asien war als Lieferant weggebrochen und Zucker nun weltweit Mangelware, was den hohen Preis bedingte. Solange die Männer nur darüber redeten, mischte sich Antonia nicht ein. Geredet wurde viel. Doch sollte Federico es ernsthaft erwägen, würde er vorher mit ihr die Vor- und Nachteile besprechen. So war es immer gewesen, so würde es auch dieses Mal sein.

Valentina hatte in der Zwischenzeit das Abendbrot vorbereitet. So, wie sie in der Küche stand, wirkte sie schon sehr erwachsen. »Setzt euch«, bestimmte Valentina. »Aber erst, wenn ihr euch die Hände gewaschen habt.«

Antonia unterdrückte ein Lachen. Ihre Tochter hatte sie perfekt imitiert.

»Ganz die Mamá«, kommentierte Federico prompt und zwinkerte Antonia amüsiert zu.

»Mach dich ruhig lustig über mich, Papá«, erwiderte Valentina und schenkte ihm einen missbilligenden Blick. »Ich bin kein kleines Mädchen mehr, das wird auch dir noch klar werden.«

»Du bist keine fünfzehn Jahre alt. Nur weil ich dich zusammen mit David zu dem Wettbewerb lasse, bist du noch lange keine erwachsene Frau«, warf Antonia ein.

»Nächsten Monat werde ich fünfzehn und darf auf jede Abendveranstaltung, und ab dann muss ich nicht mal um Erlaubnis fragen.« Valentina reckte ihr Kinn in die Luft und sah sie trotzig an.

»Das werden wir zu gegebener Zeit sehen.« Antonia setzte sich an den gedeckten Tisch. »Bis du einundzwanzig bist, wirst du auf deine Eltern hören müssen.«

»Und als dein Vater sage ich, dass die Diskussion an dieser Stelle endet«, mischte sich Federico ins Gespräch. »Nun wird gegessen.«

Antonia schätzte einen leckeren Braten noch mehr, seit sie wusste, wie schwer es ihre Verwandten auf Mallorca hatten. Auf Kuba waren die Lebensmittel nicht knapp und alles im Übermaß vorhanden, wenn man über die finanziellen Mittel verfügte. »Ich spreche heute das Tischgebet«, verkündete Antonia spontan, um ihre privilegierten Kinder darauf hinzuweisen, wie gut es ihnen ging. Alle falteten die Hände und sahen auf die Tischplatte. »Lieber Gott, segne die Speisen, die du uns geschenkt hast, und beschütze vor allem unsere Lieben, die sich in einem Krieg befinden, den keine Seite gewinnen kann. Es wird nur Verlierer geben. Sorge bitte dafür, dass unsere Familien diese dunklen Zeiten sicher durchstehen und der Hunger dort bald ein Ende findet. Amen.«

»Amen«, erklang es aus fünf weiteren Mündern, bevor sie aufblickten und Antonia betreten ansahen.

»Nun esst schon«, bat sie. »Ich wollte euch nicht den Appetit verderben.«

»Das hast du nicht, Liebes«, sagte Federico. In seinen Augen lag ein Glanz, den Antonia nicht einordnen konnte. Fast, als würde Federico etwas vor ihr verheimlichen. Sie hielt seinen Blick, bis er auf den Teller vor sich sah. »Auch ich wünschte, wir könnten mehr für deine Familie tun.«

Antonia schnitt ein Stück Fleisch ab. »Gerade in solchen Zeiten wünsche ich, sie wären hier. In Sicherheit.«

»Ist es so schlimm?«, fragte Valentina.

Antonia nickte. »Das ist es immer, wenn sich das eigene Volk wegen politischer Differenzen bekämpft. Wir waren nie eine politische Familie. Nur einfache Weinbauern, die meist ihr Auskommen hatten. Doch was Franco dort ausgelöst hat, wird ganz Spanien für immer verändern.«

»Wird es auch bei uns Krieg geben?«, fragte Isabel mit ängstlicher Stimme.

»Ausgeschlossen«, erklärte Federico. »Zerbrich dir darüber nicht den Kopf. Auf Kuba geht alles seinen gewohnten Gang.«

Noch immer hatte niemand außer Antonia das Besteck aufgenommen. »Jetzt esst schon, sonst wird Valentinas Braten kalt.« Antonia spießte das Stück von ihrer Bratenscheibe auf die Gabel und aß.

Ihre Familie tat es ihr gleich.

David kaute nachdenklich und blickte zu Federico. Antonia bemerkte den Blickwechsel. Irgendetwas ging hier vor. Seit wann hatte ihr Mann Geheimnisse vor ihr? Und warum schien David darüber Bescheid zu wissen?

Die Stimmung am Tisch blieb weiterhin gedrückt. Schweigend nahmen sie die Mahlzeit ein, und jeder hing seinen Gedanken nach. Die Stirn von Isabel lag immer noch in zarten Falten. Offenbar überlegte sie, ob ihr Vater ihr die Wahrheit gesagt hatte.

Rodrigo schob ein Paprikastück hin und her, und Antonia konnte an seinem Gesichtsausdruck nichts ablesen. »Kann ich später Rennfahrer werden?«, platzte Rodrigo plötzlich heraus.

»Rennfahrer?« Federico starrte seinen jüngsten Sohn an. »Hast du immer noch diese Flausen im Kopf? Ich verstehe deine Liebe zu Autos, aber warum überlegst du nicht, Autohändler zu werden? Das ist sicherer, und Autos sind beliebter denn je!«

Antonia zuckte zusammen. Nach und nach hatte sie sich an die Automobile gewöhnt, sie konnte auch selbst fahren, doch die fixe Idee mancher Männer, Rennen mit diesen Höllenmaschinen zu bestreiten, überstieg ihre Vorstellungskraft. Das würde sie ihrem Sohn keinesfalls gestatten. War nicht vor einigen Monaten dieser Rennfahrer Bernd Rosemeyer bei einem Geschwindigkeitsrennen in Deutschland ums Leben gekommen?

»Weil es großen Spaß machen muss, schnell damit zu fahren«, entgegnete Rodrigo mit Inbrunst in der Stimme. »Verkaufen ist doch langweilig.«

»Solche Rennwagen gibt es hier nicht«, erklärte Federico. »Außerdem ist Rennfahrer kein Beruf. Du musst erst einen Beruf haben, um dort überhaupt mitfahren zu dürfen.«

»Ehrlich?«, hakte Rodrigo nach.

Antonia nickte und hoffte, der Junge würde ihnen diese Unwahrheit verzeihen.

»Dann werde ich eben Tabakpflanzer und danach Rennfahrer.« Rodrigo spießte das letzte Fleischstück auf.

Damit war das Thema Autorennen vorerst erledigt. Antonia hoffte, Rodrigo würde in ein paar Monaten einen neuen Berufswunsch aussprechen. Auf alle Fälle würde sie auf eine ordentliche Ausbildung ihres Sohnes in Federicos Tabakfabrik bestehen. Damit konnte er später im Leben alles erreichen.

Gemeinsam fuhren sie am kommenden Abend zurück nach Havanna. Die Trauben waren verarbeitet, um den Rest würden sich Raymundo und seine Leute kümmern, wie Federico vollmundig ankündigte. Antonia wäre lieber auf dem Feld geblieben, bis alle Arbeiten erledigt wären, doch Federico drängte zur Rückkehr. »Du hast aber keine Gäste zu meinem Geburtstag eingeladen?«

Federico lächelte. »Das würde ich nie wagen. Ich weiß doch, wie sehr du solche Anlässe vermeidest. Das wäre kein schönes Geschenk für dich.«

Antonia hoffte es. Vielleicht kam Magdalena zu Besuch. Sie hielten regelmäßig Kontakt, und sie war ihr näher als alle anderen Frauen, bis auf Fernanda, doch die hatte, seit sie zum dritten Mal Mutter geworden war, wenig freie Zeit. Ihre Leben hatten sich auseinanderentwickelt, Fernanda fühlte sich in der Upperclass wohl, ging zu Abendessen und Veranstaltungen, während Antonia sich möglichst davon fernhielt. Dennoch versuchten beide, sich mindestens zweimal im Monat zu treffen, was nicht immer klappte. Trotzdem wusste sie, dass Fernanda zu ihrem Geburtstag kam. Auch ohne Einladung.

Die Stimmung im Wagen war gelöst, Rodrigo saß auf einer kleinen Kiste auf den Vordersitzen zwischen Federico und

Antonia. David mit Valentina und Isabel auf der Rückbank. Es war beengt, aber keiner klagte. Isabel schlief inzwischen, den Kopf auf die Schulter ihrer Schwester gekuschelt, der ebenfalls die Augenlider schwer wurden, wie Antonia trotz der Dunkelheit sah. Weit nach Mitternacht erreichten sie die Tabakfabrik. Wie ferngesteuert gingen die Kinder in ihre Zimmer.

»War das wirklich nötig?« Antonia gähnte, als sie die Stufen in den ersten Stock hinaufschlurfte.

»Ich werde in der Fabrik gebraucht.« Federico folgte ihr ins Schlafzimmer und machte sich bettfertig.

Antonia schlüpfte ebenfalls unter die Decke. »Das hätte warten können.«

Federico kuschelte sich an sie. »Ich fürchte, da irrst du dich.« Seine Stimme klang nicht besorgt, eher amüsiert.

Antonia überlegte, ob sie ihren Mann ausfragen sollte, und entschied sich dagegen. Er würde ihr kein Wort sagen, bis er den richtigen Zeitpunkt für gekommen hielt. »Gute Nacht.«

»Buenas noches«, flüsterte er ihr ins Ohr und küsste sie. »Morgen wird ein spannender Tag.«

»Wenn ich ihn nicht komplett verschlafe.« Antonia schlief augenblicklich ein. Die Arbeit auf dem Feld sowie die lange Autofahrt forderten ihren Tribut.

Noch bevor sie ganz wach war, roch sie den Duft nach frisch gebrühtem Kaffee und Rührei. »¡Feliz Cumpleaños!«

Mit einem Lächeln auf dem Gesicht sah sie ihre Familie an. Federico hielt ein Tablett in der Hand, und ihre Kinder standen mit leuchtenden Augen neben dem Bett. »Frühstück im Bett für alle!« Quietschend hüpfte Isabel zu ihr auf die Matratze. »Das wird soooo toll!«

»Sei ruhig, du sollst doch nichts verraten«, mahnte David. »Wir hätten es ihr nicht sagen dürfen.«

»Ich verrate schon nichts. Bin ja kein Baby mehr«, maulte Isabel und fiel Antonia um den Hals. »Alles Gute zum Geburtstag, Mamá!«

»Danke, du Wildfang.« Antonia richtete sich im Bett auf und fragte sich, was Isabel für sich behalten sollte. »Ich stehe besser auf, und wir frühstücken zusammen in der Küche.«

»Dann beeile dich, sonst werden die Eier kalt.« Federico drückte das Tablett Valentina in die Hände und reichte ihr die Tasse mit dem Kaffee. »Meinen herzlichsten Glückwunsch zum Geburtstag, mi Vida.« Er schloss sie in die Arme, zog Isabel, die immer noch an Antonias Hals hing, ebenso fest an sich wie Antonia. »Te amo.«

Das Gefühl großen Glücks durchströmte Antonia. »Und ich liebe euch alle.« Sie löste sich aus der Umarmung. »Nun freue ich mich aber auf unser gemeinsames Frühstück.«

Federico scheuchte die Kinder hinaus. Antonia schlüpfte aus dem Nachthemd, nahm die Tasse Kaffee und ging ins Badezimmer. »Wenn nicht das Frühstück und die Kinder auf dich warten würden, käme ich jetzt auf ganz andere Gedanken.«

Antonia lachte. »Dann geh mal besser zu den Kindern in die Küche.«

Er sah auf die Uhr. »In einer Stunde kommt Joaquín. Und mit ihm dein Geschenk, wenn alles gut geht.«

Antonia runzelte die Stirn. »Du machst es wieder spannend.« Sie verabscheute Überraschungen, zumindest, wenn sie mit anderen Menschen oder spontanen Partys zu tun hatten.

Federico strahlte sie an. »Ich hoffe, es gelingt.«

Antonia trank einen Schluck Kaffee und sah nachdenklich ihrem Mann nach, der das Schlafzimmer gut gelaunt verließ. Nun nagte die Neugierde an ihr. Was hatte er vor? Und was hatte Joaquín damit zu tun? Eine Überraschungsparty am Vormittag schied aus.

In Windeseile machte sie sich fertig für den Tag. Ihr Haar band sie zu einem lockeren Knoten. Den Kaffee trank sie aus, während sie sich anzog. Die Sonne schien ins Zimmer. Glücklich eilte sie die Treppenstufen hinunter in die gemütliche Küche. Die Kinder hatten den Tisch gedeckt, auf dem eingewickelte Geschenke standen. »Danke für diesen wundervollen Morgen.« Antonia setzte sich auf den freien Stuhl.

Federico goss ihr eine weitere Tasse Kaffee ein, während sie sich bei den Eiern und dem Brot bediente.

Alle plapperten fröhlich durcheinander. Valentina freute sich auf den Cocktail-Wettbewerb, den sie mit David besuchen würde. Isabel konnte das gar nicht verstehen, wo es doch viel schöner auf dem Weinfeld als in einer Bar war, und Rodrigo zeigte auf einen Artikel in der Zeitung, in dem einer dieser neuartigen Rennwagen abgebildet war. Seine Begeisterung dafür nahm spürbar zu. Antonia hoffte, es bliebe nur eine Phase.

»Soll ich nun die Geschenke auspacken?« Sie sah in die Gesichter ihrer Familie.

Ein Paket musste etwas Besonderes sein, sonst würde Federico sie nicht so ansehen. Valentina reichte ihr ein Päckchen. »Das ist von mir.«

Antonia löste die Schleife und wickelte das Geschenk aus. In einem Karton lag eine zauberhafte Glasfigur. Sie trug einen Weidenkorb voller Weinreben auf dem Rücken. »Die ist wunderschön.« Antonia hielt die Figur ins Licht, bis die herrlichen Prismafarben bunte Reflexe an die Wand warfen. »Wo hast du die denn gefunden?«

Valentina lächelte. »Das bleibt mein Geheimnis.«

Der Blick zu Federico verriet sie jedoch. Ihr Mann hatte die Figur besorgt. Das tat ihrer Freude keinen Abbruch. Sie erhob sich, ging zu ihrer Tochter und küsste sie. »Danke. Die bekommt auf meinem Schminktisch einen Ehrenplatz.«

Valentina strahlte.

Ein Klingeln an der Haustür unterbrach die gelöste Stimmung. Isabel hüpfte vom Stuhl. »Tio Joaquín! Ich mach auf!«

Die Kinder nannten Joaquín Bacardí Onkel, und er verhielt sich ihnen gegenüber auch so. Er kam selten ohne kleine Geschenke oder Leckereien.

»Was habt ihr ausgeheckt?« Antonia suchte in den Mienen ihrer Lieben nach einem Hinweis.

Vergeblich.

»Joaquín und ich gehen ins Büro. Ihr folgt uns.« Er sah auf die Uhr. »In fünf Minuten, ja?«

Antonia nickte.

Die Kinder wirkten aufgeregt. Die Aufregung übertrug sich wie durch ein unsichtbares Verbindungskabel auf Antonia. Am liebsten wäre sie ihrem Mann hinterhergegangen. Doch sie riss sich zusammen und blieb ungeduldig sitzen. »Ihr wisst alle Bescheid, richtig?«

Das Grinsen in den Gesichtern sprach Bände.

»Gut, dann gehen wir mal«, schlug David vor. »Damit wir auch hören, wann wir dazustoßen sollen.«

»Ihr macht es vielleicht spannend.« Antonia folgte ihren Kindern ins Erdgeschoss, wo sich das Büro befand.

Die Tür war verschlossen, doch Antonia hörte ihren Mann sprechen. Joaquín lachte leise.

Das Lachen verstummte. Antonia lauschte, aber kein weiteres Geräusch drang zu ihr.

»Ihr könnt kommen«, rief ihr Mann.

David riss die Tür auf, gab den Weg frei und ließ Antonia ins Büro eintreten.

Federico stand am Telefon und hielt ihr den Hörer entgegen. Ein Anruf? Warum machten sie ein solches Aufsehen um einen Anruf? Überseegespräche mit Langstreckenfunk in die Vereinigten Staaten gab es nur für Regierungsmitglieder, und die waren äußerst kostspielig. Außerdem kannte sie niemanden gut genug in den Staaten, um einen solchen Aufwand zu rechtfertigen.

Trotzdem zog sie ein unsichtbares Band schnellstmöglich an das Telefon. »Wer spricht dort?«

»Feliz Cumpleaños aus Mallorca!«

Die Stimme knarzte an ihrem Ohr, aber Antonia erkannte sie dennoch, obwohl sie nun eine dunklere Klangfarbe besaß. »Carla? Bist das wirklich du?«

»Ja, ich bin's. Überraschung! Wie herrlich, deine Stimme zu hören. Diese Technik ist schon beeindruckend. Sag, wie geht es dir?«

Versteinert stand Antonia da, unfähig etwas zu sagen. Federico drückte ihr die Schulter, was sie aus ihrer Starre holte. »Mir geht es gut. Uns allen. Aber sag, seid ihr wohlauf? Brauchst du etwas?«

»Danke, wir sind versorgt. Durch eure Weinlieferungen haben wir alles, was nötig ist. Die Zeiten sind hart, aber wir überstehen sie schon. Mach dir keine Sorgen.«

Carla schien vorsichtig, was Antonia ebenfalls wachsam werden ließ. Man konnte nicht wissen, ob jemand in der Telefonstation mithörte, und unter gar keinen Umständen wollte sie Carla durch ein unbedachtes Wort in Schwierigkeiten bringen. »Das freut mich. Ich habe so viel zu sagen und so viele Fragen an dich, und jetzt ist mein Kopf leer gefegt.«

Das helle Lachen ihrer Schwester drang zu ihr. »Dein Lachen hat sich nicht verändert.«

»Ja, heute ist ein schöner Tag. Ich höre endlich deine Stimme! Unglaublich! Erzähl, was wirst du heute unternehmen? Bei euch hat der Tag ja erst begonnen, während bei uns bereits Nachmittag ist.«

»Ich habe keine Ahnung.« Sie blickte in die freudigen Gesichter ihrer Familie. Nur Federico wirkte, als würde ihn etwas bedrücken. Vermutlich durfte sie nicht lange telefonieren. »Wir werden uns einen wunderbaren Tag machen. Und ein Glas auf euer Wohl trinken.«

»Und wir trinken nachher eines auf deines. Wäre schön, wenn wir bald wieder sprechen könnten. Ein Brief ist schon längst unterwegs, er müsste jeden Tag ankommen.«

Joaquín tippte auf seine Taschenuhr.

Antonia verstand. »Es ist ein Wunder, dich zu hören. Ich umarme euch alle in der Heimat, und wer weiß, vielleicht sehen wir uns ja bald alle wieder.«

»Das wäre schön«, schwärmte Carla. »Und bis dahin schreiben wir uns und erinnern uns an dieses einmalige Ereignis.« Ein merkwürdiges Geräusch erklang. »Ich schicke euch tausend Küsse!«

»Ach, ein Kuss sollte das sein.« Antonia lachte. »Es hat sich vielmehr nach einem Furz angehört.«

Carla kicherte.

»Auf bald! Grüß Mamá und deine Familie ganz herzlich von mir!«

»Ja, auf bald, und Grüße an alle und vielen Dank an Federico. Du hast einen tollen Mann!«

»Den habe ich. Auf Wiedersehen.«

»Auf Wiedersehen.«

Dann unterbrach die Leitung. Antonia hielt noch immer den Hörer in der Hand. »Danke.« Sie spürte den aufsteigenden Kloß, der sich ihre Kehle hocharbeitete, bis ihr die Tränen kamen. »Es war so schön.«

Federico schloss sie in die Arme. »Das freut mich.«

»Und mich! Obwohl ich Frauen nicht gerne zum Weinen bringe.« Joaquín lachte. »Herzlichen Glückwunsch zum Geburtstag.«

Antonia schniefte, lächelte aber gleichzeitig.

»Und ihr wusstet alle Bescheid?«

Zustimmendes Gemurmel, dann redeten alle durcheinander. »Das kostet doch sicherlich ein Vermögen.«

Federico winkte ab. »Du hast so oft davon gesprochen, wie sehr du deine Familie in der Heimat vermisst. Als Joaquín mir von der Telefonleitung in seine Fabrik nach Barcelona erzählt hat, kam mir die Idee, ob eine Weiterleitung des Telefonats nach Mallorca von dort aus möglich ist.«

»Und es hat geklappt!« Joaquín grinste zufrieden. »Sogar pünktlich. Das ist schon ein kleines Wunder. Immerhin muss man so ein Gespräch vierundzwanzig Stunden vorher anmelden. Das bedeutet noch lange nicht, dass es gelingt. Deine Schwester hat mein Telegramm offenkundig auch rechtzeitig erhalten.«

»Ihr seid verrückt.« Antonias Herz schlug unverändert hart gegen ihre Brust. »Dieses Geschenk werde ich nie vergessen. Ich danke euch.« Jedes Wort an diesem wundervollen Tag würde sie in ihrem Herzen bewahren, und wenn sie ihre Schwester vermisste, konnte sie sich nun deren Stimme wieder in Erinnerung rufen. Ein Umstand, der ihr schon viele Jahre nicht mehr gelungen war. Wie gerne hätte sie auch mit ihrer Mutter gesprochen. Doch dafür war die Zeit zu kurz gewesen. Sicherlich hatte sie neben Carla an der Telefonstation gestanden und ebenso atemlos zugehört wie Antonias Familie. Ob solche Telefonate schon nächstes Jahr problemlos möglich wären? Darauf hoffte Antonia. Ihr Wunsch für ihr neues Lebensjahr. Sollte er nicht in Erfüllung gehen, dann ja vielleicht ein Jahr später.

20

»Bist du endlich fertig?« David stand ungeduldig im Türrahmen zu Valentinas Zimmer und musterte sie. »Sonst gehe ich ohne dich.«

»Das wagst du nicht.« Valentina drehte sich ein letztes Mal vor dem Spiegel. Ihr dunkles Haar trug sie zu einem locker geflochtenen Zopf, der ihr links über die Schulter fiel und einen starken Kontrast zu dem neuen zartgelben Kleid bildete. »Ich glaube, so kann ich mich sehen lassen.«

David rollte die Augen. »Es geht um die Cocktailmixer, nicht um dich.«

Das konnte auch nur ihr Bruder behaupten. Natürlich ging es dabei ebenfalls um sie. Immerhin würde sie ohne ihre Eltern ausgehen. Jeder würde denken, sie sei schon fünfzehn. Sie würde das erste Mal in der Öffentlichkeit Alkohol trinken, wenn er ihr überhaupt schmeckte. Wein mochte sie nicht besonders, nur der Reserva ihrer Mutter, der bekam ihr, aber auch davon trank sie lediglich ein winziges Glas.

Valentina schnappte ihre Handtasche und stolzierte an David vorbei. »Worauf wartest du noch?«

»Auf dich sicherlich nicht mehr.« David drehte sich auf dem Absatz um, überholte sie und ging ins Wohnzimmer voraus. »Ihr kommt wirklich nicht mit?«

Antonia lächelte. »Nein, sag den Bacardís und den Fitzgeralds schöne Grüße. So ein Wettbewerb ist für mich zu laut.«

Federico paffte an seiner Zigarre. »Ich leiste lieber eurer Mutter Gesellschaft.«

Valentinas Herz hüpfte in ihrer Brust. Sie würde tatsächlich an diesem Abend zum ersten Mal ohne ihre Eltern ausgehen! Die Aufregung ließ sie ganz hibbelig werden. Sie küsste ihre Mutter auf die Wange und nickte ihrem Vater zu. »Danke, dass ich hingehen darf.«

»David hat ein Auge auf dich. Mehr als ein alkoholisches Getränk ist verboten.« Ihr Vater sah sie ernst an.

»Versprochen.« Valentina hatte nicht vor, das Vertrauen ihrer Eltern auszunutzen. Die Konsequenz wäre klar: Sie würde bis zu ihrem achtzehnten Geburtstag nicht mehr ausgehen dürfen. Wenn nicht sogar bis zu ihrem einundzwanzigsten.

Zu Fuß spazierten sie die paar Straßen durch die Innenstadt zu *Sloppy Joe's Bar*. Das Eckhaus mit den hohen Bögen des Kolonialstils erstrahlte in frischem Weiß. Die Leuchtreklame mit einem Cocktailglas und dem Namen der Bar schimmerte durch die Nacht und zog die Menschen unwillkürlich an.

Joe's Bar.

War die Bar früher ein Restaurant gewesen, hatte José Abeal Otero aus La Coruña sein Lokal recht schnell auf Barbetrieb umgestellt, als die Amerikaner aufgrund der Prohibitionszeit nach Kuba strömten. Er hatte die vermutlich längste Theke der Welt eingebaut, zumindest schrieb das die städtische Tageszeitung in ihrer Ankündigung für den Wettbewerb. Der Barkeeper Fabio Espinosa versprach zusammen mit dem Eigentümer, die ersten drei Gewinner-Cocktails mit auf die Karte zu nehmen. Die Bacardís hofften auf den Sieg mit ihrem speziellen Daiquirí und fungierten zeitgleich als Sponsoren.

Und Valentina wollte den Cocktail Sloppy Joe's kosten, der die Bar so berühmt gemacht hatte. Rum, Noilly Prat, Limette, Curaçao und Grenadine. Da eine Kirsche den Cocktail schmückte, wie Valentina auf dem Foto in der Zeitung gesehen hatte, würde er süß genug für ihren Geschmack sein. Das hoffte sie zumindest.

»Ob sie gewinnen?« Davids Hände steckten in seinen Anzughosentaschen.

»Werden sie. Immerhin sind sie die Sponsoren.« Im Grunde interessierte es Valentina wenig, ob die Bacardís ihren Cocktail in der legendären Bar unterbrachten. Sie beherrschten halb Kuba, da spielte es keine Rolle, ob eine weitere Bar ihren Rum ausschenkte. Es war eher eine Frage der Ehre.

Valentina interessierte viel mehr, wer alles dort sein würde. Das war für sie die spannende Angelegenheit. Vielleicht war sie die Einzige aus ihrer Klasse unter fünfzehn, die hindurfte? Das wäre natürlich fantastisch. Da könnte sie am kommenden Montag für Gesprächsstoff in der Schule sorgen.

Musik drang aus den geöffneten Fenstern und der offen stehenden Eingangstür. »Du bleibst in meiner Nähe, verstanden? Ich will dich nicht suchen müssen.«

Valentina nickte, wenn sie ihm auch viel lieber gegen das Schienbein getreten hätte, weil er sie wie ein kleines Kind behandelte. »Stimmt es, dass im Keller illegale Wetten stattfinden?«

»Red keinen Blödsinn.« David blickte sie missbilligend an.

Valentina sah ihm aber die Lüge an. »Dann ist es auch unwahr, dass man die Verlierer dort manchmal erschießt?«

David zog Valentina vom Eingang weg. »Hältst du wohl den Mund? Sonst bringe ich dich umgehend nach Hause.«

»Aber«, widersprach Valentina, schwieg dann jedoch. Sie hatte solche Gerüchte gehört. Allein der Gedanke jagte ihr eine Gänsehaut über den Körper. Doch nach Hause wollte sie auf gar keinen Fall.

Im Schankraum standen bereits vornehm gekleidete Grüppchen an Stehtischen zusammen. Die Herren trugen dunkle Anzüge und auf Hochglanz polierte Schuhe, die Damen opulente Abendkleider. Ein Besuch im Theater wäre nicht weniger festlich vonstattengegangen.

Valentina entdeckte Joaquín Bacardí, auch David schien ihn gesehen zu haben, denn er hielt direkt auf den Tisch zu. Valentina folgte ihm, sah sich dabei aufmerksam um. Der Tresen maß über achtzehn Meter, und das schwarze Mahagoni schimmerte in der Neonbeleuchtung. Eine riesige Menge an Flaschen stand in mehreren Reihen hinter der Theke. Wie sich der Barmixer merken konnte, wo er welches Getränk fand, um einen der dreiunddreißig Cocktails zu mixen, blieb Valentina ein Rätsel.

»Du wirst noch viele Herzen brechen«, begrüßte Joaquín Valentina, und sie freute sich über das Kompliment. »Du siehst wunderschön aus. Ich frage mich allerdings, wie dein Vater dich ohne seine Aufsicht hat gehen lassen.«

»Ganz einfach, wenn ich nicht aufpasse, bringt er mich um.« David lachte, und doch war allen klar, wie ernst es gemeint war.

Valentina lächelte hoheitsvoll und ließ den Kommentar unbeantwortet. Ihr Blick glitt zum Nebentisch, und sie sah in dunkelblaue Augen, die sie unverwandt anblickten. Das Lächeln des Mannes fesselte sie nicht weniger. Sein dunkelblondes Haar trug er in einer modernen Gelwelle nach hinten gekämmt. Der Anzug wirkte teuer und saß perfekt. Was Valentina am meisten beeindruckte, war die Art, wie er sie aus diesen unglaublichen Augen musterte. Verwirrt wandte sie den Blick ab.

»Ich wiederhole mich nur noch ein einziges Mal«, hörte sie David sagen. »Was möchtest du trinken?«

»Einen Sloppy Joe's.« Valentina hatte zuvor gar nicht bemerkt, dass ihr Bruder sie gefragt hatte.

David drehte sich um. »Señor Cunningham.« Er hielt dem älteren Mann am Nebentisch die Hand hin. Der schlug ein. »David Guerrera. Welch eine Freude! Ist Ihr Vater auch hier?«

»Bedauere. Ich bin mit meiner Schwester gekommen.« Er zog Valentina zu sich. »Valentina, das ist Señor Cunningham, aus Chicago, wenn ich mich nicht täusche.«

»Sie irren nicht.« Der Mann gab vor, Valentinas Hand zu küssen, hielt aber etwas Abstand zu ihrem Handrücken. »Darf ich vorstellen, mein Sohn William.« Er zeigte auf den Mann, der in Valentina eine nie gekannte Unruhe auslöste. Als er ihre Hand ergriff, schien es, als fasste sie in einen Ameisenhaufen und die Tiere würden langsam über jeden Zentimeter ihrer Haut kriechen. Auch er hielt mit seinen Lippen wenige Millimeter vor ihrem Handrücken inne und sah ihr unverwandt in die Augen. »Es ist mir eine außerordentliche Freude.«

Valentina bedauerte es sehr, als er ihre Hand losließ. Sie brachte kein Wort heraus, also neigte sie nur leicht den Kopf. William Cunningham. Den Namen wollte sie sich merken.

»Wie lange bleiben Sie in Havanna?« David übernahm die Gesprächsführung.

»Für acht Wochen, wobei mein Sohn hier eines der Hotels leiten wird.« Der Senior klopfte seinem Sprössling stolz auf die Schulter.

Er lebte in Havanna. Diese Nachricht ließ ihr Herz so hart pochen, dass ihr das Blut in den Ohren rauschte.

»Darf ich Ihnen an der Bar etwas zu trinken bestellen?«, wandte sich William an David.

»Gerne. Zwei Sloppy Joe's«, antwortete David, bevor er sich erneut in die Plauderei mit Cunningham senior vertiefte.

William verbeugte sich leicht. »Bin gleich wieder zurück. Vielleicht geben Sie mir die Ehre, mit Ihnen zu tanzen?«

Valentina blieb wie versteinert stehen. Wie sollte sie nur mit ihm tanzen, wenn sie sich nicht mal bewegen konnte? Im hinteren Bereich entdeckte sie einige Besucher, die zur Musik des Sextetts Son tanzten. Mit ihren Freundinnen hatte Valentina diesen Tanz geübt, sie kannte die Schritte, aber sie hatte sie noch nie mit einem Mann getanzt. Außerdem kannte sie niemanden der Anwesenden.

Die Congas spielten ihren unverkennbaren Rhythmus, die Trompete kreischte und befeuerte den Gesang des Paares.

David stieß Valentina an. »Ist dir nicht gut?«

Valentina riss sich aus ihrer Erstarrung. »Natürlich. Mir geht es bestens.« Sie konnte ihrem Bruder gegenüber kaum zugeben, den Mann getroffen zu haben, den sie heiraten würde. Davon war sie überzeugt.

William kehrte zum Tisch zurück. »Die Bestellung wird umgehend gebracht.« Er wandte sich an Valentina. »Mögen Sie Son-Musik?«

»Wer mag Son nicht?«, kokettierte Valentina.

»Für mich ist dieser Tanz neu, und ich entschuldige mich jetzt schon, sollte ich Ihnen später auf die Füße treten.« William lächelte charmant, was in ihrem Magen ein Feuer entfachte, wie es bisher nur eine scharfe Chilischote geschafft hatte.

Der Kellner trat mit einem Tablett an den Tisch. Die Cocktails wurden in einem hochstieligen Glas serviert, das Valentina nur vom Nachtisch kannte.

William reichte ihr das Cocktailglas.

»Danke.«

David nahm sich seinen Sloppy Joe's direkt vom Tablett. William hatte die gleiche Wahl getroffen. Sein Vater griff nach dem Whisky, den der Kellner vor ihm abgestellt hatte.

Cunningham senior hob sein Glas. »Auf den Sieg der Bacardís!«

Joaquín hörte den Toast und prostete ebenfalls an den Nachbartisch. »Danke für die Wünsche! Möge der beste Cocktail gewinnen.« Er lachte. »Also unserer.«

Valentina stimmte in das Lachen ein. Sie mochte Joaquín. Schon immer. Er war wie ein Onkel für sie. Selbstbewusst trank er einen Schluck und wandte sich wieder den Personen an seinem Tisch zu. Die eine Gruppe schien die Familie Fitzgerald zu sein. David hatte Grüße ihrer Eltern übermittelt. Valentina hatte bisher nur von ihnen gehört, jedoch noch nie an den Abendessen teilgenommen. Das würde sich bald ändern.

Bei den anderen Anwesenden am Tisch handelte es sich dem Aussehen nach um Cubanos. Vermutlich der Cocktailmixer, dessen Frau und noch jemand aus der Rumfabrik.

Es interessierte sie nicht weiter. Wichtig war nur der Tisch, an dem sie sich nun befand. Hoffentlich würde David hier stehen bleiben und nicht zurück an den anderen Stehtisch wollen.

Valentina nippte an ihrem Cocktail und unterdrückte den Impuls, wie ein Fisch nach Luft zu schnappen. Die Flüssigkeit rann heiß und scharf ihre Kehle hinab, die milde Grenadine konnte den hochprozentigen Spirituosen kaum etwas entgegensetzen.

»Und?«, fragte William. »Was sagen Sie zum Cocktail des Hauses?«

»Er trifft meinen Geschmack«, log Valentina, die keinen Alkohol gewohnt war. Sie wollte nicht wie ein kleines Mädchen wirken.

»Tatsächlich?« Er schmunzelte, und seine tiefblauen Augen musterten sie amüsiert. »Ich hätte angenommen, er wäre zu kräftig für eine so zarte Dame.«

Valentina trank einen weiteren Schluck, um ihm das Gegenteil zu beweisen. »Da liegen Sie falsch.« Dennoch stellte sie das Glas auf dem Tisch ab.

David plauderte weiterhin mit Cunningham senior.

»Darf ich Sie um den nächsten Tanz bitten?«

»Gerne.« Valentina suchte nach Davids Blick, doch der wirkte desinteressiert, also legte sie ihre Hand auf Williams angebotenen Unterarm und ließ sich zum Tanzbereich führen.

William trat ihr nicht auf die Füße. Im Gegenteil. Valentina fühlte sich, als würde sie drei Zentimeter über der Erde schweben. Er drehte sie um die eigene Achse, um sie dann sicher in seinen Armen zu halten. Sein Blick weckte ungeahnte

Gefühle in ihr. Valentina war schwindelig und aufgeregt, fast schon euphorisch, was sich in einem strahlenden Lächeln auf ihrem Gesicht zeigte. Sie spürte selbst, dass sich ihre Mundwinkel nach oben schoben, obwohl sie sich bemühte, sich ihre Stimmung nicht anmerken zu lassen.

»Sie tanzen hervorragend.«

»Danke.« Valentina freute sich über das Kompliment. »Dasselbe gilt für Sie.«

Das Musikstück endete. »Darf ich Sie um einen weiteren Tanz bitten?«

Valentina überlegte nur kurz. Es gab die ungeschriebene Direktive, demselben Mann nie mehr als zwei Tänze nacheinander zu schenken, um ihm kein falsches Signal zu senden. Es handelte sich erst um den zweiten Tanz. »Mit Vergnügen.« Und im Grunde war ihr die Regel egal. An diesem Abend gab es nur richtige Zeichen. Valentina wusste, sie lag gerade in den Armen ihres zukünftigen Ehemannes. Nur ahnte er das bisher nicht. Aber er würde es schon noch bemerken.

William wich den ganzen Abend nicht von ihrer Seite. Er sorgte für einen Platz, von dem aus sie gut sehen konnte, als der Cocktail-Wettbewerb begann. Die Jury saß abgeschirmt hinter einem Paravent, um unvoreingenommen zu verkosten.

Manchmal spürte sie Williams Hand oberhalb ihrer Hüfte. Er schirmte sie ab, sobald sich jemand durch den dicht gedrängten Raum an ihr vorbeidrücken wollte. Diese zarte Berührung brachte sie regelrecht aus der Fassung. Vom Wettbewerb bekam sie kaum etwas mit. Erst zur Siegerehrung konzentrierte sie sich. Der Cocktail der Bacardís gewann Platz drei. Der Sieger war ein Amerikaner, dessen Name Valentina nicht mitbekommen hatte.

Aber immerhin hatten ihre Freunde den dritten Rang belegt und damit die Aufnahme in die Getränkekarte geschafft. Um mehr war es Joaquín ohnehin nicht gegangen. Sicherlich hätte ihm eine Pressemitteilung zu Platz eins besser gefallen, aber er schien auch mit dieser Platzierung glücklich zu sein.

Nur Valentina überkam Unzufriedenheit. Die Leute zerstreuten sich, William rückte wieder von ihr ab, und der herrliche Abend neigte sich dem Ende zu. Was, wenn sie sich alles bloß eingebildet hatte? William sich nicht für sie interessierte? Panik ergriff sie. Es wäre natürlich leicht, herauszufinden, welches Hotel er leitete, doch würde sie niemals ohne eine offizielle Einladung dort aufkreuzen.

»Valentina, darf ich Sie um einen Gefallen bitten?«

Die Art, wie er ihren Namen aussprach, ließ ihre Knie weich werden. »Kommt auf den Gefallen an.«

»Darf ich Sie bitten, am kommenden Sonntag im Hotel zum Kaffee in unserem Restaurant mein Gast zu sein?« William sah sie bittend an.

Valentina durfte noch nicht ausgehen. Wie sollte sie sich loseisen?

Sie zögerte.

Dann sagte sie zu. Um keine Schwierigkeiten zu bekommen, würde sie den Besuch bei einer Freundin vorschieben. Niemand würde Verdacht schöpfen. Bald war sie fünfzehn, und William durfte ihr offiziell den Hof machen.

»Sechzehn Uhr?« Er nannte ihr den Namen des Hotels und die Adresse. Das Haus lag direkt am Malecón. Sie kannte es von außen.

Valentina lächelte, blieb ihm die Antwort schuldig und kam sich dabei sehr verwegen vor.

Nach diesem Sonntag nutzten Valentina und William jede Möglichkeit, sich zu sehen. Schon während der ersten Verabredung wechselten sie dazu über, sich zu duzen, zwei Treffen später folgte der erste Kuss. Im Anschluss daran stellte William sich ihren Eltern vor, bat darum, Valentina wie ein Gentleman den Hof machen zu dürfen.

Ihre Eltern erlaubten es. Valentina spürte, dass es ihnen missfiel, doch was ahnten sie schon von ihrer außergewöhnlichen Liebe? Nur wenige Tage nach dem Kuss sprach William von ihrer Hochzeit. Valentina fühlte sich glücklich wie nie. Allerdings behielt sie ihr kleines Geheimnis für sich. Ihre Verlobung wollten sie gemeinsam auf ihrer Geburtstagsfeier bekanntgeben.

Sie fieberte dem Tag entgegen.

Endlich war es so weit.

Valentina stand in einem Traumkleid aus Seide in ihrem Zimmer und konnte es kaum abwarten, bis die Friseurin ihr die Haare hochgesteckt hatte. Sie war nun fünfzehn und sah atemberaubend in diesem zartlila Ballkleid aus. Das Fest fand im Hotel *Nacional* statt, wofür sie ihrem Vater dankbar war. Bei der Geburtstagsfeier der Quinceañera handelte es sich um eine kostspielige Angelegenheit. Eine solche Feier gehörte für ein Mädchen zum Erwachsenwerden. Nur die Hochzeit feierte man ausgiebiger. Ihre Mutter hatte die Ausgaben dennoch streng im Blick. Ihr Vater hätte ihr jeden Wunsch erfüllt, das wusste Valentina. Doch sie wollte sich erwachsen zeigen und hörte auf die Einwände ihrer Mutter, obwohl sie manchmal hätte schreien mögen. Das Fünf-Gänge-Menü verwandelte sich über Nacht in ein Drei-Gänge-Menü. An den Blumen sparte sie. Dabei sollte es doch zusätzlich ihre

Verlobungsfeier werden, wovon ihre Eltern bisher nicht den Hauch einer Ahnung hatten.

Will wollte noch an diesem Abend um ihre Hand anhalten.

Das hatte er versprochen.

Und bald wären sie verheiratet.

Sie und William. Ihr Will, der wundervollste und schönste Mann der ganzen Welt. Will liebte sie, trotz der fünf Jahre Altersunterschied. Er könnte jede haben. Aber er wollte sie. Alles andere hätte sie nicht überlebt.

»Fertig«, sagte die Friseurin.

»Und es hält auch, wenn ich ... leidenschaftlicher tanze?«

»Natürlich.« Carmen verließ das Zimmer.

Valentina drehte sich vor dem Spiegel um die eigene Achse. Obwohl das Kleid nicht weiß war, fühlte sie sich wie eine Braut auf dem Weg zum Altar.

Es klopfte an der Tür. »Bist du fertig? Wir warten bereits unten auf dich«, sagte ihr Vater und trat ein. »Du siehst wunderschön aus.« Er kam auf sie zu. Hatte ihr Vater etwa Tränen in den Augen? Valentina konnte es kaum glauben. Ihr Vater war tatsächlich sentimental. Er küsste sie sanft auf die Stirn. »Können wir?« Er hielt ihr den Arm hin und geleitete sie die Treppe hinunter.

David und Rodrigo pfiffen unziemlich durch die Finger, und Valentina streckte ihnen die Zunge raus.

»Ganz die große Lady«, kommentierte ihre Mutter und lächelte nachsichtig, obwohl ein trauriger Zug ihre Augen trübte.

Aber vielleicht irrte sich Valentina auch, und Mutter war nur gerührt, weil sie nun zu den Erwachsenen gehörte.

In gelöster Stimmung fuhren sie zum Hotel.

Trotz Mutters sparsamer Hand bei der Blumenwahl wirkte der Saal reich geschmückt. Valentina zupfte vor Aufregung an ihrem Ausschnitt herum.

An diesem Tag würden sich beide Familien treffen.

Nicht geschäftlich

Auf einer privaten Feier.

Obwohl ihr Vater William Cunningham senior nicht mochte, gebot es die Höflichkeit, Williams Eltern ebenfalls einzuladen, da Will ihre Abendbegleitung war.

Valentina brachte kaum einen Bissen des köstlichen Menüs hinunter. Sie und Will tauschten vielsagende Blicke, und als das Essen endete und sie sich für den Eröffnungstanz, einen Walzer, erhoben, schlug ihr das Herz bis zum Hals. Will reichte ihr den Arm, und sie legte ihre Hand auf seinen Unterarm. Gemeinsam schritten sie in die Mitte der Tanzfläche. Ihre Freunde umrahmten sie, um sie zum Walzer zu begleiten. Vierzehn weitere Paare. So sah es die Tradition vor. Die Paare hatten sie zuvor zur Kirche geleitet, in der Valentina zu Ehren ein Gottesdienst abgehalten worden war.

»Wir schaffen das, ohne zu stolpern?«, fragte Will unsicher.

Valentina lächelte ihn an. »Und ob. Wir werden alles schaffen. Ich habe in diesen Schuhen so oft geübt, es kann gar nicht schiefgehen.«

Will nickte, und als die Musik zu spielen begann, führte er sie sicher über das Parkett. Mit dem Ende des Tanzes applaudierten die Gäste begeistert.

Nun fehlte nur noch die Torte mit den fünfzehn Kerzen, die sie ihrer Mutter zum Anschneiden bringen sollte. Der Tortenanschnitt war jener Person vorbehalten, die ihr die letzten fünfzehn Jahre alles beigebracht hatte, was sie für ihr künftiges Leben benötigte. In ihrem Fall ihre Mutter.

In Mutters Augen schwammen Tränen, als Valentina mit der Torte auf sie zuschritt. Schon den ganzen Abend hatte sie die traurige Miene bei ihrer Mutter bemerkt, was Valentinas Stimmung etwas dämpfte.

Will sah sie merkwürdig an, als sie an ihm vorüberging. Was ging hier vor sich? Valentina hatte doch nur die Torte geholt. Gemeinsam schnitten sie die Geburtstagstorte an, und Valentina verteilte den Nachtisch, lächelte, obwohl sie ahnte, dass der Abend nicht wie geplant verlaufen würde.

Verunsichert suchte sie Wills Blick. Der zwischen ihnen vereinbarte Zeitpunkt für den offiziellen Antrag ging ereignislos vorüber. Die Gäste aßen den Nachtisch, tranken den Sekt. Nichts passierte.

Will schüttelte auf ihren fragenden Blick hin den Kopf.

Wenig später nahm sie ihn zur Seite. »Was ist geschehen?«

Er umschloss ihre Hände. »Deine Mutter. Sie hat es geahnt und bat mich, alles zu verschieben.«

»Warum?« Wut stieg in ihr auf. Am liebsten wäre Valentina zu ihr gerannt, um ihr zu sagen, wie unfair sie diese Einmischung fand.

Will spürte es. Hielt sie zurück. »Mach keine Szene. Ich bitte dich. Es ist nur verschoben. Versprochen.«

Der Egoismus ihrer Mutter kannte keine Grenzen. Der Tag hätte ihr als wundervolles Erlebnis in Erinnerung bleiben sollen. Nun war er ihr verdorben. Ihre Mutter hätte mit ihr sprechen müssen und nicht mit Will. Zum ersten Mal in ihrem Leben hasste sie ihre Mutter. Ihre Blicke verfingen sich. In Mutters Gesicht lag Trauer, zeitgleich eine Sanftheit, die nicht zu Valentinas Hass passte. Am liebsten hätte sie laut geschrien, doch Will zuliebe schluckte sie ihre Enttäuschung hinunter, bis die Gäste gingen. Will verabschiedete sich als Letzter von ihr. »Sei nicht böse«, bat er, küsste sie auf die Stirn und ließ sie allein mit ihren Eltern.

Kaum saßen sie im Wagen auf dem Weg nach Hause, konnte sich Valentina nicht mehr zurückhalten. »Was hast du zu ihm gesagt?«

»Lass deine Mutter in Frieden«, warnte Federico. »Der Tag war für sie anstrengend genug.«

Die Wut kochte nun über. »Was heißt hier, lass Mamá in Ruhe. Von Anfang an habt ihr euch gegen unsere Liebe gestellt. Ich möchte erfahren, wie ihr William dazu gebracht habt, den Antrag zurückzustellen.«

Ihre Mutter sah sie hilflos an. Schwieg weiterhin.

»Du wirst es irgendwann verstehen«, bat Federico.

Einen schlimmeren Satz hätte ihr Vater nicht sagen können. Damit degradierte er sie zum unmündigen Kind. »Ihr behandelt mich wie ein Baby! Ich will endlich wissen, was los ist!« Sie verschränkte die Arme vor der Brust. »Ich werde nie wieder offen mit euch sprechen, wenn ihr mir jetzt nicht die Wahrheit sagt.«

»Beruhige dich bitte«, bat ihre Mutter. »Zu Hause erfährst du es, obwohl ich dir den Tag nicht verderben will.«

»Der ist mir schon verdorben«, maulte sie und starrte finster auf ihre Schuhe.

Im Wagen herrschte Schweigen, bis sie zu Hause ankamen. Isabel saß wortlos auf dem Rücksitz und hatte sich komplett herausgehalten. Als das Auto hielt, rannte sie direkt ins Haus und wohl in ihr Zimmer.

Rodrigo war mit David mitgefahren, und der Wagen parkte hinter ihnen.

Ihr Vater schritt eilig voran auf die Haustür zu. Valentina spürte seine Wut. Was hatte er für ein Motiv, wütend zu sein?

»Valentina!«, rief er, ohne seinen Hut abzunehmen, und betrat das Arbeitszimmer.

Mit kämpferischer Miene stand Valentina im Raum. Die Hände hatte sie immer noch abwehrend vor der Brust verschränkt. Ihre aggressive Haltung passte nicht zu dem verspielten und romantischen Kleid, das sie trug. Ihre Mutter sah sie flehend an. »Beruhige dich, es tut mir leid.«

»Setz dich«, befahl ihr Vater, bevor er sich an ihre Mutter wandte. »Du hast keinen Grund, dich zu entschuldigen.«

Valentina gehorchte. Der Ton in seiner Stimme duldete nicht den geringsten Widerspruch.

Etwas bockig saß sie vor dessen Schreibtisch im Gästesessel und starrte ihn an.

Ihre Mutter seufzte. Sie schüttelte leicht den Kopf. Vater ignorierte ihre Geste.

»Du willst erwachsen sein? Bitte schön!« Mit Schwung warf er einen Briefumschlag auf den Tisch.

Zögernd griff Valentina danach.

»Lies, und dann weißt du, was es bedeutet, erwachsen zu sein!« Vater ging zur Bar und schenkte zwei Gläser Rum ein. Eines reichte er ihrer Mutter. »Und lies laut! Damit ich mir sicher bin, dass du verstehst, was deine Mutter heute für dich getan hat!«

»Zwing sie nicht«, bat Mutter.

»O doch«, erwiderte er und blickte zu ihr.

Verwirrt zog Valentina den Brief aus dem Umschlag und begann zu lesen.

Liebste Antonia,

wie soll ich nur beginnen. Der Anlass ist so traurig, aber leider auch der Lauf der Dinge. Ich versuche immer noch, mich zu beruhigen, um die richtigen Worte zu finden.

Vergeblich.

Unsere Mutter ist gestorben. Ganz friedlich ist sie eingeschlafen. Es verwundert kaum, dass sie erst vom Leben losgelassen hat, als die Ernte eingebracht war, und es nichts mehr zu tun gab.

»Oma ist tot?«, fragte Valentina. »Warum hast du das verschwiegen?« Ihr Blick schnellte zu ihrer Mutter.

»Der Brief kam heute«, sagte sie.

»Ich wusste es, seit deine Mutter mit ihrer Schwester telefoniert hat. Und habe es für mich behalten, um ihr ihren Geburtstag nicht zu verderben.«

Mutter nickte. »Und dafür bin ich dir dankbar.« Sie legte ihre Hand auf seine Schulter. »Es muss schwer gewesen sein, auf den Brief zu warten, um es mir leichter zu machen.« Dann sah sie Valentina an. »Wenn ich es dir gesagt hätte, wäre das Fest für dich ruiniert gewesen.«

»Aber Mamá«, jammerte Valentina. Mit jeder vergehenden Sekunde füllte sich ihr Herz mit Trauer, obwohl sie ihre Großmutter nie kennengelernt hatte. »Wie schrecklich!«

»Lies weiter«, drängte Vater. »Vielleicht verstehst du dann die Entscheidung deiner Mutter.«

Valentina sah zurück auf das Blatt.

So traurig ich auch bin, so war es wenigstens ein Tod ohne Schmerzen.

Valentinas Stimme zitterte.

Mamá hatte ein Lächeln auf ihrem Gesicht. Ihre Asche liegt neben Vaters, und so sind sie wieder vereint.
   Zu Leo haben wir immer noch keinen Kontakt. Er wird sich nie ändern, und ich kann ihm nicht vergeben.
   Alba habe ich getroffen. Ihre Kinder sind wohlauf. Gott sei es gedankt. Durch diesen unsäglichen Krieg gibt es kaum Medikamente.

Tränen lösten sich aus Valentinas Augen, dennoch gehorchte sie ihrem Vater und las weiter.

Alba scheint wie wir alle zu kämpfen, ob ihr Leo zur Seite steht, weiß ich nicht. Schade finde ich, dass ich unseren Neffen und unsere Nichte nicht besser kennenlernen kann. Immerhin gehören sie zur Familie.
   Der Krieg setzt uns sehr zu, wie du dir vorstellen kannst. Auch bei uns wird es gefährlicher. Wie können sich Menschen, die sich täglich auf der Straße grüßen, nun gegenseitig Böses tun? Keinem kannst Du mehr trauen. Jeder könnte ein Spitzel sein. Ich habe sogar Angst, Dir diesen Brief zu schreiben. Selbst unsere Sprache wird uns mittlerweile untersagt, und wir können nur noch heimlich in den eigenen vier Wänden Mallorquín miteinander reden. Nie hätte ich gedacht, mich einmal so fremd in der

geliebten Heimat zu fühlen. Dazu kommt der Hunger, der überhandnimmt, obwohl ihr uns die Fässer liefert. Es ist schwer, an Lebensmittel zu kommen. Der Schwarzhandel blüht, und die Preise steigen weiter. Die Zuckerlieferungen helfen uns aber sehr, um Tauschgeschäfte zu machen. Die meisten Anbauflächen liegen brach. Ein freier Warenverkauf wird immer schwerer. Die Bauern haben Angst um ihre Ernten. Vieles wird konfisziert, direkt vom Acker. Da lohnt sich die Arbeit nicht. Einige Bauern sind bei den Aufständischen. Sie kümmern sich nicht mehr um die Felder.

Manche verschwinden plötzlich. Ich glaube, wenn man sie erwischt, tötet man sie. Auf der anderen Seite lebt ein kleiner Teil in Saus und Braus. Vor diesen Menschen fürchte ich mich, denn wer in solchen Zeiten Geld hat, verdient es nicht redlich. Im Grunde ist mir zwischenzeitlich egal, welche Seite gewinnt – der Krieg soll einfach nur enden, damit wir wieder in Frieden leben können.

Ich denke oft an Dich, Federico, Eure Kinder und wünsche von Herzen, dass bei Euch die Zeiten friedlich bleiben. Grüße auch Valentina von mir, und überbringe ihr meine herzlichsten Glückwünsche zu ihrem fünfzehnten Geburtstag. Dieser Tag ist ein ganz besonderer. In Gedanken bin ich bei Euch.

In Liebe, Deine Carla

Valentina ließ den Brief sinken und schluchzte. Wie schlimm musste diese Nachricht für ihre Mutter gewesen sein. Ein scharfer Schmerz fuhr ihr durchs Herz. Großmutter war tot. Und sie feierte ihren Quinceañera, als wäre nichts geschehen.

Sie sprang auf, rannte zu ihrer Mutter und warf sich in ihre Arme. »Es tut mir so leid, Mamá. Ich bin so selbstsüchtig. Wie konnte ich nur glauben, du gönnst mir mein Glück nicht.« Niemals hätte sie an diesem Tag noch ihre Verlobung feiern wollen!

»Schhht, ist ja gut«, versuchte Mutter sie zu beruhigen.

»Ich ... ach ... es tut mir leid. Verzeihst du mir?« Valentina sah sie aus tränengefüllten Augen an.

»Natürlich, mein Kind. Du konntest es ja nicht wissen.« Sie strich ihr über das Haar. »Ich wollte es dir heute nicht sagen. Nun überschattet es dein Fest.«

»Ach, Mamá.« Ihre Mutter hatte lächelnd am Tisch gesessen und so getan, als wäre alles in bester Ordnung. Dabei musste ihr zum Weinen gewesen sein.

»Verstehst du jetzt, warum keine Verlobung stattfinden sollte? Ich hätte es nicht ertragen.«

Valentina drückte ihre Mutter an sich. »Wie hättest du dich auch freuen sollen?«

»Das ist eine erwachsene Reaktion«, verkündete ihr Vater. »Es ist dir hoffentlich eine Lehre, nicht vorschnell zu urteilen, nur, weil dir eine Entscheidung nicht gefällt.«

O ja, diese Lektion würde ihr im Gedächtnis bleiben. Davon war sie überzeugt. Valentina kuschelte sich in die Arme ihrer Mutter, und bat im Stillen um Verzeihung für die hasserfüllten Gedanken, die sie gehegt hatte, dabei tat ihre Mutter alles nur aus Liebe zu ihr.

So wie sie alles für Will tun würde.

21

Mallorca, 1940

Alba stand in der Hotelküche. »Versuch es wenigstens.«

Der Koch schob sich seine Mütze zurecht. »Ich habe meine Berufsehre.«

»Und ich habe hungrige Hotelgäste. Auch im *Gran Hotel* hat man diese Mahlzeit den Italienern schon vorgesetzt, und sie haben es gegessen.« Alba verstand nicht, wieso Pep sich so sperrte, Orangen zu verarbeiten. Für manche stellten die Früchte tagelang die einzige Nahrung dar.

Der Koch deutete zur Speisekammer. »Noch haben wir andere Sachen vorrätig.« Er neigte sich ein wenig zu ihr. »Außerdem habe ich von einem Jäger was bekommen.«

Alba sah ihn durchdringend an. »Es gibt fast keine Kaninchen, Rebhühner auch nicht mehr. Was will dein Cazador denn geschossen haben?«

Er ging in die Speisekammer, kam mit einem großen Topf zurück, stellte ihn auf den Arbeitstisch und hob den Deckel.

Helle Fleischstücke lagen darin. Sie besaßen große Ähnlichkeit mit Kaninchenstücken, waren nur etwas kleiner. »Was ist das?«

In den Augen des Kochs blitzte es amüsiert auf. »Secreto de Albufera.«

»Das kann nicht dein Ernst sein!« Alba wurde bereits beim Gedanken daran übel. Das Geheimnis der Albufera, jeder hatte davon gehört. Im Feuchtgebiet im Nordosten der Insel jagten die Menschen Ratten und verarbeiteten sie zu Eintopf. Andererseits war es Alba gleichgültig, was Pep den Deutschen vorsetzte. »Den Gästen etwas als Kaninchen vorsetzen, was keines ist, aber sich weigern, eine Tortilla ohne Eier und Kartoffeln zu machen?« Alba stemmte die Hände in die Hüften und unterdrückte mit Mühe ein Lachen. Dazu blieb die Lage zu ernst.

»Doña Alba. Das schmeckt wirklich gut. Eine Mischung aus Kaninchen und Huhn. Angebraten und in einer Reispfanne mit Gewürzen merkt den Unterschied kein Mensch. Sie sollten es mal versuchen.«

Ihr kam fast das Stück Feigenbrot vom Frühstück wieder hoch. »Niemals.«

»Die schmecken völlig anders als die Stadtratten. Diese hier ernähren sich von Mandeln, Würmern, kleinen Fröschen. Von allem, was die Albufera so hergibt. Die fressen keine Abfälle, leben auch nicht in der Kloake.«

Alba aß weder die einen noch die anderen und würde sie bestimmt niemals kosten, um einen Unterschied herausschmecken zu können. »Hol mir Orangen, Mehl, Knoblauch, Öl und Pfeffer.«

Pep blickte sie enttäuscht an. »Sie wollen diese Nicht-Tortilla wirklich selbst machen?«

»Ja. Wenn du dich weigerst. Also setz Wasser für das Weiße der Orangen auf. Es muss mindestens zwei Stunden auskochen, um die Bitterstoffe herauszuziehen.«

Der Koch brachte die Zutaten und stellte das Wasser auf. »Was soll ich mit den Orangen machen?« Er gab sich offenbar geschlagen.

»Meine Freundin sagte mir, man müsse die Schale entfernen. Anschließend raspelt man vorsichtig den orangefarbenen Schalenteil ab und schneidet das Weiße wie Scheiben von Kartoffeln. Die drückt man danach mit einem Klopfer platt und wirft sie ins Kochwasser.«

Schweigend verrichtete der Koch seine Arbeit.

»Mach aus dem Fruchtteil ein Kompott. Damit haben wir dann auch noch einen Nachtisch anzubieten.« Alba rieb den Boden eines Tellers mit einer Knoblauchzehe ab, gab nur wenige Tropfen Öl hinein und eine Prise Salz. Wenn etwas auf dieser Insel niemals ausginge, dann das Meersalz und Orangen. Sie fügte vier Suppenlöffel Mehl, Backpulver und Pfeffer hinzu, bevor sie nach und nach Wasser unterrührte. Die Paste musste nun ein wenig ruhen und entsprach in etwa der Menge von fünf Eiern.

Skeptisch sah Pep sie an. »Das soll schmecken?«

»Das fragt der Mann, der den Gästen Ratten serviert.« Alba schob den Teller zu ihm hinüber. »Wenn die Orangenschalen ausgekocht sind, tupfst du sie mit einem Tuch trocken, brätst sie in wenig Öl an, gibst einige Stücke Zwiebel dazu und rührst anschließend die Mehlmasse unter. Voilà, eine Tortilla. Nur ohne Kartoffeln oder Ei.«

Der Koch rieb sich die Stirn. »Ich könnte vielleicht Eier organisieren, um wenigstens welche darunterzumischen.«

»Besorg, was du bekommen kannst. Wir sollten dennoch an allen Ecken sparen. Bald wird es kein Hühnerfutter mehr geben, und die Tiere werden geschlachtet, bevor sie verhungern.« Alba ging zum Waschbecken. »Dann ist es auch mit den Eiern vorbei. Wir müssen Alternativen finden.« Sie trocknete sich die Hände ab. »Ich bin mit Marisol verabredet. Wenn ich nachher wiederkomme, kosten wir es gemeinsam.«

»Und mein Reisfleisch?«

»Bereite es für die Deutschen zu. Wage aber nicht, es jemals mir oder meiner Familie anzubieten.« Alba schüttelte es innerlich. »Ich bin dir dennoch dankbar für deine Ideen.«

Er zwinkerte ihr zu. »Verstanden, Doña Alba.«

An der Rezeption traf Alba auf Hans Schneider. »Hans, wie geht es Ihnen?«

»Nun, liebste Alba …«

Er strich ihr über den Unterarm, und nur der Gedanke an die Mahlzeit, die er an diesem Tag vorgesetzt bekäme, ließ sie seine Hand nicht unwirsch abschütteln. »Ich würde mich gerne mit Ihnen einmal über Ihre künstlerische Veranlagung unterhalten. Wir könnten da ins Geschäft kommen.«

Er wollte doch hoffentlich keinen Malunterricht? Seine Nähe für einen längeren Zeitraum wäre ihr unerträglich. »Gerne ein andermal.« Alba sah den Rezeptionisten an. »Eduardo, gib mir bitte das Belegungsbuch.«

Eduardo legte es ihr aufgeschlagen auf den Tresen. »Sie haben zwei weitere Zimmer belegt? Wie schön.« Die Lüge kam ihr leicht über die Lippen. »Zeigt es doch, dass Sie uns noch eine Weile erhalten bleiben.« Tatsächlich hatte Alba bei Ausbruch des Zweiten Weltkriegs befürchtet, die Deutschen würden von der Insel abgezogen werden. Warum sie auf der Insel stationiert blieben, entzog sich Albas Wissens. Es konnte nur mit ihrer Fliegerstaffel zu tun haben. Die Legion Condor hielt noch immer in Pollença einen Stützpunkt.

Schneider und seine Kameraden waren die Kontaktpersonen in Palma.

Alba sollte es recht sein, wobei sie es verabscheut hatte, dass die Deutschen von hier aus ihre Landsleute auf dem Festland während des Bürgerkriegs bombardiert hatten. Der Stützpunkt in Pollença schützte die Insel aber auch vor möglichen Angriffen wie zu Beginn des Bürgerkriegs.

Solange die Deutschen auf Mallorca blieben, verdiente Alba Geld, wobei hinter der Buchung der Vermerk über die Zahlung fehlte. »Leider ist für diese Buchung noch kein Geld auf dem Konto eingegangen. Möchten Sie es bar bezahlen?«

»Oh. Tatsächlich?« Hans Schneider sah peinlich berührt zu Boden. »Ich werde mich gleich darum kümmern. Es ist schwieriger geworden, seit alle Zahlungsmittel verboten sind, die nicht von der spanischen Schatzkammer oder der Zentralbank ausgestellt werden. Selbst unsere Mark müssen wir über die Zentralbank tauschen.«

»Ich mache Ihnen doch keinen Vorwurf. Es sollte nur alles seine Ordnung haben, nicht wahr?«

Hans Schneider stimmte ihr zu. »Aber wegen Ihrer Kunst. Hätten Sie vielleicht morgen eine Stunde für mich?«

Abschlagen konnte sie es ihm nicht. »Wie wäre es morgen Vormittag um elf Uhr?«

»Hervorragend. Treffen wir uns in der Galerie?«

Elena hatte morgen frei. Ihn allein dort zu treffen käme nicht infrage. »Gerne hier an der Rezeption.« Sie sah auf die Uhr. »Tut mir leid, aber ich habe noch einen Termin.« Sie reichte ihm die Hand. »Bis morgen.«

Die kräftige Frühjahrssonne blendete sie. Auf dem Weg zu Marisol wirkten die Straßen fast geschäftig, doch die Menschen, denen sie begegnete, waren nicht wie früher um diese Uhrzeit auf dem Weg zum Mittagessen oder trugen Einkäufe nach Hause. Vielmehr suchten sie Arbeit, fragten in den Geschäften danach oder standen an den wenigen Lebensmittelläden Schlange, um etwas für ihre Bezugsscheine zu bekommen.

Hagere Gestalten überall. Fast jedem Gesicht sah sie den Hunger an. Der Bürgerkrieg war seit einem Jahr beendet. Franco der neue Führer Spaniens. Doch die Not der Menschen wurde nur größer. Seinen Triumph hatte sich Franco mit Unterstützung der Legion Condor erkauft. Bezahlen konnte er dafür nicht, und deshalb kassierte er im ganzen Land Fleisch und andere Lebensmittel ein, die er an Hitlerdeutschland lieferte. Damit ließ er sein Volk ausbluten.

Franco wohnte mittlerweile im ehemaligen Königspalast in Madrid, und seine Frau führte sich auf wie eine Königin.

An einer Hauswand starrte ihr Francos Konterfei entgegen. Es gab kaum eine Straße ohne sein Abbild auf einer der Fassaden.

Es widerte Alba an, auf der Insel schon seit Jahren diesem Despoten ausgeliefert zu sein. Das Einzige, was sie ihm zugutehalten konnte, war der Umstand, Spanien bisher aus dem Zweiten Weltkrieg rausgehalten zu haben. Bis auf die Lieferungen an Hitlers Armee zur Bezahlung der Schulden hielt er sich zurück.

Leo meinte, dies würde auch so bleiben, nachdem die Amerikaner Weizen und andere Güter auf Kredit ans Festland lieferten. Würde Franco Hitler offen unterstützen, gäbe es diese Versorgungslieferungen nicht.

Alba stieg die Stufen im Treppenhaus zu Marisols Etagenwohnung hinauf und klopfte an.

Marisol öffnete. Sie trug eine Küchenschürze. Alba sah sie überrascht an.

»Du kochst?«

Marisol lachte herzlich. »Ja, ich koche.«

»Was denn?« Alba schnupperte. »Riecht merkwürdig. Wundert mich bei deinen Kochkünsten nicht.«

Marisol lugte ins Treppenhaus. »Komm schnell rein.« Sie zog Alba mit sich und verschloss die Tür, bevor sie ihr Küsse zur Begrüßung auf die Wangen drückte.

»Du tust ja geheimnisvoll.« Alba sah an ihr vorbei in die Küche. Zwei riesige Töpfe standen brodelnd auf dem Herd.

»Ich siede Seife.«

»Du machst was?« Alba starrte auf die Kochtöpfe.

»Seifenleim kochen. Daraus schneide ich dann Seifenstücke.« Marisol rührte mit einem riesigen Holzstab in einem Topf.

»Wie kommst du an die Zutaten?« Seife war knapp, was an den Komponenten lag. Alba wusste schon nicht mehr, woher sie die Seife für die Hotelgäste nehmen sollte.

»María löst mir das Fett aus den Knochen.« Marisol legte den Holzstab zur Seite. »Woher sie die hat, will ich gar nicht wissen.« Sie legte den Deckel auf den Topf. »Eine andere besorgt mir die Natronlauge. Ihr Onkel ist Apotheker. Von ihm habe ich auch die Anleitung.« Nun rührte sie im anderen Kochtopf um. »Ist nicht so kompliziert, aber man muss die Siedeschritte einhalten, damit man am Ende wirklich Seifenblöcke hat.« Marisol deckte den Topf wieder ab. »So macht keiner alles. Absolut unauffällig.«

Die Schwarzmarktpreise für Seife übertrafen die von Öl. Bewundernd sah Alba ihre Freundin an. »Wie bringt ihr die Stücke unter die Leute?«

Für solche Schwarzmarktgeschäfte drohte Gefängnis. Kein ungefährliches Unterfangen. Alba kannte eine Frau, die beim Verkauf von Mehl erwischt und mit zwei Wochen Gefängnis bestraft worden war.

Marisol lachte unbekümmert. »Über Marías Jungs. Kinder kommen nicht gleich für zwei Wochen ins Gefängnis, die beziehen eine Tracht Prügel, und das war es.«

Hans Schneider brachte ihr selten Seife fürs Hotel mit. Eine weitere Nachschubquelle zu haben wäre nicht schlecht. »Darf ich bei dir gleich eine Bestellung aufgeben?«

»Natürlich.« Marisol stellte Gläser und einen Krug Wasser auf den Tisch und setzte sich. »Du bekommst die besten Stücke.« Sie klopfte auf den Stuhl neben sich. »Setz dich. Hast du gehört, was sich dieses Weib wieder herausgenommen hat?«

Alba nahm Platz. »Francos Frau?«

»Wer sonst?« Marisol goss sich ein und trank das halbe Glas in einem Zug leer. »Die werte Dame schlendert ungeniert durch die Läden in Madrid. Ist das zu glauben?« Marisols Augen verengten sich zu Schlitzen. »Hier wählt sie ein Collier aus, dort ein Diadem, da einen Pelzmantel. Bei meiner Großcousine hat sie den Nerzmantel erstanden. Ach, was heißt erstanden. Das ist der falsche Ausdruck.«

Alba goss ihrer Freundin nach und trank ebenfalls vom Wasser. »Sie hat ihn gestohlen?«

»Schlimmer.«

Was konnte noch schlimmer sein?

»Sie bittet das Geschäft, man möge ihr die Rechnung schicken. Und was passiert, wenn die Rechnung geschickt wird?«

Marisol legte eine theatralische Pause ein. »Die Geschäfte haben zwei Wochen später eine Ladeninspektion samt Steuerprüfung.«

»Das kann Zufall sein.« Alba glaubte nicht an einen Zusammenhang.

»Zufall? Ein merkwürdiger Zufall, bei dem die Geschäfte verschont geblieben sind, die keine Rechnung geschickt haben. Einer, der sich herumgesprochen hat. Seit niemand mehr eine Rechnung stellt, bleiben auch die Kontrollen aus.«

Alba blieb die Luft weg. Pelz- und Juwelierläden besaßen nur noch vereinzelt Waren. Meist stammten die noch aus der Zeit vor dem Krieg. Den Ladenbesitzern ging es genauso schlecht wie allen anderen, keiner verdiente noch ausreichend. Selbst Marisol, die als Lehrerin einen festen Arbeitsplatz hatte, wartete seit Monaten auf ihren Lohn. Wo sollte das alles noch hinführen? »Wie kann man nur so dreist sein? Und das sollen die neuen Regierungsvorbilder sein?«

Marisol grunzte zustimmend. »So, aber du bist nicht wegen Klatschgeschichten gekommen. Was gibt es?«

Mit dem Zeigefinger malte Alba Muster auf den Tisch, suchte nach den richtigen Worten.

»Du hast doch sonst keine Geheimnisse vor mir.«

»Nein, aber es ist ein wenig heikel.«

Marisols Korkenzieherlocken wippten, als sie lachte. »Heikel ist es bei dir schon länger. Der Notar oder Matías?«

Typisch Marisol. Immer direkt auf die Zielgerade. »Beides.«

»Oh! Das klingt spannend. Welche Rolle soll ich dabei spielen?«

Alba holte Luft. »Wie du weißt, verheimliche ich schon seit Jahren vor Leo die Erbschaft meiner Mutter.«

»Was unnötig ist, da es sich dabei um dein Erbe handelt. Damit kannst du tun und lassen, was immer du möchtest.«

»So einfach ist es leider nicht. Aber jetzt muss ich ein Tauschgeschäft tätigen.«

»Und davon soll dein Mann nichts erfahren.« Marisol pustete sich eine Strähne aus der Stirn.

»Ich will keine ständigen Diskussionen mit ihm. Sein Traum ist eine eigene Bodega mit einem großen Weinfeld in der Inselmitte. Den muss er sich selbst verwirklichen.« Alba wollte ihren Kindern eine Zukunft ermöglichen, und die sah sie in einem anderen Bereich. »Ich glaube an den Tourismus. Sobald der Krieg vorbei ist, wird der Bedarf nach Sommerfrische am Meer wieder steigen.«

»Da könntest du recht haben.« Marisol stand auf und rührte die Seife um.

»Mamá hat mir eine Lagerhalle am Stadtrand hinterlassen. Der Notar hat einen Käufer dafür. Aber der hat kein Kapital flüssig. Ebenso wenig wie ich. Ihm gehört jedoch ein Grundstück am Ende der Bucht von Cala Mayor. Ich möchte mit ihm die Immobilien tauschen.«

Alba erinnerte sich, wie sie mit ihrer Mutter und den Kindern am Strand einen herrlichen Tag verbracht hatte. Es schien vor einem halben Leben gewesen sein. Überall ausländische Menschen am Strand und im Meer. Dieser Ausflug war der Grund dafür gewesen, ins Hotelgewerbe einzusteigen.

Marisol deckte den Topf wieder ab, ging zum zweiten. »Und du denkst, Leo würde das nicht verstehen?«

»Natürlich nicht. Er brennt für den Weinbau. Ich traue ihm sogar zu, die Lagerhalle behalten zu wollen, um dort eine Bodega aufzubauen.« Alba spielte ihre Optionen schon seit mehreren Tagen durch, stets mit demselben Ergebnis: Leo würde sich querstellen, um seinen kostspieligen Weinanbau voranzutreiben. »Dieser Tausch kostet mich nichts. Die Steuern und Notarkosten trägt der andere.« Der Interessent glaubte, ihr Grundstück mit Lagerhalle sei wertvoller als sein für ihn nutzloses am Meer. Das taugte nicht für die Landwirtschaft, und was sich nicht zum Anbau eignete, besaß in den Augen der Bauern keinen Wert.

»Ob der Tausch wirklich sinnvoll ist? Es kann Jahre dauern, bis wieder Touristen kommen. Du hättest nur das Grundstück ... noch lange kein Hotel. Allein beim Gedanken an die Baukosten wird mir schwindlig.«

Den Punkt hatte sie bedacht. »Matías meinte, dass ...«

»Da kommen wir zum eigentlichen Kern der Sache«, warf Marisol ein, ging zum Schrank und zog eine Flasche Orujo heraus, bevor sie sich wieder zu ihr an den Tisch setzte. »Jetzt brauche ich einen Schnaps.«

»Wie kommst du an einen galizischen Tresterbrand?«

Marisol zwinkerte ihr zu. »Willst du nicht wissen.« Sie goss einen Fingerbreit in die leeren Wassergläser. »Auf die Männer, in all ihren Facetten.«

Marisol brachte es auf den Punkt. Es waren die Unterschiede beider Männer, die Alba zusetzten.

Sie liebte Leo, aufrichtig, konnte sich ein Leben ohne ihn nicht vorstellen. Doch manchmal fühlte es sich an, als gingen ihre Seelen auf verschiedenen Planeten spazieren. Leos Liebe galt dem Wein, und Alba wusste nicht, wie seine Wahl ausfiele, wenn er sich zwischen dem Wein und ihr entscheiden müsste.

Auf der anderen Seite Matías, der sie bei der Hand nahm, und mit dem sie in die gleiche Richtung zu gehen schien, ohne zu wissen, welche das war. Alles schwang mit ihm im Gleichklang.

»Alba. Du sollst den Orujo nicht anstarren, sondern trinken. Salud!«

Vorsichtig nippte Alba an ihrem Glas. Sie mochte klare Schnäpse nicht so sehr. Ein weicher Brandy traf eher ihren Geschmack.

»Gut, das mit dem Grundstück habe ich verstanden. Matías hat sicher eine Meinung als Architekt dazu. Aber das ist nicht alles. Habe ich recht?«

»Er hat mich zum Trabrennen eingeladen. Ich war noch nie auf einem Pferderennen.«

Marisol breitete theatralisch die Arme aus. »Da hast du was verpasst. Die Aufregung der Tiere überträgt sich auf die Zuschauer, alle scheinen fast zu vibrieren. Und dann der Start.« Sie goss sich ein weiteres Glas ein. »Alle feuern ihren Favoriten an. Der Geruch der Pferde steigt einem in die Nase. Das hat was Animalisches.« Marisol klopfte im Rhythmus eines trabenden Pferdes auf den Tisch.

Alba ließ sich von Marisols Begeisterung anstecken. »Hört sich spannend an.« Sollte sie wirklich mit Matías hingehen? Alba druckste herum, bis sie sich eingestand, wie gerne sie diesen Mann begleiten würde. »Bist du morgen Nachmittag zu Hause?«

»Da liefere ich meine Seifenproduktion bei meiner Freundin ab. Das kann sich hinziehen, warum?« Marisol sah sie aufmerksam an. »Oh, verstehe. Du brauchst ein Alibi.«

Alba trank den Schnaps aus. »Ich kann Leo kaum erzählen, dass ich mit Matías ein Trabrennen anschaue.« Alba sah ihre Freundin an. »Bin ich eine schlechte Ehefrau?«

»Nein, du bist eine Ehefrau, die mit einem Freund ein Pferderennen besucht.« Marisol überlegte kurz. »Was ist mit Gerado und Lilia?«

»Gerado nimmt Lilia oft von der Schule mit nach Hause. Gegessen haben sie dort. Sollten sie noch Hunger haben, können sie im Hotel vorbeikommen.«

»Ich habe eine bessere Idee. Du musst mir mit einem Kleid helfen. Meine Freundin aus Bunyola will mir eines umnähen. Da die beiden alten Kleider, die ich im Koffer meiner verstorbenen Tante gefunden habe, altmodisch sind, brauche ich dich als Modeberaterin. Ich werde das tatsächlich diese Woche noch machen.«

Alba lächelte. »Welche Farben haben die Kleider?«

»Das eine ist beige, vielleicht kann man es einfärben, und das zweite ist dunkelblau.«

Alba bräuchte ebenfalls neue Kleider. »Hätten unsere Mütter uns doch nur das Nähen beigebracht.«

»Wir besitzen andere Qualitäten.« Marisol zwinkerte ihr zu. »Und darauf trinken wir, bevor ich mit der Seife weitermachen muss.«

Alba verabschiedete sich und ging zurück ins Hotel. Ein schlechtes Gewissen plagte sie nicht. Sie redete sich ein, mit einem Freund einen Ausflug zu machen. Daran war nichts verwerflich.

In der Hotelküche betrachtete sie das Ergebnis der falschen Tortilla. Optisch machte sie schon was her. »Hast du sie gekostet?«

Wortlos schnitt der Koch ein Stück der Tortilla ab, gab es auf ein Tellerchen und reichte es Alba mit einer Gabel.

Neugierig schob sie sich ein Stückchen in den Mund. Das Gefühl auf der Zunge war anders als gewohnt, die Masse insgesamt weicher, dafür das Weiße der Orange fester als die Kartoffeln. »Gar nicht so schlecht.« Für jemanden, der nicht mit Tortilla aufgewachsen war, wäre der Unterschied nicht gravierend. »Ich finde, das kann man servieren. Oder siehst du das anders?«

»Ich bin selbst überrascht.« Pep tippte sich an seine Mütze. »Es ist eine Bereicherung für den Speiseplan. Möchten Sie noch den Reistopf probieren? Er ist großartig gelungen.«

Alba schüttelte lachend den Kopf und verabschiedete sich. Dieses Gericht würde sie niemals kosten. Die Gäste wären verpflegt, im Hotel ging alles seinen gewohnten Gang. Zeit, nach Hause zu gehen.

Schon im Treppenhaus hörte sie Gerados Geigenspiel. Auf dem Treppenabsatz hielt sie inne. Ihr Sohn besaß großes Talent, das ließ sich nicht abstreiten.

Alba öffnete die Wohnungstür. Lilia stand im Flur, rannte ihr entgegen und drückte sich an sie. Ihre Tochter schien auf sie gewartet zu haben. »Mamá, na endlich kommst du nach Hause. Ich brauche ein neues Kleid. Unbedingt! Leticia hat mich zu ihrem Geburtstag eingeladen.«

»Oh, mi Princesita.« Alba strich ihr über den Kopf. »Wie gerne würde ich dir deinen Wunsch erfüllen.« Es brach Alba fast das Herz, ihre Tochter zu enttäuschen. »Wir haben kein Geld dafür.«

Lilia zog eine Schnute. Ihre kleine Stirn lag in Falten. »Gerados Geigenunterricht kostet auch Geld. Du magst ihn lieber als mich!« Dicke Tränen kullerten über ihr Gesicht.

»Das ist nicht wahr.« Sie schloss Lilia in die Arme, küsste sie auf den Kopf. »Die Zeiten sind schwer.« Ihr kam Marisols Idee in den Sinn. »Ich lasse mir etwas einfallen.« Vielleicht könnte eine Schneiderin aus einem ihrer Kleider eines für Lilia nähen. »Wann ist denn der Geburtstag?«

»In zwei Wochen.« Lilia sah sie hoffnungsvoll an, bevor sie sich abwandte und in ihr Zimmer ging.

Alba blickte ihr nach. Vernachlässigte sie ihre Kinder? Es fiel ihr schwer, dem Hotel und der Familie gerecht zu werden.

Die Musik verstummte. Alba warf einen Blick ins Wohnzimmer. Gerado blätterte in seinem Notenheft.

»Bravo.« Sie klatschte in die Hände. »Das klang wunderschön.«

»Danke, Mamá.« Er verbeugte sich galant. »Stell dir vor, ich soll Ende August ein Konzert spielen. Ist das nicht unglaublich?«

»Das ist ja … großartig.« Alba fehlten die Worte. Also erkannte nicht nur ihr mütterliches Herz in Gerado das Talent, sondern auch Gerados Lehrer. »Wo wird das Konzert stattfinden?«

»Das hat er mir noch nicht verraten.« Mit ernstem Gesicht zeigte er auf die Notenblätter. »Ich muss die nächste Zeit ganz viel üben.«

Für ein Konzert bräuchte Gerado einen neuen Anzug. Schon zu Silvester waren die Ärmel und Hosenbeine etwas zu kurz gewesen, nun wäre er herausgewachsen. Wie sollte sie nur diese Ausgabe stemmen? Für ihn eignete sich keines ihrer Kleider, um sie zu einem Anzug umzunähen. Vielleicht konnte sie bei Marisol in die Seifenproduktion einsteigen?

Der Schlüssel drehte sich im Schloss, die Tür schwang auf, und Alba warf einen Blick in den Flur.

»Hola familia!« Leo stützte sich am Türrahmen ab.

Er schien getrunken zu haben. Wieder mal.

Leo trat zwei Schritte auf Alba zu. »Stell dir vor, der Winzer ...« Er lehnte sich an die Wand. Sein Hut saß ihm schief auf dem Kopf. »Er hat mich heute auf meinem Weinfeld besucht. Weißt du was, mein Wein, meiiineeer«, er tippte mit dem Zeigefinger der rechten Hand auf seine Brust. »Ich muss mich setzen.« Leo wankte zum Küchentisch und ließ sich auf den Stuhl fallen. »Da war eine Vor... Vorverkostung, und mein Wein nimmt an einem Wettbewerb teil.«

Im Grund sollte sich Alba für ihren Mann freuen. Sicherlich hätte sie das auch getan, säße Leo nun nicht angetrunken vor ihr. Sie füllte ein Glas mit Wasser, reichte es ihm. Hatte sie den Weinbau falsch eingeschätzt?

Trotz seines glasigen Blicks sah sie den Stolz in Leos Augen. Seine Stärke, in die sie sich verliebt hatte, schien zurück. »Das freut mich. Trink etwas Wasser.«

Lilia musste Leos Worte gehört haben. Sie kam aus ihrem Zimmer, setzte sich auf Leos Schoß und drückte ihm einen Kuss auf die Wange. »Dein Wein kriegt einen Preis? Ist das so wie bei einem Schönheitswettbewerb?«

»Nicht ganz, aber fast.« Leo lachte und küsste sie aufs Haar.

»Papá, ich soll ein Konzert geben!« Gerado stand im Türrahmen, die Geige hielt er noch in der Hand.

»Das ist toll, mein Sohn.« Leo trank das Wasserglas in einem Zug aus.

Gerado reckte sich stolz.

»Das ist es. Dann haben wir heute doppelt Grund zur Freude.« Alba holte aus der Speisekammer einen Topf mit Kohleintopf, den ihr der Koch am Vortag aus dem Hotel mitgegeben hatte, und erhitzte ihn auf dem Herd. »Lasst uns essen.«

Das Essen verlief in fröhlicher Runde. Leos Rausch verflog. Alba erlebte ihren Mann wie damals, als sie sich in ihn verliebt hatte. Energievoll. Selbstbewusst. Voller Zukunftspläne für sie und die Kinder.

»Ab ins Bett mit euch.« Alba zeigte auf das Badezimmer. »Ohne Widerrede.«

Wider Erwarten gehorchten die beiden, erhoben sich und verschwanden im Gang.

Alba räumte die Teller ab. Als sie bei Leo stand, zog er sie zu sich auf den Schoß. »Was hältst du davon, wenn wir noch eine Flasche Wein öffnen und feiern?«

»Was hältst du davon, wenn wir ebenfalls zeitig ins Bett gehen?« Alba spürte seit Langem wieder tiefes Verlangen nach ihrem Mann.

»Die Idee gefällt mir noch besser.« Leo küsste sie.

Nach einem innigen Kuss löste sich Alba von ihrem Mann. »Ich schaue kurz nach den Kindern und gehe dann auch ins Bad, bevor ich zu dir komme.«

»Ich werde auf dich warten.«

Alba stand auf, ging zu den Kindern. Durch die Badezimmertür hörte sie, wie Leo sich bettfertig machte.

»Mamá, werden wir reich, wenn Papás Wein gewinnt?« Lilias Augen leuchteten.

Alba lächelte. »Das nicht, aber es wäre ein erster großer Erfolg für deinen Vater.«

»Ich werde ihm helfen, dann klappt es bestimmt.« Lilia kuschelte sich in die Kissen.

»Ja, dann klappt es sicher. Aber nun wird geschlafen.«

Gerado lag bereits mit geschlossenen Augen in seinem Bett.

Sie gab beiden einen Gutenachtkuss, löschte das Licht und ging ins Badezimmer.

Voller Vorfreude betrat sie das Schlafzimmer und fand Leo schlafend vor. Mit leisem Bedauern legte sie sich neben ihn. Alba drückte sich an ihn, spürte seinen Herzschlag und genoss die Wärme seines Körpers, bevor sie einschlief.

Während sich die Kinder und Leo am Morgen fertig für den Tag machten, erledigte Alba tief in Gedanken versunken ihre Hausarbeit. Würde Leo den Preis gewinnen, könnte sein Weinanbau doch lukrativ sein. Sollte sie die Halle behalten? Dieser Gedanke trieb sie auch noch auf dem Weg zum Notar um, bis sie sich dagegen entschied. Noch war der Weinanbau nicht zukunftsträchtig, im Gegensatz zum Hotelgewerbe.

Die Unterzeichnung der Dokumente beim Notar erledigte sie in wenigen Minuten. Nun wartete der zweite Termin des Tages auf sie: das Treffen mit Hans Schneider. Immerhin musste sie sich wegen des Treffens mit Matías keine Gedanken machen. Leos Tag wäre erfüllt mit den Vorbereitungen für seinen Wettbewerb. In seiner Aufregung hatte er sie nicht gefragt, wie ihr Tag aussehen würde. Sollte er nachfragen, könnte Alba noch immer erzählen, dass sie mit Marisol in Bunyola gewesen sei.

Alba betrat das Hotel. Hans Schneider saß bereits in einem Sessel in der Eingangshalle. Eilfertig stand er auf, als er sie entdeckte. »Alba, wie schön, Sie sind pünktlich. Ich dachte, das sei nur eine Tugend der Deutschen.« Er reichte ihr die Hand.

»Auch wir Mallorquiner mögen Pünktlichkeit.« Sie wies mit der Hand zur Tür des Nebenraums, den sie ursprünglich einmal als Lesezimmer und Bibliothek geplant hatte.

Alba ging voran und hielt ihm die Tür auf. »Bitte.« Sie wartete, bis er hineingegangen war, und ließ die Tür offen stehen.

»Was kann ich in Bezug auf die Malerei für Sie tun?« Alba setzte sich in einen Sessel.

Hans Schneider nahm mit einem zufriedenen Lächeln im Gesicht ihr gegenüber Platz. »Vielmehr frage ich mich, was ich für Sie tun kann.«

»Wie meinen Sie das?« Alba legte ihre Hände in den Schoß und lehnte sich zurück. Das könnte nun doch interessant werden. Die Frage blieb allerdings, was sich Schneider von ihr erwartete.

»Ich habe mich beim General für Sie und Ihre Kunstfertigkeit stark gemacht. Wir verfügen zwar über Kartografen, aber wir könnten Unterstützung gebrauchen. Haben Sie Interesse an einer Nebeneinkunft?«

Karten? Nebeneinkunft? Alba sah ihn fragend an.

»Unser Führer möchte Ihrem Caudillo und Mussolini ein besonderes Geschenk machen. Er möchte beiden eine handgezeichnete Karte Ihres Reiches schenken, auf der auch die Berge, Flüsse und Seen künstlerisch eingebunden sind.« Hans Schneider schien völlig aufgeregt über diese Möglichkeit.

Alba lief eine Gänsehaut über den Rücken. Sie sollte für Hitler Landschaften skizzieren? Wie konnte sie dieses Angebot ablehnen, ohne sich in Missgunst zu bringen?

»Alles natürlich großformatig. Er denkt dabei an Karten aus mehreren Teilen, also eine Art Triptychon.«

Alba räusperte sich. »Sie meinen damit eine künstlerisch gestaltete Karte, die nicht in allen Größenrelationen stimmen muss?«

»Genau!« Hans Schneider klatschte in die Hände. »Ich wusste, Sie würden das sofort erfassen!«

Albas Verstand suchte auf Hochtouren nach einem Absagegrund. »Das ist eine zeitintensive Arbeit. Es wäre mir eine Ehre, aber ich fürchte …«

»Sagen Sie nicht Nein!« Hans Schneider gab sich alle Mühe, sie zu überreden. »Das Kartenmaterial erhalten Sie von uns. Dazu auch Luftaufnahmen.«

Alba rang mit sich.

»Es gibt einen mehr als großzügigen Vorschuss.«

Bargeld würde einige ihrer Probleme lösen. Ein Anzug für Gerado. Ein neues Kleid für Lilia. Rücklagen für das Hotel, die neuen Architektenpläne.

»Sie haben acht Monate Zeit dafür.«

Mangelnde Zeit konnte sie nun auch nicht mehr geltend machen.

»Der Vorschuss über die Hälfte entspricht in etwa einem Monat unseres Aufenthaltes hier. Das Material wird extra bezahlt. Was denken Sie?«

Es wäre ein Pakt mit dem Teufel. Andererseits hätte sie mit diesem Mann nichts zu schaffen. Die Deutschen belegten zwanzig Zimmer. Das Doppelzimmer kostete dreißig Peseten pro Nacht. Es fiel weder Essen an, noch musste sie ein Zimmermädchen bezahlen oder Bettwäsche wechseln. In Gedanken überschlug sie die angebotene Summe. Sechshundert

Peseten pro Tag; gerechnet auf zwei Monate. Hitler bot für die Pläne sechsunddreißigtausend Peseten? Ein Angestellter verdiente im Monat vierhundert Peseten. Ein fast schon unanständiges Angebot. Und davon die Hälfte als Vorschuss? In ihrer Situation konnte sie eine solche Offerte unmöglich abschlagen.

»Ich habe dem Führer von Ihren Fertigkeiten vorgeschwärmt. Sie können nicht ablehnen.« Hans Schneider schien nicht mit einer Ablehnung gerechnet zu haben. Wenn Alba nun nicht darauf einging, stünde Schneider schlecht da. Wenn das durch ihre Schuld geschähe, könnte ihr das schwer schaden. Ein in der Ehre getroffener Mann war zu vielen Taten fähig.

»Die Bezahlung müsste in Peseten erfolgen.«

Hans Schneider sprang auf die Beine, kniete vor ihr nieder und küsste ihre Hand. »Selbstverständlich. Also sind wir im Geschäft?«

Alba zwang sich zu einem Lächeln. »Ja, und danke, dass Sie an mich gedacht haben.« Sie stand auf und begleitete ihn zur Tür.

»Das Kartenmaterial bringe ich Ihnen nächste Woche. Den Vorschuss ebenfalls. Stellen Sie bitte zusammen, was Sie an Zeichenmaterialien benötigen.«

»Ich gebe Ihnen Bescheid, Hans.«

Sie sah die Freude im Gesicht des Mannes, als sie ihn mit Vornamen ansprach. Er blieb ihr weiterhin gewogen. Sie hoffte, er würde ihre Freundlichkeit nicht irgendwann falsch interpretieren.

Obwohl ihr der Gedanke, ein Geschenk an Franco und Mussolini zu gestalten, im tiefsten Inneren zuwider war,

freute sich die Künstlerin in ihr auf die Arbeit. Der Hotelbetrieb ließ kaum noch Muße, ihre künstlerische Ader aus-
zuleben. Die Auftragsarbeit zwang sie nun regelrecht an die
Leinwand.

Nachdem sie auch diesen Termin hinter sich gebracht hatte, blieb ihr noch ausreichend Zeit, sich für ihre Verabredung
mit Matías zurechtzumachen.

Vor einem kleinen Spiegel über dem Waschbecken zog sie
mit einem Lippenstift ihre geschwungenen Lippen nach. Sie
benutzte den Stift nur selten, denn auch solche Sachen blieben rar und entsetzlich teuer. Mit einem Kamm ging sie über
ihre Locken. Zum Schluss zupfte sie ihren Pony zurecht.

Sie lächelte sich zu. Fühlte sich aufgeregt wie ein kleines
Kind vor einem Ausflug ins Unbekannte. Im Prinzip war es
auch für sie Neuland.

Neuland, das sie nun mit Matías betrat. Er wollte sie an
der Rambla mit seinem Auto abholen. Sie sah ihn schon, als
sie am Theater in die Rambla einbog. Perfekt gekleidet, die
dunklen Haare kurz nach der neuesten Mode, lehnte er an
seinem Wagen und hielt nach ihr Ausschau.

Sie hielten den Blickkontakt, bis Alba vor ihm stand. Sie
begrüßten sich mit zwei Wangenküssen. Galant öffnete er ihr
die Beifahrertür.

»Bereit für unseren Ausflug?« Matías startete den Wagen.

»O ja! Das Küstengrundstück habe ich auch heute per
Tausch unterzeichnet. Du kannst mit der Planung beginn-
nen.«

»Das ist großartig. Du wirst sehen, in einigen Jahren baust
du da ein wunderbares Hotel.«

Matías fuhr los.

Alba lachte. »Deine Zuversicht möchte ich besitzen.« An der Seite von Matías fühlte sich selbst eine weit in der Ferne liegende Zukunft leicht an wie der Flügelschlag eines Schmetterlings. Noch bevor sie diesen Gedanken zu Ende gedacht hatte, sah sie den Schriftzug für ihr Hotel vor Augen: *Mariposa*. Die Schmetterlinge, die in ihrem Inneren aufflogen, würden auch das Hotel zum Leben erwecken.

Matías parkte am Hipodrom auf einer Art Acker. Arm in Arm flanierten sie zum Eingang. Schon von draußen hörte man den Lärm, den die Zuschauer in Erwartung des Spektakels machten.

Marisol behielt recht. Die aufgeregte Stimmung übertrug sich automatisch auf sie. Es sollte mehrere Rennen geben. Wie sie wohl die Pferde verpflegten? Vermutlich kam es extra per Schiff vom Festland. Alba schüttelte über sich selbst den Kopf. Sie dachte schon wieder praktisch, anstatt die Atmosphäre zu genießen.

»Schau«, Matías zog sie durch den Eingang und deutete nach rechts, »da ist das Wetthäuschen. Möchtest du eine Wette platzieren?«

»Nein, eine Wette kommt nicht infrage.« Alba betrachtete verwundert die vielen Menschen, die trotz der Not am Wetthäuschen anstanden. Vielleicht ein letzter verzweifelter Versuch, über eine Rennwette Geld für Lebensmittel zu bekommen.

»Ach komm. Ich lade dich für diesen kleinen Spaß ein.« Er sah sie aus seinen dunklen Augen durchdringend an. »Nur ein Wettstreit zwischen uns, ob einer aufs richtige Pferd setzt. Gönne mir das Vergnügen.«

»Und was bekommt der Gewinner?«

»Den Wettgewinn.« Er näherte sich Alba. »Wenn du gewinnst, bekommst du darüber hinaus, was immer du dir von mir wünschst.«

Kurz stockte Alba der Atem. Machte ihr Matías gerade ein eindeutiges Angebot? Unwillkürlich knabberte Alba auf ihrer Unterlippe, bevor sie sich wieder in der Lage fühlte, etwas zu sagen. »Gut, dann lass uns wetten. Der Wetteinsatz steht.« Was sagte sie da? Sie ging auf seine Provokation ein. Sie spielte mit dem Feuer. Nur ein klein wenig, beruhigte sie sich selbst. »Aber schaut man sich die Pferde nicht vorher an?«

Matías winkte lachend ab. »Lassen wir uns von den Namen inspirieren.«

Am Wettschalter hingen Tafeln mit Listen für die nächsten zwei Rennen. Daneben standen mit Kreide geschriebene Zahlen, mit denen Alba nichts anfangen konnte, zumal ein Mann diese dauernd wegwischte und andere hinschrieb.

»Was macht er da?«

Matías legte den Arm um ihre Taille.

Albas Körper kribbelte unter der Wärme seiner Hand.

»Das sind die Wettquoten. Je tiefer die Quote, desto mehr Leute haben auf dieses Pferd gesetzt. Das erhöht aber auch die Gewinnchance.«

Alba las die Namen. Traute ihren Augen nicht. Ein leises Lachen entwich ihrer Kehle.

Matías sah sie fragend an.

»Ich habe meinen Favoriten, und ich bin sicher, er wird gewinnen.« Das musste ein Zeichen sein. »Ich setze auf Mariposa.«

»Bei der Quote? Da glaubt außer dir keiner an einen Sieg. Außerdem klingt Schmetterling nicht gerade kämpferisch.«

Matías schenkte ihr einen tiefen Blick. »Ich wette auf Fuego. Wenn ich dich sehe, lässt du das Feuer in mir auflodern.«

Albas Innerstes geriet in Aufruhr. Wenn sie nicht achtgab, würden sich an diesem Feuer die Schmetterlingsflügel verbrennen. Alba fächelte sich mit der Hand Luft zu.

»Ist dir nicht wohl?« Die Sorge auf Matías' Gesicht amüsierte Alba. Er schien nicht zu ahnen, was für Gefühle er in ihr auslöste. »Willst du dich in den Schatten setzen? Da vorne sind die Bänke.«

Matías geleitete sie zur Tribüne. »Ich hole die Wettscheine und bin gleich wieder da.«

Ein kräftiger kurzer Windstoß trieb den Sand der Rennbahn zu den Sitzbänken. Er legte sich wie Puder auf die Zuschauer. In den vergangenen Wochen hatte es kaum geregnet, was sich nun auf der Rennbahn zeigte.

Alba klopfte sich ihr Kleid ab, bevor sie sich setzte.

Matías kehrte an ihren Platz zurück und legte ihr den Wettschein auf den Schoß. »Hier, für meinen kleinen Schmetterling. Gleich geht es los.«

Der Wind trug den Schweißgeruch der Pferde zu ihnen hinüber. Die Gespanne nahmen an der Startlinie Aufstellung. Marisol hatte recht, es war animalisch im wahrsten Sinne des Wortes. Nach dem Startsignal ergriff Matías ihre Hand. Die Hufschläge ließen die Tribüne erzittern. Albas Herz schlug im Takt der Hufe, der sich vorwärtsdrängenden Pferde. Fast schon ein Stakkato brach über sie herein.

Die Menschen sprangen schreiend von ihren Sitzen. Jeder feuerte seinen Favoriten an. Alba hielt es nicht mehr auf der Bank. Sie stand ebenfalls auf. »Mariposa! Schneller!« Begeistert beobachtete Alba das Muskelspiel des anmutigen

Rappen, der leichtfüßig Meter für Meter hinter sich ließ. Für einen Außenseiter legte er ein erstaunliches Tempo vor. Doch Fuego führte, als es in die letzte Runde ging. Mariposa lag an vierter Stelle.

Erhitzte Gesichter und johlende Menschen, die für eine kurze Zeit das Elend vergaßen und sich dem Vergnügen hingaben: Es war wie ein Rausch, von dem sich Alba mitziehen ließ.

Fuego ging zuerst über die Ziellinie »Victoria!« Matías reckte die Siegesfaust in den stahlblauen Himmel, bevor er sich an Alba wandte. »Tut mir leid für dich.«

»Das macht nichts. Es war aufregend.«

»Aufregend?« Er zog Alba in seine Arme. »Aufregend wäre gewesen, zu erfahren, welchen Wunsch ich dir erfüllen kann.«

Ihre Blicke verfingen sich ineinander.

»Gibst du mir die Möglichkeit, deine Wünsche zu erfahren? Es gibt ein weiteres Rennen, und bei dem wähle ich den Außenseiter.« Er löste sich nur wenig von ihr. »Ich werde meinen Fehler nicht wiederholen.«

»Bitte kein weiteres Rennen.« Alba versuchte, ihren Herzschlag zu beruhigen. Sinnlos. »Ich verrate dir auch so meinen Wunsch.«

Er blickte sie an, sie versank fast darin. Es gab kein Zurück mehr. Ihre Lippen trafen sich zu einem Kuss, der sich anfühlte, als würden sich zwei Schmetterlingsflügel sanft berühren.

22

Die Sommerhitze trieb Leo selbst am Morgen schon den Schweiß auf die Stirn. Noch zwei Rebenreihen lagen vor ihm. Die wenigen Wochen vor der Lese waren entscheidend für die Qualität. Außerdem lenkte ihn die Arbeit vom zeitgleich stattfindenden Wettbewerb ab. Die Experten verkosteten die Weine hinter verschlossenen Türen. Das Ergebnis würde er schon erfahren. Er musste gewinnen. Um es seiner Frau zu beweisen.

Rebe um Rebe beschnitt er sorgfältig die Blätter, damit die Trauben genügend Sonnenlicht für die letzte Reife bekamen und nicht im Blattschatten verkümmerten. Am letzten Stock beendete er sein Tageswerk. Leo ging zu seinem Freund, der ausladenden Aleppokiefer am Ende seines Klippengrundstücks, und setzte sich dort in den Schatten. »Weißt du, wer uns morgen begleiten wird?« Er lehnte sich an den knorrigen Stamm. Vom Meer trieb eine leichte Brise zu ihm und trocknete seinen Schweiß. »Lilia kommt mit.« Leo konnte gar nicht mehr sagen, wie oft er seine Gedanken schon diesem Baum anvertraut hatte. Die Zwiesprache, die er mit seiner Frau nicht halten konnte, hielt er mit dem Baum. Könnte die Kiefer sprechen, sie wüsste mehr über Leo zu berichten als jeder Mensch, den Leo kannte.

Und nun wollte ihn seine Tochter begleiten. Er hatte sie bisher nur wenige Male mitgenommen. Das Mädchen war zu jung, und doch zeigte sie sich deutlich interessierter am Weinanbau als sein Sohn, für den er diesen Aufwand überhaupt betrieb. Er wollte seinem Sohn eine gut eingeführte Bodega übergeben. Dafür arbeitete er sich jeden Tag krumm. Er musste die versäumten Jahre aus dem Gefängnis wiedergutmachen.

Und nun interessierte sich sein kleines Mädchen für seine Arbeit. Jedes Mal, wenn er Lilia mit zum Weinfeld nahm, blitzten ihre Augen vor Freude, und sie fragte ihn Löcher in den Bauch, um alles über den Weinbau zu erfahren. Unermüdlich half sie bei allen Arbeiten mit. Zwar spielte sie auch manchmal die Prinzessin, die sich hübsche Kleider wünschte und eben die Sachen, die Mädchen gerne hatten, aber auf der anderen Seite packte sie zu wie ein Junge. Dazu liebte sie die Fahrten auf dem Motorrad.

Leo sah auf die Uhr: Zeit, aufzubrechen. Der Winzer erwartete ihn am Nachmittag in Binissalem. Hoffentlich mit den Ergebnissen des Wettbewerbs.

Leo fuhr an Palmas Randgebieten vorbei. Einige Menschen trugen ihr eingefallenes Gesicht wie ein Mahnmal vor sich her. Man erzählte sich, dass manche sogar auf der Straße zusammenbrachen. Auch von Menschen hörte man, die am Morgen nicht mehr aufstanden, weil der Tod sie in der Nacht besucht hatte. Bei vielen Familien bestand die Nahrung hauptsächlich aus Orangen. Doch wie lange konnte das einen Menschen am Leben erhalten? Das von Franco eingeführte System der Bezugsscheine war Augenwischerei. Es gab keine Waren, egal, was auf den Scheinen aufgedruckt stand.

Die Nahrung reichte nicht, um arbeitsfähig zu bleiben. Der Verwalter der Balearen schrieb unermüdlich Bittbriefe an Franco, er möge mehr Essen auf die Insel schicken.

Leo fände es schon angebracht, das angebaute Gemüse nicht länger zu konfiszieren. Wie sollten zweihundert Gramm Gemüse für den ganzen Monat ausreichen? Öl, Brot oder Zucker gab es für die meisten fast nicht mehr.

Betriebe Leo nicht sein gemeinsames Geschäft mit Javier, wäre der Speisezettel für seine Familie unzureichend. Alba fragte nicht, woher er die Waren bezog. Sie sah ihn nur dankbar an, wenn sie den Kindern etwas Nahrhaftes zubereiten konnte, was sie nicht dem Hotel entziehen musste. Der Tabakhandel wandelte sich mehr zu einem Tauschhandel. Man durfte sich nur nicht beim Tauschen erwischen lassen. Einmal brachte Leo sogar einen ganzen Sack Reis nach Hause. Die Freude trübte sich, als Alba eine Woche später in der Tasse, die sie dem Sack entnahm, zwischen den Reiskörnern kleine Steine vorfand. Leo hatte den Sack kontrolliert, aber nur den oberen Teil. Er war auf den Betrug hereingefallen. Wie auch andere vor ihm. Leute spritzten Wasser in Tomaten oder Kürbisse, um das Gewicht zu erhöhen.

Seitdem achtete Leo bei seinen Tauschgeschäften noch gründlicher darauf, Ware zu bekommen, die nur schwer manipuliert werden konnte: Kichererbsen, Mais, Kohl.

An manchen Tagen zweifelte Leo daran, dass sein Tabakgeschäft mit Javier noch lange gut ginge. Der Mann hielt seine Wut über Franco immer weniger im Zaum. Leo verstand ihn gut.

Francos einzige Tat war gewesen, den Großgrundbesitzern auf dem Festland nach seiner Machtübernahme die Felder zurückzugeben, damit diese die Arbeiter weiter ausbeuten konnten, ohne ihnen selbst ausreichend zu essen zu geben. Javier erzählte auch, sein Bruder und viele andere Menschen auf dem Festland seien so verzweifelt, dass sie Tierkadaver von verendeten Tieren suchten, um diese zu essen. Leo sah nicht aufs Festland. Ihn interessierte nur seine eigene Familie, die er durchbringen musste, was ihm zunehmend schwerer fiel.

Die Tankanzeige behielt er stets im Blick. Weit würde die Füllung nicht mehr reichen. Auch Benzin zählte zu den rationierten Waren. Wenn es so weiterging, würde er bald wieder auf das Fahrrad umsteigen müssen.

Mit jedem Kilometer, den er sich der Bodega des Winzers näherte, steigerte sich seine Aufregung.

Hatte sein Wein überzeugt?

Leo fuhr über einen sandigen Weg auf das schmiedeeiserne Tor von Fernandos Bodega zu. Selbst hier wuchsen Weinranken an den steinernen Torpfosten und spannten sich über die gesamte Einfahrt. Leo parkte sein Motorrad unter einer Platane im Innenhof.

An einem Stapel Holzkisten vorbei näherte er sich der kleinen Holztür des Seitenhauses aus Natursteinen. Die eigentliche Bodega mit den großen Eichenfässern war im Hauptgebäude untergebracht. Es leuchtete mit seinen hellen Sandsteinen in der Sonne.

Noch bevor Leo die Tür erreichte, öffnete sich diese schwungvoll, und Fernando stand im Türrahmen. »Habe ich doch richtig gehört.«

»Und?« Leo vergaß in seiner Aufregung alle Höflichkeit.

Fernando hob beide Daumen nach oben. »Platz zwei. Herzlichen Glückwunsch. Nicht viele hätten so einen Wein auf einem kargen Küstenboden hinbekommen. Wobei ...«, er zwinkerte Leo zu, »ohne einen erstklassigen Winzer wäre es dir auch nicht gelungen.« Fernando lachte. Er nahm seinen Anteil an dem Ergebnis des Weins nicht so ernst, wie es Leo erst erschien.

»Dafür bin ich dir auch dankbar.« Leo hatte jeden Schritt nach Anlieferung der Trauben begleitet und seine Expertise bei der Maischung eingebracht. Außerdem hatte er das Ende der Fermentierung bestimmt und somit, wann gepresst wurde. Beim Pressen selbst hatte er darauf geachtet, dass die Traubenkerne nicht zerstört wurden, damit keine Bitterstoffe in den Wein gerieten. Genauso, wie Leo es von seinem Vater erlernt hatte. Nur: Ohne eine Bodega wäre das alles nicht möglich gewesen. Dafür dankte er dem Winzer.

»Komm, ich möchte dir was zeigen.« Fernando deutete auf den Lieferwagen neben dem Hauptgebäude.

»Wohin willst du?«

Fernando klopfte ihm auf die Schulter. »Wirst es schon sehen. Steig ein.«

Über einen holprigen Feldweg zuckelte er in Richtung Sencelles. Auf halber Strecke hielt er an und deutete über einen schiefen Schäferzaun hinweg auf ein unbepflanztes Grundstück. »Das will ich dir zeigen.« Fernando stieg aus, öffnete ein kleines Holzgatter, und Leo folgte ihm.

»Bestes Weinland. Perfekte Bedingungen für einen Weißwein aus Prensal Blanc. Für die andere Hälfte würde ich Syrah und Mantonegro für einen kräftigen und doch weichen Rotwein wählen.«

Schlug ihm Fernando gerade eine Beteiligung vor? »Klingt ... großartig, aber wie stellst du dir das vor?«

»Leo, du kannst wirklich was. Ich hätte die Maische früher fermentiert. Meine Weine sind auch gelungen, teilweise preisgekrönt. Doch gemeinsam könnten wir in Zukunft Großes erreichen. Den Rotwein möchte ich mit dir zu einem Reserva ausbauen. Bis der auf die Flasche kann, haben die Leute wieder das Geld für einen guten Tropfen. Vor allem die Hotels in Palma mit ihren betuchten Gästen.«

Leo hatte in Fernando seinen Seelenverwandten gefunden.

»Das sind meine Pläne für die Zukunft. Mir fehlt das Geld dazu. Das weißt du.«

»Und mir dein Wissen. Ich kann das nicht allein stemmen.« Fernando ging zum Lieferwagen und kam mit einer Kladde zurück. »Ich habe das durchgerechnet.« Er schlug das Deckblatt auf und hielt Leo eine Auflistung hin. »Sieh selbst.«

Leo studierte die Kalkulation. Vom Erwerbspreis des Grundstückes über die Bepflanzung bis hin zu den Arbeitern stand bis zur ersten Lese jede Ausgabe klar aufgeschlüsselt auf dem Blatt. Leo starrte mit feuchten Händen auf die Zahlen. Sein Traum lag vor ihm. Nur, wie sollte er diesen wahr werden lassen?

Sie müssten sich zwei Jahre gedulden, bis die Weißweinstöcke Ertrag brächten, der sich in den Folgejahren steigerte. In der Zeit verursachte das Weinfeld nur Kosten.

Und erst im dritten Jahr erwartete Leo eine qualitativ ausreichende Lese bei den Rotweinreben, für die es sich lohnen würde, sie zu einem vollmundigen Rotwein auszubauen. Dann noch die Zeit im Fass, bis er zu einem Crianza oder Reserva herangereift wäre.

Leo räusperte sich. So gerne er diesen Traum mit Fernando träumen würde, so sehr wusste er, er würde sich mangels einer möglichen Finanzierung wie eine Fata Morgana in Luft auflösen. »Fernando, das sind viele Ausgaben ohne Einnahmen für einige Jahre. Auch ein Flaschenpreis fehlt in deiner Liste.«

Fernando sah ihn zuversichtlich an. Leo schien etwas zu übersehen. »Wie soll ich Preise berechnen, die zwei oder drei Jahre in der Zukunft liegen?«

Da musste Leo ihm zustimmen. Die Preise änderten sich monatlich, wenn nicht noch schneller.

»Für mich stellt sich zuerst die Frage, ob wir das gemeinsam machen wollen.«

»Von wollen kann keine Rede sein.« Ginge es nach Leo, würde er sofort einschlagen, aber ohne das notwendige Geld? »Du würdest alles teilen? Kosten und Gewinn?«

»Ja. Wir gründen eine gleichberechtigte Firma. Damit wäre alles klar geregelt.«

Die tief stehende Sonne tauchte das Grundstück in goldenes Licht. »Wie ist es dann mit der Nutzung deiner Bodega?«

»Da finden wir bestimmt eine Lösung. Ich dachte an eine Nutzungsabgabe für die Maschinen und das Personal.«

»Wie groß ist das Grundstück?« Leo bückte sich und fuhr mit den Händen in den Boden. Keine Steine. Satte rote Erde. Sie fühlte sich an wie früher auf dem Weinfeld seiner Eltern.

»Es sind drei Hektar. Groß genug, würde ich schätzen.« Fernando tat es ihm gleich. Er nahm einen Klumpen Erde und zerdrückte ihn in der Hand. »Obwohl es so heiß ist, ist das hier perfekt. In dem fetten Boden bleibt ein Rest Feuchtigkeit eingeschlossen. Besseres Land kann ich mir nicht vorstellen. Du hast den günstigen Preis gesehen.«

Sein Traum lag zum Greifen nah und doch so fern. Viele Möglichkeiten blieben ihm nicht. Ein Bankkredit schied aus. Um Alba zu überzeugen, war die Zeit, in der sie lebten, zu unsicher. Sie bräuchte verlässliche Absatzzahlen für die Zeit nach der ersten Lese, die er bei der momentanen Inflation nicht bieten konnte. Was ihm als einzige Möglichkeit blieb, wäre der Verkauf seines eigenen Grundstücks. Doch wer kaufte schon ein Stück Land an der Küste?

»Was grübelst du?«

Leo sah zu Fernando. »Könntest du dir vorstellen, für das Grundstück eine Hypothek aufzunehmen?«

»In diesen Zeiten?« Fernando ging einige Schritte auf und ab. »Das könnte mich ruinieren. Eine neu gegründete und bis über das Dach verschuldete Firma?« Er sah ihn bedauernd an. »Nein Leo, du musst deinen Teil selbst aufbringen. Anders geht das nicht.«

»Wie lange gibst du mir Zeit für meine Entscheidung?«

»Wenn das Grundstück jemand kauft, um Gemüse anzubauen, ist es vorbei. Einige der wohlhabenden Leute kaufen Land, um ihren Tisch reich zu decken. Wir dürfen nicht zögern.«

Fernando schlenderte zum Auto. Leo folgte ihm nachdenklich. Das Grundstück stünde nicht lange zum Verkauf. Daran hegte auch Leo keinen Zweifel.

Am Weingut stiegen sie aus.

»Danke für die Möglichkeit.« Leo reichte Fernando die Hand. »Ich kann nichts versprechen.«

»Verstehe. Ich habe dich für mutiger gehalten. Setz dich bei deiner Frau durch. Immerhin bist du der Mann im Haus.«

»Ich melde mich bei dir.« Leo startete sein Motorrad und ärgerte sich, wie sie auseinandergegangen waren. Fernando hielt ihn für einen Pantoffelhelden, der am Rockzipfel seiner Frau hing.

Er musste eine Lösung finden. Ob er Alba doch überzeugen könnte? Aber wie? Wenn Alba nur mehr geerbt hätte, dann würde sich diese Frage gar nicht stellen. Doch eine weitere Hypothek auf das Wohnhaus aufzunehmen konnte er bei der momentanen Wirtschaftslage nicht verantworten. Seine Familie hatte Vorrang. Immer.

Bevor er in den Patio fuhr, sah er auf die Tankanzeige. Er würde es am nächsten Tag mit Lilia noch bis ans Küstengrundstück und zurück schaffen. Dann musste er weitersehen. Um im Patio keinen Höllenlärm mit seiner Maschine zu veranstalteten, schaltete er den Motor aus. Die letzten Meter würde er schieben, um Ärger mit den Mietern zu vermeiden. Leo wollte nicht schuld an einem Auszug tragen.

Er stieg ab.

»Leo?«, flüsterte eine Stimme.

Er sah sich um, entdeckte aber niemanden. Aus einem Mauervorsprung löste sich eine Gestalt. »Javier, was machst du hier?«

Javier legte seinen Zeigefinger über die Lippen, huschte näher. »Ich brauche deine Hilfe. Jetzt.« Er deutete auf das Motorrad. »Kannst du mich aus Palma rausbringen?«

»Wohin?«

»Egal. Hauptsache aus der Stadt raus.« Er sah Leo flehentlich an. »Bitte.«

Kurz überlegte Leo, ihm sein Fahrrad zu geben. Verwarf die Idee jedoch umgehend. Wenn er kein Benzin mehr bekäme, säße er selbst ohne Motorrad und Fahrrad fest. Er startete den Motor, schwang sich auf den Sitz. »Spring auf.«

Mit der einsetzenden Dämmerung erreichten sie Leos Weinfeld. Er stellte die Maschine vor seinem Schuppen ab.

Beide stiegen ab. Leo sperrte die Caseta auf. Javier trottete hinterher zur Tür. »Es ist nicht komfortabel, aber vier Mauern und ein Dach.« Leo versperrte ihm den Zutritt. »Bevor ich dich da reinlasse, was ist los?«

Javier schien immer noch vor Angst eingeschüchtert.

»Hier ist niemand.« Leo verschränkte die Arme vor der Brust. »Ich muss wissen, in was du mich reinziehst.«

»Ich vertraue dir mein Leben an.«

»Geht es etwas weniger theatralisch?« Leo gab den Türrahmen nicht frei. »Mehr als ein paar Wochen Knast kriegst du für Tabakhandel nicht. Ich habe länger gesessen.« Mit Grauen dachte Leo an seine Zeit im Gefängnis. Das Essen dort hatte keinerlei Geschmack, war ständig zu wenig, aber allemal besser, als zu verhungern. Javier magerte zusehends ab, obwohl der Handel gut lief.

»Gefängnis? Leo, glaubst du, deswegen würde ich dich um Hilfe bitten? Wegen ein paar Tagen hinter Gittern?«

In Leo stieg eine Ahnung auf und damit Furcht. Er traute sich nicht, den Gedanken zu Ende zu bringen, schwieg. Javier hatte sich bei irgendwelchen Widerstandsaktionen erwischen lassen. Nun floh er vor Francos Leuten.

»Sie haben Carlito erschossen.« Javier rieb sich über die Arme, als wäre ihm kalt. »Vor meinen Augen. Ich konnte gerade noch entkommen.«

»Bist du verrückt, mich da reinzuziehen?« Von einem Faustschlag in die Magengrube hätte Leo nicht übler sein können. »Sind Francos Leute hinter dir her?«

»Ich befürchte es. Nach Hause kann ich nicht, falls mich jemand erkannt hat. Meine Familie wird es hart treffen. Kümmerst du dich um sie?«

Leo gab den Zugang zum Schuppen frei. »Rein mit dir, bevor dich jemand sieht.«

Javier schlüpfte hinein. »Bitte, Leo, ich brauche nur zwei Tage, in denen ich mich verstecken kann.«

»Und dann? Was dann, Javier? Wie willst du hier wegkommen?« Leo nahm einen Stein, schlug gegen das Sicherungsschloss, bis es zerbrach. »Das ist doch Unsinn!« Nun konnte Leo behaupten, jemand habe sich Zutritt zu seinem Schuppen verschafft.

Hätte er ihn nur nie hierhergebracht. Leo wusste genau, wie es lief. Sobald Francos Leute vermeintliche Aufrührer schnappten, schoss man, ohne zu fragen. Daran hatte auch das Ende des Bürgerkriegs nichts geändert. Leo wollte in keinem namenlosen Grab an einem gottverlassenen Ort wie ein räudiger Hund verscharrt werden.

»Zwei Tage, und was ist danach?« Leo erinnerte sich an den von Kaktusfeigen überwucherten Unterstand, der auf dem übernächsten Grundstück stand. Bisher hatte er noch nie eine Menschenseele dort gesehen.

Javiers bleiche Lippen zitterten. »Nach zwei Tagen werden sie die Suche einstellen. Bis dahin durchkämmen die Truppen Wälder und Buschebenen. Sie sind überall auf der Insel.«

»Das weiß ich. Deshalb kannst du nicht hierbleiben.«

»Bitte, Leo. Nur zwei Tage! Anschließend schlage ich mich zum Treffpunkt durch. Besser, du weißt ihn nicht. Da wartet ein Boot auf mich.«

»Du kannst bis Mitternacht hierbleiben.« Leo zeigte auf das verlassene Grundstück mit dem Unterstand. »Dann versteckst du dich dort drüben. Hier kannst du nicht bleiben.«

Leo sah, wie die Anspannung seines Freundes nachließ. Er zog ein altes Beil aus dem Werkzeugschrank. »Nimm nachher das, um durch die Kakteen zu kommen.« Er reichte ihm ein Seil. »Vielleicht kannst du auch das noch gebrauchen.«

»Danke, du bist ein echter Freund.«

Leo wünschte, er könnte mehr für ihn tun. »Ich achte auf deine Familie.« Er kannte alle Routen, die der Tabak nahm. Er würde die Kippen direkt an Javiers Frau liefern. Die Einkünfte würden ihnen das Essen auf dem Tisch sichern, sollten Francos Leute die Familie nicht verschleppen, um Javier abzustrafen. »Hole sie aber schnell nach, du weißt, mit wem du dich angelegt hast.«

Javier nickte. Er reichte Leo die Hand. »Das werde ich dir nie vergessen. Niemals. Versprochen.«

»Schon gut.« Leo drückte seine Hand zum Abschied. »Suerte, Amigo.« Er zog die Schuppentür hinter sich zu und hoffte, Javier würde Wort halten und in der Nacht in den Unterstand wechseln. Hier war es gefährlich. Für sie beide.

Auf dem Heimweg ließ Leo seinen Gedanken freien Lauf. Auf der einen Seite gab es Weinprämien, auf der anderen Seite konnte man jederzeit erschossen werden, wenn man mit den falschen Leuten sprach oder in der falschen Sprache. Katalanisch zu sprechen vermied jeder. Das galt schon als revolutionär. Dabei war es die Muttersprache der Mallorquiner.

Wie zuvor geplant, schob er sein Motorrad in den Innenhof. Dieses Mal erreichte er seine Wohnung ohne unerwarteten Besuch.

Aus der Küche drang fröhliches Lachen. Die gute Energie in seinem Heim vertrieb Leos trübe Gedanken. Gerado saß singend am Tisch. Sein Gesicht und seine Hände waren mit einer braunen Masse beschmiert. Lilia hüpfte um den Tisch herum, ihre Schürze verziert mit schokobraunen Handabdrücken von Gerado, und Alba stand am Herd und schwang lachend im Takt einen Löffel. Auch ihr Gesicht zierten braune Streifen. Sie schienen ein Singspiel zu spielen.

»Was ist das denn für ein Zeug?« Leo ging zu Alba, streifte zärtlich mit dem Zeigefinger ihre Wange, um zu sehen, was diese Masse sein sollte.

»Probiere es. Es ist lecker.« Alba hielt ihm die Wange zum Kuss hin.

Leo drückte ihr einen Kuss darauf, dann leckte er sich den Finger ab. Die Masse schmeckte etwas bitter und nach einem Hauch von Schokolade mit leichter Süße.

Alba stupfte ihm mit dem Löffel einen warmen Punkt auf die Nase. »Man muss nur erfinderisch sein. Das ist unser Schokoladenersatz.« Sie leckte am Löffel.

»Woraus ist das?« Leo wischte sich über die Nase.

Alba nahm den Topf vom Herd und goss die zähe Masse in kleine flache Förmchen. »Das ist aus den Schoten vom Johannisbrotbaum.«

»Algarrobo? Das ist doch Tierfutter!«

»Und? Es schmeckt. Nur das zählt, oder?«

Leo konnte es kaum glauben. Die braunen Kernschoten dienten früher als Tierfutter. In der aktuellen Not stellte man auch Mehl daraus her, was süßlich schmeckte, aber von Schokolade hatte er noch nie gehört, und das Ergebnis, das Alba hier gezaubert hatte, beeindruckte ihn sehr.

»So, wascht euch mal und dann ab ins Bett.« Alba trocknete sich die Hände ab, während Gerado und Lilia ins Bad verschwanden.

»Wie lief die Preisverleihung?« Alba holte einen abgedeckten Teller aus der Speisekammer. »Aus dem Hotel. Wir haben schon gegessen. Jetzt erzähl endlich, ich sterbe vor Neugierde.«

»Es ist der zweite Platz!«

»Das ist großartig.« Sie schnitt die Tortilla in Ecken, bevor sie den Teller auf den Tisch stellte. »Ich bin stolz auf dich.«

»Lass uns darauf anstoßen mit meinem prämierten Wein.« Leo holte eine Flasche und zwei Gläser, entkorkte und reichte Alba ein eingegossenes Glas.

Alba nippte und ließ den Wein im Mund kreisen. »Ich glaube, er schmeckt mir jetzt noch besser.« Sie stellte ihr Glas ab. »Gab es ein Preisgeld?«

»Leider nicht, aber es gibt etwas anderes, von dem ich dir erzählen will.«

Leo stach die Gabel in die Tortilla. Es fühlte sich etwas härter als üblich an, als er eine Kartoffelscheibe durchbiss. Überhaupt schmeckte es anders. Weniger aromatisch, und es fehlte der typische Geschmack nach Ei. Nach dem ersten Bissen merkte Leo erst, wie hungrig er war, und ehe er sich's versah, hatte er die Tortillastücke aufgegessen.

Alba hatte ihm mit einem Lächeln zugesehen. Sie schien guter Stimmung zu sein. Leo fasste sich ein Herz und hoffte, die richtigen Worte zu finden. Er berichtete von dem Grundstück. Während er in den schillernsten Farben die Lage beschrieb und die Idee ausführte, schwieg Alba. Ihre vormals fröhliche Miene verschloss sich zusehends.

»Ich kann dir die Zahlen dazu mit Fernando aufstellen. Das ist eine einmalige Gelegenheit.« Leo sucht den Blick seiner Frau. »Was sagst du dazu?«

Alba seufzte. »Ich sehe nur einen Weg, es zu finanzieren. Verkauf dein Küstengrundstück.«

»Und was geschieht, wenn ich keinen Käufer finde?« Leos schlimmste Vermutung bestätigte sich. »Der Verkaufserlös wird nicht reichen. Es dauert, bis der Wein etwas abwerfen kann.«

»Dann nimm zusätzlich einen Kredit auf.« Noch immer wirkte Albas Miene verschlossen. »Dafür brauchst du eine Arbeit, die dir Lohn bringt.«

Die überbordende Stimmung bei seiner Heimkehr, verwehte wie Mandelblüten im Wind. Eine Möglichkeit fiel ihm noch ein. »Wenn ich einen Teil des Ackers in Binissalem mit Gemüse bepflanzen würde, das man zu Konserven verarbeiten kann, dann könnte es doch ein lohnendes Geschäft mit den Deutschen werden?«

Alba sah ihn lange an. »Das könnte eine Möglichkeit sein.« Alba trank einen Schluck Wein. »Stell die Zahlen für Hans Schneider zusammen. Wenn sie gut sind, wird er dir einen Kredit für Lebensmittel gewähren.«

In Leo keimte Hoffnung auf.

»Morgen gibst du den Verkauf deines Grundstücks in Auftrag. Mach dir Gedanken, wie du deine Weinstöcke auf das neue Grundstück bekommen willst.«

Da sprach Alba einen Punkt an, an den er bisher nicht mal zu denken gewagt hatte. Nun rückte alles doch noch in greifbare Nähe.

Das Lampenlicht brach sich im Weinglas, warf einen warmen Schein auf Albas Gesicht. Ihr Lächeln gab Leo die Zuversicht, die er für dieses gewagte Unterfangen benötigte.

23

Xisca stürmte in die Küche. Schwanzwedelnd folgte Leya ihrer jungen Herrin. Fast glitt Carla vor Schreck über den spontanen Überfall der Teig für das Maisbrot aus den Händen. »Xisca, die Küche ist für dich zu dieser Uhrzeit tabu. Für dich, für deine Freunde, für alle. Wie oft muss ich das noch erklären?«

Xisca sah sie niedergeschlagen an. »Tut mir leid, aber es ist eilig. Da! Schau!« Sie wies auf einen Artikel in der Tageszeitung, die sie vermutlich von Samuel hatte.

Da ihre Adoptivtochter so aufgeregt wirkte, deckte Carla den Teig ab, den es so wenig geben durfte wie die Zuckerfässer in Franciscos Werkstatt, oder das Gemüse, das sie gegen den Zucker mit einer alten Schulfreundin aus dem Dorf tauschte. Niemand wusste, woher der andere die Ware hatte, keiner fragte, wichtig war nur der Tauschhandel. Wenn Carla eines gelernt hatte, dann, wie gut der Mais im hinteren Teil ihres Aprikosenfelds wuchs. Der Geräteschuppen und der von Bougainvilleas zugewucherte Begrenzungszaun versperrten den Blick auf den illegalen Maisanbau; sollte überhaupt jemand dort zufällig vorbeikommen. Da Carla die Früchte eintauschte, wunderte sich auch niemand, wenn sie sich im Schuppen zu schaffen machte. Selbst den Wein, den

Antonia ihr nur zur Tarnung der Zuckerlieferung schickte, kaufte man ihr ab.

»Dann zeig mal her«, forderte sie Xisca auf.

Mit geröteten Wangen drückte sie Carla die Zeitung in die Hand. Die Lokalzeitung lobte einen Schreibwettbewerb aus. »Du willst mitmachen?«

»Weißt du, was eine Argus C 3 wert ist?« Xisca riss die Augen auf. »Ich muss diesen Wettbewerb gewinnen! Unbedingt!«

Carla lächelte. Ihr ehrgeiziges Mädchen träumte von einer Karriere als Journalistin. Dafür brauchte sie eine Kamera, eine gute Geschichte benötigte passendes Bildmaterial. So weit war Carla auf dem Laufenden mit Xiscas Träumen. Die Ausschreibung wäre eine einmalige Chance für sie. So ein Fotoapparat kostete einen durchschnittlichen Wochenlohn.

Der Steinmetzbetrieb hielt sie zwar über Wasser, doch die Auftragslage blieb die letzte Zeit schlecht. Viele beerdigten ihre Lieben ohne aufwendig aus Stein gehauene Grabfiguren. Gebaut wurde fast nichts mehr, und von Kunst konnte auf der Insel kein Steinmetz überleben. Selbst Francisco ging oft mit aufs Feld, um bei den Aprikosen und Mandeln zu helfen. Ohne ihr Land, das Carla nun mit Xisca bewirtschaftete, kämen sie nur schwer durchs Jahr. Lidia war nach Mutters Tod zu ihrem Bruder nach Porreres gezogen, um ihr Haus vermieten zu können.

Obwohl Carla für ihre Freunde aus dem Dorf nähte, blieb nicht viel übrig. Schon gar nicht genug, um Xisca diesen kostspieligen Wunsch zu erfüllen. »Worüber willst du schreiben?«

»Es soll um das schönste Erlebnis des Sommers gehen.« Xisca kaute auf der Unterlippe herum. »Und da dachte ich ...«

Carla wartete geduldig. Als Xisca nicht weitersprach, wies sie zum Esstisch. »Setz dich.«

Mit einem Seufzer, der einem alternden Großvater zur Ehre gereicht hätte, setzte sich die Dreizehnjährige an den Tisch. Leya legte sich neben Xiscas linken Fuß. Die Hündin wich Xisca nicht von der Stelle, ob im Haus, im Hof oder auf dem Feld. Man traf das Mädchen nie ohne Leya an. »Ich weiß, ich sollte nicht darum bitten, aber schau ...« Sie blätterte zwei Seiten weiter zu einer Konzertankündigung in den Tropfsteinhöhlen von Porto Cristo. »Wenn ich da hingehe und darüber berichte, dann gewinne ich. Das ist so sicher wie unsere Zuckervorräte in Onkel Franciscos Werkstatt.«

Carla zuckte zusammen.

»Mamá, ich bin kein Baby mehr.« Sie setzte sich aufrecht hin, um noch erwachsener zu wirken. »Ich weiß schon länger davon. Ich werde nie etwas über unser Maisbrot verraten. Niemals. Versprochen. Sonst wirst du eingesperrt. Das weiß ich. Es tut mir leid, dass ich in die Küche gekommen bin, obwohl ich das nicht soll.« Sie legte den Kopf schief. »Wird nicht wieder vorkommen. Versprochen.«

»Du weißt von den Zuckerlieferungen?« Carla war bewusst, welche Gefahr es barg, Maisbrot zu backen. Es konnte sie zwei Wochen ins Gefängnis bringen, da jegliches Getreide an die Falangisten ging. Daran hatte sich nichts geändert. Auch nicht, als Franco die Macht übernommen hatte. Noch gab es Aufstände, und Francos Truppen brauchten Verpflegung. Ob das einfache Volk hungerte, spielte dabei keine Rolle.

»Schon lange.« Xisca grinste. »Euer Geflüster hat mich neugierig gemacht.«

»Also bist du investigativ gewesen und hast uns ausspioniert.« Carla schüttelte den Kopf. Die Neugierde dieses Mädchens würde ihr eines Tages zum Verhängnis werden.

»So arbeiten Journalisten. Sie beobachten. Stellen Fragen. Also? Gehen wir zu den Höhlen? Bitte. Ich helfe dir jeden Tag auf dem Feld.« Xiscas flehender Blick ließ Carla zustimmen, ohne das zuvor mit Francisco besprochen zu haben.

»Ehrlich? Wir fahren? Morgen?« Xisca sprang auf die Beine und hüpfte wie ein Gummiball auf und ab. »Oh, du bist so lieb!«

»Dir ist aber klar, dass Leya da nicht mitkann.«

Die Hündin hörte ihren Namen und wedelte mit dem Schwanz.

»Wir lassen sie im Wagen, solange wir in der Höhle sind.« Sie kraulte Leya den Kopf. »Du bist ganz brav. Wie immer. Richtig?«

Carla sah sich die Anzeige genauer an. Ein junger Geiger trat dort auf. Am nächsten Vormittag fand in den Drachenhöhlen im Osten der Insel die Premiere statt. Carla las den Namen: Gerado Delgado Colom. Ihr Neffe. Ob Leo ebenfalls anwesend wäre? Vermutlich. Immerhin gab sein Sohn ein Konzert. Da würde er sicherlich mit stolzgeschwellter Brust danebenstehen. Ihn wollte Carla nicht sehen.

Doch nun hatte sie Xisca zugesagt, einen Rückzieher konnte sie nicht mehr machen. »Gut, aber erst müssen wir das mit Francisco besprechen. Wenn er das Auto benötigt, geht es nicht.«

»Er braucht den Loryc nicht. Ich habe ihn schon gefragt.« Xisca strahlte über das Gesicht. »Wir fahren zu den Drachenhöhlen«, sang sie und tanzte durch die Küche. Leya tänzelte mit ihr, was Carla zum Lachen brachte.

»Dann stehen wir aber sehr zeitig auf, denn wenn ich den Wagen nehme, bringe ich vorher in Inca die Schuhe bei Isidoro vorbei und hole neues Leder.« Carla stand auf und kümmerte sich wieder um ihren Maisteig, der schnell in den Backofen sollte.

»Danke, danke, danke!« Xisca umarmte Carla von hinten.

Carla knetete den Teig. Xiscas Vorfreude übertrug sich auf sie. Obwohl die Freude durch ein mögliches Treffen auf Leo ein wenig getrübt wurde.

Ob sie ihm jemals vergeben konnte? Bei Isidoro hatte sie es geschafft. Seitdem nicht nur alles an Getreide aufs Festland ging, sondern Isidoro ausschließlich Militärschuhe fertigen durfte, nähte Carla heimlich Schuhe für seine Familie und ihre eigene. Ihr Lohn war das Leder. Selbst mit Isidoros Frau verstand sie sich leidlich, obwohl die immer noch zur Eifersucht neigte. Doch die Zeiten ließen keinen Platz für persönliche Befindlichkeiten.

Durch ihre zahlreichen Nebentätigkeiten kamen sie gerade so über die Runden. Carla fragte sich an ganz schweren Tagen, ob sie Antonia um eine Geldüberweisung bitten sollte, verwarf den Gedanken jedoch am darauffolgenden Tag wieder. Aus den Stoffresten für die Kleidung wohlhabender Bewohner fertigte sie Kleidungsstücke für die Kinder in der Nachbarschaft. Xisca war ihr auch dabei eine große Hilfe.

Das Mädchen hatte eine Abwechslung verdient. Das bestätigte ihr Francisco, als er zum Mittagessen kam.

Sie aßen das Maisbrot mit Salz und Tomaten. Der Nachtisch bestand aus Aprikosenkompott. Xisca begleitete sie anschließend auf das Feld. Die Ernte im Schuppen musste gewendet werden.

Erst als die milde Abendsonne die Berggipfel der Tramuntana wie die Spitzen eines Feuers rot leuchten ließ, kehrten sie zurück in ihr Heim.

Francisco stand in der Küche und schnitt Brot auf. »Die Sobrasada habe ich als Bezahlung für die Ausbesserung eines Steinwaschbeckens bekommen. Fürs Abendessen ist gesorgt.«

Carlas Magen knurrte erfreut. »Das reicht mehrere Tage, wenn ich mir die Wurst ansehe. Sobrasada.« Wie lange hatten sie darauf schon verzichten müssen? Carla wusste es nicht mehr. Es mussten einige Monate vergangen sein.

Xisca ging in den Gemüsegarten im Innenhof. »Ich hole Tomaten und eine Zwiebel.«

Auch die würden bald ausgehen, die Erntezeit war vorüber, und mehr Gemüse konnten sie nicht heimlich anbauen. Sie riskierten bereits viel mit den Pflanzungen auf dem Feld. Dennoch blieb ihnen kaum eine Wahl: ohne Geld keine Lebensmittel. Vielleicht sollte sie doch Antonia um Hilfe bitten.

»Der Deutsche in Palma hat mir einen neuen Auftrag erteilt. Gut bezahlt. Für die nächsten Wochen haben wir ausgesorgt.« Francisco sagte es in ruhigem Ton, obwohl Carla wusste, wie sehr er diesen Mann verabscheute.

Carla ging zu ihm, nahm ihm das Messer aus der Hand und legte es neben das aufgeschnittene Brot. »Die Zeiten werden sich wieder ändern. Dann kannst du dir deine Auftraggeber aussuchen.«

»Nicht, wenn wir bald selbst in den Krieg eintreten. Noch ist Spanien neutral. Aber so, wie Franco mit Hitler und

Mussolini sympathisiert, wird er sich nicht mehr lange heraushalten wollen.«

»Wieder Krieg?« Carla flüsterte. Sie wollte Xisca nicht beunruhigen. »Ein weiterer Krieg lässt die Menschen verhungern. Das schaffen wir nicht.«

»Solange sich die Deutschen hier auf der Insel wohlfühlen, wird es uns an nichts fehlen. Wir werden diese Zeit überstehen.« Sein Gesicht blieb ernst, es spiegelte die momentane Lage im Land wider. Der Faschismus breitete sich weiterhin aus. Hitlers Machtgier schien noch größer als der Hunger der spanischen Bevölkerung. Und er würde jeden, der ihn unterstützte, mit in den Abgrund reißen. Davon war Carla überzeugt. Spanien lag schwer verwundet am Boden, und wenn Franco nicht achtgab, blutete es vollkommen aus.

»Ich habe die Anzeige gesehen. Die mit den bemalten Herzchen. Deshalb hat mich Xisca nach dem Wagen gefragt, richtig?« Francisco legte die Brotscheiben zur Wurst auf das Holzbrett. »Kannst du es einrichten bei all der vielen Arbeit, die auf dir lastet?«

Selbst in dieser Situation dachte Francisco an sie und wie sie ihre Kräfte einteilte. Er sorgte sich. Je mehr er sich sorgte, desto mehr versuchte Carla, vor ihm zu verbergen, wenn ihre Finger von der Überanstrengung zitterten. Ein Tag, ohne die verdammte Nadel in der Hand halten zu müssen, würde ihr guttun.

»Ich verbinde es mit einer Auslieferung in Inca«, wich Carla dem Thema aus. »Leos Sohn wird in der Höhle spielen.«

»Gerado?« Francisco lachte. »Ich hätte nicht geglaubt, dass Leo seinem Sohn so ein Hobby durchgehen lässt. Boxen, Fußball, solche Sachen, aber Musik und womöglich Literatur?

Das muss Alba gefördert haben.« Er setzte sich an den Tisch.

Xisca wusch die Tomaten und schnitt die Zwiebel in Scheiben. »Der Geiger ist also mein Cousin?« Ihre Augen leuchteten noch mehr, obwohl die Dämpfe der Zwiebel ihr die Tränen in die Augen trieben. »Den habe ich noch nie gesehen. Warum eigentlich nicht?«

»Eine lange Geschichte. Ich erzähle sie dir vielleicht auf dem Weg zu den Höhlen. Aber jetzt wird gegessen und dann geschlafen. Es geht vor Tagesanbruch los. Wie du weißt, fahre ich viel langsamer als dieser Rennfahrer hier.« Sie wies auf Francisco, der losprustete.

»Eine Schnecke ist schneller als du.«

»Ich bin nur vorsichtig.« Sie nahm sich eine Brotscheibe und gab Sobrasada darauf. »Außerdem fehlt mir die Übung.«

Xisca belegte sich ebenfalls ihr Brot. »Ich könnte fahren.«

»Auf gar keinen Fall«, erwiderten Francisco und Carla unisono, was alle auflachen ließ.

»Na, in diesem Punkt sind wir uns also einig.« Francisco sah Xisca an. »Fürs Autofahren bist du noch zu jung. Ich freu mich allerdings schon auf deine Geschichte, die du einreichen willst.«

Xisca kaute schweigend ihr Wurstbrot. Der Gedanke an die zu schreibende Erzählung hatte sie ehrfürchtig verstummen lassen. Carla wiederum schwieg und ließ Franciscos Spruch unkommentiert. Das Mädchen sollte unbefangen an die Sache herangehen, dann würde es nicht so wehtun, wenn sie den Wettbewerb nicht gewinnen sollte.

Die Schreibübung würde ihr für die Schule helfen.

Xisca deckte bereits den Frühstückstisch, obwohl sie beim Aufstehen für gewöhnlich wie Carla eher zu den Langschläfern zählte, die sich lieber nochmals im Bett umdrehten, statt beim ersten Sonnenstrahl gut gelaunt aus den Federn zu steigen. Doch an diesem Tag summte Xisca sogar ein Lied, als Carla mit der ersten Morgendämmerung die Küche betrat.

»Du bist heute ja früh dran.«

»Ich bin schon ewig wach.« Xisca biss in ein trockenes Brot und stellte für beide ein Glas Milch auf den Tisch.

»Danke.« Carla nahm sich ebenfalls eine Scheibe und tunkte sie in die Milch, bevor sie abbiss. »Du bist aufgeregt?«

»Du nicht?«

Carla verneinte. »Aber ich freue mich auf unseren Ausflug.« Schweigend aßen sie das karge Frühstück, bis Francisco die Küche betrat. Er konnte morgens schon plaudern und erzählen, während Carla und Xisca zuhörten wie bei einer morgendlichen Radiosendung. Francisco erzählte Geschichten aus dem Dorf, und woran er an diesem Tag arbeiten würde.

»Ich bin dann drüben in der Werkstatt. Euch viel Spaß, und fahrt vorsichtig.« Er küsste Carla und drückte auch Xisca einen Kuss auf den Haaransatz.

Xisca stellte die Teller in die Spüle. »Darum kümmere ich mich, wenn wir wieder heimkommen, einverstanden?«

Das Mädchen wollte aufbrechen, das war unübersehbar. »Ich räume die Sachen für Isidoro ins Auto.« Carla holte die fertigen Schuhe aus der Speisekammer, in der sie eine doppelte Wand eingebaut hatten, seitdem bestimmte Lebensmittel verboten waren. Dort befanden sich einige Gemüsesorten, vor allem die Maiskolben, die man nicht haben durfte, auch Kaffee und Zuckervorräte für ihren Tauschhandel. Oder eben das Leder für die Schuhe. Vier Paar packte sie in einen alten Kartoffelsack, um keinen Verdacht zu erregen.

Xisca wartete mit leuchtenden Augen auf der Beifahrerseite, einen Schreibblock auf den Knien. Leya lag ihr zu Füßen.

Carla verstaute den Sack zwischen ihren Sitzen, reichte Xisca ihre Handtasche und startete den Motor. »Dann fahren wir mal los.«

Xisca gähnte mehrfach auf der Fahrt nach Inca. Offenbar hatte sie kaum geschlafen, was Carla nicht wunderte. Zu sehr wünschte sie sich diese Kamera. Wovon sie im Anschluss die Filme bezahlen sollten, darüber würde sich Carla zur passenden Zeit den Kopf zerbrechen.

Sie hielt vor Isidoros neuem Haus. Er hatte es aus den Trümmern seiner alten Villa erbaut, die intakt gebliebenen Mauern verwendet und einen Bombenschutzkeller eingerichtet, der nun als Lager für seine illegalen Lederarbeiten diente.

Carla klopfte behutsam an die Tür. Zu dieser frühen Stunde wollte sie nicht die Aufmerksamkeit der Nachbarn auf sich ziehen. Den Kartoffelsack hatte sie im Schutz eines Busches abgestellt.

Sie lauschte und glaubte ein leises Knarzen zu hören. Tatsächlich. Isidoro stand in einen Morgenmantel gehüllt vor ihr und sah sie aus verschlafenen Augen an. »Du? Zu dieser Zeit?«

»Buenos días, es ging leider nicht anders.« Sie nahm den Sack und reichte ihm die Schuhe. »Frisches Leder hole ich auf der Rückfahrt ab.« Sie zeigte auf den Wagen. »Xisca und ich fahren zu den Drachenhöhlen nach Porto Cristo.«

Isidoro übernahm ihn und verstaute ihn hinter der Haustür. »Gute Fahrt. Und erzähl mir, ob die Höhlen einen Besuch wert sind.«

»Mach ich.« Sie winkte ihm zum Abschied und schlenderte zurück zu ihrem Loryc.

Leya hob zwar den Kopf, erinnerte sich aber wohl nicht mehr an ihr altes Zuhause. Sie bettete ihn wieder auf Xiscas Schuhe und schloss die Augen. »Braves Mädchen«, lobte Carla die Hündin, startete den Wagen und fuhr in Richtung Osten.

Noch bevor sie Manacor erreichten, schien die Sonne hell vom Himmel. Der Verkehr nahm zu, und viele Menschen gingen ihren Geschäften nach. Je näher sie der Küste kamen, die sie immer wieder mal von einer Anhöhe in der Ferne entdecken konnte, desto ruhiger verhielt sich Xisca. »Alles in Ordnung mit dir?«

»Schon. Nur ein wenig nervös.« Xisca sah zu Carla. »Was ist, wenn mir im Anschluss keine Geschichte einfällt?«

Darüber sorgte sich ihre Kleine also. »Das wird nicht passieren. Dein Cousin spielt in einer Tropfsteinhöhle, da wird dir bestimmt was einfallen. Ganz sicher. Die Umgebung. Die Musik. Lass uns das erst erleben, und wenn dir dann nichts einfällt, kannst du dir Sorgen machen.«

»Das sagst du so leicht.«

Ein Hinweisschild führte sie noch vor dem Ortskern über eine Schotterpiste zu ihrem Ziel. Ein Fußweg mit Aleppokiefern am Rand des Pfads wies in Richtung des Eingangs. Um zehn Uhr sollte die Führung mit dem Konzert beginnen. Entsprechend voll war der Platz bereits. Carla sah sich um, ob sie jemanden erkannte. Sie suchte nach Leo oder Alba. Eine leichte Nervosität ließ sie zappelig werden. Sie wippte von einem Bein auf das andere.

»Du bist ja nervöser als ich.« Xisca ahmte ihre Zappelei nach, was Carla zur Konzentration mahnte, um ruhig zu stehen.

»Ach, mir sind nur die Beine von der langen Fahrt eingeschlafen.« Carla folgte den anderen Besuchern den Pfad entlang, bis sie den schmalen Zugang an der Meerseite entdeckte. Auf dem Weg dorthin deutete Xisca zu zwei übergroßen
Echsenstatuen, die wie versteinerte Drachen wirkten.

»Hat es diese Tiere in der Höhle gegeben?« Xisca sah sie aus
aufgerissenen Augen an.

»Die gibt es immer noch.«

Xisca runzelte die Stirn. »Du lügst mich an.«

Carla lachte. »Nur ein wenig.«

»Dabei soll man nicht lügen.« Xisca boxte sie sanft in die
Seite.

»Das stimmt, aber Spaß machen darf man trotzdem.«

Carla bezahlte den Eintritt von fünf Peseten für sie beide und betrat das schummerige Dunkel der Höhle. »Bist du
auch so neugierig, wie es drinnen aussieht?« Ein paar wenige Glühbirnen erhellten die Stufen, die hinab ins Innere der
Erde führte. Eine feuchte Kühle umfing sie. An den in Stein
geschlagenen Treppenstufen bildeten sich kleine Pfützen, in
denen sich das Wasser sammelte.

»Gruselig.« Xisca hielt sich dicht bei Carla.

»Achte auf deine Schritte.« Carla entdeckte auf einer Platt-
form andere Besucher. »Ah, hier ist also der Treffpunkt.«

Carla sah sich um. Gewaltige Stalagmiten ragten bis zur
Decke hoch, von der eindrucksvolle Stalaktiten hingen. Es
wirkte, als hätte ein Riese aus Tropfen aus nassem Sand ein
Schloss gebaut, wie sie es mit Xisca am Strand machte. Nur
hier war es versteinert. Die Ausleuchtung bezauberte Carla. Es schien eine völlig fremde Welt. Sie hatte zwar eine
Schwarz-Weiß-Aufnahme in der Zeitung gesehen, doch fing

so ein Foto nicht ansatzweise die Größe und Schönheit der Höhle ein.

»Das ist ...« Xisca nagte auf ihrer Unterlippe herum. »Wenn ich jetzt schon die Kamera hätte.«

»Betrachte es so, als würdest du es durch die Kamera sehen, und versuch, es in deiner Geschichte so zu zeigen, dass man glaubt, selbst hier zu sein.« Carla ahnte, wie schwer es war, ein solches Werk der Natur mit bloßen Worten vor dem Auge des Lesers entstehen zu lassen. Die Falten im Gestein wirkten wie Runzeln im Gesicht eines alten Menschen. Ausgeleuchtet glaubte man, Figuren in den Felsen zu erkennen.

Auch die anderen Besucher standen leise flüsternd beisammen. Carla entdeckte ihre Schwägerin. Alba unterhielt sich mit einem Carla unbekannten Mann. Vielleicht der Musiklehrer, der seinen Zögling begleitete. Carla suchte unter den zwanzig Personen nach Leo. Vergeblich.

Erleichtert näherte sie sich der Gruppe.

Ein uniformierter Mann sah auf die Uhr. »Wenn Sie mich bitte begleiten würden?«

Der Mann wies auf diese Felsnase oder erklärte jene Steinformationen sowie die Geschichte der Höhle. Natürlich durften Legenden um den Goldschatz der Templer nicht fehlen. Xisca ließ ihre Augenbrauen hochschnellen, saugte jedes Wort wie ein Schwamm auf und schrieb fleißig mit.

Carla lächelte. Das Mädchen nahm den Schreibwettbewerb ernst. Juan Servera Camps verdankten sie die wundervolle Ausleuchtung sowie die Wege und den Eingang an der Cala Murta, über den sie die Höhle betreten hatten. Carla wunderte sich, was der Höhlenführer angeblich alles für Figuren im Stein sehen wollte. Oftmals reichte Carlas Fantasie nicht aus, die Fabelwesen zu entdecken, die man zweifelsohne erkennen sollte.

Je weiter sie in die Höhle vordrangen, desto deutlicher vernahm man die Klänge von klassischer Musik. Das Geigenspiel stach merklich hervor. Carla spürte die Verbindung zwischen dem Musikstück und der eigenwilligen Schönheit der Höhle.

Plötzlich breitete sich vor ihnen ein See aus. Die Decken tief, bedeckt mit den kleinen Nasen der Stalaktiten und eingerahmt wie eine Bühne von Felsformationen. Auf dem See lag ein beleuchtetes Boot. Darauf befand sich das Orchester.

Fasziniert näherte sich Carla dem See. Sie ging so nah heran, sie hätte ihre Fußspitze hineintauchen können. Die fast schon mystisch anmutenden Klänge erfüllten Carlas Inneres, wie es bisher noch keine Musik geschafft hatte. »Er spielt wunderschön.«

»Danke. Das aus deinem Mund freut mich doppelt.« Alba stand neben ihr.

»Oh, ich habe dich gar nicht gesehen.« Carla lächelte etwas verlegen. »Dein Sohn spielt großartig. Ihr müsst sehr stolz auf ihn sein.«

»Ich bin es.« Alba zeigte auf den Mann neben ihr. »Darf ich dir Matías Alberti Rotger vorstellen? Ein Freund der Familie. Er hat mich begleitet. Leo ist leider verhindert.«

Carla bemerkte, wie der Mann Alba ansah, und erkannte die Wahrheit. Er war weit mehr als ein Freund der Familie. Aber das ging sie nichts an.

»Sehr erfreut«, begrüßte sie Albas Begleiter.

»Xisca, das ist deine Tante Alba.« Carla wies auf den Geigenspieler. »Und das ist Gerado, dein Cousin.«

Xisca reichte Alba die Hand. »Freut mich sehr!«

»Und mich erst.«

Alba strahlte, was Carla erleichterte. Sie hatte gefürchtet, Alba könnte die Streitigkeiten zwischen Leo und ihr zum Anlass nehmen, Xisca zu missachten.

Gemeinsam hörten sie die Lieder, spendeten Applaus und die Stunde ging schneller vorbei, als Carla lieb war. »Und? Hast du deine Geschichte?«

Xisca bejahte. »Sie wird gut. Glaube ich.«

»Worüber willst du schreiben?«

Xisca sah von Carla zu Alba. »Darüber, wie Musik die Menschen verbinden kann, auch wenn sie sich zuvor nichts zu sagen hatten.«

Alba und Carla blickten sich in die Augen.

»Kluges Mädchen«, sagte Alba nach einem kurzen Schweigen. »Wollen wir zusammen mittagessen? Unten am Hafen? Matías hat von einem schönen Restaurant erzählt.«

Carla überlegte. Im Grunde scheute sie die Ausgaben, andererseits konnte sie diese einmalige Gelegenheit nicht verstreichen lassen. »Gerne, obwohl ich eigentlich nach Hause gehen sollte, um zu nähen. Ich bin nur wegen Xisca und dem Schreibwettbewerb hier.«

»Du schneiderst?« Alba klatschte leise in die Hände. »Ich suche eine Schneiderin, denn meine Hotelgäste erwarten eine modern und vielseitig gekleidete Hoteleigentümerin. Ob sie es sich leisten kann oder nicht.« Alba zuckte die Schultern und verdrehte zeitgleich die Augen. »Schneiderst du auch um? Also kannst du aus zwei alten ein neues Kleid nähen? Auch in einer anderen Größe?«

»Ich kann dir aus zehn Kleidern zehn neue machen, ohne dass jemand bemerkt, dass sie gar nicht neu sind.« Carla hatte inzwischen so viel Erfahrung, sie scheute keine Herausforderung mehr. »Zur Not sogar aus Vorhängen, wie im Buch *Vom Winde verweht*.« Zu gerne hätte Carla den Kinofilm gesehen, um zu sehen, wie dieser umfangreiche Roman verfilmt worden war. Doch in Spanien stand er weiterhin auf der Liste der verbotenen Filme.

»Ich lade euch zum Essen ein. Und du erzählst mir von deiner Nähkunst. Einverstanden?«

Carla sah zu Xisca, die zustimmend nickte. »Einverstanden. Wir fahren hinter euch her.«

Gemeinsam verließen sie die Höhle und gingen zurück zum Parkbereich. Carla hoffte, sie würde keinen groben Fahrfehler machen. Sie war noch nie einem Wagen durch einen Ort gefolgt. Schon gar nicht durch eine ihr völlig fremde Ortschaft.

»Carla, warum habe ich Tante Alba und Gerado bisher nicht kennengelernt?« Xisca hielt einen Stift in der Hand, der Block lag auf dem Schoß, und Leya leckte über eine Ecke, bevor sie diese Vorzugsbehandlung an Xiscas Fingern fortsetzte.

»Das ist eine lange Geschichte.« Carla folgte dem Fahrzeug von Matías, und es fiel ihr erstaunlich leicht, auf ihn sowie den Verkehr zu achten. »Die kurze Version ist, ich bin mit meinem Bruder sehr zerstritten. Und ich bin ihm immer noch fürchterlich böse.«

»Was hat er getan?«

Carla tätschelte Xiscas Hand. »Ich erzähle es dir ein anderes Mal. Jetzt freuen wir uns besser auf das gemeinsame Mittagessen.«

Die zarten Stirnfalten auf dem jungen Mädchengesicht zeigten Xiscas Missfallen. Doch sie insistierte nicht weiter.

Porto Cristo schien ein hübscher Küstenort zu sein. Was Carla bisher sah, gefiel ihr. Kleine, gepflegte Häuser reihten sich wie bunt bemalte Perlen aneinander. Der Wind wehte einen wenig bekannten Duft zu ihnen hinüber: den Geruch des Meeres. Leicht salzige Luft, gemischt mit dem feuchten Material der Fischerboote und ihrem Fang.

Albas Freund hielt gegenüber vom Hafenbecken, wo auch Carla ihr Fahrzeug parken konnte.

Xisca sprang mit der Hündin aus dem Auto. »Wo werdet ihr sein? Ich drehe eine Runde mit Leya.«

Carla erkundigte sich bei Alba nach dem Restaurant.

»Dort.« Alba wies auf eine Terrasse, nur wenige Meter entfernt. »Sie haben fangfrischen Fisch. Ganz ausgezeichnet, und viel günstiger als in Palma. Ich werde für das Hotel eine Bestellung aufgeben.«

»Alba, ich würde auch drei Goldmakrelen nehmen. Geht das?« Darüber würde sich Francisco freuen. Frischer Fisch, dazu geröstetes Maisbrot.

Alba lächelte. »Das lässt sich einrichten. Gerado, willst du Xisca auf dem Spaziergang mit ihrem Hund begleiten? Ihr seid aber in zwanzig Minuten zurück.«

Gerado kickte einen Stein beiseite. »Wenn Xisca mich mitnimmt?«

»Natürlich tut sie das.«

»Ich freue mich, wenn du mitkommst.« Xisca reichte Gerado zur Bekräftigung ihrer Worte die Leine. Wobei Leine ein zu gehobenes Wort für den alten Kälberstrick war, auf dessen Mitnahme Carla bestanden hatte. Leya neigte nicht zum Herumstromern, trotzdem hätte es ihr im Auto langweilig werden können, also hatte Carla insistiert, die Hündin während des Konzerts ans Lenkrad zu binden. Nun diente der Strick als Leine.

Gerado ergriff ihn, und schon war das Dreiergespann aus Carlas Sichtfeld verschwunden. »Wenn nur alles immer so einfach wäre.«

»Ist es doch«, sagte Alba leichthin, spannte ihren hellgelben Sonnenschirm auf und wirkte augenblicklich wie eine wohlhabende Dame aus Palma. Carla kam sich neben ihr vor wie eine Bäuerin, obwohl sie ihr bestes Kleid trug.

Matías schlenderte voraus und bestellte beim Kellner einen Tisch für fünf Personen. Der Angestellte führte sie zu einem freien Bereich, der von einer ausladenden Platane beschattet wurde.

Carla setzte sich auf einen Stuhl, und ihr Blick glitt über den kleinen Hafen. Geschäftiges Treiben, dabei ging es schon auf Mittag zu. Die Llaüts der Fischer dümpelten träge im Hafenbecken, Möwen kreisten auf der Suche nach einem Leckerbissen, den die Fischer übrig ließen, und an der Mole saß ein in die Jahre gekommener Mann und flickte sein Netz. Sie kam sich vor wie in eine andere Welt versetzt. Ihr Alltag auf dem Land sah völlig unterschiedlich aus, und ihre Gedanken wanderten zu Diego. Unweit von diesem Ort war er vor vielen Jahren hinausgefahren und nicht wieder zurückgekommen. Das Meer hatte ihn zwar nicht bei sich behalten, aber sein Herz gehörte ihm dennoch. »Mein Bruder war Fischer, wusstest du das?«

Alba zog die Augenbrauen nach oben. »Du hast noch einen Bruder?«

»Diego. Er kam vor fünfundzwanzig Jahren während eines Sturms auf dem Meer ums Leben. Hat Leo nie von ihm erzählt?« Sobald Carla einen Fisch auf einem Markt erstand, ein Boot sah oder sich am Meer aufhielt, was selten vorkam, dachte sie unwillkürlich an ihren Bruder.

»Er hat nie von ihm gesprochen.« Alba blickte enttäuscht auf den Tisch und spielte mit ihrem kleinen Sonnenschirm, von dem sie offenbar nicht wusste, wohin damit.

Matías nahm ihn ihr ab und lehnte ihn gegen seinen Stuhl. »Sie sind also Carla. Albas Schwägerin. Ich habe schon einiges von Ihnen gehört.«

Carla ließ ihren Blick von Alba zu Matías schweifen. So vertraut, wie die beiden miteinander umgingen, regte sich in ihr der Verdacht, sie könnten ein Verhältnis haben. Wenn es so war, blieb das eine Angelegenheit zwischen Leo und Alba.

»Darf ich für uns alle bestellen? Sie trinken doch mit uns ein Glas Wein?«

Carla kannte sich mit Fischgerichten in Restaurants nicht aus und freute sich, wie beherzt Matías die Führung übernahm. »Gerne.«

Er bestellte für alle Llampuga nach Art des Hauses, eine Flasche Sauvignon Blanc und eine Karaffe Wasser sowie Brot. »Die ersten Goldmakrelen schmecken am besten. Und vor Ort gibt es nichts Köstlicheres.«

Der Kellner entfernte sich.

Schwere Schritte näherten sich, begleitet von lautem Gelächter und groben Stimmen. Carla verzog das Gesicht. Diese Art zu sprechen kannte sie. Schon sah sie die Männer um die Ecke biegen. Doch anstelle der olivgrünen Uniform mit der roten Banderole am linken Arm, die sich hart von der dunklen Uniformjacke abhob, und diesen merkwürdigen Pumphosen, die unterhalb der Knie in den hohen und auf Hochglanz polierten

Stiefeln verschwanden und aussahen, als würden sie jeden Moment auf ein Pferd zur Jagd steigen, trugen diese Männer helle Kleidung. Eine blütenweiße Jacke, dazu eine dunkelblaue Hose. Diese Aufmachung ließ die Offiziere geradezu harmlos wirken, und dennoch überzog Carla eine Gänsehaut.

»Welch famose Überraschung!«, rief einer der Männer in ihre Richtung.

Alba wandte den Kopf. »General Schulze, ich wähnte Sie in Palma.«

»So wie ich Sie.« Der General trat an ihren Tisch.

Alba reichte ihm ihre Hand, er hauchte einen angedeuteten Kuss darauf und strahlte sie an.

»Ich zeige den Herren Obersturmbannführer den Inselosten, wo wir unseren Stützpunkt ausbauen werden.« Er wies mit einer lockeren Handbewegung auf seine Untergebenen.

Die rissen den Arm hoch. »Heil Hitler!«

Carla blieb wie versteinert sitzen. General Schulze. Es konnte sich nur um den General handeln, für den Francisco Steinmetzarbeiten ausführte. Eine Namensgleichheit schien für sie ausgeschlossen. Carla wunderte sich über Albas Abgebrühtheit im Umgang mit diesem Nazi. Sie plauderte anschließend in einem Mix aus Englisch, Deutsch und Spanisch, den Carla nicht verstand.

Nach wenigen Minuten zogen die Männer weiter die Hafenmole entlang. Carla beobachtete, wie der General mal hierhin oder dorthin zeigte und auch hin und wieder einen Blick zu ihnen herüberwarf.

»Du hast mit Nazis zu tun?«

Alba hob die Hand. »Es ist nicht, wie du denkst. Die Deutschen haben sich mein Hotel auserkoren, um dort abzusteigen, sich zu besprechen, und sie zahlen gut. Die Zeiten sind hart. Ich kann mitspielen, oder wir müssen schließen. Wer kommt denn noch nach Mallorca?«

Carla überlegte. Im Grunde tat Alba nichts anderes als Francisco. Nur stellte der eben Skulpturen für diesen General her, der sich hier sogar sein eigenes Haus leistete. »Niemand. Du hast recht. Die Zeiten sind hart.«

»Wenn Spanien in den Krieg einsteigt, werden sie noch härter. Besser, man stellt sich mit den Deutschen gut.« Alba drückte den Rücken durch. »Sie dürfen nicht merken, wie sehr ich tatsächlich auf ihr Geld angewiesen bin, sonst bin ich geliefert. Deshalb suche ich auch nach einer Näherin, der ich vertrauen kann. Es darf nicht bekannt werden, dass ich mir keine neue Kleidung leisten kann.«

So offen, wie sie das am Tisch aussprach, war Carla klar, welcher Art Albas Beziehung zu Matías war.

»Du möchtest also umgeschneiderte Kleidung?«

Die kommenden Minuten sprachen sie darüber und auch über Gerado. »Leo sieht nicht, wie Gerado ist. Er will aus ihm einen echten Mann machen. Musik ist für ihn Frauenkram, obwohl er durchaus das Talent von Gerado erkennt und sogar stolz auf ihn ist. Trotzdem versteht er sich mit Lilia viel besser. Aber vielleicht wird das mit ihm und Gerado noch.«

Matías versteckte sein Lachen hinter einem Husten.

»Wo ist deine Tochter heute? Interessiert sie sich nicht für Musik?«

»Doch schon, aber sie ist gerne mit ihrem Vater zusammen. Da Leo seinen Termin bei einem Winzer nicht verschieben konnte, wollte sie ihn unbedingt begleiten. Ich glaube, sie hat seine Liebe zum Weinbau geerbt.«

Carla würde Leos Einstellung zum Wein eher als Fanatismus beschreiben. Vielleicht tat sie ihm aber auch unrecht.

Xisca und Gerado kamen vom Spaziergang zurück. »Da drüben sind ganz fürchterliche Männer.«

»Wie die herumbrüllen.« Xisca schlug die Hacken zusammen, riss den Arm hoch. »Heil Hitler!«

Carla hob die Hand, um ihr Einhalt zu gebieten. »Sag das nie wieder. Hörst du! Niemals mehr. Auch nicht zum Spaß.«

Xisca sah sie verwirrt an, nahm aber augenblicklich den Arm herunter. »Dann darf ich die Männer nicht in meiner Geschichte erwähnen?«

»Auf gar keinen Fall«, sagten Matías und Carla gleichzeitig.

Alba zog Gerado zu sich. »Du weißt doch, wie gemein die Männer werden können. Also halte dich fern, wann immer du kannst.«

»Ja, Mamá.« Gerado betrachtete seine Fußspitzen. »Aber du gibst dich trotzdem mit ihnen ab.«

»Nur, weil ich muss, Liebling, nur, weil ich muss.«

Carla sah den Kellner mit den Getränken kommen. »Nun setzt euch, und kein Wort mehr über diese Männer. Verstanden?«

Leya legte sich zu Xiscas Füßen. Das Mädchen begann zu schreiben, bis das Essen gebracht wurde. Auch auf dem Nachhauseweg nach Binissalem schrieb sie ohne Unterlass. Offenbar hatte sie ihre Inspiration gefunden. Obwohl Carla ihrer Adoptivtochter vertraute, würde sie die Geschichte lesen, bevor sie sie abschickte. Sie durfte kein Aufsehen erregen.

Carla parkte den Wagen im Hof. Tamara Morgenstern hörte es wohl, denn sie rannte vom Nachbargrundstück in Xiscas Arme. »Es ist schrecklich!« Tamaras Augen waren rot geweint.

»Was ist passiert?« Carla beugte sich zu ihr hinab. »Sag schon!« Angst umklammerte Carlas Herz, presste es zusammen, dass sie glaubte, nicht mehr atmen zu können.

»Wir fahren weg. Nach Amerika.« Tamara weinte herzergreifend.

Carla durchflutete gleichzeitig eine unbändige Erleichterung. Es war ihnen nichts geschehen. Nachdem sie nun wusste, was die Nazis bezüglich einer größeren Stellung im Inselosten planten, schien es Carla eine gute Idee zu sein, dass die Morgensterns Europa verließen und sich in Sicherheit brachten. Wenn die Deutschen sich schon auf Mallorca ausbreiteten, dann saßen sie in fast jedem Winkel Europas.

Carla strich dem Mädchen über das Haar. »Amerika soll sehr schön sein. Meine Schwester hat mir davon erzählt. Sie lebt mit ihrer Familie auf Kuba.«

»Ich will aber nicht weg. Hier habe ich meine Freundinnen, ich kann endlich Spanisch, und jetzt muss ich von vorn beginnen. Das ist gemein.« Tamara stampfte mit dem Fuß auf. »Rede mit meinen Eltern. Vielleicht lassen sie mich hier. Bitte!«

Xisca sah sie flehentlich an. »Ginge das?«

Carla vermied eine Antwort, ließ sich aber von Tamara zu den Nachbarn führen. Allerdings hatte sie nicht vor, sich für Xiscas Freundin einzusetzen. Auf keinen Fall konnte sie bleiben. Sie musste mit, ob sie wollte oder nicht.

Miriam und Elias Morgenstern sortierten ihre Sachen, als Carla mit den beiden Mädchen das Haus betrat. »Wann fahrt ihr?«

»Das Schiff geht übermorgen.« Miriam ging zu ihr. »Es bleibt keine andere Möglichkeit. Wir müssen los, bevor es zu spät ist. Immer mehr Grenzen machen für uns Juden dicht. Nirgendwo sind wir willkommen. Ich habe eine Schwester in Boston. Wir gehen zu ihr.«

»Ihr trefft die richtige Entscheidung. Die Nazis planen im Inselosten einen größeren Stützpunkt, sie werden euch hier nicht in Ruhe lassen.« Carla sah entschuldigend zu Tamara, die erneut laut aufheulte. »Es tut mir leid, Tamara.«

Xisca blinzelte die Tränen fort. »Wir schreiben uns, du wirst meine beste Brieffreundin sein.«

»Ehrlich?« Tamara schniefte. »Wie soll denn das gehen?«

Carla lächelte. »Ganz einfach, man schreibt sich regelmäßig Briefe. So bin ich mit meiner Schwester seit fast dreißig Jahren in Kontakt. Man kann sich immer alles von der Seele schreiben. Du wirst sehen, ihr werdet die besten Freundinnen bleiben.«

Xisca zog Tamara an der Hand hinaus in den Garten. Die beiden Mädchen flüsterten miteinander, bald kicherten sie und schienen in ihrer Welt versunken.

»Es tut mir leid. Kann ich etwas für euch tun?« Carla fasste Miriam an die Schulter. »Abendessen. Ihr kommt zum Essen zu uns.« Sie hatte zwar nur drei Goldmakrelen nach dem Mittagessen beim Fischer in Porto Cristo gekauft, doch als Eintopf würde es schon reichen. »Es gibt Fischeintopf. Keine Widerrede. Lass mich für euch ein Abschiedsessen zubereiten.«

Miriam suchte den Blick ihres Mannes. »Ihr habt bereits so viel für uns getan.«

Carla winkte ab. »Nichts haben wir getan. Also, lass mich das Abendessen organisieren. Gönnt uns allen noch einen schönen gemeinsamen Abend.«

»Gerne.« Elias ließ die Jacke sinken, die er eben in den Koffer hatte packen wollen. »Danke. Für eure Gastfreundschaft und eure Hilfe. Das werden wir euch nie vergessen.«

Xisca vergaß auch ihre Freundin nicht. Sie hatte zwei Geschichten geschrieben. Eine über das Konzert in der Höhle. Eine schöne Erzählung mit viel Fantasie, Details der Tropfsteinhöhle, der Beleuchtung, des Sees und wie laut einer alten Legende zwei Familien wieder zusammenfanden. Im Grunde schrieb Xisca, wie Alba und Carla ihre Beziehung zueinander neu erfanden, obwohl sie streng genommen zuvor noch nie eine gehabt hatten.

Die zweite Geschichte handelte von den Deutschen im Inselosten und davon, wie ihre beste Freundin samt Familie erst von Deutschland nach Mallorca geflohen war, und wenige Jahre später erneut vor dem Würgegriff der Nazis fliehen musste. Eine Erzählung von tiefer Freundschaft, Sehnsucht und der Hoffnung auf ein baldiges Wiedersehen.

Carla genehmigte die Geschichte des Konzerts für den Wettbewerb. Die über Tamara, die sehr eng mit Xisca verwoben war, durfte sie behalten. Allerdings versteckt in einer alten Hutschachtel, um das Geschriebene vor allzu neugierigen Augen zu schützen. Der Bürgerkrieg hatte Carla wachsam werden lassen, und sie gedachte nicht, diese Vorsicht aufzugeben, nachdem sich die Nationalsozialisten auf der Insel breitmachten. Es reichte schon, sich um Samuel zu sorgen, der seine Meinung laut kundtat, was irgendwann Probleme geben könnte.

Seit der Einreichung wartete Xisca jeden Tag auf die Post, lungerte bei Samuel herum, um durch die Tageszeitung zu blättern, ob vielleicht dort etwas über den Wettbewerb stand.

Tag für Tag ging sie direkt nach der Schule zu ihm, noch bevor sie ihre Schultasche abstellte.

Ihr erster Besuch galt stets Samuels Wohnung. Carla ließ sie gewähren. Aber an diesem Tag würde sie Xisca aufhalten.

Der ersehnte Brief lag auf dem Esstisch. Immer wieder schielte Carla zum Umschlag. Der Absender war der Verlag, der die Ausschreibung vorgenommen hatte. Carla kannte sich nicht aus in diesem Bereich. War es eine freundliche Absage? Oder hatte Xisca gewonnen? Wie es auch ausging, dieser Tag würde ihr in Erinnerung bleiben. Entweder würde Xisca ihre erste Niederlage erleben oder ihren ersten Erfolg feiern.

Carla stellte das geschnittene Brot auf den Tisch. Der Gemüseeintopf köchelte auf dem Herd. Xisca käme jede Minute wieder nach unten. Zeit, Francisco zu rufen. Sie überquerte den Hof und rief ihren Mann.

»Ich bin hier gleich fertig.«

Carla lehnte sich an die Eingangstür zur Werkstatt. »Ich würde an deiner Stelle sofort kommen, sonst verpasst du, wie Xisca den Brief liest, der vom Verlag gekommen ist.«

Francisco legte den Meißel beiseite. »Sie hat einen Brief erhalten?« Er eilte auf sie zu. »Das bedeutet, sie hat gewonnen!«

»Oder sie haben auch Absagen verschickt. Wer kann das wissen?« Carla unterdrückte stets ihre Erwartungen, um anschließend nicht enttäuscht zu sein, wenn sich ihre Hoffnung zerschlug.

»Sei nicht immer so pessimistisch.« Er legte den Arm um Carla und führte sie zum Wohnhaus.

Carla ließ den Satz unkommentiert. Sie hielt sich nicht für eine Pessimistin, eher für eine Realistin. Sie wünschte es sich für Xisca, aber Wünsche platzten in Carlas Welt leider zu oft, um unbeschwert zu träumen.

Francisco wusch sich die Hände. Carla reichte ihm ein Tuch zum Abtrocknen.

Carla sah durch das Küchenfenster, wie Xisca den Hof betrat. »Xisca?« Sie öffnete das Fenster, wollte das Mädchen auf dem Weg zu Samuel aufhalten.

»Ich bin kurz oben!« Xisca flitzte bereits los.

»Das wird nicht nötig sein.«

Das Mädchen verharrte in seiner Bewegung. »Warum nicht?«

»Du hast Post bekommen.«

Xisca wich jegliche Farbe aus dem Gesicht. Gemächlich kehrte sie um. In der Küche plumpste ihre Schultasche polternd zu Boden. Mit fast schon behutsamen Schritten näherte sie sich dem Brief. »Was bedeutet das?«

Francisco stellte sich neben sie. »Das erfährst du nur, wenn du ihn öffnest. Oder willst du erst essen?«

»Bist du verrückt geworden?« Xisca griff nach dem Umschlag.

Carla lachte. Als ob das Mädchen auch nur einen Löffel Eintopf hätte essen können, ohne den Brief zu öffnen. So viel Geduld besaß niemand.

Xisca nahm das Brotmesser und schlitzte das Kuvert auf. Mit spitzen Fingern zog sie das Schreiben heraus.

Carla suchte auf ihrem Gesicht nach einer Reaktion. Xisca schnappte nach Luft. Ihr Mund öffnete und schloss sich mehrere Male und für einen Augenblick glaubte Carla, das Mädchen würde ohnmächtig werden.

»Ich habe gewonnen«, platzte sie endlich heraus. »Ich habe tatsächlich gewonnen. Übermorgen wird die Geschichte gedruckt, und wir können die Kamera in der Redaktion in Palma abholen.«

Carla riss Xisca in ihre Arme. »Das ist großartig! Was bin ich stolz auf dich!« Sie drückte sie an sich. »Das wäre ich aber auch, wenn du nicht gewonnen hättest.«

»Du zerdrückst mich ja.« Xisca wand sich aus Carlas Armen. »Schade, dass ich die Kamera erst jetzt bekomme. Sonst hättest du ein Foto von Tamara und mir machen können.« Xisca blickte kurz traurig, bevor ihre Augen wieder zu leuchten begannen. »Ich werde ihr eines von mir schicken!«

»Das ist eine ausgezeichnete Idee.« Francisco nahm den Brief und las ihn ebenfalls. »Wollen wir heute Nachmittag nach Palma fahren und die Kamera holen?«

»Und ob ich will!«

Francisco sah Carla an. »Was sagt die Dame des Hauses?«

»Was soll sie schon sagen? Sieh dir Xisca an. Sie würde es mir nie vergeben, wenn ich ablehnen würde.« Xisca hatte hart gearbeitet, sogar zwei Geschichten geschrieben und die bessere aus Sicherheitsgründen zurückgehalten. Das Mädchen hatte es verdient, und wenn sie ihren Gewinn gleich abholen wollte, so war das nur gerecht. Die Feldarbeit konnte auch einen Nachmittag warten. »Dann fahren wir nach dem Mittagessen. Oder hast du Hausaufgaben?«

Xisca sah zu ihrer Schulmappe, und ihre Mundwinkel sanken nach unten.

»Schaffst du die nach dem Abendessen?« Carla wollte Xisca diesen besonderen Tag nicht verderben.

»Ganz bestimmt.« Nun strahlte sie wieder.

»Dann lasst uns jetzt essen und anschließend losfahren.«

»Ich habe keinen Hunger.« Xisca rannte aus der Küche. »Ich muss Samuel Bescheid geben.«

»Du wirst was essen!«, rief Carla hinter ihr her. »Vorher fahren wir nirgendwohin.«

Schon hörte Carla, wie Xisca nebenan die Stufen hoch in Samuels Wohnung polterte. Samuels Freudenschrei drang durch die Mauern und bis nach unten. Carla ging hinaus. »Xisca, komm essen! Und bring Samuel mit. Ihr könnt beim Essen reden.«

Xisca stürmte die Treppe hinunter. »Danke!« Sie setzte sich an den Tisch und wippte auf dem Stuhl hin und her.

Francisco stützte sich auf die Lehne, um Xisca zu stoppen. »Irgendwann kippst du um und tust dir weh.«

»Quatsch«, widersprach Xisca übermütig, blieb aber nun ruhig sitzen.

Samuel betrat die Küche. »Was haben wir hier nur für ein großartiges Mädchen. Eine waschechte Schriftstellerin.«

»Reporterin.« Xisca klatschte in die Hände. »Eine mit eigener Kamera.«

»Dann eben Reporterin. Du musst dir eine Dunkelkammer einrichten. Entwicklerflüssigkeit brauchst du auch.« Samuel rieb sich die Nase. »Ich habe oben ein Zimmer, das ich nicht nutze. Willst du dir das dafür herrichten?«

Francisco wollte widersprechen. Samuel unterbrach ihn jedoch. »Keine Widerrede. Ihr habt hier keinen Platz, und das Mädchen muss einen Ort haben, wo es sich um seinen neuen Beruf kümmern kann.«

Carla schmunzelte. Damit war es wohl besiegelt. »Dann wollen wir nicht nur die Kamera abholen, sondern auch das Zubehör besorgen, das du brauchst, um Filme zu entwickeln.«

Xisca quietschte, bevor sie mit den flachen Händen auf den Tisch trommelte. »Der Tag ist schöner als Weihnachten und Geburtstag zusammen!«

»Jetzt wird gegessen.« Carla schöpfte die Teller voll, setzte sich und genoss die entspannte Atmosphäre bei Tisch. Es war das erste Mal, seitdem Tamara weggezogen war, dass Xisca wieder glücklich lachte.

Ausnahmsweise ließ Carla den Abwasch stehen. Xisca hielt es nicht mehr auf dem Stuhl, sie wollte losfahren. Francisco sperrte die Werkstatt ab und fuhr den Wagen vor. An diesem Tag musste Leya das erste Mal bei einer Autofahrt mit der ganzen Familie zu Hause bleiben. Xisca traten Tränen in die Augen, als Leya zu winseln begann. Sie küsste und herzte die Hündin, bis sie sich beruhigte. »Geh mit zu Samuel.«

Samuel pfiff Leya zu sich und hielt sie am Halsband fest. »Fahrt, solange sie noch ruhig ist. Viel Spaß!«

»Danke!« Xisca stieg eilig ein, bevor Francisco aufs Gas drückte und vom Hof fuhr.

Xisca redete die Fahrt über, welchen Baum sie auf dem Aprikosenfeld fotografieren wollte, und ein Familienfoto wünschte sie sich auch.

»Wir könnten Alba in ihrem Hotel besuchen, wenn wir schon in Palma sind.« Carla schlug die Beine übereinander. »Ich könnte gleich einige Kleider mitnehmen, und du würdest Gerado vielleicht wiedersehen.«

»Das wäre toll!« Xisca lehnte sich an Francisco. »Fahren wir hin?«

Francisco grinste. »Heute fahre ich meine Damen, wohin sie wünschen.«

Vor der Zeitungsredaktion parkte er. »Ich warte hier. Geht ihr hinein. Ich schaue noch bei einem Kunden vorbei und besorge im Fotoladen Einwicklerflüssigkeit und Fotopapier.«

General Schulze wohnte hier in der Gegend. Das wusste Carla. Vermutlich benötigte Francisco Geld, um die versprochenen Sachen zu kaufen. »Danke.« Carla war erleichtert, ihren Mann nicht begleiten zu müssen.

Xisca stellte sich dem Pförtner vor, reichte ihm den Brief und wuchs augenblicklich mehrere Zentimeter in die Höhe, so aufrecht stand sie am Empfang.

Stolz durchflutete Carla. Xiscas Eltern hätten diesen Erfolg erleben sollen. Das Schicksal hatte jedoch anders entschieden.

Der Pförtner schickte sie in den ersten Stock. Carla kam Xisca kaum hinterher, so schnell flog sie die Treppenstufen nach oben.

»Ich soll mich bei Señor Ferrer melden«, hörte Carla sie sagen.

»Du musst Xisca sein. Du hast die Gewinnergeschichte geschrieben, richtig?« Eine adrett gekleidete junge Frau nahm Xisca in Empfang. »Dann bringe ich dich und deine Mutter zum Chefredakteur. Er hat sicherlich noch einige Fragen an dich.« Die Frau reichte Carla die Hand. »Eva, freut mich, Sie kennenzulernen.«

»Encantada.« Carla folgte ihr durch die offene Redaktion. Telefone klingelten. Frauen und Männer hackten auf mechanische Schreibmaschinen ein. Schon beim Anblick der harten Anschläge schmerzten Carla die Finger.

»Señor Ferrer?« Eva öffnete eine Bürotür, klopfte zeitgleich und sprach weiter. »Die Gewinnerin der Kamera ist hier.«

Ferrer sprang hinter seinem Schreibtisch auf. »Das ging ja schnell.«

Carla lächelte entschuldigend. »Ich konnte sie nicht zügeln.«

»Wer könnte ein Mädchen in dem Alter abhalten, sich den wohlverdienten Gewinn abzuholen?« Er reichte Xisca die Hand. »Du hast ein außergewöhnliches Talent. Schreibst du schon lange?«

Xisca kicherte nervös und sah zu Boden.

Nachdem sie beharrlich schwieg, antwortete Carla: »Es ist ihre erste Erzählung. In der Schule musste sie Aufsätze schreiben, doch eine Geschichte mit einer echten Vorgabe hat Xisca bisher noch nicht verfasst.«

»Das sollte sie aber.« Dann wandte er sich erneut an Xisca. »Du willst Journalistin werden?«

Xisca bejahte.

»Sieh dich um. Könntest du dir einen solchen Arbeitsplatz vorstellen?« Er zeigte in das Großraumbüro hinaus, wo es summte wie in einem Hornissennest. »Wenn ja, dann schreibe weiter, lerne zu fotografieren, und komm in zwei oder drei Jahren zu einem Praktikum vorbei.«

»Machen Sie dem Mädchen bitte keine Hoffnungen, wenn Sie es nicht ernst meinen.« Carla konnte nicht zulassen, Xisca einen Floh ins Ohr zu setzen und ihn dann verhungern zu lassen, weil er nicht zu seinem Wort stand.

»Ich bitte Sie, so etwas würde ich nie tun.« Ferrer zeigte auf einen Beistelltisch neben seinem Schreibtisch. Darauf lag die Argus C3 in einem edel wirkenden Kästchen. »Die ist für dich.«

Xisca zögerte.

»Geh, pack sie aus, sieh sie dir an.« Ferrer spürte ihre Hemmschwelle, ging selbst zum Tisch und reichte ihr das Päckchen.

Schon fast ehrfürchtig packte Xisca die Kamera aus. Ein rechteckiger Apparat kam zum Vorschein, an dem mehrere Schraubrädchen vorne und oben befestigt waren. Beiges Leder verkleidete das schwarze Gehäuse an der Vorder- und Rückseite. Ein echtes Schmuckstück. Wobei Carla keine Ahnung hatte, wozu die Rädchen dienten.

»Nando soll kommen«, wies Ferrer Eva an, die sich umgehend auf den Weg machte.

Nur zwei Minuten später stand ein junger Mann in Ferrers Büro. »Gib unserer neuen Starreporterin eine ausführliche Einweisung, wie man die Kamera bedient, während ich mit der Mutter rede.«

Xisca begrüßte Nando, der die Anweisung seines Chefs klaglos befolgte und mit ihr zu einem Nebentisch ging.

»Sie sind sehr zuvorkommend.« Carla sah in das freundliche Gesicht des Chefredakteurs. »Xisca wird Ihr Angebot für ein Praktikum nicht vergessen.«

»Das hoffe ich. Sie ist talentiert. Ich habe ein paar Fragen zur Geschichte. Kommen echte Personen vor? Also welche, die sich nicht darin wiederfinden wollen?«

Carla verneinte. »Die Namen wurden alle geändert. Außerdem ist die Geschichte so nie geschehen. Es gibt natürlich einen realen Hintergrund, doch hat der nichts mit Xiscas Text zu tun.«

»In Ordnung. Wir müssen uns vor Klagen schützen. Erzählen Sie mir ein wenig von Xisca. Was darf ich über das Mädchen schreiben?«

Carla hatte darüber noch gar nicht nachgedacht. Auf keinen Fall wollte sie den tragischen Tod ihrer Schwägerin erwähnen. Sie beschrieb Xisca, als wäre sie ihre eigene Tochter, ohne das explizit auszuführen. Carla erzählte von Leya, von Xiscas Interessen, aus ihrem Alltag, Ereignisse, von denen jeder wissen durfte. Ihre Freundschaft zu den jüdischen Nachbarn verschwieg sie, ebenso, wie gut sie Deutsch sprach. Manches stand besser nicht in der Zeitung.

Ferrer murmelte zufrieden, als er seine Notizen durchging.

Mittlerweile hatte Nando seine Erklärungen beendet und kam mit Xisca zurück zu Carla. »Nun mache ich ein Foto von euch mit deiner neuen Kamera, was hältst du davon?« Nando nahm den Fotoapparat zur Hand.

»Geh zu den beiden«, forderte Xisca kokett. »Du machst dann zwar das Foto, aber ich stelle die Kamera ein.«

Nando blinzelte ihr zu und tat wie geheißen.

Xisca blickte durch die Kamera, drehte an diesem Rädchen und an jenem, so lange, bis sie zufrieden war. »So ist es gut. Glaube ich zumindest.«

Nando ging zu ihr, sah durch den Kamerasucher und hob anerkennend die Augenbrauen. »Alles perfekt. Stell dich dazu, ich muss nur noch abdrücken.«

Xisca postierte sich strahlend zwischen Carla und Ferrer. Carla hoffte, diese Freude auch auf der Fotografie sehen zu können.

»Einen Moment noch.« Nando verließ das Büro und kam mit seiner eigenen Kamera zurück. »Wir brauchen doch auch ein Bild der Siegerin für unsere Ausgabe.«

Carla lächelte, Xisca strahlte, und Ferrer drückte stolz die Brust heraus. Diese Aufnahme würde nun die ganze Insel zu

Gesicht bekommen. Das wurde Carla erst einen Augenblick später bewusst, und sie wünschte, sie hätte ein hübscheres Kleid angezogen.

Nach einer herzlichen Verabschiedung gingen Xisca und Carla die Treppenstufen nach unten. »Und? Wie ist die Kamera?«

»Toll! Und jetzt fahren wir ins Hotel, richtig?«

Carla sah sich auf der Straße nach Francisco um. Er lehnte am Loryc. »Da seid ihr ja endlich.«

Xisca zeigte ihm ihren Gewinn. »Jetzt muss ich üben.« Sie blieb stehen, drehte an den Rädchen. »Carla, stellst du dich bitte dazu?«

Carla ging zu ihrem Mann. Arm in Arm lehnten sie an ihrem Wagen, lächelten in die Kamera, bis Xisca zufrieden auf den Auslöser drückte. »Wir können los.«

Francisco öffnete den Wagenschlag. »Dann fahren wir mal zum Rathausplatz.« Er fuhr die wenigen Querstraßen durch Palma. Xisca wäre am liebsten zu Fuß gegangen, um hier und da eine Aufnahme zu machen. Francisco ignorierte ihre Einwände und hielt erst, als er den Wagen in der Nähe des Hotels abstellte.

Zu Fuß spazierten sie die Straße entlang. »Hoffentlich ist sie auch da. Wir hätten uns anmelden sollen.«

»Carla, sie wird schon da sein.« Francisco zögerte. »Oder hast du Angst, Leo könnte anwesend sein?«

Carla fühlte sich ertappt. Etwas zögerlich betrat sie das Hotel. An der Rezeption stand ein livrierter Herr. »Ich möchte zu Alba Colom Pons.«

»Wen darf ich melden?«

»Ihre Schwägerin mit Familie.«

Die überraschte Miene des Empfangsherrn wandelte sich in professioneller Geschwindigkeit wieder ins Neutrale. »Natürlich, Señora.«

Carla hörte Albas Lachen, bevor sie sie sah. »Was für eine schöne Überraschung!« Alba schwebte auf sie zu, küsste sie rechts und links auf die Wange, herzte danach Xisca und gab Francisco die Hand. »Kommt mit ins Musikzimmer. Gerado übt gerade am Flügel. Er wird sich über die Zwangspause freuen.«

Xisca erzählte ihrer Tante aufgekratzt von ihrem Gewinn. Ein klassisches Stück klang ihnen fehlerfrei entgegen. »Lass uns ein gemeinsames Foto machen. Die ganze Familie.«

Sie folgten Alba ins Musikzimmer. Gerado saß am Flügel. Er entdeckte Xisca, das Musikstück verstummte, und Gerado stürmte auf seine Cousine zu. Sein Blick fiel auf die Kamera. »Du hast gewonnen!«

»Und du spielst Klavier?«

»Ja, es ist anders als Geige, aber ich mache beides gerne.« Begeistert klatschte er in die Hände, bevor er Xisca umarmte. »Darf ich die Geschichte lesen?«

»Sie erscheint übermorgen. Du kannst dir die Zeitung kaufen.« Xisca reckte übermütig das Kinn. »Hola, Matías.«

Erst jetzt entdeckte Carla Matías in einem großen Ohrensessel sitzend. Er verschwand beinahe in dem Ungetüm. Auch sie begrüßte ihn. Alba stellte die beiden Männer vor.

Xisca hielt Abstand und justierte die Rädchen an der Kamera. »Stellt euch alle vor den Flügel.« Der Ton in ihrer Stimme ließ sie widerspruchslos am Klavier Aufstellung nehmen.

Carlas Erleichterung, nicht auf Leo zu treffen, wechselte zu einer leichten Besorgnis. Was wäre, wenn Leo dieses Foto zu sehen bekam?

Alba mit Matías. Ein Blinder sah, wie es um die beiden stand. Gerado zwischen ihnen. Neben den beiden auf dem gleichen Bild, Carla und Francisco.

Leos Erzfeinde.

»Moment, Xisca.« Gerado hob den Finger. »Du fehlst auf dem Foto. Ich hole Eduardo. Der kann den Auslöser drücken. Richtig eingestellt ist ja alles, oder?«

»Ja, ist es.«

Xisca erklärte dem Rezeptionisten, was er zu tun hatte, bevor sie sich zu den anderen stellte.

Zwei Minuten später ließ Eduardo die Kamera sinken. »Ich hoffe, ich habe alles richtig gemacht.«

»Werden Sie schon«, sagte Xisca. »Es war ja alles eingestellt.«

Eduardo verließ grußlos das Musikzimmer.

»Wenn es gut geworden ist, dann bekommt ihr alle einen Abzug.« Xisca strich verträumt über das Kästchen.

Carla und Alba wechselten einen Blick. Leo durfte dieses Foto nie zu sehen bekommen. Sonst würde diese Aufnahme zu einem Desaster führen.

Die freundschaftliche Annäherung zwischen Alba und Carla würde er als Verrat ansehen. Als Hochverrat würde er jedoch die Liaison von Alba und Matías werten. Beides galt es zu verhindern.

24

Kuba, 1942

Valentina sah sich gelangweilt die Show an. Im Grunde bekam sie von dem temperamentvollen Tanz der leicht bekleideten Damen in Federkostümen kaum etwas mit. Viel zu sehr ärgerte sie sich über das Nichterscheinen ihrer Eltern. Bis zuletzt hatte Valentina auf eine leere Drohung gehofft, dem Fest fernzubleiben.

Unpässlich sei ihre Mutter, hatte ihr Bruder David sie entschuldigt, der mit seiner Freundin Adriana zur Feier gekommen war. Ja, gepasst hatte es ihrer Mutter mit Sicherheit nicht, dass Valentina ihren Kopf durchgesetzt hatte, ihre Verlobung endlich mit allen Freunden und der Familie ausgiebig zu feiern. Selbst Vater kam nicht zur Feier. Wobei es Valentina eher eine stilvolle Soiree genannt hätte. Die Besucher waren edel gekleidet, und weit vor Mitternacht endete das Fest.

Rodrigo hatte eine gute Entschuldigung, ihrer Verlobungsfeier fernzubleiben: Er fuhr in Chicago ein Autorennen. Der Anruf in Wills Hotel mit seinen Glückwünschen zur Verlobung schien Valentina eine Ausrede zu sein, um vielmehr sich und seinen Sieg feiern zu lassen. Natürlich erzählte Valentina dann auch ihren Gästen vom Sieg ihres kleinen Bruders. Nun würde Isabel daheim nicht nur von der Verlobungsfeier berichten, sondern auch von Rodrigos glanzvollem Erfolg. Über beide Ereignisse würden sich ihre Eltern nicht freuen. Kein Wunder, denn ihr Bruder blieb lieber in den Vereinigten Staaten, als die Zeit zwischen den Rennen zu Hause zu verbringen. Seit einem Jahr finanzierte die Oberschicht aus Chicago seine Fahrzeuge. Will hatte Rodrigo seinen Freunden als Talent vorgestellt, und die protegierten ihn nun, wobei natürlich der Großteil der Gewinnsummen an die Sponsoren zurückfloss. Noch ein Umstand, der ihren Liebsten bei ihren Eltern in Ungnade fallen ließ. Warum ihre Eltern immer stärker gegen ihre Verlobung aufbegehrten, konnte Valentina nicht nachvollziehen: Die Cunninghams hatten nichts mit der Mafia zu tun. Bei dem Gerede handelte es sich um haltlose Unterstellungen.

William führte ein Hotel. Zwei weitere in Chicago. Daran fand sie nichts Unredliches.

Valentina entdeckte Geschäftsfreunde von Will, die sich nach der offiziellen Feier die Revue zu Salsa- und Congatänzen ansahen. Auf der Tanzfläche am Rand sah sie weitere Gäste, die sich nun beim Tanzen amüsierten.

Ihr Cabaret stand in nichts der legendären Show der Villa Mila nach. Wer auf einer solchen Bühne tanzte, konnte berühmt werden und auf eine Hochzeit mit einem reichen Amerikaner hoffen. Entsprechend beliebt waren diese Tanzgruppen für die Frauen vom Land.

Valentina bewunderte einerseits die Entschlossenheit der Tänzerinnen auf der Suche nach ihrem Glück, auf der anderen Seite widerte es sie an, wie die Frauen behandelt wurden.

Wer nicht außergewöhnlich gut tanzte, endete als Bardame in irgendeiner Taverne in Havanna, was meist nichts anderes bedeutete als offene Prostitution. Auf eine Heirat konnte da keine mehr hoffen.

Gedankenverloren hing sie in den endlosen Gesprächen der vergangenen Tage mit ihrer Mutter fest. Was wäre, wenn ihre Eltern doch richtig lagen? Vielleicht war Williams Vater in Mafiakreise verstrickt. Von ihm wusste sie nicht viel.

Aber nicht ihr Will! Er leitete Hotels. Seit sie inoffiziell verlobt waren, hielt sie sich oft im Hotel am Malecón auf, half ihm bei der Buchhaltung und stärkte ihm den Rücken. Sollte etwas mit unlauteren Dingen zugehen, hätte sie das bemerkt.

Der Kellner servierte ihr eine Coca-Cola.

Während sie gefeiert hatten, waren zwei Angestellte in Streit geraten, den Will nun schlichtete, weswegen Valentina wie ein leichtes Mädchen allein an der Theke saß und sich langweilte. Enttäuschung nagte mit spitzen Zähnen an ihrer Stimmung, bis sie spürte, wie ihr die Tränen in die Augen traten.

Alle waren zur Feier gekommen.

Die Bacardís, Wills Familie, Freunde, alle, die in Havanna von Bedeutung waren, ihre Geschwister bis auf Rodrigo, Valentinas Freundinnen, und trotzdem hatte sie die Abwesenheit ihrer Eltern wie eine schwarze Wolke verfolgt. Nun ließ die Gewitterwolke die Tropfen in Form von Tränen fallen. Energisch wischte sie sich über die Wange. »Zum Teufel mit ihnen«, fluchte sie leise. »Sie werden sich schon beruhigen, sobald ich mit Will verheiratet bin.«

Und das würde nicht lange auf sich warten lassen.

»Du siehst traurig aus.« Will küsste sie auf die Stirn. »Ist alles in Ordnung?«

»Natürlich, ich musste nur niesen«, log sie ihren Verlobten an. »Konntest du den Ärger schlichten?«

»Ja, das war harmlos.« Dennoch blieb seine Miene finster. Valentina sah ihn fragend an.

»Ach, mein Vater mischt sich hier wieder ein. Entweder, er lässt mich hier machen, oder ich gehe nach Chicago zurück und kümmere mich dort um meine eigenen Hotels.«

Davon sprach Will immer öfter. Der Gedanke ängstigte sie. Sie wollte nicht von Kuba fort. Die Insel war ihr Zuhause, hier fühlte sie sich sicher und wohl. In Chicago würde sie Schnee und Kälte ertragen müssen. Will lachte, wenn sie diese Argumente brachte. Das letzte Mal, als sie darüber gesprochen hatten, schenkte er ihr einen Nerzmantel, den sie auf Kuba niemals tragen könnte. Doch die Geste hatte sie gerührt. Er würde auch in der frostigsten Stadt für ihr Wohlergehen sorgen. »Was hat er getan?«

Will schüttelte unwillig den Kopf. »Lass uns den Abend genießen. Nur noch ein wenig, ja? Schenk mir einen Tanz. Anschließend bringe ich dich nach Hause. Wie du weißt, habe ich morgen eine Überraschung für dich vorbereitet.«

Valentinas Mundwinkel hoben sich wie an einer Schnur gezogen. Die Traurigkeit wich aus ihrem Körper. »Sag endlich, was ist es?«

Lachend verneinte er und führte sie zur Tanzfläche.

Nach dem Tanz trank Valentina die Cola aus. Will bot ihr seinen Arm. Sie schmiegte sich an ihn und ließ sich zum Wagen geleiten. Nur zum Anstoßen hatten sie jeweils ein Glas Champagner getrunken, sonst achtete William darauf, sich in ihrer Gegenwart nicht zu betrinken. Schon gar nicht, wenn er sie fahren sollte.

Vor der Tabakfabrik hielt er an. Will sah ihr tief in die Augen. »Um zehn Uhr hole ich dich ab.«

Valentinas Herz klopfte wilder als die Congatrommeln der Revue-Musiker. »Ich werde pünktlich sein.«

Sie küsste ihn zum Abschied, stieg aus, drückte leise die Tür ins Schloss und winkte ihm, bevor sie das im Dunkeln liegende Haus betrat. Mit etwas Glück könnte sie ihren Eltern morgens aus dem Weg gehen. Um zehn wäre Vater in der Fabrik und Mutter im Weinlager. Ihr normaler Tagesablauf.

Auf Zehenspitzen schlich sie hoch in den ersten Stock, schaltete das Licht in ihrem Schlafzimmer an und betrachtete sich im Spiegel. Ihre Augen leuchteten, einige Haarsträhnen hatten sich aus der kunstvollen Flechtfrisur gelöst, und ihre Wangen überzog eine natürliche Röte. Für einen Augenblick glaubte sie, man könnte ihr all ihre Geheimnisse im Gesicht ablesen. Dann streckte sie sich die Zunge heraus und grinste breit. »Keiner weiß es, nicht mal ich selbst.« Will wollte sie am kommenden Tag überraschen.

Kurz darauf kuschelte sie sich in ihre Kissen und träumte von einer Zukunft mit Will. Eigenen Kindern. Im Hotel am Malecón. Chicago kam nicht in ihren Träumen vor.

Schon vor ihrer gewöhnlichen Aufstehzeit stand Valentina hellwach vor ihrem Kleiderschrank, um ein paar Dinge zusammenzupacken. Der Koffer platzte fast, als sie ihn mit aller Kraft zudrückte und die Schnallen schloss. Ihre Geburtsurkunde und ihren Pass steckte sie in die Handtasche, und als sie im Haus kein Geräusch mehr vernahm, atmete sie erleichtert aus. Vater war mit David in der Fabrik, Isabel in der Schule und Rodrigo in Chicago. Wohin auch immer Will sie entführen wollte, niemand konnte sie mehr aufhalten. Valentina vertraute Will blind. Seine Überraschung hing bestimmt mit einer Reise zusammen, sonst hätte sie nicht die Dokumente einstecken müssen. Nur, wohin sollte es gehen?

An die Ostküste? Benötigte man für eine Übernachtung im Hotel diese Papiere? Valentina kannte sich nicht aus.

Zwei Minuten vor zehn Uhr. Sie lauschte ein letztes Mal, ob sie jemanden hörte. Alles blieb ruhig. Geräuschlos schlich sie die Treppe hinunter, und kaum trat sie durch die Haustür, entdeckte sie seinen Wagen.

Will sah sie ebenfalls, stieg aus, nahm ihr den Koffer ab und grinste sie verschwörerisch an. »Steig ein.« Er verstaute ihr Gepäck und setzte sich auf den Fahrersitz.

»Sagst du mir jetzt, wohin wir fahren?« Valentina hielt die Spannung kaum noch aus.

»Ich mache dich nun zu einer ehrbaren Frau.«

Valentina klappte der Mund auf. »Wie meinst du das? Wir sind doch schon verlobt.«

»Ja, und trotzdem würde es sich nicht schicken, zusammen in einem Hotel in Chicago abzusteigen. Dazu sollten wir verheiratet sein.« Will startete den Wagen. »Oder willst du mich nicht mehr?«

Schweigend verarbeitete sie seine Worte. »Jetzt?«

»Ja, jetzt. Ich habe alles auf dem Rathaus vorbereiten lassen. Nach der Eheschließung entführe ich dich und zeige dir meine Heimat.« Will lenkte das Auto souverän durch die Straßen.

Er wollte sie heiraten.

Jetzt.

Valentina wünschte sich nichts sehnlicher, als Wills Frau zu werden, doch ohne ihre Familien heiraten? Ohne Gäste?

Ohne Trauzeugen? »Oh, Will. Wir sollten nicht ohne unsere Eltern heiraten.«

»Ich dachte, du freust dich.« Will hielt das Fahrzeug am Straßenrand an.

Valentina zerriss es innerlich zwischen ihrer Liebe zu Will und der zu ihren Eltern. »Das tue ich auch. Auf der anderen Seite hätte ich gerne meine Familie dabei.« Valentina hegte immer noch die Hoffnung, ihre Eltern hätten ein Einsehen, würden ihre Verbindung goutieren. Überhaupt hatte sie sich eine große Hochzeit gewünscht. Mit Brautkleid. Strauß. Torte. Wie es sich eben gehörte!

»Jetzt weiß ich, was dich umtreibt.« Will lachte. »Wir heiraten nur standesamtlich. Die kirchliche Trauung feiern wir nach. Das gibt ein Fest, wie es Havanna noch nie erlebt hat! Mit deinen Eltern an unserer Seite.« Er nahm ihr Gesicht in seine Hände. »Ich bin doch stolz auf meine schöne Frau. Jeder soll sehen, dass du zu mir gehörst.«

Seine Worte beruhigten Valentina. Sie wollte keinen Bruch mit ihren Eltern provozieren. Aber sie besaß auch die Sturheit ihrer Mutter. Die Art, wie Will sie voller Liebe ansah, ließen ihre Zweifel schwinden. »Wir brennen also durch?« In diesem Moment fühlte sie sich sehr verwegen. Sie traf eine erwachsene Entscheidung. Ihre Eltern könnten im Anschluss gar nicht mehr anders, als zur Hochzeitsfeier zu kommen, nachdem sie längst verheiratet waren. Dieser Gedanke ließ sie lächeln.

»Genau!« Will küsste sie auf die Stirn. »Ich kann es kaum erwarten, dich zu verführen. Als meine Ehefrau.«

Valentina spürte, wie ihr die Röte ins Gesicht stieg. Bisher hatten sie sich nur geküsst und geschmust. Will bewies große Geduld. Sie selbst war neugierig, wie es sich anfühlte, als

Mann und Frau beisammen zu liegen. Nun sollte das schneller geschehen, als sie angenommen hatte. Womöglich kam sie schwanger aus Chicago zurück. »Du bist verrückt.« Die Aussicht auf ein Enkelkind würde ihre Eltern ganz bestimmt versöhnen.

»Verrückt nach dir.« Will fuhr weiter und parkte den Wagen vor dem Rathaus.

Davor stand Valentinas beste Freundin Carmen-María. Sie trug ein hellgelbes Sommerkleid und hielt einen Blumenstrauß in den Händen. Als sie Valentina entdeckte, winkte sie mit dem Strauß und stürmte auf sie zu. »Dass ihr das durchzieht! Ich fasse es kaum.«

»Ich auch nicht. Bis eben ahnte ich gar nichts.« Valentina sank in die Arme ihrer Freundin.

»Ernsthaft? William hat dich damit überrascht? Und ich dachte, du hättest Geheimnisse vor mir.« Sie reichte ihr die Blumen. »Ohne Brautstrauß wird nicht geheiratet!«

Valentina traten Tränen in die Augen. »Du bist die Beste. Schon immer gewesen.« Valentina erinnerte sich, wie oft Carmen-María als Ausrede für ihre Treffen mit Will hatte herhalten müssen. Nun wäre sie bei ihrer Eheschließung dabei.

Am Eingang zum Rathaus entdeckte sie John, Williams Bruder. Er sollte sein Trauzeuge sein. Die beiden standen sich sehr nahe. Will konnte sich auf ihn verlassen.

Nervös drehte Valentina den Strauß vor ihrer Brust. Der Friedensrichter prüfte die Dokumente, schrieb etwas in ein dickes Buch und klappte es zu. »Dann können wir beginnen?«

Will griff nach Valentinas Hand. »Wir sind so weit.«

»Valentina Guerrera Delgado und William Cunningham. Sie sind hier zusammengekommen, um den Bund fürs Leben zu schließen. Ihre freie Absicht wird bezeugt von Doña Carmen-María López Mendoza und John Cunningham.«

Ein ehrfürchtiges Schweigen breitete sich im Raum aus. »William Cunningham, möchten Sie die hier anwesende Valentina Guerrera Delgado zu Ihrer angetrauten Ehefrau nehmen?«

»Ja, ich will.«

Valentina wunderte sich über die nüchternen Worte. Nichts von Lieben und Ehren bis an ihr Lebensende. Keine großen Gesten. Nichts.

»Und Sie, Valentina Guerrera Delgado, möchten Sie den hier anwesenden William Cunningham zu Ihrem rechtmäßig angetrauten Ehemann nehmen?«

»Ja, ich will.«

»Kraft meines vom kubanischen Staat übertragenen Amtes erkläre ich Sie hiermit zu Mann und Frau. Sie dürfen nun die Ringe tauschen und sich küssen.«

Will zog sie in seine Arme, hauchte ihr einen Kuss auf die Lippen, griff nach ihrer Hand und streifte ihr einen goldenen Ring mit mehreren Brillanten über den Finger. In der Hand hielt er noch einen schlichten Goldring, den sie ihm überstreifte.

Carmen-María klatschte begeistert und küsste Valentina auf die Wange. »Du bist nun eine verheiratete Frau. Ist das zu fassen?«

»Erst müssen Sie alle hier unterschreiben«, mischte sich der Friedensrichter ein und schob eine Urkunde über den Tisch.

Nachdem sie zwei Ausfertigungen unterzeichnet hatten, reichte er Will eine Eheurkunde. »Hiermit sind Sie nun offiziell Eheleute. Ich wünsche Ihnen alles Glück der Erde.«

»Danke.« Valentina konnte es kaum glauben, so schnell war alles vorbei.

Will steckte das Dokument in seine Aktentasche. »Jetzt aber auf zum Flughafen. Das Flugzeug hebt in zwei Stunden ab.«

John gratulierte ihnen und schlug Will auf die Schulter. »Sag allen herzliche Grüße. Ich werde Vater informieren.«

»Erst nach unserem Abflug. Vielen Dank für alles!«

Sie umarmten sich, klopften sich gegenseitig auf den Rücken, bevor Will Valentinas Hand nahm und sie aus dem Gebäude führte.

Valentina betrachtete die Blumen. Die würden sie auf der Reise nur behindern. Sie drehte sich um. »Carmen-María?«

»Ja?«

Valentina warf ihr den Strauß zu. »Damit bist du die Nächste!«

»So schnell heirate ich nicht.« Ihre Freundin strahlte dennoch. »Jetzt ab mit euch, sonst verpasst ihr den Flug.«

Valentina rannte auf ihre Freundin zu, drückte sie fest und lachte. »Manchmal heiratet man flotter, als man glaubt.« Sie küsste sie auf die Wange. »Danke für deine Freundschaft. Zusammen durch dick und dünn?«

»Zusammen durch dick und dünn! Komm bald wieder zurück. Sonst hole ich dich!«

»Natürlich komme ich wieder.« Nichts anderes hatte sie vor. »Ich sehe mir nur Wills Heimat an. Ich gehöre hierher. Das weißt du doch!«

25

Antonia saß in Gedanken versunken in der Küche über einer Tasse frisch gebrühten Kaffees. »Woher hat dieses Mädchen nur seinen Dickkopf?«

Ein leises Lachen ließ sie den Kopf heben. Luisa war unbemerkt in die Küche gekommen. »Von mir jedenfalls nicht.«

»Von mir auch nicht.« Antonia nippte an ihrer Tasse. »Na ja, vielleicht ja doch.« Einerseits bewunderte sie die Willensstärke ihrer Tochter, die Tiefe ihrer Gefühle für William, aber sein Vater taugte nichts. Wäre William der Sohn anderer Eltern, wäre er in ihrer Familie willkommen. Mit einem Mafiaboss zum Vater stellte eine Verbindung ein unkalkulierbares Risiko dar. Die Gefahr, die von dieser Familie ausging, schätzte Antonia noch höher ein als die Autorennen, die ihr Sohn seit einem Jahr fuhr. Mit jedem gewonnenen Rennen würde er weniger damit aufhören. Ruhm, Anerkennung, Bewunderung, all das brachte man ihm entgegen. Sein Name stand in allen Zeitungen.

Dort fanden sich aber auch immer wieder Nachrichten über Bandenkriege in Chicago. Warum mussten sich gleich zwei ihrer Kinder in Gefahr begeben? Sahen sie die nicht?

Valentina schien blind vor Liebe. Doch wie sollte ein so junger Kerl wie ihr Verlobter drei Hotels besitzen? Ehrlich erarbeitet konnte er sie sich in seinem Alter kaum haben. Sein

Vater hatte sie ihm überschrieben. Der Senior besaß keinen tadellosen Leumund. Die Menschen achteten ihn zwar, aber man konnte auch behaupten, sie fürchteten ihn.

»Ich kann diese Hochzeit nicht verhindern.« Antonia trank die Tasse leer. »Ist noch Kaffee da?« Vielleicht sollte sie ihrer Tochter eine Tasse bringen, sich mit ihr aussprechen.

»Ja.« Luisa brachte ihr die Kanne, goss ihr die Tasse voll. »Ich gehe anschließend auf den Markt.«

»Danke, Luisa.« Antonia stand auf, holte eine zweite Tasse. »Und eine für Valentina. So kann es ja nicht weitergehen.«

Luisa schenkte ein, die Kanne war nun leer.

Antonia trug die Henkeltassen in den ersten Stock. Mit dem Ellbogen drückte sie die Türlinke hinunter. Das Bett lag verlassen da. Die Decke zurückgeschlagen. Das Kleid, das Valentina zur Feier getragen hatte, hing ordentlich auf einem Bügel an einer Schranktür. Seit wann stand ihre Tochter so früh auf? Dabei musste es am Vorabend spät geworden sein. Sie hatte Valentina nicht nach Hause kommen hören.

Nachdenklich verließ sie das Zimmer. Vielleicht fände sie ihren Mann nach seiner Runde in der Fabrik im Arbeitszimmer vor.

Federico saß zusammengesunken am Schreibtisch. Ihr Sohn David las in einer Zeitung.

»Guten Morgen.« Sie wandte sich an ihren Mann. »Möchtest du Kaffee?«

Er sah auf. »Das wäre fantastisch.«

Antonia ahnte, dass ihn dieselben Gedanken umtrieben, wie sie. »Vielleicht geschieht noch ein Wunder.«

»Von wegen.« Er nahm die Tasse entgegen. »Sie hat einen trotzigen Sturkopf und ist sich der Folgen nicht bewusst.

Selbst der Umstand, dass wir nicht zur Verlobungsfeier gegangen sind, hat ihr den Kopf nicht zurechtgerückt. Dabei war das für sie eine Blamage. Die eigenen Eltern bleiben dem Fest fern. Wo steckt sie überhaupt?«

»Ihr Bett ist leer.« Antonia setzte sich auf die Schreibtischkante. »Möchtest du auch einen Kaffee?« Sie streckte David ihre Tasse entgegen.

Er legte die Zeitung beiseite. »Danke.« David trank einen Schluck. »Ich habe sie heute noch nicht gesehen. Vermutlich versteckt sie sich bei William vor euch. Aber man hat ihr angesehen, wie sehr es sie getroffen hat, dass ihr nicht gekommen seid. Adriana hatte den gleichen Eindruck.«

Wenn Antonia ihre Familie nicht auseinanderbrechen sehen wollte, musste sie einlenken. Ihre Tochter würde nicht nachgeben. Aber das wollte sie unter vier Augen mit Federico besprechen. Besser, sie wechselte das Thema. »Wie geht es Adriana? Lade sie doch zusammen mit ihrem Bruder José zu uns ein, und falls die Fusters auf der Insel sind, dann die natürlich auch.« Antonia mochte Adriana, sie stammte aus einer kalifornischen Familie mit spanischen Wurzeln. Die Fusters waren mit den Fitzgeralds bekannt. Durch sie hatte David Adriana vor zwei Jahren kennengelernt.

»Am Wochenende?« David sah von ihr zu seinem Vater.

»Von mir aus.«

»Gut, Samstag zum Abendessen, ich sage Luisa Bescheid.«

»Lass mich Adriana erst fragen, ob sie Zeit hat.« David ging in Richtung der Zimmertür. »Wenn ihr mich nicht mehr braucht, hole ich Adriana zu einem Spaziergang ab.«

»Geh ruhig, und wenn du Valentina triffst, sag ihr, sie soll nach Hause kommen. Ich möchte mit ihr sprechen.«

Kaum hatte David den Raum verlassen, zündete sich Federico eine Zigarre an und seufzte. »Du willst nachgeben, richtig?«

»Wir müssen, wenn wir Valentina nicht verlieren wollen.« Antonia hatte es große Überwindung gekostet, der Bitte ihres Mannes zu entsprechen, das Fest nicht zu besuchen. »Denkst du wirklich, die Cunninghams gehören zur Mafia?«

»Sie sind reich und aus Chicago. Wo soll das Geld für die ganzen Hotels schon herkommen?«

Antonia ging zum Fenster und sah hinaus. »Ehrliche Arbeit?« Im Grunde versuchte sie nur, sich selbst zu belügen.

»Und die Freundschaft zu Mickey Cohan? Alles ein Zufall?« Federico blies einen Rauchkringel in die Luft. »Williams Vater ist ein Geschäftspartner von Cohan.« Er paffte mehrmals, bevor er weitersprach. »Es ist zum Verrücktwerden. Wir können nicht verhindern, dass unsere Tochter in die Mafia einheiratet. Das kann nur böse enden.«

»Das glaubst du doch nicht wirklich?« Damit bestätigte er Antonias größte Befürchtungen.

»Cohan war während der Prohibitionszeit eine große Nummer. Oft in Havanna. Ihm gefiel es hier. Was liegt dann näher, als hier Hotels mit Casinos zu eröffnen? In Las Vegas besitzt er sogar drei.« Federico stand auf und ging zum Barfach. »Er soll Menschen auf dem Gewissen haben. Wie kann man mit so einem Mann nur Geschäfte treiben?«

»Ist dieser Cohan noch auf Kuba?«

»Ich glaube nicht. Warum?«

Antonia beobachtete ihn. Federico trank selten, und so ließ sie ihn gewähren. Er schien sich ernsthafte Sorgen zu machen.

»Dann wäre es sicherer, wenn William sich aus den Geschäften seines Vaters heraushält und einfach in Havanna bleibt.«

Antonia überlegte, ob sie ihre Tochter wenigstens davon überzeugen konnte, ihren Zukünftigen von den Geschäften seines Vaters fernzuhalten.

»Möglich. Aber wer kann das schon wissen?«

Antonia wandte sich vom Fenster ab und setzte sich in einen der Sessel. »Wir können es nicht verhindern.« Valentina durfte Kuba nicht verlassen. So viel stand für Antonia außer Frage. Die Weissagung von Angelica zwang sie dazu. Außerhalb der Insel drohte ihrer Tochter der Tod. Ob im kommenden Jahr oder in einem Jahrzehnt wusste niemand, doch die Gefahr blieb. Federico ahnte nichts von dieser Sorge. Er würde an solche Visionen nicht glauben, im Gegensatz zu Antonia.

»Wir sollten auf Zuckerrohr umstellen«, wechselte er unvermittelt das Thema.

»Wie oft muss ich dir widersprechen?« Antonia seufzte. Begann er erneut mit dieser leidigen Diskussion? »Den Tabak aufzugeben wäre ein Fehler.« Sie suchte den Blick ihres Mannes. Er sah sie müde an. »Die Geschichte meiner Eltern wiederholt sich hier gerade. Es wird nicht gut ausgehen. Alle Bauern stürzen sich auf den Zuckeranbau wie bei uns damals auf Wein. Sobald kaum noch Tabak angepflanzt wird, sind deine Zigarren begehrter denn je.«

Er leerte seinen Rum und ging zurück zur Bar.

»Schenk mir bitte auch einen ein.«

»Du trinkst doch sonst nie«, wandte Federico ein, füllte aber ein zweites Glas.

»Du ebenso wenig«, sagte Antonia. »Wenn es dir beim Denken hilft, dann mir vielleicht auch.«

Federico sah sie an. Er reichte ihr das Kristallglas und setzte sich auf die Armlehne ihres Sessels. »Dann wollen wir mal gemeinsam über alles nachdenken.« Mit einem belustigten Lächeln stieß er an ihr Glas. »Eventuell zerbreche ich mir unnötig den Kopf über unsere Anbauflächen.«

»Ganz sicher sogar«, stimmte Antonia ihm zu. »Rodrigo bereitet mir da größere Sorgen. Die Rennen in den Staaten gefallen mir nicht. Der Junge lässt sich aushalten, trinkt zu viel und bewegt sich in Kreisen, in die er nicht gehört.« Offensichtlich genoss er es, von der Upperclass der amerikanischen Ostküste Geld für seine Leidenschaft zu bekommen. Er war zu unerfahren, um zu verstehen, dass er diesen Menschen gleichgültig war. Er spielte ihren Pausenclown, obgleich sein Zirkus nicht in der Manege stattfand, sondern auf einer Straße, auf der sie Wettrennen fuhren. Sie bezahlten die Rennautos, Rodrigos Lebensunterhalt mit all seinen Extravaganzen.

»Er wird zur Vernunft kommen. Lass ihn gewähren.« Federico zog an seiner Zigarre, sie war erloschen. Er entzündete sie neu.

»Ihn gewähren lassen? Wie lange noch?« Den elterlichen Geldhahn hatten sie ihm schon vor sechs Monaten zugedreht. »Hast du die letzte Ausgabe der *Chicago Tribune* gesehen?«

Antonia besorgte sich die amerikanische Presse regelmäßig. Rodrigos Name tauchte häufig in den Klatschspalten auf. Auf den Fotos sah er oft betrunken aus.

»Das ist nur eine Phase.« Federico paffte mehrmals. Der Rauch zog sich wie Nebelschwaden durch den Raum. »Er stößt sich die Hörner ab.«

»Könnte er nicht mehr wie sein Bruder sein?« David kam nach seinem Vater: bodenständig, fleißig und tatkräftig. Verliebt in ein anständiges Mädchen. Adriana liebte ihren Sohn, bald würden die beiden heiraten. Eine Verbindung, die alle

Beteiligten begrüßten. Seine Zukunft lag klar vor Antonia. Er würde seinen Weg gehen. David war stark und zielstrebig, dennoch hörte er auf Ratschläge anderer.

»Unsere Kinder könnten nicht unterschiedlicher im Charakter sein«, sinnierte Federico und widmete sich wieder seiner Zigarre.

Die Unterschiede zwischen den Brüdern und den Schwestern traten deutlich zutage.

Isabel besaß ihre Gene. Sie war mit ihren fünfzehn Jahren verrückt nach dem Weinbau. Jedes Wochenende drängte sie Antonia dazu, mit ihr nach Pinar del Río zu fahren, um die Pflanzen zu hegen. Isabel wusste in ihrem Alter schon alles, was ein Winzer wissen musste. Sehr gerne gab Antonia ihrem Drängen nach, schenkte ihr doch der Blick auf das Weinfeld die notwendige Ruhe, Lösungen für ihre Sorgenkinder zu ersinnen.

Federico stellte sein Glas ab und unterbrach damit Antonias Gedanken. »Solange wir Rodrigo kurzhalten, wird er irgendwann zur Vernunft kommen. Er hat die Grundausbildung im Betrieb absolviert, und wenn er jetzt ein wenig feiert und das Leben genießt, will ich ihm nicht den Spaß verderben.«

»Den Spaß verderben? Er lässt sich mit Mädchen ablichten, trinkt zu viel, und das auf Kosten anderer Leute. Was wird er tun, wenn er keine Rennen mehr gewinnt?« Sie nippte an ihrem Rumglas und rang sich ein Lächeln ab.

»Nach Hause kommen und die Fabrik übernehmen.«

Antonia bezweifelte das. Rodrigo lag nichts am Tabak, auch nicht am Wein. »Vielleicht werde ich nur alt und zerbreche mir darum den Kopf.«

»Alt? Du bist so schön wie bei unserer ersten Begegnung«, widersprach Federico.

»Schmeichler. Ich werde bald fünfzig und sehe aus wie eine runzelige Feldkartoffel.«

Federico stand auf und küsste sie aufs Haar. »Ich mag Feldkartoffeln.«

Es klopfte an der Tür. »Ja?«, fragte Federico nach.

Luisa betrat das Zimmer. »Besuch. Drei Herren.«

Federico sah überrascht auf. »Dann führe die Männer bitte in den Salon. Wir kommen gleich.«

»Wer kann das sein?« Antonia stand auf. »Erwartest du jemanden?«

»Nein.« Federico holte seine Anzugjacke.

Antonia ging am Arm ihres Mannes in den Salon.

Die beiden fremden Männer trugen schwarze Anzüge. Die Arme hinter dem Rücken verschränkt, sah man ihnen ihre Tätigkeit umgehend an. Bodyguards, die gewiss die eine oder andere Angelegenheit im Sinne ihres Chefs regelten. Sie begleiteten William Cunningham senior, der selbstbewusst im Raum stand, als wäre er der Hausherr.

»William Cunningham, welche Überraschung«, begrüßte Federico ihn. »Was verschafft uns die Ehre Ihres Besuchs? Wir haben uns monatelang nicht gesehen.«

»Stimmt, ich habe Sie auf der Verlobungsfeier vermisst.«

»Meine Frau war leider unpässlich, ich wollte sie nicht alleinlassen. Sonst wären wir gern gekommen.«

Antonia überlegte, warum Cunningham unangemeldet in ihrem Heim auftauchte mit diesen beiden Männern. Benötigte er tatsächlich Begleitschutz? »Leider, aber heute geht es mir schon viel besser.«

»Wie kann ich Ihnen helfen?« Federico sah Cunningham senior fragend an.

»Dann wussten Sie also auch nichts davon?« William Cunningham schnalzte mit der Zunge. »Ich habe es von John erfahren.«

»John?« Antonia kannte niemanden mit diesem Namen.

»John ist Williams Bruder. William und Valentina haben heute Vormittag heimlich geheiratet, und John spielte den Trauzeugen. Die beiden sind auf dem Weg nach Chicago.«

Antonia rang nach Atem. Ihre Tochter hatte ihren Sturkopf durchgesetzt. Ohne Rücksicht auf die Gefühle ihrer Eltern. Was weit schlimmer wog, sie hatte Kuba verlassen! Die schrecklichsten Bilder suchten sie heim, und in jedem sah sie ihre Tochter tot vor sich.

»Hochzeitsreise. Damit sind wir nun eine Familie.«

»Wie konnte das geschehen!« Antonia vergaß ihre gute Erziehung, ihre Verzweiflung brach sich Bahn.

»Die Liebe, da kann man als Mutter nichts machen.« Cunningham schien diese Hochzeit nicht zu stören. »Und nennen Sie mich bitte William. Jetzt, wo wir eine Familie sind.«

Antonia bemerkte, wie sich Federicos Haltung veränderte. Alles an ihm drückte Abwehr aus. Wortlos nickte er.

»Darum sollten wir uns bemühen, unseren Ruf als Familie zu stärken. Das geht am besten, wenn wir unsere Geschäfte gemeinsam tätigen.«

Antonia wusste, was dieser Mann wollte. Es war nicht der erste Versuch eines Amerikaners, sich ins Tabakgeschäft zu drängen.

»Federico, deine Zigarren sind die beliebtesten des Landes. Es wäre mir eine Freude, wenn du sie nur an mich liefern würdest. Damit könnte jeder sehen, wie sehr wir beide die Verbindung unserer Kinder befürworten.«

Antonia täuschte sich nicht. Die Stimme von William Cunningham klang freundlich. Dennoch bemerkte Antonia den drohenden Unterton, der auch ihrem Mann nicht verborgen blieb.

»William, es ist mir unmöglich, die Zigarren exklusiv abzugeben. Ich möchte meinen festen Kundenstamm nicht enttäuschen. Meine Kunden vertrauen mir seit Jahren.«

William Cunningham runzelte die Stirn. Sein Blick kühlte merklich ab. »Du begehst einen Fehler.«

»Willst du mir drohen?«

»Aber mitnichten, ich möchte dir helfen.« Seine Stimme drückte jedoch das Gegenteil aus.

»Ich werde dir gerne Zigarren verkaufen, obwohl ich nicht mehr exportiere«, mühte sich Federico, seine Lage zu erklären, ohne Cunningham zu sehr vor den Kopf zu stoßen. »Für dich würde ich eine Ausnahme machen.«

Wie viel Macht besaß Cunningham? Mit dieser Antwort stand und fiel ihre Handlungsfähigkeit.

»In meinem Hotel hier in Havanna können deine Kunden einkaufen. Du schließt deine Läden, meine Vorarbeiter können die Felder bestellen, und du kümmerst dich um deine Familie.«

»In den Läden wird auch unser Wein verkauft.« Antonia wollte Cunningham zeigen, wie sehr sie hinter ihrem Mann stand und wie wenig sie von seinem Vorschlag hielt. »Ich liebe meine Arbeit auf den Weinfeldern.«

»Aber Antonia, eine Frau von deinem Stand sollte keine Feldarbeit verrichten. Familie ist wichtig. Eigentlich das Einzige, was zählt. Man weiß nie, wann unsere Lebenszeit vorbei ist.«

Die Drohung schwang offen mit. Antonia versuchte, keine Regung zu zeigen. Diese Genugtuung würde sie diesem aufgeblasenen Gangster nicht geben.

»Federico, versteh doch, wenn wir eng zusammenarbeiten, wird dir keiner mehr schaden wollen.« Obwohl die beiden anderen Männer sich im Hintergrund hielten, war Antonia klar, wozu William Cunningham sie mitgebracht hatte: nicht zu seinem Schutz, sondern um Williams Macht zu demonstrieren. Jetzt, wo sie eine Familie bildeten, zeigte er, wer das Oberhaupt der Familie darstellen sollte und wer seinen Wünschen zu entsprechen hatte.

Nachdem Federico schwieg, ging William auf ihn zu und klopfte ihm jovial auf die Schulter. »Denk darüber nach. Der Preis ist hoch.«

Antonia hätte ihn am liebsten ins Gesicht geschlagen. Denn aus seinen Worten klang, wie teuer sie eine Ablehnung zu stehen käme.

Federico rief nach Luisa. »Die Herren möchten gehen.« Um die Fassade aufrechtzuerhalten, fügte er noch hinzu: »Vielen Dank für deinen Besuch, William.«

Kaum hatte sich die Tür geschlossen, wich jegliche Spannung aus Federicos Körper. Er sank förmlich in sich zusammen. »Hätten wir nur auf Zuckerrohr umgestellt.«

»Dann hätte er das haben wollen.« Antonia trat auf ihn zu. »Es geht ihm nicht um die Zigarren oder den Wein. Nur darum, uns zu zeigen, wozu er in der Lage ist, und um uns auf unseren Platz zu verweisen.«

»Warum erst jetzt?«, flüsterte Federico.

»Ich weiß es nicht. Vielleicht wollte er nicht riskieren, seinen Sohn zu verärgern.« Antonia setzte sich auf das Sofa und sah zu ihm auf. »Der Senior wusste nicht, ob Valentina sich noch auf seinen Sprössling eingelassen hätte, wenn sie von dieser offenen Erpressung gewusst hätte. Nun ist es zu spät. Sie sind verheiratet und unsere Familien miteinander verbunden.« Sie kaute auf ihrer Unterlippe. »Ob er uns tatsächlich schaden wird, wenn wir seinen Wünschen nicht nachkommen?«

»Uns wird keine andere Möglichkeit bleiben, als seinem Drängen nachzugeben. Ich möchte nicht in ständiger Angst um meine Familie leben müssen.« Federico schlurfte im Salon auf und ab. »Valentina darf es nicht erfahren. Keiner darf das.«

Antonia konnte so schnell nicht aufgeben. Ihre Existenz hing davon ab. Federico hatte sein Herzblut in die Zigarrenfabrik investiert. Wie sollte sie Isabel erklären, nicht mehr ohne Zustimmung Weinreben kreuzen zu dürfen, wenn Cunningham seine gierige Hand über das Weinfeld hielt? Es musste einen Ausweg geben. »Cariño. Du warst stets unerschrocken. Lass uns nun den Mut nicht verlieren, nur weil uns ein aufgeblasener Mafioso unter Druck setzt. Wir finden eine Lösung.«

Federico sah sie an. Erst mit finsterer Miene, dann verschwand die Sorge auf seinem Gesicht. »Ich danke Gott für diese wagemutige Frau an meiner Seite. Du bist bereit, nochmals für unsere Existenz zu kämpfen?«

»Wir haben gegen Wind und Wetter gekämpft, dem Trust getrotzt, sind Risiken eingegangen und sollen jetzt vor einem Cunningham einknicken? Was wären wir unseren Kindern denn für ein Vorbild?« Antonia trat zu ihrem Mann, ließ sich von ihm umarmen und kuschelte sich an seine Brust. Alles würde sich regeln. Das war schließlich immer so. »Natürlich, mit dir an meiner Seite habe ich keine Angst. Vor nichts und niemandem.«

Nachwort und Danksagung

Ein historischer Roman lebt von der Authentizität der geschichtlichen Begebenheiten. Das nahm uns als Autorinnen auch bei Band 2 mit auf eine abenteuerliche Reise in die mallorquinische Vergangenheit: eine Zeit vor dem Massentourismus, eine sehr spannende Zeit.

Mitte des neunzehnten Jahrhunderts waren unglaubliche neunzig Prozent der Agrarfläche auf Mallorca dem Weinbau gewidmet. Die alles vernichtende Reblaus schlug gnadenlos in ganz Europa zu. Nur Mallorca mit seiner Insellage blieb davon weitgehend verschont. Den Wein lieferten die mallorquinischen Winzer aufs spanische Festland sowie nach Frankreich, Italien und Deutschland.

Als sich Europa von der Reblaus erholte, blieb vielen Mallorquiner*innen nur die Auswanderung. Historiker auf Kuba halfen uns sehr bei der Recherche. Politische Wirren und einige persönliche Schicksale inspirierten uns, das dortige Leben aufzugreifen.

Auch Mallorca war politisch in Aufruhr. Die Weltwirtschaftskrise verschonte kein Land. Auf den Spanischen Bürgerkrieg folgte der Zweite Weltkrieg. Franco und Hitler verbündeten sich, was die Bevölkerung noch mehr in die Armut und Not trieb. Die Nazis wählten Mallorca als strategischen

Stützpunkt. Eine aufwühlende und anstrengende Zeit für alle Menschen weltweit begann. Wir haben uns jedoch auf Kuba und Mallorca in unserer Erzählung um die Familie Delgado beschränkt.

Da wir eine Familiensaga schreiben, haben wir uns die Freiheit genommen, manche Ereignisse an die fiktionale Realität des Romans anzupassen. Bei einigen Passagen mussten wir das Datum der tatsächlichen Ereignisse ein wenig verschieben. Wir hoffen, Sie sehen uns das nach.

An dieser Stelle entschuldigen wir uns bei Jordi Llabrés i Sans, dem Stadthistoriker von Sencelles, für kleine Ungenauigkeiten, die handlungsbedingt manchmal für den Verlauf der Geschichte notwendig waren. Herzlichen Dank für die Fülle an Informationen und den einmaligen Ausflug in die Vergangenheit. Ebenso danken wir dem Historischen Museum und seinen Mitarbeiter*innen auf Kuba für die hilfreichen Ausführungen. Großartig unterstützt hat uns auch Martin Breuninger mit seiner Sammlung von alten Postkarten, Büchern, Material und seinem unschätzbaren Wissen.

Wir danken den Literaturbegeisterten der Literarischen Agentur Kossack für die unermüdliche Unterstützung auf der langen Reise. Wir freuen uns über die Begeisterung für unsere Delgado-Familie im Heyne Verlag und bedanken uns für das stets offene Ohr, den Elan und den Einsatz, allen voran: Nora Haller und Sarah Mainka.

Lilly Hess Antic, Andrea Becker, Silvia de Couët du Vivier und Martin Köhler, fühlt euch fest umarmt, weil ihr trotz unkorrigiertem Skript die Leser*innen und Kritiker*innen der ersten Stunde wart.

Besten Dank den Mitarbeiter*innen aus dem Stadtarchiv von Palma für das Schleppen der unglaublich schweren Zeitungsbücher aus dem Archiv, damit wir in den Nachrichten dieser Zeit stöbern konnten. Wir wissen den Kraftakt sehr zu schätzen.

Nun kommen wir zu den Weingütern, auf denen wir drehen und deren Weine wir verkosten durften: die Bodegas Son Campaner und Celler Can Ramis. Die Offenheit, mit der wir empfangen wurden, spiegelt wunderbar den Charakter der Menschen auf der Insel wider. Wir erheben unser Glas auf das fundierte Wissen der Önologen Henri Fink und Carlos Feliu, die geduldig unsere Fragen beantwortet haben.

Zuletzt, aber nicht weniger von Herzen, danken wir Ihnen, liebe Leser*innen. Sie haben bis hierhin gelesen, was keine Selbstverständlichkeit ist. Wir hoffen, Sie hatten viel Freude dabei, und wir konnten Ihre Neugierde wecken, wie es in Band 3 mit der Familie Delgado weitergeht.

Ihre Carmen Bellmonte
(Elke Becker und Ute Köhler)

Teresa Simon

Emotional und präzise recherchiert: Teresa Simon ist die Meisterin des Familienromans

Die Frauen der Rosenvilla
978-3-453-47131-3

Die Holunderschwestern
978-3-453-41923-0

Die Oleanderfrauen
978-3-453-42115-8

Die Fliedertochter
978-3-453-42145-5

Die Lilienbraut
978-3-453-42244-5

978-3-453-42406-7

Leseproben unter **www.heyne.de**

HEYNE ‹